A CASA DOS ANJOS

ANTONIO RONDINELL

A CASA DOS ANJOS

Coleção
NOVOS TALENTOS DA LITERATURA BRASILEIRA

novo século

SÃO PAULO 2010

PRODUÇÃO EDITORIAL Equipe Novo Século
PROJETO GRÁFICO E COMPOSIÇÃO S4 Editorial
CAPA Diego Cortez
REVISÃO Luciana Moreira
Guilherme Summa

DADOS INTERNACIONAIS DE CATALOGAÇÃO NA PUBLICAÇÃO (CIP)
(Câmara Brasileira do Livro, SP, Brasil)

Rondinell, Antonio

A casa dos anjos / Antonio Rondinell. – Osasco, SP : Novo Século Editora, 2010. – (Coleção Novos Talentos da Literatura Brasileira)

1. Ficção brasileira. I. Título. II. Série.

10-00304 CDD-869.93

Índices para catálogo sistemático:

1. Ficção : Literatura brasileira 869.93

2010
IMPRESSO NO BRASIL
PRINTED IN BRAZIL
DIREITOS CEDIDOS PARA ESTA EDIÇÃO À
NOVO SÉCULO EDITORA LTDA.
Rua Aurora Soares Barbosa, 405 – 2º andar
CEP 06023-010 – Osasco – SP
Tel. (11) 3699.7107 – Fax (11) 3699.7323
www.novoseculo.com.br
atendimento@novoseculo.com.br

DEDICO

A Deus. Fonte maior de minha inspiração, fazendo-me canal.

Aos Arcanjos Miguel, Gabriel e Rafael. Em unidade, tornaram-se inspiração para este trabalho.

A todos os Anjos. Estiveram presentes em todos os momentos de criação, até à concretização deste exemplar.

Aos meus pais Graça e Fernando Melo. Ensinaram-me a amar.

Às minhas irmãs Germanda e Fernanda. Com quem aprendo a arte de poder ser eu mesmo.

Aos meus sobrinhos Lucas, Maria Fernanda e Pedro. Convidam-me a experimentar o amor incondicional.

A Geane Bonfim, grande amiga e irmã. Ao longo dos muitos anos de amizade, partilhamos diversas interrogações existenciais. Hoje, trago várias delas nesta obra.

A Porcina Frota. Amiga que me ensina a amar sem nada esperar.

A todos os amigos do meu grupo de Biodança. Com quem vivo o convite permanente de partilha de nossas almas. Foram também fonte de inspiração.

AGRADEÇO

A Marcos Cavalcante. Amigo que amo. Despertou-me a coragem de me lançar neste sonho. Em nossa convivência, confronta-me permanentemente em busca da minha coerência existencial, inspirando-me a orientar este trabalho pela verdade da minha alma. Além de me dar incontáveis ideias para o enriquecimento desta obra. E hoje, no Espaço Fonte Viva, nos grupos de Biodança e trabalhos com Espiritualidade Integral, facilita meu contato com a minha missão, assim como a muitas pessoas e organizações, convidando-nos a Ser-Vir. Que muitas outras pessoas tenham esta oportunidade. espacofonteviva@gmail.com

A Sílvia Sousa, Dione Mesquita e Manuela Granjeiro. Irmãs por escolha, com quem partilho meu cotidiano. Quem primeiro se debruçou sobre esta história, trazendo luz em sua revisão.

A Luciana Holanda. Amiga que também deixou sua marca nas primeiras revisões, fazendo com que este trabalho, que conta a história de quatro mulheres, fosse também revisado por quatro mulheres.

A Hertenha Glauce. Amiga que leu parte desta história antecipadamente, e por pouco não foi a quinta revisora.

A Ilca Borges. Amiga de sempre. Uma das primeiras pessoas que acreditaram em minha arte de escrever.

A todos os meus amigos queridos que torceram pela concretização desta empreitada.

A minha irmã Germanda e meu cunhado Valdemar. Apostaram amorosamente, com total desprendimento e confiança na realização deste trabalho.

SUMÁRIO

PRÓLOGO

FINAL DE DEZEMBRO DE 2005

JÚLIA SERRADO

O ônibus responsável pelo transporte dos funcionários de meu trabalho depois do expediente parou em frente à minha casa às duas e quinze da madrugada. Eu devia ter dormido por uns vinte minutos, sendo acordada por um colega chamando por mim. O trabalho vinha sendo intenso naquele final de ano, o que estava me deixando muito cansada. Não via a hora de chegar e cair na cama, depois de um banho restaurador.

Agradeci a Deus, no momento em que abria a porta, por minha filha já ter passado da fase de acordar com fome, chorando no meio da noite. Clara havia completado seu primeiro ano fazia três meses, e só acordava ao raiar do sol. Eu teria ainda algumas horas de sono antes de preparar seu leite.

Estranhei por não encontrar meu marido dormindo no sofá da sala, com a televisão ligada, cena que se repetia todas as noites, ao chegar do trabalho.

A árvore de natal ainda estava com as luzes pisca-pisca ligadas, ostentando seu colorido pela sala. Eu sempre pedia à minha cunhada que a deixasse assim. Adorava aquele clima de natal, desde criança.

Minha maior surpresa veio quando entrei em meu quarto. A cama estava arrumada, sem que ninguém tivesse dormido ali. Onde estaria meu marido? Em anos de casamento ele nunca havia dormido fora de casa. Voltei-me imediatamente para o berço de Clara, precipitando-me até ele. Minha filha não poderia estar sozinha. Assustei-me ao vê-lo também vazio.

Por um instante, senti um frio na espinha.

"Onde está minha filha?" Ouvi meu pensamento se transformando em palavras: "Ah, na certa com minha cunhada no quarto dela". Aliviei a preocupação. Se meu marido havia saído, Raquel jamais deixaria Clara sozinha. Estaria com ela até eu chegar.

Preferi tomar meu banho antes de acordar Raquel para pegar minha filha. Mas em nenhum instante aquela sensação ruim deixou de me atormentar. Fiz tudo muito rápido, a fim de que pudesse estar com Clara.

E onde estaria Joel até uma hora daquelas?

Estranho demais! Eu não estava gostando nem um pouco. Ele não era de sair de casa à noite. Sempre me esperava chegar do trabalho, e me preparava um sanduíche enquanto eu tomava banho.

Mal me enxuguei, vesti o roupão e tratei de ir até o quarto de minha cunhada. Preferi não bater à porta, para não acordar meus dois sobrinhos, que dormiam com ela.

Clara não estava com minha cunhada na cama. Raquel dormia entre os dois filhos pequenos. E aquela cena me encheu de desespero.

– Raquel? – chamei por ela baixinho, para não acordar os meninos. – Raquel? – e nada. Cheguei ainda mais perto. – Raquel? – aumentando um pouco o tom. Foi quando ela acordou.

– Oi. Júlia? – estava meio atordoada. – O que foi? Algum problema?

– Você sabe do Joel e de minha filha?

Raquel procurava enxergar o meu rosto através da luz que entrava pela janela.

– Não. Ele não está aí?

– Nem ele, nem Clara. Eu estou preocupada.

Minha cunhada tratou de levantar e me acompanhar até a sala.

– Estranho, Júlia. Quando fui deitar o Joel estava assistindo à televisão na sala. Até pedi que ele olhasse a Clara.

Eu já estava muito preocupada, tentando imaginar o que teria acontecido, aonde Joel teria levado nossa filha de madrugada.

– Ele não disse nada? Você não notou alguma coisa estranha? – perguntei, angustiada.

– Nada. Será que a Clara sentiu alguma coisa e ele a levou numa farmácia?

– Não sei, Raquel. Mas eu estou com medo – sentia minhas mãos trêmulas. – Meu coração me diz que aconteceu algo grave.

– Mas se tivesse mesmo acontecido ele teria me chamado. Estranho!

Lembrei de olhar nosso quarto. E foi o que fiz, acompanhada de Raquel. Acendendo a luz, me dei conta do pior. A porta do armário estava entreaberta. Faltava a bolsa e parte das coisas de Clara.

Só então eu percebi o que havia acontecido.

Uma dor atravessou meu coração.

– Meu Deus!

– O que foi, Júlia? – Raquel começava a ficar preocupada.

– Joel enlouqueceu. Eu não acredito que ele fez isso!

Fui até a sala. Não sabia o que pensar, o que fazer. Voltei ao quarto, mexendo no guarda-roupa, como se ali encontrasse uma prova de que eu estava equivocada. E Raquel atrás de mim, procurando compreender o que havia acontecido.

– Júlia, por favor, me fala o que houve. Você está me deixando preocupada.

– O Joel, Raquel... – não conseguia raciocinar direito. – O teu irmão vai me matar se ele fizer o que estou pensando.

– Pelo amor de Deus, me diz do que se trata – o tom de Raquel já era de desespero. – O que o Joel pode fazer de tão grave?

Doía só de pensar. Meu rosto já estava banhado em lágrimas. E eu andava de um lado para o outro da sala, ia até o quarto, voltava.

– Eu não acredito, Raquel!

– Em quê?

Sentei no sofá, com as mãos na cabeça, como se tentasse organizar meus pensamentos. Podia ser loucura minha. Ele podia não ter tido coragem de tomar uma atitude daquela.

– Eu acho que o Joel fugiu com a nossa filha – eu já estava em prantos.

– Fugiu? Como fugiu? Que história é essa, Júlia?

– Ele vai vender a nossa filha!

Senti vontade de morrer ao pronunciar aquilo. Mas eu sabia que era verdade. E precisava me lembrar de tudo o que havíamos vivido naquele mês de dezembro, desde que fomos abordados com aquela proposta absurda, para encontrar um meio de impedir meu marido de cometer aquela loucura.

E eu faria de tudo para impedi-lo!

Parte I

Dezembro de 2005 a maio de 2006

JÚLIA SERRADO

CAPÍTULO 1

Entrando o mês de dezembro, tudo se transformava. As pessoas pareciam respirar as festas e preparativos de final de ano. O clima de confraternização nos lugares onde eu estava presente nas últimas semanas de 2005 fazia-me esquecer do grande aperto financeiro pelo qual eu vinha passando naquele ano. Aos trinta anos, não me lembrava de ter enfrentado situação pior, multiplicando-me na dura administração de diversas dívidas em cartões de crédito, cheque especial e até empréstimos bancários, que já haviam sido feitos para cobrir dívidas anteriores, o que mostrava que o desequilíbrio já vinha de algum tempo. Com certeza, estávamos gastando muito mais do que podíamos e era algo que se repetia mensalmente. A coisa já tinha fugido totalmente de meu controle e eu só havia me dado conta quando a energia elétrica fora cortada e, depois de pagar uma das contas, tivemos que esperar horas para ser religada.

A única pessoa com quem eu podia conversar e planejar os pagamentos era com minha cunhada Raquel, que morava conosco há dois anos, com seus dois filhos pequenos Zezinho e Rafael. Há muitos anos eu já havia percebido que meu casamento com Joel tinha sido um grande erro. Ele era uma boa pessoa, sempre bem-humorado, de bem com a vida, mas nunca pude realmente contar com sua presença nas decisões importantes, na manutenção de nossa família. Meu marido nunca parara em nenhum emprego, sempre arranjava um problema ou dizia que arranjavam problema com ele. Por isso sempre fui responsável por manter nossa casa.

Eu não entendia como aquele desequilíbrio financeiro havia começado, mas sabia que havia piorado durante os três meses que passara em casa, sem poder trabalhar, depois do nascimento de nossa filha Clara, um ano antes. Sem falar em Raquel, que havia perdido seu emprego de auxiliar de enfermagem, depois de doze anos de trabalho e acabou entregando o dinheiro que recebera pela demissão ao marido, para que investisse na compra de sua casa, mas isso nunca aconteceu, o irresponsável que ela tanto defendia e acreditava sumira com seu dinheiro e sempre que reaparecia de suas viagens intermináveis como vendedor representante, segundo ele, inventava mil desculpas, até chegar com uma definitiva que fora roubado dentro de um ônibus no interior de Minas.

O fato é que eu era a responsável por manter toda a família: minha filha pequena, meu marido, Raquel e seus dois filhos. Mas em nenhum momento reclamei da situação de Raquel, pois além de ser uma boa pessoa, sempre tinha sido uma forte presença em minha vida, desde a época de meu namoro com seu irmão mais novo, Guel, antes de meu casamento com Joel. Ela já havia me tirado de muito sufoco, era para mim uma grande amiga, uma irmã. Esteve do meu lado durante os últimos sete anos, mesmo contra seus irmãos. Além do que, Raquel saía diariamente deixando currículos, participando de entrevistas. Nunca cruzou os braços. No entanto, acho que era uma providência do universo ela estar passando por aquela situação. Era Raquel que cuidava de Clara para que eu pudesse trabalhar diariamente e sempre que saía à procura de emprego, eu tinha de ficar em casa ou pagávamos nossa vizinha para ficar com minha filha.

JÚLIA SERRADO

CAPÍTULO 2

Apesar das grandes preocupações com a falta de dinheiro, eu me esquecia totalmente de qualquer problema quando estava em meu trabalho como coreógrafa da boate Mirage. Tratava-se de uma proposta inovadora na capital cearense, um elegante espaço localizado na Praça Portugal, área nobre da cidade, com proposta de espetáculo de dança desenvolvido por uma equipe de doze dançarinos, entre homens e mulheres. Eram espetáculos temáticos, onde as dançarinas, separadamente, viviam personagens em meio a um show de sensualidade, sempre acompanhadas dos dançarinos que completavam a beleza e perfeição das apresentações, nas quais as protagonistas encenavam um *striptease*, que nunca chegava a deixá-las totalmente despidas. Era exatamente aquilo o grande diferencial da proposta de Olívia Cordeiro e Renato Brandão, os donos da Mirage, proporcionar um espetáculo de sensualidade e requinte, um verdadeiro show artístico, para os fins de semana de Fortaleza.

Eu estava trabalhando na boate há quase um ano, desde o convite de Charles Moreno, diretor artístico do espaço, que eu havia conhecido um tempo antes, através de um projeto social de educação artística em comunidades carentes, no Janguruçu, bairro de periferia, onde trabalhara como professora de dança.

A dança era para mim meu refúgio, minha imersão em meu próprio ser e, ao mesmo tempo, a possibilidade de expressão plena de tudo o que era mais profundo em mim, o que eu guardara a sete chaves em minha alma. Sentia uma magia ao dançar. E nos últimos quatro anos acabara transformando-me em professora da arte que me revelava como ser humano.

Desenvolvia vários projetos paralelos ao trabalho da boate, mas era na Mirage que conseguia manter minha família, responsável pela coreografia dos shows idealizados por Charles.

Havíamos nos tornado, Charles e eu, grandes amigos, além de ótimos parceiros de trabalho. Algumas das meninas da boate chegaram até a insinuar que existia mais do que amizade entre nós, por nossa cumplicidade, talvez. O fato é que nunca acontecera nada de mais, até porque ele não falava, mas eu tinha certeza que gostava de homens e até escondia, penso, uma paixão por Renato Brandão, não por trabalharem juntos há mais de quinze anos, como sempre falavam, mas pelos olhares de Charles ao amigo, principalmente quando ele chegava à boate com seu companheiro, ou mesmo quando tocava em seu nome em situações rotineiras.

Aos quarenta e cinco anos, Charles era uma pessoa sozinha, apesar de fazer amizades rapidamente com quem conhecia, sempre disposto a ajudar, um cara que tinha jeito de "pode contar comigo", mas não tinha ninguém, alguém para viver um amor diferenciado, embora fosse um homem bonito. Era grisalho, um pouco fora de forma, mas uma figura adorável, de boa aparência. Eu sentia uma certa tristeza naquele meu amigo, como se esperasse uma mudança em sua vida, mesmo não sabendo exatamente o quê.

Bem, estava eu passando por um momento tão difícil na minha vida que acabava por gastar o resto de minhas forças rezando para que algo de muito bom acontecesse. E aconteceu!

Charles tinha recebido um convite para realizar um trabalho na Europa e achava que eu tinha todas as possibilidades de assumir seu cargo na boate, inclusive me dissera que Olívia e Renato já haviam se mostrado bem simpáticos à ideia.

Inicialmente, achei que não, que não poderia assumir aquele cargo e também estava meio confusa com aquela notícia, e triste talvez de perder um amigo, um parceiro. Mas eu sabia que seria para seu bem. E era aquilo certamente que ele aguardava para dar um rumo diferente em sua vida.

Aquela notícia me deixara um pouco fora de meu eixo. No entanto, não poderia dar vazão a meus medos. Estava perto de minha estreia como dançarina de um show na boate, por conta do incentivo de Charles, que sempre insistira, desde quando começamos aquele trabalho, para que eu saísse dos bastidores e me lançasse também no palco. Charles acreditava que seria um grande sucesso.

Estávamos ensaiando exaustivamente todos os dias até entrar pelas madrugadas, pois ao mesmo tempo que criávamos novos shows, precisávamos manter os que já existiam. Charles criava os personagens, o motivo, cuidava de todo o figurino e eu criava a coreografia. Passávamos horas naquela boate ensaiando com os dançarinos, o que me fazia esquecer de meus problemas.

A única pessoa que torcia realmente por mim, além de Charles, era Raquel, que me dava a maior força e, quando decidi estrear como dançarina na Mirage, foi ela que deu pulos de alegria, até mais que eu mesma, era como se fosse ela a dançarina, mesmo que nunca pudesse ver os espetáculos, por conta das crianças.

Meu show estreara em meio a muito nervosismo e bastante disciplina. Encarnara a personagem de uma supermulher, idealizada por Charles, uma androide, com roupas prateadas e uma máscara que deu um charme todo especial ao espetáculo. Entrei no palco seguindo explosões que marcavam a música, canhões de luzes coloridas confundiam minha imagem com a dos seis dançarinos, de calças e coleiras prateadas, que me acompanhavam no número. Por um instante, num momento antes de entrar, senti minhas pernas trêmulas e achei que não me apresentaria. A boate estava completamente lotada em toda a sua extensão, na área de mesas e na pista de dança em frente ao palco. Era muito barulho e gritos, abafados pelo som da música que me convidava a entrar.

Senti-me totalmente plena naquele palco como se o mundo fosse meu. As pessoas vibravam, aplaudiam, sentiam-se provocadas a dançar junto, a acompanhar a coreografia com cada movimento, cada gesto. Como em todos os shows, eu ia tirando as peças de roupa em momentos marcados pela música, dosados com movimentos de profunda sensualidade e entrega, o que deixava todos encantados por cada momento da apresentação, resultando em instantes de euforia e também de total contemplação.

Fomos aplaudidos por todos de pé. Achei que não parariam mais com as palmas e assovios. Aquele show foi um grande sucesso, como Charles esperava, assim como minha personagem, a supermulher androide, que se tornou famosa da noite para o dia. A personagem era envolvida por um mistério trazido talvez por sua máscara, despertando a curiosidade de todos.

Preferimos, contudo, deixar a minha identidade em segredo, como forma de me proteger, de preservar minha intimidade, visto que todas as meninas, bem como os rapazes, viviam recebendo propostas indecorosas de homens e mulheres que frequentavam a boate. Embora fosse um show apenas de sensualidade, com muito profissionalismo por parte de toda a equipe. Pelo menos não sabíamos de ninguém que tivesse cedido a nenhuma dessas propostas. Procurei me preservar, já que saía dos bastidores para também subir ao palco.

Estávamos, toda a equipe da Mirage e eu, agitando as noites de Fortaleza. Nossos shows nos proporcionavam casa cheia diariamente.

JÚLIA SERRADO

CAPÍTULO 3

Eram tantas alegrias no trabalho que me faziam esquecer dos problemas. Minha família e eu estávamos quase sendo despejados da casa em que morávamos na Maraponga, depois de seis meses de inadimplência.

Mais uma notícia mexeu profundamente comigo naquela noite de estreia, ao chegar em casa. Raquel me esperava na sala, para conversarmos. Percebi em seus olhos e em seu silêncio que tinha algo grave para me contar. Ainda tentei imaginar, mas o que poderia ser mais grave do que sermos despejados, sem ter para onde irmos? Não, nada poderia ser mais grave que aquilo. A não ser que fosse algum problema de saúde nos meninos, ou em Clara? Ah, quando me lembrei de minha filha, então fiquei nervosa e logo a abordei querendo saber o que estava acontecendo.

– Guel está de volta, Júlia.

Senti o chão sair debaixo de mim com aquela afirmativa de Raquel. E ela sabia que era uma notícia difícil, por isso estava apreensiva daquele jeito, nem parecia feliz com a volta de seu irmão, depois de tanto tempo. E de fato, acho que nem estava, Raquel sempre fora mais por mim que por seus irmãos.

Eu havia sido muito apaixonada por Miguel Serrado. Tivemos uma relação intensa, sete anos antes. Na época eu era bailarina de um grupo e ele modelo em ascensão. Sua carreira tinha ganhado proporções nacionais. Fora descoberto por uma agência em São Paulo e estava fazendo muitos trabalhos fora de Fortaleza. Começavam até a surgir as primeiras possibilidades de algum trabalho internacional.

Guel era um homem alto, talvez um metro e noventa, moreno claro, de olhos azuis bem expressivos, destacando-se num belo rosto, que ostentava ainda uma boca sedutora, de lábios carnudos. Cabelos bem cuidados. Ombros largos, peito saliente. Orgulhava-se ele do abdômen e das pernas bem malhadas. Era um homem que chamava a atenção de todos por sua beleza, dotado de um misterioso poder de sedução. E quando chegávamos perto um do outro, parecia que nossos corpos iam queimar. Seu calor deixava-me trêmula. Todavia, acho que o tamanho de minha paixão por ele fora proporcional ao sofrimento por mim experimentado em nossa relação. Guel nunca ficara somente comigo. Na verdade, acho que nunca experimentara o sentido da palavra "fidelidade". Não era homem de uma mulher só. Sabia de seu poder de sedução e o vivenciava intensamente.

Depois de ter sido preso por porte de drogas, Guel respondeu processo acusado de estar também envolvido com o tráfico em Fortaleza. Desaparecera há cinco anos, quando havia saído da cadeia, depois de um ano e meio detido. Nunca mais havíamos ouvido falar de seu paradeiro.

Eu sabia que Raquel, uma vez ou outra, sentia falta do irmão mais novo, mas procurava sempre disfarçar, em respeito a mim. Já Joel temia que este voltasse. Era claro o seu medo de meu reencontro com Guel. Acreditava que eu poderia deixá-lo para ficar com o irmão.

Voltar com Guel? Aquilo jamais aconteceria. Eu tinha muito mais raiva, ódio do que vontade de reencontrá-lo. Entretanto, temia que aquilo acontecesse. Não sabia como seria minha reação. Sentia um frio em meu estômago, só de pensar.

Então, começava a entender as atitudes de Joel naqueles dias. Ele estava impaciente, pensativo, cabisbaixo. E eu sempre perguntando se estava sentindo algo. Dele, ouvia o tempo todo a mesma resposta: "Nada, não tenho nada". Preocupações com as contas não era, pois nunca havia destinado nem um segundo de seu tempo para se ocupar com aquele tipo de problema. Só poderia ser algo muito sério, e era.

Naquela noite conversei bastante com Raquel e depois com meu marido. Então, fiquei sabendo que meu cunhado o havia procurado, já tinha alguns dias e ele não me contara por medo de minha reação. Mal sabia ele que não seria Guel o responsável por uma possível separação, mas sua passividade. Sentia-me cansada daquela postura nem um pouco resoluta, de pessoa imatura, não obstante já tivesse trinta e sete anos. Apesar de bonito, Joel não tinha o mesmo charme do irmão. Mas, diferente do que pensava, não seriam as desvantagens físicas em relação ao irmão que me afastariam dele, e sim sua dependência e irresponsabilidade.

Como eu desejava evitar aquele reencontro! Não queria que ele percebesse meu nervosismo, nem que notasse minha ansiedade. Na verdade, nem sabia se realmente ficaria ansiosa no momento que nós nos encontrássemos, mas mesmo assim eu temia. Ficava tentando imaginar o que ele queria de volta, qual sua intenção de nos procurar novamente. Afinal, sempre fora desapegado, parecia até que nunca gostara de ninguém, nem mesmo de Raquel, que o criara depois da morte de seus pais. E foi exatamente o que eu lhe perguntei no momento em que nos reencontramos, o que não demorou muito, depois daquela noite.

Guel nos fez uma visita num final de tarde. Quando abri a porta, lá estava ele, parado diante de mim. Ainda continuava lindo, aos trinta e dois anos, talvez ainda mais bonito, com o mesmo ar de sedução, bem--vestido, com roupas que pareciam de grife, escondendo o porte musculoso. E o sorriso lateral, que tanto me encantara anos antes. O tempo não parecia ter passado para ele e continuava extremamente vaidoso.

Surpreendi-me com o que eu senti ao ver aquele homem, que já tinha sido tão importante na minha vida. Nada do que pensei que aconteceria realmente aconteceu, não experimentei nenhum tipo de nervosismo ou ansiedade. Parecia que estava verdadeiramente curada. Aquele corpo, aquela voz, aquele olhar, não mais mexiam comigo. Guel Serrado representava para mim um passado. Conversamos sobre muitas coisas, como suas supostas andanças pela Argentina, nos últimos cinco anos. Ele não conseguira me responder por que realmente havia me abandonado e fugido, sem deixar notícias, nenhum sinal de vida.

Joel parecia muito desconfiado durante toda a conversa, como se tentasse perceber o que realmente o irmão queria ali, depois de tanto tempo, procurando por algum sinal, um olhar, um gesto, qualquer coisa que revelasse o que estava por trás daquele encontro. Mas era claro o seu medo, medo de me perder.

~

Demoravam poucos dias para descobrirmos os motivos da volta de Guel. Em sua segunda visita, nos fez a sua proposta imoral. Era como se eu não tivesse ouvido direito o que ele dissera. A forte lembrança que tenho é de minha raiva, meu ódio, misturado com medo e desprezo por ele, empurrando-o para fora de minha casa, aos gritos. Acho que toda a vizinhança deve ter ouvido meus berros. Se ele não tivesse saído, acho que o teria matado. Naquele momento, esqueci-me de qualquer princípio, a única coisa que me orientava era meu instinto materno. Depois descobri que Joel já sabia de tudo bem antes de mim. Os dois andavam de cochichos e tiveram alguns encontros sem que eu soubesse. Meu próprio marido era cúmplice daquela proposta, embora tentasse me convencer que não havia concordado desde o início.

Guel estava trabalhando num bar na Praia de Iracema como garoto de programa e, pelo que pude perceber, estava também metido com uma quadrilha de tráfico de crianças para o exterior. Sabia de nossa situação financeira e havia nos proposto vender a nossa filha para um casal de holandeses, que pagaria trinta mil dólares por uma criança.

Na realidade, aquele canalha via em nós, em minha filha e na ambição de Joel, a possibilidade de ganhar dinheiro. Era esse seu motivo de reaproximação. Ele e seu parceiro Ronie, um colega de trabalho, pareciam já ter convencido meu marido de tal barbaridade, pelo que pude perceber, ao vê-lo defender o irmão e até arranjar desculpas para a tal proposta, embora não tivesse coragem de assumir claramente para mim e Raquel. A única vontade que tive naquele momento foi de agarrar minha filha, tomá-la em meus braços e protegê-la de todo e qualquer mal. Foi o que eu o fiz, passei quase que uma noite em claro, velando o sono daquele ser inocente, indefeso, alvo da cobiça do próprio tio. Naquele momento tive a certeza de que meu casamento com Joel estava definitivamente acabado. Jamais continuaria casada com um homem que havia pensado na possibilidade de vender a própria filha. Pior que aquilo, eu não confiava mais nele.

A impressão que eu tinha naquele momento era de que o universo estava me pregando uma grande peça e punha em jogo os meus princípios. Nunca quis ter muita coisa, para mim, conseguir realizar-me profissionalmente, ver minha família feliz já era o bastante. A dança já me fazia experimentar o gosto da felicidade. Nunca sonhei em ser rica ou ter muito dinheiro, posição social. Acreditava em princípios morais, nunca fui capaz de mexer em nada que não fosse meu ou fosse ilícito. Exatamente por aquele motivo foi que cheguei a achar que estava passando por uma grande provação, pois na mesma época fui surpreendida por uma proposta totalmente absurda.

JÚLIA SERRADO

CAPÍTULO 4

Desde o show de estreia, passei a perceber um homem estranho, desconhecido, presente na boate todas as noites, sempre me observando de longe. Parecia misterioso, esquisito, apesar de bonito. Notava-se ser um homem vaidoso, bem-vestido. Certa noite, depois do espetáculo, no ponto de táxi, fui abordada por ele. Achava que poderia ser algum gringo, confundido-me com uma garota de programa. Mas não era!

"Júlia Serrado? Não tenha medo. Preciso muito conversar com você!"

Senti firmeza no que dizia. Estranhei como ele poderia saber meu nome. Certamente já havia se informado de tudo na boate. Durante alguns segundos, tentava imaginar o que aquele homem queria comigo. Não importava o que ele queria. Não poderia deixar me intimidar. Procurei mostrar que não tinha medo, entrei no táxi e fui embora. Se não fosse por aquele taxista ali, não sei o que seria de mim, acho que teria morrido de medo. A gente nunca sabe como vai reagir numa hora dessas. No entanto, fui surpreendida na noite seguinte pela presença misteriosa daquele homem novamente. O que me amedrontava era seu olhar, como se já me conhecesse. Dizia ele que eu me parecia muito com uma pessoa que ele conhecera no passado, o que me fez pressupor inicialmente que se tratava de uma cantada, uma forma de aproximação de um maluco.

A história que o estranho homem me contara naquele momento era totalmente louca, dificultando meu entender. Ele queria que eu assumisse a identidade de uma outra mulher, que parecia ter morrido muitos anos antes e interagisse com um homem, para conseguir uns documentos que interessavam a ele e supostamente estavam com esse homem. Basicamente seria isso. E para fazer tal absurdo, eu seria muito bem paga.

Que meu marido não soubesse de tal proposta, se não me poria louca para aceitar! Jamais eu faria uma coisa daquelas, mentir, roubar, fazer-me passar por uma outra pessoa. A única coisa que realmente não conseguia entender era o porquê de tudo aquilo. Por que eu estava exposta àquelas situações absurdas? Provação do universo? Estava diante de duas possibilidades de ganhar dinheiro e resolver todos os meus problemas financeiros. Entretanto, estava decidida a seguir o caminho do bem e dançar, simplesmente dançar, doar-me ao mundo através da dança, esperando que tudo se resolvesse.

"Minha resposta é não! Jamais faria uma coisa dessas. Se o senhor continuar insistindo em me procurar, eu vou chamar a polícia." Fui categórica, procurando esconder o medo de Donato Pessoa. Era o nome do homem misterioso. Soube no dia seguinte, através de Charles. Tratava-se de um deputado federal e um dos diretores da RTN – Rede de Televisão Nacional, em Fortaleza. Um homem poderoso, talvez. Nem sei como pude, de onde tirei coragem para enfrentá-lo. Decerto, aquela proposta que me fizera tinha a ver com política.

Mesmo com minha firmeza, tive medo do olhar daquele homem. Não parecia convencido de minha decisão. Era como se tivesse certeza de que eu faria o que ele queria. Tive essa impressão por causa de seu sorriso irônico, como se desdenhasse de minha atitude, desconsiderasse minha postura, ignorasse, talvez. Não entendi também por que se expunha em me procurar, poderia ter feito tal proposta através de alguém, mas não, fizera questão de me procurar pessoalmente, como se tivesse certeza de que eu não contaria para ninguém, pois se eu o fizesse, poderia causar um escândalo nos jornais, já que se tratava de um político.

MARINA PESSOA

CAPÍTULO 5

Estava caminhando pelo frio da madrugada, meus cabelos e minhas roupas eram jogados compulsivamente para todos os lados pelo forte vento que dominava toda a avenida do meu apartamento, que momentos parecia ser conhecida e, segundos depois, era um lugar que nunca estivera. Todas as pessoas tinham desaparecido, percebia-me totalmente solitária, movida pela vontade de encontrar algo que até então não sabia ao certo o quê. Tudo estava sóbrio, era guiada apenas pela luminosidade da lua. Lixos e restos de papéis eram carregados como ondas através das calçadas, pela forte ventania que jogava meu cabelo contra o rosto, dificultando ainda mais a minha visão. Mesmo com medo, continuava caminhando, de pés descalços, usando um vestido azul-claro com detalhes brancos, que achava que não mais existia. Os prédios, impressionantemente, davam lugar a velhos casarões e galpões abandonados, sem que eu tivesse tempo para precisar o momento em que aquilo acontecera. Parecia ser eu a única pessoa viva daquele lugar, que me lembrava as cidades-fantasma dos filmes que assistia quando criança.

De repente, avistei uma luz, longe, numa esquina. Um foco que acendia e apagava vertiginosamente, como que me avisasse que não era somente eu a energia de vida, naquele momento. Era para lá que eu deveria ir e foi exatamente o que eu fiz. Talvez aquela luz me levasse de volta para casa, respondesse de alguma forma aquele grande enigma, o que eu estava fazendo ali, à procura de que especificamente eu estava. Comecei a correr em direção ao foco de luz, que continuava acendendo e apagando, já com menos tempo entre um estado e outro. No entanto, quanto mais eu corria, mais ficava longe daquela luz, da saída, da possibilidade de volta. Meu retorno parecia afastar-se de mim, embora percebesse que continuava lá, sem sair de onde estava. A esquina daquela rua ficava cada vez mais distante, longe do alcance de minhas mãos, que me guiavam na busca. Em alguns momentos parecia que a luz que outrora vira distante saíam de minhas próprias mãos, que estava à frente de meu corpo, como se quisesse alcançar a tal luminosidade antes mesmo de chegar em seu ponto de projeção.

Percebendo que não alcançaria aquela luz, começava a repetir sem parar, como se de alguma forma conseguisse mudar aquela situação:

"A luz, a luz... eu preciso chegar na luz... eu preciso chegar até ela, eu preciso, eu preciso, eu preciso..."

Acordei completamente suada, tomada pelo mesmo desespero que me movia naquela maratona em busca do tal foco de luz. Foi meu marido quem me acalmara naquele momento. Graças a Deus ele estava ali, ao meu lado. Senti uma alegria surpreendente de vê-lo e sentir seu cuidado, seu zelo comigo. Havia sido somente mais um de meus pesadelos, entre tantos outros que vinha tendo no último ano. Donato já tinha me aconselhado a procurar um médico, para que eu voltasse a ter noites mais tranquilas.

Tranquilidade na noite! Ah, como eu sentia falta daquilo em meu sono. Há muito não era a mesma e precisava me encher de remédios para dormir. Ainda assim, acordava várias vezes no meio da noite, tomada pelos pesadelos que me colocavam em desespero. Temia até que meu casamento com Donato se desgastasse com os meus "espetáculos" noturnos. Acordava quase sempre aos gritos, extremamente nervosa, suplicando por ajuda, tentando encontrar a tal luz, que acendia e apagava neuroticamente em minha mente, na lembrança daquele lugar que eu experimentava praticamente todas as noites, várias vezes na noite.

Sentia a paciência de meu marido, seu cuidado, mas tinha muito medo que se cansasse, e até sentia algumas vezes um tom de cansaço em sua voz, quando me dizia, "por favor, Marina, não há nada, foi apenas um sonho!".

Sabia que Donato era um homem sem muito jeito para romantismos, às vezes chegava até a parecer um pouco frio, mas era o jeito dele. E de um modo bem seu, bem particular, soubera me conquistar, embora não conseguisse discernir entre o medo e o amor que sentia por ele.

MARINA PESSOA

CAPÍTULO 6

Donato e eu estávamos casados há quatro anos, desde quando havíamos nos conhecido em Milão, num desfile de modas, onde eu estava trabalhando. Na época, com apenas dezoito anos, me vi completamente apaixonada por um homem que tinha o dobro da minha idade. Era muito bonito, no entanto, talvez o charme e a elegância superassem sua beleza. Até eu, com a inexperiência típica da juventude, percebia sua vaidade como seu maior pecado, que não se expressava apenas no estilo extremamente fino, com suas roupas e sapatos caros, mas também no simples ato de caminhar, de se portar, de pegar qualquer coisa na mão, no jeito compassado de falar, o que parecia, em alguns momentos, artificial, mas que fazia de Donato Pessoa uma figura singular. Moreno, alto, forte, sempre em ótima forma, de olhar penetrante e entradas no cabelo acima da testa, prenunciando uma futura calvície. Encantava-me com sua voz rouca e o furinho no queixo, o que o tornava ainda mais charmoso. Via-o naquela época como um galã de cinema, meu príncipe encantado.

O que para muitos impunha o medo e a hostilidade, para mim era fonte de desejo e paixão, embora não soubesse até que ponto o amava ou o temia, mas era aquele sentimento que ainda me mantinha viva.

Donato Pessoa chegara em minha vida num momento em que não pensava em outra coisa que não morrer. Senti-me extremamente atraída pela sua maturidade, por seu charme. Tinha a força que eu nunca tivera, nem minha irmã mais velha, que praticamente me criara, conseguira me passar. Por muitas vezes, inclusive, ela havia afirmado que era apenas um desejo inconsciente de encontrar meu pai num homem mais velho. E fora exatamente esse amor o motivo pelo qual eu me separei de minha irmã. Vanessa jamais aceitou essa decisão.

Donato e eu havíamos nos conhecido quando eu era ainda uma menina e ele grande amigo de Pedro Lucena, meu cunhado, e sempre estando presente com sua esposa Maria Eugênia Gondim, na época passando férias em Londres, onde morávamos como uma família. Ao reencontrar aquele homem, já separado, pude perceber coisas que não tinha percebido quando criança, coisas que uma criança jamais sentiria. Creio que ele me trouxera a alegria de viver, o que os rapazes da minha idade jamais me dariam, como Vanessa dizia que era o certo. Preferi abandonar minha carreira, nossa vida em Londres e tornar-me a senhora Marina Pessoa. Certamente aquela nova vida, cujas possibilidades me aguardavam de volta a Fortaleza, traria-me novamente a felicidade.

Doía a distância de minha irmã, que fora para mim uma mãe. Sentiria falta também de Pedro, que me compreendia e sempre destinava-me horas conversando sobre os meus problemas, que nem eu mesma sabia quais eram, bem como de Felipe, que vi crescer e ajudei a cuidar. Todavia, estava em jogo a minha felicidade e, com certeza, eu a encontraria ao lado do homem que amava. Sonhava em encontrar esta felicidade, que ainda não experimentara. Achava muitas vezes que éramos um casal feliz, mas não sabia de fato o que era ter paz de espírito.

Em determinados momentos me achava sem parâmetros para avaliar verdadeiramente meu estado de vida e meu casamento. Tinha consciência que meu marido era um homem bom para mim, tudo o que fazia era para meu bem, no entanto, muitas vezes, também me amedrontava com sua extrema seriedade, que chegava a se confundir com mau humor, cheio de mistérios, como se guardasse segredos o tempo inteiro, escondendo algo de mim e do mundo. Tinha muita coisa sobre ele que eu não sabia e que talvez fizesse questão que eu não soubesse, bem como todas as pessoas, com exceção de Luísa, sua secretária, que era sua cúmplice em tudo. Mesmo fora da empresa, passavam horas conversando no escritório, em nosso apartamento, de portas fechadas, resolvendo questões importantes da política, segundo ele, coisas que não poderiam ficar para depois.

Aquela relação saltava não só aos meus olhos, mas de todos. De uma forma ou de outra, eu sempre acabava sabendo dos comentários. Luísa morava conosco, desde quando nos casamos, e estavam quase sempre juntos, além de olhares de cumplicidade, que em muitos momentos eu percebia entre os dois. Por umas duas ou três vezes, cheguei a perguntar, questionar sua presença em nossa casa, nunca obtive mais que respostas reticentes. Ele não gostava de ser contrariado, nunca, principalmente por mim. Tinha medo de sua reação quando se via com raiva de alguma coisa que eu havia feito. Nunca fora realmente agressivo, entretanto, seu jeito sarcástico me fazia ter certeza de que eu não queria conhecer esse lado e, no fundo, sabia que existia, algo reprimido que o movia e orientava todas as suas atitudes, alguma coisa que nunca fora revelada a ninguém, nem mesmo a Luísa, pois sentia interrogação também em seu olhar diante de determinadas atitudes irônicas de meu marido, principalmente quando exigia uma postura ou um tipo de comportamento, bem como de concordância no que dizia ou pensava, de um modo que parecia educado, mas que na verdade traduzia uma atitude totalmente contida, de uma raiva represada, que ele mesmo não permitia sair. Quando aquilo acontecia, ria para não demonstrar todo o seu ódio.

Talvez fosse aquele tipo de atitude que realmente me fazia temê-lo. Não sabia ao certo do que seria capaz diante de uma situação que não estivesse a seu agrado. Nunca fora de atitudes românticas, mas quando estávamos juntos, percebia seu amor, seu cuidado comigo, de uma outra forma que não era carícias. Sempre achei que não teria tanto ciúme se verdadeiramente não gostasse de mim. Donato era um homem extremamente ciumento.

Quando nós dois nos conhecemos eu era uma modelo com grandes chances de me tornar famosa em todo o mundo. Chamava atenção por minha beleza, tinha um perfil diferente das demais modelos, com formas bem definidas, loira de cabelos bem longos e lisos, olhos verdes, como os de Vanessa. Era quase mais alta que Donato, o que se salientava quando eu usava salto, embora contra sua vontade, ele detestava quando isso acontecia, talvez não quisesse se sentir menor do que a própria mulher, do que ninguém.

Para ficarmos juntos fui obrigada a abandonar a carreira de modelo e voltar para o Brasil com ele. Meu grande sonho era mesmo amar e ser amada, constituir uma família, viver numa atmosfera que eu nunca experimentara, a não ser na casa de minha irmã, com sua família. Mas eu queria sentir aquilo também numa família que fosse realmente minha, com afeto, cuidado, amor. Se aquela era a única alternativa, eu não tinha dúvida nenhuma. Além do que, não tinha o menor cabimento um homem na posição que ele ocupava, como ele mesmo dizia, marido de uma modelo, uma mulher que mostra o corpo pelo mundo, além de frequentar ambientes onde ele não poderia estar, por conta de seu trabalho, seus compromissos. De fato, era estapafúrdia aquela ideia. Eu até repetia para mim mesma sempre que me lembrava, para que um dia acreditasse naquilo. Não, por mais que eu o amasse, não conseguia acreditar, embora já tivesse feito a minha escolha.

MARINA PESSOA

CAPÍTULO 7

Meu marido não gostava nunca de falar de seu passado, tinha vindo de um bairro modesto, de uma vida difícil, cheia de privações. Abandonara o colégio no ginásio, para trabalhar e ajudar no sustento da família. Perdera os pais muito cedo e fora, praticamente, criado pela irmã mais velha, como eu. Tínhamos na verdade uma história de vida em comum, apesar de eu vir de uma família de classe média alta e ter morado muitos anos na Europa, primeiro com meus pais, depois com Vanessa e meu cunhado. Conseguira chegar onde chegara com a ajuda de Pedro, seu grande amigo, e o pai dele, Alberto Lucena. Haviam se conhecido no primeiro ano da faculdade, exatamente quando voltara a estudar, depois de um tempo parado, por precisar trabalhar. Os dois tornaram-se grandes amigos e logo Alberto o convidara para integrar o quadro de funcionários da WM, agência de publicidade na qual trabalhava. Foi então que Donato conheceu Maria Eugênia Gondim, filha de Leonardo Gondim, um dos donos da agência, grande amigo e parceiro de trabalho de Alberto, com quem se casara pouco tempo depois, embora não se amassem na verdade. Maria Eugênia era uma moça mimada e queria apenas chamar a atenção do pai, casando-se pela segunda vez, mas com um homem pobre e que ainda despertava a desconfiança na família, enquanto que Donato era um rapaz com grande ambição e vontade de subir na vida. Talvez tenha sido o primeiro passo errado que tenha dado em sua vida, a partir dali, dera muitos outros. Embora tenha sido um casamento apenas de conveniências, para os dois, durou ainda oito anos.

Donato crescera profissionalmente dentro da agência de publicidade do sogro, que mais tarde fora vendida, mesmo contra a vontade de toda a família, sendo constituída a Rede de Televisão Nacional – RTN, da qual ele assumira a direção comercial. Mas era um homem guiado pela ambição, pela vontade de poder e queria sempre mais. Lutava para conseguir a vice-presidência, cargo pertencente a Alberto Lucena, e naquele momento, a seu filho Pedro, meu cunhado. Embora não compartilhasse nada comigo sobre seus negócios, era de meu conhecimento que tudo fizera para conseguir o cargo almejado. Vivia de segredos com Luísa e, por mais que eu não quisesse saber, por muitas vezes ouvi as tramas, os métodos que utilizava para alcançar seus objetivos. Aquilo me deixava mal, doente, ao ficar sabendo de algum de seus estratagemas, passava dias sofrendo, sem nada falar. Acho que nunca ele ficara sabendo que suas atitudes não eram segredo para mim. Talvez eu preferisse que fosse daquele jeito, afinal se ele não soubesse, não seria sua cúmplice. E eu não queria ser, por mais que o amasse, não aprovava seus métodos para vencer, não acreditava naquilo como objetivo de vida. Desejava que ele também não acreditasse, preferia alimentar a ideia de que era inocente, vítima de seu próprio ego.

Meu marido queria esquecer seu passado, por isso queria se superar cada vez mais e acabara fazendo daquilo seu objetivo de vida. Achava que o mundo era dos espertos e todos que tinham dinheiro se enquadravam nessa categoria. Uma pessoa esperta, em sua crença, era alguém inteligente que usava as pessoas pobres e burras como escadas para sua ascensão. Em sua concepção, toda e qualquer pessoa tinha algo por trás não revelado que a movia, seu desejo de poder, de autoridade, de crescimento social e financeiro, para uma vida de conforto e abundância. Ter sempre cada vez mais, esse era seu desejo, seu objetivo, uma missão a ser cumprida, nem que para isso arriscasse a própria vida.

Em alguns momentos achei que Donato havia se aproximado de meu cunhado premeditadamente, como parte de um plano para conseguir subir e ter uma chance de um bom emprego e oportunidade de conhecer um outro universo, exatamente como havia acontecido. Procurava fugir daqueles tipos de pensamentos que o tornavam pequeno diante de meus olhos, preferia vê-lo como um homem cheio de qualidades, como na época em que nos conhecemos.

Creio que tudo piorara realmente quando Donato decidira entrar na política dois anos antes daquela época, candidatando-se a deputado federal. Era como se quisesse crescer materialmente nas mais diversas áreas, para todos os lados, e o mundo fosse pequeno para ele. Então, não era suficiente o poder somente dentro da RTN, mas também no mundo da política. Vi rapidamente nosso apartamento se tornar um grande comitê partidário, onde aconteciam repetitivas reuniões secretas para decidir os rumos da campanha e os caminhos para se conseguir votos. Apesar de não ser ainda naquele momento um nome conhecido, tudo fizera para vencer as eleições e conseguir se eleger deputado. Foram muitos conchavos, acordos milionários, negócios escusos, promessas e dívidas. Eu não sabia ao certo como, no entanto, tinha certeza de que ele havia envolvido a RTN, sem que Leonardo Gondim soubesse, nos tais acordos políticos, com os organizadores da campanha, bem como com outros candidatos, o que me fazia acreditar que fora daí que Alberto Lucena havia começado a desconfiar de seu pupilo e descoberto provas contra ele, dando início à constituição do dossiê do qual o próprio Donato Pessoa tanto falava com Luísa.

Ele dizia-se inocente, mas no fundo eu sabia que não era e que Alberto deveria ter descoberto algo de muito grave sobre ele, provavelmente dentro da RTN, que poderia tirar-lhe da disputa da vice-presidência da empresa, a qual tanto desejava, e até acabar com sua carreira política, impedindo sua candidatura ao senado, em 2006. Por isso ele queria tanto aqueles papéis, que nem sabia ao certo quais eram e do que se tratavam, afinal, Alberto tinha morrido há três meses, sem revelar onde estavam. Mas de uma coisa eu tinha certeza, tivera um encontro importante com Donato antes de sua morte, no qual lhe dissera da existência dos documentos e que logo estariam nas mãos de Leonardo Gondim e da polícia.

JÚLIA SERRADO

CAPÍTULO 8

Nunca pensei que Joel fosse capaz de fazer o que ele fez. Certa madrugada, ao chegar em casa do trabalho, fui surpreendida pelo pior, deparando-me com a ausência de meu marido e minha filha. Como se já imaginasse o que tinha acontecido, mesmo com um resquício de esperança de que fosse mentira, fui até o armário, constatando a falta de suas roupas.

Sim, ele tinha fugido e levado Clara consigo.

Não poderia ser, ele não poderia ter tido coragem! Mas eu estava segura que sim, embora rezasse para que alguém me dissesse que aquilo não passava de um pesadelo. Passei a noite acordada, chorando, desesperada, tomando chá e água com açúcar preparada por Raquel e Charles. Havíamos tentado ligar para a polícia, mas só poderia registrar queixa depois de quarenta e oito horas de desaparecimento. Segundo os policiais, Joel poderia ter saído para passear. Saído para passear com um bebê de um ano de idade, de madrugada?! Que absurdo ser obrigada a ouvir aquilo sabendo que minha filha estava correndo perigo.

Procurava não tentar imaginar o que havia acontecido. Só rezava silenciosamente para que meu marido desistisse e não entregasse nossa filha.

E tudo por causa de Guel. Sim, era ele o responsável por aquele transtorno e talvez tivesse alguma pista do paradeiro de Joel e minha filha. Fomos então, Charles e eu, já perto do dia amanhecer, no bar onde meu cunhado trabalhava. Raquel sabia o endereço. Chegando lá, só conseguimos falar com um homem chamado Nacélio, dono do estabelecimento. Descobrimos que Guel já não trabalhava mais para ele. Pelo menos fora esta a única informação que conseguimos arrancar daquele homem. O que não nos convenceu. Poderia o tal Nacélio estar mentindo. Talvez até fosse cúmplice daquele pilantra, parceiros da mesma quadrilha, juntamente com o outro, o Ronie.

Logo que voltei para casa, soube por Raquel que estavam perseguindo um carro na estrada de Aquiraz que trazia Joel de volta a Fortaleza e, provavelmente, juntamente com integrantes da quadrilha, talvez Guel. A esperança reacendia em meu peito, por um instante tive a certeza de que teria minha filha de volta. Poucas horas depois, soubemos da notícia que o carro capotara e explodira, matando todos os passageiros.

Era uma dor que me consumia a alma. Passava muitas cenas em minha cabeça, da presença de minha filha ali naquela casa, tão pequena, tão angelical. Nunca pensei que passaria por uma dor daquelas, era como se arrancassem um pedaço de mim. Contudo, logo ficamos sabendo que não fora encontrado o corpo de nenhuma criança. No decorrer do dia, Raquel, com muita dor, foi ao IML fazer o reconhecimento de corpo e certificou-se que no carro estava apenas Joel, de nossa família, nenhum dos outros três corpos era de Guel, como pensávamos.

Acontecem coisas em nossas vidas que de fato não sabemos explicar, aquela era uma dessas. Não achava explicação para meu sofrimento. Em alguns instantes cheguei a questionar Deus, por me fazer passar por aquilo. Por que tantas mães perdem seus filhos e vivem com seus corações dilacerados, esperando um dia reencontrá-los e muitas nunca o fazem? Por quê? Não havia resposta para aquilo. Estava sem minha filha, não sabia de seu paradeiro, se estava bem ou não, se passava fome ou sede, se estava bem cuidada. Aquela dúvida, falta de notícias acabava comigo aos poucos. Era como se eu morresse dia após dia.

Ficara muito abatida durante a semana seguinte daquela tragédia. Charles me permitira ficar em casa, para que pudesse me recuperar e diariamente me visitava, trazendo a mim palavras de conforto. No entanto, nada me animava ou me fazia ficar de pé. O que eu conseguia mesmo era alimentar um ódio por Guel, por tudo o que ele fizera. Tudo poderia estar bem, se não fosse por ele. Por um momento achei que pudesse ter sido vingança. Mas não tinha fundamento, afinal, que motivos teria para isso? Não, certamente o que o motivara fora mesmo sua ambição. E depois de tudo, ainda ficara com todo o tal dinheiro do pagamento e eu, aos trinta anos de idade, viúva, sem minha filha. Era estranho também pensar que não teria mais Joel em minha vida, mesmo que não o amasse como marido, tinha-lhe um amor como pessoa, como amigo que sempre fora. Havia sido ele, de seu jeito, meio que não estando nem aí para nada, que me dera todo apoio e amizade na época do sumiço do irmão. Embora eu soubesse que sempre fora apaixonado por mim e que estava ali do meu lado, tentando me conquistar, era bom ter sua presença naquele momento. Claro que sentiria muito a sua falta. De qualquer forma, era triste saber de sua morte. Joel Serrado morrera jovem ainda, aos trinta e sete anos, vítima de seu próprio desespero, do equívoco de pensar ser o dinheiro o responsável por sua felicidade. Perdera a filha, a mim, a toda a família, perdera a própria vida por desejar ter uma vida melhor financeiramente, e para isso, escolher um caminho de mentira e traição.

Encontrar aquele canalha era a única chance de reencontrar minha filha. Eu precisava ter forças para procurá-lo. Ele teria de devolver a Clara, pelo menos dar alguma pista de seu paradeiro. Reuni então minhas últimas energias e parti a sua procura. Vasculhava todas as pistas, indícios, pessoas que haviam estado com ele, seus conhecidos do bar onde trabalhava, o tal Ronie, que negara participação no caso e afirmava não saber de Guel. Mas eu estava disposta a encontrá-lo, mais até que a polícia. E o encontrei. Por acaso, na Praça do Ferreira, no Centro da cidade, olhando uma banca de revistas. Corri, desesperadamente, para não perdê-lo de vista, passando por entre as pessoas, em praça lotada, até chegar ao canalha.

– Você vai ter que me contar tudo, seu canalha, tudo. Onde está minha filha?

Agarrei-o pelo colarinho, segurando-o com toda a força que eu tinha. Parecia até que eu conseguiria impedir que saísse dali. E no momento em que se soltara para fugir, eu me vi gritando pela polícia, armando um escândalo em plena praça. Nessas horas, o instinto materno fala mais alto. No entanto, de nada adiantou todo o trabalho que tive para encontrá-lo, pois a polícia acabara por liberá-lo, por falta de provas.

Sentia-me impotente diante daquela situação. Eu tinha certeza do envolvimento de Guel Serrado no desaparecimento de minha filha, bem como de sua participação na morte do irmão e nada podia fazer para impedir que aquele bandido ficasse em liberdade. A última coisa que me lembro foi o que lhe disse dentro da delegacia, quando fora solto.

"Passe o tempo que passar, aconteça o que acontecer, você vai pagar por tudo o que fez, Guel. Você não vai ficar impune, não vai! E pode escrever o que eu estou te dizendo. Eu vou encontrar minha filha, nem que seja a última coisa que eu faça nessa vida!"

E de fato eu não descansaria enquanto não encontrasse a minha filha e colocasse Guel Serrado atrás das grades. Então, tratei de ficar logo de pé e retornar ao trabalho. Parecia ironia do destino, justo quando conseguira sucesso em minha vida profissional, estava passando por tudo aquilo, como se não me fosse permitida a felicidade completa.

JÚLIA SERRADO

CAPÍTULO 9

Logo na primeira noite de meu retorno, voltei a ser abordada por Donato Pessoa, desta vez, acompanhado, segundo as meninas da boate, por sua secretária Luísa. Devia ser um grande negócio, digo melhor, um grande golpe aquele para o qual eu estava sendo convidada a participar. Mas o que me surpreendera mesmo era já ser de seu conhecimento tudo o que havia me acontecido naquelas últimas semanas. Daquela vez, a proposta fora reformulada: além de pagar todas as minhas dívidas, cerca de sete mil reais, de imediato, e mais treze mil no cumprimento do plano, ele me prometera encontrar minha filha, dizendo que era um homem de muita influência e que seria fácil localizar seu paradeiro.

O que realmente Deus estava querendo de mim? Fiquei me perguntando durante dias consecutivos, em meio a muitas ligações do deputado Donato Pessoa e de sua secretária. Ele parecia ter razão quando falava que me devolveria minha filha caso eu o ajudasse em seu plano. Falava com tanta firmeza que até parecia saber onde ela estava.

Aquilo me atormentava permanentemente, como se esperasse uma resposta dos Céus. Pedia até que Deus me respondesse através de algum sinal. Queria confiar na justiça, na possibilidade da polícia descobrir onde estava minha filha, mas, no fundo, não acreditava. Sabia de muitas histórias de mães que perdiam seus filhos e nunca mais os encontravam e, de repente, eu estava ali diante da real possibilidade de encontrá-la.

Seria aquele o sinal que Deus estava querendo me enviar?

Lembrava de papai me dizendo que os fins não justificam os meios.

Mas será que essa crença se aplica no caso de uma mãe desesperada à procura de sua filha de um ano desaparecida?

Juro que queria ouvir uma resposta de alguém, mas nem Raquel, nem Charles se permitiram emitir nenhuma opinião. Raquel dizia que na decisão que eu tomassem, estaria ao meu lado, como sempre.

Estava eu sofrendo com tudo aquilo, e ainda mais diante da possibilidade de enganar alguém, de ir contra o que eu acreditava, de ferir todos os meus princípios éticos. Queria muito acreditar em Deus e não ceder àquela proposta tentadora. Mas, quando pensava em minha filha e em como ela estaria naquele momento, com quem estaria, sentia-me fraca, pequena, um verme!

E não seria então aquele o sinal que eu tanta clamara?

Aceitei então a proposta. Assumiria a identidade de Mirela.

CAPÍTULO 10

Parecia ter acabado de amanhecer. Os raios de sol passavam pela cortina da janela de meu quarto, entreaberta, e iluminavam minha cama, chegando a focar parte de meu rosto. Acordei pelo calor em minha face. Mal podia abrir meus olhos, devido à luminosidade. Pensei em puxar o lençol e me cobrir, para evitar tamanha claridade tão cedo, sem mal acordar. Fiz um esforço gigantesco para realizar um gesto tão simples, no entanto, um gesto que não podia mais ser feito por mim, e por um segundo, havia me esquecido.

Há dois anos eu não podia mais desenvolver as coisas mais corriqueiras, o que era básico para a vida de qualquer pessoa em seu dia a dia, como proteger o próprio rosto para não despertar de uma forma brusca. Estava condenada a não mais sentir o calor de minha própria mão em minha cabeça. Movimentos que para qualquer ser humano seriam normais e bobos, para mim eram sinônimos de privação, de não realização, de fracasso. E mais uma vez tive vontade de perguntar a Deus por que, mas tão logo me viera aquele desejo, passou. A verdade era que eu já sabia a resposta. Não necessitava de nenhuma explicação mais aprofundada para descobrir os motivos pelos quais eu estava inutilizada.

Alguns minutos e foi o tempo que vi a porta de meu quarto se abrindo. Com passos leves e muito cuidado, Dulce entrou como que para se certificar se eu ainda estava dormindo ou não. Era daquele modo que fazia todas as manhãs. Direcionava-se imediatamente à janela, tratando de fechar a cortina, para não deixar o sol atrapalhar o meu sono. Entretanto, eu sempre já havia acordado, ela nunca conseguia chegar antes do dia clarear. Mesmo assim, percebia seu zelo, seu carinho e dedicação pelo meu bem-estar.

Diariamente vinha com a mesma história, questionando-me por que de eu dormir sempre com a janela aberta e não optar por ar condicionado. E eu sempre tendo que dar a mesma satisfação.

– Dulce, você sabe que tenho problema de rinite alérgica e acabo piorando quando durmo com o aparelho de ar-condicionado ligado.

– Que nada, acabaria acostumando. Alergia... Não sei não, viu?

Parecia uma reza matinal, sempre o mesmo texto. Chegava a rir muitas vezes. Não sabia se ela falava sério ou brincava. Mas acabava compactuando com o drama diário dos raios de sol invadindo o meu quarto pela janela, que deixava todas as noites aberta para sentir o frescor das Dunas preenchendo o ambiente. O vento que sentia e via jogar as cortinas de um lado para o outro durante a noite trazia consigo a energia da liberdade, uma experiência que não podia vivenciar.

E então, Dulce me ajudava a sair da cama e passar para a cadeira de rodas, que já fazia parte da decoração de meu quarto, sempre ali, do lado de meu leito. Mas era exatamente quando ganhava um pouco mais de mobilidade e sentia-me menos dependente, por ser uma cadeira motorizada. Mesmo assim, todo o meu asseio acontecia com a ajuda de Dulce, minha fiel enfermeira, que, para mim, não era mais tão somente uma profissional contratada para cuidar de mim e garantir diariamente os exaustivos exercícios fisioterápicos, mas uma companhia, cúmplice daquele estilo de vida que tanto odiava e que era obrigada a aceitar. Nos últimos dois anos, havia se transformado numa amiga, em meu anjo da guarda. Chegava a pensar em certos momentos que éramos uma só pessoa, afinal eu não podia fazer praticamente nada sem sua ajuda cuidadosa e permanentemente disponível, exceto quando me dava conta de que tinha a sua vida, seus anseios, suas preocupações, suas aventuras e que eu não fazia parte desse mundo, como ela do meu.

A vivacidade de Dulce era de chamar a atenção, sempre muito ativa, esperta, disposta a experimentar toda e qualquer situação nova. Achava-a corajosa. E sua energia positiva me lembrava a vida que eu não mais podia provar. A impressão que eu tinha era que sua presença alegre, tentando me colocar para cima de qualquer modo, deixava-me ainda mais deprimida. Afinal, era uma mulher livre para viver sua vida da forma que quisesse e onde quisesse, na companhia de quem escolhesse. Quanto a mim, nada poderia escolher, meu próprio destino já havia feito a escolha por mim. E eu estava presa numa cadeira de rodas, enquanto Dulce, assim como todos à minha volta, totalmente independente, com um milhão de opções acerca de todas as coisas de sua vida.

Em alguns momentos sentia-me egoísta de pensar daquela forma, já que se tratava da pessoa a qual era mais que minha enfermeira, era uma verdadeira companheira, quem mais estava comigo nos últimos dois anos, desde o acidente. No entanto, achava-me no direito de sentir o que eu quisesse, até porque era a única coisa que me restava na vida – sentir. Então, aproveitaria com toda intensidade. Eu não poderia ser má por pensar daquela forma, estava coberta de razões para cobrar de Deus. Por que Dulce era melhor que eu?! Todos nós pecamos, assim todos deveriam ser castigados, estar numa cadeira de rodas, sem o direito de fazer sua própria higiene pessoal sem a ajuda de outro alguém.

Frequentemente, Dulce tentava me convencer de que ainda me restava beleza, procurando ressaltar traços que dizia ser muito bonitos. De fato, fui uma mulher muito bonita antes daquele acidente. Não tinha os olhos azuis de papai, mas havia puxado a beleza de mamãe, morena, não muito alta, cabelos castanhos bem lisos. Desprezava a figura que via naquele instante diante do espelho, sem conseguir enxergar mais que uma imagem bizarra, de uma mulher, com seus nervos repuxados, forçando-a ficar permanentemente cabisbaixa, pendendo diagonalmente para a esquerda, sem o domínio sequer de seus braços, movimentando-os esporadicamente ao jogá-los com a força que ainda lhe restava nas mãos, seus únicos membros que ainda lhe obedeciam. Diferentemente do que Dulce pensava, não concordava que me restasse alguma beleza. Minha fala era também dificultada pela paralisia em parte dos nervos de minha boca.

Passara aqueles últimos dois anos de minha vida lamentando o terrível acidente que tirara de mim a liberdade de meus movimentos. As imagens daquela noite infeliz nunca mais me saíram da cabeça, fazendo-me ré de minha própria vida, bem como da perda de Vinícius. Nós nos amávamos e estávamos casados há quatro anos, quando morreu. E tudo por minha culpa. A grande verdade era que eu preferia ter morrido em seu lugar, teria sido melhor para mim e para toda a minha família, todas as pessoas que me amavam e sofriam com minha doença. O mundo ficaria melhor sem a "viciada" Celina Gondim, como me chamavam as más línguas de Fortaleza.

CELINA GONDIM

CAPÍTULO 11

Conheci o primeiro cigarro de maconha na porta da escola, quando tinha apenas treze anos. Toda a nossa turma estava experimentando e eu não podia ficar de fora. Com o passar do tempo, começamos a cheirar cocaína, depois aplicações de drogas na veia, comprimidos. Aquilo transformou-se em meu único refúgio, ao contrário do inferno que vivia dentro de minha casa, por conta da difícil convivência com minha irmã mais velha, depois da morte de minha mãe. Toda a turma me idolatrava, devido ao meu dinheiro. Era rica e podia comprar drogas para mim e para todos que comigo andavam, até ser descoberta por minha família. Entretanto, já era tarde demais. Fazia mais de três anos que estava no mundo das drogas e para mim, não poderia mais viver sem aquilo, sem cheirar ou injetar em meu corpo. Em estado alterado de consciência, sentia toda a paz que tanto buscava em casa.

Foram inúmeras as vezes em que eu havia sido internada em clínicas para recuperação de dependentes químicos. Conseguia ficar longe até um tempo, mas logo estava de volta, bastava reencontrar alguém da velha turma. Até que meu pai decidiu me mandar para fora do país. Morei alguns anos na Inglaterra, na casa de Pedro, filho de Alberto Lucena, parceiro de trabalho e grande amigo de meu pai. Tenho o registro em minha mente de que fora o mais longo período que eu havia conseguido ficar afastada das drogas. No início foi um pouco difícil a convivência com Vanessa, a esposa de Pedro, devido aos ciúmes que sentia do marido, mas com o tempo ela foi percebendo que nós já éramos amigos há muito tempo, desde crianças, e que eu não representava nenhuma ameaça a seu casamento.

Fora uma fase muito importante na minha vida. Pedro acabara me convencendo a lançar mão de meu potencial e escrever um livro. Desde criança, sonhava com muitas histórias que eu mesma criava, nas quais eu me escondia e procurava me proteger do medo que sentia de minha irmã, que nunca gostara de mim. Decidi então a escrever meu primeiro romance, que tinha como personagem principal uma jovem dependente química. *Entre o Amor e as Drogas* – foi o título de meu primeiro livro. Nascia a escritora Celina Gondim.

Voltando ao Brasil, fiz de tudo para publicá-lo. Foi então que conheci Vinícius, diretor da editora que publicaria meu romance. Vivemos um conto de fadas, apaixonando-nos loucamente um pelo outro, até nos casarmos. Contudo, nossa felicidade fora interrompida pelo mesmo vilão que fizera de minha vida uma bomba-relógio, durante anos de minha juventude.

Ele fora a pessoa mais paciente, mais carinhosa, mais cuidadosa que eu já havia conhecido. Vinícius tudo fizera por mim e pela minha cura. Não me via como uma irresponsável, como a maior parte das pessoas, mas me convencera realmente de que eu era doente e precisava de ajuda. Pena que cheguei a essa conclusão tarde demais, depois de sua morte.

Fora eu a grande culpada da morte do homem que amava. Estava totalmente drogada e por isso tivemos uma forte discussão, resultando na decisão de Vinícius de se separar de mim. Lembro-me que fiquei ainda mais transtornada, tomada de ódio, talvez de mim mesma. Pensava em tirar minha vida e acabar de uma vez por todas com aquela angústia e preocupação na vida de todos que me cercavam. Então, peguei o carro, na intenção de pôr um ponto final àquele sofrimento. Não me lembro muito bem de como tudo aconteceu, mas ainda consigo sentir o alívio que tomou conta de meu coração no instante em que estava naquele volante, usufruindo do máximo de velocidade que meu carro podia me oferecer. Depois que acordei do coma, no hospital, fiquei sabendo que ele pegara seu carro e fora atrás de mim, tentando me impedir de fazer o que eu tinha dito que faria. Quando perdi o controle de minha direção, levando meu carro a capotar por várias vezes, Vinícius fez uma manobra perigosa para desviar-se de mim, caindo num barranco, o que fez seu carro explodir.

Pior do que não conseguir sentir mais meus braços e minhas pernas, era saber que não o teria mais. Chorei durante dias seguidos, sem conseguir parar. E por muito tempo, não pude pensar no que realmente tinha ocorrido com meu corpo. O sofrimento de perder o homem que amava não me permitia tomar conta das sequelas que aquele acidente me deixara. Passei quase seis meses sem ouvir minha própria fala. Até que, aos poucos, fui retornando à vida, embora permanecesse morta por dentro.

Passados dois anos, estava finalmente tomando consciência de minha real situação. Aos trinta e dois anos, era tetraplégica. Dependia de outras pessoas para fazer a maior parte das coisas que me mantinham viva. Aquilo era terrível. Sonhava de fato em voltar a andar, sentir meu corpo, ser dona de mim mesma. Por isso, invejava as pessoas que não estavam na mesma situação em que eu me encontrava. Definitivamente, não compreendia, nem aceitava tamanho castigo.

As lembranças daquela noite não saiam de minha cabeça, nem que eu quisesse não poderia esquecer, minha irmã Maria Eugênia não permitiria. Não perdia a oportunidade de me culpar por tudo e lembrar-me permanentemente de minha situação física – a sina da cadeira de rodas.

Maria Eugênia, filha do primeiro casamento de papai, nunca aceitou seu envolvimento com mais ninguém, depois da morte de sua mãe. Parecia ter sido uma criança difícil, de gênio forte, e passara a maior parte de sua vida controlando de alguma forma o destino de papai. No entanto, depois de muitos anos de viuvez, ele acabara por conhecer mamãe, que era publicitária e fora contratada pela WM, agência de publicidade da qual era sócio. Pela primeira vez, Maria Eugênia não conseguira evitar que ele se relacionasse com alguém, resultando em meu nascimento. E por isso ela me odiava, bem como a ideia de ter uma irmã bastarda, causando a separação de papai e mamãe, que temia que me acontecesse algo de mal. Sempre ouvi falar que Maria Eugênia era capaz de tudo para realizar as suas vontades e que considerava papai como propriedade sua.

Na verdade, não guardo nenhuma lembrança do casamento de meus pais. Era ainda muito pequena quando tiveram que se separar. Guardo sim o sabor da ansiedade, do desejo incontrolável de desfrutar um pouco mais da presença maravilhosa de papai, assim como mamãe também sentia. Sonhava em poder brincar, ouvir histórias à noite, antes de dormir, contadas por ele, ir ao parque ou à praia, ou ainda ser levada à escola. Fazer coisas que comumente as crianças fazem acompanhadas de seus pais. E tudo por causa de minha irmã e seus ciúmes. Então, eu perguntava a Deus por que ela teria o direito de desfrutar de nosso pai e eu não. E mais, por que ele preferia ficar em sua presença? Mamãe afirmava ser complicado de responder. Deixava claro apenas não ser uma questão de preferência, mas de necessidade, embora eu soubesse que ela mesma pensava de forma parecida. Presenciei, sem que me vissem, algumas discussões dos dois, em que ela lhe cobrava uma postura mais firme em relação à filha.

Em meu aniversário de sete anos, atrasamos o início da festa em quase três horas à espera de papai, que só apareceu no dia seguinte, alegando ter tido uma reunião importante. Lembro-me de passar o restante da comemoração de cara fechada, com vontade de chorar, como se não houvesse sentido em nada daquilo. E assim, foram muitos momentos, como natais, semanas santas, e diversos outros aniversários. Quando ele aparecia, era uma alegria só, quando não, lançava-me num mundo infinito de tristezas. E logo imaginava que ele certamente estaria com sua filha verdadeira. Sim, era como se Maria Eugênia fosse sua filha de verdade, eu não.

Vida infeliz a minha! A única coisa que me traria mais felicidade seria um dia poder morar com meu pai, desfrutar mais de seu carinho, da doçura de sua fala, de seu mundo, de sua vida. E aquilo eu começava a achar impossível.

CAPÍTULO 12

Eu devia ter uns nove anos quando comecei a experimentar um novo sentimento em relação à minha vida. Passeando com mamãe certa vez, pela feirinha da Beira-Mar, nos deparamos com um vendedor ambulante repleto de miniaturas de casas de madeira, de todos os tipos, cores e tamanhos, presas à sua roupa, como uma grande alegoria. E ele me percebeu encantada, fitando a diversidade de formas em seu corpo.

– Gostou das casas, princesa?

Nunca ninguém havia me chamando de princesa. Bem que eu gostaria de ser uma. Se eu fosse uma princesa, ordenaria que meu pai viesse morar comigo. Ele estava enganado. Não era nenhuma princesa. Dei as costas rapidamente, voltando-se a minha mãe, que olhava uns artigos, na barraca ao lado.

– Quer uma, princesa?

Ele insistia com aquela história de princesa. Uma o quê? E quando eu me voltei a ele, estava com uma das casas em sua mão estendida para mim. De tamanho médio, caberia em minhas duas mãos abertas. Achei linda a casinha. Na cor natural da madeira, meio amarelada. Reluzia o brilho do sol de final de tarde em seu telhado envernizado. De arquitetura simples, porta e janela na frente, por trás das três imagens. Eram três anjos fixados na madeira, como se guardassem aquela casa.

– Como?

– É pra você, princesa.

– Obrigada.

– Pode pegar.

Minha mãe me ensinara a não aceitar nada de estranhos. E por que ele iria querer me dar aquilo? Ele deveria vender, não dar.

– Não. Obrigada.

– Pode aceitar, filha.

Era a voz de mamãe consentindo. A única coisa que eu estranhava eram aquelas imagens pequenas. Eram bonitas. Mas por que estavam ali. Na verdade ele tinha de todos os tipos e com diversos outros enfeites e novidades. Para todos os gostos. E por que logo aquela para mim? Poderia ele ter me oferecido a de gatinho na frente ou a dos pássaros. Mas não, ofereceu-me justamente a dos anjos. Parecia com coisa de gente grande. Certo que eu já era uma mocinha, como papai às vezes dizia, mas daí um presente daqueles, nada a ver comigo. Talvez ficasse ótima, aquela casinha, guardada por aquelas três imagens, no altar de D. Efigênia, nossa vizinha, que adorava imagens e tinha várias em sua sala.

– São os três Arcanjos, princesa.

Lembro-me bem de sua explicação, afirmando tratar-se de São Miguel, o do meio, em roupa de soldado e espada em punho, pisando na cabeça do demônio, São Gabriel, do lado esquerdo, erguendo um ramo, e São Rafael, à direita, com seu cajado.

– Cada um tem um poder, mas os três juntos podem tudo.

"Podem tudo?" Será que eles podiam trazer meu pai para morar comigo? Desejei perguntar ao tal homem, mas não tive coragem, pela presença de mamãe. E ele pareceu ter adivinhado meus pensamentos.

– Podem tudo, sim. Basta fazer o pedido. Você escreve seus pedidos num pedacinho de papel e coloca dentro da casa.

Falou apontando para a fenda, como o furo de um cofre, no telhado da casinha.

– E então, esse desejo se tornará realidade. Os anjos farão com que aconteça.

– É mesmo?

Então, não poderia ser para o altar de D. Efigênia. Peguei a casinha imediatamente do vendedor, com um sorriso largo em meu rosto. Se os três arcanjos juntos tinham realmente o poder que ele dizia ter, então rapidamente meu pai estaria morando conosco.

Nem pude esperar chegar em casa para fazer o primeiro pedido. Ali mesmo, na rua, tratei de escrever o primeiro pedido e depositar na casa dos anjos. Senti um frio em meu estômago ao ver aquele pedaço de papel sumir pela fenda do telhado de meu presente. Meu primeiro desejo, meu primeiro sonho a se tornar realidade.

A partir de então, muitos outros pedacinhos de papel carregando mais desejos passaram a ser depositados ali, na casa dos anjos. O interessante era que logo após eu deixar meus sonhos aos cuidados dos três arcanjos, experimentava um sentimento de pura realização, como se já começasse a viver o que fora pedido. Na grande maioria das vezes, os pedidos nunca eram atendidos, por se tratarem de coisas absurdas, mas começava a imaginá-los realizados. O ritual era apenas escrever o pedido, colocar na casa pela pequena fenda em seu telhado, fechar os olhos e imaginar acontecendo. Simples. Uma sensação de bem-estar e alegria imensuráveis. O que era tristeza, logo se transformava em felicidade. Naquela pequena casa residia todo o meu poder, a minha força contra um mundo injusto e cruel. A casa dos anjos me fazia bem e me deixava feliz, embora tudo não passasse de uma grande fantasia. E ninguém sabia, não precisavam saber. Minha alegria era de se notar. Bastava acontecer qualquer coisa que eu não gostasse ou concordasse, corria para meu quarto e me prostrava diante da casa dos anjos, em meu criado mudo e ali fazia meu pedido, vivendo antecipadamente a sua realização. E eu era feliz.

Dentro de alguns meses, os pedidos não cabiam mais. A casa estava lotada de sonhos, repleta de desejos. Para mim, se eu fizesse uma limpeza, tudo poderia estar perdido, e eu correria o risco de ser infeliz novamente. Decidi então nunca o fazer. Os rituais passaram apenas a ser pedidos mentais diante da casa dos anjos, como uma oração, no altar de uma igreja. E eu provava da mesma alegria, do mesmo sentimento de realização de antes. Os anjos não menosprezariam meus pedidos somente por não estarem registrados em papeletas. Era como se eu já conseguisse uma comunicação direta.

Depois do primeiro ano, mamãe mostrou-se preocupada. Eu havia abandonado todos os meus brinquedos. Minha única diversão era a casa dos anjos. Com aquela fonte de desejos eu me preenchia por completo. Nada me faltava.

Fiquei sabendo com o tempo que São Miguel, figura da casa de que eu mais gostava, era o anjo da proteção e, segundo a Bíblia, o chefe da milícia celeste, vencendo satanás. Seu nome – aquele que se confunde com Deus. Gabriel, o anjo da anunciação, responsável pelas boas novas, em várias passagens bíblicas. E Rafael, o anjo da cura. Como o vendedor da casa havia dito, cada um deles com um poder diferente. O que mais me importava então era os três juntos, fazendo-me realizar todos os meus desejos. A casa dos anjos me proporcionava todo o poder de que eu precisa para ser feliz. Com o passar do tempo, não me importava mais amigos, brincadeiras, nem mesmo a falta permanente de papai, apenas a minha casa dos anjos, que me dava tudo isso e muito mais. Com a casa, eu vivia no mundo que eu quisesse, bastava pedir aos anjos, fechar os olhos e desfrutar da sensação de receber a dádiva.

Depois da casa dos anjos, creio que papai tenha ficado mais aliviado, sem tantas cobranças de minha parte e de mamãe. Passamos a nos ver ainda menos. Encontrava-se sempre ocupado com suas reuniões de negócios.

Passei minha infância, deste modo, longe do afeto de papai, de sua presença, até a morte de mamãe, aos meus doze anos. Lembro-me de D. Efigênia, sem saber como me falar. E eu já sabia. Pensar na morte de mamãe deixava-me sem ar, sem chão, sem referencial nenhum. Corri para meu quarto, sentei-me no chão, escorando-me em minha cama e tomei a minha fonte de desejos, a casa dos anjos em minha mãos.

"Que minha mãe volte a viver!"

Era tudo o que eu desejava naquele momento. E os anjos tinham que fazer acontecer. Na verdade, eles quase nunca realizaram realmente o que eu havia pedido. E de todos os desejos que tinha depositado ali em todos aqueles anos, ver minha mãe com vida novamente era o que mais queria, mais até que ter papai morando conosco. Miguel, Gabriel e Rafael deviam aquilo a mim! Foram anos de crença. A única coisa que eu consegui sentir foi uma dor em meu peito, um entalo, uma ânsia de choro e vômito ao mesmo tempo. E mais um desejo, o de morte. Preferia estar morta a ficar sem minha mãezinha. Pela primeira vez não conseguia sentir alegria ao realizar um pedido aos anjos. E vi como havia sido estúpida, por três anos. Eu já tinha doze anos e vivia em um mundo imaginário, proporcionado por uma casa de madeira idiota, com três imagens ridículas na frente. Não tinha mais amigos, pais, mais ninguém. Perdi os últimos três anos de minha mãe vivendo a fantasia de um mundo ideal.

Com todo o ódio de três anos perdidos de minha vida, joguei a casa de madeira no canto do quarto, a fim de destruí-la por completo. E no entorno, ficaram apenas pedaços dos anjos, do telhado de madeira fina e milhares de pedaços de papéis carregando os sonhos de uma época, não muito diferentes dos últimos desejos firmados horas antes daquele terremoto. Fora o fim da casa dos anjos e daquele mundo de felicidade.

Fui então finalmente morar com papai na mansão nas Dunas, de onde só ouvia falar. Inicialmente foi até estranho me deparar com tanto espaço, jardins, quadra de tênis, uma piscina gigantesca, sala de ginástica, além da estrutura moderna e imensa que definiam a casa, com suas salas de estar, biblioteca, sala de som e vídeo e os inúmeros quartos no andar superior. Pareciam terem mudado para lá muito depois de meu nascimento, depois de morarem anos em uma cobertura, na Aldeota, desde o primeiro casamento de papai.

Passei algum tempo para me acostumar com o luxo, o requinte, as normas de etiqueta, que tão bem definiam o perfil de minha irmã. Papai sempre dava muitas recepções a pessoas da alta sociedade fortalezense, que estavam presentes frequentemente em nossa casa.

Justamente no momento em que achava que seria a época mais feliz de minha vida, pela proximidade com papai, apesar da falta que mamãe me fazia, foi quando minha rotina transformou-se num inferno. Sofria humilhações permanentes por parte de Maria Eugênia, que nunca aceitara a minha existência, muito menos minha presença em seu território, deixando claro que me odiava e que desejava me ver longe de seu mundo, de sua família. Na verdade, eu nunca consegui entender seus ciúmes e o ódio que alimentava a meu respeito.

Naquela difícil convivência pude comprovar o que mamãe dizia acerca de Maria Eugênia, quanto ao seu egocentrismo e a mania de achar que o mundo estava a seus pés, pronto para lhe servir, assim como papai. Ele nunca tivera consciência de nossa relação. Ela procurava disfarçar o tratamento que dava para mim, em sua presença, como se quisesse mostrar-lhe ser uma pessoa amável e garantir o seu respeito. Quanto a mim, nunca tive coragem de lhe falar nada, para não jogá-lo contra a própria filha, assim como ela dizia ser a minha intenção dentro daquela casa.

A casa dos anjos não mais existia, porém a minha imaginação sim. Em diversos momentos recorri a Miguel, Gabriel e Rafael para me fazerem sentir novamente um pouco de felicidade e realização. Maria Eugênia firmara-se como meu maior problema. A verdade é que nunca tive coragem de enfrentar aquela mulher, por isso, caí no mundo das drogas, como uma forma de entrar em contato com um universo onde eu fosse aceita e respeitada por todos, um novo mundo que me proporcionasse felicidade. Foi o fim da presença dos anjos naquele momento de minha vida, e o início de meu calvário.

JÚLIA SERRADO

CAPÍTULO 13

Depois de aceitar a proposta para assumir a identidade de Mirela, passamos dias estudando a minha preparação para iniciarmos o tal plano. Pensei em desistir por várias vezes, mas no momento que me lembrava de Clara, reencontrava forças para continuar, apesar de ir me assustando cada vez mais ao conhecer as ideias de Donato Pessoa. A imagem daquele homem, frio e calculista, definitivamente me amedrontava. Era como se eu estivesse inserida num roteiro de cinema americano. Ele parecia ter muita intimidade com Luísa, sua secretária, mas tentavam não demonstrar, como se quisessem aparentar uma relação de formalidade, puramente profissional.

Um apartamento no Dionísio Torres, pertinho da Pontes Vieira, era o local de encontro usado por Donato Pessoa, Luísa e eu, que seria também supostamente a moradia da mulher que eu encarnaria, chamada Mirela. Não precisava saber muito sobre seu passado, apenas que tinha sofrido um acidente de carro há quinze anos, que me fizera ficar em coma durante quatro anos e quando teria retornado, a ideia era de ter recebido ajuda de uma enfermeira no hospital, uma mulher sozinha, que cuidara de mim durante todo o tempo que eu estive no hospital. O principal era mostrar que eu havia perdido a memória após o suposto acidente, então não precisava me preocupar muito com o passado, a não ser os anos que Mirela teria passado se tratando dos traumas do acidente, fora daqui, em Belo Horizonte. E naquele momento, teria voltado a Fortaleza para resgatar sua memória. O homem com quem eu me envolveria para conseguir os tais documentos que Donato Pessoa tanto queria chamava-se Pedro Lucena, era executivo, vice-presidente interino da RTN,o canal cearense, que se tornara um dos maiores do país, disputando audiência com as grandes emissoras do Brasil, a mesma empresa onde trabalhava aquele homem misterioso.

Finalmente estava conhecendo os motivos daquele plano. Donato Pessoa precisava de um suposto dossiê contra ele, que estava no poder de Pedro Lucena, pelo menos ele achava que poderia estar. O tal dossiê havia sido elaborado pelo pai de Pedro, Alberto Lucena, então vice--presidente da RTN, que morrera faziam três meses. Desde a morte do pai, o tal executivo voltara ao Brasil, pois morava há anos em Londres com a esposa e o filho, assumindo interinamente o cargo do pai dentro da empresa. Na verdade, eles não estavam certos de que ele estaria com o tal dossiê, mas pelo que eu havia entendido, o deputado não queria correr o risco. Com certeza eram coisas muito importantes que constavam nestes tais documentos, muita coisa de dentro da RTN, empresa da qual o deputado também era um dos diretores, e que almejava se tornar o vice-presidente.

Meu primeiro encontro com Pedro Lucena estava programado para acontecer no grupo de Biodança, do qual fazia parte. Luísa contara com desdém que ele era adepto de terapias alternativas, que era metido a *zen* e, segundo ela, um idiota frustrado, infeliz com seu casamento com Vanessa, com quem se casara por estar grávida, anos depois de chorar a morte da tal Mirela, seu grande amor. E era exatamente aquilo que me deixava arrepiada, eu me passar por uma mulher que havia morrido num acidente, justamente para mexer com os sentimentos de uma pessoa que já tinha sofrido a vida inteira pela perda de seu amor. E quando ele descobrisse que não era verdade, que eu não era Mirela, que eu me chamava Júlia e que nunca ouvira nem falar realmente daquela mulher? Pensava naquilo permanentemente antes de acontecer o tal encontro.

O grupo de Biodança funcionava num espaço na Rua José Vilar, entre a Costa Barros e a Santos Dumont, nas tardes de sábados, quinzenalmente. Na verdade, eu nunca ouvira antes falar daquela proposta, mas deveria ser muito boa, já que tinha a ver com dança. Pelo menos conheceria algo com o que me identificava.

Imaginava Pedro um cara como Donato Pessoa, fechado, sisudo, sem sorrir. Estava muito nervosa, com medo talvez daquele encontro. Seria um encontro com minha grande mentira. Na porta do espaço, ainda no carro de Luísa, pensara em desistir. Ainda haveria tempo de reparar a loucura que estava prestes a cometer. Mas Luísa me fizera lembrar de minha pequena, de como ela estaria e que eles já haviam contratado um detetive para encontrá-la. Então, decidi sair daquele carro e fazer o que precisava ser feito. Depois, se tivesse oportunidade, pediria perdão, contaria ao tal Pedro Lucena o porquê de toda aquela farsa, mas só depois, quando estivesse com Clara novamente em meu colo.

Graças a Deus minha vítima não estava presente naquele início de sessão, por algum motivo, que ninguém sabia explicar, ele não iria. Todos ficavam em roda, sentados ao chão, alguns deitados, bem à vontade, com roupas leves e pés descalços, falando sobre coisas que haviam vivido no salão na sessão anterior, como se sentiam. Senti-me bastante acolhida por todos do grupo, desde o momento em que chegara e fora recebido pelo facilitador do grupo, que me explicou ser a Biodança uma proposta de meditação dançante e não uma terapia, como Luísa havia me falado.

A sessão era dividida em dois momentos: a verbalização, no qual as pessoas falavam de si, de suas sensações, de sua vida, se quisessem; e o outro que era a dança, que seria proposta pelo facilitador, a partir de músicas e exercícios orientados pelo que ele chamava de consigna, um convite feito pelo facilitador entre um exercício e outro. Seriam vivências, segundo ele, nas quais poderíamos entrar em contato com nossa identidade, expressando-a através do movimento, facilitado pela música e pela nossa emoção, momentos que poderiam ser feitos individualmente, juntamente com alguém ou em grupo. Eram umas quinze pessoas ali no salão. Pelo menos para alguma coisa serviria tudo aquilo, talvez até pudesse me ajudar a curar a dor que sentia.

Após o momento da verbalização, começamos a dança com um movimento em roda, vivendo a integração e acolhida coletiva, segundo a consigna do facilitador. Todos os exercícios que vieram depois pareciam ser pensados para mim, era como se aquela sessão tivesse sido organizada toda para mim, tocava em pontos que mexiam em minhas feridas, as consignas falavam de coragem, fé, caminhada de cabeça erguida. Um dos convites era para dançarmos individualmente, num movimento que nos fizesse ser a própria música. Senti-me em profunda conexão com aquele convite, era como se só existisse a mim no salão, eu era a concretização da música em movimento.

Meu rosto estava banhado em lágrimas, quando vi um homem parado, fora do salão, olhando para mim. Tinha um jeito meio assustado, surpreso, talvez perplexo, acompanhando meus movimentos, como se estivesse paralisado ou encantado comigo. Continuei minha dança, mas acabei assustada, ao percebê-lo ali diante de mim, fitando-me insistentemente, com um aspecto interrogativo, como se me conhecesse. Vi o facilitador do grupo indo a seu encontro e, num gesto de cuidado, fazê-lo sentar. Era um homem muito bonito, forte, alto, moreno claro, de rosto afilado e olhar profundo, com grossas sobrancelhas, um ar de maturidade, embora, fisicamente, aparentasse poucos mais de trinta anos. Ao final da música, ele já havia desaparecido dali, cheguei a procurá-lo com meu olhar, tentando disfarçar, para que ninguém percebesse, mas não o encontrei. Passei o restante da sessão lembrando daquela figura bonita, de olhar paralisado em minha direção. Ele parecia fragilizado e eu senti uma vontade intensa de lhe cuidar, de lhe dar colo.

No final da sessão o facilitador me dissera tratar-se de Pedro Lucena, que estava me esperando num restaurante a dois quarteirões dali e ele havia lhe prometido que me levaria lá. Parecia ter lhe contado, segundo ele, rapidamente que me achara muito parecida com uma namorada que morrera há muitos anos. Pedro ficara transtornado ao saber que meu nome era Mirela. Era como se o facilitador já tivesse entendido tudo e estava disposto a ajudar, intermediando o encontro. Meu Deus, o que eu estava fazendo? Estava brincando com os sentimentos de uma pessoa. Como eu podia fazer aquilo, como poderia ser tão vil? Pensei em desistir ali mesmo, não poderia continuar enganado pessoas que haviam me recebido tão bem, me acolhido com tanto amor e verdade. Mas, minha filha, o que seria dela? Eu precisava continuar, por ela. Eu tinha de ir.

Fora difícil e constrangedor aquele encontro. Só Deus e eu sabíamos o esforço que eu estava fazendo para levar aquela história adiante.

– Pedro. Pedro Lucena – apresentou-se ele, pouco desconcertado, sorridente, ansioso.

– Jú... Mirela – engasguei. Por pouco não me apresento como Júlia.

– Sente-se.

– Obrigado.

Estávamos constrangidos, sem jeito. Ele por acreditar ser eu a tal Mirela, uma pessoa a qual pensava ter morrido. De repente, descobria estar viva. E eu, por ser protagonista de uma mentira.

– E então? – falei, depois de certo silêncio e olhares interrogativos. – O facilitador me disse que você precisava muito falar comigo. Que talvez me conhecesse.

– Mirela... não sei como começar. Não pude conversar quase nada com o facilitador. Não tivemos tempo. Mas quando lhe disse que lembrava muito a Mirela a qual conheci e morreu há muitos anos, ele me contou de seu acidente, no mesmo período, de sua falta de memória e que procurava suas raízes. É verdade?

Quase disse que não.

– Sim – respondi com dificuldade – comecei nova vida após esse acidente. Tudo novo, uma nova história. Acho que nasci de novo. E agora, quero descobrir tudo sobre meu passado.

– Não se lembra de nada?

Não havia nada a ser lembrado.

– Algumas coisas.

– Meu rosto... eu não sou familiar?

Não, não era.

– Sinto algo... sinto uma coisa boa diante de você.

Isso não era mentira. Sentia-me bem por sua presença e mal com o que eu fazia. Mas ele tinha uma energia boa.

– Não consigo acreditar!

Olhava-me de um jeito interrogativo, ansioso e ao mesmo tempo feliz.

– Pedro, não sei se sou a pessoa que você conheceu.

Pensei em desistir.

– A gente pode analisar os fatos que você lembra, as datas. Sei lá, acho que deve haver uma forma.

– É, pode ser.

Contei-lhe, com dificuldade, a história ensinada pelo deputado. Meu nervosismo, a resistência em levar aquela mentira adiante, fazendo-me confundir em alguns momentos as datas, a sequência dos fatos, não lhe chegavam como desconfianças. Pelo contrário. Ele compreendia a dificuldade de entrar em contato com questões importantes de minha vida, da vida de Mirela.

E eu também fiquei ali horas, ouvindo aquele homem falar do que tinha vivido com a tal Mirela, de seu amor, do quanto tinha sofrido com sua morte e, de repente, descobria que tudo não passara de um engano, que ela não tinha morrido no acidente e que estava ali na frente da pessoa que fora seu grande amor e que nunca esquecera.

– Mirela, isso parece uma grande brincadeira do destino.

Brincadeira minha, do deputado Donato Pessoa.

– Eu também estou meio perturbada com tudo isso. Talvez a gente pudesse se encontrar em outro momento, num outro dia, pra conversar melhor.

– Não! – agarrou minha mão como se me implorasse. – Por favor, não! É muito importante para mim. Foram muitos anos pensando que você havia morrido, entende? Isso tudo é meio louco, mas... sei que é difícil pra você também. É muita coisa ao mesmo tempo. Mas se você for embora agora, acho que enquanto a gente não se encontrar novamente, eu vou enlouquecer.

– Entendo.

– Eu estou feliz demais, com muita dúvida, sem compreender quase nada, mas feliz.

– Também me sinto assim.

Meu incômodo maior era estar ali, mentindo.

– Por isso queria que nós conversássemos mais. É... que nós pudéssemos tentar compreender melhor tudo o que aconteceu.

Ai, meu Deus, que dor eu sentia ouvindo tudo aquilo. Em alguns momentos via-me perdida em sua fala, fitando seu olhar apertado, que parecia de um garoto pedindo colo, com um quê de inocência e ao mesmo tempo maturidade, escondendo-se por trás do cabelo crescido que vez por outra era tocado pelos longos dedos, sendo jogado para trás de forma leve, no mesmo momento em que respirava fundo, como se tomasse tempo de sistematizar a fala seguinte. Sua aparência não tinha o peso do escritório, como eu imaginava. Talvez pela falta da gravata e paletó, típico de executivos como ele. Como estava preparado apenas a participar de uma sessão de Biodança, trajava simplesmente uma camiseta verde, com a figura de São Miguel Arcanjo na frente, uma calça branca bem folgada, de tecido fino, e uma sandália em couro marrom-escuro, deixando amostra seus dedos longos e unhas bem feitas.

Quando eu conhecia alguém, gostava sempre de observar, não sei bem por que, as mãos e os pés. Preferia mãos de dedos longos e pés que tivessem o dedo vizinho ao dedão em proeminência, como os de Pedro Lucena.

Coincidência ou não, quase todas as pessoas com quem já havia me relacionado tinham um desenho de mãos e pés parecidos, da forma que eu gostava, bem como eram muito bem cuidados, a exemplo de Diego, meu primeiro namorado, aos quatorze anos, e Guel Serrado, minha última grande paixão. Isso me fazia também lembrar uma vizinha nossa, quando moramos em São Paulo, papai e eu. D. Joaquina dizia que pessoas que tinham aquele dedo do pé mais longo que o dedão eram autoritárias, mandonas, detentoras de poder. Não sei se por ironia de meus desejos, aquilo passou a ser, louco e ludicamente, quase um critério para meus relacionamentos, sendo motivo de piada para mim mesma e meus namorados, principalmente aqueles cujos pés e mãos não se encaixavam às minhas preferências. Aos demais, aprovados naquele critério esdrúxulo, pensava que poderia ser um sinal verde de entrega.

Desse modo, Pedro Lucena passara no crivo. Loucura!

E por que lembrar daquelas tolices as quais só diziam respeito a mim, justo naquele momento? Minha aproximação daquele homem seria apenas momentânea, por necessidade, por Clara. Aquela brincadeira silenciosa, íntima e pessoal não cabia naquele instante. Talvez até como forma de fugir, não ouvir Pedro Lucena falando de sua vida, pensando ser eu seu grande amor do passado, uma mulher que já havia morrido.

Tive vontade de morrer, sumir e, num determinado momento, caí numa crise de choro, não suportei aquela situação, não poderia continuar. Dava para perceber que aquele homem não era igual ao deputado, como pensava anteriormente. Ele era sensível e tinha um bom coração. Com certeza Pedro Lucena era um bom homem e talvez fosse uma vítima daquele crápula. E quando o vi ali, fragilizado, cuidando de mim, preocupado ao me ter em prantos, tive vontade de sair correndo daquele restaurante. Ou poderia contar toda a verdade.

CAPÍTULO 14

Pedro e eu acabamos indo para um barzinho, não muito longe de onde estávamos, na Rua Desembargador Leite Albuquerque, onde conversamos a noite inteira. Em alguns momentos esqueci que era Júlia Serrado e viajei no universo de Pedro. Era uma companhia muito agradável, uma pessoa leve, crente no ser humano, cuidadoso, gentil, extremamente educado, falava baixo, com tranquilidade, além de uma beleza envolvente. E, ao mesmo tempo, trazia uma firmeza em sua voz, uma energia de determinação, de homem maduro, de convicção e retidão em suas crenças. Parecia querer contar toda a sua vida naquela única noite, como se quisesse recuperar o tempo perdido. Até ri algumas vezes. Já eu, não tinha muito o que falar, a não ser a história, a qual havia aprendido com a orientação de Luísa e alguns toques do deputado.

Pedro Lucena tinha trinta e quatro anos, morara dez em Londres, desde que havia se casado com Vanessa. Por incrível que parecesse, tinha se separado da mulher fazia pouco mais de um mês. Suportara a difícil convivência o quanto pôde, mas dizia não ter mais estrutura para conviver com os ciúmes doentios dela. Embora tivesse feito o possível para esquecer Mirela, a própria Vanessa não permitia que esquecesse, pois sempre lembrava de seu nome, por ciúmes do que haviam vivido juntos. Ela fora apaixonada por Pedro desde a época de seu namoro com a tal Mirela e depois de sua morte, ainda passara anos esperando uma oportunidade para ficar com seu grande amor.

Pedro e Vanessa haviam se casado após descobrirem que ela esperava um filho. No entanto, ele me confessara que nunca a amou e que seu casamento havia sido um erro. Aquilo, nós tínhamos em comum.

Foi muito bom ouvi-lo falar do filho Felipe, de nove anos. Dizia ser um menino extremamente inteligente, estudioso e muito afetivo. Pareciam ter uma relação de muita cumplicidade, principalmente no que dizia respeito aos problemas de saúde da criança. Tinha alergias a muitas coisas, comidas, climas, ambientes e, por causa daquilo, era tratado pela mãe como se portasse uma grave doença e não pudesse conviver normalmente com as pessoas, nem levar sua vida de forma natural, como as outras crianças. Fora privado de levar uma vida normal, do convívio escolar, de amigos. Parece-me que o que Pedro pôde fazer para proporcionar uma vida de normalidade ao filho, ele havia feito. No entanto, sentia-se limitado, pelo cuidado e respeito à esposa. Não sentia-se negligente, mas procurava sempre resolver as situações limites em que Vanessa aprisionava o próprio filho, de modo ponderado, sempre com muito diálogo. Mas, pelo que dizia, parecia ser ela uma pessoa muito difícil e, em alguns momentos, tive a impressão que os ciúmes daquela mulher também se estendia ao filho.

A decisão de sair de casa fora tomada depois de um escândalo de Vanessa no grupo de Biodança de Pedro. Motivada por suas desconfianças absurdas, ela foi até o espaço onde funcionava o grupo, exatamente no momento de uma vivência que o marido estava fazendo com uma colega do grupo, e, depois da dança, acabaram se abraçando, como que celebrando o que haviam vividos juntos ali naquele momento. Pedro precisou sair do salão, levando a mulher dali. Parecia ter sido uma situação extremamente constrangedora para todos. Ele havia inclusive pensado na possibilidade de deixar o grupo. Foi então que tomara coragem e decidiu pôr um ponto final naquela relação doentia.

Pedro não havia acabado antes com aquela situação por preocupar-se com o filho. Temia que os cuidados excessivos de Vanessa a sua saúde se intensificassem ainda mais e que Felipe sofresse com as loucuras da mãe. Ele me dissera que quando se tem um filho, a gente não pode pensar somente em nosso bem-estar, mas que nossas decisões envolvem diretamente nossos filhos. Aquilo até me tranquilizava um pouco mais em relação ao que eu estava fazendo com ele. Era como se estivesse, com aquela afirmativa, mesmo sem saber, me absolvendo de meu terrível pecado.

Fui levada em casa quando o dia já estava quase amanhecendo, quer dizer, no apartamento no Dionísio Torres, que supostamente seria de Mirela. Donato Pessoa não me permitira ficar em casa por causa de Raquel e as crianças, até porque seria mais gente envolvida naquela mentira, e eu mesma não queria aquilo.

CAPÍTULO 15

A noite estava fria. Sentia todo o meu corpo tremer, não somente pelo clima, bem como pelas dores, que se manifestavam em várias partes de meu corpo. Procurava me esconder por trás dos jarros de plantas de meu jardim, na frente de minha casa, protegendo-me do frio e tentando evitar que alguém da rua me visse ali. Devia já passar das onze da noite, e não percebia muitas estrelas no céu, nem mesmo a lua estava muito a se mostrar.

Meu receio era também que meu filho chegasse e me percebesse ali fora, separada da rua apenas pelas minhas plantas e o muro baixinho, que antecedia a porta de entrada de nossa casa. Vendo-me ali, Nando logo entenderia o que acontecera e seria mais um transtorno. Não, ele não poderia se deparar com aquela cena grotesca, sua mãe encolhida no jardim de sua casa, ao relento, já tarde da noite, vestindo apenas uma camisola, com vários hematomas por todo o corpo. Só de pensar, ficava ainda mais nervosa. No entanto, nada podia fazer. Chegara a pensar em procurar um vizinho, Ceiça do mercadinho, talvez, mas logo desisti. Chamaria muito a atenção e outras pessoas poderiam me ver daquele jeito. Eu não poderia. Além das dores e do frio, sentia-me também tomada de vergonha. Decerto, muitos puderam ouvir meus gritos, como de costume, e depois fingir que nada aconteceu. E nem imaginavam o que havia acontecido realmente.

Assustei-me ao ouvir a batida no portão. Graças a Deus, Nando não me percebera ali, escondida no pequeno jardim. Como todas as noites, deixara seu carro na garagem de seu Olivar, nosso vizinho da esquina, e vinha caminhando quarteirão acima, até nossa casa. Quase tive meu esconderijo descoberto, no instante em que caíram-lhe os livros que trazia na mão, tentando fechar o cadeado do portão. Se ele olhasse para sua direita, viria nitidamente meu rosto por entre os galhos das plantas. Só aquietei meu coração ao ter certeza de que entrara.

Fiquei pensando o que seria de mim ali, como sairia daquela enrascada. E não me vinha nenhuma ideia. Mal conseguia raciocinar. Roguei a Deus por um milagre, por uma saída para aquela situação. Não tinha como entrar em minha casa, pois a porta estava trancada e não poderia chamar, para que Nando não soubesse o que havia me acontecido, do mesmo modo em relação aos vizinhos. O que faria afinal?

Já eram quase duas da madrugada, quando percebi a porta se abrindo. Fiquei aflita achando que seria Nando mais uma vez, que de alguma forma teria dado pela minha falta e resolvera me procurar. Mas conheci Alceu pelo chinelo, que dava para ver por entre as plantas.

– Vamos para dentro, mulher.

Alceu estava com a mão estendida diante de mim, como que para me resgatar daquele lugar frio, no qual me jogara quatro horas antes. Tínhamos discutido mais uma vez por causa de nosso filho Holanda, e ele perdera o controle, como de costume, agredindo-me com chutes, tapas e empurrões. Aos cinquenta e oito anos, eu já havia perdido as contas de quantas situações daquelas nós havíamos passado durante os trinta e cinco anos em que estávamos casados.

Muitas vezes chegava a questionar o verdadeiro porquê de eu suportar tantas agressões, aflições e sofrimento. Não podia ser simplesmente pelos ensinamentos de que "casamento é para sempre", já que nunca havíamos sido realmente felizes. Alceu de Holanda sempre fora um homem duro, comigo e com as crianças, tratava-nos permanentemente com desprezo e agressões, como se nos punisse de algum crime. Mostrava-se de uma exigência profunda nos afazeres domésticos, cobrando-me uma única teia de aranha que porventura houvesse sido esquecida por mim no canto da parede, após uma faxina, ou ainda o cardápio variado, que jamais poderia se repetir durante a semana, no almoço e no jantar.

As crianças cresceram aterrorizadas com nossas brigas, ou melhor, com as surras gigantescas que seu pai me dava, uma ou duas vezes por dia. Passados tantos anos, minha situação não era tão diferente, a não ser pelos intervalos maiores entre uma surra e outra.

Morávamos no Montese, a seis quarteirões da Av. Gomes de Matos, na Rua Romeu Martins, desde o início de nosso casamento, antes numa casa menor, pertinho de onde estávamos então. Ali, naquele bairro modesto, as crianças cresceram, brincaram, começaram a namorar e despontaram para a vida, no mesmo lugar onde passei parte de minha infância, o mesmo bairro o qual havia sediado as minhas brincadeiras de menina juntamente com as minhas amigas e que era naquele momento o cenário de meu sofrimento, de minha opressão.

CAPÍTULO 16

Nossa casa havia perdido a alegria emanada de nossos três filhos, na ausência de Alceu. Morava conosco apenas Nando, o mais velho. Lembrava muito o pai mais jovem, muito bonito e já com trinta e três anos. Mesmo assim, para mim, era como se não tivesse crescido. Zelava por ele como se zela por uma criança indefesa.

Nando sempre fora considerado por todos um bom rapaz, tranquilo e estudioso, o único que concluíra os seus estudos. Terminara seu doutorado na USP, em São Paulo, fazia pouco tempo, e estava voltando a lecionar no curso de Sociologia da Universidade Cearense – UNICE, da qual era professor há alguns anos. Fora ele, inclusive, quem comprara a nossa casa e nos dera de presente. No fundo, eu sabia que sua presença era uma forma de me proteger e impedir seu pai de me maltratar. Exceto quando bebia, Alceu até chegava a me respeitar ou tentar me respeitar na presença do filho. Na verdade, ele se aproveitava de Nando para sustentar suas farras e jogatinas, e meu filho se permitia a tal absurdo como uma forma de mantê-lo ocupado, entretido, longe de mim.

Apesar de crescer indignado vendo as surras que eu levava de seu pai, Nando tinha uma grande consideração por ele e até cuidava de seus porres, quando ultrapassava o limite, o que acontecia quase sempre. Alceu era de fato um alcoólatra e Nando fazia de tudo para ajudá-lo, tentando lhe convencer a procurar ajuda, embora não parasse de lhe dar dinheiro, para evitar o pior dentro de casa.

Desde que voltara de São Paulo, onde fizera seu doutorado, Nando vinha mantendo uma relação meio sigilosa com Olívia Cordeiro, a filha de Adriano Cordeiro, um grande amigo do passado. Eu não sentia por parte dele uma grande paixão, mas os dois pareciam gostar da situação. Haviam se reencontrado, depois de alguns anos, em um voo de São Paulo para Fortaleza. Na verdade, eu a conhecia desde pequena, quando ainda era bebê. Transformara-se numa linda mulher, elegante, de um estilo jovial e moderno, dona de um corpo exuberante, o que transformara numa modelo de sucesso nacional. É considerada até hoje como uma das mulheres mais bonitas de Fortaleza.

~

Aos trinta e seis anos, Olívia Cordeiro orgulhava-se de ser uma mulher independente, que criara seu filho, Alexandre, sozinha, depois de ter sido expulsa de casa pelo pai, ao descobrir que estava grávida, com apenas dezesseis anos, e abandonada pelo pai da criança. Ela nunca conseguira perdoar Adriano por isso, mesmo com suas inúmeras tentativas de uma reconciliação. Perdemos o contato nos últimos anos, Olívia e eu, mas, sempre que nos encontrávamos, passávamos horas conversando sobre sua vida. Ela gostava de me falar sobre suas tentativas frustradas de namoro e me pedir conselhos. Passara por inúmeras relações complicadas, acabando sempre sendo abandonada ou traída pelos namorados. Seu grande sonho sempre fora realmente encontrar seu príncipe encantado, alguém que a desse apoio e segurança.

Muito ocupada com sua casa noturna, que abrira em sociedade com o amigo Renato Brandão, Olívia procurava-me frequentemente, nos últimos meses, para se aconselhar acerca de sua relação com o filho, de dezenove anos, com quem vinha tendo muitas dificuldades para conviver e impor limites.

Creio que Olívia não soubera encontrar a dose exata entre proporcionar o que considerava que fosse de melhor para o filho e ao mesmo tempo o fizesse ter consciência de limites na vida. Acabara sendo permissiva e o transformando em um jovem mimado e sem muitas preocupações com seu futuro. No fundo, temia que estivesse metido com drogas, pois sua mesada nunca era suficiente e acabava sempre lhe pedindo mais dinheiro.

A única coisa que confortava Olívia em relação a Alexandre era o seu namoro com Carola, que parecia ser uma jovem responsável, da mesma idade, além da grande amizade dos dois com João Henrique e Maria Antônia, que eram de família amiga e que conhecia desde criança, já que Adriano, o pai de Olívia, sempre fora grande amigo de Leonardo Gondim, o avô dos amigos do neto. Os quatro faziam faculdade e acabaram por se conhecer quando cursavam cadeiras em comum, antes de Alexandre trancar seu curso, no sexto semestre.

Por mais que Carola e Olívia insistissem, Alexandre não voltava a estudar, alegando arrependimento pela escolha de seu curso – Sociologia – e isso a preocupava profundamente, não sabia mais como agir com o filho.

Nando e Olívia vinham mantendo seu relacionamento em segredo por exigência dela. Achava que suas relações anteriores podiam ter dado certo se não abrisse tanto a tanta gente. Por isso, resolvera manter esse novo romance em segredo.

CLARINDA DE HOLANDA

CAPÍTULO 17

Foi através de Nando que fiquei sabendo da volta de Tony a Fortaleza. Às vezes, ao sair da faculdade, ele passava na Boate Mirage para ver Olívia antes de voltar para casa e, numa dessas idas, encontrara com a prima lá. Somente alguns dias depois fui procurada por ela para conversar.

Tony estava com vinte anos, linda, lembrava sua mãe. Deixara os cabelos bem longos e fizera algumas mexas loiras. Aparentava um ar mais maduro, talvez pela maquiagem. Chamava muito a atenção das pessoas por sua beleza, desde a adolescência.

Acabei por assumir a responsabilidade de criar Tony depois da morte de seu pai, meu irmão Emílio, quando era ainda garotinha. Ela saíra de casa logo que completara a maioridade, para morar com umas amigas, mesmo contra minha vontade. Tony sempre desejou mudar de vida e ir embora de onde morávamos. Muitas vezes, ao deixá-la na escola, quando era menina, eu me escondia, a seu pedido, para que ninguém a visse comigo, por eu ser apenas a costureira das mães de muitas de suas colegas.

Nosso reencontro não fora tão feliz o quanto eu esperava. Marcara comigo em um shopping, para que não se obrigasse a voltar a nossa casa. Tony guardava uma grande mágoa, que eu não sabia ao certo de quem era, se de mim ou de Alceu. E isso a fazia me maltratar, agredir-me com a dureza de suas palavras rancorosas, apesar de não falar especificamente o que lhe oprimia o coração. No entanto, eu estava feliz de reencontrá-la.

– Como eu tô feliz, minha filha! Como eu tô feliz!...

As palavras me faltavam e eu queria beijá-la, sem deixar direito que ela respondesse. Queria senti-la em meus braços, como a minha menina, assim como a chamava quando era criança. Mas sua reação fora exatamente o contrário, afastou-se, tirando minhas mãos de seu rosto.

– Calma, tia, você está estragando todo o meu penteado. Olha o que você está fazendo, puxa.

– Desculpa, queria apenas...

– O que você queria comigo? O Nando me falou que você queria falar comigo.

Nem me deixou concluir. O tom de sua voz era ríspido. Não entendia por que me tratava daquele jeito, sem amor, de forma grosseira. Afinal, sempre lhe dera todo o carinho e cuidado, a tratara como a filha que nunca tive.

– Estava com muita saudade de você, Tony. Há mais de dois anos que você não aparecia aqui, não dava notícias. Cheguei a pensar no pior. São tantas histórias que a gente ouve sobre pessoas desaparecidas.

Tentei mais uma vez tocar em seu rosto, mas fora mais uma tentativa frustrada.

– Deixa de drama, tia. Eu tô bem. Estive em São Paulo, depois passei um tempo no Rio. E agora resolvi voltar.

– Onde você está morando?

– Com o Holanda, não se preocupe.

– Com o Holanda? Mas ele não me disse nada. Ele sabia o quanto eu estava preocupada com você.

– Eu pedi que não dissesse, puxa!

Já estava novamente irritada.

– Eu sabia que seria essa lenga-lenga. Eu fiz ele prometer que não diria nada, até eu mesma lhe procurar. Não faz muito tempo, pouco mais de um mês.

– Soube que você está trabalhando na Mirage.

– É, mas eu não quero que diga nada a Olívia. Pedi a Nando também.

– Mas por que ela não pode saber? Talvez seja até melhor pra você. Ela sabendo quem você é, pode até te ajudar lá.

– Não! Não quero que você se meta. Ela me viu acho que ainda muito garotinha, não lembrou de mim. E quer saber? Graças a Deus! É melhor assim.

– Não te entendo, Tony.

– Não é para entender.

Foi um encontro rápido, até porque Alceu não podia dar por minha falta, para não se irritar. Mas senti claramente o rancor que guardava em seu coração. E o tratamento grosseiro, impaciente, me deixava pensar que era comigo, alguma coisa que eu tivesse lhe feito, não sei.

Preocupou-me o fato de Tony não querer revelar a Olívia quem era. Pelo que conhecia dela, estava aprontando alguma.

Tony participara de uma seleção, pouco tempo antes, para dançarina na boate. Ficando em segundo lugar, na escolha, tratou de providenciar para que a moça que tirou o primeiro lugar não assumisse.

Hospedada provisoriamente no apartamento de meu filho do meio, Holanda, conhecera um amigo dele chamado Guel Serrado, que parecia ter morado fora do país nos últimos cinco anos, e então estava de volta. Fiquei sabendo que os dois se conheceram mentindo um para o outro que eram ricos, dando início a uma forte paixão. Depois que descobriram a verdade um sobre o outro, era tarde e estavam perdidamente apaixonados. Sabia que ela não se interessava fácil por alguém e tratava os homens como instrumentos para conseguir o que queria. Mas com esse rapaz parecia ser diferente, ele a deixava desnorteada, num jogo de sedução que lhe tirava o equilíbrio. Depois de muitos anos, Tony estava completamente obcecada de desejo e não resistia diante da possibilidade de irem para a cama. Conseguia se realizar nos braços de Guel como jamais se realizara com qualquer outro homem que conhecera até então. Por isso, desistira da decisão de abandoná-lo e lhe propôs uma parceria, na empreitada de subirem na vida juntos.

Tony era inteligente, cheia de ideias. Depois de ler alguns recortes de jornais contendo entrevistas de Olívia Cordeiro sobre suas relações amorosas fracassadas e de seu desejo de encontrar a pessoa certa, considerou-a alvo fácil para seu plano. Sendo Guel um homem bonito e sedutor, aliado às suas ideias, o jogo estaria ganho. Bastava apenas descobrir como aproximá-lo de forma assertiva de Olívia para dar o bote. Por isso, decidira trabalhar na boate, a fim de que pudessem descobrir mais sobre sua vida, seus passos. A jovem Sofia, que tirara o primeiro lugar e assumiria a vaga de dançarina no grupo da coreógrafa Júlia Serrado, fora então seduzida facilmente por Guel, engatando um pseudonamoro relâmpago. A tentativa era de afastá-la, para que não assumisse a vaga. Descobriram que o pai da moça era testemunha de Jeová e jamais admitiria a filha como dançarina de uma boate. Trataram então de levá-lo a Mirage, flagrando um ensaio do grupo, o que fez com Tony conseguisse finalmente a vaga de dançarina.

Trabalhando na Mirage, Tony logo ficara sabendo que Olívia Cordeiro teria um suposto namorado secreto, o que impediria seu plano. O próximo passo seria então descobrir quem era esse misterioso namorado. O que não demorou muito, já que desconfiava da presença frequente, embora discreta, de Nando, na boate. Conhecia-o suficientemente para saber que não gostava de agitações noturnas, mas foi com a ajuda de Guel, seguindo Olívia, que descobriram a identidade de seu namorado.

Foi então que Tony voltou a frequentar a nossa casa, procurando aparecer, claro, na ausência de Alceu. Ela mesma não queria encontrá-lo e eu compreendia, os dois nunca se deram bem, além de ter sido também vítima de sua opressão. Eu desconfiava que tinha algo de errado com aquela reaproximação, mas, mesmo assim, procurava saborear a sua presença. E ela até se mostrava mais paciente e um pouco mais afetiva. Afinal, as pessoas podem mudar. Evidentemente que não era o caso. Tony estava obstinada em acabar com a tal relação do primo com Olívia, para então promover o encontro dela com Guel Serrado.

Voltando a entrar em contato com nossa realidade, Tony lembrara da paixão de Marluce, a jovem filha de nossos visinhos Ceiça e Rubinho, os donos do mercadinho da esquina, por Nando. Sabendo que Marluce era então aluna dele e quase diariamente pegava carona com ele, para irem juntos à faculdade, resolveu se aproximar da moça, mesmo despertando desconfianças, e incentivá-la a lutar por seu amor de criança, convencendo-a então a tomar iniciativa e beijá-lo numa determinada manhã em que iam juntos para a UNICE, como de costume. Tony tratou para que Olívia estivesse no estacionamento da faculdade naquele exato momento, flagrando o tal beijo.

Tony estava certa sobre suas expectativas acerca do plano, Olívia não perdoaria o namorado, nem permitira maiores explicações, pelas inúmeras frustrações anteriores, na sua maioria, envolvendo traições. O caso dos dois estava encerrado e o caminho livre para Guel Serrado.

A relação de Tony e o tal Guel Serrado realmente me preocupava. Desde que os havia visto juntos, quando fui ao apartamento de meu filho Holanda, aquele rapaz me chamara a atenção. Parecia esconder algo por trás de seu olhar, como se quisesse alguma coisa não revelada em seu discurso arrumado. Sentia que era uma pessoa perigosa e não gostava de vê-lo envolvido com minha sobrinha e meu filho.

Conversando com Holanda, descobri que eram amigos há muito tempo e que Guel desaparecera por cinco anos e há pouco voltara ao Brasil. No entanto, não sabia dar maiores informações sobre o passado do rapaz: o que fizera, por que ficara tanto tempo fora, sem dar notícias, ou ainda por que voltara. Não sabia ou não queria me contar. Afinal, era eu quem não o considerava uma boa influência para os meninos, embora não soubesse de nada concreto que arranhasse sua imagem. O que me tranquilizava era saber que Tony estava morando, mesmo que provisoriamente, com Holanda. Cheguei a lhe pedir que ficasse de olho na prima e naquele rapaz e que tomassem cuidado com ele. Sei que em certos momentos alguns cuidados de mãe se tornam absurdos, por não termos especificamente argumentos concretos, por serem somente fruto de nossa intuição. Mas não podia me calar diante de meu coração.

JÚLIA SERRADO

CAPÍTULO 18

Eu tinha me mudado com Raquel para uma nova casa, no Montese, que era de uma amiga de minha cunhada e nos tinha feito um valor de aluguel bem mais em conta. Casa não muito grande, de três quartos, sala e cozinha, mas o suficiente para nossa família. Acho que tivemos muita sorte com aquela mudança, pois era um ambiente muito agradável a Rua Romeu Martins, bem como a vizinhança, gente bastante acolhedora e prestativa.

No dia em que nos mudamos, várias pessoas da rua se ofereceram para ajudar e ainda muitos outros foram me dar as boas-vindas. Gostei mesmo de uma senhora muito simpática com quem encontrei ainda quando havíamos visitado a casa. Tratava-se de D. Clarina de Holanda, que insistira para tirarmos, Raquel e eu, o "dona" e a chamássemos somente de Clarinda, o que, para mim, era impossível. Era uma mulher simples, de meia-idade, bonita e tinha um jeito todo especial de mãe, como se fosse toda cuidadosa, uma energia boa. Morava na casa rosada da frente, do outro lado da rua, vizinha a um casarão abandonado.

Aos poucos fui conhecendo outros moradores, como D. Ceiça e seu Rubinho, o casal dono do mercadinho da esquina, onde eu fazia todas as minhas compras.

Seria um novo momento em minha vida, só faltava Clara para que eu ficasse realmente bem.

Lembro-me que dormi como um anjo naquela manhã e até sonhei com Pedro. No sonho, estávamos passeando por um jardim, e ele pegava em minha mão, sentia uma imensa alegria de estar ali com ele. Homem de beleza madura, porte majestoso. Os longos dedos enroscavam-se nos meus e podia sentir a maciez de sua mão, passando-me um afeto, o qual esperei por anos. Acordei tão bem, feliz. Fazia tempo que não me sentia daquele jeito, embora tivesse naquele estranho apartamento, sozinha. Não importava.

Tão logo acordei, fui surpreendida com uma entrega de flores e um cartão que dizia: "Foi maravilhoso sentir sua presença ao meu lado novamente. Acho que nunca deixei de lhe amar. Beijos, Pedro".

Eu não sabia se ria ou chorava. Senti pena dele e ao mesmo tempo de mim, por estar me obrigando a enganá-lo. Foi então que decidi acabar com tudo aquilo. Só não sabia se contaria a verdade a ele ou simplesmente sumiria, desapareceria. Mas desaparecer, sem deixar notícias, eu não poderia, não com ele, seria pior do que estava fazendo.

Já me preparando a ir embora, recebi uma ligação de Luísa, dizendo-me ter recebido notícias do detetive, o qual encontrara uma das pessoas que presenciaram a venda de Clara ao casal holandês. E aquela notícia não só me enchera de esperança, mas me fizera desistir de revelar a farsa a Pedro. Acabei aceitando seu convite para almoçar e foi uma tarde surpreendente.

– É como se tudo fosse um sonho, Mirela. Estou sonhando acordado.

– Pra mim também é estranho, pode acreditar.

Nunca antes havia me envolvido em nenhuma farsa, ou precisara mentir pra ninguém. Aquilo ia contra tudo o que eu acreditava.

– Minha falta de compreensão reside nos caminhos utilizados pela vida para nosso crescimento. Hoje cedo fiquei me perguntando por que, o que houve entre nós, na nossa história. Por que desse intervalo tão grande? E ao mesmo tempo sei que a cronologia é uma criação nossa, e não alcança os traços de Deus. Mas foram muitos anos, entende?

– Sei bem do que você está falando, Pedro.

Pelo menos procurava compreender. Mesmo sendo difícil e doloroso para mim colocar-me em seu lugar.

– Ficamos longe um do outro por muito tempo, Mirela. Ainda assim sinto a intensidade desse fogo dentro de mim, reacendendo. Você não faz ideia de como estou desde ontem. É loucura isso!

– Também acho.

Falava de mim, do deputado e seu plano, tal Mirela.

– Sei também que o caminho não é ficar procurando entender nada, a separação, o tempo. O maior convite agora é a entrega.

Entrega de quê? À mentira, a uma palhaçada criada por um provável inimigo? Vítima era o que ele era, de mim, de Donato Pessoa.

– Confesso que estou muito confusa, Pedro. Talvez fosse melhor a gente dar um tempo, para a poeira baixar e poder compreender melhor o que aconteceu.

– Por favor, não! Sei que é complicado pra você. O sentimento é meu, as lembranças são minhas. Você não tem como lembrar de nada. E pra você é tudo muito estranho. Pra mim não, sabe? É como se eu tivesse voltando no tempo, recuperando o que eu perdi. Pra mim não é estranho. Eu consigo reconhecer tudo, você, o que eu sinto diante de você. Apesar de ser novo, ao mesmo tempo, isso é loucura.

– Eu preciso me acostumar.

– Eu posso te ajudar.

– Pedro, você não entende.

– Pelo contrário. Sei que é difícil pra você. É importante saber de seu passado, mas não consegue reconhecê-lo ainda. Talvez pra mim seja mais fácil.

– É mais ou menos por aí.

– Estou em vantagem.

Vantagem que nada! Perdia-se cada vez mais em minhas mentiras. E aquilo me doía. Precisava lembrar de Clara a cada instante para poder continuar.

– Mirela, tudo está voltando.

– Como assim?

– Tudo o que eu sentia.

– Tão rápido.

– O necessário.

– E como se sente?

– Feliz.

Aproveitamos para fazer um passeio de barco, oferecido pelo hotel no qual almoçamos, de onde assistimos o pôr do sol, em alto-mar, depois de um mergulho, pertinho da Praia Mansa, e de brincarmos na água como duas crianças. Eu tinha resistido em tomar banho, mas era tudo tão mágico, suave e ao mesmo tempo envolvente, gostoso. Não tive como recusar. Morava em Fortaleza há sete anos, desde minha vinda de Recife, depois da morte de meu pai e conhecer Guel Serrado, e nunca tinha podido saborear as belezas desse lugar. Acho que nunca me dera conta do quanto Fortaleza era linda.

Foi inesquecível nosso encontro dentro da água e, sem que eu tivesse tempo para pensar, senti nossos lábios se tocando. O que seria uma brincadeira inocente, transformara-se em nosso primeiro beijo! E como eu havia desejado aquilo horas antes, quando ele me deixara em casa, depois de conversarmos a noite inteira. Acho que naquele momento poderia o mundo desabar e não perceberia. Lembro-me bem de uma sensação de inteireza, era como se o universo estivesse ali simplesmente nos banhando com toda a sua magia, seu esplendor.

– Pedro...

– Não fala nada – pôs os dedos suavemente em minha boca. – Eu queria muito isso. É maravilhoso estarmos aqui.

Sim, e era mesmo. Estávamos em alto-mar, pertinho do barco, envolvidos na imensidão daquela água e do que sentíamos naquele momento, como se não houvesse outras pessoas em nosso entorno, aproveitando o mesmo banho.

Sentir seus lábios tocando os meus, seu corpo quente e trêmulo encostar cuidadosamente ao meu. Tudo mágico.

Após o banho, Pedro pegava uma bebida para nós no bar do barco, e pude admirá-lo, sem que percebesse. Nada poderia ser mais perfeito! A magia daquele encontro, o que acontecia naquele instante, o beijo que durara minutos, em pleno mergulho. E tudo em tão pouco tempo.

Estava Pedro com uma camiseta regata branca, grudando em seu corpo ainda molhado, e uma sunga vermelha escura, definindo perfeitamente seu porte atlético. Ombros largos, braços fortes e pernas grossas. Mãos e pés perfeitos, do jeito que eu gostava. O cabelo molhado caía por sobre os óculos escuros, sendo jogado por ele de vez em quando para trás, com a ajuda das duas mãos, num gesto charmoso, o qual se repetia frequentemente. E eu, completamente encantada. Passaria horas admirando-o somente. Seus gestos, as palavras, a sistematização precisa do pensamento diversificado, segundo ele, de aquariano, o cuidado, o jeito afetivo, seu cavalheirismo. Além de uma beleza inconfundível. O homem que toda mulher gostaria de ter! Seria realmente eu quem vivia aquilo naquele momento? Eu mesma chegava a não acreditar.

JÚLIA SERRADO

CAPÍTULO 19

Pedro falava-me muito de si, de sua vida, do quanto sofrera ao pensar que eu, ou melhor, Mirela, tinha morrido, e o quanto a amou durante todos aqueles anos. Era bom ouvi-lo falar com sua voz doce e suave, parecia me acalentar o coração. E a cada momento o achava mais lindo, como se o tivesse encontrado num sonho. Era realmente um sonho o que eu vivia. Cheguei a achar que talvez tivesse sido a providência Divina aquele encontro – Deus escreve certo por linhas tortas – poderia ser aquilo mesmo um convite do universo para que eu novamente experimentasse o amor, só que dessa vez de uma forma mais madura, mais centrada. Sem dúvida era totalmente diferente da loucura que sentira por Guel, tantos anos antes.

Ri ao sentir meu coração acelerado abrindo a porta do apartamento para recebê-lo, à noite. Jantaríamos fora. Ele, bem-vestido, impecável como sempre, trajava um blazer grafite, camisa verde e calça jeans. Surpreendeu-me ainda na porta com um largo sorriso, oferecendo-me uma rosa vermelha.

– Cheguei muito cedo?

– No momento certo.

Nada poderia ser mais perfeito. E poderia. Se tivéssemos nos conhecido em outra situação, sem mentiras. Se o que ele sentia fosse por mim realmente e não por Mirela.

Até minhas lamentações pelo contexto desapareciam ao nos beijarmos. Fazia muito tempo que não sentia essa sensação ao tocar os lábios de alguém, como se aquele beijo fosse tudo. Inteiro, intenso, perfeito! Se ele questionava o tempo por sua história com Mirela, eu questionava o momento, o que me fizera me aproximar.

Tudo estava acontecendo tão rápido que nem tive tempo de raciocinar, discernir sobre aquilo e no que daria aquela loucura. O combinado com o deputado Donato Pessoa era apenas de me aproximar dele para conseguir o tal dossiê, não precisaria me envolver emocionalmente, nem ter nenhum tipo de relação amorosa. No entanto, fui surpreendida pelo meu destino, ou talvez, quem sabe, pelo meu próprio coração, que estava adormecido para o amor desde que havia sido abandonada por Guel. E eu que nunca havia acreditado em amor à primeira vista, ou da noite para o dia, estava extremamente envolvida pelo homem o qual deveria enganar. A única coisa que me doía era quando me chamava de Mirela e falava de "nosso passado". Eu era Júlia Serrado e não tinha tido passado nenhum com aquele homem, nunca o tinha visto antes. Mas de uma coisa eu já estava certa, queria que aquela situação se prolongasse muito para que pudesse saborear cada minuto de sua presença, de seu calor, de sua energia, de seu perfume, da sensação inexplicável de sentir a maciez de sua mão por sobre a minha. Era como se eu quisesse perpetuar aquele momento e continuar sentindo aquilo para sempre.

Terminamos a noite em seu apart-hotel, na Beira-Mar, onde estava provisoriamente, desde sua separação. Não havíamos falado nada sobre irmos até lá, simplesmente me levou e não expressei nenhuma resistência, nem poderia. Como eu queria estar com ele!

Fiquei esperando por um instante no corredor, enquanto entrou para preparar uma surpresa, segundo ele. E que surpresa! Senti vontade de chorar ao entrar e ser recebida num corredor de velas vermelhas no chão. A sala estava na penumbra, iluminada pelas chamas dançantes das velas. Ele estava ali, diante de mim, belo, sorrindo, com a mão estendida a me receber.

"Eu quero que esta noite seja inesquecível."

Ouvi aquilo como uma música que me convidava a me entregar e abrir as portas de meu coração.

Sim, fora uma noite maravilhosa, moldurada por muito afeto e delicadeza. Dancei a dança a qual a vida estava me convidando naquele instante. Experimentava o sabor de amar e ser amada. Parecíamos uma só pessoa, uma só carne. Acho que nunca havia me sentido tão grande, tão plena. Não poderia não ser um presente de Deus, aquele momento. E então, por um instante, senti-me tão feliz, tão protegida.

E como era bom sentir o sabor daquele homem, seu calor, seu cheiro em minha pele, seu beijo quente, seu cabelo crescido caindo por sobre meu rosto quando me beijava. E a voz doce em meu ouvido declarando-me seu amor. Tudo perfeito, como em um conto de fadas.

Conversamos ainda por horas após um longo banho a dois.

~

Pedro Lucena estava na vice-presidência da RTN há poucos meses, desde a morte do pai, que morrera de um infarto fulminante, aos sessenta anos. Então, fora convidado por Leonardo Gondim, o dono da televisão, para assumir interinamente o cargo de seu pai, até que houvesse uma nova eleição na diretoria da emissora. A atitude do presidente da empresa não havia agradado a alguns de seus diretores, que almejavam o cargo, como o ex-genro Donato Pessoa e a própria filha de Leonardo, Maria Eugênia Gondim. Entretanto, aquela insatisfação dos diretores não incomodava a Pedro, que já vinha de muita experiência num canal de televisão, em Londres, do qual era superintendente. Então, começara a entender a perseguição de Donato Pessoa a ele, pois estava em seu caminho e tudo faria para tirá-lo.

Vanessa não havia dispensado muita força ao retorno do marido ao Brasil, receava que suas lembranças de Mirela o afastassem dela e que retornando ao lugar onde viveram aquele amor poderia alimentar esse sentimento. O fato era que ela tinha toda razão, entretanto nunca poderia imaginar que o marido estaria vivendo aquele romance comigo, embora pensando que fosse com Mirela.

Não sabia ao certo o que estava sentindo, mas na certa já estava completamente apaixonada. Mais parecia uma adolescente quando pensava em seu toque, lembrava de seu beijo ou até mesmo quando sentia seu cheiro, seu calor ao me abraçar. Sim, estava completamente apaixonada, havia entregue meu coração ao amor. E como era revitalizante viver aquilo. Sentia-me outra pessoa, com forças para enfrentar tudo o que viesse pela frente.

CAPÍTULO 20

Pedro pedira para passar uns dias fora da empresa e aproveitamos para viajar. Fomos ao Porto das Dunas, para sua casa de praia. Era lindo aquele lugar, um grande jardim contornava a casa, que ficava de frente para o mar, com uma imensa varanda que separava o estacionamento da área da piscina, ponto de entrada da grande sala, dividida em dois espaços, de estar e refeições. Os quatro quartos ficavam no andar superior, todos com varandas, que davam um charme todo especial aos ambientes.

Parecíamos viver uma lua de mel interminável. Pedro e eu estávamos sempre conversando, brincando, fazendo carinho um no outro. Passávamos horas deitados numa rede na varanda, tentando nos proteger um no corpo do outro do frio trazido pelos fortes ventos do litoral. Ele adorava ter os pés massageados por mim, o que eu fazia, frequentemente, com imenso prazer. Ora, um de meus objetos de prazer bem em minhas mãos.

Era uma alegria imensurável conhecer os anseios daquele homem, partilhar de seu afeto, de seu cuidado profundo. Podia perceber como as pessoas que com ele interagia alimentavam um sentimento de profundo respeito e admiração por sua pessoa. E, de repente, eu me via ali, podendo aproveitar de sua intimidade, de seu carinho, de seu amor. Pensava que homens como aquele não mais existiam, mas depois de conhecê-lo, estava certa que sim.

Eu não poderia esquecer meu objetivo, o porquê de estar ali com Pedro Lucena.Volta e meia aquilo vinha e tomava conta de meus pensamentos, deixando-me paralisada, profundamente triste. Era como se, de repente, o conto de fadas se transformasse num terrível pesadelo. Pior era quando ele se aproximava de mim, tentando saber o que eu tinha, o que me atormentava, querendo me cuidar, fazer algo para evitar meu sofrimento.

"Mirela, eu não quero nunca te ver triste, perder a luminosidade do teu sorriso. Ele desperta em mim o desejo de poder ter mais alegria, mais vida. O teu sorriso desperta em mim o desejo de poder te amar e viver plenamente esse amor."

Bem que ele poderia falar tudo aquilo e não chamar por aquele nome que trazia consigo a lembrança da mentira, da minha falsidade. Sempre repetia em minha mente, como se dissesse para ele, que não era Mirela, que era Júlia Serrado quem estava vivendo aquele amor e o convidando a dançar o afeto, a magia da paixão.

Logo que retornamos a Fortaleza, conheci Felipe. Havíamos nos encontrado num shopping, como que por acaso, mas percebi que fora um encontro provocado por Pedro. Ele já havia me falado várias vezes que desejava muito que nós nos conhecêssemos. Felipe ostentava a mesma beleza do pai e até parecia realmente bastante com ele, principalmente os olhos castanhos, de desenho amendoado, a boca deveria ser da mãe. Mas era mesmo um doce, como Pedro o descrevia. Parecia um adulto, maduro, observador, cuidadoso com as palavras. E teve algo que ele me dissera, num instante em que ficamos sós, que me deixou angustiada.

"Acho que papai sempre te amou, Mirela. Mas agora é diferente, você está aqui. Queria te pedir para nunca fazê-lo sofrer."

Será que aquele garoto havia percebido alguma coisa? Um presságio talvez. Nove anos e tanta maturidade. Era uma criança especial, como seu pai dizia.

Teria eu realmente o direito de enganá-lo, embora por causa de Clara? Por que não estava apaixonada por alguém que realmente pudesse amar como Júlia Serrado? Percebi então que o que eu estava vivendo não era um sonho, mas um drama criado por mim mesma. Não poderia culpar ninguém, nem Deus, nem Donato Pessoa, nem a situação pela qual estava passando. Não era justo, e eu sabia que tinha uma forte tendência a querer culpar o mundo por meus problemas, assim como a grande maioria das pessoas. Quando o fazemos, parece tornar-se mais fácil a superação da dor.

Passara dias evitando falar com Luísa, que me ligava insistentemente. Sabia que queria obter notícias, se inteirar de como estava nosso plano. Eu era muito transparente e, esperto como esse pessoal deve ser, logo sacaria de meus sentimentos, rapidamente constataria a minha paixão, que o tiro saíra pela culatra, como de fato não foi muito difícil a percepção de Donato Pessoa em nosso primeiro encontro, depois de tudo aquilo que estava vivendo com Pedro Lucena. Como eu previa, parecia ter visto em meus olhos que havia sido traída por meu coração. Contudo, sua reação fora diferente do que esperava.

"Ótimo que estejam vivendo isso, assim fica tudo mais fácil, será mais rápido do que eu pensava."

O que me surpreendera fora a sua certeza de que eu jamais desistiria da parceria. Ele apostara alto e não contava com uma posição negativa de minha parte. E deixou bem claro que se eu estivesse pensando em algum momento em sair fora, nunca mais eu viria minha filha. Novamente tive a impressão de que ele sabia onde Clara estava, com quem estava, pois parecia ter poder sobre aquela situação da forma que falava. Mas eu não tive coragem de insinuar aquilo, sabia que era um homem perigoso, pelo pouco que havíamos convivido já tinha dado para perceber. Não era o tipo do homem que dava ponto sem nó. Então, me fizera outra exigência.

A RTN estava completando dez anos de existência. Então, o dono da emissora propusera um desafio a toda a direção da empresa: que todos elaborassem uma proposta de programação que comemorasse esse aniversário. A proposta vencedora daria a seu idealizador o cargo de vice-presidente, ocupado provisoriamente por Pedro Lucena. Ele mesmo já havia me falado, e que estava preparando a proposta, por ter um forte motivo que o prendia no Brasil. Desconfiava de que a morte do pai fora um atentado, pois ele já havia compartilhado com um amigo que vinha recebendo ameaças. Pedro ficara sabendo por esse amigo, Adriano, das desconfianças do velho Alberto Lucena, antes de sua morte.

O receio de Donato Pessoa sobre o tal dossiê era real, pelo que eu ficara sabendo, de fato existia, mas diferente do que meus parceiros naquela loucura pensavam, Pedro não estava com o dossiê, embora também soubesse de sua existência e quisesse encontrá-lo. Ele não chegara a me falar o nome do deputado, no entanto, pude perceber que era dele que desconfiava. Parecia que Alberto não havia revelado a Adriano o nome do protagonista do dossiê, mas se mostrara decepcionado, fazendo insinuações de que se tratava de uma pessoa que havia ajudado a crescer.

CAPÍTULO 21

Não sei se por providência do destino ou pelas mãos de alguém, o fato é que, para o bem de meu marido, o velho Alberto morrera antes de revelar o que descobrira. E aquilo me amedrontava. Temia que o envolvimento de meu marido na morte de seu amigo fosse maior do que todos conheciam. Cheguei a tremer ao ser procurada por Pedro, logo que voltara ao Brasil, para que eu lhe dissesse o que eu sabia sobre a morte de seu pai. Na verdade eu sabia tanto quanto as outras pessoas, mas agi como uma louca, como se soubesse de alguma coisa que não lhe havia sido revelada. Fiquei extremamente nervosa, trocando as palavras, sem conseguir articular um só pensamento. O que me fazia agir daquela forma era o medo de que Donato tivesse alguma coisa a ver com a morte de Alberto realmente e que meu cunhado descobrisse. Senti-me depois como uma completa idiota e, se ele não pensava nada desse tipo, com aquela minha atitude passaria a pensar. Nem coragem de comentar aquele encontro com meu marido eu tive, se não teria de lhe explicar o porquê de meu nervosismo. Eu não sabia qual seria sua reação, nem estava disposta a descobrir.

Era melhor para mim, em todos os sentidos, permanecer sem saber de nada. Por isso via e ouvia muita coisa, mas acabava não percebendo o que era óbvio, como o caso de meu marido com sua secretária dentro de minha própria casa. Maria Eugênia, inclusive, havia chegado a fazer algumas insinuações, numa festa em sua casa, a qual nós havíamos ido.

– Luísa é realmente uma grande profissional, não acha, Marina?

Fazia aquela pergunta olhando para os dois conversando num canto da sala, em meio aos outros convidados da festa. Estava com um olhar insinuante, com um sorriso irônico.

– Realmente, Luísa é muito competente.

– Parceiros profissionais desde a época de nosso casamento. De fato, são bons parceiros.

Eu sentia que queria me dizer algo por trás daquele comentário. Jamais teria coragem de perguntar o que verdadeiramente queria dizer. Sabia que Maria Eugênia era uma mulher invejosa e nunca suportara a paixão de Donato por mim, embora já fossem separados há três anos antes de nos casarmos.

– Se eu fosse você, procurava se inteirar mais da vida de seu marido, querida.

Como eu tive ódio daquele comentário. Senti vontade de fazê-la engolir o que dissera. Mas apenas sorri, procurando mostrar superioridade, embora não conseguisse. Ela sempre me tratara como uma garotinha burra, que não tinha nada mais para oferecer a ele além de sexo e um corpo bonito e que breve enjoaria de mim. O que me deixava feliz era lembrar que ela tivera que me aturar já por quatro anos e quanto mais esperava, torcendo pelo fim de nosso casamento, mais meu marido parecia gostar de mim, fortalecendo ainda mais nossa união.

Todavia, as insinuações de Maria Eugênia me valeram noites de sono, até chegar a abordá-lo, contando-lhe o que ela me dissera. Achei que explodiria, no entanto, riu, debochando de minha indagação.

– Como pôde cair no veneno de Maria Eugênia, minha querida, como pôde?

Olhava para mim como se olha para uma criança inocente, quando pensa algo absurdo e tolo.

– Marina... ela nunca suportou o nosso casamento. Olhe para você, linda, uma menina, enquanto ela, uma velha, sozinha, que paga homens para dormirem com ela. Ora, Marina, minha querida, não fique pensando nessas tolices. Luísa, definitivamente, não faz o meu tipo – ria, balançando a cabeça, desdenhando totalmente de minha pergunta.

Senti-me uma idiota, de fato, uma criança. Não sei se realmente acreditava no que me dizia ou queria acreditar. Talvez fosse mais cômodo engolir as desculpas e esquecer aquela história. Contudo, esquecer não dava, afinal Luísa estava aos meus olhos o tempo todo, sua relação de cumplicidade com meu marido, uma cumplicidade que eu invejava e tanto desejava ter. Às vezes, me flagrava olhando para ela, sem que percebesse, na expectativa de notar algo, descobrir alguma coisa que tirasse aquelas desconfianças de minha cabeça.

O que mais me enciumava, além da relação que mantinham, era sua inteligência, sua perspicácia, sua competência como profissional, a qual ele tanto elogiava. Luísa também era uma mulher bonita, aos trinta e seis anos, vestia-se com muita elegância, com decotes discretos, mas que valorizavam seu corpo. Tinha cabelos de bonito corte, até os ombros, com mechas loiras, que lhe davam um certo charme. Certa vez, cheguei a ouvir uma conversa dos dois sobre os ciúmes que Maria Eugênia sentia dela. A conversa fora logo interrompida assim que perceberam minha presença na sala.

Eu não entendia por que realmente morava conosco, e cheguei a lhe indagar sobre aquilo certa vez. Como Donato, era escorregadia. Falou-me rapidamente de uma amiga com quem dividia apartamento, mas que por algum motivo tiveram que se separar, exatamente na época de meu casamento. Chegara a ouvir comentários que fora ela o motivo maior do término do casamento de meu marido com Maria Eugênia, há sete anos. Mas se era verdade, por que não ficaram juntos depois da separação dos dois? Era aquilo que me punha dúvidas e me fazia acreditar em suas histórias e explicações acerca daquele assunto.

Sentia-me muito sozinha, acabava tendo a companhia apenas de D. Deise, nossa empregada, uma senhora de cinquenta e cinco anos, que estava conosco desde o início de nosso casamento. Era uma mulher distinta, de voz firme, que chegava a parecer muitas vezes mal-humorada, mas era uma boa pessoa. Eu sentia que se preocupava de verdade comigo, procurando sempre preparar pratos de que eu gostava ou trazer-me revistas e filmes, para que passasse meu tempo.

Em alguns momentos sentia-me cansada daquela relação com Donato, ele me protegia demais, me impedido de sair de casa sozinha, de estabelecer relação com qualquer pessoa. Sempre que íamos a alguma festa, o que era muito raro, gostava sempre de ir sozinho, ou na companhia de Luísa, pois dizia sempre se tratar de eventos de negócios, ele ficava me cercando, como se me vigiasse, e logo que eu conversasse com alguém, longe de seus olhos, ele agia de forma ríspida, antecipando nossa volta para casa, o que me fazia evitar contato com qualquer pessoa. Fazia, inclusive, pouco tempo que havíamos ido a uma festa na casa de Leonardo Gondim, era aniversário dele. Político, meu marido estava sempre em várias rodas de conversas, levando-me consigo onde ia. Foi lá onde aconteceu o meu reencontro com Vanessa. Pouco tempo depois de termos chegado, vi quando ela entrou, acompanhada de Pedro. Já fazia muitos anos que não nos víamos. Fiquei emocionada ali diante dela. Senti uma vontade gigantesca de lhe abraçar, de sentir seu carinho, seu cuidado. Fora para mim uma mãe, desde a morte de nossos pais. Tinha um gênio forte, querendo as coisas exatamente do seu jeito e brigando quando não acontecia o que queria, mas era uma irmã maravilhosa, que me amava e fazia tudo por minha felicidade, menos apoiar-me em minha decisão de me casar com Donato. Sofri naquela noite ao ser ignorada por ela. Olhou bem para mim, como se me avaliasse, e virou o rosto, disfarçando falar com Leonardo. Passei toda a noite procurando-a pela casa, com meu olhar tristonho, cheio de esperança de voltar a ser amada pela minha querida irmã. Esperei o momento certo e, quando fui deixada um instante por Donato, tomei coragem e me aproximei de Vanessa, mesmo correndo o risco de ser mais uma vez ignorada.

–Vanessa, eu queria muito falar com você.

Meu coração estava acelerado. Temia que minha tentativa fosse em vão. No entanto, percebi em seu olhar, ao voltar-se a mim, seu amor, sua tristeza por estar tanto tempo longe.

–Você está muito bonita, Marina!

Foi a única coisa que conseguiu me dizer inicialmente, com a voz meio embargada. Vi seus olhos nadarem em lágrimas.

–Vanessa, estou tão feliz de poder te ver novamente.

–Você está bem? – procurando esconder a lágrima que persistira em cair pelo canto do olho.

– Precisando de você, minha irmã. Sinto tanto a sua falta!

As lágrimas já me escorriam pelo rosto. Senti uma vontade imensa de lhe abraçar.

–Você fez a sua escolha, Marina.

– É o homem que eu amo, Vanessa. Eu não podia deixar de viver esse amor.

– Preferiu nos abandonar, a mim, ao Pedro, que sempre te teve como uma filha, e ao Felipe, que precisou tanto de você.

– Como ele está? – ri ao me lembrar de seu rostinho. – Ele ainda se lembra de mim, chama pelo meu nome?

– Não, claro que não!

Vanessa foi seca, me respondendo àquela pergunta como se não quisesse que eu pensasse na possibilidade de alguma aproximação com ele. Nossa conversa fora finalmente interrompida por meu marido.

– Com licença. Vamos, querida, temos que ir.

Já estava com seu sorriso forçado no rosto, de quando está diante de uma situação não desejada, contendo-se notoriamente em sua raiva.

Não deu uma palavra dentro do carro durante o percurso das Dunas, onde ficava a casa de Leonardo e a Beira-Mar, onde ficava nosso apartamento. Estava com medo do que ele estaria sentindo, mesmo que eu não soubesse exatamente o quê. Mas poderia imaginar. Ele odiava Vanessa por tê-lo rejeitado quando nos conhecemos. Como se a atitude negativa de minha irmã a seu respeito o lembrasse de suas origens, que tanto queria esquecer. Quando entramos em casa, a única coisa que me disse, antes de se trancar no escritório, foi que eu estava proibida de encontrar Vanessa, por ela desejar o fim de nossa união.

Estava casada com o homem que eu amava, no entanto, longe de minha única irmã, de meu sobrinho querido, da família que me acolhera durante anos, dando-me segurança e amor. E o que eu poderia fazer? Jamais poderia ir contra aquela proibição, não sabia o que ele seria capaz se eu ousasse lhe desobedecer.

JÚLIA SERRADO

CAPÍTULO 22

Pedro conhecera Donato Pessoa no primeiro semestre da faculdade de administração, dezoito anos antes. Os dois alimentaram uma forte amizade e, em consideração ao filho, Alberto Lucena chamou o rapaz para trabalhar com ele, dando-lhe todas as oportunidades de crescimento, apresentando-lhe um mundo que não conhecia nem fazia parte. Pedro o considerava como um irmão. Mas acabaram se afastando, por Donato Pessoa ter se casado com a irmã mais nova de Vanessa, mesmo contra a sua vontade. Pedro perdera o contato com o amigo em consideração à esposa, que o odiava por envolver sua irmã adolescente num romance.

No entanto, Donato Pessoa não era o que pensavam, e Pedro estava quase certo daquilo, embora não tivesse como provar. Mas pude perceber que estava obstinado a descobrir a verdade sobre a morte do pai e, principalmente, descobrir onde estava o tal dossiê, para dar continuidade ao trabalho que o pai começara e por aquele motivo morrera.

Depois de saber daquilo tive ainda mais medo daquele homem. Estava completamente arrependida de ter aceitado sua proposta e também desconfiada de que tinha a ver com o sumiço de minha filha. Era o jeito de falar sobre Clara que me levava a pensar aquilo. Não suportara muito tempo e cheguei a afirmar o que pensava ao deputado e sua secretária, o que me deixou ainda mais desconfiada, vendo como os dois se entreolharam no momento em que gritei aquilo. Era como se estivessem surpresos pela minha conclusão.

Donato Pessoa exigiu que eu roubasse a proposta de programação de Pedro, para que pudesse ajudá-lo a conseguir o que tanto queria, o cargo de vice-presidente. Relutei, resisti, mas fora em vão. Ele finalmente me confirmara que sabia onde estava minha filha e que nunca mais a veria se não fizesse o que ele mandara. Eu não tinha alternativa. Pensava em contar tudo a Pedro, mas ficava imaginando o que poderia acontecer a minha filha, se não cedesse àquela chantagem. Verdadeiramente, não sabia se estava realmente falando sério ou se era um blefe. Achava estranho os olhares entre o deputado e sua comparsa. Quando falavam sobre aquele assunto, lançavam um olhar ansioso sobre o outro, como se estivesse na expectativa de minha reação, para saber se eu cairia ou não em sua armadilha. Eu só não sabia que armadilha era aquela.

Aos poucos ia percebendo que os dois já sabiam muito de mim antes mesmo de se apresentarem e me proporem o pacto. Mas o que eles sabiam? Fiquei me perguntando durante um bom tempo como poderia me parecer tanto com outra pessoa, como se fôssemos irmãs gêmeas, de tão parecidas. Havia tomado um grande susto quando vi as fotos que Pedro guardava de sua amada. Mirela e eu éramos realmente muito parecidas, embora, supostamente, seria mais velha que eu, se estivesse viva, estaria com trinta e três anos. A única diferença perceptiva entre a gente, além do sinal em meu rosto, do lado direito, que ela não tinha, era o corte e a cor de nosso cabelo. Mirela tinha o cabelo negro ondulado, na altura do ombro e eu ruivo e liso, um pouco mais longo. Parecia também ter sido alta, como eu. Pelo que eu sabia, o meu corpo era também como o dela, magra e de seios pequenos. As fotos mostravam que seus olhos tinham o mesmo desenho amendoado dos meus, bem como a boca carnuda. Definitivamente, não entendia como éramos tão parecidas. Mas de uma coisa eu tinha certeza, o deputado Donato Pessoa e sua secretária sabiam por quê. E até cheguei a indagar, certa vez, num de nossos inúmeros encontros. Obviamente que não obtive resposta, pelo menos a que eu queria. Mas eles sabiam e, mais cedo ou mais tarde, eu descobriria. Talvez fosse também um trunfo contra mim, para me terem nas mãos, como no caso de Clara.

Senti-me obrigada por minha própria covardia a fazer o que ele estava me exigindo. Exatamente no dia em que Pedro me fizera uma surpresa, lavando-me para conhecer seu novo apartamento, que seria o cenário de nossos encontros, de nosso amor, tivera a oportunidade de ficar sozinha na sala, diante de seu laptop. Imediatamente, abri meu e-mail, no próprio aparelho, anexando os arquivos que guardavam as ideias de Pedro para a programação da RTN e os enviei para meu próprio endereço eletrônico, não tivera coragem de mandar ao deputado, como ele havia me orientado, como se quisesse ganhar tempo. Em seguida, tirei o *pen-drive*, substituindo-o, momentaneamente, pelo que havia recebido de Luísa, provavelmente um vírus. Como que uma providência Divina, exatamente no momento em que devolvia o pen-drive de Pedro à entrada de USB do aparelho fui surpreendida por ele. Acho que foi um dos maiores sustos de minha vida. Com certeza estaria tudo descoberto. Por um segundo senti um alívio, como se tirasse um peso de minhas costas. Eu não poderia continuar enganando o homem por quem estava apaixonada. Mas logo aquela sensação de que estava tudo resolvido foi substituída por uma tristeza profunda. Tivera muitas oportunidades de contar-lhe toda a verdade e não o fizera, agora ele descobrira da forma mais estúpida. Eu era uma estúpida! Acho que me chamei de estúpida um milhão de vezes numa fração de segundos.

"O que você está fazendo aí, meu amor?"

Aquela pergunta me tirara do chão por alguns segundos, que pareceram uma eternidade. Não entendia o que estava fazendo da minha vida, como tinha tido coragem de enganar, mentir, fazer-me passar por outra pessoa, brincar com os sentimentos da pessoa mais sincera que eu havia conhecido. E tudo acabaria da forma mais idiota, num flagra de minha atitude vil. Definitivamente eu não tinha tido sorte, ou era a pessoa mais sortuda do mundo. Estaria aquela situação absurda resolvida sem eu precisar de dar uma palavra, pelo menos ter que tomar iniciativa de contar.

Todavia, lembrei-me também dos momentos que tivéramos juntos em nossa primeira sessão de Biodança, no dia anterior àquele. Pedro até me apresentara seu grande amigo Adriano Cordeiro. Era um homem de sessenta e cinco anos, grisalho, bonito, carismático e extremamente jovial, parecia que todos ali o adoravam. Fazia parte também do grupo, mas tinha faltado na sessão anterior, a qual havia participado pela primeira vez, por motivos de trabalho. Era como se quisesse muito me conhecer, por já ter ouvido o amigo falar tanto de mim.

Pedro e eu havíamos passado toda a verbalização olhando um para o outro, sem conseguir nos concentrar no que as pessoas falavam. Parecíamos estar longe dali, num mundo só nosso, envolvidos numa energia de muito afeto e amor, de muita vontade de estar juntos. Dava até para perceber que o facilitador já tinha se dado conta do que estava acontecendo e parecia cúmplice, pois sabia da história de Pedro e Mirela. Chegamos a fazer várias vivências juntos, quando o facilitador nos convidava a procurar um par, era como se nos procurássemos pelo salão e até ficava sempre por perto, para facilitar o encontro. Sentia vergonha do grupo, achava que com certeza estavam todos percebendo, mas não conseguia me controlar, era mais forte que eu. Numa das vivências, em que tínhamos que caminhar de olhos fechados pelo salão, numa atitude de entrega aos caminhos da vida, tremi ao passar por ele e sentir o seu cheiro. Era como se vivêssemos a magia de um encontro de almas, ali, e não tivesse mais ninguém além de nós dois. Ao passarmos um pelo outro, encostamos apenas as mãos e sentimos o calor, o nervosismo que nos fazia tremer, paramos por alguns instantes e nos abraçamos intensamente, como se confirmássemos a presença um do outro. A música que nos conduzia naquele exercício tinha uma característica transcendente, mas também afetiva. Sentíamo-nos extremamente convidados a viver aquela experiência do encontro. Éramos todo amor.

Tudo poderia então acabar!

CELINA GONDIM

CAPÍTULO 23

Minha irmã tinha quarenta e dois anos e era uma mulher muito bonita, extremamente elegante, de porte majestoso, educada, contudo, nunca conseguira manter uma relação verdadeira de amor com alguém, desde seus primeiros namorados. Ainda cursando o último ano da faculdade de administração, aos vinte e um anos, casara-se com Willames Macena, dono da WM, uma das maiores agências de publicidade do país, no Rio de Janeiro, e sócio de papai em sua agência aqui em Fortaleza. Um homem quinze anos mais velho, que não conseguira retribuir sua intensa paixão e se privar da vida de *playboy*, cheia de mulheres, que o tornara famoso. Um casamento que durara apenas dois anos, apesar dos grandes esforços de Maria Eugênia para mantê-lo, com as duas gravidez, de Maria Antônia, motivo maior da oficialização da união, e João Henrique. Nem mesmo cheguei a conviver com Willames, de quem sempre ouvi falar maravilhas como pessoa, além de sua beleza e charme irresistível. Ele acabara voltando ao Rio, passando a encontrar com as crianças apenas nos períodos de férias.

Acredito que Maria Eugênia nunca o tenha perdoado, fazendo os filhos acreditarem em sua irresponsabilidade e que os havia abandonado. Talvez tenha sido exatamente por esse motivo que ela aceitara se casar com Donato Pessoa, quatro anos depois de sua separação, apenas para provocar os ciúmes do ex-marido e chamar a atenção de papai, ou melhor, roubá-la exclusivamente para si. Ela bem sabia das desconfianças de todos sobre as verdadeiras intenções daquele homem, de seu desejo de subir na vida, mesmo assim insistiu naquele despautério. Verdadeiramente tenho minhas dúvidas se Donato não fora realmente comprado por minha irmã, para criar uma suposta situação problema em sua vida e ter todos os cuidados voltados para si naquele instante, o que se manteve por oito anos, para a surpresa de todos. Tratava-se, no entanto, de uma relação fria, sem amor, recheada de relações extraconjugais, tanto de uma parte quanto da outra. Era como se fosse uma aliança entre os dois e tudo faziam para esconder a real situação de seu casamento. Eu mesma cheguei a flagrá-la aos beijos com um funcionário da agência, na sala de ginástica, numa das festas promovidas em nossa casa.

Minha irmã era marcada por sua amargura e frieza, parecia nunca sorrir, pelo menos que eu me lembre, jamais a vi sorrindo verdadeiramente, a não ser por ironia ou mesmo para celebrar alguma armação contra mim. Acho que no quesito humor, ela realmente combinava com Donato. Para falar a verdade, pareciam ter sido feitos um para o outro, embora não tivesse dado certo o casamento. No entanto, permanecia a parceria de trabalho. Desde a WM, da qual papai era sócio, até à rede de televisão, mantinham um pacto estabelecido no início de seu casamento, quando ela descobrira algumas armações do marido dentro da empresa para ganhar mais dinheiro ilegalmente, sem que papai soubesse. Tornaram-se então cúmplices, ou sócios nas negociatas.

Maria Eugênia, que também era movida pela ambição e parecia querer cada vez mais poder, sonhava, na verdade, em assumir a presidência da RTN – Rede de Televisão Nacional, enquanto Donato, a vice-presidência. A ascensão dos dois dentro da empresa fazia parte do tal pacto: enquanto ela assumiria o lugar de papai, ele ficaria com o cargo que pertencia desde a fundação da emissora a Alberto Lucena e naquele momento estava com Pedro, seu filho. Embora essa relação fosse conduzida pelo pacto de ascensão profissional, nunca experimentaram verdadeiramente a amizade. Não perdiam a oportunidade de criticarem um ao outro, bem como de se agredirem mutuamente. Na verdade, ela não o perdoava por ter se entregado à paixão pela secretária Luísa, motivo maior do final do casamento, quando Donato decidira pôr um ponto final naquela relação absurda.

A vida amorosa de Maria Eugênia Gondim se fazia tabu na mansão das Dunas. Desde o final do segundo matrimônio, havia sete anos, encarnara o papel de mulher solitária, voltada exclusivamente ao trabalho e ao "cuidado com a família". Ninguém podia imaginar, contudo, as escolhas por ela realizadas a fim de suprir suas carências e desejos mais secretos, cujos resultados levaram-na a experimentar uma vida dupla, transformando-a, em algumas noites, de poderosa executiva da RTN a ninfomaníaca de momentos ardentes, deliciando-se nos braços de três ou quatro garotos de programa, simultaneamente. Montara um luxuoso apartamento, na Beira-Mar, fazendo-o cenário de suas intermináveis noites de prazer, longe do conhecimento da família e de todos.

Naquele mesmo período de separação, Maria Eugênia fora apresentada, coincidentemente, a Nacélio, irmão de Lorena, sua secretária, que acabava de chegar a Fortaleza e planejava montar um bar, na Praia de Iracema, o qual serviria de base para seus negócios. Nacélio era cafetão e agenciava garotos de programa. A ideia do bar "Mukifo", negócio no qual minha irmã entrara como sócia, era de ser um centro de prostituição masculina, tendo como público homens e mulheres.

A misteriosa dona do Mukifo transformara-se num mito para os diversos rapazes que prestavam serviços ao espaço. De posse de um *book*, com fotografias de todos os garotos, uma ou duas vezes por semana ela entrava em contato com Nacélio a fim de requisitar a presença de alguns escolhidos para suas noitadas, em seu apartamento secreto, na Beira-Mar, o que se transformava num *frisson* entre os jovens. Quem seriam os felizardos da noite? E isso, não apenas por conta dos belos cachês oferecidos pela dama misteriosa, mas aquilo passara a ser encarado pelos garotos de programa como prova de sua virilidade, de seu potencial, poder de sedução. Havia uma disputa acirrada dentro do bar, alimentada intencionalmente por sua sócia majoritária, em cumplicidade com Nacélio, o que parecia fortalecer a minha irmã em sua autoestima.

Tanto os garotos do Mukifo quanto Nacélio só não esperavam que um dia a poderosa mulher, que nunca pisara os pés no bar, fosse eleger alguém como preferido. O que acontecera naqueles últimos meses de 2005, depois de conhecer o "moreno alto de olhos azuis", como o chamava. Sempre que citava a pequena lista de três ou quatro nomes para suas noites, via telefone, a seu sócio, requisitava com ênfase a presença de Guel Serrado, fazendo-o alvo de inveja e muitos comentários dentre os demais. Este, por sua vez, agia com soberba, vangloriando-se por seus feitos e sucesso com todas as mulheres. O encanto de minha irmã pelo rapaz, todavia, não se dava apenas por conta de sua beleza sedutora sobressaltada em seus um metro e noventa de altura, de seu olhar cafajeste ou do corpo atlético que ele ostentava, mas devido à sua performance na cama. Embora jamais admitisse, ela sabia dele como um excelente profissional do sexo, assim como ele próprio, presunçosamente, considerava-se.

Foi exatamente Guel Serrado quem conseguiu com Maria Eugênia realizar o fetiche do patrão. Nacélio adorava colecionar vídeos das transas dos garotos com suas clientes, tachando-os de incompetentes por nunca terem conseguido gravar os momentos com a dama misteriosa, narrados por todos como enlouquecedores. Ela fazia de tudo na cama, com quantos parceiros tivesse, a noite inteira. E, finalmente, ele tinha também em sua coleção um vídeo da sócia ninfomaníaca, protagonizando cenas de sexo explícito com três garotos, além de Guel.

A dona do Mukifo fora, no entanto, surpreendida, no início de 2006, pela saída de seu principal garoto ou quase amante do bar. Guel Serrado alegara motivos pessoais para Nacélio, deixando o trabalho. O rapaz nem imaginara a fúria despertada naquela mulher. Em sete anos, ela nunca havia escolhido ninguém e, de repente, aquele nome era citado duas ou três vezes por semana entre os demais, os quais se revezavam. Para ela, era inadmissível aquela demissão, sem nenhuma explicação mais esclarecedora. Desejava encontrá-lo e descobrir então por quê. Certamente o faria.

CELINA GONDIM

CAPÍTULO 24

Maria Eugênia sabia como intimidar a todos com seu olhar de superioridade, ou pelo menos tentava. Era desse modo que agia comigo, em todos os momentos em que nos encontrávamos. Às vezes, eu gostava de tomar o café da manhã na piscina, respirando o ar puro do jardim de nossa casa, a brisa das dunas de Fortaleza. Ela não perdia a oportunidade de se aproximar em algum instante em que eu era deixada sozinha por Dulce.

– Ora vejam só quem está tomando sol, hoje logo cedo, se não é minha irmãzinha caçula...

Aproximava-se com um sorriso sarcástico tomando-lhe a face.

– Onde está sua empregada?

– Não é de sua conta.

Tentava não lhe dar ouvidos, nem mesmo responder-lhe as provocações. Mas achava injusto suas atitudes, suas agressões.

– Não devia estar trabalhando?

Perguntei como se quisesse distraí-la.

– Tem razão. Mas tive que resolver uns assuntos importantes com João Henrique – já estava se sentando na cadeira ao lado. – Afinal, tenho uma família também, não é? Não sou apenas uma executiva. Como sabe, minha querida irmã, tenho muitas preocupações, muitas "ocupações". Claro que não sabe mais o que é isso, ter ocupações. Deve ser realmente horrível sua situação. Além de perder o marido, não poder mais fazer nada, nem mesmo se coçar.

Podia perceber que Maria Eugênia já estava rindo, feliz em me fazer sofrer, em destilar aquelas afirmativas venenosas. Queria ter forças e não me deixar cair em seu jogo, o mesmo desde que nos conhecemos. Sua intenção sempre fora de me humilhar, de acabar com qualquer possibilidade que me fizesse feliz.

– Por que não me deixa em paz, Maria Eugênia?

– Como assim em paz? Estou apenas querendo conversar.

– Sabe do que estou falando.

– De que está falando? Fale, tente falar, vamos, querida, tente, que tentarei te entender, mesmo você com essa voz enrolada.

Maria Eugênia sabia como me atingir. Minha dificuldade de me expressar, de me fazer entender, às vezes, impossibilitava minhas interações e aquilo me comprimia a alma. Não aceitava minha condição e ela percebia bem aquele incômodo.

– Engraçado como é a vida, Celina, passei minha vida inteira tentando arranjar uma forma de tirar você do meu caminho – estava rindo com seu comentário – e não precisei fazer absolutamente nada. O próprio destino deu conta dessa situação, de tal forma que hoje tenho pena de você, minha irmã, muita pena.

– Dispenso sua pena.

– Não importa. Se fosse uma pessoa normal, faria algo para me impedir de sentir pena ou expressar meu sentimento, mas desse jeito... – com um gesto, desdenhando diante de meu estado físico.

Por um instante, entendi que minha irmã estava coberta de razão. O destino do qual falava era Deus e Ele tinha tirado de mim o direito de me defender. Nada podia fazer ou dizer, restava-me somente aceitar e sentir, sentir pena de mim mesma. Só não queria que fosse ali, diante daquela mulher que tanto me odiava e torcia pela minha infelicidade. Todavia, nem nisso Deus estava do meu lado. As lágrimas rolavam-me o rosto e eu sentia ainda mais raiva de mim mesma, por não conseguir evitar de expor meu sofrimento por sua vitória.

Já não conseguia mais dizer nada. Perdia totalmente o domínio das palavras, que davam lugar ao choro embargado, dolorido, que relutava em sair.

– Está chorando? Não chore, querida. Se for se lamentar por ser inválida, passará o resto de sua vida num vale de lágrimas.

"O resto de minha vida" – Pensei então enquanto tempo seria o resto de minha vida, em quanto tempo teria de aguentar suas ironias, suas agressões, seu ódio e desprezo fazendo de minha vida um inferno. Já não bastava eu estar presa numa cadeira de rodas, sem poder mover meus braços, minhas pernas? Quanto tempo eu ainda teria de suportar?

Eu não conseguia deixar de pensar, naqueles momentos, na possibilidade de, de alguma forma, tirar minha vida. E aí sim estaria tudo acabado, o sofrimento, a dor, minha solidão, a carência. A presença doentia de Maria Eugênia em minha vida não seria mais um peso. E eu não seria mais um peso para ninguém, muito menos para papai.

Pude perceber naquele instante quando Leonardo Gondim se aproximava. Então, tratei de engolir o choro e procurar disfarçar. Queria evitar conflitos, principalmente por ele estar ainda se recuperando de uma estafa.

CELINA GONDIM

CAPÍTULO 25

Papai era incansável, parecia respirar trabalho. Talvez como meio de preencher sua solidão. Apesar de ser ainda um homem jovem, estava quase sempre sozinho, não se permitia viver muitas histórias de amor e, quando acontecia, acabava cedendo às pressões de Maria Eugênia e pondo um fim à relação. Ela exercia um certo poder, controle sobre ele, que o isolava do resto do mundo, como se lhe quisesse somente para si.

Eu não conseguia compreender em que minha irmã se recompensava com a solidão de papai, sendo que as desculpas eram sempre as mesmas, que faria de tudo para afastar de sua vida interesseiras de olho em nosso patrimônio. Contudo, o que mais me indignava era como um homem tão maduro se deixava envolver pelos ciúmes infantis de sua filha ao ponto de abnegar-se totalmente de viver um grande amor.

Papai era um homem bonito. Aos sessenta e cinco anos, alto e elegante, sua calvície e barba grisalha lhe davam um certo charme, com um ar de aristocracia. Lembro-me bem do quanto mamãe o elogiava, ressaltando não apenas sua beleza, mas também sua gentileza e educação. Falava-me sempre do quanto era cavalheiro e cuidadoso, o que eu podia perceber claramente em nossos encontros, antes da morte de mamãe, que, mesmo sendo rápidos, deixavam-me extremamente feliz com sua presença calorosa, e mais tarde, quando passamos a morar juntos em sua casa, passei a admirá-lo ainda mais.

Acreditava que papai se enterrava no trabalho como uma forma de fugir de si mesmo e da possibilidade de viver uma história verdadeira com alguém. Por isso passava o dia inteiro e parte da noite e, muitas vezes, entrava pela madrugada, primeiro na agência de publicidade, depois na RTN. Transformava sua vida profissional inteiramente em pessoal. Fora do trabalho, uma de suas poucas diversões era sua coleção de espadas. Para ele, um símbolo do conhecimento, como alguém um dia lhe dissera.

Ao lado do quarto de papai havia uma sala com prateleiras e mesas com tampos de vidro ostentando a coleção de espadas, de todos os tamanhos, cores e modelos. Para Leonardo Gondim, uma grande paixão, fazendo-o acumular centenas delas nos últimos trinta anos. Ali estavam peças vindas de diversas partes do mundo, de diferentes valores, que já ultrapassava milhões de dólares, segundo ele mesmo, orgulhando-se de seu feito. Papai adorava contar a história de cada peça, de onde havia vindo, seu valor por conta dos detalhes e, muitas vezes, a dificuldade em arrematá-las nos disputados leilões, o que para ele era motivo de orgulho e ainda mais valorização do objeto. Passava horas naquela sala apreciando suas aquisições, chegando a esquecer do tempo. E não se cansava em contar as mesmas histórias sobre cada espada inúmeras vezes. Querendo alegrá-lo com um presente, bastava oferecer-lhe uma espada. Não teria erro.

"São peças belíssimas, imponentes. Lembram-me força, coragem, poder." Dizia ele, entusiasmado.

Papai era completamente apaixonado por suas espadas. Naquela sala passaria horas limpando-as pessoalmente, como se limpasse relíquias. A cada nova peça que chegava, mais uma alegria. Ali, esquecia do mundo, até dos negócios.

Fuga ou não em sua dedicação ao trabalho, Leonardo Gondim era um grande empresário. Quase trinta anos antes, fundara em sociedade com Willames Macena a agência de publicidade que viera a se tornar anos mais tarde a maior do Nordeste, filial da WM, agência de Willames, no Rio, uma das maiores do país. Nessa agência, trabalhara por dezoito anos, até a venda de sua parte para o genro. O grande sonho de papai na verdade sempre fora abrir um canal de televisão. E depois que conseguira a concessão com o Ministério das Comunicações, enfrentara uma luta de poder contra Maria Eugênia, que não aceitava sua decisão de se desfazer de sua parte na agência. O apoio de minha irmã à empreitada de papai só veio após ela considerar aquele rompimento profissional com Willames Macena uma vingança pelo fim de seu casamento com ele.

Fundara então a Rede de Televisão Nacional – RTN. Na época, um pequeno canal transmitindo programações locais de Fortaleza a outros seis estados do Nordeste, através de emissoras afiliadas que foram também inauguradas no mesmo período. Investira tudo o que tinha naquela empreitada, mesmo contra a opinião de muitos profissionais que com ele trabalhavam naquela época, já que achavam impossível a realização de seu grande sonho – transformar aquele pequeno canal numa das maiores redes de televisão do país – e tudo por estar fora do eixo Rio-São Paulo. Acreditava-se, na época, que a RTN jamais conseguiria a audiência nacional com uma programação local, e que seria inviável se construir uma grade de programação que agradasse o público nacional, daqui de Fortaleza, longe dos dois grandes centros de produções televisivas do Brasil.

Nesse sentido, papai foi um visionário, reconhecido pelos grandes empresários do país, como um homem inovador, sinônimo de criatividade, coragem, confiança e desejo de projetar a cidade de Fortaleza como um grande centro do país em condições de servir seus moradores e todo o povo brasileiro de uma vida digna e propostas de crescimento e desenvolvimento.

Ao longo dos primeiros anos de existência, a RTN foi constituindo afiliadas em diversos estados brasileiros e, aos poucos, papai foi contratando profissionais de renome nacional para as áreas de produções da emissora, dando uma tônica nacional à programação, até então regional.

O primeiro grande projeto da RTN foi a contratação de uma grande equipe jornalística, de nomes conhecidos de telejornais nas áreas de apresentação, reportagem e edição, lançando em seu quarto ano de vida o *Revista Notícia – A Máquina da Informação*, um telejornal diferente, ágil, com três apresentadores comandando o noticiário diretamente de São Paulo, Brasília e Fortaleza, simultaneamente, saindo dos tradicionais balcões dos demais telejornais das outras emissoras para uma apresentação em movimento. Essa nova empreitada tinha como característica principal uma redação clara que fosse acessível a qualquer telespectador de qualquer classe social, além de quatro escritórios internacionais montados em Nova Iorque, Londres, Moscou e Israel, com toda uma equipe. E ainda trazia séries de reportagens, documentários exclusivos, furos, denúncias e entrevistas especiais, conseguindo durante uma hora de duração, no horário nobre das vinte uma e trinta, uma média de quatorze pontos de audiência, chegando ao segundo lugar nacional. Fora um grande projeto que deu certo, dando visibilidade à RTN em todo o país.

Todavia, era apenas o princípio do sonho de Leonardo Gondim. No ano seguinte, concomitantemente com a jornada de crescimento da emissora fortalezense em constituição de novas afiliadas por todo o país, ele deu início a mais um grande e ousado projeto, contratando diretores, autores e grandes nomes da teledramaturgia para constituir o seu núcleo de novelas. Investiu dez milhões de reais na produção de sua primeira novela que tinha como título *Tiara*. Ambientada na capital cearense, a história conseguira média de apenas três pontos de audiência, no horário das dezenove e quarenta e cinco. As cenas de estúdios eram gravadas no Rio de Janeiro e as externas em Fortaleza.

A segunda novela, *Força de Vontade*, seis meses depois, com quatro pontos de audiência a mais que sua antecessora, exibida às vinte horas, veio confirmar a intenção de papai, de levar a realidade e cenários cearenses a todo o Brasil. A ideia era que todas as novelas da RTN fossem ambientadas no Ceará, procurando mostrar ao país as mais diversas visões de nosso Estado.

Foi, contudo, a terceira novela que consolidou o sucesso da RTN com seu núcleo de teledramaturgia, no horário alternativo das vinte e duas e trinta, logo após o *Revista Notícia – A Máquina da Informação*. *Sertão* conseguira média de quinze pontos de audiência, alcançando o segundo lugar nacional. Assim, chegava a ameaçar as grandes emissoras do país. A partir de então, todas os folhetins do canal fortalezense mantinham esta média e até ultrapassavam, muitas vezes, chegando a atingir vinte pontos. Incluindo minha novela, baseada em meu primeiro livro, sobre o mundo das drogas, pouco antes do acidente.

Conseguindo visibilidade e respeito, papai colocara sua emissora no patamar das grandes redes de televisão do país. Estendeu o sucesso de suas novelas e do telejornal aos demais horários, com outros programas inovadores, que eram gravados em estúdios no Rio, São Paulo e Fortaleza. O que todos achavam que não passaria de um grande sonho, transformara-se, nos últimos anos, num imenso império, fazendo de Leonardo Gondim um dos empresários mais importantes do Estado e do Brasil.

Podíamos perceber claramente o cansaço de papai. Naquela época, fora abatido, segundo ele, por uma forte estafa, que o tirara do trabalho por alguns dias, para a surpresa de todos. Até então ele só havia se afastado por conta de viagens e reuniões de negócios. No entanto, escondia de todos nós o real motivo de seu súbito desmaio, dias antes, no café da manhã. Eu estava extremamente desconfiada de seu estado de saúde. Há algum tempo vinha atentando às frequentes dores de cabeça das quais ele se queixava, o que culminou com o tal desmaio. Mas foi ao ouvir, sem querer, um telefonema dele para seu médico que me despertou, de fato, a preocupação por sua saúde.

Os dias em que papai esteve em casa se recuperando por ordens do médico, mesmo contra sua vontade, mexeram com toda a família. Maria Eugênia parecia ter até ficado feliz com a ausência dele na empresa, afinal era um ensaio do que realmente desejava. Já Maria Antônia, mostrava-se extremamente empenhada em sua recuperação e exigia dele, permanentemente, o cumprimento rigoroso de dieta e cuidados de repouso, orientados pelo médico. Os dois tinham uma relação de intenso afeto e cumplicidade. Papai acabava fazendo tudo o que ela queria. Quanto a João Henrique, ficara bastante abatido com o acontecido, era também muito apegado ao avô e não aceitava que ele tivesse sofrido nenhum problema de saúde, como se fosse inatingível e nada pudesse lhe derrubar. Estranhava, na verdade, vê-lo de cama, doente, o que o indignava.

CAPÍTULO 26

Tudo o que Pedro e eu vivêramos naquelas últimas semanas não poderia acabar diante de uma situação daquelas. Eu não queria que fosse daquele jeito. Pelo menos que eu tivesse a oportunidade de tomar iniciativa e revelar toda a verdade. Apostei então todas as minhas fichas, dizendo-lhe que estava ali quando ouvi uma espécie de sinal, barulho no computador e havia me aproximado para verificar o que era.

A sorte estava lançada. Ele poderia acreditar ou não, quando visse o que acontecera a seu trabalho. Contudo, quando percebeu que um vírus tinha apagado todos os seus arquivos, ficou transtornado. Dava para perceber a preocupação, a decepção dele, com a testa franzida, ali diante da máquina, mexendo rapidamente nas teclas, na esperança de reaver alguma coisa.

"Meu Deus, o que é isso? Mirela, parece que perdi tudo!"

Estava desesperado, fazendo várias tentativas, tentando uma função e outra, mas o vírus tinha apagado todo o disco rígido da máquina, inclusive os arquivos do *pen-drive*, já que estava inserido na entrada de USB.

Tive tanta pena de ver o homem por quem eu esta apaixonada daquele jeito, desesperado, jogando o cabelo para trás com as mãos, deixando ainda mais livre a beleza de seu rosto, no mesmo momento em que respirava fundo, uma atitude sua sempre que se via em situações perturbadoras. Ele precisando de ajuda e eu ali, com tudo em meu poder, poderia apenas abrir meu e-mail e estava lá, todo o arquivo, todo o seu trabalho de meses, pois tinha iniciado os projetos de novos programas antes ainda da tal proposta da RTN para eleição da vice-presidência. Era um grande profissional e estava pensando em grandes estratégias para aumentar ainda mais a audiência da emissora e garantir a disputa com as grandes redes de TV do país, do Sudeste. Admirava Leonardo Gondim, o dono da empresa, por seu empreendedorismo, sua iniciativa de transformar uma rede local num grande canal de televisão, a primeira experiência desse porte no país, afinal, todas as grandes redes sempre foram do Rio e São Paulo, a RTN era a exceção.

Estava me sentindo um monstro por ter tido coragem de fazer aquilo com o homem que eu amava. Pela primeira vez, vi Raquel não me apoiar numa decisão. Raquel tanto tinha me aconselhado a contar tudo antes que ele descobrisse. Tínhamos até ensaiado certa vez como seria o momento. Ela torcia para que eu revelasse a verdade, achando que se eu o fizesse, Pedro me perdoaria, se era tão bom, tão compreensivo, maduro o quanto eu falava. Ela sempre quisera o meu bem, mesmo quando estava contra seus irmãos, naquela situação não seria diferente. Havia me aconselhado, me dado força e coragem naquele mesmo dia, pouco antes daquele infortúnio. Mas eu não seguira os seus conselhos, havia preferido o caminho da mentira, do mal. Senti-a quase que decepcionada por mim, pelo que eu tinha feito, quando lhe contei que estava com os arquivos em meu e-mail e não os havia entregado a Pedro, permitindo o seu desespero.

Raquel sempre me falava que quando realmente amamos alguém, jamais permitimos o seu sofrimento. Por um momento, até cheguei a compreender o que ela fazia com Djair, seu marido. Não tenho nenhuma lembrança de cuidado e proteção dele para com ela, mesmo assim ela sempre esteve com ele, nos momentos em que mais precisou. Djair sumia frequentemente por meses, dizendo trabalhar como representante de produtos de limpeza, viajando por vários estados, embora nunca trouxesse dinheiro para casa e ajudasse na criação dos dois filhos Zezinho, de seis anos, e Rafael, de cinco. Mesmo persistindo naquele casamento, era uma mulher solitária, carente de cuidado. Acho que nunca experimentara ser amada realmente. Eu senti pena de Raquel por várias vezes, quando a via passar noites em claro esperando Djair, que havia prometido que viria e não aparecia, ou mesmo quando sumiu com todo o dinheiro que ela recebera de indenização quando fora demitida do hospital, dizendo que ia investir na entrada da compra da casa própria e, depois de muitas desculpas, chegara um dia contando que fora roubado nas estradas de Minas, dentro de um ônibus. Eu via que ela sabia da verdade, sempre soube, mas acreditava que um dia ele melhoraria, mudaria, ou desejava profundamente que aquilo acontecesse um dia. Djair tinha trinta e oito anos, a mesma idade da mulher, mas gostava de se cuidar e parecia bem mais jovem, com um jeito de malandro, sempre tivera muitos rabos de saia. Apostava em seu taco e se sentia o próprio Dom Juan dos subúrbios. Eu chegava a me enojar daquela figura pernóstica, que tanto enganava a minha amiga, embora ele se desse bem com todas as pessoas. Djair era o tipo de homem que não se indispunha com ninguém nunca, sempre teria uma carta na manga para se livrar de situações embaraçosas e se dar bem.

Doía ver até Raquel contra mim. Contudo, sua postura não poderia ser diferente diante daquele fato absurdo. Talvez tenha sido exatamente sua postura que me incentivara a não entregar os arquivos ao deputado, pelo menos não naquele momento, apesar de sua pressão, que ia se intensificando quando ia chegando ainda mais perto da data estipulada para entrega dos projetos de programações. Na verdade, acho que torcia para que Pedro conseguisse reescrever suas ideias a tempo. Mas a situação, as cobranças por parte daquele homem horrendo tornaram-se ainda mais terríveis quando eles ficaram sabendo, através de uma secretária dentro da empresa, que o projeto de Pedro havia sido destruído por um vírus. É claro que fizeram a ligação e logo se certificaram que parte de seu plano fora desenvolvido, só não contavam com a minha mudança de planos de não lhes entregar mais os tais arquivos.

No entanto, Donato Pessoa sabia exatamente como conseguir o que queria de mim. Trouxera-me notícias do paradeiro de Clara, dizendo que haviam descoberto o endereço da casa de praia onde o tal casal que compraria minha filha estava em Aquiraz, além do nome e endereço do caseiro que trabalhara para os holandeses naquele momento. Diante daquela notícia eu não poderia hesitar, não poderia brincar com aquele homem, havia uma grande possibilidade de ser verdade, e se fosse, eu seria louca de não fazer algo em prol da minha filha. Em seguida, ele fora ainda mais direto, propondo trocar aquelas informações pelos arquivos de seu rival profissional. De fato, eu não sabia se poderia confiar em sua palavra, mas o fato era que eu não tinha escolha, ou confiava e apostava na possibilidade de saber de minha filha ou experimentava a lealdade com o homem a quem amava, ou dizia amar, pois naquela situação, se o que Raquel falava fosse realmente verdade, eu não o amava coisa nenhuma, sendo responsável pelo seu prejuízo.

Uma mãe seria um monstro por tentar encontrar a sua filhinha de um ano, embora que prejudicando uma pessoa? Achava que a resposta para aquela indagação que ficava em minha mente permanentemente, tirando-me a atenção no momento presente, como se tivesse uma esperança de encontrar uma resposta negativa, era sim. "Os fins não justificam os meios!" – dormi noites seguidas repetindo aquela frase em minha cabeça. Achei que fosse enlouquecer.

Acabei entregando o que o deputado Donato Pessoa tanto queria. Pude perceber o seu olhar de vitória, num gesto de cumplicidade com Luísa, no momento em que mandei os arquivos para seu e-mail.

"Bom trabalho, Júlia. Você foi formidável."

Tive vontade de vomitar ao ouvir aquilo. Era como se quisesse estabelecer uma intimidade, uma cumplicidade que verdadeiramente não existia. Eu estava sendo forçada pelas circunstâncias a fazer aquela barbaridade. Era a minha filha que estava em jogo, não era por eles, nunca seria por eles. Acho que as náuseas que senti não foram bem por causa do deputado, foram de mim mesma. Mais uma vez estava demonstrando minha fraqueza, minha falta de princípios, de caráter. Lembrei do quanto era rigorosa com as pessoas, com o mundo, sempre exigindo uma atitude ética, correta diante de situações em que me indignava, fosse pessoalmente ou até mesmo assistindo a um programa pela televisão, ou a uma matéria/manchete em algum jornal ou revista, estava eu ali, julgando, culpando, punindo, estipulando penas. Minha história naquele momento era um prato cheio pra mim mesma, para que eu pudesse destilar a minha crítica e mostrar ao mundo que eu era a senhora sabe-tudo, a senhora justa e correta. Que ironia aquela. Podia perceber naquele instante que os meus princípios, que acreditava serem inabaláveis, não passavam de pó e tinham sido varridos pela minha própria fraqueza. Por um momento, não sabia mais quem eu era, o que estava fazendo.

Poucos dias depois aconteceu a apresentação dos projetos de programação na RTN, numa reunião especial, com todos os diretores. O trabalho de Donato Pessoa fora praticamente o mesmo projeto de Pedro Lucena, o qual conseguira através de mim. Quando Pedro chegou em casa, naquela noite, estava completamente atordoado, sem saber o que pensar. Havia perdido todo o seu trabalho, de meses, por um vírus, que inexplicavelmente entrara em seu computador, segundo ele, e depois se deparara com quase todas as suas ideias sendo apresentadas por seu mais forte concorrente ao cargo de vice-presidente dentro da empresa. Sem sombra de dúvidas, era algo no mínimo muito estranho. Chegara a cogitar que tudo poderia não ter passado de um estratagema do rival, o que me deixara de cabelo em pé e me causara calafrios, só em pensar que ele poderia ampliar as suas desconfianças sobre mim. No entanto, o próprio Pedro depois desconsiderou a hipótese, achando-a absurda, absolutamente impossível, a não ser que tivesse sido através de mágica.

Mal sabia ele que não fora por meio de mágica, mas através da mulher que ele amava e confiava. Rezei muitas vezes para que Deus me desse coragem de contar toda a verdade, que não era Mirela e sim Júlia Serrado, e mais, que fora eu quem roubou suas ideias e as havia entregado a Donato Pessoa. Passados alguns dias, entretanto, os diretores da RTN foram surpreendidos com a decisão de Leonardo Gondim, o dono da emissora, declarando Pedro Lucena o vice-presidente definitivo da empresa. Embora seu projeto de programação estivesse inacabado e muitas de suas ideias já tivessem sido apresentadas no projeto de Donato Pessoa, havia demonstrado uma profunda competência durante os meses em que assumira provisoriamente o cargo, já implementando novos programas, séries, que deram à emissora bons pontos a mais na audiência, elevando seu faturamento mensal.

A decisão de Leonardo causara um grande frisson nos corredores da RTN. Todos comentavam a vitória de Pedro Lucena. Alguns o elogiavam, reconhecendo seu trabalho como uma brilhante atuação, e outros o criticavam, taxando-o de oportunista e ladrão de ideias, já que apresentara seu trabalho após a apresentação de Donato Pessoa, trazendo várias propostas idênticas às do respectivo projeto. Quem o criticava achava que deveria renunciar ao cargo, por uma questão de ética. Na realidade, Pedro chegara a saber, através de D. Jandira, sua secretária, que se tratava de uma manobra política de seu concorrente dentro da empresa, assim como fazia em todas as suas campanhas eleitorais. Verdadeiramente não entedia a posição de Donato Pessoa e sua hostilidade com ele, achava que uma velha amizade de tantos anos não poderia ser trocada pelo desejo de poder assumir um grande cargo ou manter o controle sobre qualquer coisa que fosse. De fato, não conseguia mais reconhecer seu grande amigo, a quem tanto ajudou e que esteve presente em tantos momentos importantes de sua vida. Chegou a procurá-lo para conversarem, queria saber o porquê de seu afastamento, sua indiferença a ele, se era somente pela disputa de poder dentro da emissora. Mas a atitude do amigo o deixara ainda mais perplexo e desconfiado, pois agira como se nada estivesse acontecendo, se não tivesse realmente nada contra ele e como se fossem fantasias de sua cabeça. Surpreendia-se com o cinismo de Donato, não conseguindo reconhecer aquele tipo de postura como um traço seu durante todos os anos em que se conheciam, embora estivessem longe, sem conviver diariamente desde sua ida para Londres.

Deus é pai! Estava tão feliz com aquela notícia. Tivemos um jantar especial, num restaurante na Praia de Iracema, de frente para o mar, onde brindamos ao seu reconhecimento, à sua vitória sobre a falta de sorte que tivera em relação aos arquivos no computador. Pedro entendia aquilo como uma forma do universo reparar a fatalidade eletrônica, rindo da situação.

"Mirela, acredito que o maior problema do ser humano é sua falta de fé. Quando confiamos em Deus e nos entregamos verdadeiramente a Ele, tudo acontece para o nosso bem, da forma que é melhor para nós. O que nos prejudica é nossa mente, no momento em que deixamos nosso ego falar mais alto. Não conseguimos compreender que é exatamente aí que nos perdemos e nos tornamos infelizes."

Era como se Pedro soubesse do que se passava em minha cabeça. Às vezes ficava perplexa com sua assertividade em relação a meu momento existencial. Chegava a pensar que lia meus pensamentos, minha aflição. Sentia-me precisamente como ele descrevia, perdida em minha falta de fé, fazendo o que passei minha vida inteira achando que era errado. Ainda bem que meu pai não estava ali, testemunhando minha completa covardia e, consequentemente, falta de caráter. Não sabia se estava sendo dura demais comigo mesma, mas com certeza seria aquilo que diria se se tratasse de outra pessoa e soubesse daquilo. Achava então que nunca mais julgaria ninguém por pior que parecesse uma atitude de alguém, podia existir por trás um forte motivo que não necessariamente faria daquela pessoa alguém ruim. Das duas uma: ou eu não era mau-caráter e estava sendo vítima de meu próprio ego, como falava Pedro, ou era totalmente desprovida de vergonha, moral e ética. Mas não seria aquela a dança que a vida me convidava a dançar naquele momento, ou era eu mesma quem estava criando aquela música? Necessitava daquelas respostas o quanto necessitava respirar, para prosseguir minha caminhada.

CAPÍTULO 27

A cada dia que se passava, amava Pedro Lucena cada vez mais. Alimentava uma admiração profunda por sua ética, seu respeito ao ser humano, seu cuidado com as pessoas, sua solidariedade indiscutível. Pedro sempre tentava ver o lado bom de todos com quem interagia, apostando cegamente na verdade, na essência das pessoas. Achava impressionante quando ele tentava entender até mesmo as atitudes de Donato Pessoa, que, segundo ele, sabia que o amigo tinha tido uma infância difícil, desprovida de condições financeiras dignas, de uma formação de qualidade, quando criança. Era de seu conhecimento que ele havia se revoltado muitas vezes contra a sua realidade social, e achava que poderia ser por aquele motivo sua hostilidade com ele, como se ele, Pedro, fosse a lembrança das condições sociais e financeiras que nunca tivera. Era como se tentasse minimizar a tristeza que sentia pela falta do amigo.

Pedro fazia o mesmo em relação à Vanessa, embora ela tivesse declarado guerra contra nosso relacionamento ao descobrir minha existência, o que acontecera poucos dias após eu tê-la visto pela primeira vez, momento antes de começar uma de nossas sessões de Biodança. Vanessa nunca havia desistido de tentar uma reconciliação e voltara a procurar por ele, prometendo pedir desculpas ao grupo pelo que fizera ali semanas antes, quando teve uma de suas crises de ciúmes ao flagrá-lo numa vivência de abraços com uma de nossas colegas. Por pouco não fomos pegos por ela nos beijando, naquele dia, mas segundos antes saí de onde estávamos, nos arredores do salão, exatamente no momento em que ela chegava, para tentar falar com ele. Pedro era sempre muito discreto, procurava não chamar a atenção sobre sua intimidade e afastou-se do salão para conversar com a ex-mulher. Mas, pouco tempo depois, fomos flagrados por ela num shopping.

Aos trinta e quatro anos, Vanessa era realmente linda, como Pedro já havia me dito. Olhos verdes, cabelos curtos e loiros. Uma mulher extremamente elegante, de porte fino, apesar de perder totalmente sua classe, quando tomada pelo ciúme do ex-marido.

Que situação constrangedora aquela. Senti um arrepio ao ouvir aquele grito chamando por Pedro.

– O que você está fazendo aqui com essa mulher, Pedro? Quem é essa mulher? Quem é?

Estava aos berros em pleno shopping, roubando a atenção de todos que por ali passavam. Era como se nós estivéssemos fazendo algo de muito errado e de repente tivéssemos sido pegos em flagrante.

– Por favor, Vanessa. Nós podemos conversar mais tarde, em outro lugar.

– Conversar? Então, é com essa vagabunda que você tem saído?

– Por favor, Vanessa...

Dava para notar o cuidado de Pedro tentando contê-la, para que não fizesse tanto escândalo. Por um momento senti pena de vê-lo naquela situação, tão embaraçosa. Definitivamente, ele não merecia passar por aquilo. Senti-me culpada, mesmo sem ter provocado aquela cena, se não fosse por mim, ele não estaria sendo tão exposto. Agradeci a Deus quando ele pediu para que eu fosse embora e levou sua mulher dali, mesmo contra a vontade dela.

"Você não vai ficar com ninguém, Pedro, não vai! Se você pensa que vai se livrar de mim assim tão fácil, você está redondamente enganado, está ouvindo?"

Fiquei com aquelas afirmativas se repetindo por dias em minha mente. Ela parecia ter muita convicção do que falava, não era um blefe, uma simples ameaça de alguém desesperado. De fato, Vanessa começou a fazer de nossas vidas um inferno. Proibira a entrada de Pedro em sua casa, para que não visse Felipe, exigindo o término de nosso relacionamento. Ligava permanentemente para o apartamento dele e numa dessas ligações dissera-lhe que o filho tivera outra crise de suas alergias e quase fora levado ao hospital, com a garganta praticamente vedada, sem conseguir respirar, depois de provar um prato de camarão que estava na geladeira. Eu sabia que Pedro estava extremamente preocupado, quase que desesperado, apesar de procurar manter a calma, nem havia me falado detalhes do acontecido, para que eu não me sentisse culpada, mas acabei ouvido uma de suas conversas pelo celular com seu amigo Adriano, pedindo-o para que procurasse falar com Vanessa e tentasse ver o menino. Estava disposto a não ceder às chantagens da ex-mulher, mas sofria, passava noites em claro, preocupado, tentando ligar para ela. Depois de muitas tentativas frustradas, conseguia falar, embora para ouvi-la reafirmar suas reivindicações de retorno ao casamento.

Eu não poderia compactuar com aquilo. Entrara naquela história por causa de minha filha, jamais permitiria que alguém, muito menos o homem por quem estava completamente apaixonada, passasse pela mesma situação pela qual eu estava passando, sendo impedido de conviver com seu filho. Sabia que aquela mulher levaria suas promessas às últimas consequências, e Felipe precisava do pai. Não seria eu quem permitiria aquela barbaridade acontecer. Pedro estava sofrendo muito e eu podia ajudá-lo. Não me importava mais o plano, aquele maldito plano que me colocara dentro daquela relação. Deus me mostraria um outro jeito de reaver minha filha, não poderia ser com base no sofrimento de Pedro. Sem falar que era um ótimo momento para acabar com tudo aquilo sem causar grandes danos à vida dele. Talvez não precisasse saber que eu não era Mirela, sua amada, poderia ter conhecimento de minha real identidade somente mais tarde, quando já tivesse acabado o que sentia por mim. De certo, sofreria menos e eu não teria de enfrentar sua raiva, sua decepção. Poderia ser mais uma atitude egoísta de minha parte, mas diante daquela situação eu já não sabia mais onde estava toda a coragem que me acompanhara durante toda a minha vida e me fazia ter forças para lutar pelo que eu sempre almejei. Sempre fui uma mulher forte, que trilhava o caminho do bem e de repente me via fraca, um verme, como se todas as minhas crenças tivessem desaparecido. Nunca antes teria sido capaz de mentir, enganar, viver uma falsidade. Naquele momento, me via totalmente afogada em uma trama sórdida, como se tivesse caído num filme e vivesse uma personagem que até então eu não conhecia. Sim, seria o momento certo de acabar com aquilo, com o meu sofrimento e com a angústia do homem que amava.

Juntei alguns pertences pessoais, algumas roupas que deixava ali no apartamento de Pedro e decidi sair de uma vez por todas de sua vida.

– Eu não poderia permitir jamais que você ficasse longe de seu filho. A Vanessa não está brincando e o Felipe precisa de sua presença, de seu cuidado. Um filho deve estar acima de qualquer coisa, de qualquer situação.

Fazia um esforço sobre-humano para manter-me firme, sem chorar ou hesitar.

–Você não entende. Eu te amo e não vou ficar bem longe de você. Eu preciso de você ao meu lado. Nós não podemos desistir diante da primeira dificuldade.

– Não se trata de uma simples dificuldade. Vanessa não está brincando.

– Nem eu. Mirela, passei minha vida inteira contendo os ciúmes, as manipulações da Vanessa. Meu casamento foi uma grande mentira. Definitivamente, não quero mais isso pra mim.

– Felipe precisa de você.

– Eu sei. Tenho feito tudo o que posso para cuidar dele. Mas não é cedendo a chantagens. O caminho não é cair novamente numa vida de mentiras, entende?

– Não há outra chance.

– Sempre há.

Parecia estar dizendo para mim, em relação à mentira que o havia envolvido.

– Então, o que fazer?

– Ainda não sei. Mas podemos descobrir juntos.

– Não existe o que fazer a não ser isso.

– Deve existir sim.

– Pedro, você não merece isso.

– Nós não merecemos, Mirela.

– Falo de você.

– Falo de nós.

– É seu filho.

– Não o estou preterindo. Apenas dei um basta nas manipulações de Vanessa. Ela precisa compreender que não pode tudo. Infelizmente, Felipe está sendo atingido, mas descobriremos uma forma de fazê-la enxergar a maldade com nosso filho.

– Eu tenho medo, Pedro.

– Mas eu estou aqui.

Sentia-me pior diante de tal fortaleza de sua parte. De sua crença em "nós".

– Sinto muito, sinto muito mesmo!

E como eu queria ceder àquele apelo, abraçá-lo, beijá-lo, sentir seus lábios mais uma vez. Mas não poderia, tinha de acabar logo com aquilo, pôr um ponto-final naquela farsa, para a nossa felicidade.

Fui embora naquela tarde, mesmo contra a minha vontade, apesar de diversas tentativas de Pedro de me dissuadir. Todavia, eu estava completamente decidida a abandonar o papel de Mirela e voltar à vida real. Até porque eu teria de retornar à boate também, pois o prazo de afastamento que havia conseguido com Charles já estava terminando e eu precisava retornar aos palcos, bem como ao meu show, do qual havia me afastado exatamente num momento de grande sucesso. Era hora de retomar minha vida, minha história real e deixar aquele sonho para trás. Foi o que eu fiz.

CLARINDA DE HOLANDA

CAPÍTULO 28

Meu filho Nando era um homem maduro, tentara se explicar por diversas vezes, mas por fim, acabara aceitando o término da relação com Olívia, embora injustiçado, compreendera a situação e sua dificuldade em lidar com aquele tipo de problema. No fundo, eu desconfiava que Tony tinha alguma coisa a ver com o que acontecera, mas preferia não alimentar aqueles pensamentos, até para que Nando não se chateasse com ela.

Na verdade até gostei, não do desfecho de tudo, mas de Olívia e meu filho terem terminado. Sabia o quanto ela esperava de um homem e, definitivamente, Nando não responderia às suas expectativas. Seria, de uma forma ou de outra, mais uma frustração. Como ele mesmo findara pensando, foi bom tudo ter acontecido antes que estivessem mais envolvidos.

Em meio a toda aquela confusão armada, sem que soubéssemos, por minha sobrinha, Nando ainda tinha tempo para se preocupar com seus desentendimentos ideológicos com Maria Antônia, amiga de Alexandre, aluna do curso de Sociologia da UNICE. Parecia ser uma jovem da idade de Tony, e meu filho a descrevia como uma patricinha mimada, menina rica, que achava poder tudo, por conta do dinheiro de sua família. E ainda por cima, segundo ele, metida a intelectual, procurando sempre que possível, no ambiente de sala de aula e acadêmico, desfazer de suas ideias socialistas. Uma vez ou outra estava Nando falando-me de seus incômodos em relação àquela garota. Eu não a conhecia ainda, mas já dava para perceber que se tratava de uma jovem inteligente e determinada, que vivia confrontando seus conceitos e opiniões, acusando-o de não tirá-las do papel e viver somente um discurso pronto e acabado.

Era notório o incômodo mútuo que se manifestava nos encontros de Nando e Maria Antônia, nos corredores da universidade ou em qualquer lugar em que se cruzassem. Um incômodo que surgia de uma admiração não revelada tanto de uma parte quanto da outra, pois enquanto meu filho dispensava um bom tempo para corrigir especialmente os trabalhos de Maria Antônia, ela por sua vez, deliciava-se com a leitura minuciosa da tese de Nando.

Nando permitia-se absorver completamente pelos problemas da academia, o que o deixava bem, mesmo depois do término da relação com Olívia.

CLARINDA DE HOLANDA

CAPÍTULO 29

Parecia que minhas alegrias nunca eram completas, sempre faltava algo. Fui ao apartamento de Holanda poucos dias depois de minha última discussão com Alceu, quando fui expulsa e passei horas ao relento no jardim de minha casa. Ainda tentava esconder alguns hematomas, resquícios das agressões de meu marido, mas sem nenhum sucesso, Holanda logo percebeu as marcas em meu braço, impulsionando-se a vê-las melhor.

– Ele te bateu novamente, mãezinha?

Sua voz já estava carregada de indignação. Hesitei antes de tentar inventar uma história que roubasse sua atenção.

– Não tenta me esconder, mãezinha! Eu sei que ele te bateu novamente. Eu só quero que a senhora me diga.

– Não é o que você está pensando, meu filho.

– O que foi? Caiu e bateu o braço, a perna, o pescoço? Foi isso, mãezinha?

Sua indagação tinha um ar de ironia e revolta.

– Já tem algum tempo, filho. Não quero que você se preocupe com isso.

– Algum tempo?! Que tempo?

– Ele me prometeu que não faria novamente.

– Ele sempre promete isso.

Já estava de pé, com as mãos na cabeça, como se procurasse compreender o porquê. Por um instante, me arrependi ter ido àquele encontro. Poderia ter deixado passar mais uns dias, para que não percebesse. Não queria jogar os meninos contra o pai.

Holanda não compreendia o motivo que me levava a continuar com Alceu, diante de tantas atrocidades cometidas por ele durante todos os anos de nosso casamento. Indignava-se ao saber das surras que eu continuava levando. Desenvolvera um certo ódio pelo pai, por esse motivo. E saíra de casa depois de uma grande briga na qual foi impedido por Nando de retribuir as agressões físicas do pai, o que já havia acontecido há quatro anos. Tinha gênio forte, por isso não conseguira conviver com o pai. E eu sofria com nosso afastamento desde então. Alceu me proibiu de encontrá-lo e sempre que o fazia tínhamos a ajuda de Nando, que era o elo entre nós. Os dois sempre foram cúmplices, amigos e nunca perderam a amizade.

CLARINDA DE HOLANDA

CAPÍTULO 30

Meu filho Francisco havia completado trinta e dois anos há pouco tempo e gostava de ser chamado pelo sobrenome, Holanda, desde a adolescência. Talvez mais bonito que Nando, ou pelo menos se cuidava melhor. Vaidoso, gostava de academia, boas roupas, ótimos perfumes. Lembro-me que, ainda menino, orgulhava-se de quando deixava apaixonada alguma garotinha. Uma vaidade inocente, no entanto, que nunca chegara a fazer mal a ninguém, a não ser a ele próprio.

Holanda não chamava atenção apenas de mulheres como também de homens, com sua beleza ou seu jeito doce e ao mesmo tempo sedutor. Na mesma época em que saíra de casa, havia conhecido o empresário Renato Brandão, treze anos mais velho, apesar de não aparentar, com quem iniciou uma grande amizade, que acabara se transformando num romance. Tratava-se de uma relação em que Holanda era beneficiado não apenas com a possibilidade de ter acesso a um mundo sofisticado, com o qual sempre sonhara, bem como de crescer profissionalmente. Renato logo lhe abriu todas as possibilidades de trabalho, conseguindo-lhe uma colocação na agência de publicidade WM, a maior de Fortaleza, da qual era sócio com Willames Macena, ex-genro de Leonardo Gondim, o dono da RTN.

Meu filho crescera profissionalmente e ocupava então um cargo importante dentro da agência, e até voltara a estudar, concluindo a faculdade de Publicidade. Contudo, mantinha uma relação complicada com Renato, com quem morava desde que saíra de casa, fazia quatro anos. Diferente do parceiro, Holanda não se considerava mais apaixonado e se permitia ainda àquele convívio somente por pura gratidão a tudo o que seu companheiro lhe proporcionara profissionalmente, já que Renato investira alto na carreira de meu filho. E foi exatamente esse o motivo da última briga de Alceu e Holanda.

Naquela altura do campeonato, Holanda não suportava mais a relação absurda com Renato e chegava a lamentar profundamente o dia em que o conhecera. Falava-me do desejo de poder voltar atrás e fazer tudo diferente.

– Consegui tudo o que eu queria de material, mãezinha. Mas não consegui paz no meu coração.

– Ainda é tempo de voltar e consertar.

– Não! Não é mais possível – deixou uma lágrima escorrer em seu rosto. – Seria muito doloroso para o Renato. Eu não posso, não depois do que ele fez por mim. Não posso agora de uma hora para outra deixá-lo.

– Filho, mas isso é ainda pior.

– Não, mãezinha, não é. Ele gosta de mim, muito!

– Exatamente por isso, filho. Você deve isso a ele.

– O quê, ingratidão? Não, eu não posso – ele fitava um copo em sua mão, como se procurasse naquela transparência a resposta. Não conseguia falar no assunto olhando em meus olhos. Era claro o seu incômodo, voltando-se a todos os cantos da sala, menos para mim. – O Renato não merece.

– Com certeza ele não merece viver uma mentira por tanto tempo e continuar vivendo, acreditando ser uma verdade. Isso é muito pior que ele saber que você não quer mais continuar. Você não percebe, filho? Vocês estão vivendo uma bola de neve, que não terá fim se um de vocês não der o basta. E quem deve dar esse basta é exatamente você.

– Eu queria que ele percebesse.

– Porque seria mais fácil pra você.

– Não! Para ele sofrer menos.

– Porque seria mais fácil pra você! – apertei-lhe as mãos, fitando-o bem os olhos. – Você me pergunta por que permaneço com seu pai, convivendo tantos anos com sua dureza, sua agressividade, sua violência. Pergunte-se por que convive com Renato há tanto tempo, sem lhe dar a oportunidade de saber que você não o ama mais, para que possa escolher continuar ou não.

– Gratidão – respondeu-me subitamente.

– Veja realmente no fundo do seu coração, pois o cuidado que diz ter não é com Renato e sim com você mesmo.

Sei que meu filho não compreendia o que eu estava lhe dizendo. Mas o que achava que era cuidado com o parceiro, era, na verdade, medo de enfrentá-lo, de se ver causador de seu sofrimento, de se perceber vilão numa história na qual acreditava ser mocinho. Queria que enxergasse, mas não podia lhe dizer assim, não acreditaria e logo encontraria um subterfúgio para se resignar da culpa.

O fato é que nos quatro anos em que convivera com Renato Brandão, Holanda não se permitiu viver nenhuma história com mulheres, mesmo diante de seu instinto e de inúmeras oportunidades que tivera. Devia-lhe fidelidade, era o mínimo que podia fazer, além de sexo e oferecer-lhe sua companhia. Encontrava-se, contudo, cansado, exausto, não somente das obrigações sexuais com Renato, bem como das privações amorosas, quando se sentia atraído por alguma mulher. Lamentava tudo o que sentia naquele momento. Se pudesse escolher seus sentimentos, escolheria com certeza amar seu parceiro, ou pelo menos estar mais empolgado como quando haviam se conhecido.

Formavam um belo par. Renato também era um homem muito bonito, de aparência jovial. Como meu filho, gostava de cuidar de seu corpo e beleza, além de investir bastante em alimentações naturais e terapias alternativas. Um homem generoso, de coração puro, segundo Holanda. Talvez o que tenha o encantado e o estimulado a começar aquele romance, quatro anos antes. Não somente o poder que ele seria capaz de lhe proporcionar. Meu filho, na época em que o conhecera, realmente parecia ter se envolvido emocionalmente.

JÚLIA SERRADO

CAPÍTULO 31

Deixei para trás todo o meu sonho de viver um grande amor. Só não imaginava o quanto sofreria com minha própria decisão. Era difícil ficar longe quando na verdade queria estar perto. Conseguia esquecer um pouco a falta que Pedro me fazia somente em meu trabalho, mesmo porque precisava estar inteira nos ensaios, na criação dos passos, dos movimentos. Esquecia a falta, a dor, mas não sua imagem, o desenho de seu corpo sobre o meu, a delicadeza de seus lábios deixando-me trêmula. As lembranças eram minha fonte inspiradora na criação das coreografias, que fizeram de meu show ainda mais intenso.

Entretanto, não conseguia saborear o sucesso de meu trabalho, não somente por estar longe do homem que amava, mas também por conta da pressão do deputado Donato Pessoa ao saber de minha desistência acerca do nosso plano contra seu rival na RTN. Estava seguro que Pedro havia encontrado os tais documentos que provavam suas transações ilegais, que deixavam transparecer seu conhecimento de determinados conteúdos, como uma provável relação do departamento comercial da emissora com campanhas eleitorais de alguns deputados e prefeitos. Ele estava transtornado e me punha ainda mais medo. Mas eu me encontrava irredutível, mesmo diante da informação de que tinha descoberto que o tal casal holandês que comprara minha filha não tinha ainda saído do país e, provavelmente, estivesse em São Paulo. Eu não podia mais acreditar naquele homem sórdido, ele era capaz de tudo e poderia muito bem estar mentindo também para mim. Eu queria confiar em Deus, eu tinha de confiar naquele momento. Eu o temi ainda mais quando afirmou que se eu não fizesse o que ele queria e encontrasse os tais documentos, acabaria com a minha vida e também com a da minha filha. Às vezes eu tinha a impressão de que ele sabia onde Clara estava, ou que tinha a ver com seu sumiço, apesar de aquilo parecer absurdo, afinal ele não sabia nada sobre mim antes de Clara ter sido roubada pelo próprio pai num conchavo com seu irmão. Ou sabia? Não, não poderia, era de fato ridículo pensar aquilo.

Pedro não poderia me encontrar, pois o único endereço que dispunha era o do apartamento que Donato Pessoa havia me arranjado como suposta moradia de Mirela, e eu nunca mais havia voltado lá, nem ligado o celular que usara no plano, embora tivesse muita vontade e por várias vezes pensasse em usá-lo para saber como estava. Mas pelo menos soube através de Luísa que Vanessa lhe permitira voltar a ver Felipe.

Embora soubesse que era melhor para nós dois não mais nos encontrarmos, parece que o destino resolvera dar uma forcinha e promover o nosso reencontro. Estava chegando à boate numa tarde, quando Pedro me avistou, de dentro do carro, ao fazer o giro na Praça Portugal. Tentei me esconder por trás de alguns carros que ali estavam, na frente de um shopping, mas quando o vi saindo do carro em pleno trânsito, gritando por mim, prestes a sofrer um acidente, não podia continuar fugindo, corri ao seu encontro. Estava nervosa, trêmula, com as mãos transpirando, meu coração acelerado diante daquele homem que mexia comigo profundamente. Parecia ainda mais lindo, ficava também belíssimo de paletó e gravata, alto, numa elegância natural que emoldurava a sua beleza. Seu olhar de tensão logo dera lugar a um sorriso sedutor. Era como se minha simples presença tivesse desfeito toda a tristeza que sentira durante aquela semana, a qual passamos longe um do outro. Sem que eu pudesse me dar conta, já estava em seus braços, desfrutando de seu calor, de sua alegria ao me ver. Nem entendi como pude passar tanto tempo sem aquela presença amorosa, sem sentir seu carinho, sem ouvir sua voz afetiva afirmando permanentemente que me amava.

– Você não sabe como me fez falta, Mirela!

– Eu também senti muita falta.

– Não quero mais ficar longe de você.

– Nem eu.

Beijamo-nos em plena rua, sem nos importar com as buzinas reclamando de seu carro aberto em meio ao trânsito da Praça Portugal.

Eu achava que poderia viver aquele amor. Era muito forte, e pela primeira vez, senti algo tomando conta completamente de mim, de minhas forças, de meus pensamentos. Só precisava naquele instante encontrar um bom momento para contar a verdade a ele, sobre os motivos que me fizeram aceitar a fazer parte do plano de Donato Pessoa, para seduzi-lo e roubar os tais documentos comprometedores sobre sua vida. Eu queria finalmente viver a verdade, como ele sempre falava e convidava todos a sua volta. Precisava ser honesta, mas não podia estragar tudo e perdê-lo, em contrapartida, sabia que se não contasse logo, aí sim estaria tudo acabado e perderia de uma vez por todas a oportunidade de viver aquele grande amor. Estava disposta a enfrentar todos, mesmo que o deputado viesse com sua fúria, que Vanessa nos importunasse com sua loucura, ainda assim, os enfrentaria para ficar com Pedro e lutar pelo seu perdão.

JÚLIA SERRADO

CAPÍTULO 32

Vanessa jamais perderia a oportunidade de descobrir a verdade sobre a mulher que, segundo ela, lhe roubara o marido e ter um trunfo para tentar acabar com aquele romance. Exatamente em minha apresentação, com a boate lotada, fui surpreendida com sua infeliz presença assistindo ao meu espetáculo. O mundo parecia ter saído debaixo dos meus pés, a impressão que eu tive foi que, por alguns segundos, que pareceram uma eternidade, não ouvi a música que me conduzia. Achei que de fato seria o fim. Nem lembrei que estava com máscara e que talvez nem estivesse me reconhecendo. Foi então que relaxei um pouco e prossegui minha apresentação, embora preocupada. Ela acompanhou todo o número, como se soubesse quem era, tinha um olhar firme, de quem tem outra intenção além de apreciar um show. Ao terminar aquela apresentação, corri para o camarim, precisava me trocar rapidamente e sair dali, antes que tivesse tudo acabado e Vanessa me flagrasse. Poderia nem ser o que eu estava pensando, era possível que ela só estivesse passando o tempo e tivesse ido assistir ao show que estava tão badalado em Fortaleza. Mas eu sabia, pelo pouco que Pedro me falara dela, que não sairia sozinha,para uma proposta daquelas, embora a boate fosse muito bem frequentada, com certeza, não seria um ambiente para ela, parecia não gostar de badalações em locais públicos. Mesmo assim, fiz de tudo para dar tempo de sair logo da Mirage, antes de encontrar com ela. No entanto, Vanessa mais uma vez me surpreendeu, estava bem ali, diante de mim, no momento em que abri a porta do camarim, para ir embora.

"Seu show foi ridículo, Júlia Serrado!" O tom agressivo de Vanessa deixava claro por que ela tinha ido à boate. Já sabia de toda a verdade e queria tomar satisfações.

Como eu já esperava, Donato Pessoa não deixaria barato depois de me ligar cobrando minha resposta se continuaria em seu plano sórdido contra Pedro. Ficara enlouquecido ao ouvir meu categórico "não" e afirmou que eu me arrependeria daquela decisão. E como que para me dar uma amostra do que era capaz de fazer, contou a Vanessa sobre minha identidade. Era um plano perigoso, pois sabia que poderia pôr em risco todo o estratagema para conseguir os tais documentos. Todavia, o deputado era um homem inteligente, calculista e não tinha medo de jogar alto, ainda que comprometesse sua posição, seu poder. Era apenas um aviso para que eu não pensasse que sairia sem lesões.

"Eu vim aqui apenas para te dizer que saia de uma vez por todas da vida do meu marido, sua vagabunda." Vanessa fez aquela afirmativa trancando a porta do camarim. Parecia ter feito alguma coisa para segurar os demais dançarinos lá fora e não deixá-los chegar perto. O que me passava pela cabeça era apenas o medo daquela mulher fazer mais um escândalo e me prejudicar em meu ambiente de trabalho. Se ela resolvesse contar tudo ali, ou gritar falando que eu estava me fazendo passar por Mirela para lhe roubar o marido, eu estaria, além de perder o homem que amava, perdida também em meu trabalho. Olívia Cordeiro, a dona da Mirage, nem mesmo Charles, não admitiriam trabalhar com uma bandida, como Vanessa também me taxava. Que situação, meu Deus! Via-me completamente perdida. Acho que minha maior sorte era Vanessa estar segura demais com o que havia descoberto sobre mim, não parecia ter dúvida que logo me desmascararia e acabaria o meu romance com seu ex-marido, por isso não agiu com histerismo como da outra vez, no shopping, quando nos encontrara pela primeira vez juntos.

Vanessa me disse que estava sabendo de tudo, que eu não era Mirela e sim Júlia Serrado e que tinha seduzido seu marido para roubar-lhe o projeto de programação, com o qual Donato Pessoa quase conseguira a vice-presidência da RTN. Eu sabia que ele jamais teria lhe falado todo o plano, não poderia, se não ele também teria perdido a oportunidade de estar com o dossiê que, nas mãos de Pedro, podia servir de arma contra si mesmo.

– Você é vulgar, pior do que eu pensava.

– Acho que podíamos conversar em outro lugar.

– O momento é agora, sua vagabunda.

– Vanessa, aqui não é o lugar, nem a hora.

– Não entendo como um homem do porte de Pedro pôde se envolver com uma mulherzinha vagabunda como você, do seu nível.

– O que sabe sobre mim? – começava a perder a paciência.

– Que você é uma vagabunda.

– Olha aqui, chega! – o nível da minha voz já se fazia ouvir mais alto.

– Ah, está ficando com raivinha?

– Eu entendo você, mas...

– Entende? Não. Você não me entende nada. Não faz ideia de como estou.

– Eu sei que é difícil.

– Difícil o quê, perder o marido para uma vagabunda como você?

– Chega!

– Chega dessa aventura, vagabunda.

– Você não sabe quem eu sou.

– Sei, claro que sei. É uma prostituta, contratada para seduzir meu marido e lhe roubar. É isso que você é.

– Agora chega!

Eu não poderia permitir que aquela mulher me agredisse daquela forma. Sabia de minha atitude com Pedro, mas nunca fui mau-caráter, nunca fizera nada contra ninguém, antes de ter tido minha filha sequestrada, roubada de mim.

– Fora daqui! Você não tem o direito de invadir meu local de trabalho, vir me agredir.

– Tenho, claro que tenho, sua vagabunda! Você roubou o meu marido...

– Não roubei ninguém, você está fora de si.

– Sou louca pelo Pedro. Sou capaz de qualquer coisa por ele.

– O casamento de vocês já não existia há muito tempo. Ou melhor, nunca existiu.

– Quem pensa que é para julgar minha vida, meu casamento?

– Agora nós estamos juntos.

– Não por muito tempo.

– Sinto muito, Vanessa.

– Não sinta. Serei motivo de muita tristeza pra você, sua vagabunda.

Sei que de fato seria. Se não, não teria acabado com o próprio casamento, por sufocá-lo com seus ciúmes doentios. Tinha um ar esnobe na fala, como se se sentisse superior, melhor do que eu, como se estivesse acima de meu mundo.

– Não tenho mais tempo pra você, Vanessa.

– São dez anos de casamento. Você acha realmente que ele vai jogar fora uma família, o amor do Felipe pra ficar com uma prostituta?

Dei-lhe um tapa!

Entreguei-me ao meu instinto e quando percebi já havia lhe agredido. Não pude conter, foi mais forte que eu. Era como se aquela mulher estivesse agredindo toda a minha vida, a minha história, minha dignidade. Não poderia compactuar com aquilo.

– Saia já daqui! – era eu quem estava gritando.

– Desgraçada, você vai se arrepender, eu prometo!

– Vai embora daqui, sua perua mimada!

– O Pedro vai ficar sabendo de tudo isso, ah se vai...

Vanessa saiu furiosa. Mas não poderia ter sido diferente. A única coisa que eu conseguia pensar era em Pedro e no que aconteceria dali para frente. De certo, contaria imediatamente tudo a ele e faria sua cabeça contra mim. Talvez fosse melhor assim, pelo menos eu deixaria de sentir o peso gigantesco que carregava em minhas costas com aquele segredo. Só não esperava tudo terminar daquele jeito, Pedro sabendo através de outra pessoa e logo por Vanessa.

Eu não tive coragem de me encontrar com ele, como havíamos combinado que depois de meu trabalho, meu ensaio com um grupo de dança, como dizia a ele, nos veríamos em seu apartamento. Fui direto para minha casa, quase que correndo para o colo de Raquel. Lembro-me de ter passado a noite em claro, chorando, imaginando como o enfrentaria depois de tudo. Com certeza já estava sabendo sobre mim e o projeto de programação e que era cúmplice de Donato Pessoa, ou melhor, que eu era sua grande parceira naquele plano sórdido. Raquel acreditava que ele entenderia e me perdoaria, mas era difícil para mim aceitar essa possibilidade. Não, pessoas como Pedro, que acreditam nas pessoas, quando descobrem que estão sendo enganadas, perdem completamente a confiança. E mesmo que perdoem, sempre ficará aquela dúvida, sempre.

Acabei atendendo uma ligação de Pedro, depois de muitas das quais não tinha tido coragem de atender. Fomos almoçar juntos naquele dia, momento em que ele aproveitou para me contar que tinha sido procurado por Vanessa, como eu previa e ela afirmara que faria, para lhe contar sobre minha verdadeira identidade.

MARINA PESSOA

CAPÍTULO 33

Algumas vezes, em meu sofrimento, chorando calada, sem que Donato visse, questionava o significado real de um casamento, ou melhor, do nosso casamento, já que não via ninguém sendo tratado como se fosse uma propriedade, sendo impedido de falar com as pessoas, de sair na rua sem ser acompanhada por alguém. Era aquela situação que me sufocava cada vez mais, que me entristecia e fazia duvidar de minha vontade de permanecer vivendo aquela relação. Sentia-me muitas vezes como uma prisioneira dentro de minha própria casa, e ele sempre dizendo que queria me proteger, cuidar de mim.

Na noite daquela festa, demorei muito a dormir. Minha cabeça parecia que ia explodir, depois de tanto chorar, não somente pela forma com que Vanessa havia me tratado e afirmado que Felipe me esquecera, mas também pela proibição de Donato. Sabia que com eles morando aqui no Brasil seria fácil de me reaproximar, conseguir o perdão de minha irmã e estar mais uma vez perto de meu sobrinho. Todavia, meu próprio marido era então o único e forte empecilho.

Creio que era exatamente aquelas insatisfações reprimidas que faziam de minha noites verdadeiros infernos, com meus pesadelos que pareciam uma vivência real de situações banais aterrorizantes.

Levantei-me de onde estava, num canto de um muro escuro, na madrugada, vestida apenas de camisola e pés descalços, como fora dormir naquela noite. Aproximei-me de um portão que separa aquele lugar sombrio da rua, caminhando com cuidado para não machucar meus pés, nas pequenas pedras que estavam espalhadas por todo o chão que minha vista alcançava. Ao chegar no velho portão coberto de ferrugem, fui tomada por um desespero, percebendo que estava impossibilitada de passar, por estar trancado, ou melhor, emperrado pelo ferrugem, pois não tinha fechadura aparente, então não compreendia porque realmente não conseguia abri-lo. O formato do velho portão lembrava as grades de uma prisão e aquilo me enchia de desespero. Do outro lado, sentado na beira da calçada, de frente para mim, pude avistar um garotinho, de cabeça baixa, voltada às pedrinhas que tinha na mão e brincava com elas. Percebi que eram iguais às pedras nas quais havia sido obrigada a pisar para chegar ali. Era como se tivesse sido aquele menino que jogara as pedras, impedindo minha passagem.

– Ei, menino, por que fez isso? – indaguei-lhe, ainda forçando a abertura da grade. – Por favor, me ajude, eu preciso sair!

Vi aquele garoto levantando a cabeça lentamente, como se quisesse esconder algo. Estava com os olhos vermelhos, de alguém que chorou muito. Era loirinho, deveria ter uns cinco anos apenas, tinha o cabelo meio assanhado e vestia apenas uma bata branca, tipo de hospital, um pouco suja de sangue já envelhecido. Senti um medo aterrorizante ao fitar os olhos daquela estranha criança, como se pudesse ver uma tristeza profunda em seus olhos.

– Ajude-me a sair daqui, garoto! – tornei a insistir.

Ele voltou a baixar a cabeça, fitando as três pedrinhas que tinha em sua mão. Então, vi uma lágrima cair e molhar suas pedrinhas.

– Ei, garoto, por que você está chorando?

Queria ajudá-lo. Mas estava impedida pelo grande portão. Chegava a sentir as ferrugens das grades arranharem meus braços, que estendia e balançava de um lado para o outro, como se quisesse alcançar aquele menino ou forçar a minha passagem, atravessando aquele obstáculo. Num só momento que baixei a cabeça, voltando-me a uma pedra que estava encrava em meu pé, o pequeno garoto desapareceu dali. Já não conseguia mais ver sua imagem, nem para onde teria ido e, de repente, também já não existia mais o grande portão que outrora me impedira de chegar até aquela criança. Corri então até o outro lado da rua escura, onde o garoto estava, encontrando apenas as três pedrinhas, com as quais brincava segundos antes. Vi que estavam sujas de sangue, o que me causou um grande arrepio. Sem que eu pudesse perceber ao certo o exato momento em que aconteceu, era eu quem estava coberta de sangue, minhas mãos, pernas, meu rosto, tudo estava sujo. Comecei então a gritar desesperada.

– Alguém me ajude! Por favor, alguém me ajude! Alguém me ajude, por favor! Alguém me ajude!

Contudo, estava completamente só no meio da madrugada. Sentia muito frio e medo. Encolhia meus braços para que pudesse me resguardar um pouco do vento, que se intensificava cada vez mais. Vi então o pequeno garoto, de momentos antes, entrar no prédio em frente, de onde supostamente eu teria saído. Havia me dado conta de que se tratava do prédio onde eu morava. Então, a calçada onde estava não era mais a mesma e sim o calçadão da Beira-Mar, totalmente deserto. Corri para atravessar a rua e quase fui atropelada por um carro velho e, ao olhar quem estava na direção, assombrei-me ao ver a figura de Donato, sorrindo para mim, com seu velho sorriso forçado, de quem carrega consigo outro sentimento que não o aparente naquele momento. Meu medo aumentou ainda mais quando vi no banco detrás do carro o mesmo garoto que há pouco entrara em meu prédio, brincando com as mesmas pedrinhas de momentos antes.

– Ahhhhhhhhhhhhhhhhhh! – acordei com meu próprio grito, trêmula, com a respiração ofegante.

Podia ouvir as batidas de meu coração, quebrando o silêncio do grande quarto. A porta da varanda estava aberta e o vento forte da madrugada jogava as cortinas de um lado para o outro. Logo me atentei que estava sozinha na cama, como quando havia me deitado. O relógio digital da mesa de cabaceira marcava três e vinte e quatro, quarenta minutos a mais de quando eu começara a dormir. Estava meio desnorteada, sem entender bem o que acontecera. Tentei imaginar onde meu marido estava e logo lembrei que o havia deixado no escritório, chateado pelo meu encontro com Vanessa na festa. Tomei um pouco de água rapidamente, o resto que estava no copo do lado da cama e me precipitei em direção ao escritório.

Eu estava prestes a encontrar meu marido e Luísa sem roupa, no sofá, num clima de muito erotismo e intenso prazer. Ele parecia se realizar sexualmente com aquela mulher. Tinham, segundo ela, como ficaria sabendo mais tarde, uma química perfeita, que os fazia completar-se e esquecerem do mundo no instante em que transavam. Era um homem violento na cama e ela permitia que desse vazão a todas as suas vontades, diferente de mim, que cuidadosamente lhe impunha limites, procurando deixar claro meus incômodos frente às atitudes bruscas que se revelavam uma vez ou outra. Na verdade, Luísa parecia até gostar, apesar de sentir fortes dores, principalmente quando faziam sexo anal. Eram como dois animais brutos, fazendo daquele escritório um ambiente de dor e prazer.

Eu até podia ouvir os sussurros e gemidos ainda do corredor, bem antes de chegar na sala, que separava aquela dependência de onde eu estava, embora não soubesse o que era, bem como de quem se tratava. Sentia-me ainda desorientada devido ao pesadelo. Mas precisava encontrar alguém e pôr um fim ao medo que me dominava naquele momento. Não sabia ao certo o que, entretanto olhava para todos os lados, para trás, temendo algo que não conseguia definir, como se o que experimentara minutos antes, dormindo, pudesse voltar de alguma forma.

Ao chegar na sala, pude ouvir um forte gemido, que vinha exatamente do escritório, embora não tivesse como perceber que era de Luísa, bem no momento que culminavam o seu prazer.

O destino de meu casamento estava a alguns passos dali, mesmo que eu não tivesse consciência. Era como se uma força estranha me chamasse para ver o que estava diante de meus olhos há anos e eu não conseguia enxergar.

Claro que meus sentidos pareciam mais estar voltados naquele momento para o que eu sentira pouco tempo antes em meu pesadelo. Jamais poderia imaginar o que se passava realmente naquele escritório. Por mais que tivesse minhas desconfianças, eu preferia acreditar que se tratava apenas de uma boa relação profissional, como ele sempre afirmava.

No instante em que ouvi aquele gemido, cheguei a pensar que tivesse algo a ver com o pesadelo, ou até mesmo que eu ainda estava dentro dele e que o menino poderia aparecer a qualquer momento. Era horrível pensar naquilo. Por um instante não tinha mais a consciência do que era real ou fantasia. Estava totalmente atormentada, sem saber de fato pelo que ou por quê. Cheguei a hesitar em continuar, afinal poderia me deparar com o que eu não queria naquele escritório – encontrar aquele garotinho ou algo que me lembrasse detalhes daquele sonho terrível. A única coisa que não me passava pela cabeça era que fosse meu marido e sua secretária, vivendo um momento de intenso prazer.

No entanto, logo tomei coragem e segui adiante. Precisava acabar logo com aquilo. Se fosse mais um instante de meu pesadelo, que eu me deparasse finalmente e enfrentasse, se não, descobriria que barulho era aquele.

Aproximei-me então da porta, pronta para descobrir do que realmente se tratava e pôr um fim àquela angústia.

JÚLIA SERRADO

CAPÍTULO 34

Vanessa havia contado tudo a Pedro. Meu Deus, que aperto senti em meu coração. De repente, estava com a boca seca, faltando-me também o ar. Pensei que pudesse ter ali um buraco para que tivesse pelo menos o direito de me esconder e não sentir tanta vergonha, tanto constrangimento. Acho que estava vermelha, pois o sangue parecia ter me subido à cabeça e um calor tomara conta de todo o meu corpo. Numa fração de segundos, senti uma gota de suor cortar-me as costas. Acabara a minha angústia de todos aqueles últimos meses, mas com ela também fora embora a possibilidade de viver um grande amor. Era o fim!

– Mas não se preocupe com nada disso, meu amor, eu já esperava que Vanessa não se rendesse aos fatos e não aceitasse a nossa relação, assim tão fácil.

Será que eu estava de fato ouvindo aquilo ou era um sonho?

– Mas, Pedro...

– Eu te amo, muito.

–Você não acreditou nela?

– Devia?

Devia. Ela estava coberta de razão.

– Ela é sua esposa.

– E você a mulher que amo.

– Pedro...

– Juntos, nós vamos enfrentar todos os obstáculos. Não serão as mentiras da Vanessa, os seus delírios que vão nos separar.

De fato, não poderia ser verdade aquilo. Justo quando pensava que estava tudo acabado, sou surpreendida com aquela declaração. Não podia ser apenas por causa de Mirela, afinal, quem estava ali na sua frente não era ela, mas sim eu, com meu jeito de ser, de pensar, de agir. Com certeza éramos completamente diferentes como expressão. Não sabia nada daquela mulher que já morrera tantos anos antes, até porque não necessitava saber, já que para o plano, eu teria sofrido amnésia, depois do acidente. Acho que ele jamais teria mantido seu relacionamento comigo se realmente não tivesse se apaixonado pelo meu jeito, por mim, Júlia Serrado.

Não sei se estava feliz ou triste, mas o beijei tanto que acredito que ele tenha percebido que era uma atitude dissociada. Talvez sentisse as duas coisas. Amava-o e era, de qualquer maneira, bom ouvi-lo falar daquele jeito, como se nada nem ninguém pudesse abalar nosso amor. Até cheguei a pensar que Raquel tinha razão e ele me perdoaria quando soubesse de tudo. Mas sabia que Pedro via o amor como algo sagrado, e minha atitude profanava a nobreza de seus sentimentos.

Eu estava decidida a contar tudo naqueles dias. Tive coragem de me abrir com minha nova vizinha, D. Clarinda, que parecia ter a clareza da maturidade, além de me passar uma energia de mãe, de cuidado, de proteção em seu olhar tristonho. Diferentemente do que pensava, em nenhum momento me julgou nem condenou, pelo contrário, entendera tudo o que eu tinha feito e até estava feliz pela descoberta do amor.

– D. Clarinda, eu lamento a chegada de Pedro na minha vida logo agora, nessas condições.

– É Deus quem coloca as pessoas em nossas vidas para que possamos ser felizes com elas. Não acredito que tenha sido por acaso, nem que tenha sido uma fatalidade o encontro de vocês dois. Essa situação existe, com certeza, para que vocês possam aprender com ela e crescer com ela. Não acredito em destino, Júlia, mas creio que Deus providencia para que sejamos felizes. Vocês tinham que se encontrar.

– E essa mentira?

– Essa é a história de vocês.

Era confortante ouvir aquilo, mas difícil de acreditar verdadeiramente, diante da situação em que estava metida. Por que então descobrir um amor em meio a tantos empecilhos, se era para nos entregarmos e vivenciá-lo somente? Não tinha certeza se D. Clarinda realmente tinha razão. Mas pedia uma luz, um sinal do universo, que me respondesse o porquê de tudo aquilo pelo qual estava passando.

Pedro tinha razão quando pensava que Vanessa jamais aceitaria nossa relação de bom grado, calada. Mesmo que ele não tivesse acreditado em suas revelações, não poderia me despreocupar, pelo menos enquanto eu tomasse coragem e contasse toda a verdade, o que eu queria fazer muito breve. Queria ganhar um pouco mais de tempo, embora tivesse dito a Donato Pessoa que não podia mais contar comigo em seu plano, ele acreditava que eu ainda o ajudaria, e enquanto acreditasse nisso, eu poderia ter alguma notícia de minha filha, pois estava esperando notícias de São Paulo, onde disse ter sabido do paradeiro do tal casal de holandeses que comprara Clara. Se eu abrisse o jogo logo, poderia pôr tudo a perder. E ele sabia que eu podia conseguir os tais documentos, pois eu já havia comentado que realmente achava que Pedro estava com eles, devido aos comentários que fazia sobre o deputado.

Naquele exato momento eu me dava conta do meu jogo contra Donato Pessoa ou a favor de minha filha. Mas estar jogando me fazia mal. Nunca acreditei no jogo de conveniências como caminho para nada, mas estava ali, fazendo o mesmo que ele. Pensei várias vezes em desistir e contar a verdade, falar de meus reais objetivos, que com certeza não eram mais continuar procurando os tais documentos e trair mais uma vez o homem que amava.

Consegui alguns dias sem trabalhar novamente na boate, tentando evitar que Vanessa me surpreendesse mais uma vez. No entanto, não poderia adiar por muito tempo, logo tive que retornar ao trabalho e precisamente no momento em que entrei no palco, iniciando meu show, dei de cara com Pedro, parado ali na minha frente, ao lado de Vanessa. Meu Deus, que situação aquela! Ele tentando me descobrir por baixo da máscara, com um olhar interrogativo, curioso, tenso, e eu ali, assistindo a um filme em minha cabeça, numa fração de segundos, pensando no quanto o amava e que ele não compreenderia o que eu havia feito, por que havia feito. Foi a primeira vez em que não me senti inteira no palco, fazendo o meu trabalho. Não conseguia parar de pensar no quanto eu havia sido idiota em não revelar a verdade enquanto ainda tinha tido tempo. Era tarde e Pedro me falaria aquilo, decerto, logo após minha apresentação. Ainda haveria tempo de me salvar?

CELINA GONDIM

CAPÍTULO 35

Mesmo com meus limites de expressão, procurava me fazer presente na vida de meu sobrinho. Gostava também muito de Maria Antônia, mas era João Henrique, o caçula, que demonstrava uma necessidade maior de apoio emocional. Tinha sofrido muito durante os anos em que sua mãe estivera casada com Donato Pessoa, que o maltratava e o oprimia com castigos e ameaças, por não gostar da criança. Além de tudo, sempre sentira falta do pai, que morava no Rio e viajava permanentemente a negócios. Transformara-se, com isso, num jovem tímido, com dificuldades de se relacionar e demonstrar seus sentimentos e opiniões, principalmente quando se via no meio de outras pessoas fora de seu núcleo de intimidade. Sem falar em sua mãe, a quem temia enfrentar e contrariar diante de qualquer situação.

Minhas investidas não eram muito bem-sucedidas, mas às vezes João Henrique acabava me falando um pouco de sua angústia e da vontade de dizer para o mundo o que pensava realmente sobre a vida, sobre as coisas, falar de seus sentimentos, ter coragem de ir contra a mãe e fazer o que realmente desejava e sonhava.

Aos dezenove anos, João Henrique acumulava muitas dúvidas sobre seus sentimentos. Escondia-se atrás dos óculos, que lhe davam um aspecto intelectual e encobria um pouco a sua beleza, embora chamasse a atenção de muitas garotas na faculdade e em outros lugares. Tivera poucas namoradas, todas indicadas e arranjadas por Maria Eugênia, que procurava, segundo ela, cuidar das boas relações de seu filho, já que não conseguia exercer o mesmo controle na vida de Maria Antônia. Com sua timidez, João Henrique sentia uma profunda dificuldade em suas relações de par. Conquistava muitas colegas, das quais se aproximava nos trabalhos da faculdade ou por estarem com algum problema em seus namoros, as quais acabavam transformando-o em seu confidente, e quase sempre interessavam-se amorosamente por ele. Sua timidez só não encobria seu aspecto afetivo e cuidadoso, o que encantava todos e fazia com que suas colegas terminassem apaixonadas por ele, mesmo sem intenção de conquistá-las.

João Henrique estava quase sempre acompanhado do amigo Alexandre, da mesma idade, neto de Adriano Cordeiro, um velho amigo da família. Uma amizade que lhe fazia, ao meu ver, muito bem. Alexandre era exatamente o seu oposto, um jovem extrovertido, de fácil comunicação com todos, bem-humorado e metido a conquistador, apesar de se dizer apaixonado pela namorada Carola, também amiga e colega de faculdade de meus sobrinhos. Embora fosse perceptível a falta de responsabilidade de Alexandre e até ressaltada permanentemente por Maria Antônia e mesmo por Carola, talvez fosse um pouco disso que meu sobrinho precisasse, naquele momento, para dosar a sua repressão interna, trazendo-lhe um equilíbrio que precisava para sobreviver naquele instante.

CELINA GONDIM

CAPÍTULO 36

Além de mim e da relação de profunda amizade e cumplicidade com a irmã Maria Antônia, João Henrique encontrava em Mena, nossa cozinheira, o colo de que precisava em muitos momentos. Ela estava sempre cuidando dele e de todos nós através de seus pratos deliciosos e de seu carinho, percebido até quando calava, frente às conversas e decisões familiares importantes.

Mena era baixinha e gorda, uma negra de cabelos já grisalhos, aos setenta anos, uma idade que parecia não lhe pesar. Sua vitalidade irradiava-se da cozinha para todos os espaços daquela imensa casa, como se tudo tivesse realmente a sua cara, seu jeito. Estava com papai desde seu primeiro casamento, antes mesmo do nascimento de Maria Eugênia. E nos tratava como se fôssemos seus filhos, o que irritava profundamente a minha irmã, exigindo-lhe uma postura profissional, sem essa proximidade pessoal, evidente em seu tratamento conosco. Fora Mena, sem dúvida, a pessoa que mais me apoiara em minha chegada àquela casa, a quem eu dediquei muito carinho e muita consideração desde então. Creio que a partir daí, Maria Eugênia tenha alimentado uma certa repulsa a ela, por sua proximidade e cuidado para comigo, o que resultou na contratação de Lorena, a secretária de minha irmã, também como governanta de nossa casa, para tirar de Mena o controle e a administração dela.

A intenção era que Lorena assumisse o cargo, criado por Maria Eugênia, provisoriamente, até a contratação de uma nova governanta, até porque ela já era sua secretária e não poderia se dedicar como queria. Uma situação que já vinha se arrastando por cinco anos e resultou na mudança de Lorena para nossa casa, para que pudesse exercer a função de governanta sem deixar de ser a secretária de minha irmã.

Lorena tratava todos os empregados com mão de ferro, inclusive Mena, que parecia não se importar. Era uma mulher sábia e tinha a consciência de que se tratava de uma estratégia de Maria Eugênia para lhe atingir e lhe afastar de mim.

Mesmo sendo uma pessoa mal-humorada, Lorena chegava a ser engraçada. Podia-se perceber claramente o quanto se devotava a Maria Eugênia e a endeusava, como se fosse seu grande ídolo. Vestia-se semelhante a ela e fazia alguns gestos, como arrumar o cabelo discretamente no meio de uma conversar ou ajeitar o brinco, que eram de sua patroa. Aos cinquenta anos, ainda que se vestisse muito bem, não era um exemplo de beleza, mas considerava-se bela e sedutora, o que lhe dava um ar de arrogância, que só se desfazia na presença de Maria Eugênia, a quem temia. Mas era Dulce quem conseguia tirá-la realmente do sério.

Travou-se um verdadeiro clima de rivalidade entre Lorena e Dulce, desde que esta entrara em nossa casa pela primeira vez, como uma guerra de ego e vaidade. Dulce sentia-se profundamente incomodada com a postura esnobe da outra, e esta, por sua vez, procurava impor limites arbitrariamente em sua expressão dentro de casa. Chegava a ser engraçado e eu, confesso, me divertia com a birra das duas. Só comecei a achar a situação delicada ao saber do envolvimento amoroso de Dulce e o nosso motorista, Djair. Ela, que tentara me esconder a relação, bem como de todos na casa, para não prejudicar, segundo ela, o rapaz, confessara-me não querer nada sério com ele. O problema é que acabei por descobri-lo aos beijos com Lorena no escritório, fazendo-lhe juras de amor e fidelidade.

Parecia ironia do destino, Dulce e Lorena, que tanto se detestavam, disputando, de certa forma, mesmo sem saber, a atenção amorosa do mesmo homem. E tudo sem que Maria Eugênia soubesse. Para falar a verdade, acho que somente ela não sabia do envolvimento de sua secretária e o motorista. Caso descobrisse, o mandaria embora com certeza.

Dulce se mostrava empolgada com aquela relação. Não para um envolvimento mais sério, mas no intuito de atiçar ainda mais seu fogo, por considerar Djair um vulcão.

Minha enfermeira acabava passando um pouco seu tempo implicando com nosso jardineiro, Zeca, um homem reservado, porém bem-humorado, que cuidava de nosso jardim com um zelo que jamais pude perceber em outro profissional. Não sabíamos muito sobre ele, exceto que tinha uma noiva, que morava em outro Estado, com quem se correspondia frequentemente através de cartas e telefonemas.

Aos trinta e seis anos, Zeca cultivava um ar misterioso que chamava a atenção de minha enfermeira. Mesmo preservando bastante sua intimidade, vivia cantarolando em seu trabalho, como se quisesse partilhar de algo seu, um sentimento, que não sabíamos bem qual era, com todos a sua volta. E sempre que dava, isolado em seu quarto, ensaiava algumas notas no violão, seu companheiro de anos, segundo ele.

Tudo era motivo para alimentar as implicâncias de Dulce a Zeca, como o som do violão, nas poucas vezes que se podia ouvir as belas notas se propagando na ala dos profissionais de nossa casa. Ela sempre alegava estar com enxaqueca, para justificar sua presença na porta do quarto do rapaz, requisitando, de forma autoritária e sarcástica, o fim da "cantoria", segundo ela.

– Não sei não, viu, meu filho? Talvez fosse necessário você ter umas aulinhas de violão, para não tirar o sossego das pessoas, exatamente no horário em que estão tentando descansar. Esse som é horrível!

Sabíamos todos ali que ela não tinha razão. Zeca tocava muito bem, belas e variadas melodias, além de muitas vezes acompanhá-las com a boa afinação de sua voz. Não somente eu, mas Mena e os meus sobrinhos, quando tínhamos a oportunidade de ouvi-lo em sua expressão, acabávamos não compreendendo por que a falta de interesse e manifestação de sua parte para tornar conhecido o seu trabalho. Podíamos perceber claramente que se tratava de um artista, enrustido, por algum motivo, que não conhecíamos.

Embora não desse muito cartaz às implicâncias de Dulce, aumentando ainda mais seu incômodo em relação a ele, Zeca, uma vez ou outra, rapidamente, a provocava, afirmando ser ela uma mulher frustrada pela solidão ou pela falta de um companheiro, principalmente por já estar beirando os quarenta anos. E aquilo realmente a deixava enfurecida, procurando imediatamente retrucar com negativas e classificações a ele, como um homem machista e boçal.

– Quem diz o que quer, ouve o que não quer. Minha mãe já dizia.

~

Eu acabava me divertindo com aquelas histórias, dando um pouco mais de sentido a minha vida, já que não experimentava mais do que um grande vazio depois do acidente. Era como se eu me misturasse à vida daquelas pessoas, preenchendo-me com sua historicidade, fazendo de suas vivências a minha. Diante da vitalidade que sentia em meus sobrinhos e meu pai, em nossos empregados, criava um mundo em minha mente, no qual só eu poderia entrar e ficar a salva de tudo o que me lembrava a minha invalidez.

Tinha muitas vezes uma vontade enlouquecedora de transformar aquele mundo criado dentro de mim, inspirado pela vivência das pessoas à minha volta, em uma nova história. Pulsava em meu peito o desejo profundo de voltar a me expressar e transcender os limites que a vida me impusera. Papai, em vários momentos, até me incentivara a voltar a escrever e trabalhar, trazendo-me de presente certo dia um novo *laptop*.

Desejei arremessar aquele presente na parede, ao abri-lo. A escritora Celina Gondim morrera naquele maldito acidente juntamente com seu grande amor. Desde então, nunca mais havia sentado diante de um computador e digitado uma só palavra. Ganhar um computador naquele momento parecia uma provocação, uma gozação ao meu estado físico, à minha condição inerte. Só não o fiz em consideração a papai, sabia de sua intenção e que jamais brincaria com meus sentimentos.

As palavras de Maria Eugênia acerca daquele presente de papai ficaram se repetindo em meu pensamento.

– Ficará ótimo como enfeite de sua escrivaninha.

Papai ainda chegou a repreendê-la, mas minha irmã tinha toda razão. Aquele computador, para mim, não passaria de um enfeite. E por vários dias, não tive coragem de abri-lo. Até que certa manhã, ao acordar, aproximei-me da mesa onde ele estava em meu quarto e depois de um pouco de esforço consegui erguer seu visor. Hesitei, lembrando de quanta história já havia escrito em meu passado, antes daquele terrível acidente, que me tirara os movimentos, a mobilidade com minhas mãos. Pensei por um instante em fechar aquela máquina, que me lembrava ainda mais de minha inutilidade, mas era mais forte que meus limites físicos. Acabei por ver a imagem na tela se abrir, depois de apertar o pequeno botão, com o qual parecia ligar minha própria vida. Tremia e sentia as lágrimas banharem-me o rosto. Estava eu ali, no limiar, diante da possibilidade de me fazer viva novamente.

JÚLIA SERRADO

CAPÍTULO 37

Logo após o espetáculo, Vanessa não hesitou em levar Pedro ao camarim para provar a minha farsa, deparando-se com uma mulher extremamente parecida comigo, de cabelos longos, lisos e ruivos como os meus, alta e magra, de rosto afilado, dizendo-se ser Júlia Serrado, a mulher androide do show, descrição idêntica a que Vanessa havia feito. Pedro tinha ido à boate depois de muita insistência da ex-mulher, que lhe prometera deixá-lo em paz depois daquela noite.

Fiquei sabendo de toda a cena constrangedora de Vanessa e Pedro abordando minha sósia, logo depois, quando me encontrei com ele. Estava muito envergonhado por ter se prestado a tal papel, mas vira naquela atitude uma possibilidade de nos vermos livres de uma vez por todas das perseguições da ex-mulher, que ficara enlouquecida diante de Leila, minha colega dançarina na boate, que era muito parecida comigo, a quem, num momento de desespero, tivera coragem de pedir ajuda, fazendo que ela se passasse por mim. Vanessa ainda tentara levar o ex-marido para falar com Olívia Cordeiro. Por sorte, ele não aceitara dar continuidade àquele absurdo.

Não sei se foi uma ideia de Deus ou do diabo, mas daquela situação eu tinha conseguido me livrar. Queria apenas naquele momento ter coragem e finalmente contar a verdade. Poderia falar de Clara. Exatamente, poderia começar falando do roubo de minha filha por Joel e Guel Serrado, e somente depois contaria sobre o deputado Donato Pessoa. Assim, primeiro eu o sensibilizaria, para depois revelar que fora enganado. E então, percebi que mais uma vez estava tramando, jogando com um homem que sempre fora sincero, verdadeiro. Era o momento de contar-lhe, exatamente naquele instante.

– Eu preciso muito falar com você, Pedro. Não podemos mais adiar essa conversa. Você precisa saber da verdade sobre mim.

– Muito bem. Sou todo ouvidos.

Ele estava parado diante de mim, atento, surpreso com o jeito como eu havia começado a conversa. Com um olhar curioso, de quem quer logo descobrir que revelação poderia ser feita naquele momento.

Eu não sei se fui salva ou atrapalhada pelo universo. Felipe tivera mais uma crise de alergia e parecia estar mal em casa, pelo menos foi o que Vanessa conseguira dizer pelo telefone, naquele exato instante em que eu iria contar tudo a ele. Agradeci a Deus e lamentei ao mesmo tempo, não por Felipe, claro, mas por não ter que enfrentar aquela situação. Lembrei de quando era criança, que ficava com medo de contar a meu pai quando fazia algo de errado, temendo ser repreendida ou ficar de castigo. Meu castigo para aquele pecado seria muito grave, talvez até o afastamento total de Pedro. Ele não me perdoaria!

Sendo ou não perdoada, eu lhe contaria tudo assim que voltasse de sua casa. Estava farta daquela situação, de tantas mentiras, de tantas situações perigosas, de tanta tensão e preocupação. Queria ter paz e poder deitar a cabeça em meu travesseiro tranquila. E foi exatamente o que afirmei ao deputado, assim que o dia amanheceu, quando me procurou mais uma vez, para tentar me dissuadir a continuar em seu plano sórdido. Não me trouxera nenhuma novidade sobre minha filha, com certeza estava mentindo, não sabia de nada, usava a história apenas para garantir a minha parceria no jogo.

– Se não vai ser através de você, será de outra forma, mas eu conseguirei esse dossiê, antes de Pedro. E quanto a você, minha cara, vai se arrepender amargamente de estar contra mim. Nunca mais verá sua filha, eu te prometo!

– O que o senhor sabe realmente sobre minha filha, deputado?

– Mais do que você pensa.

Só podia ele ter algo a ver com o sequestro. A forma como falava deixava-me com muitas dúvidas.

– Foi o senhor?

– O quê?

– Foi o senhor que mandou roubar minha filha?

Pronto. Tivera coragem finalmente de enfrentá-lo.

– Ficou louca?

– Só pode. O senhor parece saber demais realmente quando me ameaça.

– Sou apenas uma pessoa inteligente.

– Inteligente e perigosa.

– Disso você entende. O que fez com Pedro lhe coloca numa classificação parecida com a minha, não acha?

– Não. E fiz pela minha filha.

– E eu pelo meu emprego. O que nos diferencia?

– O motivo.

– A nobreza dos motivos? Os fins não lhe fazem melhor do que eu. Os meios pelos quais você tenta conseguir seu objetivo lhe fazem tão suja quanto eu.

– Isso não é verdade. Eu sou uma mãe desesperada. Perdi minha filha bebê.

– E isso lhe concede o direito de mentir, enganar, roubar?

– Não, mas...

– Não é melhor do que eu coisa nenhuma, moça!

– Quero apenas minha filha.

– E eu os documentos de que preciso. E aí? Isso é importante para mim como essa criança é para você. Somos duas pessoas lutando para conseguir o que consideramos importante a nossas vidas.

– Eu só preciso saber se o senhor tem realmente alguma coisa a ver com o sumiço de minha filha.

– Pode ser que sim, pode ser que não.

Ele tinha um riso cínico que me enojava.

– Só me resta procurar a polícia.

– Faça. Acabará o resto dos seus dias atrás das grades.

– Será um escândalo e não será nada bom pro senhor.

– Certamente que não. Mas logo tudo estará esquecido, como tudo o que acontece a qualquer político neste país. Quanto a você, minha cara, encontrarei um modo de fazer com que apodreça na cadeia. Falsidade ideológica é crime, sabia? No mais, ficará sem sua filhinha, para o resto de sua vida.

Eu tive vontade de esbofetear aquele homem asqueroso, canalha. Mais uma vez eu tive a impressão de que ele sabia de Clara, de seu paradeiro, ou melhor, que tinha a ver com seu sumiço. Talvez tivesse de armação junto com Guel, querendo me convencer a estar ao seu lado no plano, por eu ser tão parecida com a tal Mirela, contratou Guel para ajudá-lo a tirar Clara de mim e assim conseguir a minha participação. Mas como, como sabia de mim, como teria pensado em tal plano? Não! Era muita fantasia de minha cabeça. Ele poderia estar blefando somente. De qualquer forma, Guel seria a chave para desvendar esse mistério.

CLARINDA DE HOLANDA

CAPÍTULO 38

Fui aprendendo, com o tempo, a me preocupar cada vez mais com a vida de meus filhos e ir me afastando de meus interesses de mulher, como se minha felicidade fosse exclusivamente as suas vidas. Procurava diariamente não pensar sobre os porquês de minha existência, mas se meus filhos estavam bem ou precisando de algo. Desse modo, meus medos, angústias deixavam de se estruturar na difícil convivência e violência de meu marido, passando a se originar na ausência e mágoa de Tony, por algo que eu não sabia ao certo o que era, bem como dos caminhos escolhidos por ela a fim de conseguir subir na vida; ou ainda no afastamento forçado de meu filho Holanda, depois de cortar relações definitivamente com o pai, e de seu relacionamento errôneo com Renato.

O que também tirava-me o sono era a falta de notícias de Ronie, o caçula, de quem eu ficava sabendo alguma coisa apenas quando ele procurava os irmãos em busca de dinheiro. Era na verdade quem mais me preocupava, naquele momento. Já não o via há mais de seis meses. E eu sabia de seu vício.

Fora Ronie quem mais me dera trabalho nas épocas de colégio, com suas confusões constantes, frequentes expulsões e falta de interesse pelos estudos. Valia-me de Nando para ensinar o irmão em casa, bem mais que Francisco, na esperança de que se recuperasse e conseguisse passar de série. O que se repetia ano após ano. Os problemas se complicaram ainda mais em sua adolescência. Vivia envolvido com as piores amizades, garotos que sabíamos não serem de boa família e estarem metidos com roubos pela vizinhança. Certa vez, a turma de que meu filho fazia parte entrara no supermercado de Ceiça e Rubinho, levando todo o dinheiro da caixa registradora. Rezei para que meu filho não tivesse nada a ver com aquilo, embora soubesse que todos na rua desconfiavam que ele estava envolvido sim, pois o viam com esses outros adolescentes permanentemente, inclusive Ceiça, que passara a me olhar com desconfiança, quando ia no mercadinho comprar algo. Lembro ainda que Alceu dera uma grande surra em Ronie, por conta da desconfiança. No entanto, só comecei a ter as confirmações, semanas depois, no momento em que aparecia um dia ou outro com roupas novas, saídas constantes para shoppings e praia. Não podia ser de outro lugar a fonte de seu dinheiro.

Depois de adulto não era diferente, Ronie continuava se relacionando com pessoas perigosas e malquistas na rua. Já fazia três anos que saíra de casa para dividir apartamento, segundo ele, com um colega, a quem nunca cheguei a conhecer. Fiquei sabendo através de Holanda que estava trabalhando de garçom num bar na Praia de Iracema, o que pelo menos já me tranquilizava, embora vivesse recorrendo aos dois irmãos para que o ajudassem a pagar uma conta ou outra, as quais meu coração me dizia se tratar de despesas com drogas. Ele tinha dezesseis anos quando o flagrei com um cigarro de maconha dentro do quarto.

Na verdade, o trabalho que dizia ser de garçom servia apenas como disfarce para o que realmente fazia. Aos vinte e sete anos, era um homem muito bonito, corpo atlético, moreno e jeito de sedutor misturando-se a um ar de menino levado, e se aproveitava de seu sucesso com as mulheres para ganhar a vida. Nunca gostara de pegar no pesado e sempre procurou uma forma de ganhar dinheiro fácil, sem ter que o fazer.

Logo que soube do endereço do tal bar, onde Ronie dissera a Holanda que estava trabalhando, tratei de procurá-lo. Inventei para Alceu que iria visitar uma cliente, a qual teria me encomendado uma roupa, lá pelos lados da Praia de Iracema, onde na verdade ficava o bar "Mukifo". Evidente que o nome não espelhava o ambiente, que tinha uma estrutura requintada. Com certeza, era frequentado por pessoas de muito dinheiro, talvez turistas. Depois de ser atendida por um dos colegas de trabalho de meu filho, conheci seu Nacélio, o gerente, um homem de meia-idade, cabelos grisalhos, vestia-se com camisas soltas floridas. Chamou-me atenção o seu sotaque carioca bem carregado. Gentil, parecia boa gente. As aparências enganam muitas vezes, já dizia a mamãe. Decerto, agenciava todos aqueles garotos de programa. Era final de tarde e o bar preparava-se para abrir. Vários rapazes de boa aparência, bem-vestidos, estavam ali, conversando, rindo e falando das clientes com as quais saíram na noite anterior. Pude ouvir algumas histórias, no momento em que entrei, sem que percebessem a minha presença. Só depois de falar com seu Nacélio pude encontrar meu filho, que havia dado uma saída rápida e logo voltou. Percebi seu constrangimento de me ver ali, como se tivesse sido revelado o seu segredo, embora eu tentasse agir com naturalidade. Estava feliz de vê-lo bem, pelo menos fisicamente. A única coisa que queria naquele momento era abraçá-lo, nada mais. Nem precisavam explicações, mentiras, as histórias que se sentia mobilizado a criar para me fazer acreditar que não fazia nada demais. O que eu desejava naquele instante era poder tocá-lo, sentir sua cabeça em meu peito, protegê-lo de qualquer mal.

CAPÍTULO 39

Sonhava um dia em viver novamente junto de meus filhos e vê-los todos bem, sem problemas, num clima de paz e harmonia, coisa que nunca experimentara em minha casa. Estava com cinquenta e oito anos de idade e trinta e cinco de casamento, e naquele momento a única felicidade que provava eram os reencontros com meus filhos, o que aconteciam em grandes intervalos de tempo e marcados por tensão e medo. Alceu jamais poderia descobrir de meu contato com Holanda e muito menos com Ronie. O primeiro chamava de viado, o caçula de bandido e me proibira de me relacionar com os dois.

A última discussão que Alceu e eu tivemos, a qual me rendeu uma noite ao relento, depois de muitos machucados, foi exatamente por causa de Holanda. Não suportei vê-lo falar que desejava a morte do filho pela escolha de viver com um outro macho, segundo ele. Exigia de mim pensamento semelhante e por isso começaram as agressões. Na verdade, ele não necessitava de motivos concretos para me bater, bastava chegar em casa embriagado, depois de ter perdido nas mesas de baralho do colega Quaresma, para começarem as agressões. Chegava a rezar para que não perdesse ou que seu rival se saísse mal nas jogadas. Desse modo, chegaria bem em casa e nem falaria comigo, a não ser para cobrar seu jantar e as roupas limpas em cima da cama, depois do banho.

Sempre que Holanda ou Nando me questionavam sobre o porquê de minha permanência naquele casamento, eu chegava também a me perguntar, a procurar dentro de mim uma resposta. Seria medo do que Alceu poderia fazer comigo, acomodação ou realmente pena dele, como falava muitas vezes? Era difícil responder. Eu era simplesmente infeliz e nada fazia para mudar aquela realidade.

Sabia que Alceu guardava um ódio dentro de si, que o movia em suas atitudes violentas. Um sentimento de frustração e inveja de mim e do amor que sentia por Adriano Cordeiro na época de nossa juventude. Éramos todos amigos de escola, inclusive Alceu e Alberto Lucena. No entanto, ele nunca aceitara esse amor e vibrou quando Adriano foi forçado pelo pai a se casar por ter engravidado sua ex-namorada. Fora a maior decepção de minha vida, levando-me a engatar namoro com Alceu de Holanda.

Pouco tempo depois do nascimento de sua filha Olívia, Adriano se separou da esposa, mesmo contra a vontade de seu pai, na esperança de reatar comigo. Sua decisão fora a maior prova de amor que poderia me dar. Contudo, meu pai jamais aceitaria me ver casada ou namorando com um homem separado, para ele era como se eu estivesse acabando com um casamento, união sagrada. Mesmo assim, pus um fim no noivado com Alceu, que não aceitava minha decisão.

Certa vez, numa viagem de papai e mamãe ao interior para a casa de seus pais, fui surpreendida com a visita de Alceu, em mais uma tentativa de voltarmos o noivado. Mas eu estava decidida, mesmo diante da proibição de papai, a ter meu romance com Adriano. Não suportava mais ficar com alguém sem gostar realmente. Alceu não aceitava e insistia no retorno. Tentou então me beijar, tomando-me em seus braços bruscamente. Minha tentativa foi de correr e logo percebi que a porta estava fechada. Ele sabia bem o que estava fazendo, tinha pensado em tudo, agiu na ausência de meus pais e meus irmãos. O desespero começou a tomar conta de mim e senti um frio em meu estômago. E mais rápido que lembrasse de gritar, ele já estava tapando minha boca e me deitando ali mesmo no tapete da sala, entre a mesinha de centro e o sofá. Prendia-me com peso de seu próprio corpo por sobre o meu, segurando meus braços com uma mão e tapando minha boca com a outra. Não acreditava no que estava acontecendo, mais parecia um pesadelo. O amigo que fora durante tantos anos, com quem depois dividi anos de intimidade e cumplicidade em namoro e noivado, violentando-me, roubando-me a honra. Gritei por dentro ao sentir-me rasgada em minhas entranhas! Não demorou muito e logo tudo estava terminado. Quando levantou vi seu pênis sujo de sangue, recaído para fora do zíper. Seu olhar era de ódio, totalmente transtornado, como nunca antes o vira, depois de tantos anos de amizade, namoro e noivado. Recompôs-se rapidamente e me deixou ali mesmo, jogada ao chão, tomada por um choro compulsivo.

O que seria de mim depois daquilo, como enfrentaria papai e minha família, como todos me olhariam após aquele absurdo? Acreditaria papai se lhe contasse que o que acontecera fora sem a minha vontade, que havia sido violentamente agredida pelo homem que havia me jurado fidelidade e cuidado, se se casasse comigo? Não sei se realmente acreditaria. Lembrei-me de um fato, de uma moça que teria sido estuprada no Montese há alguns anos, na época ainda de minha adolescência e, vi papai denegrindo sua imagem, sem acreditar que fora de fato um estupro, e se tivesse sido realmente, era uma mulher sem honra, segundo ele.

Senti-me enojada de pensar daquela forma. Mas lamentavelmente era assim que a sociedade pensava. Eu havia sido vítima de uma violência e teria de me calar se não quisesse ver meu nome sujo, ou ser até mesmo rejeitada pela minha própria família.

Os dias que se seguiram após aquela monstruosidade foram marcados por uma tristeza profunda. Lembro que não tinha vontade de comer ou falar com ninguém. Queria apenas viver minha dor. Alceu levara de mim não apenas minha virgindade, bem como meus sonhos, minha pureza. Algo dentro de mim havia mudado e eu não sabia bem o que era.

Assim que meu pai voltou de viagem, tivemos a presença de Alceu no almoço. Depois de passarem mais de uma hora conversando na sala, sozinhos, fui chamada juntamente com mamãe, sendo comunicadas que dali a um mês eu seria a senhora Clarinda de Holanda. Senti náuseas e corri para o banheiro. Estava condenada a passar o resto de minha vida ao lado daquele monstro. O que mais me magoara era o fato de papai não se importar com meu bem-estar e exigir minha união com ele.

Somente depois de nosso casamento fiquei sabendo que Alceu não havia falado a verdade a papai, e sim que tínhamos cometido o pecado da carne, mas que estava disposto a reparar o erro, casando-se antes que alguém soubesse.

As palavras me faltam para expressar o que senti ao saber daquele absurdo. Estava totalmente indignada e não hesitei em tentar agredi-lo. Foi a primeira vez que Alceu me bateu, depois de nosso casamento. Dias depois, descobri que estava grávida, fruto do pior momento de minha vida. Questionei se era da vontade de Deus o nascimento daquela criança e senti vontade de tirá-lo, livrar-me daquela marca que me acompanharia para o resto de minha vida.

Passara então os últimos trinta e cinco anos vivendo a tristeza de estar casada com o homem que roubara de mim a esperança de minha felicidade, lamentando a frustração de não ter podido viver esse grande amor com Adriano. E Alceu sempre soubera de meus reais sentimentos por ele, talvez por isso nunca tenha me perdoado e admitido a minha indiferença, nem o amor que carregava comigo ainda em meu coração.

Durante muitos anos ainda tivemos contato com Adriano Cordeiro, que uma vez ou outra aparecia para nos visitar, por conta da grande amizade que existia entre nós, e até mesmo entre ele e Alceu. A cada visita do amigo meu marido ficava cada vez mais agressivo, acusando-me de flertar com ele, durante todo o momento em que estivera conosco. Com o tempo, comecei a pedir que não viesse, na tentativa de acabar com o inferno que estava se tornando a minha convivência com Alceu. Por mais que sofresse em ficar longe de mim, Adriano não queria me ver sofrer e logo tratou de atender os meus apelos. Passávamos então anos sem nos ver, até que o destino, de uma forma ou de outra, nos colocava um na frente do outro, em encontros inusitados e relâmpagos, nos quais mal podíamos trocar algumas palavras. No entanto, a cada um deles, eu sentia o meu coração bater mais forte, toda a emoção do início ainda se fazia presente, pelo menos de minha parte.

Adriano nunca ficara sabendo o que realmente acontecera, para eu decidir me casar com outro homem. Inicialmente, acreditava que eu tinha me descoberto apaixonada por Alceu, assim como eu tinha dito, depois percebeu que não. Com o tempo, parou de tentar entender inclusive o motivo que me levava a manter aquela relação estúpida com um homem de quem eu não gostava e ainda me fazia sofrer permanentemente.

Nem ele nem ninguém nunca saberia o que me fazia permanecer ao lado de Alceu. Achava que era um segredo que levaria comigo para o túmulo. Acho que nem mesmo o meu próprio marido entendia, e chegara a expressar essa dúvida vez ou outra, quando arrependido das atrocidades cometidas no dia anterior.

CAPÍTULO 40

Era chegado o momento de acabar com toda aquela farsa e contar a verdade a Pedro. Fui direto para seu apartamento, decidida a pôr um ponto-final no plano de Donato Pessoa. Fui, no entanto, surpreendida por Vanessa, que já estava de saída.

– O Pedro já sabe de tudo, sua vagabunda. Eu quero saber agora que mentira você vai inventar para se livrar dessa.

Não podia ser mais um de seus devaneios. Ela sabia bem o que estava dizendo. Mas como teria conseguido provar alguma coisa? Não importava como, se ele já estava sabendo ou mesmo que não soubesse, saberia naquele momento por mim. Pedro estava na sala, sentado no chão, segurando algumas fotos, como que perdido em meio a várias outras fotos e papéis à sua volta.

– O que houve, meu amor?

Dava para perceber que chorava, mesmo calado. Nem conseguia olhar para mim. Senti uma dor profunda ao vê-lo daquela forma, sofrendo, com um olhar perdido, sem conseguir fixá-lo em lugar nenhum. Suas mãos percorriam sua cabeça, jogando o cabelo para trás, numa coreografia que se repetia, como sempre fazia em situações perturbadoras. Pensei que tivesse acontecido algo com Felipe, talvez uma forma de fugir da realidade, do que realmente eu sabia que estava acontecendo. Tinha descoberto tudo e estava sofrendo por isso. Os papéis e fotos eram tudo sobre minha vida, sobre minha real identidade e a verdadeira ligação entre a tal Mirela e eu.

Pouco tempo depois de meu nascimento, meu pai recebera uma carta anônima delatando um romance secreto de minha mãe e um primo seu, pondo em xeque a paternidade de minha irmã mais velha – Mirela. Pensando ter sido traído pela esposa, meu pai fora embora, levando-me consigo. A verdade nunca viera à tona. Nossa família fora separada pela dúvida da traição. Fui criada somente por meu pai, viajando de cidade em cidade, sem nos fixarmos muito tempo em lugar algum, por conta de seu trabalho como general da marinha. Eu, então, vim morar aqui depois de muitos anos, mesmo sem saber da existência de uma família em Fortaleza. Já Mirela, anos após a morte de nossa mãe, havia morrido em um acidente de carro, sem saber por onde andávamos papai e eu.

Estava completamente chocada diante daquelas revelações. Era como, se de alguma forma, uma parte de mim não fosse conhecida por mim mesma. Sentia-me estranha, desconsertada, sem saber ao certo o que pensar. Por um momento esqueci que Pedro estava ali na minha frente, de posse de toda a verdade também, sabendo que Mirela de fato estava morta e que meu nome real era Júlia Serrado, coreógrafa e bailarina da Mirage, como Vanessa tentara lhe dizer tantas vezes antes.

Era tudo muito confuso para mim. Não sabia se me preocupava com Pedro ou com aquela nova história sobre minha vida. Afinal, eu tinha assumido a identidade de minha própria irmã, passando-me por ela e vivido um romance com seu grande amor. Era realmente tudo muito louco. Não somente ele estava diante da verdade, mas eu também estava sendo surpreendida com aquela revelação. Havia sido usada por Donato Pessoa, sem saber de nada. No entanto, ele sabia exatamente o que estava fazendo e não contara nada antes, para usar aquela informação no momento que achasse oportuno, como aquele. Estava certo quando dissera que não deixaria barato a minha desistência de seu plano para enganar o concorrente dentro da empresa. Tinha entregue todos aqueles documentos sobre minha vida a Vanessa para que ela acabasse comigo.

Bem, mas eu precisava apenas contar a Pedro sobre Clara e meu sofrimento, os motivos que me levaram a entrar naquele jogo.

– Pedro, você precisa saber da verdade.

– De qual verdade? – finalmente pude ouvir sua voz. – Quem está falando agora, é Mirela ou Júlia Serrado? – aquela pergunta chegou-me como um balde de água fria. – Já sei de toda a verdade, Júlia. Sei que fui um pateta nas suas mãos, que me enganou, tripudiou o quanto pôde em cima de mim, dos meus sentimentos, do amor que sentia por Mirela.

– Não, eu nunca tripudiei...

Estava entrando em desespero, não era possível que ele estivesse achando que eu não o amava.

– Como não?

– Pedro, acredita em mim, eu te amo!

– Acreditar em você? – estava mais alterado. – Quem você é, garota? O que você é, afinal? Eu não sei com quem eu estou lidando. Acreditava estar diante da mulher que amei a vida inteira. E agora, isso.

– Isso não é verdade. Você não estava diante da Mirela. Eu posso até parecer muito com ela, fisicamente, mas não por dentro. Você estava agora apaixonado, não por ela, mas por mim.

– Eu estava apaixonado por uma mentira.

Ele levantou-se e, por um momento, achei que iria me agredir.

– Eu entreguei meu amor a uma farsa, porque eu acredito nas pessoas, acredito que todo mundo fala a verdade, vive a verdade, como eu procuro viver.

– Eu também sempre procurei viver a verdade.

– Se fazendo passar por sua irmã?

– Não! Eu preciso te explicar.

– Que mentiras vai inventar agora? A Vanessa tinha toda razão sobre você. Desde o princípio ela soube que era uma impostora, que não era Mirela, sempre me disse isso e eu, burramente, não acreditei, não a escutei.

– Eu fui obrigada.

– Ele te ameaçou?

– Não, não foi isso. Mas eu precisava encontrar a minha filha.

– Que filha?

– Ah, isso eles não te falaram?

– Eu estou começando a achar que você precisa de um médico, garota.

Era desesperador vê-lo falar daquele jeito, com tanto desprezo por mim.

– Não fala assim comigo, Pedro. Minha filha foi roubada. Donato Pessoa prometeu encontrá-la se eu...

– ... me seduzisse, me enganasse? Ora, Júlia Serrado, você acha realmente que eu vou acreditar nessa história mirabolante, depois de tudo o que eu soube sobre você?

– Você tem de acreditar! – meu tom já era de quase desespero. E me vi segurando-lhe pelo colarinho, como que para ele não escorregar das minhas mãos, sair da minha vida.

– Me solta. Não sei quem você é. Não acredito em nada, nenhuma palavra – falava com certo asco.

– Eu estou falando a verdade, Pedro. Entrei nesse plano, mas acabei me apaixonando por você.

– Isso é pior do que eu pensava – levantando-se de onde estava.

– Acredite em mim, por favor!

– Eu juro que eu queria.

– Eu te amo, Pedro – minha voz já era embargada pelo choro.

– O que eu sinto agora é uma dor profunda, que você não tem ideia.

Eu vi seus olhos encherem-se de lágrimas. E com a voz entrecortada pelo choro que insistia em lhe tomar:

– Vai embora. Me deixa aqui, eu preciso raciocinar, pensar em tudo isso.

– Se você soubesse o quanto eu estou arrependida – tomada completamente pelo choro. – Eu vinha te contar tudo.

– Vai embora, por favor, não piore as coisas.

– Pedro, acredita em mim.

– Saia daqui, por favor.

– Eu tenho uma filha. Ela agora tem quase dois anos. Meu marido a roubou com a ajuda do irmão. Queria vendê-la a um casal de estrangeiros.

– Meus Deus, que família! Com quem fui me meter?

Era como se o que eu revelasse piorasse ainda mais minha situação.

– Fui vítima também, droga!

– Vítima? Não sei, não sei mesmo o que pensar – caminhando de um lado para o outro. Passava a mão no cabelo, no rosto.

– Esse Donato Pessoa chegou me falando que poderia me ajudar a encontrar a Clara. Acreditei que podia assim descobrir onde estava minha filha.

– É muita coisa para minha cabeça, de uma vez só. Sinto muito.

– Pedro, acredita em mim. É o que te peço.

– E se eu acreditasse, do que adiantaria? Mentiu, me enganou, me traiu.

– Foi por uma boa causa.

– Então, é capaz de matar, se julgar ser por uma boa causa?

– Não. Não é assim. Está sendo muito duro comigo.

– E o que esperava que eu fizesse?

– Que acreditasse em mim.

– Acreditei. E no que deu?

– Não sei o que dizer.

– Pois eu sei. Acredito nas pessoas até que elas me provem o contrário. E você o fez. Fazer-se passar pela irmã morta, trazendo uma história à vida de uma pessoa anos depois que já havia se refeito desta dor... Não! Isso é absurdo! É monstruoso! Eu não acreditava que isso poderia acontecer na vida real.

– Me perdoa.

– Saia daqui, por favor.

– Pedro...

– Saia daqui, eu lhe peço.

Ainda tentei me aproximar e ele se afastou. Queria distância de mim. Como doeu aquilo. Via-me desesperada, sem conseguir mostrar-lhe todo o meu amor, e o quanto eu também havia sofrido com tudo aquilo, o quanto eu pensei e tentei lhe contar a verdade.

Entedia plenamente, no entanto, sua atitude. Não conseguia acreditar em mais nada do que eu falava, e quanto mais eu tentava me explicar, era como se quebrasse ainda mais a magia, a verdade do que havíamos vivido naqueles meses.

Saí daquele apartamento como se tivesse uma faca cravada em meu peito, tamanha era a dor que levava comigo, que se intensificava ainda mais ao me lembrar do rosto do homem que amava chorando, sofrendo com tudo aquilo. Definitivamente ele não merecia, e era o que me fazia ainda pior. Estávamos separados pela minha covardia, minha burrice, minha falta de fé.

CLARINDA DE HOLANDA

CAPÍTULO 41

Acabei por me isolar na solidão de meu casamento, no dever de minha religião e nas preocupações com minha família. Temia que um dia alguém soubesse. Apesar de ter morado minha vida inteira na mesma rua, no Montese, não era muito de amigos íntimos. Não conhecia quase ninguém da vizinhança e tinha como amiga mais próxima Ceiça, proprietária do mercadinho da esquina. Uma mulher que não se preocupava com a vida das outras pessoas. Sabia sobre a minha situação e até me ajudara algumas vezes, contudo, nunca tocara no assunto diretamente, para me preservar.

Ceiça era uma senhora bem-humorada, de meia-idade, porém bem cuidada, aparentando ser bem mais jovem que eu. Vestia-se bem, embora com roupas modestas. Todos na rua sabíamos que sua situação financeira melhorara bastante, com o aumento das vendas no mercadinho, embora não gostasse de ostentação. Era casada há mais de trinta anos com Rubinho, pouco mais velho, por quem tinha uma completa veneração. Achava difícil ver um casal junto há tanto tempo e continuarem tão apaixonados um pelo outro. Formavam um simpático casal. Ele era um homem magro, calvo, de cabelos grisalhos, detestava quando alguém chamava atenção para sua careca.

O mercadinho de Ceiça e Rubinho funcionava como *point* da rua Romeu Martins, onde todos se encontravam em horários diferentes, no momento das compras, para colocarem o papo em dia. Mesmo sendo uma mulher que não gostava de fofocas, acabava sabendo da vida de muitas famílias do Montese, através das próprias pessoas, que transformavam suas compras numa espécie de sessão terapêutica.

Ceiça e Rubinho acabaram se transformando em figuras folclóricas do bairro, devido à veneração dela pelo marido. Não se cansava de afirmar a todos, em todos os momentos, o quanto era um homem bom, de boa índole, honesto, fiel, corajoso e um amante maravilhoso. Ela era completamente fã do próprio marido. Eu, assim como muitas pessoas, não suportava vê-la elogiar o esposo permanentemente, em cada história, em cada segundo de sua fala, acabando por não segurar o riso. Às vezes tinha vontade de dar boas gargalhadas.

No fundo, eu os admirava. Exagero ou não, Ceiça e Rubinho experimentavam a felicidade. Claro que em alguns momentos, no intervalo de um elogio ou outro ao marido, ela mostrava-se preocupada com os filhos.

Dorival, o filho mais velho de minha vizinha, de trinta anos, policial por desejo da mãe, também já era alvo de seus elogios exagerados, transformando-o num grande herói, por ser, segundo ela, um homem extremante corajoso, dotado de inúmeras virtudes, capaz de entregar a própria vida em prol da lei e da justiça. Além de uma beleza estonteante, lembrando seu grande ídolo do cinema Marlon Brando, de quem mantinha um enorme quadro na sala de sua casa, ao lado das fotos de tamanho similar do marido e do filho.

Bem, que Dorival realmente era muito bonito, isso sem sombra de dúvidas, mas daí ser parecido com Marlon Brando, já era exagero seu. Apenas minha vizinha conseguia perceber a tal semelhança.

Ceiça não suportava o fato de Dorival, um rapaz tão virtuoso e belo, estar se envolvendo com Salete, a bela mulata que se mudara para a casa em frente ao mercadinho. Sabia-se que a moça era solteira e a rua comentava que gostava de ter muitos namorados. O que mais incomodava Ceiça talvez fosse o jeito meio vulgar, segundo ela, com que a moça se vestia e falava, sempre maquiada em qualquer hora do dia, fumando um cigarro atrás do outro. Andava acompanhada frequentemente de Vera Sheila, moça malfalada de nossa rua, com quem todos os rapazes da vizinhança haviam perdido sua virgindade. E o pior, para minha vizinha, Salete parecia já estar falando em casamento. Aquilo estava lhe tirando o juízo, completamente. Dizia baixinho para mim que seu filho, tão bonito, inteligente, bom homem, não poderia jamais se casar com uma mulher tão vulgar, usando roupas tão curtas. Eu chegava a rir, algumas vezes, de suas colocações, quase ingênuas. Mas preocupação de mãe não se explica.

A outra filha de meus vizinhos também lhes dava um pouco de trabalho. Marluce se mostrava completamente alucinada por meu filho Nando, e não perdia a oportunidade de estar ao seu lado, tentando me ajudar nas costuras ou nos afazeres domésticos, o que me deixava, diversas vezes, constrangida, ou ainda tentar momentos de estudos com ele. E tudo para ficar mais perto de sua paixão, que parecia se cansar dela cada vez mais, principalmente depois de tê-lo beijado dentro de seu carro, no estacionamento da faculdade, causando o fim do namoro de Nando e Olívia Cordeiro. Assim, como ele, Ceiça achava a filha inconsequente e pedia-me ajuda para colocar mais juízo em sua cabeça.

~

A outra vizinha de quem senti também desejo de me aproximar mais foi Júlia Serrado, que chegara na rua, morando na casa de frente à minha. Existem coisas que não sabemos explicar. Desde quando nos conhecemos, no dia de sua mudança, senti algo de bom em sua presença. Devia ser uma boa moça. Pelo menos trabalhadora era, parecia ser ela quem sustentava a casa, com a cunhada e os dois sobrinhos. Eu ficara sabendo do roubo de sua filha através dos comentários de duas vizinhas que conversavam no mercadinho. Nunca tive um filho roubado, mas sabia bem o que era não poder vê-los ou conviver com eles. O caso dela era ainda mais grave, por ser apenas um bebê. Minha intuição nunca falhou. Desde o primeiro momento em que conversamos, Júlia e eu, percebi uma certa tristeza que carregava consigo. Queria poder lhe ajudar de alguma forma.

~

Acho que procurava me envolver nas histórias de minha família e vizinhos somente como forma de esquecer o vazio em meu coração. Não era somente o fato de permanecer ao lado de Alceu, mas também a distância de meu grande amor. Adriano Cordeiro já estava com sessenta anos, e era um homem que carregava consigo muito charme e beleza, pelo menos eu achava na última vez em que nos vimos, que fazia cinco ou seis anos. Mesmo depois que me reaproximei de Olívia, não tinha notícias dele, sendo ela brigada com o pai, desde sua gravidez, fazia vinte anos. Sabia apenas que ele continuava morando com D. Norma Mesquita, uma senhora de oitenta anos, de quem administrava todos os bens através de uma imobiliária, criada especialmente para esse fim, desde a morte de seu marido, dez anos antes. D. Norma era para ele como uma mãe, e ela o considerava também como filho. Nunca cheguei a conhecê-la, mas ele falava muito e com bastante admiração, de sua firmeza, beleza e verdade. Devia ser uma figura realmente interessante. Desejava conhecê-la um dia. Isso, se um dia, nós ainda nos reencontrássemos.

Pensar na possibilidade de nunca mais reencontrar Adriano doía-me na alma, como se eu mesma arrancasse de mim a última oportunidade de ser feliz um dia. Embora achasse ou soubesse que seria realmente impossível ter ainda alguma coisa com ele, mesmo que qualquer tipo de relação. Jurara para mim mesma que ficaria com Alceu até o dia de sua morte. Não poderia nunca pensar em quebrar aquela promessa, embora me custasse a própria vida. Meu próprio desejo era meu algoz! Afinal, éramos casados. E casamento é para sempre, como diziam meus pais.

Parte II

Junho a agosto de 2006

JÚLIA SERRADO

CAPÍTULO 42

Chorei a noite inteira depois de sair do apartamento e deixar Pedro para trás, de posse de toda a verdade, ou parte dela. Sabia finalmente que não havia retornado seu romance com o grande amor de sua vida, Mirela, mas que tinha entregado seu coração a uma mulher que se fizera passar pela própria irmã para enganá-lo. Não acreditara em uma só palavra que eu havia tentado lhe dizer, os motivos que me fizeram tomar aquela atitude, ou até mesmo o porquê de Vanessa ter conseguido as provas contra mim.

Deitei no colo de Raquel naquela noite falando repetidamente sobre o quanto eu estava arrependida e quanto amava Pedro Lucena. Poderia me lembrar que por diversas vezes aconselhou-me a contar a verdade, mas não o fez. Escutava-me com toda a paciência do mundo, acariciando minha cabeça, debruçada em seu colo.

– Não se preocupe, Júlia, logo tudo estará resolvido. Pedro vai saber da verdade sobre Clara e vai entender. Sei que é um homem bom, além de te amar.

Raquel só não pensava naquele instante que Pedro também era um homem traído, que entrara em contato pela segunda vez com a notícia de que Mirela estava morta, que os sonhos que se reacenderam dentro de si haviam novamente sido apagados e justamente por mim. Não pensava com tanto otimismo quanto Raquel. E era exatamente isso que machucava o meu coração ainda mais.

Sei que ninguém nunca morrera de amor antes, no entanto, a dor que experimentava naquele momento chegava a me sufocar, a doer fisicamente. Lembrava-me dos momentos em que estivemos juntos nos últimos meses, a cumplicidade, o afeto, o carinho, os sonhos, os planos, a possibilidade da felicidade eterna. E então, tudo estava acabado. Pensar que não teria mais o seu calor, que não sentiria mais o cheiro, que não compartilharíamos mais nossas ideias, nosso dia a dia, fazia-me entrar em contato com um vazio que disparava descargas de adrenalina em meu corpo, adormecendo-me as pernas.

Para Pedro a situação não se desenhava diferente. Há muito tempo não entrara em contato com tamanha dor. A última vez que passara por coisa parecida fora realmente na perda de Mirela, há quinze anos. Desde então, não vivera nada tão intenso que lhe fizesse sentir tamanha falta. Esteve casado com Vanessa por dez anos e dedicara-se somente ao filho e ao trabalho, bem como tentar conviver com os ciúmes da mulher. Nem mesmo a morte do pai, seis meses antes, trouxera-lhe tanto sofrimento. Na verdade, não conseguia chorar desde a morte de Mirela. Embora tivesse uma relação de muita amizade com o pai, não experimentara o vazio que sentia naquele instante. E aquilo o deixava ainda mais angustiado.

Depois de passar horas vendo e revendo cada foto, cada linha do relatório sobre a minha vida, ou pelo menos sobre o meu envolvimento num plano para dar a Donato Pessoa a vice-presidência da RTN, Pedro decidira sair e encontrar, embora que de madrugada, com o amigo Adriano Cordeiro, em quem se apoiara em seu momento de dor. Finalmente conseguira colocar para fora toda a sua angústia, seu desespero, sua tristeza, num choro compulsivo, como se chorasse todos os seus infortúnios dos últimos quinze anos.

– Tenho muita consciência de que não choro nesse momento pelo que ela fez comigo somente, mas por cada perda, por cada dor dos últimos anos da minha vida, Adriano.

– O universo, muitas vezes, nos mostra saídas um tanto tortuosas, meu amigo. A moça precisou chegar na sua vida pra te fazer essa limpeza. Na verdade, você estava necessitando de algo que te impulsionasse a acordar para o que é real em seu coração. Você fugia disso há anos, Pedro.

– Eu sei.

O choro ainda lhe veio de forma compulsiva, dificultando-lhe a fala.

– Talvez tudo isso tenha sido muito bom ter acontecido exatamente agora...

Hesitava um pouco e continuava.

– ... pra que... pudesse destampar essa pedra que... que me impediu de "sentir" durante tantos anos. Mas dói muito, amigo! Dói muito! Muito mesmo!

Falava aquilo procurando enxugar as lágrimas em seu rosto.

Estavam praticamente sozinhos no bar, na companhia apenas dos garçons e demais funcionários. E o dia já estava quase amanhecendo. Podiam ouvir os primeiros cantos dos passarinhos, nas árvores da calçada do ambiente, que ficava na Avenida Virgílio Távora, pertinho da Dom Luís.

E Adriano bem sabia do que Pedro estava lhe falando. Lembrava-se do quanto sofrera com seu afastamento do grande amor de sua vida, D. Clarinda, bem como do quanto sofria com a distância de sua filha, Olívia, desde que a expulsara de casa grávida, fazia vinte anos, de quem desejava poder se reaproximar novamente. Chegava a ficar também emocionado de ver o amigo daquela forma.

– Sabe o quanto eu gosto de você, Pedro. Seu pai e eu fomos grande amigos, desde garotinhos. Praticamente vi você nascer. E hoje, somos também grandes amigos. É como se você fosse para mim um filho. E me dói profundamente vê-lo dessa forma. Eu queria muito poder te ajudar, amenizar o que você está sentindo. É isso que um pai sente, quando vê um filho sofrer.

E deixou que uma lágrima rolasse pelo seu rosto.

– Mas eu sei que é muito importante o que você está sentindo nesse momento, Pedro. Importante, que eu digo, para o seu crescimento como pessoa, como ser humano. O sofrimento é apenas como nós nos posicionamos diante de certos convites do universo, os quais consideramos desagradáveis.

E Pedro, ainda tomado pelo choro:

– Eu fico ainda tentando não encontrar subterfúgios que proliferem essa dor, mas é quase impossível não pensar que poderia ter sido diferente... e eu nem sei como poderia ter sido diferente. Pior, não haveria como ter sido diferente. Era tudo uma grande mentira, uma grande farsa...

Baixou um pouco a cabeça, entregando-se ao choro. E então continua:

– Eu não posso fechar os olhos e imaginar que isso tudo não passa de um grande pesadelo, entende? Que não poderia ser diferente, porque... a Mirela...

O choro lhe interrompia diversas vezes.

– ... a Mirela, na verdade... ela está morta!

– Eu compreendo exatamente o que você está sentindo, Pedro. Essa coisa da gente de repente imaginar que fosse diferente, é como se, por alguns segundos, a gente trouxesse a felicidade de volta, e conseguisse de fato transformar a tristeza, deixar de senti-la. São mesmo subterfúgios para enganar a dor.

– E eu sei que isso só dificulta ainda mais o processo. A gente acaba adiando o que é inevitável, o fim.

– Na verdade, o que queremos adiar não é o fim, e sim a dor que ele nos provoca. Você precisa ser muito forte, meu amigo.

Pedro pensara no quanto a vida era inusitada. Parecia ter vivido num conto de fadas nos últimos meses, reencontrando seu grande amor. E de repente, deparou-se com a triste realidade que não apenas Mirela estava realmente morta, mas também havia sido vítima de um golpe de seu melhor amigo, embora estivessem afastados nos últimos anos, ainda o considerava assim e gostava de Donato Pessoa como um amigo.

Era como se fossem vários golpes simultâneos, uma decepção que se dividia em muitas outras.

Na verdade, Pedro chorava ali, na companhia de Adriano, a dor pela morte de Mirela, a saudade que sentira do pai desde que fora morar em Londres, a pressão do casamento com Vanessa, o afastamento de Donato Pessoa, os problemas de saúde de Felipe, a sua separação, e mais tarde, a morte do pai, a decepção com o melhor amigo de sua vida inteira, e finalmente, a desilusão com a falsa Mirela.

Quando o dia amanheceu eu estava queimando de febre. Raquel se dividia em cuidar dos filhos, ajeitando-os para irem à escola e me dar assistência, até lembrar de chamar a vizinha, D. Clarinda de Holanda. Ela já estava a par de toda a história, eu havia lhe contado há algum tempo, pouco depois de nos mudarmos ali para o Montese. Diferentemente de Pedro, ela não só acreditava em minha inocência como ficara do meu lado, tratando para que a febre baixasse. Em alguns momentos, cheguei a delirar, enxergando meu grande amor entrar procurando por mim. Os delírios se revezavam com breves momentos de lucidez, que me traziam de volta a dor pela perda de Pedro, fazendo-me soluçar num choro compulsivo. Lembro-me bem de D. Clarinda tentando me acalmar.

– Filha, logo tudo ficará bem. Não se preocupe.

Era como se não falasse apenas para me deixar melhor, assim como fazia Raquel. D. Clarinda parecia saber realmente do que estava falando, como se tivesse certeza de sua afirmativa. E aquilo me deixava mais calma. Embora segundos depois soubesse que não.

– Não, D. Clarinda, ele não vai me perdoar! Não vai!

Ouvia mais meu próprio choro que o barulho de meus sobrinhos Zezinho e Rafael se negando a escovar os dentes, logo ali do lado, no banheiro. Não sabia ao certo se o que Raquel lhes dizia era realmente para eles ou se se referia a mim, num desabafo.

– A gente não pode fazer tudo o que a gente quer na vida. Vamos... Agora!

Desejei ter alguém que me tivesse impedido de fazer o que eu fiz com o homem que eu amava, assim como Raquel estava interferindo no desejo das crianças. Deste modo, eu não teria me machucado tanto, nem teria causado tanto sofrimento em alguém que jamais merecia estar passando por aquilo.

– Eu fiz o que há de pior no mundo com o homem que eu dizia amar, D. Clarinda!

–Você fez o que achava que era certo, filha.

– Eu não podia tê-lo enganado!

– Às vezes erramos porque somos mães, Júlia – ela retrucava, enxugando-me as lágrimas. – Não se culpe ainda mais, filha. Lembre-se dos motivos que lhe levaram a fazer o que fez. Eles nunca foram uma mentira.

– Foram fraqueza!

– Mas não foram mentira. Eles eram reais e você sofria com eles.

– Eu fui fraca!

– Não tinha obrigação nenhuma de ser forte.

– Como não?!

– Ninguém tem. Seria melhor ser forte, mas nem sempre somos – ela sorria, acariciando-me a cabeça. – Júlia, você sabe o quanto sofreu durante todo esse tempo em que carregou esse fardo, essa farsa. Nunca fez por mal, por querer se dar bem em cima de ninguém, e muito menos de Pedro. Pelo contrário, preocupou-se com ele sempre. Queria ter lhe contado...

– Mas não contei na hora certa.

– A hora certa é a hora da verdade, mas nem sempre conseguimos enxergá-la diante do medo, principalmente do medo de uma mãe, de não mais ver sua filha. Júlia, eu não quero tirar aqui a sua responsabilidade diante do que aconteceu, mas não tem, neste momento, que ficar pensando no que deveria ter feito e sim no que vai fazer daqui para frente.

– Eu preciso aprender, D. Clarinda.

– O passado é para nos servir de lição, não para ser vivido. Olhar o passado é vida facilitada, viver no passado é tempo perdido.

E eu sabia bem o que D. Clarinada procurava me dizer. O meu sofrimento se pautava na ideia de que não poderia mais voltar e fazer tudo de forma diferente. Era isso que ela chamava de perda de tempo. Mais uma vez estava distante do que era real. Primeiro fiquei presa nas armações de meu próprio ego, em meus medos de achar que era aquele o caminho para reencontrar minha filha, em minha falta de fé. Depois encontrava-me perdida na dor por não ter vivido uma situação que considerava como ideal e deixava de pensar no que era verdade naquele instante. Funcionava como uma forma de adiar a vivência daquilo que realmente era verdade e, consequentemente, de tentar mascarar a dor pela não entrega a esse convite.

Devo ter passado uns dois dias em casa, procurando me recompor. Meu objetivo não era simplesmente viver a dor, como achava Raquel, mas encontrar-me comigo mesma, rever meus valores, meus princípios de vida, dos quais havia me perdido na relação com Pedro. Passei minha vida inteira acreditando na verdade como condutora das relações e de meus atos e, de repente, havia me permitido a viver uma história totalmente mentirosa e enganar as pessoas, para conseguir alguma coisa em troca. Antes de aceitar a proposta de Donato Pessoa e Luísa a assumir a identidade de minha irmã Mirela, eu ficava me questionando se os fins justificavam os meios. Naquele momento, optei por pensar que era mais importante a possibilidade de reencontrar a minha filha, legitimando o pensamento em questão, isto é, negando tudo o que eu acreditei durante toda a minha vida.

Chegava à conclusão de como era fácil errar e justificar os meus erros, ou melhor, minha falta de coerência, fazendo de minha vida algo sem sentido. Lembrava-me de papai me dizendo que nós somos aquilo que pensamos e fazemos. Desse modo, somos seres eternamente em transformação, já que nossos pensamentos hoje fazem sentido, amanhã não. Sendo esses pensamentos os condutores de nossos atos, tornamo-nos aquilo que sentimos, em cada momento. E então, chegava a me questionar sobre a minha identidade. Quem sou eu realmente ou como posso saber qual é a minha identidade, se é que tenho alguma identidade verdadeiramente definida na vida?

Deparava-me com uma série de questionamentos, aos quais não obtinha respostas. Chegava apenas à conclusão de que me encontrava completamente perdida, sem referenciais de valores claros. Contudo, necessitava retornar à minha vida, às minhas responsabilidades, trabalhar, encontrar minha filha.

MARINA PESSOA

CAPÍTULO 43

No exato momento em que eu ia abrindo a porta do escritório, onde eu achava ter ouvido meu marido e sua secretária transando, fui abordada por dona Deise.

"A senhora está bem, D. Marina?"

Foi uma mistura de susto e alívio, simultâneos. Mas pelo menos alguém presente que pudesse trazer-me de volta ao mundo real, visto que eu não sabia ao certo se estava dormindo, em meio a um pesadelo, ou acordada. A única coisa que eu fiz foi abraçar aquela mulher, como se fosse um pedido de socorro e até agradecimento por estar ali diante de mim. Fui conduzida por D. Deise até meu quarto, como uma mãe faz com um filho que levantou da cama no meio da noite. Às vezes, sentia isso em relação a ela, fazendo coisas e tomando atitudes que pareciam ser minha mãe.

O cuidado de D. Deise e o alívio pela certeza de não estar mais dentro do pesadelo fizeram-me esquecer completamente do barulho no escritório. Devo ter ficado por quase uma hora na companhia daquela boa senhora, até Donato voltar ao quarto. E aí, eu já estava quase dormindo, exausta pelo acontecido, mal o vi chegando. Lembro-me de tudo como um sonho.

Logo cedo, no café, Donato e eu falamos sobre a possibilidade de eu voltar a procurar Vanessa. Necessitava reatar com minha irmã e me reaproximar de minha família. Estava também curiosa de saber como Felipe estava e poder desfrutar de sua presença. Uma criança nesse momento talvez me fizesse bem. Mas não poderia fazer isso sem que meu marido soubesse, já que não concordava com essa reaproximação.

Meu marido achava que era Vanessa quem devia nos procurar e tentar se retratar diante de nós dois, visto ter sido contra a nossa união e até ter tentado nos impedir de ficar juntos. Não admitia de maneira nenhuma que eu a procurasse, até porque a considerava nociva ao nosso casamento. A via de fato como uma inimiga. Tentei falar-lhe de minha necessidade de voltar a me relacionar com minha família e da saudade de Felipe, que eu ajudara a criar, mas ele estava irredutível e nem me dava a devida atenção, considerando ser um assunto absurdo e que não merecia gastarmos tempo falando naquilo. Respondia-me em intervalos, entre um comentário ou outro com Luísa sobre os clientes da empresa.

Minha vontade foi de sair correndo daquela mesa e gritar, exigindo atenção e respeito a meus sentimentos. A impressão que eu tinha, muitas vezes, era que Donato tratava meus problemas como se fizessem parte da RTN ou fossem até menos importantes, que sempre pudessem ser deixados para depois, um depois que nunca chegaria. E eu estava começando a ficar farta de ver o meu marido passando a maior parte de seu tempo discutindo questões de trabalho ou política na companhia de Luísa, como se fosse ela sua companheira. Embora soubesse de sua competência e total doação ao trabalho com meu marido, me incomodava o fato de ele nunca querer comentar nada comigo, excluindo-me totalmente de sua vida, como se a única pessoa de confiança que tivesse fosse exatamente sua secretária, a ponto de convidá-la a morar conosco, restando para mim somente a companhia de D. Deise, que geralmente era muito séria, nem sempre estava disposta a conversas.

Verdadeiramente, não entendia o que meu marido esperava de mim. Não permitia que eu me envolvesse em nenhuma amizade, tampouco me dispensava a atenção que eu realmente precisava. E havíamos nos distanciado ainda mais depois de ter ingressado na política. Dividia-se totalmente entre a RTN e as reuniões do partido, bem como às viagens a Brasília, que, quando fazia, eram ao lado de Luísa.

~

Donato vinha tendo diversas reuniões com alguns articuladores políticos, muitas delas aconteciam em nosso apartamento, a fim de estabelecer novos conchavos com líderes políticos de bairros de Fortaleza e outros municípios cearenses, para apoiarem seu nome ao senado nas eleições que aconteceriam no segundo semestre. Aquilo estava tomando muito o seu tempo e nos afastando cada vez mais.

Quando as reuniões aconteciam em nosso apartamento, Donato me pedia para recepcionar à todos. O que eu fazia com muito gosto, por me sentir mais perto de meu marido. Os encontros aconteciam na grande sala de estar, espaço que comportava confortavelmente as oito ou dez pessoas participantes das reuniões.

A orientação de Donato era para que eu me retirasse após a chegada de todos, para o início dos trabalhos. O que me doía era saber que Luísa estaria presente durante todo o processo. Ela tinha com meu marido uma cumplicidade que eu invejava profundamente. Embora soubesse que ele zelava por minha integridade e não queria, na verdade, me envolver naquela sujeira.

Muitas vezes eu me escondia no corredor, ouvindo parte das reuniões.

A ideia principal que conduzia os encontros políticos de meu marido e seus correligionários era adquirir financiadores para a campanha, em troca de favores políticos depois de eleito, que facilitassem o crescimento das empresas financiadores através de serviços prestados a altos custos às instituições públicas.

CAPÍTULO 44

No final do primeiro semestre de 2006, Donato passou a se dedicar mais à campanha política, visando à sua eleição ao senado dali a alguns meses, do que à conquista do cargo de vice-presidente da RTN, o que me deixava aliviada, por não vê-lo tramando nada contra Pedro Lucena, meu cunhado, quem eu admirava profundamente e tinha um carinho todo especial, embora tivéssemos estado distantes nos últimos cinco anos, desde meu casamento.

O contato com meu cunhado era pequeno, mesmo depois de seu retorno ao Brasil no ano anterior, com a morte de seu pai. Mas sempre que nos encontrávamos sentia uma energia boa e um cuidado todo especial de sua parte em relação a mim. Sentia seu carinho através de seu olhar, como se me dissesse silenciosamente que eu podia contar com seu apoio a qualquer momento.

Pedro sempre fora um grande amigo, desde seu namoro com Vanessa, quando eu era apenas uma garotinha. Dedicara a mim, durante os anos em que morei em Londres com eles, um zelo paterno, que se presentificava em cada encontro, mesmo que não tivéssemos tempo para conversar. Era algo que ficava no ar e chegava a chamar a atenção de meu marido, que não falava do assunto diretamente, mas se mostrava extremamente incomodado, procurando intervir em qualquer aproximação ou contato mais duradouro, onde nos encontrássemos.

Nesse último encontro, na casa de Leonardo, Pedro me aconselhara a procurar Vanessa e resolver nossa relação de uma vez por todas, falando-me de seu amor por mim e da falta que eu lhe havia feito e a Felipe quando voltei ao Brasil, após meu casamento. Não conversamos mais por causa de Donato, que percebera nossa aproximação e tratara de interromper, chamando-me para me apresentar a um amigo de Leonardo presente no jantar.

As poucas palavras de Pedro fizeram-me passar noites em claro, refletindo sobre a possibilidade de procurar minha irmã e implorar para que me amasse. Sabia que havia muita coisa mal resolvida em minha vida e precisava dar um basta nessas situações inacabadas, com ou sem a autorização de Donato. Na verdade, o que me fazia de fato hesitar era o receio de que ele fizesse algo contra mim. Mas o que poderia fazer? Não teria coragem de me agredir, nunca o fizera. Deixar-me também, creio que não. Meu marido me amava muito para isso. Então, o quê? Por que eu tinha tanto medo, e exatamente de quê?... Era chegado o momento de pensar um pouco mais em mim e em minha felicidade. Ele, além de seu casamento comigo, lutava por seu crescimento dentro da RTN, sua ascensão política. Nunca deixara de fazer aquilo que lhe garantia a manutenção de seus objetivos na vida. Por que eu teria de abnegar tudo a seu favor, inclusive o amor de minha família?

Eu estava decidida a procurar por Vanessa e pôr um fim àquela angústia que me atormentava a alma e fazia de mim uma pessoa tão infeliz. Mas eu precisava de algo que me desse ainda mais coragem de enfrentar as ordens de meu marido.

Estava almoçando apenas na companhia de D. Deise, como de costume, que ficava ali, em pé, do lado da mesa, aguardando alguma ordem ou pedido meu, para providenciar o mais rápido que pudesse. Resolvi então compartilhar minha decisão, de uma forma não clara, para não correr o risco de me comprometer, através de uma indagação.

– D. Deise, a senhora deixaria sua família, irmãos, parentes, se alguém que a senhora amasse muito lhe pedisse?

Ela lançou a mim um olhar de surpresa por aquela indagação, talvez nunca esperasse que eu lhe fizesse uma pergunta daquelas, de repente. E mais, no fundo, sabia do que eu estava falando. Apesar de ser uma pessoa discreta e nunca termos conversado nada sobre minha vida e minhas angústias, acompanhava minha história e minha solidão, desde o princípio de meu casamento. Podia ser que soubesse mais de nossas vidas que qualquer outra pessoa.

– Desculpe, não entendi a pergunta, D. Marina...

Eu sabia que tinha entendido, mas procurei ser ainda mais clara.

– Abandonaria sua família a pedido do homem que amasse?

Nossa curta conversa fora interrompida por Donato, entrando na sala, repentinamente, como se tivesse saído do nada.

– Não percebe que D. Deise não sabe do que você está falando, minha querida?

Aquele velho sorriso sarcástico pairava em seu rosto, o sorriso artificial de quem não estava gostando nada daquilo e insistia em passar uma imagem de que estava tudo bem. Aproximou-se de mim, beijando-me a testa.

– Estou indo a Brasília agora. Quero que arrume suas coisas e venha comigo.

Apertou-me a mão, como um aviso para que eu nem tentasse prosseguir aquela conversa. Senti um frio no estômago, como se tivesse sido pega fazendo algo errado, embora não fosse realmente o caso. Não poderia ser errado uma pessoa querer estar perto de sua irmã, seu sobrinho, sua família. Por mais que Donato não suportasse a ideia, iria acabar tendo que concordar.

Cheguei a pensar na hipótese de me negar a viajar, para poder fazer o que havia decido em relação à Vanessa. Mas não poderia perder aquela oportunidade de estar um pouco mais perto de meu marido. Nunca me levava às viagens, nem a Brasília nem a viagem nenhuma. Estava quase sempre na companhia de Luísa. Não queria perguntar por que ela não nos acompanharia daquela vez, para que não corresse o risco de ele mudar de ideia e me punir pelas indagações, decidindo não mais me levar. No fundo sabia sua intenção em me levar àquela viagem. Não estava confiando em me deixar, estava certo que eu procuraria minha irmã, e queria impedir. Por mais que eu precisasse resolver aquela pendência com meu passado, não poderia perder a oportunidade de fazer o que eu tanto desejava e não fazia comumente.

JÚLIA SERRADO

CAPÍTULO 45

Retornei então, depois de alguns dias afastada, à Mirage. Retomamos os ensaios de meu show, bem como dos demais espetáculos apresentados pela nossa equipe de dançarinos. Tanto conduzindo o trabalho dos meninos quanto no palco, sentia-me inteira, sem máscaras ou subterfúgios. Era como se me deparasse com todas as respostas que estava procurando. Ali, conseguia um pouco de paz.

Precisava estar em pleno vapor de criação, permanentemente, visto que nosso público retornava em curto intervalo de tempo, o que exigia de nossa equipe, em todos os shows, uma dinâmica incessante, com passos novos e detalhes inéditos. Na parte de criação dos shows, minhas ideias casavam-se perfeitamente com as de Charles. Fazíamos uma bela dupla. Mas, infelizmente, em meados de julho de 2006, ficamos sem sua presença mágica na boate.

Foi mais uma grande perda em minha vida. A viagem de Charles Moreno à Europa me deixou totalmente desnorteada. A sua despedida foi um momento de muita comoção na boate, por parte de todos. Fizemos uma festinha surpresa para ele, numa tarde, antes de abrirmos. Eu já vinha há muitos dias sofrendo com sua partida, e por mais que eu tentasse evitar, as lágrimas insistiam em encharcar meus olhos o tempo inteiro. Queria que ele soubesse de minha felicidade por ter dado certo a sua viagem, contudo, não conseguia parar de pensar no medo de ficar sozinha. Primeiro Clara e Joel, depois Pedro, e naquele momento, Charles. Sentia-me egoísta por não conseguir sintonizar de fato com a possibilidade de seu crescimento profissional. Antes de abrimos as portas naquela noite, Charles e eu tivemos uma conversa na qual me falara de sua solidão, bem como do quanto era responsável por aquilo. No momento em que tivera a oportunidade de estar com a pessoa que amava, optou pelos medos, pelos condicionamentos, pelo receio da entrega, perdendo seu grande amor. E então, encontrava-se ainda apaixonado pela mesma pessoa, sem uma segunda chance de viver essa história.

Eu sabia de quem Charles falava. Embora não citasse nomes, sabia que se tratava de Renato Brandão, sócio da Mirage, que estava há alguns anos vivendo com um outro companheiro, desde que terminara seu romance com Charles. Uma vez ou outra o rapaz até aparecia na boate, causando um certo incômodo ao meu velho amigo, embora Holanda, o namorado de Renato, fosse uma boa pessoa. Foi então que eu descobri que este rapaz era filho de minha vizinha e amiga, D. Clarinda de Holanda, ao ver uma foto dele em sua casa.

A verdade era que Charles não estava deixando o Brasil por conta de uma boa proposta de trabalho na Europa, e sim para tentar fugir da dor de não poder viver seu grande amor e ainda vê-lo nos braços de outro.

Charles era extremamente discreto, e não me falara sobre aquilo apenas para desabafar, queria me ver bem e me ajudar. Era como se fosse um convite para que eu pudesse enfrentar a dor e correr atrás de meu grande amor, sem me deixar levar pelo medo e me fazer vencida pela covardia de não lutar por meus sonhos, defender meus sentimentos e tudo fazer para estar com o amor de minha vida. Ele viajara deixando comigo a marca de sua força e de seu afeto.

Enfrentava um novo desafio em minha vida. Em meio ao sofrimento por tudo o que me acontecera nos últimos meses, como o roubo de Clara, a trágica morte de Joel, a separação de Pedro e, por último, a viagem de meu grande amigo, experimentava um novo momento em minha vida profissional. Com a saída de Charles Moreno da Mirage, eu deixava de ser somente a coreógrafa para assumir a direção artística do espaço. Ficaria sob a minha responsabilidade a criação e direção dos espetáculos, bem como a gerência de pessoal, na equipe de dança da boate. E justo no momento no qual eu me sentia menos inteira, menos entregue, sem condições de me doar plenamente.

Olívia Cordeiro e Renato Brandão haviam confiado o cargo a mim, tanto pela indicação de Charles, que era na verdade o grande peso para a minha contratação, quanto pelo meu desempenho como coreógrafa durante o último ano. Charles e eu havíamos desenvolvido um belíssimo trabalho, que rendera casa cheia todas as noites, nos finais de semana, transformando a Mirage numa grande sensação nas noites de Fortaleza, o que rendia à boate notas em revistas nacionais.

CELINA GONDIM

CAPÍTULO 46

Diante daquele computador com o qual papai me presenteara, senti por alguns instantes uma fortaleza que há muito não experimentava. A possibilidade de provar novamente da liberdade que aquela máquina poderia me proporcionar deixava-me entusiasmada, cheia de vida. Um vigor que subia pelo meu corpo e parecia tomar conta de meus braços, impulsionando-os a tocar cada tecla, como se novamente pudesse ver a vida abrindo-me uma nova porta.

Mas o que eu escreveria na verdade depois de tudo o que havia acontecido? E então me veio à lembrança o rosto de Vinícius, seu amor, suas incansáveis tentativas para me ajudar a deixar o vício, seu sofrimento ao me ver completamente drogada, sua dedicação, e por fim, o terrível acidente que lhe tirara a vida.

Um impulso incontrolável tomou conta de meus braços, como se não me houvesse limites físicos, fazendo-me derrubar aquela máquina no chão, seguido de um grito ensurdecedor. Não! Eu não podia voltar a escrever, não mais conseguiria criar histórias de vida e amor se eu tinha sido para o homem que amava o canal de sua morte, a autora de seu fim. No mínimo escreveria acerca da tragédia de minha vida, de meu sofrimento, de minha morte em vida, de minhas limitações e do quanto odiava aquele estado físico no qual eu estava.

Por diversas vezes, nos últimos dois anos, tive a oportunidade de ouvir pessoas com deficiências físicas, nos mais variados níveis, aquelas que já haviam nascido com suas limitações e aquelas que, por alguma razão do destino, foram acometidas de situações trágicas que lhes deixaram sequelas irreversíveis. Eram depoimentos nos quais as pessoas com deficiência ressaltavam o quanto estavam felizes por permanecerem vivas e poderem de algum modo reaprender a viver, embora, em sua grande maioria, com profundas dificuldades.

Seria eu, desse modo, um péssimo exemplo para essas pessoas. Nem ao menos compreendia como conseguiam ver a vida daquele modo depois de suas tragédias, quando eram, na verdade, ao meu ver, para estarem numa tristeza profunda pelas limitações existentes em suas vidas.

Chorava naquele momento a dor pela minha prisão num corpo incapaz, o peso e a culpa pela morte do homem que eu amava. Debrucei-me sobre a mesa num choro compulsivo, sendo abordada por Dulce, que, assustada, me vendo naquele estado ao entrar em meu quarto, logo procurou me ajudar e saber o que tinha acontecido. Contudo, ninguém poderia fazer nada por mim, ninguém poderia me devolver os movimentos, a alegria, minha vivacidade. Estava nas mãos de Deus, se Ele realmente existia.

Dulce apanhara o computador do chão, lamentando o que tinha acontecido, lembrando-me ter sido um presente de papai. A mim não importava naquele momento, a tal máquina representava um convite que eu abominava e jamais aceitaria. Acreditava escrever a minha própria essência e naquele instante, esta era negra e machucaria na certa quem lesse.

No fundo, todos estavam torcendo para que eu voltasse a escrever. Maria Antônia me falara de uma pesquisa que estava fazendo na faculdade e precisara reler um de meus livros que tratava da vida na rua, de pessoas sem moradia, sem um lar. Como se fosse para me mostrar o quanto meu trabalho fora ou era importante. João Henrique insistia em afirmar seu desejo de poder apreciar novamente meu trabalho, fosse em livros ou em numa produção para a televisão. Papai tentava de todas as formas me convencer sempre que tinha uma oportunidade, chegara a me propor fazer parte de uma empreitada na RTN de criar uma série que tivesse como pano de fundo uma instituição que trabalhava com deficientes físicos, dizendo confiar a mim essa missão. Até Mena torcia e me aconselhava a voltar. Mas eu não podia, era difícil.

Maria Eugênia ficara uma fera ao saber do convite de papai. Chegara a questionar sua intenção numa reunião na RTN, ressaltando a proposta de uma série nesses moldes como sendo um chamado para a população acerca da problemática do deficiente físico, um meio de denunciar o descaso dos governantes e da sociedade e ao mesmo tempo uma forma de mostrar vida onde muitas pessoas acreditam não mais existir. Para minha irmã eu não seria jamais um exemplo nesse sentido e sim a confirmação da deficiência como sendo um terror na vida de qualquer pessoa. O pior era que ela estava coberta de razão. Claro que sua intenção era também de não permitir minha expressão e a possibilidade de me ver novamente bem, gerando de alguma forma a vida.

Em todo caso, papai, assim como Pedro Lucena, se apoiava na visão de que a minha participação no tal projeto seria uma estratégia de enriquecer o trabalho, a partir de minha visão, fosse ela qual fosse, até porque eu seria apenas uma das autoras e ninguém melhor que a própria pessoa vivendo na pele um drama para traduzi-lo. Maria Eugênia, apoiada por seu ex-marido, Donato Pessoa, no entanto, tentaria de todas as formas impedir que eu voltasse. Para ela, seria inaceitável me ver novamente dentro de "sua" emissora. Por isso, exigira do ex-marido que a ajudasse na tentativa de convencer os demais diretores da RTN a não apoiarem a escolha de meu nome para o referido trabalho.

Donato, como sempre, tinha um trunfo. A ideia seria propor ao diretor artístico da emissora a contratação de sua sobrinha, quem queria ajudar, e também tinha deficiência, com um problema bem menor que o meu, claro. A outra autora pensava exatamente de forma contrária a mim e já havia participado de um trabalho como coautora numa de nossas grandes concorrentes, do Rio. E isso com certeza pesaria para a escolha do nome. O que minha irmã e seu parceiro passaram a defender dentro da diretoria da RTN era a minha presença no projeto como um pé para o fracasso e para a crítica, fundamentalmente de associações e instituições voltadas para trabalhar uma visão positiva do deficiente. Mesmo a emissora estando consagrada, um passo em falso seria crucial para uma grande queda, devido ao nível de exigência com ela, por estar fora do eixo Rio-São Paulo e já ser considerada como uma grande ameaça à audiência dos canais do Sudeste.

No fundo, eu achava que Maria Eugenia tinha razão. E de modo algum queria pôr o sonho de papai em risco. Sabia das dificuldades que enfrentava para manter sua rede de televisão como umas das mais assistidas do país, disputando com os grandes canais brasileiros. Transformar uma pequena TV local dentro de Fortaleza em uma das maiores emissoras do país custara caro a papai. Além de dever gigantescos favores políticos e empréstimos ao governo do estado, passara a vender cotas publicitárias de programas, que muitas vezes ainda nem haviam estreado, prometendo antecipadamente índices de audiências que, em muitos casos, não conseguia cumprir, acumulando a dívida da emissora junto também a seus patrocinadores. Uma política de expansão publicitária que tinha Donato Pessoa e Maria Eugênia como mentores, e que Pedro Lucena estava tentando acabar.

Definitivamente, eu não queria ajudar a destruir o árduo trabalho da pessoa a quem eu mais amava. Não sabia ao certo de quanto era a dívida da RTN, mas estava consciente do perigo que seria a minha presença num projeto que estava custando milhões de dólares e poderia se transformar numa nobre produção para as classes B e A, o que renderia bastante à emissora, não somente financeiramente, mas como imagem de um canal sério, empenhado em ajudar a sociedade e produzir programas de qualidade, a fim de levar uma mensagem de vida e esperança ao público. A série, ideia original de Pedro Lucena, em parceria com papai, que ainda nem tinha um título definido, era uma possibilidade de sucesso e consagração da RTN nacionalmente, bem como poderia representar seu fracasso e a prova de sua inabilidade na produção de projetos sensíveis.

CELINA GONDIM

CAPÍTULO 47

Confesso ter me sentido tentada a aceitar a proposta, principalmente quando tive a visita de Pedro, meu velho amigo, que tanto me ajudara no passado a enfrentar meu vício e me encontrar comigo mesma. Era bom vê-lo falar da vida, do quanto acreditava em seu trabalho como um meio potente de fazer as pessoas perceberem a linha tênue entre o desespero e a felicidade, sendo ela a responsável por pontuar com mais exatidão o caminho presente em seu coração.

As palavras de Pedro me confundiam em minhas crenças e sentimentos. Sentia-me contaminada com a vida existente em sua ideia. Era sem dúvida uma pessoa apaixonada por aquilo que pensava, ou melhor, expressava com firmeza e convicção a sua paixão, tornando-a desejável a qualquer pessoa que com ele interagisse, além se ser um profissional ousado, capaz de apostar tudo na presentificação daquilo que acreditava.

Mas não era assim tão fácil. Voltar a escrever naquele momento acerca da deficiência física seria não somente um retorno ao trabalho, mas também um encontro direto com meus medos, com o terror existente em meu peito, com a preservação do mal gerador de dor em meu coração. E isso aniquilava qualquer possibilidade de aceitar a proposta, por mais que eu soubesse, como Pedro me dissera, que também poderia representar a minha redenção, a superação de tudo, um retorno, mesmo que indiretamente, à vida. E talvez fosse esse último argumento o mais forte, por incrível que parecesse, à minha negação.

Pedro fora profundo em suas colocações, fazendo-me perceber a mente humana como um universo infinito de possibilidades, e a criação artística como simplesmente a apropriação do mundo magnífico e indiscutivelmente plural de nossas ideias, sendo esse universo o responsável direto pelo estado maior de nossa felicidade. Ou seja, que a felicidade nada mais é que uma expressão autônoma do ser humano frente a sua própria criação de vida.

Segundo Pedro, as tristezas ou alegrias experimentadas por mim, por ele ou qualquer outra pessoa poderiam ser transformadas, conforme a nossa expressão na vida. Isto é, quanto mais nos expressamos como singularidades, mas felizes nós somos; quanto mais reproduzimos padrões um dia criados e não mais modificados em nossa existência, mais provamos o sabor da infelicidade.

Era claro e confuso ao mesmo tempo. Entretanto, como artista, criadora ou escultora do mundo infinito de nossa mente, eu sabia que a transformação era possível em todos os níveis da vida. E isso chegava a me amedrontar, como se eu não mais soubesse viver na possibilidade da alegria, ou ainda quisesse de fato permanecer numa escuridão criada por mim mesma, como forma de autopunição, pela culpa de ter sido eu a causadora da morte de Vinícius.

O fato é que a visita de Pedro Lucena mexera profundamente comigo, a ponto de eu pedir um tempo para pensar sobre o assunto, causando um frisson em nossa casa, deixando todos numa atitude de celebração, exceto Maria Eugênia.

JÚLIA SERRADO

CAPÍTULO 48

Tão logo assumi a nova função na boate, fui chamada para uma conversa a portas trancadas com Olívia. Ela estava extremamente desapontada com o que viera a descobrir a meu respeito. Ninguém sabia como o relatório de Donato Pessoa sobre mim e meu envolvimento com Pedro Lucena foi parar nas mãos de Olívia, fazendo com que ela também ficasse sabendo de toda a história. Ela, por sua vez, estava completamente chocada de posse daquelas informações.

Olívia olhava-me como se não acreditasse verdadeiramente no que lia. Entregou-me os papéis, pedindo-me gentilmente que eu lhe explicasse melhor do que se tratava. Tive vontade de me enterrar de tanta vergonha. Como lhe explicar aquele absurdo? De certo, da mesma forma que Pedro, não acreditaria em meus motivos, no que havia me levado a cometer tal barbaridade.

– Eu preciso que você me explique o que significa isto, Júlia. Confesso que estou um pouco confusa com tanta coisa.

– Ah, Olívia, eu não sei nem o que lhe dizer.

Minha voz quase não se fazia ouvir. Mal podia fitar seus olhos, procurando olhar aqueles documentos como se ali fosse encontrar um lugar no qual eu pudesse me refugiar. Avistei na mesa, por trás da cadeira de Olívia, uma águia dourada em posição de pouso em cima de uma pedra. Desejei por um instante ser aquele pássaro e sair dali, ganhar asas e me perder no mundo, sem ter que encarar ninguém ou dar qualquer explicação.

Senhor, onde eu estava com a cabeça, quando aceitei participar daquele plano sórdido, juntamente com Donato Pessoa? Acho que no instante em que decidi fazer parte do jogo, não pensei que as pessoas poderiam ficar sabendo e que, além de me sentir vil, todos à minha volta conheceriam essa Júlia Serrado que queria se esconder naquele momento.

– A única coisa que posso falar agora, Olívia... – estava com dificuldade de pronunciar aquelas palavras. Sentia todo o meu corpo tremer – é que sinto uma vergonha gigantesca pelo que fiz.

Percebia que Olívia me olhava com pena e ao mesmo tempo surpresa por saber do que eu havia sido capaz de fazer. Dera um suspiro e depois falou:

– Olha, Júlia, é muito difícil eu ficar sabendo de tudo isso e nada fazer. Conheço Pedro Lucena desde criança, nossos pais sempre foram amigos. Além do que, sei que é uma pessoa muito boa, de caráter. E mesmo que não fosse... O que você fez não tem justificativa!

– Eu sei, Olívia. E concordo plenamente com você. Eu sei que não tem desculpas, mas eu estava completamente desesperada.

Acabei por contar-lhe com detalhes sobre o roubo de minha filha e as promessas de Donato Pessoa de encontrá-la. Queria que soubesse que eu não era uma pessoa má, mas uma mãe desesperada, tentando encontrar sua filha roubada. Sabia que ela era mãe e uma pessoa sensível, podia ser que acreditasse em meus motivos e me compreendesse.

Depois que terminei de lhe contar a história, Olívia levantou-se, voltando-se para alguns porta-retratos com fotos suas e de seu filho Alexandre, numa prateleira que ficava à sua direita. Como se ganhasse tempo para pensar, discernir sobre que eu havia lhe dito. Rezei em meus pensamentos para que Deus a iluminasse e a fizesse entender o meu sofrimento. Procurava entregar nas mãos Divinas.

Olívia falou-me ainda de costas, sem conseguir fitar-me os olhos:

– Confesso que estou um pouco confusa com essa história, Júlia. Mas o fato é que não dá pra continuar com você aqui, depois de saber de tudo isso. Como lhe disse, conheço Pedro desde criança, tenho um bom relacionamento com Vanessa. Seria constrangedor para mim, entende?

Pelo menos parecia acreditar em mim, estava me demitindo por uma questão de consideração aos amigos. Menos mal. Fui embora naquela tarde com um misto de tristeza e raiva ao mesmo tempo. Reconhecia minha responsabilidade no que estava acontecendo. Por um instante senti um pouco de mágoa de Olívia, mas logo a compreendi. Talvez em seu lugar fizesse o mesmo. De fato ela estava numa situação delicada, visto que conhecia tão bem Pedro. Não seria bom realmente para o seu relacionamento com ele, bem como com Vanessa. E se não fosse naquele momento a minha saída da boate, logo aconteceria, mais cedo ou mais tarde. Vanessa não deixaria barato e com certeza exigiria de Olívia exatamente aquela atitude.

Nem ao menos consegui chorar com minha saída da Mirage. Era também como se fosse uma forma de autopunição. Não tinha o direito de me entristecer com aquele desfecho, afinal, eu tinha procurado e teria de pagar o preço pela minha fraqueza. Achava justo, ou queria achar.

Contudo, alguma coisa eu precisava fazer. Não poderia ficar sem trabalho. Raquel ainda estava desempregada, com os dois filhos dentro de casa e eu também sem trabalho. Tratei de elaborar meu currículo e enviar a projetos sociais e ONGs, a fim de trabalhar como professora de dança, também entrei em contato com todas as pessoas que conhecia de grupos artísticos de dança, para divulgar a minha necessidade de trabalho naquele momento. De braços cruzados, eu não ficaria. E foi o que me sustentou de pé, durante os dias que seguiram, até meu reencontro com Pedro.

CLARINDA DE HOLANDA

CAPÍTULO 49

Estava saindo de casa para fazer umas compras, quando, fechando o portão, avistei Adriano Cordeiro, do outro lado da rua, em frente à casa de Júlia. Senti meu coração palpitar e minhas mãos suarem frio. Estava diante do homem que tinha sido o grande amor de minha vida, com quem construí sonhos e o desejo de passar o resto de meus dias. Continuava bonito sim, como há cinco ou seis anos, a última vez em que havíamos nos visto. Ganhara um pouco mais de peso, mas permanecia com a mesma elegância, bem-vestido. Os óculos escuros e os cabelos bem mais grisalhos realçavam seu charme.

Tão logo havia saído do portão tratei de entrar de volta, para que ele não me visse. Nem sei ao certo por que fiz aquilo, mas não queria, acho, que ele me encontrasse malvestida, com aparência descuidada. Além do que, se Alceu soubesse seria um inferno dentro de casa. Ele não suportava a presença de Adriano, odiava os sentimentos que nós nutríamos um pelo outro, na época de nosso casamento. E apesar de terem sido amigos de juventude, haviam perdido o contato, por conta dos ciúmes de meu marido.

Acompanhei a imagem daquele homem desde o momento em que saíra da casa de Júlia e entrara em seu carro, estacionado logo em frente. Só saí novamente do portão depois de me certificar que o carro já tinha realmente deixado a Rua João Firmino.

Sabia que mais cedo ou mais tarde aquilo poderia acontecer. Uma vez ou outra Júlia falava em Adriano, já que era o grande amigo de Pedro Lucena, e também fazia parte de seu grupo de biodança. Ultimamente ela vinha, inclusive, insistindo para que eu fosse conhecer o grupo. Já pensou que absurdo, uma velha dançando no meio de um salão? Além de reencontrar Adriano ali. Seria uma loucura.

Evidentemente que Alceu jamais permitiria, mesmo sabendo que não tinha nada demais.

Fiquei feliz ao saber que Adriano estava disposto a ajudar minha amiga a se reconciliar com Pedro. Ele não havia perdido sua bondade e a mania de se preocupar com as pessoas, sempre tentando ajudar alguém. Era de uma solidariedade admirável, desde a época em que namorávamos. Acho que seu único deslize fora de fato sua reação ao descobrir a gravidez de Olívia, um preço alto que pagava até hoje.

Júlia era uma mulher perspicaz e logo percebera que existia algo além de uma velha amizade. Não me importei de lhe falar sobre nossa relação antes de me casar com Alceu, e de meus sentimentos em relação a Adriano. Minha maturidade não me impedira, contudo, de me encontrar embaraçada, com a indagação de minha amiga:

– D. Clarinda, a senhora ainda ama esse homem?

Senti um certo desconforto e até desrespeito. Afinal, era uma mulher casada. Como ser abordada com tal pergunta? A própria Júlia percebera o desconforto gerado e procurara desconversar, falando do plano de Adriano para que ela e Pedro pudessem se entender.

Mas aquela pergunta ficara me martelando durante dias.

"D. Clarinda, a senhora ainda ama esse homem?"

Como uma simples indagação poderia me deixar tão ansiosa? Logo eu, uma mulher tão madura, que havia aprendido com o sofrimento as respostas certas da vida. Creio ter me esquecido nos últimos anos de me indagar sobre meu coração. Passara tantos anos da minha vida preenchendo o meu tempo com as costuras de minhas clientes, os problemas de meus filhos e a agressividade de Alceu, que deixara de lado a verdade sobre os meus sonhos.

Não demorou muito para que Adriano e eu nos reencontrássemos realmente. Foi ali mesmo, na casa de Júlia. Ele chegou de súbito, sem avisar, a fim de falar com minha vizinha sobre a conversa que ela e Pedro haviam tido no dia anterior. No momento em que Raquel atendeu a porta e eu ouvi sua voz, ainda de fora, pedindo desculpas por ter vindo sem avisar, mas explicando que precisava falar urgentemente com minha vizinha e não conseguira por telefone, eu quase me queimei com café, de susto.

Júlia levantara-se para receber o amigo e logo ele estava ali, bem diante de mim, depois de anos sem nos encontrarmos. Quando Adriano se deu conta de minha presença na sala, pude perceber que a surpresa e o nervosismo eram mútuos. Parecíamos dois adolescentes, diante de alguém com quem queriam estar, mas não podiam.

– Clarinda?!

– Como vai, Adriano?

Seu sorriso, acompanhado de um olhar espantado, me fez viajar no tempo e trazer à memória, numa fração de segundos, as mais variadas cenas de nossa história: os namoros no pátio do colégio das Doroteias, onde estudava e ele sempre dava um jeito de visitar, usando como pretexto a presença de sua irmã, que era da mesma turma que a minha; ou ainda os passeios de mãos dadas, na Beira-Mar; Bem como os almoços na casa de nossa amiga Clarinha, que morava numa casa grande, perto da Igreja de Fátima, onde podíamos namorar, no banco do jardim, que ficava na frente da casa, de onde podíamos avistar o movimento da igreja. Brincávamos dizendo que um dia nos casaríamos ali.

Velhos tempos que chegaram com toda a força em minha memória, fazendo-me emocionar, por um instante. Meu Deus, que situação constrangedora! Uma mulher casada, emocionada ao reencontrar um antigo namorado, na casa de sua vizinha. Uma cena no mínimo ridícula. Procurei então me conter, para que não causasse nenhum constrangimento a Adriano, muito menos a Júlia e Raquel, que na certa já se encontravam bem embaraçadas.

– E os meninos, Clarinda, como vão? – perguntou ele, para quebrar o gelo.

– Bem – eu me sentia ainda meio atrapalhada. – Vão bem.

– Encontrei outro dia com Nando, em uma viagem de São Paulo a Fortaleza. Acabamos conversando a viagem inteira.

– É, ele terminou há pouco o tempo o doutorado dele lá.

– Me pareceu bem feliz – tomando o café.

– Sim. Está mesmo – eu não sabia ao certo nem onde pôr as mãos. – E D. Norma Mesquita, vai bem? – perguntar sobre D. Norma me daria mais assunto e me deixaria talvez menos constrangida.

– Está. Inclusive pensa agora em escrever um livro sobre sua vida. Não gosta de estar com muito tempo ocioso. Reclama muito disso.

– Ativa como ela sempre foi – ri, meio sem graça. – Deve ser ruim mesmo.

–Verdade – Adriano não parecia constrangido como eu. Pelo contrário, talvez até estivesse mesmo feliz.

– Mas, Clarinda, como estou feliz por encontrá-la aqui! – abriu largo sorrido.

– E eu fico feliz por promover esse encontro de velhos amigos em minha casa – afirmou Júlia, sorridente. – D. Clarinda tem sido uma pessoa muito importante em minha vida, Adriano – completou minha vizinha, olhando vez para mim, vez para ele.

– Certamente, Júlia – confirmou Adriano, fitando meus olhos. – Clarinda sempre foi uma pessoa amiga, que se preocupava com todos. Ela melhor que ninguém sabe o significado da palavra solidariedade – eu estava completamente vermelha. E Adriano percebia meu embaraço. – Não precisa ficar com vergonha, Clarinda. Tudo o que estamos falando aqui é a mais pura verdade.

– Pode acreditar, D. Clarinda – completou Júlia.

– E eu concordo plenamente – ainda confirmou Raquel, recolhendo as xícaras de café, com a bandeja.

– Mas e esse livro de D. Norma, sai quando? – procurei desconversar.

– Ainda são planos – Adriano reconhecia meu constrangimento, e tratava a pergunta feita por mim como se realmente eu tivesse interessada. E naquele momento, certamente eu não estava.

– Que bom. Fico feliz por ela – completei, procurando disfarçar.

– Eu fico curiosa de saber um pouco da vida de D. Norma, pelo que Adriano já falou – trouxe Júlia, como se já tivesse se dado conta de toda a minha situação, meu constrangimento.

– Ela parece ser uma pessoa de fibra, não é? – também colaborou Raquel.

– E é. Trata-se de uma pessoa admirável – respondeu Adriano, como se trouxesse à memória a importância daquela mulher em sua vida. Devia muito a ela e a seu marido, quando era vivo. O haviam tratado como a um filho.

– Bem, eu já vou – levantei. Desejava ir logo embora dali. Pensava que quando me reencontrasse com Adriano eu reagisse de uma forma menos estúpida, infantil.

– Mas a senhora acabou de chegar, D. Clarinda – lamentou Raquel.

– Fique mais um pouco, D. Clarinda – pediu Júlia.

– Por favor, Clarinda. É cedo ainda. Faz tanto tempo que havíamos nos encontrado. Fique um pouco mais – insistiu Adriano.

– Me desculpem, mas o Alceu já deve estar me esperando.

Havia sido um conversa de quem não sabe ao certo o que falar e fica procurando assunto para aniquilar com o silêncio, que insiste em se presentificar.

Tratei de me despedir e deixar Adriano conversando com Júlia. Precisava ir para casa, me recompor. Saí abominando minha atitude. O que minhas vizinhas e ele mesmo iriam pensar de mim? Que vergonha! Desejei que aquilo não tivesse acontecido ou eu tivesse assumido uma outra postura, algo mais coerente com uma senhora casada. Senhor, que vergonha!

Passara pela rua em passo apressado, para que ninguém me visse, como se as pessoas pudessem também testemunhar o meu desconforto e nervosismo, por ter me encontrado com um namorado de adolescência. Definitivamente, aquilo não era algo justificável. Eu precisaria depois me explicar de alguma forma às minhas vizinhas, que no mínimo, não haviam entendido nada. Se bem que Júlia com certeza percebera o que havia acontecido ali em sua sala. Como então eu olharia para a cara da minha vizinha? Realmente eu havia me comportado pessimamente. Graças a Deus nenhum de meus filhos nem Alceu presenciaram aquela situação grotesca. Não teria explicação, e certamente meu marido perceberia tudo.

Ao entrar em casa, fui surpreendida por Alceu, sentado na cadeira de balanço, que ficava de frente para a porta. Não parecia estar com a cara muito boa, ali, balançando-se freneticamente. Logo pude avistar a cerveja em cima da mesinha de centro da sala.

Será que ele sabia com quem eu havia estado?

CAPÍTULO 50

Eu havia entrado em casa ainda nervosa pelo reencontro com Adriano Cordeiro na casa de minha vizinha Júlia. E Alceu estava à minha espera, como eu pensava. A cadeira de balanço rangia com o peso de seu corpo impulsionando-a para frente e para trás, de forma ansiosa. Não parecia bem. Temi que ele percebesse com quem eu havia estado minutos antes.

– Onde você estava?

Sabia que aquela pergunta queria dizer algo.

– Tinha ido deixar umas roupas de uma cliente, pertinho da casa do Português. Depois passei na casa da Júlia, a vizinha aqui da frente – respondi, já saindo da sala em direção à cozinha. Queria sair dali. Aquela pergunta não tinha me cheirado bem. Mas ele me acompanhou.

– A casa dessa sua vizinha agora é ponto de encontro, é?

Certamente Alceu já havia visto Adriano na rua. Pior, na casa de Júlia!

– Do que você está falando?

Ele me olhou com jeito de quem queria descobrir exatamente o que havia se passado do outro lado da rua, minutos antes. Meu coração já estava acelerado. Quando bebia, parecia um demônio.

– Clarinda, você estava agora na casa dessa sua amiga, acompanhada do Adriano Cordeiro?

Aquela pergunta foi como uma pancada em mim. Pensei em não dizer a verdade, mas não adiantaria, na certa ele sabia realmente, teria visto Adriano entrar, talvez. Como agir então? Desejei que Nando estivesse em casa. Hesitei um pouco e me lembrei que podia ser exatamente meu filho que me tiraria daquela situação.

– Nando... não voltou ainda? – tive um pouco de dificuldade para completar a frase. Mas falar em nosso filho, o lembraria que ele estava para chegar do trabalho. Então, completei: – Ele vai chegar hoje mais cedo. Ligou depois do almoço avisando.

Alceu já estava a poucos centímetros de mim, revestido por um silêncio o qual temia profundamente.

– Então, ele vem mais cedo do trabalho?

– É, disse que vem – respondi, procurando passar por ele, para deixar a cozinha, quando senti uma forte pancada em minhas costas, seguida de um grande barulho. Mal pude entender o que tinha acontecido e eu já estava caída no chão, vitimada por uma grande dor.

– Desgraçada! – gritou. Nem lembro se ouvi aquele grito antes do tombo ou pouco depois. Procurei, mesmo com dificuldade, me erguer um pouco e me arrastar até a sala. Mas fui impedida por uma série de chutes. – Sua desgraçada! Sem-vergonha!

– Para, Alceu! Para! – eu suplicava. Eram muitas pancadas, que nem me davam tempo direito para respirar, sequer para gritar. – Por favor, Alceu, pare! – ele estava tomado por uma força incontrolável que o impulsionava cada vez mais a me espancar. Chutes, murros... Eu tentava me defender, mas nada podia fazer contra a sua força. – Por favor, pare, Alceu! – meus gritos não eram tão potentes quanto as pancadas que eu recebia em todas as partes de meu corpo.

– Você me paga, sua desgraçada, sem-vergonha! – batendo ainda mais. – Toma! Toma!

Se alguém assistisse aquela atrocidade, não conseguiria contar quantos chutes, murros ele me dera. Mas foi uma forte pancada, empurrando minha cabeça contra o chão, que me deixara meio zonza. E aí seus gritos me agredindo se tornaram distantes e, por um segundo, vi papai me batendo, eu, com apenas seis ou sete anos, correndo e me escondendo em meu quarto, depois de um tapa, por ter deixado uma bandeja com copos cair, quebrando tudo. Era uma dor que me apertava o peito, maior até que a dor provocada pela pancada no rosto. Achávamos terrível quando papai nos batia, o que não acontecia comumente. Por isso, ficava tão magoada. Cheguei a adormecer em meu quarto, sentada no canto da parede, depois de chorar durante horas seguidas, até ser acordada por mamãe, acariciando-me a cabeça.

CAPÍTULO 51

Quando abri os olhos, com uma certa dificuldade pelo inchaço provocado pelos murros de Alceu, eu estava deitada em minha cama, sendo tocada cuidadosamente por Nando, que me aplicava compressas com gelo nos hematomas deixados em meu corpo. Tudo parecia doer e eu me sentia meio atordoada, sem entender ao certo o que havia acontecido.

– Fique tranquila, mãezinha, está tudo bem agora.

Ouvi a voz suave de meu filho, sem compreender ainda o que se passara para que eu estivesse tão machucada. Eu não conseguia raciocinar direito, organizar nenhum pensamento. E minha visão estava meio turva.

– Nando...

– Não faça nenhum esforço, mãezinha. Está tudo bem agora – pedia meu filho. Aos poucos fui recobrando a consciência e a imagem de Adriano Cordeiro me veio à mente. E tão logo a alegria de vê-lo diante de mim na casa de Júlia, a aflição do encontro com meu marido, logo em seguida, ao chegar em casa. E então lembrei-me dos murros, chutes, da dor que se alastrava pelo corpo, seguida de uma dormência. Os gritos carregados de ódio daquele homem se faziam presentes em minha cabeça, como se naquele instante eu estivesse revivendo todo o transtorno novamente. E um grito de socorro me veio à garganta subitamente. Nando se debruçara sobre mim, fazendo-me sentir sua presença protetora. – Calma! Já passou, mãezinha, já passou... estou aqui.

Ninava-me como uma criança e pude sentir seu cuidado, seu carinho e uma sensação aliviada de proteção. Dormi por horas seguidas, sentindo a tranquilidade do colo de meu filho. Cheguei a acordar algumas vezes, tomada por pesadelos que traziam a imagem de Alceu me agredindo, ameaçando contra minha vida ou a vida de meus filhos. Nando permanecia, no entanto, ali diante de mim, velando o meu sono, cuidando para que eu experimentasse a paz de que eu necessitava naquele momento. Depois de ter sido medicada, só pude acordar no dia seguinte.

Aos poucos fui me dando conta do que havia acontecido realmente. Provara mais uma vez da agressividade, da violência e do ódio do homem com quem estava casada há trinta e cinco anos. Aquela havia sido apenas mais uma das crises de ciúmes e expressão de sua indignação diante da certeza de meus sentimentos por Adriano Cordeiro, o que fizera de minha vida um completo inferno no decorrer dos anos. Mesmo sem saber, era meu ex-namorado o motivo da transformação de Alceu naquele homem amargo e violento, diferente do que conhecera nas épocas de colégio e bem antes de nosso casamento. O estupro fora na verdade o marco entre um Alceu e o outro.

Mesmo com dificuldade, levantei-me e caminhei em direção à sala, de onde podia ouvir a voz de Holanda e Nando, conversando.

– Nós já devíamos ter feito isso há muito tempo! – a afirmativa de Holanda estava carregada de indignação, falava alto, quase gritando, caminhando de um lado para o outro da sala. – Esse monstro está acabando com a vida da mãezinha!

– Calma, mano! Você sabe que ela jamais permitiria – Nando parecia mais equilibrado, como de costume.

– Eu não sei onde eu estava com a cabeça que não havia chamado a polícia antes. Passamos a nossa vida inteira apanhando e vendo a mãezinha sendo espancada, Nando... E o que nós fizemos, hein? – Holanda já tinha a voz embargada de choro, sentindo a dor pelo meu sofrimento, o qual presenciara durante toda a sua vida. Nando logo se aproximou, segurando-lhe o ombro.

– Foi uma escolha dela, você sabe disso, mano. Nós só fizemos o que estava a nosso alcance. Eu acho que não adianta agora a gente ficar se culpando. A mãezinha nunca faria nada contra o nosso pai.

– Não me lembre que este monstro é nosso pai!

Holanda foi tomado por um choro compulsivo, entregando-se nos braços do irmão. Era um misto de culpa, indignação e dor pela imagem do pai. Nando parecia mais calmo, no entanto, emocionado pelo sentimento do irmão.

– Holanda, nós temos que estar fortes. Você sabe que a mãezinha não vai aceitar. A gente precisa ver uma forma de convencê-la de que é o melhor, pra ela, pra ele, pra todos nós.

– Dessa vez ela vai ter que aceitar, cara! – Holanda procurava já se recompor, quando entrei na sala.

– O que aconteceu? Onde está o pai de vocês? – perguntei, com dificuldade de falar. Tudo em mim doía.

– Mãezinha, você já se levantou? – Nando foi ao meu encontro, ajudando-me a passar por entre os sofás e me aproximar de Holanda, que me abraçou firmemente, como se não me visse há tempos.

– Você está bem, mãezinha? – já era Holanda quem indagava, lacrimejando e com um sorriso forçado tentando encobrir a dor e raiva presentes em seu olhar.

– Agora estou. Mas eu preciso saber o que está acontecendo aqui. Onde está o pai de vocês? – não sabia de onde tirava forças.

Os dois ficaram se entreolhando por alguns segundos, como se combinassem telepaticamente quem contaria. Nando logo procurou fazer com que eu me sentasse, preparando o terreno para a notícia, o que me deixara ainda mais aflita.

Fora logo após eu ter perdido a consciência, por bater a cabeça, que Nando entrara em casa, presenciando a fúria do pai contra mim.

– O que é isso, pai?! – pela primeira vez, meu filho tivera uma atitude agressiva contra Alceu, jogando-o contra o sofá, depois de segurá-lo pelo colarinho. – Chega disso! Você já passou dos limites!

Por estar desacordada, nem pude testemunhar os gritos de Nando contra o pai, que ficara atônito, amedrontado e surpreso ao mesmo tempo pela ação inesperada do filho. Por um triz Nando não lhe agrediu, chegando a levantar a mão.

Meu filho tomou-me nos braços, levando-me para o quarto. Depois de ligar para um médico amigo, entrou em contato com a polícia. Mesmo com dificuldade de falar, tomado pela emoção, pediu a Dorival que conseguisse uma viatura para vir até nossa casa, por eu ter sido espancada há pouco tempo pelo pai. A lágrima escorreu-lhe pelo rosto, ao desligar o telefone. Doía ter que fazer aquilo, mas precisava tomar uma atitude diante de tantas atrocidades cometidas por Alceu durante todos aqueles anos em que estivemos casados. O sofrimento de meu filho era pelo fato da obrigação de delatar o próprio pai, como se estivesse cometendo uma traição, ferindo um princípio ético de proteção à própria família, a alguém de seu sangue, a seu provedor. Embora soubesse que não havia alternativa e que alguém precisaria pôr um limite à doença do pai, entristecia-se de chegar a tal ponto e vê-lo sendo preso, por uma denúncia sua. Sempre rezara, na verdade, para que não precisasse tomar aquela atitude e ver a família que eu tanto tentara preservar sendo desfeita por uma decisão que fosse sua.

CAPÍTULO 52

Alceu estava na porta do quarto quando o filho desligou o telefone. Experimentava um sentimento de ódio por sentir-se traído por sua cria. Sabia que o que fizera não era correto, por isso sempre se arrependia após as surras que me dava a vida inteira. No entanto, considerava ainda mais absurda a atitude do próprio filho de querer vê-lo na cadeia.

– Foi isso o que você sempre quis, não foi, seu moleque? – Alceu perguntou, expressando a raiva que o dominava naquele momento.

– Deus sabe que não, pai – Nando respondeu com os olhos transbordando em lágrimas.

– Mentira! – retrucou Alceu rapidamente, direcionando-se à porta da rua, numa tentativa de fuga. –Vocês não vão conseguir acabar comigo, bando de abutres!

Ainda podíamos ouvi-lo.

– Não é isso, pai – Nando ainda tentou convencê-lo, correra atrás do pai. Precisava impedir sua fuga. – Mas o senhor vai ter que parar com isso! – ouvi ainda dizer antes de segurá-lo, talvez na sala. Eu estava ainda meio zonza.

– Me solta, seu moleque! – Alceu gritava indignado. Empurrara então o filho contra uma mesinha perto da porta, deixando a sala. Alceu, contudo, fora surpreendido na porta de casa por uma viatura da polícia, Dorival, o filho de Ceiça e mais dois policiais diante do portão. –Vocês não vão acabar comigo! – disse aos policiais, analisando como fugiria dali. Ao tentar recuar, fora impedido pelo filho, que havia se colocado no meio da porta.

– Podem levá-lo! – Nando dissera aquilo experimentando uma dor terrível.

Alceu tentara ainda reagir, mas em vão, sendo algemado e colocado dentro da viatura.

–Vocês estão cometendo um erro! Meu filho, me ajuda! Me solta! Me solta, Dorival! Manda eles me soltarem, Nando! Manda eles me soltarem, filho!

Podia-se ouvir seus gritos, mesmo depois de fecharem a porta do carro.

Nando estava ali, parado diante da porta de nossa casa, testemunhando a prisão do próprio pai, resultado de uma denúncia sua. Mal podia ver o rosto das pessoas na rua, que paravam para ver o ocorrido. Sentia um misto de vergonha, pena e dor.

Eu mal podia acreditar a que ponto tudo havia chegado. Como Alceu tinha dificultado nossa vida, nossa convivência! O que poderia ter sido algo não tão doloroso fora transformado por ele num calvário. Conseguira o que tanto quisera, que era se casar comigo, e não soubera aproveitar, saborear a delícia de sua vitória. Teria a minha presença em sua vida para sempre, mas não lhe era o suficiente. Alceu fora um homem que não experimentara o afeto enquanto criança. Abandonado pelos pais, havia sido criado por uma tia, que o maltratava constantemente e ainda o forçava a trabalhar desde pequeno, aproveitando-se de seu dinheiro. Ele trazia consigo essa marca e parecia querer me punir por todos os seus sofrimentos. Projetara em nossa história, no término de nosso noivado, a rejeição de seus pais e, por conseguinte, em nosso casamento, a violência e martírio do convívio com a tia. No fundo, eu sentia pena dele. Apesar de me privar da felicidade, de uma vida tranquila, da presença de meus filhos, era talvez ele quem mais sofria, obcecado por seus fantasmas que lançava sem pena nem dó em nossa relação e com nossos filhos, como se culpasse o mundo, as pessoas que amava de sua amargura, tratando-nos como reflexos, como extensões desse passado doloroso e punitivo que experimentara.

E era em nome dessa consciência que eu tinha da difícil história de vida que Alceu trazia consigo que eu me sustentava naquele casamento, além, claro, de minha promessa, a qual me fazia escrava da situação insustentável em que se transformara o nosso casamento. A promessa!

Meu Deus, não podia jamais deixar Alceu, permitir a nossa separação. Por mais que eu sofresse, não era possível, e eu bem sabia. A quebra da promessa acabaria com minha vida, e aquilo meus filhos não compreendiam, já que não sabiam do que se tratava. Contudo, eu precisava fazer algo para reverter a situação e trazer meu marido de volta. Parecia loucura, mas eu entendia por que e não tinha como revelar. Não! Ninguém compreenderia o que eu havia feito. Era impossível pensar na possibilidade de trazer aquela velha história à tona, depois de tantos anos. Além do que meus filhos não me perdoariam, assim como todas as pessoas. Meu dever era apenas de cumprir com a minha palavra, de ser honesta com Deus e fazer valer a promessa.

Nem podia explicar aos meninos, visto que havia um segredo, mas tentei de todas as formas expor meu desejo de libertar Alceu e trazê-lo de volta, mesmo frente à indignação e revolta de meus filhos.

JÚLIA SERRADO

CAPÍTULO 53

Pensei várias vezes em não aparecer mais no grupo de Biodança, por ser um espaço de Pedro. Não poderíamos continuar no mesmo grupo depois de tudo o que havia acontecido. Ali era um espaço de expressão e verdade e eu havia chegado carregando comigo uma grande mentira. Seria difícil permanecer depois de falar sobre a minha verdadeira identidade e todos saberem que haviam sido enganados. No entanto, desejava voltar e me despedir, agradecer o apoio e a confiança de abrirem a sua intimidade para mim. Precisava também reencontrar Pedro, nem que fosse pela última vez. Talvez ele fosse verdadeiramente o motivo real de minha vontade de retornar ao grupo. Sabia, mas era preferível pensar que não era por sua causa, para facilitar o meu processo.

No momento em que entrei no espaço onde acontecia o grupo, senti minhas pernas tremerem. Não sabia qual seria a reação das pessoas, se já sabiam. Tratava-se de um grupo ao qual eu tinha a maior consideração, apesar de nossa pouca convivência. Seria doloroso ser desprezada por ele. Isso me deixava extremamente ansiosa. Chegara um pouco antes do início da verbalização. Tinha apenas algumas pessoas e o facilitador, ao fundo do salão, manuseando um catálogo de discos, como se preparasse o início da sessão. Nem sei ao certo o que me impulsionou a ir ao seu encontro, era como se não sentisse minhas pernas, tão nervosa eu estava. Fui, contudo, acolhida pelo facilitador num caloroso abraço.

– Eu quase não vinha.

As palavras saltaram-me a boca em meio ainda ao abraço. O facilitador olhou-me bem nos olhos, como que tentasse me acalmar.

– Estava lhe esperando.

– Eu não sei se vou ficar. Não sei se o Pedro lhe falou.

– Falou sim. Nos encontramos e conversamos. Mas foi bom você ter vindo.

Tive vontade de chorar e abraçar aquele homem ainda mais. Ele passava-me paz, tranquilidade, o que eu não sentia há tempos. Meus olhos transbordavam em lágrimas.

– Eu estou muito envergonhada.

– Você precisa estar em paz com você mesma.

E eu não estava em paz comigo. Não poderia estar, não depois das barbaridades que havia aprontado com Pedro, o homem que dizia amar. Fiquei me perguntando se ele não iria ao grupo naquele dia. No fundo, esperava que sim, mas pedi a Deus internamente que não. Seria uma dura provação. Talvez não tivesse sido uma boa ideia ter ido ali, num espaço de intimidade que já era dele.

– Pedro deve estar chegando daqui a pouco, disse que se atrasaria, mas deve estar a caminho.

O facilitador parecia ter lido os meus pensamentos.

Cumprimentei todos os outros colegas e me recolhi num canto no salão. Ainda me chamavam de Mirela. Senti-me extremamente incomodada, mas não adiantava colocar individualmente. Seria um esclarecimento grupal. Começamos com uma pequena meditação, como de costume, e logo foi aberto o momento de verbalização da sessão. Eu não consegui me concentrar nas falas que foram se seguindo. A imagem de Pedro e o receio de colocar a verdade ali no grupo não me saíam da cabeça. Minhas mãos estavam geladas.

Senti meu coração acelerado quando vi, pela cortina de cipó que separava o salão do estacionamento, o carro de Pedro chegar. Ele vinha acompanhado de Adriano Cordeiro, como de costume. Os óculos escuros escondiam-lhe a sinceridade exposta em seu olhar, porém davam-lhe todo um charme juntamente com a roupa informal, diferente das gravatas e paletós usados no cotidiano. Camiseta vermelha, uma calça frouxa de cor bege e sandália de dedos em couro, a mesma de quando eu o havia visto pela primeira vez, deixando à mostra os longos dedos de seus pés benfeitos.

Nossos olhares se encontraram assim que os dois chegaram à entrada do salão. Nunca senti tanta alegria em vê-lo tocar a cabeça e jogar para trás o cabelo que insistia vez ou outra em cobrir-lhe o olhar, como sempre o fazia. Em poucos segundos me lembrei de vários momentos em que estivemos juntos ali mesmo naquele lugar. Imaginava se ficaria ou se iria embora, para evitar interagir comigo. Bobagem, logo, numa questão de segundos eu saberia. Pedro tirou então a sandália e os óculos, deixando suas coisas no banco, ali fora, e entrou no salão, procurando não voltar mais seu olhar para mim. Pelo menos ele não iria embora!

Já se aproximava das dezesseis horas, quando começaria o segundo momento da sessão, com os exercícios e a dança, quando finalmente tomei coragem de falar.

– Pensei muito em não voltar mais aqui no grupo, por uma série de questões – minha voz estava trêmula. – Mas eu precisava reencontrar vocês novamente e pedir perdão – as lágrimas já começavam a rolar pelo meu rosto. – Vocês me acolheram, com todo o cuidado, carinho, toda a atenção, verdade. E eu não respondi à altura. Todos vocês, aqui no grupo, me conhecem como Mirela. Mas na verdade, meu nome não é esse – parei e suspirei. Estava muito nervosa. – Meu nome é Júlia... Júlia Serrado. É assim que eu me chamo – baixei um pouco a cabeça e caí em prantos. Pedro mostrava-se bastante incomodado, procurando fugir seu olhar para um canto do salão. Uma vez ou outra, voltava-se a mim. Tinha seus olhos também nadando em lágrimas – eu precisei usar um outro nome, numa tentativa de reencontrar a minha filha, que foi roubada há mais de seis meses, no final do ano passado, e vendida para um casal de estrangeiros que eu não sei onde estão, se ainda vivem no país.

Por esse motivo, acabei me aliando a algumas pessoas que me ajudariam a reencontrá-la, mas para isso eu precisaria usar uma identidade falsa e me envolver numa situação, para conseguir alguns documentos que essas pessoas queriam – pausei para respirar e retomar o fôlego. Percebi que Pedro, assim como algumas pessoas do grupo, não conseguira evitar que lágrimas lhe banhassem a face. E então prossegui: – Acabei magoando pessoas que acreditaram em mim – voltei-me para Pedro, a fim de que todos no grupo soubessem de quem estava falando. – Fiz sofrer pessoas que aprendi a amar, com quem reavaliei meus princípios de vida e reencontrei o sentido da felicidade. Não nessas pessoas, mas em mim mesma, diante dessas pessoas – alguns dos presentes já olhavam também para Pedro, reconhecendo-o como aquele de quem eu estava falando. – Eu queria agradecer a cada um de vocês, pela força, pela presença e por terem confiado em mim, embora eu não tenha retribuído da mesma forma. Eu não vou poder continuar no grupo, mas quero continuar na Biodança. Hoje, a reconheço como um caminho que facilita o encontro comigo e me ajuda a interagir melhor com os outros, sem negá-los na sua expressão.

Logo depois de minha fala, o facilitador tomou a palavra discorrendo sobre a importância da vivência da verdade em nossas vidas e como isso contribuía para a manutenção de nossa saúde. Senti-me amparada em sua explanação. Dava para perceber em cada olhar o carinho, a compreensão. Era verdadeiramente uma pena eu ter que deixá-los, naquele grupo eu me sentia cuidada e respeitada em minha expressão.

Começamos a vivência com uma dança em roda. A letra da música alegre e progressiva, na voz de Geraldo Azevedo, nos convidava a, juntos, esquecermos tudo o que doeu em nós, sendo que nada vale tanto para rever como o tempo em que ficamos sós. A música falava exatamente de mim, do que eu estava passando naquele momento. E sentia-me feliz de estar ali, fazendo parte daquele grupo, me expressando em movimento junto com todas aquelas pessoas, que tão bem me acolheram e me aceitaram. Pedro parecia me ignorar. Deve ter sido mais ou menos na metade da sessão, num exercício em que o convite do facilitador fora encontrar alguém, um par, com quem pudéssemos viver o afeto, numa dança a dois, que finalmente nos encontramos. Não tínhamos outra escolha, todas as outras pessoas já tinham encontrado seu par, só restávamos nós dois. Uma música afetiva-transcendente nos conduziu num momento de muita entrega. Senti um certo desconforto da parte dele, no princípio, mas logo relaxou e se permitiu a vivência. Parecia um sonho providenciado por Deus estarmos ali, um diante do outro, em movimentos leves, cuidadosos, sentindo o calor um do outro. Procurei saborear cada segundo de sua presença. Seu toque suave deixa-me trêmula. Podia, mesmo que por alguns minutos, sentir de perto o seu cheiro. E logo estávamos no meio do salão, abraçados, vivendo intensamente aquele momento. Desejei que não acabasse mais a música e pudéssemos eternizar o instante.

Logo acabado aquele exercício, Pedro continuou a me evitar, como se o que tivéssemos vivido não houvesse sido significativo para ele, como fora para mim. Então, começava a compreender por que não seria interessante continuarmos no mesmo grupo realmente. Estaríamos o tempo inteiro deixando de ser espontâneos, para tomarmos atitudes arquitetadas dentro do salão, quando o convite era exatamente o contrário.

Terminada a sessão, procurei conversar com Pedro, a fim de esclarecermos de uma vez por todas aquela situação desagradável. Não era possível que não conseguisse compreender a minha atitude, se todas as pessoas que estavam fora compreendiam. Por um instante questionei se de fato ele me amava. Mas logo percebi o que fazia. Exigia dele uma atitude, tirando de mim a responsabilidade por tudo o que eu lhe causara. E por isso resolvi lhe procurar.

– Fui muito machucado, Júlia. Tenho tentado compreender, mas é muito difícil para mim. Passei quinze anos da minha vida sofrendo pela perda de um grande amor, que nunca esqueci. De repente, descubro que esse amor não morreu, como pensava, estava viva. E aí, me vejo novamente em seus braços, redimensionando sonhos, planejando novamente uma vida juntos. Mas tão logo tenho a felicidade pelo seu retorno, descubro que sou vítima de uma farsa, que esse amor está morto sim.

Seus olhos já transbordavam em lágrimas, assim como os meus.

– Descubro que a mulher, a qual pensava ser meu grande amor, é na verdade uma impostora, tentando me enganar, me passar a perna.

– Eu precisei fazer, Pedro.

– Os motivos podem ter sido nobres, Júlia, as atitudes não.

– Eu te amo.

– Eu não sei quem você é.

– Eu te amo mesmo assim.

– Me desculpe.

Saiu cabisbaixo, direcionando-se ao carro, onde Adriano já lhe aguardava. Tive a oportunidade de ser feliz com o homem da minha vida e deixei-a escorrer por entre os dedos. Como aquilo me doía!

MARINA PESSOA

CAPÍTULO 54

Donato finalmente me levaria para Brasília.

Tratei de arrumar minha bolsa imediatamente. Seria uma viagem rápida de apenas um dia, mas eu aproveitaria como se fosse um longo momento, instante propício para estar próxima do homem que amava e desfrutar de sua companhia e do papel de sua esposa. Foi o que eu fiz.

No momento em que entramos no avião, Donato dera seu recado.

"Espero não ter nenhum aborrecimento com você, minha querida. Sabe que quero lhe ver bem e tudo o que faço é para lhe proteger, lhe poupar de sofrimentos, de situações que podem lhe causar tristezas. Não gosto de surpresas, sabe disso. Nem quero descobrir que meus esforços para a deixar sempre bem, foram em vão."

Estava claro o recado de meu marido. A viagem era apenas para me tirar de Fortaleza naquele momento e afirmar seu desejo de me ver longe de Vanessa e Pedro Lucena. Quase o respondi, falando de meus sentimentos, do quanto me sentia infeliz por estar longe de minha irmã. Não tive coragem, no entanto. Ele era um homem de poucas palavras, sem muita paciência. Eu nem conseguia imaginar ao certo o que Donato seria capaz de fazer contra mim, mas temia descobrir. Durante segundos, chegava a me arrepender de ter me casado com ele. Era como se eu tivesse escolhido um caminho sem volta.

Permanecemos toda a viagem sem pronunciar uma só palavra. Chegando em Brasília, fomos direto para o hotel, onde Donato me deixou para ir ao congresso. Chorei por todo o resto da tarde, sem conseguir colocar nada na boca.

Precisava sair para tomar ar fresco. Por um instante achei que estava em nosso apartamento, mesmo com a sala completamente vazia, sem móveis, somente cortinas sendo jogadas de um lado para o outro pelo vento. Parecia já ter anoitecido, embora eu não tivesse noção real do horário. O ambiente estava apenas iluminado por uma vela, no canto da sala e pelas luzes da rua que entravam pelas janelas. Aproximei-me da porta, para finalmente sair e fazer algo por mim, mas estava trancada. E ao olhar com mais atenção, percebi que a porta era contornada de grandes fechaduras. Era como se a angústia que sentia em meu casamento, quando Donato me impedia de sair ou interagir com alguém, bem como de fazer qualquer coisa que denotasse algum controle sobre minhas próprias vontades, tivesse se multiplicando a ponto de me causar náuseas.

Estava presa e não sabia como sair daquele ambiente. Mas, na verdade, sabia que não tinha sido meu marido quem providenciara aquilo, embora não soubesse como. Lembrei-me de sair pelos fundos e, depois de algum esforço, consegui abrir a porta da cozinha, que também estava completamente vazia, como se nosso apartamento tivesse sido abandonado. Comecei a correr as escadas abaixo, na ânsia de encontrar alguém.

"D. Deise! Donato!"

Queria muito encontrar alguém que me tirasse da solidão que aquele lugar vazio me trazia. Os lances de escada pareciam não ter fim. Até chegar a um lugar que parecia a casa em Pacoti, onde Vanessa e eu passávamos finais de semana com papai e mamãe, ainda garotinha. Estava num grande corredor, cercado de um lado por janelões que davam para o quintal da casa, e do outro por grandes portas que davam para os três quartos. Um vento frio entrava pelas janelas, que me fazia sentir ainda mais desprotegida.

"Tem alguém aí?"

Minha voz já estava trêmula. O lugar que tantos anos antes me trouxera diversas alegrias, naquele instante tinha uma energia macabra e solitária que me fazia sentir um medo incontrolável. E de repente, um menino corre de uma porta para a outra do corredor, sem que eu pudesse vê-lo perfeitamente. Como se fosse um vulto que sugira ali em minha frente.

Pelo menos poderia ser um sinal de alguém naquela casa. Tratei então de correr até a porta pela qual a criança desaparecera, mas estava trancada. Comecei então a bater na porta, tentando abri-la.

– Por favor, alguém aqui! Por favor, alguém me ajude! Por favor...!

Do nada, ao meu lado, estava a minha imagem ainda criança, com uma boneca na mão, chorando por ter me perdido de Vanessa. Estávamos brincando de esconde-esconde e ela, há horas, não aparecia. Tive vontade de conversar com aquela garotinha, mas não tinha coragem. Era como se minha voz não saísse e eu não conseguisse me expressar diante de mim mesma. Eu a vi se afastando, foi então que percebi, por baixo de seu vestido, uma bata branca de hospital e seus pés já não estavam mais calçados, como há segundos antes, e de repente, quando subi o olhar, já não era mais a minha imagem criança e sim o garotinho de meus sonhos.

– Ei, garoto... você...

Não conseguia falar muita coisa, como se as palavras tivessem desaparecido de meu vocabulário. E ele então se voltou a mim. Seu olhos estavam vermelhos, cheios de lágrimas, como se chorasse há horas. Em sua mão, carregava um pedaço de pau, que parecia machucá-la, fazendo-a sangrar.

– Garoto... a sua mão... esse pau...

Minha voz estava embargada. Eu não tinha muito domínio sobre as palavras. Mas estava tomada pelo medo daquela casa, daquela situação. Curiosamente, eu não temia aquele garotinho, embora fosse uma figura estranha, e passasse tristeza e ódio em seu olhar.

– Garoto, você está se machucando.

Aproximei-me, tentando ajudá-lo. Mas ele se afastou bruscamente, numa atitude de proteção.

–Você está se machucando, quero apenas ajudá-lo.

– Não fui eu!

Ouvi sua voz pela primeira vez. Era firme e carregava um tom de raiva.

– Como? O que disse?

– Não fui!

– Do que você está falando, garoto?

– Não fui eu que fiz sangue em mim.

Hesitou por um instante, olhando para a mão sangrando e prosseguiu.

– Foi você!

Olhou para mim violentamente. Tive a impressão, por um instante, que suas lágrimas fossem sangue, o que me deixou ainda mais assustada. O garotinho saiu correndo em prantos.

– Volta aqui, garoto!

Corri desesperadamente atrás daquela criança. Precisava entender o que ele tentara me dizer, o que eu tinha a ver com seu machucado, por que estava aparecendo para mim, o que queria verdadeiramente comigo...

Acordei assustada na poltrona do quarto em que eu estava hospedada em Brasília. Passava das dezoito e trinta quando olhei para meu relógio. E nada de Donato, nenhum telefonema, nada. A única coisa que experimentava em minha vida naquele momento eram as emoções, o medo, a angústia, trazido por aqueles pesadelos, que roubavam minhas noites, no último ano. Veio uma vontade incontrolável de chorar e por para fora todo aquele sentimento ruim de vazio, que me dominava naquele momento. Por mais que eu não conseguisse compreender aqueles sonhos, não gostava, não faziam bem e só podiam ter a ver com tudo o que eu estava vivendo com Donato, nossa distância, minha total abnegação a tudo aquilo que fazia bem, em função e manutenção de meu casamento. Era a única resposta que eu tinha para tudo aquilo. E eu estava farta, farta de sofrer, farta de não fazer nada para reverter aquela situação, farta de não conseguir dar um basta às atitudes absurdas de meu marido, farta de ser vítima de mim mesma e de minha própria tristeza.

Eu, Marina Pessoa, estava prestes a tomar a primeira atitude rumo à libertação de minhas próprias amarras, de meus medos e covardia. Chamei um táxi e fui para o aeroporto. Seria de fato uma loucura, mas quando Donato desse por minha falta, talvez eu já estivesse de volta a Fortaleza. Precisava resolver minha vida e meu marido necessitava saber que eu não era um joguete em suas mãos.

CAPÍTULO 55

Às onze e meia da noite, já estava desembarcando de volta a Fortaleza. Tomei um táxi e fui direto para o apartamento de Vanessa, que não era muito distante do meu, ficava numa rua paralela, a uns quatro quarteirões da Beira-Mar. Quando eu fui anunciada pelo porteiro, ela pareceu hesitar e demorou um pouco a dar-lhe uma resposta, até autorizar minha subida ao apartamento.

Vanessa já estava pronta para dormir, colocara apenas um robe por cima de seu camisola, a fim de me receber. Abrira a porta assustada, sem entender ao certo o que estava acontecendo, por que eu estava ali, já passando de meia noite.

– O que aconteceu?

– Eu preciso de você!

Fiz o que tive vontade de fazer em nosso reencontro na festa de Leonardo Gondim, e não tivera coragem naquele momento. Abracei-a intensamente sem dar-lhe chance de impedir-me.

– O que é isso, Marina? O que está acontecendo?

Embora estivesse assustada e confusa, sem entender ao certo aquela situação estapafúrdia, no fundo gostara e por alguns segundos procurara também sentir-me no abraço. Embora guardasse mágoa de mim, não deixara de me amar.

Comecei então a chorar compulsivamente, sem conseguir deixá-la sair.

– Calma, Marina! O que está acontecendo?

Eu já conseguia ouvir em sua voz um tom de preocupação e cuidado, o que me fazia naquele momento a pessoa mais feliz do mundo.

– Nada! Quero apenas poder sentir você cuidando de mim mais uma vez, como quando eu era pequena.

Vanessa já não conseguia também controlar seu choro e se entregara ao momento, abraçando-me também fortemente, como se quisesse resgatar o que havíamos perdido ou deixado de viver.

– Eu senti tanto a sua falta, menina! Por que você me deixou?

Afastava-se um pouco para poder fitar meus olhos, também afogados em lágrimas e depois voltava a me abraçar.

– Marina, você fez muita falta, muita mesmo, para todos nós!
– Eu sofri muito, Vanessa!
– Eu também!
– Me perdoa!
– Eu te amo tanto, menina!

Nem conseguíamos falar muito ali, como se não houvesse tempo e as palavras fossem pouco e roubassem o tempo que já havíamos perdido outrora e só aquele abraço seria capaz de resgatar. Não sei ao certo por quanto tempo ficamos paradas ali na porta, abraçadas, balbuciando poucas palavras que tentavam exprimir a falta e o sofrimento que a distância uma da outra havia causado.

E de repente, já estávamos sentadas no sofá, tomando chá e rindo de histórias vividas por Vanessa e Pedro nos últimos anos em Londres. Era como se não houvesse passado quase seis anos de nossa separação. Permanecíamos com o mesmo sentimento de cuidado e amor uma pela outra. Ali diante de mim, Vanessa já não era mais aquela pessoa fria que tentava passar para todos, muito menos a mulher irritada com qualquer coisa que a tirasse de sua zona de conforto. Naquele momento, era apenas a minha irmã. E rimos muito juntas naquela madrugada.

Antes de dormirmos fomos até o quarto de Felipe e durante alguns minutos contemplei seu sono tranquilo. Estava enorme, um rapazinho e ainda mais lindo. Tinha os olhos do pai e a boca da mãe. Senti uma emoção gigantesca diante daquela criança. Cheguei a ter um arrepio, lembrando-me do garotinho de meus sonhos. Talvez fosse a minha culpa por ter abandonado meu sobrinho, no momento em que ele precisara muito de mim.

Um peso saía de minhas costas. Acreditava que estava livre de uma vez por todas daqueles pesadelos horríveis que preenchiam as minhas noites nos últimos tempos. Se era algum assunto não acabado, finalmente tinha posto um ponto-final e podia começar a escrever uma nova história. Teria apenas de enfrentar meu marido. Ah, meu Deus! Como seria com meu marido? Eu havia me esquecido completamente do que eu tinha feito em Brasília, de ter voltado a Fortaleza sem avisar, sem ao menos um telefonema, e o dia já estava quase amanhecendo. Mas não era hora de pensar naquilo. Fizera o que deveria ter feito há muito tempo e não dispunha de coragem.

Vanessa preparara o quarto de hóspedes para mim, colocando-me para dormir, como quando eu era garotinha. Fora a sensação mais intensa que eu experimentara nos últimos anos. Há muito não me sentia tão cuidada, tão protegida. Vanessa sempre fora uma mãe para mim, desde a morte de nossos pais. Mesmo sendo uma pessoa difícil muitas vezes, nós nos amávamos muito e ela sabia ser cuidadosa quando precisava.

~

Acordei praticamente na hora do almoço. Quando percebi, estava sendo observada por Vanessa e Felipe, da porta do quarto. Fui surpreendida por um forte abraço de meu sobrinho.

– Você ainda se lembra de mim, lembra?

Mal pude conter as lágrimas. Felipe apenas ria, como se considerasse boba minha pergunta. Nos abraçamos muito, juntamente com Vanessa.

Durante o almoço, fiquei sabendo que os problemas alérgicos de meu sobrinho haviam se agravado nos últimos meses, e ele estava sob tratamento intensivo. Não podia comer muita coisa, bem como estava privado de fazer quase tudo que uma criança normal fazia.

Cecília, a babá de Felipe, ainda permanecia trabalhando com eles. Devia ter mais ou menos a idade de Vanessa e, graças a Deus, amava muito o garoto, o tratava como um filho. Para a família, Cecília nunca fora uma simples babá, mas uma pessoa dedicada, responsável e extremamente amorosa com meu sobrinho. E por isso tinha todo o respeito e consideração de Vanessa e Pedro.

Gostei bastante também de Carminha, a empregada que fora contratada desde que minha irmã voltara ao Brasil. Diferente de D. Deise, era mais expansiva e sorridente, estava sempre como se esperasse um gesto de cumplicidade para sorrir e servir.

Senti-me extremamente feliz e reintegrada à minha família, apesar de lamentar a falta de Pedro naquele núcleo. Dava para perceber, pela forma que Felipe falava do pai, o quanto era querido ali, não só por ele, mas também por Vanessa, que uma vez ou outra deixava escapar a certeza do retorno do marido ao lar.

"Pedro estava muito confuso quando voltou a Fortaleza, depois da morte do pai. Por isso precisou de um tempo. Mas eu acredito que logo, logo ele estará de volta, alegrando este ambiente."

Percebi com essa fala de Vanessa o quanto ela o amava e nutria esperanças de um retorno. No entanto, pude perceber que o próprio

Felipe não acreditava naquela hipótese, procurando desconversar, mudar de assunto quando a mãe tocava nesse ponto. Era como se até ele, com apenas dez anos, fosse consciente da realidade que minha irmã se negava a aceitar. Pedro já havia comentado comigo sobre suas certezas e seu cansaço acerca do casamento com Vanessa, num de nossos encontros rápidos, nas recepções de Leonardo Gondim. Preferi não me intrometer naquele momento. Afinal, estava apenas chegando, não poderia já intervir num assunto tão delicado para minha irmã.

O fato é que eu desejei profundamente que aquele momento se prolongasse eternamente. Parecia tão perfeito, minha reconciliação com Vanessa, minha reaproximação de Felipe. Contudo, perfeito não era. Eu precisava prestar contas com Donato, que àquela altura do campeonato ainda não tivera notícias de mim.

JÚLIA SERRADO

CAPÍTULO 56

No dia seguinte à sessão de Biodança, onde reencontrei Pedro, fui surpreendida com uma visita inesperada em minha casa. Adriano Cordeiro me procurou, para que pudesse entender melhor a situação. Parecia ser de fato uma boa pessoa, como o próprio Pedro já havia me dito várias vezes. Ouviu-me com bastante atenção, interrompendo-me poucas vezes e de forma sutil, só para entender melhor o que lhe falava. Pude perceber o quanto se preocupava com o amigo e por isso estava ali. Mostrara-se comovido com a minha versão, embora compreendesse a atitude de Pedro em não me aceitar de volta. Pelo menos percebi que ele acreditava em meus sentimentos e estava disposto a me ajudar. Bendito Adriano Cordeiro! Talvez pudesse me ajudar sim a reconquistar o homem da minha vida. Senti-me até mais aliviada e ainda mais fortalecida. Estava determinada a fazer com que Pedro me perdoasse.

Sabia que Pedro e eu havíamos nos separado por conta de minha falta de fé, minha fraqueza, por ter me distanciado de minha essência e me perdido no desejo de controlar as situações da vida, de poder ser eu dona da situação, passando por cima do que era sagrado, o amor.

Contudo, estava disposta a lutar para reaver aquilo que havia perdido, a dignidade e meu grande amor.

Logo após a saída de Adriano, descobri que ele era um velho conhecido de D. Clarinda. E até mais que isso. Podia perceber os olhos dela brilharem ao falar de seu amigo do passado. Embora fosse uma mulher devotada em seu casamento, era claro que guardava ainda um sentimento diferente e especial por aquele homem. Estava feliz por tê-lo reencontrado, no momento em que saía de minha casa. Parecia que não se viam há anos. Pensei em como a vida nos prega peças. Adriano Cordeiro e D. Clarinda, que viveram um amor no passado e haviam sido separados pelo destino, então se reencontravam como amigos e conselheiros de um novo casal, sem que soubessem de sua ligação.

Ficara ainda mais confiante depois que D. Clarinda de Holanda falara-me do quanto Adriano era um homem sensível e bondoso. E que, certamente, se empenharia em me ajudar e ver o amigo novamente feliz. Cheguei a questionar o que minha amiga me dizia sobre ele, lembrando do fato de Adriano ter expulsado a filha Olívia de casa, ainda adolescente, por estar grávida.

"Filha, você melhor que ninguém sabe que muitas vezes agimos de um modo que depois podemos nos arrepender para o resto de nossas vidas." Disse-me D. Clarinda.

Diante daquela colocação eu me percebia também tomada pela fraqueza, em determinados momentos, em que me considerava incoerente, perdida em meu próprio ego, como se tivesse o controle de tudo. E então transformava-me de mocinha a vilã.

Entendia claramente o que D. Clarinda me dizia, ou melhor, sentia na pele o que me falava. Havia sido vítima de mim mesma, de meu ego. Optara por escolher o caminho do controle em detrimento da entrega, embora movida por boas intenções. E havia sido infeliz!

CELINA GONDIM

CAPÍTULO 57

Minha irmã odiava qualquer coisa que me fizesse feliz e jamais concordaria com aquilo. Ela sabia que não bastava ganhar a diretoria, nem mesmo fazer o diretor artístico da RTN optar por sua sobrinha e lançar seu nome como proposta para o espaço no projeto. Caso eu aceitasse o convite, na certa papai enfrentaria todos, com o apoio de Pedro, e me colocaria na empreitada. Além do que, confiava em minha competência como autora, afinal, meu último trabalho, pouco antes do acidente, acabara se tornando um dos grandes sucessos da RTN. E isso ela não podia negar, até criticava e o taxava como uma produção apelativa e desrespeitosa ao público, levando o mundo das drogas como temática principal, mas o resultado em audiência e o retorno financeiro eram incontestáveis.

Deste modo, Maria Eugênia partira para o que sabia fazer melhor. Começara uma luta psicológica dentro de casa, a fim de me fazer optar pela não aceitação do convite. Ela sabia bem meu ponto fraco e a dor que isso me causava, e tratava de fazer com que eu me deparasse com ele a todo instante. Fomentava a minha própria ideia de me ver inválida e a grande responsável pela morte de Vinícius, apegando-se ao risco de transformar a série num grande fracasso de crítica e audiência, fazendo o tiro sair pela culatra, o que me tornaria ainda pior, por colaborar com a destruição do sonho de nosso pai.

Tratava-se de uma guerra de nervos que eu sempre perdia. Por várias vezes, chegava a me prometer que não me deixaria abater pelas afirmativas de Maria Eugênia, mas no momento que acontecia ela me fazia experimentar exatamente a dor de minhas feridas, bloqueando-me a qualquer resposta. E sempre que eu tentava reagir, ela parecia mais ágil e saía com outra afirmativa ainda pior. Sua ação se dava exatamente na ausência de qualquer outra pessoa, com exceção de Lorena, sua secretária e cúmplice. Ela procurava não se expor, muito menos se desgastar com papai, por isso agia sem que ninguém soubesse, certa de que eu jamais comentaria com outra pessoa, por não querer me sentir ainda mais dependente. Maria Eugênia agia de forma silenciosa diante de todos, mas fatal a mim.

Certo dia, minha irmã deu seu golpe de misericórdia. Fora instigada por Donato a me apresentar o valor da dívida da RTN, a fim de me sensibilizar com a problemática da emissora, escondida por papai a todo custo, e me convencer a desistir de ser mais uma colaboradora para o seu fracasso. Assim o fez. Fiquei então sabendo que a dívida publicitária de nossa televisão, incluindo também a dívida com o governo do estado e bancos, ultrapassava quinhentos e cinquenta milhões de reais. Um valor, naquele momento, impagável.

Minha decisão estava tomada! Jamais poderia aceitar a proposta de papai e Pedro em integrar a equipe para a série sobre o universo das pessoas com necessidades especiais. O fato era que não me sentia plena, inteira para voltar a trabalhar. Sabia o quanto minha participação teria força no trabalho, dando-lhe também minha tônica, o que não seria, segundo meu pensamento e de minha irmã, o melhor para o projeto em questão. Estava então fora do trabalho, para a decepção de papai, Pedro, meus sobrinhos, Dulce, Mena, exceto para Maria Eugênia, que vibrara com a notícia.

CELINA GONDIM

CAPÍTULO 58

Em meio a todas aquelas questões familiares e de negócios, minha irmã jamais esquecera a saída de Guel Serrado de seu bar. Por isso encarregara Nacélio de descobrir seu paradeiro, onde estava morando, a fim de encontrá-lo e entender como teve coragem de deixá-la. Para ela, era uma questão de honra, embora nunca admitisse envolvimento com quem quer que fosse.

E realmente não demorou muito para Nacélio obter notícias do rapaz. Descobrira onde morava e que estava envolvido com uma jovem. Guel fora então procurado por sua ex-patroa, com quem voltara a se encontrar uma vez ou outra, a fim de realizar seus desejos e garantir que não atrapalharia seus planos junto à namorada Tony. E para minha irmã estava ótimo, pois voltaria a ter novamente o que queria, quando desejasse. Ela sentia, explorando o corpo daquele homem, o que não sentia com mais ninguém. A única exigência do rapaz, cheio de si, feliz pelo reconhecimento de sua virilidade, era que os encontros fossem apenas entre os dois, sem a presença dos demais garotos de outrora. Guel dava conta do recado e ela sabia bem. Não seria problema ceder ao pedido.

A dona do Mukifo permanecia, entretanto, com o velho hábito de fazer sua listinha ao sócio, para os momentos de sexo grupal, como gostava. Estar sozinha com Guel Serrado, de vez em quando, seria somente mais uma de suas diversões, longe de nossos olhares e dos executivos da RTN.

As listas da dama misteriosa sempre eram motivo de discórdia ou decepção dentro do Mukifo. Os rapazes menos escolhidos ou nunca requisitados entendiam aquilo como uma avaliação negativa a seu respeito. Os preteridos eram alvo de gracinhas por parte daqueles que mais estavam com a bela e poderosa dona do bar. Como Ronie, amigo de Guel, que nunca tivera a oportunidade de estar com aquela mulher, da qual falavam ali dentro com mistério e prazer. Ele torcia para ouvir seu nome citado quando Nacélio dizia estar com a lista. Ora, não ser requisitado significava que ela sequer se interessava pelas fotos. "Droga!" A lamentação de Ronie sempre vinha silenciosa, ao constatar que seu nome não estava na lista.

O rapaz preterido por minha irmã decidira então fazer uma troca com seu patrão. Ele gravaria vários vídeos de clientes, sem nada cobrar, a fim de que tivesse seu nome incluído numa daquelas listas, "por engano". O resto ficaria por sua conta. Fechado! Nacélio até gostara do desafio. Seria divertido vê-lo expulso do tão desejado apartamento da Beira-Mar. Expulso? Que nada. Mesmo achando estranho a presença do rapaz, por ter ela quase certeza de que não o havia escolhido, optara por sua permanência. Dando-lhe a oportunidade, sem que ela soubesse dos grandes desejos do rapaz, de mostrar-se eficiente. Para Ronie, contudo, tratava-se de seu futuro. Sonhava que Maria Eugênia, envolvendo-se com ele, como havia se envolvido com Guel, o ajudaria a sair de sua vida de miséria.

Ronie fizera tudo o que estava ao seu alcance, tentando de todas as formas surpreender a patroa e superar o desempenho sexual desenvolvido pelos outros dois companheiros, parceiros daquela lista. A decepção veio, então, na lista seguinte, quando não ouviu seu nome citado por Nacélio.

– Droga! Do que será que essa mulher precisa?

Certamente não desistiria fácil do intento.

CAPÍTULO 59

Maria Eugênia encontrava-se extremamente feliz naquele momento por minha desistência do projeto. Na verdade, havia se empenhado tanto em me afastar de "sua empresa", como chamava em muitos momentos, que chegara a esquecer um pouco dos filhos, dando-lhes uma certa trégua nos conflitos dentro de casa. Não aceitava o desprendimento financeiro de Maria Antônia, bem como sua escolha à faculdade de Sociologia, a fim de trabalhar em prol de uma sociedade mais justa. João Henrique também pudera respirar mais sossegado nesse período, sem ter que se aventurar, como de costume, nos namoros arranjados com as filhas das amigas de sua mãe.

Na certa, fora João Henrique quem mais se sentira aliviado com as ocupações de Maria Eugênia. Longe da vigilância permanente da mãe, pudera curtir mais a amizade com Alexandre, nos intervalos dos estudos da faculdade. Recebia frequentemente o amigo acompanhado da namorada, juntamente com Maria Antônia. Enquanto as duas conversavam sobre ideias para trabalhos da faculdade, meu sobrinho se deliciava com as histórias dos esportes radicais do amigo. João Henrique, muitas vezes, parecia hipnotizado com a espontaneidade e a liberdade que eram tão peculiares a Alexandre e que nunca conhecera como postura própria de vida.

Alexandre questionava regras e condicionantes de vida com uma leveza que deixava João Henrique totalmente encantado, num misto de surpresa e adoração, como se experimentasse o deslumbramento a cada frase ou colocação do amigo acerca de qualquer assunto. Era como se Alexandre conseguisse desconstruir facilmente, numa questão de segundos, o que ele levara a vida inteira acreditando como sendo importante para sua sobrevivência. E aquilo o deixava completamente fascinado, a ponto de não parar de falar no amigo, mesmo em sua ausência, o que chamava atenção das pessoas.

Certa tarde, depois de um banho de piscina com Carola e Maria Antônia, João Henrique e Alexandre subiram para se trocar. Meu sobrinho estava no chuveiro quando o amigo entrou no banheiro, inesperadamente, completamente despido, conversando sobre uma colega que estava lhe dando mole, segundo ele, quando ia pegar a namorada na faculdade. Alexandre aproximou-se da pia, começando a tirar a barba. Do chuveiro, João Henrique fitava o corpo do outro, sem que ele percebesse. Era um misto de curiosidade, nervosismo, incômodo e excitação. Admirava-o por ter um físico atlético, malhado, com musculatura bem definida, coisa que ele mesmo não tinha. Acreditava até então que o que mais o chamava atenção no corpo do amigo era o resultado de horas diárias de academia. Mas passara a estranhar sua própria reação ao vê-lo sem roupa, sua excitação.

João Henrique lembrava-se de alguns momentos em que o mesmo havia acontecido em outras situações, desde a adolescência, e aquilo lhe incomodava profundamente. Sentia-se acometido de um sério distúrbio e lhe faltava coragem para pedir ajuda a alguém. Apesar de sua grande amizade e cumplicidade com a irmã, como revelar sua excitação ao ver um homem sem roupa? Ou até mesmo, como contar para ela que havia se sentido atraído pelo próprio amigo, namorado da amiga Carola? Não! De modo algum poderia revelar aquilo a Maria Antônia, ou a qualquer pessoa que fosse. Se ele mesmo não aceitava, quanto mais sua irmã ou alguém mais. Seria uma decepção, ninguém acreditaria que ele não era homossexual. Preferia não correr esse risco.

Meu sobrinho tratara de esconder a ereção com a toalha, ao sair do chuveiro, procurando deixar o banheiro o mais rápido possível, para que não se sentisse tentado a olhar. Enquanto o amigo, continuava conversando naturalmente, sem imaginar a angústia que estava causando a ele. Não entendia ao certo o que sentia, mas percebia que um desejo incontrolável de apreciar, e até tocar, se fazia presente naquele momento. Algo que era mais forte e não poderia explicar, mais forte até do que muitas vezes sentira ao estar com alguma namorada. De fato, não tinha como mensurar se era igual ou mais intenso do que o que sentia por uma mulher. Sabia apenas que não conseguira sentir o mesmo pela maioria das poucas namoradas que tivera.

Contudo, João Henrique repetia mentalmente para si mesmo que não estava sentindo aquilo, que jamais poderia sentir, para desfocar e conter sua excitação. O que não acontecia facilmente, visto que a imagem de Alexandre, sem roupa, bem ali diante dele, não saía de seu pensamento, fazendo-o voltar à porta do banheiro, para que pudesse ver por mais um segundo que fosse aquele belo corpo. Queria acreditar que era apenas pelo desejo de ter um corpo como o do amigo, malhado, bem definido, e não por atração física.

JÚLIA SERRADO

CAPÍTULO 60

Pedro sofria por tudo o que acontecera, mas estava bem. Continuava tentando também encontrar o tal dossiê deixado pelo pai sobre Donato Pessoa e suas ações ilícitas dentro da RTN. E até tentara, sem muito êxito, conversar com o dono da emissora acerca do assunto. Contudo, não podia entrar muito em detalhes, visto que não dispunha de provas e tudo não passava de desconfianças. Sabia que Donato seria uma pessoa capaz de negar friamente e exigir tranquilamente as provas e até chegar ao ponto de abrir um processo contra ele, alegando calúnia e difamação. Pedro usava de prudência e ponderação, como de costume, por isso procurara o presidente da empresa e lhe falara com cuidado a respeito de suas desconfianças. Mas preferira não comentar sobre mim e o plano para conseguir o suposto dossiê, bem como o roubo do projeto de programação.

Depois de muito pensar, Pedro decidira procurar Donato para entender melhor a questão do plano que me envolvia assumindo a identidade de minha irmã Mirela.

– Fiquei com receio que você permanecesse na vice-presidência da RTN, Pedro. Almejo esse cargo há anos. Sabe o que significa isso? Sei da minha contribuição para esta emissora ter chegado onde chegou e ser hoje uma das maiores do país, mesmo tendo sua sede aqui em Fortaleza. Esse cargo é meu por direito.

– Em nenhum momento se preocupou comigo, se podia ou não sofrer?

– Às vezes sim. Mas estamos afastados.

– Apesar de estarmos afastados há anos, Donato, nunca deixei de me preocupar com você. Foram anos de amizade.

– Que você acabou.

– Então, é uma forma de me punir?

– Que nada, Pedro. Não tem mais tanta importância assim pra mim.

– Então, consegue me ver somente como um inimigo?

– Não seja drástico. Não somos mais amigos.

– Não me veja como inimigo, Donato. Nunca fui.

– Está em meu caminho.

– As coisas aconteceram naturalmente. Nunca tive a intenção de lhe roubar nada, nem de me colocar em seu caminho.

– Deixe a RTN então.

– Até poderia o fazer e compactuar com um jogo sujo que causou a morte de meu pai.

– Seu pai não morreu por conta disso, Pedro.

– Eu não sei.

– Eu estou lhe dizendo.

– Não confio mais em você, Donato. Como disse, não somos mais amigos.

– Não se arrependa então.

O que deixava Pedro surpreso não era o fato de Donato desejar a vice-presidência da empresa, mas o que fora capaz de fazer para conseguir o que queria. E onde ficavam os quase vinte anos de amizade entre os dois? Não sentia ele nada por Pedro? Isso era difícil de compreender. Até porque sofria em saber aquilo do amigo de tantos anos.

Somente quando Pedro partilhou com Donato Pessoa sua desconfiança de que ele podia estar envolvido na morte de seu pai percebeu uma alteração emocional de sua parte, afirmando não ter nada a ver com o ocorrido. Até porque a causa da morte de Alberto Lucena fora enfarte. No entanto, Pedro se referia ao fato de Donato ter estado com seu pai pouco antes de sua morte, na casa de praia, no Porto das Dunas, e sumira de lá, logo após o acontecido, conforme ficara sabendo através de um pescador do lugar. E isso o deixava confuso. Se não tinha nada a ver com a morte, com algo que pudera ter provocado o ataque cardíaco de seu pai, por que sumira da casa, deixando que todos pensassem que não havia estado no local?

Donato Pessoa pareceu convincente ao se defender sobre as desconfianças de Pedro acerca da morte do pai. E até deixara transparecer uma certa dor ao falar no assunto. Por mais que fosse uma pessoa ambiciosa, devia gostar sim de Alberto Lucena, que lhe dera todas as possibilidades de crescimento e ascensão profissional e social. No entanto, negara que tenha me contratado para conseguir o tal dossiê e sim para lhe roubar somente o projeto de programação. Obviamente não assumiria sua intenção totalmente para não se expor, visto que Pedro não dispunha de nenhuma prova da existência dos documentos. Não perdera também a oportunidade de tentar jogá-lo contra mim. O deputado Donato Pessoa não dava ponto sem nó, sabia muito bem o que estava fazendo, e jogava alto para isso.

CLARINDA DE HOLANDA

CAPÍTULO 61

Nando sentia-se exposto e desrespeitado por ter tomado a atitude extrema de mandar prender o pai e naquele instante eu clamar por sua soltura e retorno às nossas vidas. E no fundo, ele tinha razão. Não somente pelo que havia acontecido no dia anterior, em que todos os vizinhos foram testemunhas, mas, sobretudo, por todas as barbaridades cometidas por Alceu em todos aqueles anos. Finalmente alguém tomava uma atitude de dignidade e eu estava ali a invalidando, negando o desrespeito pelo qual fomos todos submetidos por tanto tempo. Meu filho ressaltava tudo isso, tentando me dissuadir de meu pedido. Holanda era quem mais se indignava diante de minha postura, chegando a me ameaçar.

– Escuta bem o que eu vou dizer, mãezinha... se por acaso a senhora insistir nessa insanidade, retirar a queixa na polícia e trazer aquele homem pra dentro de nossa casa novamente e se submeter a essa vida absurda a qual a senhora e nós vivenciamos durante toda a nossa vida, es-que-ça que eu e-xis-to! – falou o final da frase compassadamente, para que eu entendesse de uma vez por todas que não voltaria atrás em sua decisão. E prosseguiu: – Esse homem precisa pagar pelo que ele fez. Se ele voltar, nunca mais, veja bem, nunca mais a senhora vai me ver!

– Calma, mano! – Nando ainda tentara amenizar a situação.

Holanda, entretanto, estava decidido, afastando-se do irmão.

– Calma nada, Nando! Eu sei muito bem o que estou fazendo – voltou-se mais uma vez para mim. – Ela precisa entender que esse homem é um câncer e que nós precisamos nos curar!

– Ele é nosso pai – completou Nando.

– Há muito ele não é meu pai, desde quando ele me renegou como filho – respondeu prontamente Holanda.

–Você conhece o gênio de seu pai, meu filho – tentei intervir.

Doía-me a alma vê-lo falando com tanta mágoa, com tanto ódio do próprio pai. Por mais que Alceu tivesse nos feito sofrer, era de nossa família e precisa de ajuda. Como os próprios meninos falavam algumas vezes, era um homem doente. E por isso, não podíamos abandoná-lo. Os dois, contudo, estavam convictos de sua decisão, seria impossível demovê-los daquela ideia, pelo menos naquele momento. Eu precisava esperar a poeira baixar um pouco para tirar Alceu da cadeia, sem muitos conflitos com os meninos. Não poderia, claro, querer que eles engolissem tal atitude minha depois de tudo o que havia acontecido, sem maiores explicações.

Nando cuidou para que eu nem precisasse ir à cadeia, ver questão de alimentação ou pensar na possibilidade de visita a Alceu, nos dias que se seguiram. Ele mesmo fazia isso diariamente e me deixava a par do estado dele, para que eu não me preocupasse. Mas preocupada eu estava. Sabia que não era, mas me sentia culpada pelo que estava acontecendo a ele. Talvez se eu não tivesse reagido como reagi quando meu marido me indagou sobre Adriano Cordeiro, ele não tivesse ficado tão nervoso e desconfiado.

Na verdade, eu insistia numa culpa que não me pertencia. Não se tratava de Alceu estar ou não na cadeia, pelo que me fizera naquele momento, mas ao fato de eu nada fazer para tirá-lo de lá e prosseguir com nosso casamento, acontecesse o que acontecesse. O que me tirava o sono realmente era o dever de cumprir uma promessa e não ter argumentos para tal, ou melhor, de não poder revelá-los.

CLARINDA DE HOLANDA

CAPÍTULO 62

O bom de toda aquela situação, desde a prisão de Alceu, era a presença de Holanda mais constante em nossa casa. Passava diariamente para me ver e saber como eu estava, sempre trazendo comidas que ele sabia que eu gostava, ou presentes que eu gostaria de ter. Sentia-me mais próxima de meu filho. Para falar a verdade, fora a época que nós estivemos mais juntos, curtindo a presença um do outro, depois de ter saído de casa para morar com Renato Brandão.

A relação que Holanda mantinha com Renato estava a cada dia mais deteriorada. Meu filho estava cheio e se sentia sufocado com os ciúmes do parceiro, bem como cansado de suas demonstrações de afeto e carinho. O que mais o incomodava naquele instante era a obrigação de permanecer com ele na cama, mais até do que suas crises de ciúme, que no fundo tinham um pouco de fundamento. Holanda estava chegando ao seu limite e sonhava em viver um grande e verdadeiro amor. Não tinha intenção de trair o parceiro, ou mesmo magoá-lo, mas vivia um desejo latente, encoberto pela gratidão a Renato e tudo o que fizera por ele profissionalmente. O que fazia despertar dentro de si uma busca incessante por esse amor, em todos os lugares e em qualquer nova mulher com quem interagisse, fazendo-lhe parecer meio cafajeste, como se tentasse seduzir o mundo, embora lhe faltasse coragem para levar qualquer história adiante.

Holanda até tivera muitas oportunidades de viver esse fogo, o qual tentava conter. Uma vez ou outra, acertava em sua postura sedutora involuntária e criava situações em que as mulheres extravasavam seu desejo, tomando a iniciativa para levarem às últimas consequências o jogo de sedução, fosse na academia, na praia, no trabalho ou em qualquer lugar.

Meu filho terminava por colocar um limite e não levar a situação adiante, como se não compreendesse o que teria causado ou tivesse levado a moça a tomar tal atitude, visto que não reconhecia a sua parcela de responsabilidade no acontecido. Dizia sempre não entender como havia começado, nem o que fizera para fazer a pessoa pensar que poderia acontecer algo. Como se tudo não passasse de uma brincadeira. Chegara, inclusive, a receber alguns limites duros de vítimas que haviam sacado o seu jogo.

Renato presenciara algumas dessas situações, o que começara a provocar os seus ciúmes. Era completamente apaixonado por Holanda e não conseguia se perceber ou pensar na possibilidade de um fim à relação. Sentia o desgaste com meu filho e tentava lutar com as armas que dispunha.

Holanda foi surpreendido ao chegar do trabalho com todo o apartamento preparado para um jantar à luz de velas.

– Nossa! Uma fada madrinha passou por aqui – era a forma bem-humorada de meu filho mostrar sua surpresa.

– Queria te fazer uma surpresa – disse Renato, sorrindo, ainda terminando de colocar uma vela no castiçal da mesa.

– E que surpresa! – Holanda estava meio sem graça. Não achava aquele um bom momento para jantares românticos com Renato.

– Você gostou? – perguntou Renato, ansioso, olhando para todo o ambiente, na penumbra, iluminado pelas velas.

– Você é ótimo nessa coisa de decoração – disse, colocando as chaves na mesa ao lado da porta e tratando de entrar – acho que se eu fosse preparar um momento assim ficaria mais parecido com um ambiente de oração do que com um cenário para pedido de casamento – Holanda completou, com seu sorriso de menino.

E Renato não conteve a risada. Adorava o bom humor do companheiro. Aquilo tinha sido uma das coisas pelas quais ele havia se apaixonado em Holanda.

– Vai tomar seu banho. Eu tenho uma surpresa para você.

– Mais outra? – Holanda fez um olhar investigativo, brincalhão. – Assim você me deixa zonzo – completou, fingindo desmaiar, com seu sorriso maroto.

Meu filho tomou seu banho, preocupado. O que Renato estaria aprontando? O fato era que não existia clima para romantismos. E naquela noite, sentia-se cansado para fingir qualquer coisa. Decidiu ser espontâneo e não ceder a qualquer tentativa de clima amoroso.

Holanda voltou à sala, curioso e ao mesmo tempo reservado. Falou inicialmente amenidades da agência, mas logo foi tomado pela surpresa do companheiro.

– Holanda, eu fiquei sabendo há algumas semanas que o superintendente da WM de Pernambuco pediu demissão – partilhou, servindo meu filho. – Foi chamado para trabalhar numa outra empresa e aceitou o convite.

– Ah, eu fiquei sabendo também – Holanda disse, propondo um brinde. – O Willames Macena está à procura de um diretor substituto, não é verdade?

– Estava.

– Já encontrou? – perguntou, tomando um gole de vinho.

– Sim. O diretor daqui de Fortaleza.

– Sério? – Holanda ficou surpreso. – Ele não me falou nada.

– Nós cuidamos de tudo em segredo. Eu venho tratando disso com o Willames há algum tempo.

– Sei. Mas aqui vai ficar descoberto.

– Não mesmo.

– Então, já encontraram outra pessoa pra cá?

– Isso não foi difícil. Por isso eu estava engajado.

– E quem é?

– Você.

Holanda se engasgou.

– O quê?!

– Você é o novo diretor superintendente da WM de Fortaleza.

– Espera aí, Renato. Que história é essa?

– Isso mesmo que você ouviu. Eu sugeri o seu nome.

– E o Willames aceitou?

– Claro. Inicialmente ele pensava em outro nome. Mas depois de algumas conversas, acabou acatando minha sugestão.

Meu filho estava chocado.

– E então? Feliz?

– Renato, eu ainda estou em choque. Comecei na WM há seis anos, e já sou diretor superintendente!

– Você tem competência.

Meu filho temia aquela promoção. Não o trabalho, mas o preço que teria de pagar para assumi-la.

– Renato, eu gosto do meu trabalho. Mas não sei se é o momento.

– Uma promoção é sempre bem-vinda. Sem falar que você é o melhor nome. Deixa de bobagem, Holanda. Isso é ótimo pra sua carreira.

– E se não fosse você?

– As pessoas sempre precisam de uma forcinha.

– No meu caso eu sempre tenho grandes empurrões – trazia no rosto um sorriso de certo desdém. – Queimo etapas o tempo inteiro.

– É assim que as pessoas crescem – reagiu Renato.

– Assim elas são esticadas – Holanda respondeu prontamente, abrindo os braços e sorrindo. – E à força – completou.

– Isso é puritanismo, Holanda.

– Hum-hum – negando com a cabeça. – Isso é vergonha na cara, Renato.

– E você aprendeu quando? – respondeu ele no impulso.

Holanda bem sabia do que Renato falava. Teve diversos empurrões daqueles em sua carreira dentro da WM desde o início de sua relação. Mas naquele momento sentia-se cansado, farto.

– Você tem razão – respondeu meu filho, jogando o guardanapo na mesa e levantando-se.

– Holanda, por favor, me desculpe – tratou de segurá-lo. – Eu não queria ter dito isso. Foi no impulso.

– Renato, foi só foi espontâneo. Relaxa – saiu em direção à sala de estar. E Renato foi atrás.

– Holanda, por favor. Eu não quis dizer isso.

– Está tudo errado.

– Tem razão. Eu fui um tolo, um estúpido.

– Não, você está certíssimo! – confirmava com toda a segurança. – Eu nunca tive vergonha na cara.

– Me desculpa, por favor. Era para ser um momento de comemoração.

– Relaxa, Renato. Está tudo tranquilo. Pra te falar a verdade, eu nunca estive tão consciente da minha vida e ao mesmo tempo tão tranquilo como nesse exato momento. Eu acho que eu tenho perdido muito tempo me sentindo culpado e não fazendo nada pra mudar essa situação.

– Holanda, nada precisa mudar.

– Eu não vou aceitar esse cargo.

– Você não pode fazer isso. Já está tudo acertado com o Willames.

– Mas a decisão é minha. E ela já está tomada.

Com aquilo, meu filho colocava o primeiro basta na relação de troca com Renato Brandão. E sentia-se aliviado, feliz.

CAPÍTULO 63

Fiquei sabendo, através de Adriano Cordeiro, que Pedro não havia voltado para Vanessa, como eu pensava. Continuava em seu novo apartamento e visitava o filho diariamente. Felipe parecia ter piorado das crises de alergias depois de sua saída de casa. Evidentemente que eu não sabia se tinha tido uma piora significativa realmente ou se fora uma estratégia de sua mãe para ter a presença do ex-marido com mais frequência. A piora de fato existira, mas o que Pedro só viria descobrir muito tempo depois era que Vanessa fazia, sem que ninguém soubesse, com que o filho ingerisse comidas, que potencializavam as crises alérgicas. Por mais que amasse o filho, Vanessa não media esforços para garantir a presença de Pedro ao seu lado. Cuidava para que as doses de substâncias proibidas pelos médicos, ingeridas por Felipe, fossem doses pequenas, apenas o suficiente para não deixá-lo bem e fazer com que seu pai estivesse sempre por perto. Ela temia que acontecesse algo de grave com o filho e sempre rogava a Deus para protegê-lo, bem como compreendesse sua atitude. E até chegava a pensar que era talvez a forma que Deus estava lhe mostrando para conseguir seu marido de volta.

Adriano Cordeiro realmente se empenhara ajudar em minha reaproximação de Pedro. Embora lamentasse a minha participação no plano do deputado, estava convencido de meu amor por seu amigo. E acreditava que ele também me amava, apesar de lhe afirmar que seu coração pertencia ainda a Mirela. Ele conseguira então promover um encontro entre nós dois, alguns dias depois de ter conhecido a minha versão dos fatos. Pedro parecia ter mostrado certa resistência em conversar comigo, mas acabara sendo convencido pelo amigo que seria o melhor caminho, mesmo que fosse simplesmente para decidir nunca mais nos encontrarmos.

~

Eu estava extremamente nervosa no dia de meu reencontro com Pedro, o que me fizera chegar uma meia hora antes ao restaurante, que ficava na Rua Canuto de Aguiar, quase esquina com a Av. Virgílio Távora. Um ambiente rústico e requintado que convidava a uma intimidade. Aguardei-o numa sala de estar, do lado do estacionamento. Olhava cada pessoa que entrava, na esperança de que já fosse ele. Por duas vezes chegaram uns rapazes, que lembravam seu porte físico, alto, moreno, bem-vestido, de blazer e óculos escuros, um estava acompanhado, talvez de sua namorada, o outro sozinho. Fiquei imaginando por onde começaria. Ensaiei mentalmente, por algumas vezes, o início da conversa.

"Pedro, tudo o que eu fiz foi para salvar a minha filha..."

Não, assim não poderia ser! Talvez ele logo se levantasse e me deixasse falando só, se eu fosse repetir a mesma história.

"Pedro, eu sei que não tem nenhuma justificativa o que eu fiz..."

Também não! Rezei para que Deus me iluminasse a dizer as palavras certas para tocar o seu coração. Estava tão entretida com meus pensamentos que nem percebi o momento em que ele entrara. E de repente, já estava bem diante de mim.

– Demorei muito?

Tremi ao ouvir sua voz, a mesma voz que me trazia paz e me fizera tantas vezes a mulher mais feliz do mundo ao ouvi-la. Estava ainda mais lindo. Parecia ter cortado o cabelo recentemente, com aspecto ainda mais jovem.

Ficamos Pedro e eu no ambiente ao lado, numa mesa afastada, um pouco isolados do resto do restaurante e seus demais espaços. Um lugar perfeito para uma conversa com a qual acertaríamos a nossa vida. Estava esperançosa, apesar do medo que me vinha de vez em quando. Raquel e D. Clarinda até pareciam mais confiantes que eu, antes de sair de casa, destinada àquele encontro.

– Eu queria que você soubesse que eu estou sofrendo muito – falei segurando sua mão por sobre a mesa, olhando em seus olhos. Falar de meus sentimentos seria o melhor começo, segundo Adriano Cordeiro.

– Sofrendo? – perguntou Pedro, desviando o olhar um pouco. – Como você acha que eu estou me sentindo?

– Se eu estou desse jeito, imagina você – respirei fundo e prossegui: – Pedro, eu estou me sentindo a mulher mais infeliz do mundo. Minha atitude foi de uma mãe desesperada, em busca de encontrar sua filha – ele desviou o olhar para os óculos escuros em cima da mesa. E eu continuei: – Mas eu sei que isso não justifica o que eu fiz.

– Não mesmo – voltando-se a mim. – O que você fez foi torpe, foi... – procurava as palavras, com gesto de nojo. – Foi vil. Você atentou contra todos os meus sentimentos – fez-se um silêncio. E Pedro continuou: – Não sei nem como te tratar. É estranho não poder te chamar de Mirela, entende?

Eu olhava para a decoração rústica do restaurante em nosso entorno, como se ganhasse tempo para organizar meu pensamento.

– Sei bem do que você está falando, Pedro. Pra mim também é estranho, eu juro. É como se tudo fosse um filme. Pensei que na vida real as pessoas não fizessem o que eu fiz. Para falar a verdade, nunca pensei em um dia agir assim. Isso nunca fez parte de minha vida. Você pode acreditar.

– Eu não sei em que acreditar quando você fala.

– Eu estou sendo honesta.

– Eu não confio em você. Talvez até esteja dizendo a verdade, mas é difícil, sabe? Há poucos dias fui vítima da maior mentira que já inventaram na minha vida – parou um pouco e continuou: – E você a protagonizou – Pedro levou o cabelo para trás, com as duas mãos e respirou fundo. – Hoje tem um turbilhão de sentimentos dentro de mim. Acho que estou ainda tentando organizar tudo, entende? E é também difícil estar aqui com você. É como se a minha dor fosse renovada.

Eu não contive as lágrimas.

– Passei minha vida inteira fazendo o que era correto, sabe, Pedro? Ouvir você falar assim me machuca por dentro – Pedro me olhava, como se procurasse realmente se certificar do que era verdade em minha fala. – Você tem toda razão. O que eu fiz foi pequeno, foi nojento. Mas eu estou arrependida, muito arrependida – toquei em suas mãos, e ele afastou-as de mim.

– Adriano insistiu que eu viesse a esse encontro – era como se confirmasse sua falta de crença no que eu falava. – Diante do que a gente viveu, eu achei que devia te ouvir.

– Pedro, eu... – pensei um pouco e tomei coragem. – Eu estou completamente apaixonada por você – ele desviou mais uma vez o olhar. E voltou-se. – Talvez você não compreenda, devido ao seu sofrimento.

– Você não sabe nada de mim – interrompeu-me, bruscamente. – Nada! Entende? Nada! – seu tom era agressivo. – Você não sabe o que eu senti, o que eu estou sentindo – virou o rosto, tentando conter o choro. Voltou-se. – Eu perdi a pessoa que eu amava há mais de quinze anos, depois descobri que ela não havia morrido – parou e tomou fôlego. – Agora descubro que é tudo mentira, que ela realmente está morta. E mais, que a pessoa com quem eu fazia planos de ficar junto pelo resto de minha vida é uma impostora – uma lágrima lhe escapou. E eu caí em prantos. – Você vem me falar agora de meu sofrimento, como se soubesse o tamanho de minha dor? Júlia Serrado, você não sabe nada de mim! Entendeu?

– Talvez eu não tenha mesmo noção do que esteja se passando com você.

– Não, não tem mesmo! – Pedro interrompeu.

– Mas eu sei do que está se passando dentro de mim. Sei que estou arrependida e que eu te amo.

– Ama?

– Eu te amo, Pedro.

– Acho que agora é conveniente para você dizer isso.

– Eu sofro por tê-lo feito sofrer. Dói te ver assim – eu falei, fitando bem os olhos dele.

– Sabe o que me vem, ouvindo isso? – esperei que revelasse. – Que Donato pode estar por trás dessa fala.

– Não! Eu juro que não, Pedro.

– Não jure, por favor! Você piora as coisas assim.

– Mas é verdade.

– Eu estou sofrendo muito, Júlia. Eu quero que você saiba que foi difícil vir ao seu encontro, e que eu só vim em respeito a tudo o que nós vivemos. Apesar de ter sido uma mentira. Que para mim não foi.

– A estrutura de nossa relação até podia ser uma mentira. Mas o sentimento que eu experimentei com você, Pedro, isso foi a maior verdade da minha vida.

Fez-se um silêncio.

– O fato é que não quero nenhum tipo de reaproximação com você, Júlia – Pedro foi seco em sua afirmativa. E aquilo me cortou por dentro. – E eu queria te dizer também que apesar de não concordar com o que você fez, eu compreendo o seu desespero em querer achar a sua filha. Eu sei que realmente ela foi roubada. Mas, mesmo as loucuras que nós fazemos frente a algum desespero, nos trazem consequências. Entenda, Júlia: não é porque precisamos que vamos assaltar um banco ou matar alguém. Desse modo, todos poderiam justificar seus crimes.

– Eu estava desesperada, Pedro.

– Eu sei. Mas se realmente você está sendo sincera agora, entende o que estou falando.

–Você tem toda razão. Eu só não esperava que fosse me apaixonar por você.

Pedro parecia incomodado quando eu falava de meus sentimentos a seu respeito. Desviava o olhar, mexia nos óculos em cima da mesa, fugia de minhas declarações.

– Eu havia me envolvido com uma mentira – disse ele, com frieza.

– Eu não! – respondi prontamente.

– Estamos então em desvantagem – Pedro entrou no ritmo, como em jogo de perguntas e respostas.

– O que quer dizer?

–Você vivia uma personagem, eu me apaixonei por ela. Eu fui eu mesmo, entreguei todo o meu coração, você se apaixonou por mim. Não daria certo então. Eu não conheço você, Júlia. O que eu conheci foi uma imagem que me lembrava o grande amor.

– Mas era eu. Você convivia comigo, Pedro, não com Mirela.

Ele hesitou um pouco.

– Você acha que eu teria me apaixonado caso fosse uma outra situação?

– Isso eu não posso responder.

– Mesmo que eu tivesse te conhecido como Júlia Serrado, ainda assim você estaria à sombra da Mirela, pela aparência física. – O fato é que eu não conheço você, Júlia. Qualquer relação que fosse estabelecida entre nós hoje nós precisaríamos de um tempo de construção. Esse tipo de coisa não acontece por decreto.

– Por que não nos dá esse tempo então?

– Por que não confio em você. Júlia, para mim você é uma estranha. Não existe nenhuma intimidade entre nós. Eu não conheço nada sobre a sua vida. Você não passa de uma pessoa desconhecida para mim.

– Isso não é verdade. Nós estivemos na intimidade do nosso coração.

– Infelizmente não dá!

CAPÍTULO 64

Holanda era grato a Renato e ele sabia disso, estando certo de que com mais aquela promoção dentro da agência de publicidade seguraria a difícil relação, a qual experimentavam há anos. Ainda tentei convencer meu filho a não revogar sua decisão de dispensar o novo cargo oferecido pelo companheiro. E até sugeri que ele pedisse demissão da WM, assim se sentiria menos preso, diminuindo sua dependência profissional de Renato, para que não ficasse mais na obrigação de permanecer naquela relação mentirosa.

Renato Brandão, por sua vez, cercou meu filho de todos os lados, suplicando suas desculpas e procurando convencê-lo a reconsiderar a decisão, armando um jogo completo de chantagens sentimentais e provocações de culpa em Holanda.

Eu não queria mal a Renato, pelo contrário, até considerava ele e meu filho um lindo casal. Na verdade, sentia pena por ser uma pessoa boa e se permitir a estar com alguém sabendo de sua falta de amor, como se tivesse de comprar sua presença. Chegamos a conversar sobre esse assunto, embora não fosse clara, direta em minhas colocações, para não magoá-lo ou ainda piorar a situação. Não queria também expor meu filho, colocá-lo na posição de mercenário ou interesseiro. Embora estivesse com Renato por uma questão material desde o princípio, nunca tivera a intenção de lhe fazer nenhum mal, pelo contrário, achava inicialmente que poderia dar a ele o que necessitava e vice-versa. Fora seu grande erro. Sua imaturidade, na época, fizera-o acreditar na relação como um negócio. Jamais pensava em enganá-lo ou se aproveitar de seu amor para crescer profissionalmente. Encarava tudo como uma consequência e era ainda consciente de sua competência profissional, mesmo sabendo que crescera rápido dentro da agência.

Meu filho acabara por ceder às provocações da vaidade e aceitara o cargo de diretor superintendente da agência, alegando que a empresa não poderia ficar sem direção, o que prejudicaria os negócios. No fundo sabia da manipulação de Renato em relação à transferência do outro diretor, mas tratavam do assunto como se não soubesse, como se assim se sentisse menos culpado, já que o convite viera do próprio Willames Macena, por telefone.

Holanda estava cada vez mais envolvido num jogo de mentiras e manipulação e sofria pela culpa de se permitir a tanto, embora não assumisse, bem como pelo fato de não poder viver uma verdadeira história de amor.

CLARINDA DE HOLANDA

CAPÍTULO 65

Era bom estar mais perto de Holanda e vendo-o próximo ao irmão. Abria-se tanto comigo quanto com Nando, que pensava como eu, embora expusesse suas sínteses com menos veemência, sem tanta necessidade de convencê-lo do contrário. Fazia parte de sua personalidade. Nando era provido de uma certa leveza em suas colocações, menos quando se tratava de suas ideias socialistas. Parecia um paradoxo, como se quisesse convencer o mundo de que éramos escravos de um sistema, que precisávamos sair do grau de alienação que estávamos envolvidos, para uma revolução e o nascimento de uma novo sistema econômico.

Nando se apaixonava cada vez mais por suas ideias e provocava a mesma paixão em seus alunos de sociologia, na faculdade. A crença em Marx fazia dele um soldado na luta contra a alienação, para que então pudesse se fazer a revolução.

Aparentemente, a única pessoa que não seguia a crença de Nando e discordava de seus ideais era a sua aluna Maria Antônia Gondim. A jovem deixava claro nas aulas, em seminários que participava, suas discordâncias às ideias de um dos professores mais respeitados na Sociologia da UNICE. Ela não acreditava numa revolução fora, como Nando parecia pregar, mas num movimento interno, intrínseco ao ser humano, em que ninguém daria a ninguém um atestado de liberdade à alienação, mas precisávamos promover uma vivência real das pessoas a um caminho que fosse diferente, mas construído por cada um, e não um caminho que já existia como ideal. Maria Antônia dizia acreditar no ser humano fazendo sua própria história e não escravo de um sonho de revolução, de uma utopia, que nunca iria acontecer.

Certa vez, num seminário em que estava ministrando, no auditório da Sociologia, Nando quase chegou a perder o controle com as colocações de Maria Antônia, discordando de seus pontos de vista minuto após minuto, como se quisesse de fato provocá-lo. O que já chegava a chamar a atenção de todos os alunos e professores presentes no ambiente.

– Desculpe, eu não compreendo por que tantas interrupções – ele já se esforçava para demonstrar gentileza frente às discordâncias constantes da jovem.

– Por eu estar tentando compreender realmente seu ponto de vista, professor – a resposta da moça vinha carregada de ironia.

– Se procurasse realmente compreender, não me atrapalharia tanto.

– Como assim? Então, não podemos nos expressar? – abria um sorriso irônico que o provocava ainda mais. – Ora, professor, se fala de sairmos de um estado de alienação, precisamos expor nossos pontos de vista. Isso é a prática de que falo, quando coloco que a alienação não é algo fora, faz uma vivência que precisa ser experimentada por cada um de nós. A partir da expressão do que pensamos.

– Não prego anarquia, estamos aqui numa aula.

– Lamento, professor, mas é o mesmo argumento de autoridade que o sistema que o senhor tanto combate utiliza como cala-boca da população, fazendo-nos ainda mais alienados.

Nando respirou fundo, procurando manter a calma para não se expor, prosseguindo com a aula. Ao sair do auditório, é cercado por alunos que tentam marcar orientação ou pedir alguma opinião sobre seus trabalhos acadêmicos. Ele, no entanto, não consegue tirar os olhos de Maria Antônia a alguns metros, que comenta o seminário com seus amigos. Na saída do saguão que antecede o auditório, ele percebe a oportunidade que queria, encontrando-a sozinha, esperando a amiga Carola, que fora provavelmente ao banheiro.

– Parece não ter gostado do seminário.

Maria Antônia voltou-se a ele assustada, por não esperar a abordagem.

– Pelo contrário, professor. O seminário foi interessante para que eu pudesse perceber como precisamos reestudar Marx.

O ar de ironia da jovem o deixava furioso, embora procurasse conter.

– Compreendo que pense de forma diferente, Maria Antônia, mas não admito desrespeitos.

– Professor, o senhor prega revolução e acha que pode dar um passaporte às pessoas de saída de um estado de alienação, no entanto, age com as mesmas armas que o próprio sistema que diz não acreditar, e pior, que diz combater.

– Não confunda as coisas, garota! – já não conseguia mais conter sua raiva.

– O senhor se acha, não é professor?

– Olha aqui, garota, eu não admito falta de respeito!

– Não se desrespeita quando se discorda, se o senhor não sabe! – ela também já alterava o tom. – Apenas pensamos de forma diferente, graças a Deus. Eu tenho uma opinião formada sobre as coisas, sobre o mundo e não temo expressá-la. Essa é a questão. Desculpe-me por não acreditar no mesmo que o senhor.

– De fato, não tem como ser diferente, Maria Antônia – ele trazia um tom de ironia. – Você vem de um núcleo que jamais admitiria as minhas ideias.

– Não me venha com esse tipo de pensamento preconceituoso, professor! – ela se mostrava indignada com a colocação. – Eu tenho uma crença, independentemente do dinheiro da minha família – chegava ainda mais perto de meu filho. – E diferente do que o senhor considera, eu não tenho culpa de ser filha de quem sou, pelo contrário, tenho orgulho, não pelo dinheiro, mas pelo amor.

– Falo de arrogância, garota – Nando respondeu prontamente.

– Mesmo, professor? – já trazia no rosto seu sorriso irônico mais uma vez. – Arrogância é achar que todas as pessoas do mundo têm de pensar igual ao senhor! Arrogância é não admitir que uma pessoa, independentemente de sua situação financeira, possa se interessar pelos outros, por uma causa social! Arrogância é querer fazer das pessoas ainda mais alienadas do que são com um pensamento massificado, ainda que cheio de boas intenções. E de boa intenções, o inferno está cheio, professor!

–Você nunca entenderia essa causa, garota!

– Não mesmo! Sou muito bem resolvida com minha situação financeira e social. Não carrego frustrações e não as transformo em discursos bonitos e bem-arrumados para punir o mundo por uma vida que eu não tenho e desejaria ter.

–Você é bem fruto do sistema, de uma família rica, que acha que pode mudar o mundo com esmolas e depois abater no imposto de rendas.

– Escuta aqui, professor, – ele finalmente havia conseguido desequilibrá-la. E estavam cada vez mais perto um do outro, suspirando de raiva. – abatendo em imposto de renda ou não, tem alguém fazendo algo em que acredita, alguém que descruza os braços diante do problema social e age conforme o que acha que é o certo. Falo de alguém que não tem culpa de ter construído um grande patrimônio, pelo contrário, só tem méritos, por fazer isso sem pisar em ninguém. Falo de alguém que realmente faz alguma coisa, que sai de dentro de uma sala e põe suas ideias em prática. Diferentemente do senhor, professor.

– Cada pessoa contribui como pode...

– Exatamente, professor, que bom que estamos nos entendendo.

– Por que a agressividade, garota?!

– Faça-se essa pergunta!

– De fato, é muito difícil manter um diálogo com você.

– Ao contrário do senhor, professor, não quero lhe convencer de nada. Admiro até a organização de suas ideias. Mas enquanto o senhor fica no blá-blá-blá, pessoas morrem de fome, a sociedade clama por trabalho e comida, não por ideias bem organizadas.

–Você de fato tem um discurso muito bonito, garota. Aprendeu a lição de casa. Mas é exatamente essa a estratégia do sistema, para manipular e impedir a revolução.

– Ninguém dá a revolução às pessoas. Isso deveria ser uma experiência íntima de cada um. No momento em que você quer que alguém acredite no que você acredita simplesmente porque acha o certo, está contribuindo exatamente com a alienação dessa pessoa, substituindo um pensamento por outro. Mas nenhum desses pensamentos foi gerado por ela realmente. Quando o senhor compreender isso, talvez possamos conversar.

CAPÍTULO 66

O momento no qual eu havia apostado todas as minhas fichas findava com a decisão de Pedro de não nos vermos mais definitivamente. E aquilo vinha como uma bomba explodindo em meu coração, devastando todas as minha esperanças de uma reaproximação. Não tinha mais o que ser feito, fora em vão o empenho de Adriano Cordeiro, a força de D. Clarinda de Holanda, a torcida de Raquel. Estava tudo acabado realmente. Eu havia perdido o homem da minha vida, ou melhor, talvez eu nunca o tivera, já que o momento que estivemos juntos, Pedro pensava ter reencontrado o grande amor de sua vida, a minha irmã, que eu nem conhecia.

Fiquei pensando em tudo o que havia acontecido entre Pedro e eu durante o percurso que ele fizera em seu carro, para me deixar na Mirage, onde eu acertaria as minhas contas. O fato era que eu não conseguia pensar especificamente em nada. Tudo me vinha e ao mesmo tempo fugia, transformando os meus pensamentos num vendaval de hipóteses e certezas, de dúvidas e convicções, sem conseguir chegar verdadeiramente a uma síntese.

Já não sabia mais se Pedro verdadeiramente me amara um dia, mesmo pensando ser minha irmã, como D. Clarinda e Adriano pensavam. Eles acreditavam que mesmo que Pedro achasse que estava envolvido com Mirela, era comigo que ele tinha reencontrado a felicidade. Embora eu estivesse vivendo uma personagem, era eu, com minha energia, que despertara a sua paixão. Contudo, eu já não pensava mais assim, tendo sido ele categórico em afirmar o seu não reconhecimento a mim.

Em meio a todos aqueles pensamentos confusos, eu ainda conseguia fitar a sua mão passando a marcha do carro, lembrando do quanto eu a desejava acariciando o meu rosto mais uma vez. Eu havia feito de tudo para me segurar e não tomar mais seu tempo. Mas acabei por ter uma crise de choro ao pararmos o carro, na Praça Portugal, em frente à boate. Senti um grande vazio tomar conta de mim. Estava perdendo tudo, todas as pessoas a quem amava. Clara, Joel, Charles, o meu trabalho e o homem por quem eu havia me apaixonado, depois de tantos anos sem abrir meu coração. E como eu o admirava. Mesmo diante de tudo, ele ainda se mostrava preocupado. Tirou o cinto de segurança rapidamente, ao me ver aos prantos, procurando me acolher num abraço.

– Calma, Júlia, calma!

Sua voz estava terna e ao mesmo tempo passava um pouco de surpresa. Acariciou-me a cabeça por alguns segundos, tentando me tranquilizar, o que para mim pareceu uma eternidade. Como era bom estar em seu colo, sentir seu calor, seu cheiro, sua energia de cuidado e afeto. Por mais que afirmasse não me conhecer e não reconhecer em mim nenhuma intimidade, transmitia naquele instante um zelo de alguém que carregava consigo um sentimento profundo de proteção, algo que não se tem por qualquer pessoa, como dizia que eu era, mas por alguém especial, sim.

Deixei-me então levar por meus instintos e o tomei num beijo inesperado. Não me movia por nenhum objetivo de conseguir dissuadi-lo de sua decisão, mas pelo desejo profundo de senti-lo meu mais uma vez, mesmo que por um instante. Um beijo que parecia não acabar nunca, no qual fui correspondida, depois, claro, do susto inicial. Por alguns segundos, senti novamente tranquilidade em meu coração. Aquele beijo, o seu calor, o seu hálito me revigoravam, davam-me forças para continuar. Fui mais uma vez, ainda que por menos de um minuto, a mulher mais feliz do mundo. Como alguém poderia ser tão importante a ponto de transformar, numa fração de segundos, o nosso estado de vida, fazendo-nos felizes ou infelizes? E feliz eu estava, até que ele interrompeu aquele momento. Pediu-me desculpas, embaraçado, afirmando ter que ir embora, voltar para a empresa. Desci do carro e o vi partir.

Pude perceber que Pedro não estava tão indiferente a mim, como dizia estar. Beijou-me com todo o desejo e com a mesma vontade que eu carregava comigo. Talvez Adriano e D. Clarinda tivessem razão e tudo fosse uma questão de tempo para que nós pudéssemos ter uma segunda chance. E aquilo me deu novo ânimo.

CAPÍTULO 67

Voltei para casa somente no final da tarde, depois de fazer as pazes com minha irmã. A própria Vanessa me levou. Preferi que ela não subisse comigo, por não saber como encontraria meu marido. Era melhor evitar qualquer transtorno envolvendo minha irmã, que eu tinha acabado de reencontrar. Donato estava no escritório, com roupas de casa, parecia não ter ido trabalhar depois de chegar de Brasília. Fui então direto ao seu encontro. Desejava acabar logo com tudo e era melhor aproveitar enquanto estava com coragem.

– Boa tarde.

Ele me olhou como se quisesse me fuzilar. Luísa, que estava com ele, voltou-se a mim, com um olhar de espanto.

– Luísa, por favor, nos dê licença. Meu marido e eu precisamos conversar.

Acho que ela estava mais espantada com meu ar de superioridade do que com o que eu tinha feito em Brasília. Donato não dera uma só palavra até sua saída.

– E então, Donato, como você está?

Creio nunca ter falado com meu marido, nos seis anos em que estávamos casados, daquele modo, de igual para igual. Era como se a reaproximação de minha família tivesse me proporcionado um novo vigor, ou a mesma energia com a qual Donato havia me conhecido.

– Marina, você some de Brasília sem deixar nenhum recado, volta a Fortaleza sem que eu soubesse, passa o dia inteiro fora de casa, chega e pergunta como "eu" estou?!

– Donato, eu estava com a minha irmã, na casa dela.

– Imaginei.

– Ótimo. Então, vai me poupar muitas explicações.

– Como poupar? Definitivamente você não está bem, minha querida.

– Pelo contrário, Donato. Nunca estive tão bem em toda a minha vida. Eu estou muito feliz. Consegui o perdão de minha irmã, me reaproximei de meu sobrinho. Não poderia estar melhor.

Ele levanta e começa a se aproximar de mim.

– Eu não estou reconhecendo a minha mulher!

–Talvez não. Eu estava dormindo todos esses anos e agora acordei.

Ele já trazia no rosto seu falso sorriso, expressando seu ódio de forma dissociada.

– Marina, você não acha que isso vai ficar assim, acha?

– Eu estou farta, Donato! Farta!

Afastei-me um pouco, como uma forma de proteção.

– Farta de mim?

– Não. De mim, dessa forma de convivência, da sua ausência, dos seus ciúmes, dos meus ciúmes em relação à Luísa, da saudade que sentia de minha família. Enfim, de tudo aquilo que sempre me trouxe infelicidade. Eu estou farta de viver deprimida, deste apartamento, dessa prisão!

Já não conseguia conter meu choro, caminhando pelo escritório, enquanto ele me ouvia ali parado, diante da mesa, com um olhar interrogativo e ao mesmo tempo decidido.

– Definitivamente, você não está bem, minha querida.

– Para de me chamar de "minha querida", que eu sei que nesse momento não é o que você está sentindo!

Começava a me alterar. Donato se aproximou de mim, tentando tocar em meu rosto, como se o que eu estava dizendo não fizesse sentido algum. O que me deixou ainda mais irritada, fazendo-me gritar.

– Não me toca assim!

Afastei-me mais uma vez, a fim de evitar aquela situação que fazia de mim uma louca. Como uma mulher que é tratada sempre com tanta gentileza pode agir com tanta agressividade? Eu sabia bem a resposta. Estava realmente cansada de me sentir daquela forma, sabendo que cuidado não era um sentimento de Donato, não naqueles momentos. Seu toque soava falsidade. Aquela situação me deixara em prantos.

– Sei que não é o que você está com vontade de fazer!

–Você não está bem, minha querida...

– Eu estou ótima! Ótima! Não está vendo?

Sorria e chorava ao mesmo tempo, como se ao certo não soubesse qual sentimento se manifestava dentro de mim. Mas eu queria que ele soubesse o quanto eu estava feliz com a minha escolha.

–Você vai ter que aceitar, Donato! Eu finalmente fiz as pazes com Vanessa. Eu vou reconstruir a minha relação com a minha irmã.

– A Vanessa não quer o nosso bem, minha querida. Nunca quis.

– Mentira! Ela foi egoísta, é verdade. Mas agora já passou, Donato. Nós podemos ser todos amigos. Não há mais necessidade de vivermos afastados, você não vê? Ela não exige mais que nós nos separemos.

– Isso é o que ela diz agora, minha querida.

Donato voltou a se aproximar, abraçando-me por trás.

–Você é muito ingênua, Marina. A Vanessa é uma mulher madura, ela sabe muito bem o que está fazendo. Primeiro se faz de amiga, depois acaba com nosso casamento.

–Você está enganado, Donato.

– Ela prometeu que um dia destruiria a nossa união.

– Isso foi há muito tempo. Você sempre acha que todas as pessoas sempre têm algo por trás, não é? Mas isso é você. É você que pensa dessa maneira.

– A vida me ensinou assim, minha querida.

– A vida não é uma mentira. Você é uma mentira, Donato!

Tomei um tapa.

Fui então surpreendida com aquela pancada que me levou a cair na poltrona. Uma situação que pareceu demorar minutos. Na verdade, eu nem acreditava no que tinha acontecido. Por alguns instantes, parecia estar zonza e minha cabeça latejando. Finalmente, eu não mais reconhecia o homem que estava ali diante de mim. Um estranho que fizera o que ninguém nunca antes havia feito. A beleza de nosso relacionamento se fora junto com aquele tapa.

Ficamos afogados por um silêncio gigantesco durante alguns minutos. Eu não conseguia definir qual sentimento se presentificava naquele instante, era um misto de dor, raiva, decepção, mágoa e lamentação. O sonho tinha finalmente acabado. Consegui num tempo recorde fitar detalhes de quase todas as peças e enfeites das prateleiras à minha frente, enquanto Donato, cabisbaixo, de braços cruzados, fitava os prédios que se projetavam pela janela e o mar um pouco mais à direita. Estávamos totalmente perdidos em nossas dúvidas sobre o que aconteceria dali em diante e como procederia nossa relação. O que tinha acontecido era um fato, não podíamos fingir que não era real.

CAPÍTULO 68

O tapa que levei de Donato doeu em minha alma!

As lágrimas rolavam por meu rosto incontrolavelmente, por mais que eu tentasse conter qualquer som, como que para não dar a ele o direito de me ver sofrer. Nada mais aquele homem, que eu estranhava naquele instante, teria meu, nada! Nem mesmo meu sofrimento ele seria testemunha, não merecia.

Finalmente, nosso silêncio foi quebrado por meu marido.

– Olhe, Marina, eu não queria... não podia...

Procurava palavras que amenizassem a situação, a dor que me causara, no entanto, palavra alguma teria esse poder naquele momento. Era melhor realmente que silenciasse, embora não fosse seu feitio.

– ... eu sei que... você deve estar sofrendo.

Eu não conseguia pronunciar uma palavra sequer, por mais que desejasse vomitar toda a minha indignação, a minha dor. Alguma coisa me fazia calar, substituindo as palavras pelo choro.

– Eu não suporto lhe ver assim, minha querida.

E então se aproximou de mim, tentando tocar-me a cabeça. Impulsivamente, levantei-me da poltrona que parecia conter minha vontade de gritar, de libertar a mim mesma do medo e da submissão aos quais eu havia me entregado nos últimos cinco anos.

– O que significa isso, Marina?

Respondi apenas com minha saída do escritório, do cenário que abrigou o fim da fantasia a que eu havia me submetido durante tanto tempo. Nós não podíamos voltar atrás, eu precisava sair enquanto meu sangue estava quente, por mais que me doesse. E quanto me doía. Passara os últimos seis anos de minha vida apostando num casamento que, para mim, sempre fora as correntes que me afastavam da felicidade, embora amasse Donato Pessoa mais que tudo, mais até que a mim mesma. Talvez tenha sido justamente esse o meu maior erro. Quanto mais eu havia me afastado do que eu realmente gostava e queria, a fim de agradar e responder às expectativas do meu marido, mais eu me aproximava de minha infelicidade, do eterno vazio em que a minha vida havia se transformado.

Corri em direção ao armário, tomando nas mãos uma das malas do canto. Joguei-a na cama, dando início ao fim de meu casamento, ao pegar peças de roupas e lançá-las ali, dentro daquela mala, que representava o passaporte para a vida real. Assustei-me ao ver a figura de Donato, parado na porta do quarto, assistindo de braços cruzados meu destempero. Reprovava e se enojava, aparentemente, com minha atitude. Mas para mim, pouco importava. Pela primeira vez na vida, eu, Marina Pessoa, estava sendo corajosa. A minha certeza era de que não permaneceria naquela casa, depois do que havia acontecido. Continuei pegando minhas roupas e jogando dentro da mala, em movimentos violentos, como se agredisse a mim mesma por ter me permitido a tanto, durante todo aquele tempo. Percebi quando ele deixou que seu sarcasmo fosse revelado por seu sorriso, como testemunhara tantas vezes durante todos os anos em que estivemos juntos. E aquilo me irritou ainda mais. Estava cheia também daquele sorriso que tanto me amedrontara nos anos de nosso casamento.

– O que pensa que está fazendo, minha querida?

Odiei aquela pergunta.

– Está errada a sua frase.

Finalmente conseguia balbuciar alguma coisa.

– Como?

– A sua frase... – e então gritei – ...está errada!

– Não estou entendendo...

Ria ainda mais e aquilo me deixava cada vez mais furiosa, mesmo que não conseguisse colocar para fora tudo o que estava se passando em meu coração.

– Está errada a sua frase, Donato Pessoa. Não é "minha querida" que você deve falar nesse momento. Eu estou farta disso...!

– Mas do que, Marina?

Sentia ainda mais raiva de mim por não conseguir dizer o que realmente me incomodava, o que havia interferido em nossa relação desde o princípio. Não suportava mais a farsa dos sentimentos, vê-lo dizendo ou fazendo algo que realmente não estava sentindo. Testemunhar milhares de vezes aquele sorriso macabro que tirava-me o chão.

A única coisa que eu precisa fazer naquele instante era pegar minhas coisas e sair dali, deixar para trás tudo o que não fosse verdade, tudo o que eu não pudesse verdadeiramente confiar.

– Está bem, Marina...Você não me deixa outra alternativa...

Deixou-me no quarto como se fizesse a coisa mais normal do mundo, registrando, claro, seu velho sorriso. Continuei a pegar as minhas coisas e, somente então, me dei conta do que estava acontecendo. Corri para a porta do quarto, procurando abri-la. Mal podia acreditar no que estava acontecendo. Pareciam que meus pesadelos estavam se tornando realidade. Fui tomada pelo mesmo sentimento de desespero experimentado por mim em meus sonhos, ao tentar abrir portas ou portões e deparar-me com grandes e intransponíveis trancas. Encontrava-me presa em meu próprio quarto.

– Donato!

Duvidava do que estava acontecendo ao mesmo tempo que sentia um frio em meu estômago, sabendo que não se tratava de mais um pesadelo. Isso me fazia tentar abrir a fechadura.

– Donato, por favor! Abre essa porta! Donato! Donato!

Batia na porta desesperadamente e meu marido estava do outro lado da porta, no corredor, cabisbaixo, escorado na parede, fitando a chave em suas mãos. Estava um pouco arrependido do que tinha feito, mas certo de sua atitude naquele momento, para segurar nosso casamento. Balançava a cabeça negativamente, como se reprovasse a si mesmo e ao mesmo tempo a mim, por tentar abandoná-lo em sua zona de controle. Fora tomado por um choro incontrolável que o fizera descer ao chão e finalmente se desprover de sua postura inabalável e autoritária. Nem sabia ao certo há quantos anos não experimentava tal sentimento. Donato Pessoa chorava todas as mazelas que lhe acompanhavam e faziam de sua vida algo sem sentido, uma eterna busca da superação. Um choro que era a expressão de um passado negado, abolido de sua vida, o qual eu ainda não conhecia.

"Donato, por favor! Abre essa porta! Donato! Donato, por favor! Donato!"

O choro compulsivo de Donato, que se prorrogara por horas naquele corredor, fazia-o não ouvir os meus pedidos, as minhas súplicas para que me tirasse dali e me permitisse sair daquele pesadelo, impedindo-me de experimentar acordada o mesmo desespero que me acompanhava em meus sonhos. Era uma angústia profunda, que chegava a dificultar minha respiração, fazendo-me acreditar no princípio de minha morte. Um pensamento enlouquecedor, gerado pelo medo, proporcionando-me ainda mais medo e terror. E então me veio à lembrança o menino, de bata branca, que poderia aparecer ali a qualquer momento, a fim de me aterrorizar ainda mais. Continuei insistindo em abrir a porta por horas, clamando por Donato, num choro desesperador. Chegava a ouvi-lo do outro lado chorando, o que me deixava ainda mais perturbada. Não sabia se era real ou se de fato estava presa em um de meus pesadelos. Certamente era ele sim, mas não podia, nunca tinha-o visto chorar, por nada, nunca!

Lembro-me que permaneci ali, tentando abrir a porta incansavelmente durante horas, até adormecer e fugir um pouco de tudo aquilo, livrar-me, em meu sono, daquele pesadelo.

JÚLIA SERRADO

CAPÍTULO 69

Recebi um telefonema de Olívia Cordeiro pedindo para eu ir encontrá-la na boate. Parecia coisa séria. Um encontro que me trouxe uma grande surpresa.

– Júlia, eu te chamei aqui porque o Renato e eu repensamos o caso de sua demissão – dizia Olívia, tomando uma xícara de chá, do outro lado de sua mesa, no escritório da Mirage. – Nós queremos saber se você ainda está disposta a continuar conosco.

Eu não acreditava no que ouvia.

– Mas... o que aconteceu para vocês mudarem de ideia?

– Bem... – ela sorriu. – Como disse, conversei com Renato – pôs a xícara no pires. – Ele não concorda em perdermos uma profissional como você por questões pessoais – ajeitou as mangas de sua blusa. – Apesar de considerarmos sua atitude em relação ao Pedro Lucena uma atitude grave. E que poderia atitudes parecidas serem tomadas aqui dentro por você.

– Olívia, eu juro...

– Não precisa mais se explicar, Júlia – ela me interrompeu. – Eu já sei de tudo. O fato é que resolvemos lhe dar mais um voto de confiança.

– Ah, Olívia, eu fico tão feliz.

– Isso é um sim? – ela sorria.

– Claro. Claro que sim – tomei as mãos dela, em agradecimento. – Eu estou muito feliz, Olívia.

– Ótimo. Também fico feliz que continue conosco – soltou minhas mãos e prosseguiu: – Renato e eu acreditamos em seu trabalho, Júlia. Por mais que você e Charles tivessem uma relação de amizade, ele jamais indicaria o seu nome para substituí-lo se realmente não estivesse certo de sua competência. Você já está na Mirage há quase dois anos e provou ser capaz de assumir a equipe de bailarinos e a direção dos espetáculos.

Lembrei de Vanessa.

– Olívia você sabe que a Vanessa não vai gostar nada de saber de sua decisão.

– Certamente. Será uma questão delicada, por nossa aproximação. Mas este negócio é uma sociedade. Portanto, a decisão não é só minha.

Então, se dependesse somente de Olívia, ela não teria repensando minha demissão?

– Compreendo – disse, com um tom de decepção.

– Júlia, não pense que se não fosse por Renato você estaria demitida – sorrindo. – Isto é apenas uma desculpa, por uma questão de conveniência. Conheço Vanessa há muitos anos, você sabe. Não quero me indispor com ela.

Olívia parecia ter adivinhado meus pensamentos. E aquela afirmativa me aliviou.

– Obrigada, Olívia – agradeci, pegando minha bolsa.

– Ah, mais uma coisa. Eu também conversei com D. Clarinda.

– Sobre essa história?

– Sim. Me desculpe, mas eu precisava saber onde pisava.

– Tudo bem. Eu confio muito nela.

– E ela em você.

Levantei e mais uma vez agradeci, preparando-me para sair.

– Bem, Olívia, agora quero voltar ao trabalho. Temos muito o que fazer.

– Júlia, D. Clarinda é uma pessoa muito importante para mim. E ela me fez enxergar essa história de uma forma diferente.

– Que bom, Olívia.

– Você tem uma grande amiga.

Agradeci a Deus pela presença de D. Clarinda em minha vida. Agia como um anjo da guarda. Liguei para ela logo depois, agradecendo.

Eu estava de volta ao meu trabalho.

Entrei na Mirage com o espírito de despedida e fui convidada por Olívia a reassumir a direção artística da casa.

CAPÍTULO 70

Era difícil aceitar, para meu sobrinho, a possibilidade de sentir-se atraído por um homem e ainda mais pelo seu melhor amigo, namorado de uma amiga, com quem estava junto permanentemente. Seria uma traição dupla, para consigo mesmo e com Calora. Ainda mais com o nível de proximidade que tinham.

Justamente no momento em que experimentara o conflito de se ver atraído por um homem e seu melhor amigo, é surpreendido por Carola com uma indagação.

– João Henrique, você acha que esse meu relacionamento com Alexandre tem realmente futuro?

Ficara completamente desconsertado com aquela pergunta, não sabia se por ser algo inesperado ou por ela estar percebendo algo entre eles. Percebendo? Não! Impossível. Como? Até porque era algo unilateral, Alexandre jamais imaginara o que se passara dentro de João Henrique, do que ele havia sentido ao vê-lo sem roupa no banheiro. Talvez se soubesse, o abominaria. Carola não podia estar desconfiada, ou então percebera os olhares, pois eles sim eram comprometedores, somente de meu sobrinho para seu namorado, claro.

Com certa dificuldade, João Henrique indagara:

– Do que você está falando? Por que me perguntou isso?

Temia a resposta da amiga. Via-se exposto, mesmo sem saber o real motivo que a fizera dizer aquilo. Se fosse o que estava pensando, estava perdido.

– Como do que estou falando, João Henrique? Você melhor que ninguém tem acompanhado nossa história, as brigas, os desentendimentos. O Alexandre realmente é muito diferente de mim. Durante esse último ano têm me chegado mais perguntas que respostas, mais dúvidas que certezas sobre o nosso namoro.

João Henrique estava totalmente aliviado. Por alguns segundos pensara que todo o seu segredo pudesse ter sido descoberto. Agradecera a Deus por não ser o que esperava. E até sorriu, para o espanto da amiga.

– Por que está sorrindo?

– Não, nada. Lembrei aqui de outra coisa.

– João Henrique, eu estou muito incomodada com o que eu venho sentindo em relação a essa história. Eu gosto dele, mas...

– E com certeza o Alexandre também gosta muito de você.

Era como se quisesse garantir de alguma forma que Carola nunca chegasse desconfiar de nada.

– Caraca! Ele sempre me fala que te ama, boba.

– Não é disso que eu estou falando, João. Eu sei que o Alexandre me ama. O problema é o jeito dele, a forma que ele tem de levar a vida, suas irresponsabilidades. Esse é o nosso problema.

Estranhava vê-la falar daquela forma do que João Henrique na verdade venerava, embora não pudesse explicitar. Mas era exatamente aquele jeito desprovido de responsabilidades de Alexandre que o fascinava e alimentava sua grande amizade por ele. Afinal, Alexandre era tudo o que ele nunca seria.

– Realmente eu não te entendo, Carola. Caramba, o Alexandre, um cara superbacana, irreverente, de bem com a vida, se dá bem com todo mundo e todo mundo gosta dele. Às vezes ele exagera, vá lá, mas é um cara dez.

– Hoje, pra mim, ele está sempre exagerando, sabe, João Henrique? Essa dos estudos, por exemplo, o que ele pensa que vai fazer da vida dele?

João Henrique sabia que em parte Carola tinha suas razões, mas não achava motivo suficiente para questionar o relacionamento. Partindo do pressuposto que todos nós temos defeitos e qualidades, por que valorizar exatamente os defeitos de alguém e não as qualidades? Principalmente se tratando de Alexandre, um cara tão gente fina, e que além de tudo, era completamente apaixonado por ela.

O romance de Carola e Alexandre vinha sendo temperado frequentemente por discussões acerca do tempo ocioso do rapaz, bem como pelas desconfianças da jovem de que ele a traía com outras garotas, o que de fato acontecia permanentemente. E embora João Henrique não compactuasse com as atitudes do amigo, sabia de todos os detalhes, ficando numa situação conflituosa. De um lado, seu melhor amigo, quem admirava profundamente e desejava estar perto o tempo inteiro. Do outro, uma grande e leal amiga, com quem estava construindo uma relação de verdade e cumplicidade.

Sempre que João Henrique era procurado por Carola a fim de desabafar e conseguir conselhos sobre o direcionamento do namoro falido, sentia-se atormentado pelo desejo de deixá-la ciente das aventuras amorosas de Alexandre. Entretanto, não poderia trair o primeiro amigo que tivera depois da infância. Passara toda a vida sentindo falta de uma presença masculina em seu cotidiano, começando pela ausência do pai. Nunca tivera muitos amigos quando criança, sendo apontado pelos colegas de colégio como "mulherzinha", por seu jeito sensível e retraído, o que o fizera se isolar um pouco do convívio social. Talvez fosse exatamente isso o que mais admirava em Alexandre, sua disponibilidade de se fazer amigo, sem se importar com que os outros dissessem.

Maria Antônia era esperta e conhecia bem o irmão, logo se dando conta de sua angústia. Embora não soubesse do que se tratava, tudo fizera para lhe ajudar, insistindo para que se abrisse. Contudo, se João Henrique compartilhasse as suas dúvidas, estaria colocando a irmã na mesma situação conflituosa em que se encontrava. Além do que, ela jamais guardaria aquele segredo. Odiava injustiças e não permitiria que sua melhor amiga fosse enganada, sendo ela cúmplice de tal situação.

O que restava a João Henrique era somente tentar abrir os olhos de Alexandre, aconselhando-o a se envolver mais em sua relação com Carola, bem como abandonar sua postura de sedutor e galinha. Sabia, no entanto, que era exatamente isso o que Carola mais detestava em seu namorado, e que o fazia uma pessoa irresistível para ele.

"Fica frio, meu. A Carola é a mulher da minha vida. Mas o que eu posso fazer se eu preciso de outras gatinhas pra ser feliz? Deixa disso, *brother*, não te preocupa. Tudo está sob controle, ela nunca vai descobrir."

A naturalidade com que Alexandre falava daquilo deixava João Henrique surpreso e, de certa forma, até o tranquilizava, além de deixá-lo ainda mais encantado, não por vê-lo trair a mulher que dizia amar, mas por sua serenidade na forma de levar a vida e seus problemas. Parecia nunca se preocupar com nada, sem necessariamente negar os fatos, mas encarando tudo com muita simplicidade e leveza.

Até o fato de também ter sido criado sem pai fazia de Alexandre uma pessoa em quem meu sobrinho desejava se espelhar. Apesar de não falar muito sobre o assunto, chegara certa vez a comentar com ele o desejo de conhecer o "coroa", como chamava os mais velhos, sem, no entanto, dar nenhum peso à história.

O que João Henrique queria na verdade era descobrir uma forma de conviver com Alexandre, aproveitando toda a sua amizade e aprendendo a descobrir uma forma livre de interagir com o mundo, bem como de ser fiel a Carola, sem a sensação de não corresponder à confiança que ela lhe depositara.

Embora eu percebesse a angústia que havia se instalado na mente de meu sobrinho, nada podia fazer. Como Maria Antônia, limitava-me a me fazer presente, sempre que possível, de modo a não invadi-lo, embora a minha vontade fosse de saber ao certo o que lhe afligia, para tentar, de algum modo, ajudá-lo.

CELINA GONDIM

CAPÍTULO 71

O relacionamento secreto de minha enfermeira Dulce com o motorista Djair vinha pegando fogo. Ela estava decidida a assumir a relação dentro de nossa casa, embora o rapaz insistisse em manter o romance em segredo. Vinham, desse modo, tendo inúmeros desentendimentos.

Eu bem sabia por que Djair não queria assumir o namoro. Ainda que ele alegasse o medo por Maria Eugênia descobrir o fato e demiti-lo do emprego, temia na verdade a reação de Lorena, com quem mantinha outro romance.

A grande verdade era que Djair não amava nenhuma das duas, como afirmava veementemente, mas a condição de sedutor, de um homem disputado por duas mulheres. A tensão de sair do quarto de uma à noite e entrar no quarto da outra valia a pena, por se sentir desejado. Muitas vezes, encontrava-se quase perdido, em situações embaraçosas.

Certa noite, Djair passara o maior aperto na companhia de Dulce, que insistia para que ficasse a noite inteira em seu quarto, chegando a trancar a porta e esconder a chave, numa distração do rapaz. Ele havia, no entanto, se comprometido com Lorena a estar em seu quarto, logo depois que ela acabasse uma reunião com Maria Eugênia, no escritório. Começara então a contar cada minuto, ao se aproximar do horário marcado com a outra e Dulce não se dispunha a deixá-lo sair. Estaria perdido se Lorena se atentasse da desfeita e fosse lhe procurar em seu quarto, dando por sua falta. Como explicaria? Que história lhe contaria para acalmá-la, sabendo de seu gênio difícil?

A única alternativa que Djair encontrou para se safar da difícil situação fora fingir pânico de ambientes fechados. Dissera a Dulce que segurara o quanto pudera, mas que não era mais possível fingir e precisava revelar sua fraqueza, seu pânico de lugares em que não podia sair. Bastava a sensação de saber que não poderia sair para entrar em crise, segundo ele. Somente então conseguira sua liberdade provisória e se fazer presente em seu compromisso com Lorena, apenas com alguns minutos de atraso, no exato momento em que ela estava saindo do quarto, à sua procura, e já furiosa. Lorena era geniosa e não admitia ser contrariada, gostava de exercitar seu poder nas relações de par, como uma forma de se sentir maior que uma simples secretária ou governanta.

Achei absurda e ridícula aquela história, quando Dulce me contara. E o mais estúpido era que ela mesma não acreditava em Djair, mas insistia na relação. Chegava a ser contraditório: ela tão fogosa, senhora de si, orgulhosa por ter sempre o controle de todas as relações que vivera, se submetendo a um idílio clandestino, como se fosse a outra, sem mesmo saber que de fato era.

Na verdade, Dulce parecia confusa, o que chegava a ser cômico. Misturava uma história com a outra, sem dar a mim, ou a qualquer pessoa a quem estivesse contando, a noção de início, meio e fim. Ao mesmo tempo que expunha suas dúvidas e suposições mirabolantes acerca da postura incerta de Djair, como ele não estaria verdadeiramente envolvido e querendo algo sério ou que seu real pânico fosse de casamento, por alguma grande traição já sofrida, falava de sua crença no homem como sendo um ser incapaz de viver uma história verdadeiramente inteira com alguém, por se tratar de um animal que carrega no sangue o impulso da mentira e da traição, citando o jardineiro Zeca como exemplo de tal teoria. Segundo ela, ele teria fitado-lhe os seios, ao se abaixar para pegar umas sacolas que deixara cair. Questionando, então, os sentimentos dele pela tal noiva, com quem se correspondia há anos. E se gostava realmente da moça, por que não se casara?

JÚLIA SERRADO

CAPÍTULO 72

Exatamente como eu esperava, poucos dias depois de meu retorno à Mirage, Olívia foi procurada por Vanessa. Cheguei a me encontrar com a megera na boate, logo após a apresentação de meu número. A casa estava cheia e quase passávamos despercebidas uma pela outra, se não fosse por eu ter esbarrado nela e tê-la feito derrubar sua bolsa.

– Pensei que você já estivesse bem longe da minha vida – suas palavras pareciam temperadas com veneno, como se quisesse ali fazer-me desaparecer de sua frente. Sua beleza chegava a desaparecer diante do ódio que carregava consigo permanentemente. Procurei não revidar, até para não causar ainda mais transtornos a Olívia e Renato.

– Até Olívia está sendo enganada por você! – mostrava-se decepcionada com a amiga por manter-me trabalhando na boate, mesmo sabendo de tudo o que eu havia feito para destruir, segundo ela, sua união com Pedro.

– Desculpe, Vanessa, eu preciso ir – respondi, saindo.

– Só um momento – segurou-me pelo braço. Eu olhei para sua mão em mim, mas preferi não enfrentar, evitando escândalos. Ela mesma me soltou. – Você está achando que vai ficar assim?

– Eu não estou achando nada.

– Pois não vai. Alguma coisa me diz que tem muito podre por trás dessa história. E eu vou descobrir.

– Tudo bem. Descubra então todos os podres e depois a gente conversa.

– Você pensa realmente que vai continuar enganando a todos, Júlia Serrado?

– Olha, eu estou cansada e não tenho mais tempo a perder com você.

– O Pedro não vai ficar com você.

– Ah, é mesmo? Eu não tenho nada a ver com seu casamento.

– Você é mesmo muito cara de pau!

– Vanessa, quando eu conheci o Pedro, vocês já estavam separados.

– Nós não estávamos separados – o tom de Vanessa era mais agressivo. – Nós só tínhamos dado um tempo.

– Tempo? Pois não era o que ele pensava.

– Escuta aqui. Quem você pensa que é? O que você sabe do meu marido? – ela já estava quase aos berros.

– Do seu marido nada. Mas do Pedro, talvez eu saiba muito mais do que você poderia imaginar saber em todos os anos que vocês estiveram juntos.

– Eu não sei onde eu estou que não acabo com você, sua desclassificada!

– Algum problema? – perguntou Olívia, chegando para dar um basta àquela situação. Só então Vanessa se recompôs.

– Não – respondeu Vanessa prontamente. – Nenhum. A não ser esta mulher continuar trabalhando aqui.

– Vanessa, nós já conversamos sobre isso – disse Olívia calmamente.

– Definitivamente eu não entendo, Olívia. Esta mulher é uma ordinária.

Olívia fez um gesto para mim, para que procurasse me conter.

– Vanessa, por favor – insistiu Olívia.

– Está tudo bem agora. Não se preocupe, que não vou fazer nenhum escândalo em sua boate. Apesar de ser um ambiente propício, pelo tipo de gente que trabalha aqui.

Saí, deixando as duas.

CLARINDA DE HOLANDA

CAPÍTULO 73

Era claro o incômodo entre meu filho Nando e a aluna Maria Antônia, e ia ficando cada vez mais acirrado dentro da sala de aula, nos corredores, em cada encontro.

Nando não conseguia tirá-la de seu pensamento e até se questionava algumas vezes sobre suas ideias. Mas sempre chegava à mesma conclusão, considerando-a esnobe e manipuladora, uma patricinha tentando chamar a atenção por sua inteligência, a mesma postura que ela afirmava ser a de Nando, acrescida de uma pitada de frustração pela situação social de nossa família.

Claro, eu não considerava normal a relação agressiva e de rivalidade estabelecida entre Nando e Maria Antônia Gondim, cheguei a questioná-lo se não estava interessado nessa moça, obtendo, contudo, uma reação de indignação.

– Que ideia, mãezinha! Ela não passa de uma criança mimada que acha que pode ter o mundo aos seus pés e fazer com que todos pensem conforme a sua família. Eu jamais me submeteria a uma situação dessas. Olha a minha idade e a dela... Não passa de uma menina tentando superar o professor. E eu não vou compactuar com esse joguinho manipulador e infantil. Eu tenho mais o que fazer!

A própria Maria Antônia fora também questionada várias vezes pela tia, pelo irmão e até pela amiga Carola. Como eu, ninguém considerava normal a relação estabelecida entre os dois. Ela tivera também a mesma reação de Nando, desconsiderando totalmente qualquer possibilidade de um envolvimento afetivo com alguém tão arrogante e de mente tão fechada, como o tinha em conta.

Eu me preocupava com meu filho. Nem com Olívia eu o sentira tão envolvido, embora transparecendo incômodo. Para falar a verdade, nunca o tinha visto tão mexido por nenhuma mulher.

CLARINDA DE HOLANDA

CAPÍTULO 74

Como eu gostava de ter meus filhos perto. Até Ronie pôde voltar a frequentar nossa casa. Certa manhã estávamos todos nós reunidos na cozinha, rindo, lembrando de acontecimentos do passado, como uma vez que Francisco (Holanda) tinha subido na caixa-d'água e passado a tarde inteira escondido, deixando-me enfurecida por ter quebrado meu jarro preferido numa brincadeira com Nando.

Eu procurava até não tocar no assunto do trabalho com Ronie, para que não se chateasse e deixasse de aproveitar aquele momento, que há tanto tempo não experimentávamos. Sabia, contudo, a natureza do que vinha fazendo na tal boate onde estava trabalhando. Me doía o coração imaginar que vivia de vender o próprio corpo, como uma prostituta. Sim, Ronie era um garoto de programa, não era diferente por ser homem, embora eu tentasse o ver de outra maneira, creio que para amenizar minha dor e minha preocupação. Além de saber de seu envolvimento com gente da pior espécie.

Júlia, minha vizinha, acabara por reconhecer Ronie como um dos integrantes da quadrilha responsável pelo roubo e venda de sua filha. Fora então que fiquei sabendo do perigo que Guel Serrado, namorado de minha sobrinha Tony, representava. Estava vendo minha família envolvida com um homem que era capaz de tudo para conseguir seus objetivos, pois até preso ele já havia sido, por tráfico de drogas, embora Holanda afirmasse que não, que havia sido por porte e consumo, apenas. Mas isso era o que ele dizia a meus filhos e a Tony. Realmente não sabia ao certo se o próprio Ronie já não estava envolvido também com drogas, visto que eu já tinha a confirmação por parte de Júlia de que Guel era usuário até então.

Meu coração apertava quando pensava em minha família misturada com gente da pior espécie.

Implorei à Júlia que não envolvesse meu filho com a polícia, mas o que ela queria era apenas saber detalhes do plano de roubo da filha, provas que verdadeiramente incriminassem o cunhado e a levassem ao paradeiro da criança.

CLARINDA DE HOLANDA

CAPÍTULO 75

Ingenuamente, achei que Tony pudesse me ajudar a encontrar alguma pista com Guel Serrado sobre o paradeiro da filha de minha vizinha Júlia, por ser sua atual namorada. Mas percebi que não queria se envolver, nem criar problemas com o namorado. Ela estava, na verdade, mais preocupada com seu plano para aproximá-lo de Olívia Cordeiro e aplicar-lhe um golpe.

Nem percebi que Tony evitava então se aproximar de nossa casa, mesmo com a ausência de Alceu, pela presença de Júlia na rua, na casa da frente. Não queria que a visse, e que soubesse de nosso parentesco. Inclusive pediu para que eu não lhe mostrasse nenhuma foto. Elas se conheciam da boate, por Tony ser naquele momento uma das dançarinas da equipe de Júlia. Alegava querer subir pelo próprio mérito, o mesmo discurso em relação à Olívia. Mas coração de mãe não se engana e eu a tinha como uma filha. Contudo, eu não poderia dificultar ainda mais nossa relação, que nunca fora uma das melhores. Então, optava por atender a seus pedidos e silenciar-me.

Júlia era, no entanto, um obstáculo para os planos de Tony e Guel. Precisavam, deste modo, tirá-la de seu caminho. Lembrando de uma conversa que havia escutado na Mirage há algum tempo entre Júlia e Charles, o antigo diretor artístico da boate, de quem ela era amiga, minha sobrinha sabia que poderia acabar com a presença da inimiga de Guel dentro de seu ambiente de trabalho, revelando à Olívia os detalhes do envolvimento de Júlia com o deputado Donato Pessoa e seu plano de sedução à Pedro Lucena, para conseguir o tal dossiê contra seu parceiro.

O plano contra Júlia estava então arquitetado. Guel passara um tempo rondando o apartamento de Pedro Lucena, bem como o de Vanessa, a fim de descobrir algo que pudesse levá-los a uma ideia de como desmascararia a sua rival. Criara então uma situação, em que pedira informações de um endereço imaginário a Carminha, a empregada de Vanessa Lucena, que também prestava serviço a Pedro, com o intuito de se aproximar da moça, para conseguir o que queriam. Os encontros entre os dois aconteciam frequentemente, sempre que Vanessa saía de casa para resolver algo na rua. Guel usara todo o seu charme para seduzi-la, aproveitando-se de sua ingenuidade e carência afetiva.

Em pouquíssimo tempo, Carminha estava completamente apaixonada, acreditando ter encontrado seu príncipe encantado. Guel aproveitava-se de seu charme e beleza, encarnando ainda o papel do homem perfeito, cuidadoso e apaixonado, o que deixaria qualquer mulher enlouquecida.

Depois de descobrir a existência de fotos de Júlia e Donato Pessoa em negociações e ainda uma fita com a gravação dos dois planejando como seduziria Pedro e também roubaria seu projeto de programação para entregá-lo ao parceiro e garantir sua eleição ao cargo de vice-presidente da RTN, no apartamento de Pedro, Guel dera sua cartada final. Convenceu Carminha de que era um detetive contrato por Vanessa, a fim de conseguir as tais provas de volta, para que elas não caíssem em mãos erradas e acabassem por prejudicar seu chefe.

Àquela altura do campeonato, Carminha já acreditava em tudo o que Guel lhe dizia, mesmo as coisas mais absurdas, acabando por entregar a ele o que tanto queria.

O pacote contendo as provas contra Júlia fora deixado na mesa de Olívia, para que descobrisse a verdade e assim a mandasse embora. Fora um golpe de mestre. Pelo pouco que conheciam de Olívia, Guel e Tony sabiam que ela jamais admitiria a presença de Júlia na Mirage, depois de participar de um plano tão sórdido contra um grande amigo como Pedro Lucena. Exatamente o que aconteceu. O caminho estava livre para que ele pudesse se aproximar de sua vítima e dar continuidade ao plano.

O que eu sempre achei curioso em tudo aquilo era Tony não se importar de ver sua paixão envolvido com outras mulheres o tempo inteiro. A sedução de Guel, era, na verdade, a arma mais forte da dupla para atingirem seus objetivos, embora vez ou outra ela também precisasse entrar em ação e levar alguém para a cama, como fazia o parceiro constantemente.

JÚLIA SERRADO

CAPÍTULO 76

Fiquei perplexa por descobrir não ter sido Vanessa quem entregou as provas contra mim a Olívia. Ela mesma chegou a me confirmar outro dia na boate. Quem poderia ter tirado aquele envelope do apartamento de Pedro e o deixado na mesa de minha chefe? Ou melhor, quem teria livre acesso ao apartamento dele e ao mesmo tempo à sala de Olívia, fora a própria Vanessa? Realmente Raquel tinha razão, era muito estranho. Alguém além de Vanessa estava interessada em minha ruína. Só poderia ser Donato Pessoa. Ele sim era capaz e tinha como fazer aquilo, no momento que quisesse. Afinal, usava dos meios mais sórdidos para conseguir o que queria. Mas o que exatamente ele ganharia em me ver fora da Mirage? Talvez por vingança? Não sabia responder, era mesmo estranho!

A dúvida se fora o deputado quem fizera com que Olívia recebesse as provas contra mim me fizera procurá-lo para tomar satisfações. Estava determinada a resolver aquela história de uma vez por todas e exigir que me deixasse em paz. Fui até a RTN, onde Luísa, sua fiel secretária, tentara me impedir de vê-lo. Cheguei a ameaçá-la de fazer um escândalo ali mesmo se não permitisse a minha entrada em sua sala, quando fui surpreendida pelo próprio Donato acompanhado de Pedro saindo juntos do escritório. O inesperado me fez realmente perder meu foco. Senti-me totalmente embaraçada, perdida com aquele encontro. Não esperava encontra logo Pedro ali diante de mim. Mas é claro que seria possível, afinal, ele era o vice-presidente da empresa, poderia estar em qualquer lugar do prédio, até mesmo na sala de Donato Pessoa, como estava. Pedro tinha ido resolver questões pertinentes ao departamento comercial da RTN, que era de responsabilidade de seu antigo amigo.

Mesmo nervosa, agitada e perdida de meu foco, tentei explicar o que me levava a estar ali, mas as palavras pareciam se confundir e eu não conseguia organizar meu pensamento. E foi a reação de Pedro que me deixou ainda mais desesperada.

– Não se preocupem. Já estava mesmo de saída. Vocês podem ter a reunião de vocês, que não vou atrapalhar.

– Pedro nós não tínhamos reunião nenhuma.

– Júlia, não precisa se explicar.

Aquilo já começava a me deixar perturbada.

– Pedro, não é o que você está pensando.

– Me desculpem, mas eu tenho muito trabalho – disse Donato, com sorriso irônico. – Vamos, Júlia. Está atrasada.

Desejei matá-lo.

– Atrasada? Que história é essa? – tentei saber.

– Bom, eu já vou. Não quero mais interrompê-los – colocou Pedro, passando a mão pelo cabelo.

– Pedro, eu preciso falar com você – insisti.

– Donato está lhe esperando – respondeu, com olhar interrogativo.

– Ele não estava me esperando.

– Como não? – insistiu o canalha. – Você me ligou há pouco, marcando nossa reunião.

O que Donato poderia ganhar com aquela mentira?

– Pedro, ele está mentindo.

– Júlia, não vejo motivo para esta cena – explicou Pedro. – Você já está aqui, vinha falar com o Donato. Mudou de ideia?

– Mas eu não vinha para o que você está pensando.

– E o que eu estou pensando?

– Júlia, entre, eu tenho outro compromisso – sugeriu Donato, sorrindo.

– Entre, Júlia – repetiu Pedro.

– Ele está mentindo, Pedro. Você não percebe?

Aquilo me indignava.

– Perceber o quê?

– Eu não tinha reunião nenhuma com esse homem

– O que você está fazendo aqui então? – colocou Donato.

– Eu queria apenas tirar uma história a limpo.

– Júlia, me desculpe, mas eu não tenho tempo para esse tipo de coisa.

Pedro saiu, fazendo-me segui-lo.

– Pedro, por favor. Me escuta.

– Júlia, nós estamos em um ambiente de trabalho – apertando o botão do elevador. – Aqui não é local nem hora para estas cenas.

– Mas ele está mentindo. Esse homem não presta.

– Ah, não? – só então perdeu a paciência. – E o pacto que vocês fizeram para me enganar, para me roubar? Realmente ele não presta, Júlia.

– Você tem razão – entrando no elevador. – Mas agora eu não vinha a nenhuma reunião com ele. Eu não tenho mais nenhum pacto com Donato Pessoa.

– Não é o que parece.

–Você está sendo injusto.

– Que bonito! Vocês armam contra mim, e eu sou injusto.

– Eu não vou embora enquanto você não me ouvir.

– É o que eu estou fazendo desde a sala de Donato. Mas até agora, não ouvi nada que me fizesse mudar de ideia a seu respeito.

Tive vontade de desistir. Mas estava bem ali diante de Pedro, em um espaço de dois metros quadrados, sentindo o cheiro de seu perfume, e até seu hálito, quando falava mais perto.

– Eu quero apenas uma chance para te provar que eu te amo e que estou arrependida por tudo o que fiz.

– Ponha-se no meu lugar, Júlia. Não é apenas o fato de você ter mentido, mas de ter fingido ser a Mirela. Descobrir a verdade foi sofrer duas vezes. Por saber que ela está morta e de você ser uma impostora. Compreende?

Sim. Entendia bem o que ele ma falava. E me doía reconhecer aquilo.

– Pedro, eu sei que foi tudo horrível. Mas eu te amo.

– É muito confuso.

– Para mim não. Hoje eu tenho certeza do que eu sinto, do que eu quero.

– Eu necessito de um tempo para digerir essa história.

Guiei-me pelo meu impulso e o beijei. Podia sentir as batidas de seu coração, a vontade de responder àquele beijo. Depois de certa resistência, entregou-se totalmente. Os espelhos daquele elevador testemunharam a força que nos motivava, o desejo, nossa excitação.

– Não, Júlia... – tentava ainda resistir. Mas era como se pedisse para continuar. E eu o atendia prontamente. Como era bom senti-lo inteiro, beijando a mim e não Mirela. – Não, Júlia! – afastou-se bruscamente, apertando os botões que o livrariam daquela situação.

– Pedro, por favor.

– Chega, Júlia. Chega! – limpando o batom de sua boca. – Vai embora, por favor. É impossível.

– Como impossível? E esse beijo?

– Não significa nada.

– Nada?

– Quer dizer... significa.

– O quê?

– Você é muito parecida com a Mirela.

– Mentira! – eu sabia que ele não pensava nela naquele momento. – Você está mentindo.

– De mentiras você entende muito bem – já estava fora do elevador. – Me esquece, Júlia. Não dá.

– Eu te amo, Pedro.

– Mas eu não – respirou fundo e continuou: – Eu não acredito em você, Júlia. Quer saber? Para mim, até essa sua tentativa de reaproximação pode ser um plano.

– Como assim um plano?

– Pode ter sido por isso que você veio se encontrar com Donato.

– O quê? – absurdo aquilo! – eu não acredito.

– E por que não? Depois do que você fez isso seria bobagem.

Tentava controlar meu choro.

– Você sentiu isso no nosso beijo?

Ele não podia dizer que sim. Passei todo o meu amor naquele beijo.

– A única coisa que eu sei, Júlia, é que eu não acredito em nada do que você me diz. Isso é um fato. E você precisa aceitar.

– Aceitar?

– Sim. Me deixar em paz.

– Em paz? – procurei conter o choro. – Pode deixar.

Pedro ficara pensando que Donato e eu continuávamos com algum tipo de negócio ou acordo. E não aceitara qualquer tipo de explicação de minha parte. O que me deixara ainda pior. E mais uma vez as minhas esperanças iam para o buraco. Mas eu não poderia imaginar a sua reação me encontrando ali, à procura de Donato Pessoa. Compreendia sua desconfiança, talvez em seu lugar pensasse o mesmo. Ainda assim, senti raiva. E por fim, indignação! Parecia até que tudo o que eu fizesse ou dissesse poderia ser usado contra mim. Certo que meu passado me condenava, mas daí eu não ter direito nem mesmo de me explicar... Era absurda aquela situação. Sentia-me como se estivesse de pés e mãos atadas, sem nada poder fazer para defender a mim mesma. Foi então quando eu decidi parar de tentar.

Pedro sempre dizia acreditar no que o ser humano tinha de melhor, e que todas as pessoas poderiam mudar. Então, por que não poderia me dar uma segunda chance e deixava pelo menos eu tentar me explicar? Era injusto comigo e incoerente da parte dele, já que tanto falava de coerência e retidão na vivência dos valores e crenças pessoais. Então, existiriam exceções nessa postura de vida? Se existiam, podiam se assemelhar às concessões pessoais, que tanto abominava e desconsiderava no ser humano.

Certo que eu estava julgando e classificando a atitude de Pedro, mas não poderia ser diferente, era meu instinto de autoproteção. Por mais que eu soubesse de minha culpa e responsabilidade naquela postura dele em relação a mim, não suportava vê-lo me acusar, sem o direito de defesa, de expor meu sentimento e minhas razões, por piores que tivessem sido elas. Eu não era uma pessoa má, apenas tinha agido com fraqueza , mas necessitava de uma chance de me redimir e reparar meu erro.

MARINA PESSOA

CAPÍTULO 77

Foram semanas confinada àquelas paredes, presa por Donato em meu próprio quarto, de tal modo que cheguei a gravar em minha memória detalhes de cada canto do espaço. Donato tratara de mandar cortar a linha telefônica, reduzir meu contato à sua presença diária, ao chegar da RTN e antes de sair para o trabalho, bem como a de D. Deise, que me vinha deixar água, café da manhã, almoço, jantar e dois lanches, um pela manhã e outro à tarde. Tentei por diversas vezes que ela me deixasse sair, mas sempre me pedia desculpas e se ausentava. Por fim, parei de tentar e implorar para que conversasse algo comigo. Estava há muito tempo sem nada falar e aquilo estava me matando. Recusava-me a trocar qualquer palavra que fosse com Donato, como se quisesse puni-lo de alguma forma ou não dar-lhe o direito de me ouvir. Enquanto não voltasse atrás e terminasse com aquela loucura, não se aproximaria de mim. Quanto a isso, estava decidida.

Donato tentava estabelecer um diálogo a todo instante, comentando questões da RTN, de suas reuniões políticas. Mas nada, nada fazia-me mudar de ideia e lhe conceder qualquer palavra. Lembrava-me diante de suas inúmeras tentativas de conversa o quanto eu já havia desejado que tivesse aquela postura, de compartilhar sua vida para comigo. E, justamente quando estava tendo a oportunidade de desfrutar, não me permitia. Pensava no quanto a vida era contraditória e, em muitos momentos, chegava a quase desistir e voltar a falar com ele. Mas não podia compactuar com tal absurdo. Afinal, eu não era sua propriedade para decidir a esse ponto o que fazer de minha vida, com quem falar e até o que pensar. E ele precisava se dar conta disso.

Nem podia imaginar como ficara minha irmã. Donato lhe dissera, assim como para o restante das pessoas que por mim perguntavam, que eu havia adoecido e, depois, que tinha decidido fazer uma viagem a fim de me recuperar. Vanessa, inicialmente, não se dera por satisfeita e tentara de todas as formas descobrir o que realmente havia acontecido, até saber através de empregados de nosso prédio que eu nunca havia saído, depois do dia em que estivemos juntas, o que a fez procurar por meu marido, ameaçando-o denunciá-lo à polícia, caso eu não aparecesse. Contudo, tratava-se de um homem astucioso, então falou-me o que estava acontecendo, propondo-me elaborar uma carta através da qual eu explicaria para Vanessa um suposto arrependimento por tê-la procurado e reatado nossa relação, alegando ter pensado melhor e chegado à conclusão que ela não seria uma boa influência para meu casamento. Era exatamente a sua concepção que meu marido me exigira colocar na tal carta, pedindo para que minha irmã nos deixasse em paz.

Depois de muito pensar, percebi que Donato não devia estar em sua sã consciência para tomar atitudes tão extremas justamente comigo, sua esposa, a mulher pela qual ele insistia afirmar seu amor. Talvez até necessitasse de ajuda e cabia a mim ajudá-lo. Não sabia ao certo o que pensar. Poderia ser uma forma de eu tentar amenizar a culpa de meu marido. Julgando absurda a sua atitude, preferia acreditar num desequilíbrio emocional de sua parte a considerá-lo capaz de me fazer realmente sofrer premeditadamente.

Com o coração partido, movida por um choro doloroso, optei por fazer o jogo de Donato e elaborar a carta para minha irmã, na qual exigia que se afastasse de nós e esquecesse de nossa reconciliação. Doía lembrar da saudade profunda que senti de Vanessa e Felipe nos últimos anos e do quanto fora difícil a reaproximação, para abrir mão através de um pedaço de papel que levava uma afirmativa mentirosa sobre meus sentimentos.

O que eu queria na verdade era ganhar tempo e a confiança de Donato, para que reconsiderasse e me deixasse sair daquele cativeiro em que havia transformado nosso quarto. Depois pensaria no que fazer e como proceder.

MARINA PESSOA

CAPÍTULO 78

Certa manhã, logo após a saída de meu marido, no momento em que D. Deise fora me deixar o café da manhã, atentei para uma possibilidade de me ver longe daquele lugar. Por um segundo pensei no quanto havia sido burra em não ter chegado àquela conclusão. Esperei que ela fosse deixar a bandeja com a comida até a mesa, que ficava do outro lado de nossa grande suíte, sendo necessário atravessar todo o ambiente. Era apenas o tempo que eu precisava para fugir. Fitei a porta, no momento exato em que nossa empregada dera-me as costas, correndo em direção à minha liberdade. O tempo que nossa empregada levou para se dar conta do que estava acontecendo e correr para tentar me impedir fora o suficiente para que eu me visse fora do ambiente, a ponto de trancá-la lá dentro.

O próximo passo era sair do apartamento, sem que ninguém percebesse. Ao chegar no corredor, já bem próximo à sala, podia ouvir a conversa de Donato e Luísa, que tomavam café da manhã.

– Você não vai poder mantê-la presa por mais tempo. Essa carta serviu apenas para que nós ganhássemos tempo. Mas logo, logo todos darão pela falta dela e aí nós teremos que pensar em alguma outra coisa.

– Eu não pretendo deixar a minha mulher presa pelo resto da vida, Luísa.

– Você acha que vai continuar tudo da mesma forma quando ela sair?

– Eu preciso apenas reaver o controle. A carta já é a prova de que está aos poucos retornando.

– Se eu fosse você, não estaria tão certo.

– Eu sei bem o que estou fazendo. E você sabe muito bem que não gosto de intromissões. Esse assunto está encerrado.

Donato jogou o guardanapo na mesa, levantando-se. Vestiu o paletó que estava na grade da cadeira. E logo se atenta ao relógio.

– Nós estamos atrasados. Eu tenho uma reunião logo cedo com Pedro Lucena sobre as cotas publicitárias do tal programa que ele está querendo lançar nas tardes de sábado.

– Ok, então vamos. Tenho apenas que pegar minha bolsa no quarto.

Mais uma vez Luísa atrapalhando a minha vida, mesmo sem saber. Embora eu já tivesse saído do corredor que dava para os quartos e passado para a porta da cozinha, ela poderia se dar conta que D. Deise estava trancada em meu lugar, no meu quarto. Bastava que ela fizesse algum barulho, o mínimo possível, e tudo estaria descoberto. Tratei então de me apressar e procurar sair do apartamento pelos fundos. Assustei-me ao me deparar com Flávio, o motorista, sentado à mesa da cozinha, tomando café. Pensei por um segundo que estava perdida e minha tentativa de me ver livre daquele lugar fracassara.

De modo algum poderia entregar os pontos assim tão fácil. Faltava pouco para estar longe dali. Corri, sem que Flávio tivesse chance de entender o que estava acontecendo. Já das escadas, descendo o mais rápido que podia, ainda deu para ouvir os gritos de Donato, ordenando para que me impedissem de sair. No segundo ou terceiro andar depois da cobertura onde morávamos, peguei o elevador, que estava aberto, como se esperasse por mim.

Apertava minhas próprias mãos uma na outra, como se aquilo me deixasse menos nervosa, apreensiva. Temia que Donato me surpreendesse quando aquele elevador abrisse a borta. Mas Deus também não poderia estar compactuando com o despautério de meu marido. Se ele tinha permitido que eu saísse de onde achava que seria impossível sair, precisava continuar comigo, até que eu estivesse a salvo, bem longe dali.

A cada andar pensava para onde eu iria. O apartamento de Vanessa era óbvio demais. Certamente seria o primeiro lugar onde Donato procuraria por mim. Mas pelo menos lá teria o apoio de minha irmã e até de Pedro, embora não morasse mais com ela.

O elevador parou dois andares antes de chegar ao térreo. Não poderia ser! Rezei ansiosamente para que não fosse meu marido, ao abrir a porta. Meu coração estava acelerado, minha respiração ainda mais ofegante.

Era apenas uma moça, cheia de livros e puxando uma mala.

– Bom dia.

Nem consegui responder-lhe o cumprimento, de tão nervosa estava.

Só então percebi minha aparência, olhando pelo espelho. Totalmente assanhada, com o rosto transtornado, vestindo apenas uma camisola. Com certeza, tinha chamado muita a atenção daquela moça, por mais discreta que ela fosse, minha aparência estava horrível.

Logo que abriu a porta do elevador, no andar térreo, tratei de correr para a saída, avistando o mar, depois de driblar o porteiro que tentara me segurar.

– D. Marina, seu marido pediu...

Nem lhe dei tempo que agisse, empurrei-o, saindo definitivamente do prédio. Donato estava logo atrás de mim, vinha descendo no outro elevador, acompanhado de Luísa.

Tentando atravessar a Av. Beira-Mar, logo após sair do prédio, vi, numa questão de segundos, uma moto se aproximar de mim velozmente. Nem dera tempo de gritar. Seria o ponto final de uma história de angústia e sofrimento. A única imagem que me viera à cabeça naquele instante fora a de Vanessa cedendo ao meu abraço, depois de anos afastadas. Estava pronta!

CAPÍTULO 79

Em meio ao romance secreto com Djair, que secreto mesmo era apenas para Lorena, Dulce vivia às voltas com Zeca, procurando saber sobre sua história com a moça das cartas, com a qual se correspondia, bem como pondo em dúvida permanente a fidelidade masculina.

– Fiel você, Zeca? Não sei não, viu? Nenhum homem é fiel, ou até pode ser, até aparecer algum rabo de saia, mesmo que em seus pensamentos.

Dulce era dotada de um jeito sarcástico e provocante, equilibrado por um bom humor contagiante, que a fazia engraçada e ao mesmo tempo deixava os homens meio embaraçados, fora de seu controle. No caso de Zeca, parecia ser ela que experimentava uma certa dose de incômodo e estranheza, como se ele fosse inatingível e por mais que provocasse, com suas teorias feministas, não conseguia desequilibrá-lo. Zeca mantinha-se firme e tranquilo em sua concepção sobre ela, que era uma mulher com um pensamento machista enrustido, à espera de ser arrebatada por uma grande paixão que a fizesse submissa.

A teoria de Zeca sobre a real condição de Dulce a deixava furiosa, num pé e noutro, exigindo explicações e aprofundamentos, exemplos de como a via daquela forma, ou melhor, do que o fazia a enxergar como uma "mulherzinha", como ela classificava pejorativamente a maioria das mulheres que se submetiam à sociedade machista.

E Zeca ainda complementava sua teoria acerca de Dulce, afirmando que o relacionamento clandestino que mantinha com Djair comprovava as suas suposições de que era uma mulher à espera e temerosa de um grande e verdadeiro amor, por isso insistia em manter uma história não inteira com alguém.

O pensamento de Zeca provocava não apenas uma inquietação, mas chegava quase a enlouquecer minha enfermeira, de modo a tentar convencê-lo de que estava errado, visto que se não assumia seu romance com Djair não era mais por escolha sua, embora não pensasse, em hipótese alguma, na possibilidade de revelar a postura negativa de seu namorado a um namoro tradicional. De maneira nenhuma daria esse gostinho àquele arrogante do Zeca, como passara a o tratar depois de ele ter exposto sua conclusões a seu respeito.

Só restava à Dulce tentar dissuadir o namorado da ideia de permanecerem com seu relacionamento em segredo. Passara então a exigir dele uma anunciação oficial do namoro dentro da mansão. Chegara inclusive a pedir minha ajuda junto a Maria Antônia e papai, para que tentássemos facilitar a aceitação de Maria Eugênia no que dizia respeito ao assunto dentro de nossa casa.

Dulce estava convencida que logo provaria a Zeca seu equívoco sobre ela, subindo com Djair ao altar. Embora Mena e eu achássemos um absurdo a decisão tomada por ela, estava certa do que queria. E o que queria realmente não era viver com Djair, mas provar para Zeca que estava errado e que não passava de um frustrado por não viver uma relação verdadeira com alguém. Para Dulce, as correspondências do jardineiro com sua suposta namorada não passavam de uma fantasia. Pelo menos queria acreditar naquilo.

Mas o que Dulce não esperava era a grande resistência firmada pelo namorado à ideia de assumirem de uma vez por todas o romance. A nova estratégia do malandro fora uma história de que sua mãe era extremamente possessiva e com a ideia fixa de que teria ainda de entrar para um seminário e servir a Deus. Estava muito doente e jamais aceitaria aquele namoro, segundo ele. E que, assim, precisaria de um tempo para contar-lhe a verdade e apresentar Dulce como sua futura esposa.

Eu me perguntava se realmente minha enfermeira acreditava nas histórias de seu namorado, e chegava até a questioná-la sobre isso, expondo meu conceito acerca dele, que para mim não passava de um grande malandro tentando se dar bem. Procurava abrir-lhe os olhos, pedindo-lhe para ficar atenta aos passos de Djair. Não me sentia no direito de lhe revelar o verdadeiro motivo de ele não querer assumi-la como namorada dentro de nossa casa. Nunca fora de meu feitio dedurar, muito menos me meter a tal ponto na vida de alguém, mesmo sendo alguém tão querida para mim, como era minha enfermeira.

O mais irônico era que Dulce se achava toda esperta e dona da situação, não conseguindo perceber a traição do namorado bem diante de seus olhos, e logo com Lorena, sua grande rival, que também nem imaginava a traição do amante.

Para a secretária de minha irmã, o caso era diferente. Ela não queria de maneira alguma expor sua intimidade com um simples motorista, achava-se superior, e seu romance com Djair não passava realmente de uma cama ardente. Imaginava, inclusive, que ainda arranjaria um marido bem-sucedido. Seu relacionamento com ele era à base de autoritarismo e submissão. Lorena vivia com Djair todas as suas fantasias de ser uma mulher poderosa, pisando em seus subalternos. Já para ele, como confessava à Mena, tratava-se apenas de mais um estilo de relação, considerando-se um homem versátil. Na verdade, para Djair as duas não passavam de mais uma conquista, não importava a forma da relação, mas mantê-las.

No fundo, aquele triângulo amoroso trazia-me um pouco de ocupação dentro da imensidão de nossa casa.

CELINA GONDIM

CAPÍTULO 80

Em muitos momentos, quando estava na piscina com Dulce, Mena, papai ou meus sobrinhos, fitava o nosso gigantesco jardim e pensava em tantas coisas que eu não podia mais desfrutar. Um pouco acima do canto esquerdo do muro que protegia a mansão, tínhamos a visão de uma parte do mar da Praia do Futuro. A brisa que mexia com meus cabelos, sem que eu pudesse evitar, lembrava-me de minha condição de aleijada, de um ser inútil entrevado naquela cadeira de rodas.

A alegria de meus sobrinhos e seus amigos, quando estava com eles, fazia-me sentir um pouco feliz e quase que simultaneamente entristecida. Ao mesmo tempo em que me sentia convidada a sorrir com a energia revigoradora da juventude, chorava por dentro a falta que Vinícius me fazia, bem como a impossibilidade de me locomover, sem depender de alguém, ou ainda de realizar movimentos simples com meus braços. O castigo fora realmente severo, trazendo a ausência de quase todos os meus movimentos, do pescoço para baixo, além de interferir em minha aparência, repuxando um pouco os nervos de minha face e até dificultando a minha fala.

Pensava no quanto deveria ser difícil para a minha família conviver com uma figura bizarra como eu, tratando-a como se nada demais houvesse, para que não se sentisse ainda pior. E pior eu me sentia! Preferia que não fosse daquele maneira. Por mim, eu teria me isolado na casa de praia de nossa família, em Canoa Quebrada, a fim de não ser um estorvo na vida de ninguém. Afinal, o castigo era meu, não das pessoas que eu amava.

Contudo, minha família não desistia de tentar transformar meu mundo em algo produtivo, de trazerem de volta à vida a escritora Celina Gondim. A tentativa final de papai e Pedro Lucena para me convencerem a aceitar integrar a equipe de redatores da série acerca de portadores de necessidades especiais fora trazer a visita do diretor do projeto e da atriz que encarnaria o papel de uma mulher que cegara depois de ter sido vítima de um erro em uma cirurgia ocular e não aceitava a sua nova condição. Seria um dos papéis principais da história idealizada por Pedro.

Inicialmente, tentei resistir à ideia de receber aqueles profissionais que viveriam na ficção o drama experimentado por mim, e, decerto, por muitas pessoas na vida real. Eles reabririam a ferida e isso eu não poderia permitir, já bastava de sofrimento. Papai e Pedro apostavam, no entanto, em meu altruísmo, força forte que sempre me conduzira na vida, apesar dos caminhos tortuosos pelos quais eu havia me permitido passar.

A grande missão de um artista é revelar ao mundo o universo que experimenta isoladamente, para que as pessoas possam viajar no desconhecido, provando das maravilhas que a vida nos possibilita. Essa missão encontra-se no sangue de cada pessoa que se aventura em desenhar um novo mundo para si e para os outros, correndo fortemente em minhas veias e fazendo-me questionar mais uma vez a minha decisão de tentar bloquear em mim um canal que pulsava e gritava por expressão.

Pedro era inteligente e sabia bem o que fazia, como tocaria em meu ponto fraco, acabando finalmente por me convencer, não ainda a integrar a equipe de autores, mas a servir de inspiração para uma das personagens centrais do projeto.

Aceitei, então, o desafio!

CAPÍTULO 81

Graças a Deus eu tinha o apoio incondicional de minha cunhada, sempre disposta a me ouvir e me aconselhar, bem como de D. Clarinda, que nos últimos meses estava sendo uma mãe em presença, embora ela já tivesse as suas preocupações pessoais com seus filhos e seu marido.

A única coisa que tirava Raquel realmente do prumo era a sua relação com Djair, que uma vez ou outra aparecia, cansado de suas viagens, segundo ele, e sem nenhuma ajuda financeira a ela e aos filhos. No fundo, era uma situação que a incomodava, por estar totalmente na minha dependência. Antes, ainda cuidava de Clara, o que, de alguma forma, justificava, a seu ver, a sua estadia em minha casa, sem colaborar financeiramente com nada. Cheguei a flagrá-la por diversas vezes chorando às escondidas, rogando a Deus que lhe desse um emprego ou fizesse Djair conseguir algo melhor, para tirá-la de minhas costas.

Na verdade, a companhia de Raquel me fazia muito bem, como se fosse uma irmã, sempre presente, cuidadosa, zelando por meu bem-estar e minha felicidade. Às vezes eu brincava dizendo que sua comida justificava todo e qualquer esforço que eu fizesse para mantê-la comigo. E claro que ela cozinhava maravilhosamente bem. Contava com muito orgulho ter aprendido com sua mãe. Nós ríamos quando eu lamentava a minha dificuldade para manter a forma chegando em casa e me deparando com os pratos deliciosos que ela preparara para me receber do trabalho. Principalmente quando fazia seu espaguete ao gorgonzola e atum, fazendo-me sempre repetir o prato.

Raquel e eu tínhamos uma ótima relação e verdadeiramente eu não mais me imaginava morando sem sua presença permanente e cuidadosa. O que me fazia respeitar seu sentimento por Djair e suportar sua presença desagradável, procurando, incessantemente, mostrar-se gentil e cavalheiro, mas de forma artificial, como que para galantear, chegando a se tornar vulgar e uma presença extremamente chata.

Que Raquel não soubesse, mas eu dava graças a Deus no dia que Djair ia embora, voltando às suas viagens, que lhe renderiam incansáveis histórias de que fora vítima de algum cliente esperto ou colega de quarto de hotel canalha que tentara lhe passar a perna e, na maioria das vezes, segundo ele, conseguia. O que para mim, nada mais era que desculpas pouco inteligentes para justificar sua falta de colaboração no sustento de Zezinho e Rafael.

Em alguns momentos, motivada pelas histórias ridículas contadas por Djair que o vitimavam, justificando a falta de dinheiro e os longos períodos de semanas que passava sem aparecer, eu chegava a questionar, de forma irônica, o desenrolar, o que o deixava sempre embaraçado, gaguejando, procurando de alguma forma encontrar uma saída, uma justificativa para as incoerências ou falta de nexo das histórias. Era salva frequentemente por Raquel, que percebia minha atitude, bem como o embaraço do marido, se enrolando cada vez mais nas explicações infundadas e, com certeza, mentirosas, que o livrava dos constrangimentos por mim proporcionados chamando a atenção para algum fato da vida dos meninos.

Realmente eu não sabia se verdadeiramente Raquel acreditava nas histórias do marido ou o amava ao ponto de passar por cima das coisas mais absurdas para protegê-lo e garantir que ele voltaria, que não os abandonaria. Isso me deixava furiosa. Estava certa de que Djair era um grande canalha e se aproveitava da permissividade da mulher para viver sua vida dupla. Eu não sabia ao certo o que ele escondia, mas certamente não sabíamos muito sobre a sua vida.

Tentei por diversas vezes conversar sobre as minhas desconfianças de Djair com Raquel, mas sentia que não havia espaço para isso. Ela fazia questão de me responder qualquer indagação que eu fizesse falando de sua certeza do quanto era um homem bom, generoso e a amava, embora fosse ingênuo. Procurava então relevar, para que nós não nos desentendêssemos e puséssemos em risco a nossa boa relação. Definitivamente, Djair chegava a ser um assunto proibido entre nós, já que ela também procurava não mencioná-lo na minha frente, para que eu não encontrasse uma forma de expressar minha percepção sobre a vida misteriosa de seu marido. O que eu respeitava, em consideração a sua lealdade a mim.

E não apenas leal, Raquel chegava a ser passional em me defender. Bastava me ver sofrer para transformar qualquer pessoa em vilã, ou situação em motivo de sua indignação. Embora tivesse sido contra o que eu havia feito com Pedro, achava também um absurdo sua falta de compreensão e perdão a meu respeito. Ficara quase furiosa quando soubera de sua reação ao me encontrar no escritório à procura de Donato Pessoa, para tomar satisfações.

"Isso também tem limites, Júlia, já chega! Esse Pedro já não é mais nenhuma criança. Quem ele pensa que é para ficar querendo te punir?"

Não sei ao certo se Raquel tinha razão e Pedro queria realmente me punir, mas o fato é que era exatamente assim que eu estava me sentindo, pagando por tê-lo enganado. Só não sabia discernir "punição" de "consequência" naquele momento. Por mais que doesse, chegava a ser difícil de me colocar em seu lugar e imaginar que reação eu teria se tivesse sido eu a enganada. Talvez nunca mais quisesse ver a cara da pessoa que tivesse me enganado.

Como D. Clarinda de Holanda dizia: "É fácil nos perdoar quando não somos nós as vítimas!" E eu entendia bem o que ela queria dizer. Foi o que me impulsionou a procurar por Pedro mais uma vez e tentar novamente me explicar. Contudo, acabei por me deparar com ele aos beijos com sua ex-mulher no saguão de seu prédio.

Naquele momento sim, senti que estava realmente tudo acabado!

CLARINDA DE HOLANDA

CAPÍTULO 82

Guel e Tony conseguiram que Ronie participasse de seu plano para se aproximarem da intimidade de Olívia Cordeiro, cobrando um antigo favor que meu filho devia a ele. A estratégia seria que usasse uma meia cobrindo o rosto e se fizesse passar por assaltante.

No momento em que Olívia Cordeiro saía da boate e abria a porta de seu carro, fora atacada por trás. Guel Serrado estava exatamente ali, em seu carro, saindo para ajudá-la. Ele pedira para que o suposto assaltante a deixe em paz, oferecendo-lhe o relógio, que parecia valioso. Como combinado, o falso bandido a soltara, aproximando-se rapidamente de Guel, a fim de pegar o suposto resgate, sendo atacado pelo amigo, que o derrubara e jogara-se por cima dele, exigindo o relógio de volta. Depois de tomar um ou dois socos, Ronie conseguira então escapar.

Enquanto o falso assalto acontecia, Tony distraía os dois seguranças da boate, a poucos metros dali, deliciando-se nos braços dos fortes rapazes.

A sorte estava então lançada. Guel Serrado era o corajoso herói que salvara Olívia de um terrível assalto.

O plano era que tudo pudesse ocorrer numa progressividade que mexesse realmente com Olívia, que ainda sofria com o término de seu relacionamento com Nando. Logo depois de deixá-la segura de volta à boate, Guel despedira-se, alegando estar comprometido e não poder ficar. A intenção era exatamente chocá-la, deixá-la em suspense e depois agir, mostrar-se presente aos poucos, a fim de envolvê-la.

Tony e Guel estavam certíssimos no caminho que escolheram para conseguir a confiança de Olívia Cordeiro. Uma mulher marcada por inúmeras decepções amorosas de abandono e traições, ficara de fato mexida com o ato heroico, o cuidado e a gentileza de um homem extremamente charmoso e galanteador. Embora estivesse mais do que nunca decidida a não acreditar mais em homem nenhum, pela última frustração com Nando, sem saber que também fora vítima de um plano para separá-la de meu filho, arquitetado pelos mesmos mentores daquele assalto.

O passo seguinte fora as flores na manhã logo cedo e um telefonema no final da tarde. Guel se desculpara com Olívia pela ausência o dia inteiro, mas estava, segundo ele, numa rápida viagem de negócios. E fora ela quem primeiro tomara a iniciativa, falando da possibilidade de se encontrarem, para que então pudesse agradecer por tê-la salvo. Tentava passar um tom despretensioso na fala, mas já estava clara sua curiosidade e desejo de conhecer aquele homem, que cuidadosamente se explicara por não poder atender seu convite, alegando compromissos de trabalho e só viera aparecer uns dois dias depois, na boate. Colocar um pouco de dificuldade fazia parte do plano, para aguçar ainda mais o seu interesse.

Tony sabia bem o que estava fazendo, na orientação a Guel. Estudara minuciosamente as estratégias depois de ouvir diversos desabafos de Olívia a Charles Moreno ou a Izaíra, sua secretária. Esta última dava a minha sobrinha ainda mais informações do que precisava, por adorar falar da vida dos outros, fazia-se de amiga pela frente e desdenhava de suas histórias por trás. O que chegava a ser engraçado para todos os funcionários da boate servia de alicerce para os planos de minha sobrinha.

Fora uma grande surpresa para Olívia quando avistou Guel em uma das mesas, assistindo ao show daquela noite na Mirage. Aproximou-se disfarçadamente, fazendo parecer que só o enxergara no momento que esbarrara com ele. Conversaram uma boa parte da noite, sobre a estrutura dos shows promovidos pela boate, até a despedida de Guel, deixando-a extremamente perturbada. No fundo, Olívia esperava que ele tomasse iniciativa e a convidasse para outro programa, como um almoço ou um jantar. Guel, contudo, usava uma dose estratégica de charme e galanteios nas conversas e alegava ter que ir embora, exatamente no momento em que estava seguro de que ela se encontrava mais envolvida.

Tony cuidava de tudo com detalhes, para que nada desse errado. E já começava a perceber a ansiedade de Olívia Cordeiro nas noites que se seguiram para encontrar Guel na boate. Foram necessários mais um ou dois encontros para acontecer o primeiro convite de almoço, por parte da própria vítima.

Aos poucos, Olívia descobria muitos gostos em comum com aquele homem, que lhe conquistava a cada dia, principalmente em fazer programas que há muito não fazia. Como ver o pôr do sol, no passeio de barco, na Beira-Mar, ou ainda dançar a noite inteira num clube de danças de salão, aonde não ia desde a adolescência. E fora nesse último encontro que acontecera o tão esperado. Em meio a uma dança, ela se vira extremamente envolvida fitando o azul dos olhos daquele homem, que parecia transpirar charme e sedução. Um frio lhe subira pelo estômago, deixando-a num estado de nervosismo e ansiedade que provocava o palpitar de seu coração. Já podia também sentir a sua respiração ofegante, o que a deixara mais à vontade. Ele finalmente a tomara e a beijara, saciando o desejo que há muito procuravam controlar.

Eu conhecia Olívia desde criança, a tinha visto crescer. De certo, não permitiria tal absurdo se tivesse sabido a tempo dos planos de minha sobrinha e seu comparsa. Como sempre, ficava sabendo dos feitos de Tony tarde demais, como a manobra para separar Nando de Olívia, flagrando uma conversa sua com Marluce, na sala de minha casa. Ainda tentara disfarçar, mas deu para ouvir bem quando a moça lhe cobrara a ajuda que havia prometido lhe dar em sua aproximação de Nando, por quem era apaixonada desde menina.

CLARINDA DE HOLANDA

CAPÍTULO 83

Marluce, a filha de nossos vizinhos, não pensava em outra coisa se não em um dia ficar com Nando. Sonhava com aquilo desde a adolescência, nas épocas em que recebia aulas de reforço de seu amado. Parecia incansável. Fazia questão de lhe pedir carona diariamente para a faculdade, mesmo que seus horários fossem diferentes. Aproveitava cada momento junto, cada fala, qualquer coisa que pudesse de alguma forma representar um pouco de cumplicidade com meu filho, como me ajudar em minhas costuras, por mais que parecesse absurdo, por ser filha de Ceiça e Rubinho, donos do mercadinho da esquina. Marluce não tinha necessidade financeira de me ajudar, chegando a implorar para tal, mesmo que de graça.

Ceiça era uma pessoa amiga e se preocupava com a filha. Uma vez ou outra, quando ia fazer compras, me acompanhava, para colocarmos os assuntos em dia. Sua grande paixão mesmo era o marido e o filho Dorival.

O único incômodo de Ceiça na verdade em relação a Dorival era seu envolvimento com Salete. Não perdia a oportunidade de destacar sua indignação por vê-lo namorando uma mulher tão vulgar, segundo ela, e ainda por cima melhor amiga de Vera Sheila, a moça mais mal-falada da rua. E mais, estava certa que ela o traía ou mesmo levantava suspeitas sobre seu trabalho, de como arranjava dinheiro para se manter, visto que ninguém sabia de Salete trabalhando. As duas, na verdade, se suportavam somente. E esta, por sua vez, não perdia a oportunidade de provocar a mãe de seu namorado, usando roupas cada vez mais curtas e decotadas, bem como mostrando ter muito dinheiro, sempre que ia pagar suas compras no mercadinho, ou ainda comentando de suas noitadas, das farras de que fazia com ou sem Dorival.

Salete sabia que era indesejada na família, por isso fazia questão de se fazer ainda mais presente na vida de Dorival, procurando ocupar por completo seu tempo, quando não estava de plantão, e assim, provocar ainda mais os ciúmes de Ceiça, que só se acalmava depois dos dengos do marido em público, para mostrar para todos o quanto se amavam.

CLARINDA DE HOLANDA

CAPÍTULO 84

Minha vizinha Ceiça era uma pessoa muito presente em minha vida, e sem mesmo procurar especular para não me constranger, mostrava-se sempre de prontidão nos momentos em que eu precisava. Fora exatamente ela quem me acompanhara na visita a Alceu na cadeia.

Causou-me uma dor ao ver meu marido naquele ambiente sujo, numa cela de quatro metros quadrados, com mais de dez homens dividindo o mesmo espaço. Ele levantou-se e correu para a grade, ao me ver chegar.

– Me tira daqui, Clarinda, pelo amor de Deus! – Alceu parecia desesperado, enquanto os companheiros de cela zombavam de sua atitude. Nunca esperava encontrá-lo daquela forma, barbado, magro, sujo. Era realmente deplorável. – Eu prometo, eu juro, eu prometo, nunca mais eu encosto a mão em ti!

– Eu não posso fazer nada.

– Pode, claro que pode. Você é a única pessoa que pode me tirar daqui. O delegado já me disse. Só você pode retirar a queixa.

– E pra onde você iria?

– Deixa de besteira, mulher. Nós estamos casados há trinta e cinco anos. Por que isso agora? Eu tenho que voltar pra minha casa, que é o meu lugar.

Olhei para Ceiça, como se procurasse forças para continuar ali.

– Eu... eu tenho medo de você, Alceu – falava com certa dificuldade.

– Não te preocupa, eu não vou mais encostar a mão em ti, eu prometo, já disse! O que eu quero é apenas voltar pra casa, sair daqui. Já faz muito tempo que eu estou nesse lugar imundo.

– Eu vou pensar – saí rapidamente, para não ter mais que presenciar seu desespero trancado ali. Pude ouvir seus gritos.

– Clarinda, volta aqui! Não me deixa aqui, Clarinda! Eu juro que não encosto mais a mão em ti, mulher! Eu juro! Volta aqui! Volta aqui!

Procurei falar com Dorival, me certificar de que o estavam tratando bem. Fiquei então sabendo que dali a alguns dias ele iria ser transferido para um presídio em Itaitinga, cidade metropolitana de Fortaleza. Já fazia tempo que estava na delegacia, e eles não tinha mais como mantê-lo ali.

Eu não poderia permitir que o pai de meus filhos passasse por tal situação. Sabia que no presídio estaria exposto a todo tipo de perigo, ao convívio com pessoas da pior espécie. Seria perigoso, sem dúvidas. Pensei um pouco e acabei por revelar a meus filhos sobre a visita e a difícil situação de seu pai. Esperava que eles mesmos tomassem iniciativa e o tirassem de lá, sem que eu precisasse fazer nenhum esforço.

Nando logo se sensibilizou quando falei sobre o presídio, mas Holanda permanecia irredutível, queria que o pai pagasse por tudo o que me fizera a vida inteira, e se era aquele o preço, que arcasse com as consequências. Chegara, inclusive, a reafirmar sua promessa de que se eu voltasse atrás e tirasse Alceu da cadeia, ele sumiria de minha vida.

Mas e a minha promessa? Eu não poderia persistir naquilo. A promessa fora quebrada e eu seria punida, com certeza. Seria difícil no início, mas logo, na certa, meu filho entenderia e me perdoaria, tinha bom coração.

Retirei, então, a queixa.

Parte III

Setembro a novembro de 2006

CAPÍTULO 85

Foi destruidor o sentimento que experimentei ao me ver diante de Pedro e Vanessa se beijando. Eu tanto havia rezado para que aquilo não acontecesse que me surpreendi ao encontrá-los daquela forma, como se não esperasse que Deus permitisse aquilo acontecer, por lealdade a mim. No entanto, a própria Vanessa devia já ter pedido a ele o mesmo a meu respeito, por repetidas vezes. O que eu teria melhor do que ela? Talvez tivesse de pior! Ela era a esposa com quem fora casado por mais de doze anos e tinha um filho. Eu nada mais era que a amante, a qual o enganara, fazendo-me passar por minha irmã, seu grande amor.

Voltei para casa e caí nos braços de D. Clarinda de Holanda, num choro que me lavou a alma. Estava certa de que haviam reatado o casamento. Agora sim eu provaria o gosto amargo do fim. Estive com a chance de ser feliz em minhas mãos e não soubera aproveitar. Afinal, aquele momento seria a oportunidade que Vanessa precisava para mostrar a Pedro que o amava e que era ao seu lado que realmente seria feliz, juntamente com o filho, a quem ele tanto amava e sentia falta. Assim, até poderia estar mais perto de Felipe e lhe dispensar um maior cuidado.

Joguei-me de cara no trabalho como forma de fugir do sofrimento e não estar em contato com a verdade que eu imaginava existir, a qual me provocava tanta dor. Estávamos criando novos números com as dançarinas e por algum tempo suspendemos a apresentação de meu show, para que tivéssemos espaço de preparar um novo espetáculo. O trabalho na Mirage era o que de fato me distraía e me dava forças para continuar.

Eu nem podia imaginar que o beijo de Pedro e Vanessa que eu havia presenciado nada mais fora que uma tentativa dela de criar uma situaçao de intimidade para conquistá-lo de volta. Iniciativa com a qual não tivera êxito, já que o que provocara a separação dos dois fora realmente o cansaço de Pedro da difícil convivência com a esposa, durante todo o tempo em que estiveram casados. Nada tinha a ver comigo e nossa relação. Desse modo, não seria a nossa separação que provocaria uma reaproximação entre ambos. O calor do momento e a frieza de Pedro a meu respeito, entretanto, me fizeram pensar que ele e Vanessa haviam reatado a sua relação.

Contudo, Vanessa Lucena não sossegaria enquanto não me visse bem longe de seu marido. Acabara por investir numa amizade com Izaíra, a secretária de Olívia Cordeiro, para que pudesse obter informações a meu respeito e garantir, segundo ela, a minha distância de sua família.

Izaíra, por sua vez, não era uma pessoa de manter relações de amizades verdadeiras com ninguém e via na aproximação com Vanessa uma oportunidade de melhorar sua situação financeira. Jogava alto e se utilizava de sua falsidade natural para conseguir o que queria. Chegara a me confessar que fora procurada por minha inimiga para ajudá-la a me tirar de seu caminho. Era uma forma de se aproximar de mim e mostrar-me lealdade, a fim de que pudesse agir com mais naturalidade, conseguindo todas as informações que pudesse a meu respeito, para entregá-las a sua parceira. Eu nunca havia confiado naquela moça, por perceber a sua superficialidade e fingimento permanente. O que Izaíra dizia não se podia escrever e era do conhecimentos de todos. Falava bem pela frente e detonava por trás, assim como agia com a própria Olívia Cordeiro. O que eu nunca de fato pude entender, por que a mantinha como pessoa de confiança, se destilava veneno e falsidade, bem como era uma das pessoas mais fofoqueiras que cheguei a conhecer. Talvez ela realmente não enxergasse o comportamento da secretária.

A parceria com Izaíra rendera bons frutos a Vanessa. E quando soubera de meu equívoco ao vê-la se beijando com Pedro, logo tratara de garantir a confirmação de minha suposição, criando algumas situações em que apareciam juntos, para que eu pudesse enxergar o quanto estavam se dando bem. Como sua presença certa noite, na Mirage. Ao sair do camarim, acompanhada de Izaíra, senti meu chão faltar vendo-os numa mesa, sendo atendidos por um de nossos garçons. A fofoqueira então dava a cartada final de sua jogada com Vanessa, comentando que ouvira falar da nova lua de mel que os dois fariam em breve.

Por que aquela situação? Se Pedro percebera que de fato não me amava e queria apostar em seu casamento, eu até poderia entender, mas daí querer me causar ciúmes ou punir, não era seu feitio. Mesmo sendo a única explicação que achei com Raquel sobre o episódio na boate, pois não teriam outro motivo para aparecerem ali, em meu ambiente de trabalho, se não chamar minha atenção. Senti uma tristeza profunda e por fim raiva. Entendia aquilo como falta de respeito e consideração por tudo o que havíamos vivido juntos. Como se ele quisesse me dizer que não nos restava mais nenhuma chance. Embora eu considerasse uma atitude imatura e desnecessária, o que me indignou.

Desejei ter coragem de procurá-lo, ali mesmo na boate, na companhia da mulher, e dizer-lhe o quanto eu também estava decepcionada e não queria mesmo mais nada com ele. E foi o que afirmei para Izaíra, sabendo que pelo menos chegaria nos ouvidos de Vanessa, e quem sabe, nos dele.

Tive meu coração acelerado quando meu olhar cruzou o de Pedro, naquela noite, na boate. Fitamos os olhos um do outro por alguns segundos, que me pareceram uma eternidade. Era como se quiséssemos dizer algo, sem a presença de palavras, e não era nada do que eu havia dito a Izaíra, pouco tempo antes, nem mesmo o que eu pensava que, naquele momento, ele sentia por mim. Tratava-se de uma cumplicidade e ansiedade que nem podíamos disfarçar. Seu olhar me acompanhava por trás das mesas e clientes, o que chamara a atenção da própria Vanessa.

Nem sei se eu estava delirando ou se realmente existia ali alguma cumplicidade entre Pedro e eu, uma intimidade de sentimentos e desejos mútuos, que não podiam ser explicados. De repente, me vi distante da raiva que sentira outrora, experimentando uma vontade profunda de tê-lo em meus braços e poder sentir seu calor. Cheguei a pensar na possibilidade de ir embora, antes mesmo que as apresentações do grupo de dançarinos acabassem. Seria uma forma de pôr um fim àquela confusão de sentimentos que se fazia presente em meu coração. Mas era eu a diretora do espetáculo, e não poderia permitir que meus problemas pessoais interferissem em meu trabalho, já que fazia tão pouco tempo que eu havia assumido o lugar de Charles na boate. Não, não poderia sair e correr o risco de alguma coisa dar errado, comprometendo o andamento do show. Necessitava ficar e enfrentar de cabeça erguida a presença de Pedro e Vanessa, visto que não seria a última vez que os viria juntos, como de fato não foi.

MARINA PESSOA

CAPÍTULO 86

Imaginei de fato que estaria tudo acabado depois de ser atropelada por uma moto, que me tiraria de meu mundo de dor e perturbação. O motoqueiro conseguira, contudo, pará-la bem diante de mim. Por pouco minha fuga não provocou um acidente. E então só me restava prosseguir em meu caminho de liberdade. Não havia muito tempo para pensar, por isso não o fizera. Simplesmente aproximei-me do veículo que quase me tirara a vida, e montei, agarrando-me na cintura daquele homem que eu nunca havia visto antes. E tudo numa fração de segundos, sem espaço para ponderar ou descobrir outra alternativa.

– Por favor, me tira daqui! – foi tudo o que falei e lhe serviu de comando. O rapaz pôs sua moto para funcionar e partiu antes que Donato, Flávio e o porteiro de meu prédio conseguissem chegar até o ponto do provável acidente.

– Mariiiiiiiina!

Pude ouvir o grito de meu marido, que, numa questão de segundos, não passava de eco em meus ouvidos. Fora uma sensação maravilhosa o que senti em cima daquela moto, percorrendo a Av. Beira-Mar e depois a Abolição. Constatava a cada quarteirão, a cada sinal, que me afastava ainda mais de minha prisão, de meu exílio forçado. Experimentava verdadeiramente o gosto da liberdade trazido pelo vento que banhava meu rosto e fazia de meus cabelos esvoaçantes.

Foi somente no primeiro sinal de trânsito que encontramos fechado, que o rapaz me pediu para colocar o capacete que estava preso em sua garupa. Procurando, inclusive, me ajudar a prendê-lo, embora com dificuldade, por não poder descer da moto e voltar-se inteiramente a mim. Pude ver seus olhos, de relance. Não tinha ainda certeza, mas parecia jovem, de olhar profundo. Uma voz suave, que me fizera imaginá-lo bonito. E somente então estava tendo alcance do que me havia acontecido. E por um instante senti medo. Quem era aquele homem que, por uma questão de poucos centímetros, não me atropelara e depois me guiava para longe de meu universo aprisionante? E para onde ele estaria me levando? O que faria ele comigo? Talvez nada pior do que eu vinha experimentando de meu próprio marido.

Nada poderia ser pior! Eu havia me tornado prisioneira dentro de minha própria casa, tendo como carcereiro o homem por quem abandonara a minha família, na esperança de viver um grande amor. Provava uma mistura de decepção, frustração e dor. O que outrora fora uma vida organizada era então a catapulta de meu sofrimento. Não, nada realmente poderia ser pior que a vida que eu levara nos últimos anos. Aquele rapaz não poderia me fazer mal algum, já era meu salvador, um anjo da guarda, talvez.

Entramos na garagem de um prédio na Rua Jose Vilar, não tão distante de onde eu morava. Procurava observar detalhadamente, para me localizar e sentir um pouco mais de segurança naquela loucura a qual eu havia me aventurado. Logo que estacionou a moto, provavelmente em uma de suas vagas, esperou um pouco que eu descesse, para então voltar-se finalmente a mim.

Eu estava definitivamente curiosa para ver o rosto do homem que me ajudara no momento em que eu mais precisava, não sabia se por solidariedade realmente ou loucura de alguém a fim de se divertir a qualquer custo. Eu já pensava no que fazer se fosse o caso da segunda alternativa. Pelo menos podia perceber que se tratava de um prédio familiar. Em caso de necessidade, creio que todos ouviriam meus gritos. Que loucura aquela!

O estranho rapaz então finalmente se livrara daquele capacete o qual me impedia de conhecer o meu salvador. Mamãe sempre dizia que conhecemos uma pessoa por seu olhar. Não sei ao certo se aquilo se aplicava a mim e minha percepção. Senti algo de bom ao ver o olhar daquele homem pela viseira do capacete, como se pudesse realmente confiar em sua presença. Coisas que não podemos explicar.

Eu estava certa, era jovem, talvez pouco mais de trinta anos. Não sei ao certo, mas era alto, devia ter em torno de um metro e noventa. Moreno claro, e um olhar maroto, que me passava pureza. Trajava roupas finas, uma calça branca e camisa rosa, por baixo do blazer. Um penteado meio assanhado, dando-lhe um ar despojado. Notava-se ser um homem bem-cuidado e bonito. Cara de bandido ele não tinha, pelo contrário! Desde criança, eu sempre imaginava bandidos feios e mal-vestidos, e não era certamente aquele caso. Embora não tivesse conhecimento sobre motos, com certeza fugíramos numa moto bem cara, talvez importada, de quem tinha paixão por aquele tipo de transporte. Tive também o cuidado de observar a garagem, e constatei que as duas vagas, ao lado de onde havíamos estacionado, indicadas pela mesma numeração deste, estavam preenchidas por carros de grande valor. Aquilo me dava ainda mais tranquilidade. Ou então, tratava-se de um bandido rico.

– Você está bem?

Senti um alívio ao ouvir aquela pergunta, temperada com um sorriso angelical, como se se encontrasse surpreso por aquela situação, bem como curioso. Constatava definitivamente que se tratava de uma boa pessoa, preocupada com meu bem-estar. Aquilo alegrava meu coração. Seria ele de fato um anjo da guarda?

– Acho que estou...

– Que bom. Meu nome é Holanda. Prazer!

Um sorriso meio maroto, dando-lhe um ar de menino levado.

Certamente o prazer era todo meu. Holanda nem imaginava talvez o quanto fora importante em minha vida.

– Obrigada por ter me ajudado.

– Não há de quê. Adoro ajudar mulheres desconhecidas e em perigo.

A pureza de seu sorriso trazia também um que de charme, o qual me confundia, parecia conduzir uma pitada de sedução, e ao mesmo tempo se mostrava despretensioso, de brincadeiras leves.

– E você, como se chama? Ah, se quiser permanecer com uma identidade secreta, sem problemas. Adoro filmes de heróis.

– Marina.

– Marina? Bonito nome! Fique tranquila, Marina. Nós estamos chegando a minha casa. E aqui você vai estar segura.

Eu só lhe perguntei sobre o porquê de estar me ajudando, alguém que não conhece, quando entramos em seu apartamento. Respondeu-me com outra pergunta:

– Por que você confiou em um motoqueiro desconhecido, Marina? Eu poderia ser um bicho-papão...

Tinha um tom cômico ou de ironia, não sei. Mas me passava algo de bom, era bem-humorado.

– Não sei, eu senti talvez...

– Senti limpeza da sua parte. É por isso que eu estou lhe ajudando. Quem sabe não é uma fada e vai transformar a minha vida num conto... Embora eu não tenha visto sua varinha. Você tem uma?

Brincava como se falasse de algo importante, sério. Fazia-me rir, descontrair.

Era um misto de curiosidade, receio, medo e ao mesmo tempo alívio. De alguma forma, Holanda conseguia me passar segurança, proteção. Tinha um jeito todo descolado de falar, auxiliado por gestos que em si já traduziam suas falas rápidas e de prontidão.

MARINA PESSOA

CAPÍTULO 87

Se Holanda quisesse me fazer algum mal, já teria feito. Aquele rapaz também morava em um apartamento confortável, de um por andar. Dividia, segundo ele, com um amigo, que estava viajando a trabalho e passaria alguns dias fora, tempo que eu poderia ficar, até organizar o que fazer de minha vida. Ele tratara de me arranjar algumas roupas de sua prima, que havia morado lá por algum tempo. Só então me dei conta de que eu havia saído de casa trajando somente uma camisola. Meu Deus, que vergonha!

Tomei um longo banho, aproveitando para refletir sobre o caminho que percorreria dali para frente, o que faria de meu casamento, se procurava ou não por Vanessa. Tudo estava ainda confuso. A única coisa que me restava naquele instante era confiar num rapaz estranho, que quase me atropelou e estava disposto a me ajudar, não sei como, pelo menos até quando eu decidisse de fato o que fazer.

Procurava saber mais daquele rapaz através do próprio ambiente, como se tentasse me contextualizar e assim me sentir mais segura.

Depois do banho, procurei observar os porta-retratos dispostos sobre uma bancada que ia de uma parede a outra do quarto de hóspedes, do outro lado da cama. Eram fotografias que desenhavam momentos de Holanda sozinho, com uma senhora mais velha, talvez sua mãe ou tia, com outros rapazes, talvez amigos ou irmãos, bem como com um homem, que aparecia em várias outras fotos, também sozinho, na certa o companheiro com quem dividia apartamento, um homem bonito, aparentando seus trinta e poucos anos, de olhos azuis, porte atlético, o qual me lembrava alguém conhecido. Na parede perpendicular, outra bancada expondo alguns livros empilhados, computador e aparelhos de som, logo abaixo de algumas prateleiras, com diversos livros. O local parecia o escritório de Holanda, também usado como quarto de hóspedes, equipado com um confortável sofá-cama, já armado para me receber.

Todo o ambiente era bem cuidado, com uma decoração moderna em vidro e aço, demonstrando o zelo das pessoas que ali moravam, ou de um dos dois, não sei se de Holanda ou do companheiro.

Resolvi então dar uma olhada no restante do apartamento. Ao chegar à sala, fui surpreendida por um vazio completo. O confortável jogo de sofás marfim antecedendo a porta que dava para a varanda havia sumido completamente, bem como a mesa e as cadeiras da sala de jantar, os quadros, tapetes, tudo sumira. O apartamento parecia estar totalmente vazio, sem ninguém, sem nada. Somente eu ali.

Meu ímpeto foi de sair daquele lugar, procurar alguém, me encontrar em contato com pessoas, com o mundo. Um desespero tomou conta de mim, fazendo-me correr para a porta, na tentativa de mais uma fuga. Tudo estava trancado, todas as portas, até para o quarto, onde eu estava outrora. Precipitei-me então à varanda, único ambiente permitido naquele momento, não sei por quê. Ventava muito e a cidade parecia também estar vazia, talvez já fosse madrugada. E se era, não sei por quanto tempo eu teria dormido, se teria dormido.

Tudo era confuso e aquilo me amedrontava. Eu já me encontrava em pânico, quando ouvi uma melodia de caixinha de música. Voltei-me então à sala, deixando-me ser guiada pelo som, que parecia vir do corredor do prédio. A porta já estava aberta, como se esperasse por mim, fechando-se bruscamente logo após a minha passagem, o que me assustou ainda mais. Meu coração estava acelerado, parecia que ia sair pela boca. Havia muitas velas pelo chão do longo corredor, composto por inúmeras portas de um lado e outro, com uma janela ao fundo, pequena, devido à distância.

Continuei caminhando, seguindo o som, que ficava mais próximo. E então, avistei a criança ao fundo do ambiente, diante da janela, que segundos antes estava vazia. O mesmo menino conhecido, trajando a bata branca.

– Ei, menino!

Estava de costas e então voltou-se a mim, com a caixinha de música nas mãos. Ria, como se segurasse um brinquedo. Quanto mais eu me aproximava, mais o som diminuía, como se a minha presença fosse letal à vida ali existente. Assustei-me quando o menino ergueu a cabeça, fitando os meus olhos. Trazia o choro em seu rosto, bem como uma expressão de fúria.

– Foi você! – a voz macia de criança, arranhando dor e ódio.

– O que eu fiz, garoto?

Aquilo já estava me deixando transtornada.

– Você acabou com a minha música – suas palavras pareciam querer me ferir e me chegavam com um peso de mágoa ou ódio, não sei ao certo por quê. E ele gritou logo que cheguei bem perto. – Não se aproxime de mim!

– Quem é você, menino?

– Não se aproxime de mim! – mais um grito, como se tivesse pavor de minha presença.

– Não compreendo. Quem é você? Por favor!

Deixou então a caixinha de música cair entre nós dois, quebrando-a completamente e, assim, espalhando todo o sangue, que parecia estar dentro dela, pelo chão. De repente estávamos ali, totalmente sujos por aquele sangue, inexplicavelmente, jorrado do objeto.

– Viu o que você fez?!

Assustado, chorando, o garotinho afastou-se de mim, aproximando-se novamente da janela.

– Desculpe. Eu não tive culpa! Você soltou.

Queria que ele compreendesse que eu não representava nenhuma ameaça, apenas queria entender sua presença, suas aparições em minha vida e o ódio que parecia alimentar de mim. Mas ele chorava e me olhava com ainda mais fúria. O que me amedrontava. Por que uma criança trazia tanto ódio em seu coração? O que teria feito a ele? Aquilo me desesperava e me fazia querer compreender, cuidar dele. No entanto, o garoto se afastava ainda mais, com a minha aproximação.

– Fique longe de mim!

– Eu quero apenas te ajudar!

– Maldita!

Aquilo me doeu a alma. Caí em prantos e fiquei aflita ao vê-lo encostado na porta aberta, que outrora era uma janela e então dava para um precipício.

– Cuidado! Você pode cair...

– Afaste-se de mim, maldita!

– Por favor, deixe eu te ajudar! Você vai cair!

Olhou-me furiosamente, mais uma vez.

– Você é má!

– Não! Quero apenas seu bem, eu juro!

– E por que me machucou?

– Eu não fiz nada!

– Olha o que você fez...

Mostrou-me as mãos banhadas em sangue, que estava espalhado também por todo o seu corpo. Uma imagem macabra aquela! E eu queria apenas lhe ajudar. Não compreendia nada do que me dizia, porque uma criança fazia aquilo comigo. Tomada por choro e medo, fiz mais uma tentativa, tentando me aproximar. O garoto então afastou-se, caindo no precipício.

– Nããããããããããããããããão!

Ouvia apenas o meu grito aterrorizante. Corri, para tentar ajudá-lo, mas antes que eu fechasse os olhos, a porta aberta já estava fechada, bem diante de mim, como as portas que encontro fechadas em minha vida. E eu ali, batendo, desesperada, no ímpeto de salvar aquela criança, que caíra por minha causa.

– Por favor, alguém me ajude! Alguém me ajude!

Ficava na esperança que alguém, qualquer pessoa que fosse, me ouvisse e me ajudasse a sair daquele lugar.

– Alguém me ajude! Alguém me ajude!

Tanto desespero. E estava sendo acordada por Holanda.

– Marina, calma! Está tudo bem, calma! Estou aqui...

CAPÍTULO 88

Fora mais um de meus pesadelos. Depois de me vestir, parecia ter adormecido, talvez cansada da tensão de minha fuga. E de repente, estava eu ali, numa casa desconhecida, abraçada com um homem o qual eu nunca havia visto antes daquela manhã, o responsável pela minha liberdade, completamente molhado, como se tivesse acabado de sair do banho, enrolado apenas em uma toalha amarela. Ficara até meio desconsertado, a me ver fitando-o quase sem roupa, procurando me explicar por que estava daquela forma, ali comigo. Ouvira meus gritos, no chuveiro, e correra para me ajudar. Tive vontade de rir ao ouvir seu pedido de desculpas, meio desarrumado, sem saber ao certo o que falar.

Dali a pouco tempo, estávamos Holanda e eu almoçando uma comida chinesa, que ele pedira por telefone. Conversávamos um pouco sobre nós, embora de forma superficial, como que para nos contextualizarmos mais sobre a vida um do outro.

O mundo é mesmo pequeno! Conhecia realmente o amigo com quem Holanda morava. Renato Brandão era sócio da agência de publicidade a qual havia pertencido a Leonardo Gondim, na época em que meu marido fora casado com Maria Eugênia. E mais, Holanda era então o diretor superintendente da agência naquele momento. Embora não parecesse um executivo, com um estilo de se vestir mais jovial e despojado, fora da empresa. Até brincamos e rimos sobre isso, quando me falou de sua função na empresa.

Pelo menos, senti-me mais segura. Sabia com quem estava lidando.

A conversa não girou muito em torno de mim, falei apenas da época em que morava na Europa, com minha irmã e meu cunhado. Holanda fora discreto, sem me perguntar sobre o acontecido pela manhã. Eu mesma tomei iniciativa e procurei explicar-lhe rapidamente, dizendo ter brigado com meu marido.

– Marina, pode ficar à vontade, não se preocupe com nada. Nem precisa me dar muitas explicações. Na verdade, adoro mistérios, principalmente quando algo me diz que posso estar me metendo na maior fria.

Ele parou um pouco, com um olhar sério, depois riu e completou:

– Mentira... Eu tô morrendo de medo de você.

E riu mais uma vez.

Holanda de fato conseguia me passar paz e tranquilidade, coisa que eu não sentia há muito tempo. Por que estaria ele ajudando uma mulher que tinha brigado com o marido, e nem queria saber maiores detalhes? O que me causava dúvidas, também acalentava meu coração. Talvez estivesse conhecendo um novo amigo. Ou melhor, o único amigo dos últimos cinco anos.

JÚLIA SERRADO

CAPÍTULO 89

Pedro e eu passamos a noite inteira trocando olhares naquele encontro na Mirage, e até o percebi me procurando algumas vezes em que me ausentava, fazendo-me provar novamente uma pontinha de esperança. E foi no momento em que ele levantou para ir ao toalete que nos esbarramos e tivemos a oportunidade de trocar algumas palavras.

– Como vai? – ele perguntou, deixando-me quase sem saber o que responder. Não sabia se lhe dizia o quanto estava sofrendo com sua falta e sentia saudade de estarmos juntos, ou se o mostrava minha indignação por levar Vanessa em meu território, só para me fazer sofrer.

– Bem... – engoli em seco e só então complementei: – Você também parece bem – falei com certa ironia, direcionando meu olhar para a mesa onde Vanessa aguardava por ele.

– É... estamos nos dando bem – ficamos alguns segundos em silêncio, até que ele prosseguiu: – Graças a Deus, não é? Já não era sem tempo!

Sorria, com um certo desconforto. E eu o odiei, por ainda ter a coragem de me falar sobre sua relação com a esposa, depois de tudo o que vivemos.

– Que bom vê-los bem, Pedro!

Só Deus e eu sabíamos como fora difícil proferir aquelas palavras. Eu não queria lhe dar o gosto, no entanto, de me ver sofrendo, se era aquela a sua intenção.

Logo que nos despedimos, corri para o camarim, aos prantos. Como tudo pudera ter acabado de uma forma tão vulgar?! Chegava à conclusão que nada sobrara do que havíamos experimentado nos meses em que estivemos juntos. E nossos olhares no salão, o que significavam? Por um instante, achei que era apenas uma forma que ele achava de me mostrar sua reconciliação com Vanessa. E então me odiei, por participar daquele jogo. E mais, percebia que Pedro também não era dotado de toda a dignidade que eu achava que era. Tentei então, com aquilo, me sentir melhor e menos culpada pelo o que eu havia feito.

Numa conversa com Adriano Cordeiro, pouco depois daquele episódio, fui questionada por não falar a verdade a Pedro, do quanto estava sofrendo e desejava uma nova chance. Não só ele achava que eu havia perdido uma boa oportunidade de demonstrar meu amor e superioridade, como também afirmava que Pedro não estava com nenhum jogo. Sua atitude era apenas por se sentir perdido e confuso diante da possibilidade de não viver seu grande amor. Segundo Adriano, muitas vezes nos encontramos em encruzilhadas criadas por nossa falta de fé, causando-nos uma perda temporária de nossos princípios, resultantes em atitudes dissociadas ou incoerentes.

Seria bom se eu conseguisse ainda acreditar em D. Clarinda, no que dizia respeito a Pedro e nossa relação, e voltar a me motivar para provar o quanto o amava e lutar por seu perdão. Encontrava-me, contudo, desolada e descrente dessa possibilidade. Sentia que nos afastávamos cada vez mais, a cada encontro. E aquilo me matava por dentro. Como na vez em que encontrei-o, novamente na companhia da mulher, almoçando, na praça de alimentação de um shopping na Praça Portugal, onde eu frequentava constantemente, e ele sabia, por ficar perto da boate.

Aos poucos, Vanessa foi conseguindo me provar que de fato havia reatado seu casamento com Pedro e estavam construindo uma nova história, como Izaíra me contava. Embora meus amigos tentassem me convencer que aquilo era uma mentira, e que eu devia continuar lutando por minha felicidade ao lado de Pedro, eu ficava cada vez mais distante desse sonho.

E é no momento em que mais experimentamos a distância de Deus e da incerteza de nosso caminho que Ele se encarrega de nos dar uma mãozinha e nos mostra que há possibilidade de vida em todas as situações que se fazem presentes em nossa história.

CAPÍTULO 90

Papai e Pedro Lucena vibraram com a minha decisão de aceitar ser a "musa" inspiradora para uma das personagens principais da série que seria produzida pela RTN, com estreia prevista para outubro, bem como todos os meus familiares, com exceção de Maria Eugênia, claro.

Estavam todos radiantes, enxergando em minha atitude uma possibilidade de retorno ao trabalho, ao "mundo dos vivos". Os idealizadores daquela ideia acreditavam ser apenas o início e então na certa eu seria contagiada pela magia do trabalho e logo estaria de volta, escrevendo, talvez até assumindo as histórias criadas para os episódios da série. O nome de Celina Gondim de volta à abertura de uma produção televisiva.

Eu mesma não estava tão empolgada quanto as pessoas que de mim gostavam. Na verdade, experimentava um pouco de medo, receio de remexer em feridas, nas minhas dores, e que aquilo me causasse ainda mais sofrimento. Como não queria parecer fraca, mais do que já era, compartilhava sobre minhas dúvidas apenas com Dulce e Mena. Estas, por sua vez, procuravam me convencer de que a minha participação no trabalho seria apenas uma contribuição à sociedade.

Nem imaginava que contribuição realmente daria uma pessoa discrente naquele estilo de vida ou condição física do ser humano. Após o acidente, muita coisa havia mudado dentro de mim: além de me considerar responsável pela morte de Vinícius, o que me tirava totalmente a vontade de permanecer respirando, sentia-me incapaz de assumir uma postura realizadora, por me encontrar aprisionada num corpo de movimento limitado. E não se tratava apenas do fato de não poder andar, mas da própria inércia de meus membros da cintura para cima também.

Minha irmã apoiava-se na minha condição de "incapaz" para me pressionar e me dissuadir a voltar atrás, desistindo de minha participação na série da RTN. Todavia, a decisão estava tomada, para a sua indignação. Precisava, daquele modo, pensar em outra estratégia para me ver longe de "sua" empresa, assim como me prometera.

Dali a alguns dias recebi nos jardins de nossa casa a primeira visita de Pedro Lucena trazendo os autores Gilberto, Carlos, Marta e Luci, responsáveis pelas histórias que seriam desenvolvidas nos vinte e quatro episódios da série *Tente Outra Vez*, título provisório do trabalho, inspirado na letra da música de Raul Seixas. Luci era a sobrinha do diretor artístico da emissora, que assumira, supostamente, o lugar que seria meu na autoria do trabalho. Ela também sofrera um acidente há alguns anos e perdera a perna esquerda. Embora logo tivesse se adaptado à prótese e naquele momento vivesse uma vida praticamente normal, com apenas alguma dificuldade mínima, para se locomover. Tivemos ainda a presença de Gonzalles, que seria o diretor da série, bem como de Roberta, a atriz que viveria Mariana, uma das personagens principais da história, a qual eu daria um pouco de minha visão de deficiente física.

Por incrível que pudesse parecer para mim, fiquei extremamente empolgada com aquela primeira reunião. De alguma forma eu havia sido contaminada pela vivacidade, a energia impulsionadora daqueles profissionais, unidos pelo objetivo de desenvolver um trabalho sério e de qualidade. Estava feliz por ter reencontrado Gonzalles, com o qual eu havia trabalhado quando adaptei *Entre o Amor e as Drogas* para a televisão. Ficava ouvindo cada ideia, cada sugestão, as colocações dos autores, a visão globalizada do diretor, a paixão de Pedro pelo projeto, a inspiração de Roberta e sua sensibilidade na composição de sua personagem.

Tudo ali me cheirava vida, o que eu não experimentava há três anos, desde o terrível acidente. Fiquei observando mais precisamente os movimentos da autora Luci, com a qual de certa forma eu tinha mais em comum, por termos sido vítimas de uma fatalidade e, de alguma forma, sermos obrigadas a conviver com as sequelas por ela deixada. Não obstante seu problema físico fosse menos grave que o meu.

Podia perceber, no pouco de tempo em que passamos juntas, o quanto Luci não se importava com sua condição, e até brincava acerca da falta de sua perna. Alegre, bem-humorada, como se não portasse nenhum tipo de problema físico. Chegava a pensar como seria na hora em que estivesse com seu marido, na cama. A perna mecânica lhe proporcionava a locomoção, não a beleza de seu corpo.

Devo ter conversado por mais ou menos uma hora com Roberta, a atriz que viveria Mariana, a deficiente visual com dificuldades de aceitação de sua condição física, como eu. Mudava apenas o problema, mas a ideia da personagem era a mesma que me movia na vida. Respirei fundo várias vezes para falar de minhas privações, de meu isolamento psicológico, de minha dificuldade de relacionamento com as pessoas, de meu movimento limitado.

Toda a dor daquele castigo ao qual Deus me submetera veio à tona naquela conversa, o que me deixou transtornada. Tivemos que encerrar a sessão de entrevista por conta de meu abalo emocional. A moça ficara assustada, sem saber ao certo o que fazer. Foi Mena quem pôs um ponto-final ao momento, empurrando minha cadeira para longe dali. E logo eu estava em meu quarto, aos prantos, em contato com todas as lembranças as quais me afastavam da vida nos últimos anos. Parecia sentir a presença de Vinícius taxando-me de assassina. Dulce procurara me acalmar com um remédio, mas eu sabia da necessidade de viver aquela dor, precisava de alguma forma pôr aquilo para fora, expulsar aquele veneno de meu corpo, de minha mente.

Logo vi Pedro se aproximar cuidadosamente de mim. Havia dado sinal para Mena e Dulce nos deixarem a sós. Fitei-lhe os olhos, envergonhada por não conseguir atender as suas expectativas. Respirava com dificuldade, por conta do choro. Ele me olhava com um certo carinho. Baixou-se diante de mim, tocando-me as mãos e sorria, de um modo que parecia me dizer para não me preocupar.

– "... a água viva ainda está na fonte" – era parte da letra da música do Raul Seixas, tema musical da série. E eu bem sabia o que Pedro queria me dizer com aquilo. E então prosseguiu: – Você ainda tem muita vida para deixar sair, Celina. Precisava ver sua cara, lá fora, quando falávamos da série, das histórias, dos episódios que seriam desenvolvidos ao longo do trabalho. Era como se você quisesse sorrir, sorrir para o mundo, para a vida.

– Eu não consegui, meu amigo... dói muito, sabe?

– Eu sei – passou as mãos pelo cabelo crescido, levando-o para trás, com a mesma leveza que jazia em seu corte. E prosseguiu: – Mas a dor maior sentida por você não é essa cadeira de rodas, não é a falta do Vinícius, é o medo que você sente de você mesma.

– Eu sabia que não daria certo...

– Eu sabia que isso seria importante pra você, Celina.

– Eu não tenho o direito, Pedro!...

– Esse é o ponto. Lembra da música do Raul? "Não pense que a cabeça aguenta se você parar." A sua dor é de se obrigar a morrer como forma de se punir pelo que aconteceu. Não! Você não pode parar, Celina. Você não morreu!

– Eu morri por dentro!

Tanta dor me acompanhava naquela fala. Precisava afirmar aquilo.

– Você sabe que não. E esse é o seu maior problema.

Fitava as paredes daquele quarto, cenário de minha dor naqueles últimos três anos. Podia enxergar em cada canto a minha culpa, a morte lenta de que Pedro falava. Tentara me esconder de mim mesma ali.

– Vamos combinar uma coisa? – disse ele. Eu poderia já tê-lo expulsado há tempos do meu quarto. Não o fizera em consideração aos longos anos de amizade. Então, não custaria nada ouvir sua proposta, eu não precisava fazer mesmo. – Eu sei que esse desejo de morte em vida é também uma forma de punição. Também! Então, procure se perguntar, Celina, qual é o outro motivo que lhe impulsiona a este isolamento, assim como o boicote a sua própria recuperação?

Assustei-me com aquela pergunta. Do que estaria ele falando? Ora, não precisava perder tempo com aquilo. Decerto, nem imaginava a dor pela qual eu estava passando, por isso ficava com aquelas insinuações e indagações estapafúrdias. Tudo bem, eu sentia culpa, ponto!

Fiz questão de anunciar minha decisão antes que Pedro saísse do quarto.

– Pode arranjar outra aleijada pra servir de cobaia para o trabalho de vocês!

Aquela afirmativa veio carregada de indignação. Pedro nada sabia de dor e deficiência, muito menos do que eu sentia em relação à minha vida e tudo o que havia passado. Não poderia intervir daquele modo. Eu precisava pôr um limite. Ele, que já estava quase desaparecendo da porta, depois de se despedir, parou um pouco e se voltou a mim.

– Sei que vai pensar no que lhe falei, Celina. Quanto à cobaia, não sei do que está falando. Estou certo de que continuará conosco – sorriu, desaparecendo do alcance de minha vista.

Arrependi-me de ter aceitado o convite! Poderia estar bem ou não tão entregue às minhas tristezas, caso não tivesse entrado naquela loucura. Não sabia onde estava com a cabeça no momento em que aceitara. Celina Gondim estava morta!

Pedro sempre fora um homem sábio, estudado, maduro, um conhecedor, segundo papai, da alma humana, apesar da pouca idade. Mas não podia saber tudo. O que lhe concedia o direito de falar de sentimentos que só pertenciam a mim? Não havia outro motivo a me conduzir em meu isolamento psicológico que não a culpa pela morte de Vinícius ou ainda a revolta por permanecer presa naquele corpo torto e inútil. Entretanto, suas indagações me tiraram o sono durante dias, levando-me a um estado permanente de introspecção. Nem mesmo as provocações de minha irmã conseguiram me tirar do sério e me desequilibrar, como era sua intenção a cada um de nossos encontros.

CELINA GONDIM

CAPÍTULO 91

Maria Eugênia encontrava-se triunfante com pela minha desistência do trabalho. Nem precisara de tanto esforço para me tirar do páreo. Teria então tempo suficiente, sem ter que se preocupar mais comigo invadindo seu espaço, para suas noitadas junto aos garotos de suas listinhas requisitadas a Nacélio, ou aos encontros individuais com seu preferido, Guel Serrado.

As escolhas frequentes da patroa a outros colegas deixava Ronie enfurecido, principalmente por servir de motivo de gozação pelos demais.

"Deixem quieto, meu. Vocês ainda vão ver..." Sua voz carregava o peso da indignação. Definitivamente não compreendia por quê. Tinha um corpo fantástico, como ele mesmo dizia. Era bonito e bom de cama. O que mais faltava? Por que ela escolhia outros, cujos atributos físicos eram até inferiores aos dele? Algum motivo haveria e teria de descobrir. E não sossegaria enquanto não o fizesse.

Ronie ainda pagava seu trato com Nacélio, gravando vídeos de suas transas sem que suas clientes soubessem. Não poderia, desse modo, pedir outro favor, ver seu nome incluído numa próxima lista. Conversando com o patrão, descobriu os encontros da dama misteriosa com Guel Serrado. Seria ele, o amigo a quem inúmeras vezes ajudou em suas tramas, quem então poderia dar-lhe a mão. E para o rapaz, seria ótimo livrar-se de minha irmã, sendo ela um risco para seus planos junto à namorada no golpe contra Olívia Cordeiro. Na verdade, a dona do "Mukifo" nem desconfiava que o amante continuava se encontrando com a tal garota, Tony, de quem ela exigiu que se afastasse, e mais, que tinham um plano juntos, e estava se envolvendo com a dona da Mirage. Combinaram então o encontro.

Guel Serrado e Ronie apostavam na compulsão sexual de minha irmã. Ela adorava vivenciar momentos com mais de dois parceiros e era nisso que o plano se baseava. Para todos os efeitos, Ronie passaria uns tempos na casa do amigo, e este, quando estivesse com ela, iria sugerir a presença do rapaz do quarto ao lado. Assim o fizeram. E nos dois encontros seguintes, o mesmo foi proposto, com sucesso. Até a mulher ter sido surpreendida, certa tarde, com a ausência de seu garoto de programa preferido. Como achavam, ela não perderia a viagem. E pela primeira vez, os dois transaram sozinhos. Ronie dera tudo de si. Queria conquistá-la, herdar o posto de Guel Serrado, como predileto.

O plano de Guel e Ronie dera certo. Sempre que Maria Eugênia ligava, requisitava também a presença do outro. Vez por outra, Guel não comparecia no horário marcado, e mesmo despertando certa indignação em minha irmã, ela se entregava aos braços de Ronie. E passara também a incluir seu nome em todas as listas do "Mukifo", virando o jogo junto aos demais. Para ele, chegava cada vez mais perto de seu objetivo. Logo, sairia daquela vida de miséria.

Eram ótimas aquelas saídas de minha irmã. Voltava ao trabalho, ou para casa, sempre mais alegre e sorridente, coisa rara de se ver. Talvez não fosse ela meu algoz, como muitas vezes eu pensava. Sim, nisso Pedro estava com a razão, era eu a minha maior inimiga. Talvez precisasse responder àquela pergunta e saber o que também me motivava no confinamento ao mundo de minhas dores e lembranças tristes.

CELINA GONDIM

CAPÍTULO 92

Papai não desistiu em momento algum de me fazer voltar ao trabalho. Acreditava em meu potencial, e minhas negativas pareciam lhe fortalecer ainda mais em seu intento.

– Filha, sei que é difícil para você, que falar de sua condição física lhe machuca. Mas talvez a sua missão neste momento possa ser exatamente partilhar essa dor com pessoas que enfrentam situações parecidas. A dor de um, muitas vezes, pode minimizar a dor do outro.

– Papai, sei de sua vontade de me ajudar, de me ver bem, assim como o Pedro também tem insistido. Mas eu tentei, e não deu certo, entende? Parece mais forte que eu. As lembranças do acidente, a culpa por tê-lo provocado, a falta de Vinícius. Tudo isso me faz querer estar longe dessa história.

Papai chegava um pouco mais perto, pondo a mão em minha perna.

– Quanto mais você quer estar longe, mais perto você fica. Isso faz parte de você, filha. Essa história que você quer esquecer está em você, no seu corpo, na sua alma, e você a vê diariamente. Querer se afastar faz com que ela esteja cada vez mais presente, mais forte dentro de você.

– Não. Ficar pensando, remoendo, é pior.

– Pior é guardar, fingir que não existe, quando ela ganha forças dentro de seu coração, silenciosamente, como um câncer. Você a alimenta quando cala sua voz e não a deixa sair. Essa história está crescendo dentro de você, Celina. Ganha forças a cada dia que se passa. E um dia explodirá. É isso que eu temo. Como isso explodirá.

Era a primeira vez que papai me falava aquelas coisas, desde o acidente. Antes, ele procurava me poupar. Instigava-me naquele momento para o meu próprio bem. Eu chegava a estar surpresa por sua coragem de me abordar, expondo finalmente o que pensava.

– Compreendo sua intenção, papai. Mas não dá.

– O mundo precisa de você, filha – falava com muita paciência.

– Eu nada posso fazer.

– Sim. Pode. E você sabe que pode. Apenas está amedrontada, intimidada.

– Deus quis que eu me calasse quando permitiu aquele acidente.

– Agora Ele quer novamente sua pronúncia no mundo. E pede isso através desse trabalho. Celina, a série *Tente Outra Vez* não nasceu com o intuito de lhe ajudar. Quando o Pedro nos trouxe esta ideia, ele vislumbrava uma luz na vida de muitas pessoas. Você tem noção do quanto podemos ajudar com um trabalho como esse?

– Papai, eu sei que pode ajudar muita gente. Mas quem não pode sou eu.

– Celina, estamos todos do seu lado, sempre estivemos – respirou fundo. – Acho que é hora de você sair de casa – não o compreendi. E papai percebeu meu olhar interrogativo, completando: – Sair de casa significa abandonar um pouco esse mundo que você criou dentro de você, o mundo que você construiu através de sua condição física de tetraplégica, de onde você olha esse outro mundo, que não considera bom o suficiente para viver. Filha, o convite, nesse momento, é de se abrir verdadeiramente para as pessoas. Saia de você, desse universo paralelo. Abandone essa redoma de proteção. Aqui fora é quentinho – tinha uma fala mansa. – Tem a temperatura certa para nossa felicidade. Você precisa apenas senti-la – Papai levantou-se, e antes de sair, concluiu: – Venha, deixe de ser apenas uma personagem e volte a ser uma autora da vida. O mundo verdadeiro está precisando de você, Celina!

E eu fiquei perplexa com aquelas colocações. Pela primeira vez papai emitia um julgamento sobre meu estado. Suas últimas palavras se referiam à *casa dos anjos*? Meu Deus! Era como se soubesse de meu mundo paralelo. E falou dele, sem citar a casa de madeira, com os três arcanjos na frente. Mas falou. Pediu que saísse daquele mundo. Mas a casa dos anjos fora destruída há muitos anos. Quase não me lembrava mais de sua existência. O que tinha ela a ver com meu estado de tetraplégica? Eu nunca havia falado com ninguém sobre aquele mundo que eu vivi em minha infância. Era algo que só pertencia a mim. Papai havia acertado em cheio, como se tivesse lido a minha memória, uma lembrança guardada a sete chaves.

A *casa dos anjos*, o portal para o meu mundo paralelo. Um universo criado para me tirar do sofrimento do mundo de fora. Mas aquilo fazia parte apenas do meu passado!

No fundo, sentia-me envergonhada de tirar papai de suas verdadeiras preocupações, não queria que perdesse tempo com os meus problemas, nem me sentia no direito de lhe pedir tal coisa, por já ser um estorvo em sua vida, bem como na vida de cada um de meus sobrinhos, de Mena e até de Dulce. Embora ele me provasse permanentemente o seu amor e dedicação, através de seu afeto e cuidado. A própria iniciativa de me convidar a integrar a equipe de autores da série era uma forma de zelo e tentativa de me trazer de volta à vida. Ele nunca desistira de proporcionar alegrias, mesmo depois do acidente ou de minhas inúmeras recaídas ao mundo das drogas. Papai sempre esteve presente em minha vida!

Naquele momento até me preocupava a sua saúde. Por uma ou duas vezes, papai chegara a passar mal na minha frente. Acontecia como uma vertigem, mas alguma coisa me dizia que não era tão simples quanto ele procurava afirmar, responsabilizando o cansaço e o estresse de conduzir uma grande rede de televisão. Nunca entrava em detalhes sobre problemas nos negócios, tratava como se não existissem, embora eu soubesse de sua existência, desde que Maria Eugênia me revelara a verdade sobre a dívida da RTN.

CELINA GONDIM

CAPÍTULO 93

Eu estava preocupada com a saúde de papai. Precisava tomar uma grande decisão. A RTN havia recebido uma proposta de um partido político aliado de Donato Pessoa, para a produção de uma série de reportagens dentro do *Revista Notícia – A Máquina da Informação*, principal telejornal da emissora, denegrindo a imagem de alguns partidos adversários e seus membros representantes. A proposta representava vários milhões de reais e uma boa amortecida na dívida da empresa. No entanto, tratava-se de uma contradição à proposta do canal e do programa desde seu nascimento, que era de levar a informação de forma imparcial e de modo claro e preciso ao telespectador, dando-lhe a oportunidade de construir a sua própria visão. Fora com base nesses princípios e propostas que o telejornal conseguira ser um dos mais assistidos no país. Para papai e Pedro Lucena, assim como para alguns diretores da RTN, aceitar aquele projeto significaria negar todo um sonho, bem como atestar a incoerência e a mentira dentro de um canal que crescera sob a perspectiva da verdade diante do público. Para ele, tratava-se de uma questão de honra. O que o fazia ponderar era de fato o atual estado da emissora. Temia fechar as portas e pôr um fim a seu sonho.

Alguma coisa precisava ser feita em relação à dívida da emissora. O receio de papai era de fato ter que fechar as portas de seu grande sonho e assumir seu fracasso diante de todo o Brasil, principalmente frente àqueles que acreditavam, segundo ele, em sua derrota. Havia, inclusive, ficado extremamente chateado pela publicação de boatos da dívida astronômica da empresa em uma revista de circulação nacional. A matéria trazia também especulações de um provável pedido de concordata da RTN. Isso o deixara furioso, fazendo-lhe até passar mal diante de algumas pessoas no escritório, fato que nos deixou um tanto preocupados. Embora ele nunca entrasse em detalhes, sabíamos que havia algo de errado com sua saúde. E quanto às divulgações, mal sabia ele ser uma das estratégias de Donato Pessoa e seu partido para pressioná-lo a aceitar a proposta.

O grande companheiro de desabafos de papai naquela época era de fato Pedro Lucena, com quem partilhava suas preocupações e receios quanto a RTN, desde a morte de seu grande amigo Alberto, no ano anterior. Este, por sua vez, mantinha-se irredutível em relação ao caso da proposta do partido político dentro da emissora. Para ele, não valia a pena entregar a integridade em nome da necessidade, nunca. Se a RTN nascera com a proposta de abrir os olhos da população acerca da manipulação de uma classe dominante, principalmente de políticos corruptos, precisavam manter-se firmes em sua postura até o fim, mesmo que representasse o fechamento da emissora. Para Pedro, era mais que uma proposta, tratava-se da preservação de seus princípios de vida.

Já papai não parecia ter a mesma certeza de seu amigo, embora fosse um homem íntegro, e eu bem sabia disso, encontrava-se duvidoso sobre que atitude tomar, por puro medo de perder sua rede de televisão e ver seu maior sonho destruído. Compreendia profundamente a posição de Pedro e passara a vida inteira se mostrando adepto daquela postura, a qual representava retidão de caráter e honestidade. Todavia, frente à possibilidade de poder salvar o crítico estado financeiro em que estava a RTN, chegava a se questionar se era realmente a decisão mais sábia. Seu raciocínio trazia a emissora como um canal de ajuda humana e a pergunta era se não aceitando aquela proposta, embora antiética, ele não estaria perdendo a chance de manter viva uma máquina capaz de contribuir para a melhoria do país, e até ajudar no combate àqueles mesmos corruptos, nos quais jazia a sua salvação.

Talvez papai esperasse ouvir por parte de seu amigo, o qual o lembrava frequentemente da presença leal e honesta de Alberto Lucena, algo que o confortasse em sua dúvida, sendo ele uma presença jovem, de mente arejada. Contudo, Pedro trazia-lhe, a partir de suas colocações firmes, a culpa e uma sensação de fraqueza, pelo recuo em suas convicções.

Papai precisava, desse modo, de um pouco mais de tempo para colocar a cabeça no lugar e se ouvir, tomando então a difícil decisão.

JÚLIA SERRADO

CAPÍTULO 94

Certa noite, precisei me atrasar no trabalho por conta de um problema de saúde de Zezinho, o caçula de Raquel, que estava com uma febre altíssima e tivemos que levá-lo a uma emergência de um hospital. Era por volta de vinte e duas e trinta quando saltei do ônibus na Av. Desembargador Moreira, em frente ao shopping que ficava na esquina da Praça Portugal, do outro lado da boate. E foi quando cheguei na calçada da Mirage, mesmo diante dos dois seguranças que estavam na entrada da boate, que fui surpreendida por um rapaz, arrancando-me a bolsa das mãos. Nem entendi ao certo o que acontecera ou de onde aquele homem horrendo, talvez drogado, tivera saído. Quando pude perceber, já estava no chão, tentando me reerguer. O segurança já havia pego o ladrão e conseguido minha bolsa de volta. Tudo ocorrera numa fração de segundos. Ergui-me com a ajuda de um senhor, que acabava de sair de um carro parado paralelo à calçada defronte ao local onde eu acabara de ser assaltada. Provavelmente teria esse homem assistido à cena toda, e parecia indignado com o acontecido.

– Não se tem realmente mais nenhuma segurança nessa cidade!

Estava com a mão estendida, ajudando-me a levantar.

– Vocês estavam fazendo o quê?

Falou voltado para os seguranças que traziam minha bolsa de volta, atônitos e preocupados por não terem se dado conta do assaltante, na hora em ocorreu a agressão. Eles ainda tentaram se explicar, mas a pergunta não necessitava de resposta. Aquele senhor já me ajudava a entrar na boate, sem esperar que terminassem de falar.

– A senhorita está bem?

Sua fala trazia consigo um tom de preocupação e cuidado, um zelo por alguém que ele nem ao certo sabia quem era. Levou-me para o balcão, onde estava Olívia e Izaíra e alguns dançarinos, causando uma certa preocupação a todos, que procuravam saber o que tinha havido comigo, se eu estava bem. Eu estava ainda nervosa pelo assalto e, ao mesmo tempo, embaraçada pelo cuidado daquele senhor desconhecido. E então pude ouvir seu nome, sendo proferido por Olívia:

– Leonardo, que situação!...

Logo fomos para a sala de Olívia, para que eu pudesse ter um pouco mais de tranquilidade. Foi então quando nós fomos apresentados. Leonardo era um velho amigo de minha chefe, parece que do pai dela, embora nunca tocasse no nome do pai. Falavam um com o outro como se ele a conhecesse desde pequena e tivesse por ela um certo carinho. Antes que saíssemos, Olívia falou-lhe rapidamente sobre minha atuação na boate, ressaltando minha competência, como se contextualizasse seu amigo.

Leonardo parecia um cinquentão, embora certamente tivesse mais que sessenta anos. Um homem alto, de porte elegante, trajando roupas finas, calvo, de cabelos e barba grisalhos, carregando consigo um ar aristocrático. O claro azul de seus olhos dava-lhe uma aparência europeia e se destacava num olhar profundo e sedento de conhecimento da alma humana. Era uma figura intrigante e charmosa, de beleza madura. Falamos pouco, mas o suficiente para eu perceber o quanto era gentil e cuidadoso, de um cavalheirismo que não se vê comumente.

No dia que se seguiu ao assalto, fui surpreendida em minha casa, na hora do café da manhã, por um buquê de rosas de cor salmão. Lindas! No cartão: "Espero que esteja bem. Leonardo". Que gentileza aquela, além de me ajudar, ainda estava verdadeiramente preocupado comigo. Há tempos não experimentava tanto zelo e delicadeza, desde que Pedro e eu havíamos nos separado, no final do ano.

O mais intrigante naquele homem que eu acabara de conhecer era uma certa familiaridade em seu rosto, como se já o conhecesse de algum lugar. Mas não me lembrava de onde seria. Procurei me informar, meio discretamente, com Olívia sobre ele, embora não obtivesse muitas informações, até por não gostar muito de falar de seu passado, de coisas que lembrassem o pai, o qual ela se esforçava para esquecer. E Leonardo parecia lhe trazer muitas lembranças, com as quais não queria se envolver. Disse-me apenas ser um grande amigo, que o conhecia desde que nascera e que era um homem formidável. Não me acrescentara muito aquelas informações. Aquilo eu já havia tido a oportunidade de conhecer, embora que rapidamente. Parecia ser de fato uma pessoa especial, como ela o descrevera, de tanto cuidado e verdadeira preocupação com o próximo.

Leonardo e eu só nos encontramos novamente alguns dias depois. Acompanhei Olívia ao prédio comercial do shopping da Praça Portugal, pois ela tinha de resolver algumas questões sobre a compra de um apartamento, me parecia, no escritório de uma construtora ali. Nos deparamos com ele e alguns profissionais na porta do elevador, como se já viesse, acompanhado dos amigos ou parceiros de trabalho, de alguma reunião de negócios. Fora extremante cordial e cavalheiro, como da primeira vez, apresentando-me a cada uma das pessoas que estavam consigo. Desculpou-se por não estar com nenhum cartão seu naquele momento e pediu-me o telefone, o que me causara certa estranheza, pois se já tinha descoberto meu endereço para me enviar rosas, como não saberia meu telefone? Talvez coisa de quem quisesse criar assunto, quem sabe. Ao mesmo tempo, não parecia que iria me ligar. Fora formal e pedir meu telefone seria, não sei, uma atitude de cuidado e educação.

CLARINDA DE HOLANDA

CAPÍTULO 95

Alguma coisa me dizia ser uma loucura aquela atitude de retirar a queixa contra meu marido. Via-me, contudo, pressionada por minha própria consciência e o dever de lealdade com a promessa, a qual me proporcionara misericórdia durante todo o tempo em que estive casada com Alceu.

Fiz tudo em silêncio, sem que Nando e Holanda soubessem. Apenas minha vizinha e amiga Ceiça me acompanhara à delegacia, como da primeira vez. Em alguns momentos a olhava como se esperasse um consentimento no que eu estava fazendo. Ela, por sua vez, permanecia em silêncio. Baixava um pouco a cabeça, desviando o olhar do meu, como se me dissesse não concordar. Mantinha-se, contudo, ali, presente, apoiando-me. Uma força silenciosa que me era fundamental naquele momento.

Ainda que fosse uma figura engraçada em sua relação exagerada de idolatria ao marido e ao filho, que os mitificava como heróis, ressaltando terem grandes virtudes e coragem, respectivamente. Ceiça era uma mulher madura e bem sabia o peso do amor à família. Esteve presente, com a mesma postura de cuidado e silêncio, sem muitas perguntas, nos últimos vinte anos, desde que haviam comprado o mercadinho da esquina e mudado para nossa rua.

Estava consciente de que minha atitude naquele momento poderia me trazer sérias consequências, principalmente em relação a meus filhos. Alceu não poderia continuar preso ou ser transferido para um presídio. Pior, eu não podia permanecer de braços cruzados, como se nada pudesse fazer e ver minha promessa ser descumprida.

Procurei conversar com meu marido ainda na delegacia, numa tentativa de esclarecer alguns pontos de nosso convívio ou estabelecer regras para nossa relação daquele momento para frente. Dorival, o filho de minha vizinha Ceiça, que trabalhava naquele distrito policial, levou-me para uma sala, onde eu me encontraria com Alceu. Ficamos um de frente para o outro, separados apenas por uma mesa.

– Como vai, Alceu?

– Como você acha? – eu compreendia seu tom agressivo – trancado numa cela com outros dez presos. É muita humilhação para um homem na minha idade, Clarinda.

– O Dorival me disse que você pode descer para o presídio.

– Mas você não vai deixar, não é mesmo? – o tom já era mais ameno, de súplica. – Clarinda, você vai me tirar daqui, não vai?

– Vou.

– Eu sabia – abriu grande sorriso. Há muitos anos eu não o via rindo daquele jeito. – E sabia que você não ia mais deixar eu ficar aqui, Clarinda – agarrou-se nas minhas mãos.

– Mas eu quero conversar com você antes.

– Conversar o quê? Não tem nada pra gente conversar. Vamos sair daqui.

– Como não tem nada, Alceu?

– Clarinda, deixa de besteira, mulher. Vamos embora daqui.

– Não antes da gente conversar. Foi pra isso que eu vim, Alceu.

Vi fúria em seu olhar. Mas logo conteve, olhando para a sala onde estávamos, como se lembrasse de sua condição naquele momento.

– Tudo bem. Fala aí o que você quer.

– Nós estamos casados há trinta e seis anos.

– Sim, sim. E o que tem isso?

– Sempre foi uma relação muito difícil e...

– Não se preocupe – interrompeu-me. – Agora vai ser diferente.

– Alceu...

– Você vai ver, Clarinda – interrompeu minha fala mais uma vez. – Tudo agora vai mudar.

– Eu quero apenas...

– Deixa de besteira, Clarinda – mais uma interrupção. – Vamos logo embora daqui.

– Vai mudar como? – lancei a pergunta no ímpeto. – Você nem me deixa falar, Alceu. Está agindo como sempre fez.

– Tá certo, tá certo. Pode falar. O que você quer saber?

Eu percebia que ele não estava a fim de nenhuma conversa. Queria apenas ir embora o quanto antes, o que me preocupava. Já era mau sinal.

– Quando você fala que vai ser diferente, do que está falando? – tentei ainda saber.

– Eu quero viver numa boa com você, em paz, sem brigas, sem nenhuma confusão, como um casal feliz mesmo.

– Isso inclui não me bater?

– Ora, Clarinda – levantou-se e contornou a mesa, deixando-me apavorada. Ele me abraçou por trás. Fiquei imóvel, sem compreender bem o que estava acontecendo. – Você é minha mulher. Eu gosto de você. Eu sei que à vezes eu fico meio maluco, agressivo. Mas agora vai ser diferente. Eu aprendi que ficar longe de você é muito ruim. Eu mudei, Clarinda. Pode acreditar.

Rezei internamente para não estar cometendo mais um grande erro.

Quando descemos do ônibus, já em nossa rua, Alceu cumprimentava a todos alegremente no percurso até nossa casa, como se viesse de um passeio. Nem parecia ter passado os últimos meses trancado numa sela de delegacia, com mais dez homens, ou ainda ter cometido a atrocidade que cometera comigo. Aquilo me amedrontava. Fazia-me pensar que aquela lição não havia lhe servido de nada e que mais cedo ou mais tarde sua fúria se faria presente novamente. Sua dificuldade de falar de sentimentos ou entrar em contato com situações de maior intimidade, o transformara numa bomba, prestes a explodir a qualquer momento, o que acontecera frequentemente nos últimos trinta e seis anos, desde nosso casamento.

Dali a poucos minutos eu estava na cozinha esquentando uma sopa que havia sido preparada antes de eu sair de casa, para receber meu marido, quando fui abordada por ele me abraçando. Mal pude conter o susto. Uma série de momentos nos quais fui agredida inesperadamente por Alceu veio-me à memória, numa fração de segundos. Graças a Deus contive o impulso de revidar a "provável" agressão com a colher que eu segurava naquele momento. Era tão rara uma atitude daquelas, que me fizera pensar estar novamente sendo agredida.

Por mais que eu me esforçasse, não suportava as demonstrações de afeto de meu marido. Rezava para que logo acabasse e o mais rápido possível eu pudesse estar longe de sua presença. No fundo, esperava que mais cedo ou mais tarde o carinho fosse precedido de um bofetão. E aquilo me amedrontava, provocando-me, quase sempre, atitudes artificiais e situações um tanto constrangedoras. Na certa, ele percebia a falta de ressonância, o que o deixava costumeiramente irritado.

Pelo menos, daquela vez, Alceu conteve sua irritação, embora percebesse minha aversão.

– Não se preocupe, Clarinda. Eu estou realmente arrependido – disse ele. Procurei disfarçar, mas era evidente o meu embaraço. E prosseguiu: – Nesse tempo que eu fiquei naquele lugar, deu pra pensar em muita coisa. E eu não quero mais ficar longe de você, nem dos meus filhos – falava de um jeito, como se estudasse a minha reação. Senti um frio no estômago ao ouvir aquela declaração. "Longe dos filhos"? Fiquei pensando o que ele estava querendo dizer com aquela frase, mas temia lhe perguntar. Apenas o fitei de forma interrogativa. E então completou: – Isso mesmo que você ouviu. Não quero mais ficar longe dos meninos.

– Você... Está falando do Nando? – não acreditava.

– Dos nossos filhos – respondeu Alceu.

Ou eu estava maluca, ou Alceu realmente havia mudado com a cadeia. Há cinco anos Holanda estava fora de casa, depois de brigarem pelo seu relacionamento com Renato Brandão. Sem falar em Ronie, a quem meu marido se referia como "bandido". Nem podia acreditar no que ouvia. Queria saber se verdadeiramente ele falava sério ou era apenas uma brincadeira.

– Alceu, o que você está querendo dizer com isso?

– O que você escutou. Eu quero fazer as pazes com Holanda e Ronie.

Senti uma alegria imensa tomando conta de mim, contendo o impulso de abraçá-lo, de tanta felicidade. Há tanto eu queria ouvir aquilo! Finalmente ver minha família novamente reunida. Talvez fosse sincero. E se fosse, ficaria tudo bem. Seria até mais fácil de levar a promessa adiante.

CLARINDA DE HOLANDA

CAPÍTULO 96

A declaração de meu marido deixou-me até mais tranquila para enfrentar os meninos e lhes falar que eu havia retirado a queixa. E mais, que Alceu estava de volta. Nando havia feito uma viagem a trabalho e voltaria dentro de alguns dias, o que me deixara mais tranquila. Eu queria apenas ganhar tempo para organizar o pensamento e planejar como lhes contaria, de modo a não lhes causar nenhum impacto ou negação à situação de seu pai em nossa casa. Holanda chegara a me ligar querendo me ver, mas seria importante que eu enfrentasse tudo de uma só vez. Acabei por criar uma desculpa sem importância, para que ele só viesse depois que o irmão retornasse de viagem.

Talvez a minha intenção fosse realmente fugir da verdade, pelo menos naquele momento. No fundo, temia a reação dos meninos, principalmente de Holanda, que não se dava bem com o pai e guardava uma profunda mágoa. Senti-me ridícula por temer meus próprios filhos. Logo eu, uma mulher da minha idade, depois de passar por tudo o que eu já havia passado. Não teria coisa pior que enfrentar aquele casamento por tantos anos. O medo acabou por fazer parte de minha vida, talvez pelo controle que deseja ter sobre as coisas e as situações.

Os dias passaram mais rápido que o esperado e logo Nando estava de volta. E como uma peça pregada pelo destino, Holanda fora o buscar no aeroporto, no intuito de levar o irmão em casa e também me reencontrar. Estávamos almoçando, Alceu e eu, quando os dois apontaram à porta. Meu coração acelerou e senti minhas mãos gelarem ao ouvir a voz dos meninos comentando sobre uma moça que Holanda conhecera há pouco e havia hospedado em seu apartamento. Nando foi o primeiro que se deu conta da presença do pai, logo ali, sentado à mesa, ao meu lado. Ficara surpreso e ao mesmo tempo preocupado com o irmão, voltando-se a ele, como se quisesse de alguma forma protegê-lo. No fundo, já sabia que mais cedo ou mais tarde aquilo acabaria acontecendo. Me conhecia melhor que os demais.

– Sejam bem-vindos.

Holanda só se apercebera da presença de Alceu, ao ouvir sua fala de boas vindas da mesa. Ai, meu Deus, que situação aquela...! Se pudesse, juro que teria sumido dali. Mas ao mesmo tempo seria a oportunidade de acabarmos de uma vez por todas com as brigas familiares e estarmos novamente juntos como uma família. Se Alceu estivesse realmente falando sério, como me dissera dias antes, seria o momento propício para estabelecermos um clima de harmonia entre nós.

Meu filho ficara completamente perplexo ao se deparar com a imagem do pai fora da cadeia e ao meu lado, como se nada tivesse acontecido. Fora uma situação um tanto constrangedora e ele logo falara com o irmão, procurando sair dali.

– Mano, acho que o inferno abriu as portas. E eu ainda não estou pronto para ser queimado.

– Meu filho, por favor... – eu o chamei, tentando impedir que nos deixasse.

– Acho que precisamos conversar, Francisco – Alceu falou. E ele já de costas, preparado para sair.

Nando sentira o clima e procurara então ajudar.

– Mano, eu não sei o que está acontecendo aqui. Mas talvez seja bom a gente enfrentar logo isso. Está mais do que na hora de termos uma conversa séria.

Eu estava rezando silenciosamente, rogando a Deus que interviesse e tocasse o coração de meu filho. Desejava, claro, que Alceu fosse menos arrogante e desfizesse a expressão de dono da situação que estampava em seu rosto. Chegava a ter um sorriso quase que sarcástico.

Holanda respirou fundo e voltou-se a mim.

– Por que essa situação, mãezinha?

Sua indagação vinha com um tom de lamentação.

– A mãezinha tem razão, mano, a gente precisa se entender – Nando já parecia clamar. Como eu, ele sempre desejara ver o irmão de bem com o pai, frequentando nossa casa livremente.

– Você sabia disso, mano? – Holanda perguntou a Nando, sentindo-se traído.

– Claro que não – Nando respondeu imediatamente, tratando de fechar a porta, como se quisesse garantir a presença do irmão. Voltou-se para o pai.

– E o senhor, como é que está?

– Estive mal... – disse Alceu, com uma cara de sofrimento. Fitou os olhos de Nando, como se o responsabilizasse pelo acontecido. E verdadeiramente era o que sentia. E então completou: – Mas agora eu estou bem. Sua mãezinha me tirou daquele inferno.

A explicação vinha com um tom de provocação. E aquilo me deixava preocupada. Como eu queria que aquela situação se resolvesse logo. Que agonia!

– Alceu tem uma coisa pra falar a vocês – a minha intenção era acabar de uma vez por todas com o clima pesado no ar.

– O que é tão importante? – Holanda perguntara, com o mesmo tom de ironia e provocação usado pelo pai. Mostrava-se indignado com a minha atitude, voltando-se permanentemente a nós três, como se exigisse uma explicação de qualquer um ali presente.

– Desde quando a sua mãezinha me tirou da cadeia, eu disse que nós podíamos voltar a ser uma família. É isso que ela quer que eu diga – Alceu sentou-se, como se já tivesse feito sua boa ação, voltando-se para o prato de comida, provocando ainda mais a revolta no filho.

– Foi pra isso, mãezinha...? – Holanda estava claramente alterado. – Foi pra isso que a senhora mentiu pra eu não vir aqui, pra que pudesse tirá-lo da cadeia sem a nossa intervenção?

– O Alceu está mudado – tentei explicar.

– Mudado em quê? – Holanda quase gritou. Olhava para mim e para o irmão, como se esperasse outra atitude de nós. Alceu, por sua vez, continuava comendo, como se nada estivesse acontecendo.

– Mano, pelo menos ele está se dispondo a transformar essa situação – Nando procurou convencê-lo.

– Transformar em quê, cara? Num circo? E certamente eu serei o palhaço. Ou melhor, todos nós! – Holanda respondeu indignado.

– Meu filho, eu só quero que a gente seja feliz – procurei me aproximar.

– Feliz, mãezinha?! – afastando-se. – Como? A senhora está esquecendo do que esse homem nos fez? Do quanto ele a maltratou, nos fez sofrer? A memória de vocês realmente é fraca. Mas a minha não – tinha os olhos transbordando em lágrimas. – A minha memória está muito nítida. A agressividade dele, o ódio com o que olhava pra senhora e pra nós está aqui dentro – batia na cabeça, como se quisesse mostrar as imagens de seu terror presentes em sua vida. Eu o compreendia, mas rezava que tudo desse certo e ele perdoasse o pai. Estava condenada à companhia de Alceu para o resto de minha vida, mas precisava da presença de meus filhos perto de mim para continuar.

– Holanda, calma. A gente pode tentar resolver – Nando tentava amenizar.

– Resolver o que, Nando? Vocês não percebem que isso é uma grande palhaçada desse homem? – visivelmente transtornado.

Alceu deixou então a comida e o sorriso sarcástico que estampava em seu rosto, como se se divertisse com a situação e levantou-se, batendo a mão na mesa.

– Chega, moleque! – era um grito de Alceu. O que me assustou. – Você está pensando o quê? Eu estou aqui, cheio das melhores intenções, dizendo que te perdoo e você...

– Perdoar? – interrompeu-o. – Perdoar o quê? Quem você pensa que é para perdoar ou deixar de perdoar alguém?

– Eu disse pra sua mãe que agora a gente podia ser uma família novamente – completou Alceu.

– Você disse, ou nós realmente podíamos ser uma família? – perguntou Holanda.

– Mano, você está complicando as coisas – colocou Nando.

– Complicando, eu, Nando? Esse cara está todo cheio de si, fazendo gênero de bonzinho. Vocês estão loucos?

– Cara um escambal, seu filho da... – alterou-se Alceu mais uma vez.

– Calma, pai! – disse Nando, procurando amenizar a situação e evitar mais complicações. – Eu acho melhor a gente tentar se acalmar um pouco. Senão não chegaremos a lugar nenhum.

– O Nando tem razão. O Alceu está apenas querendo uma nova chance – tentei completar.

– Não foi o que ele disse, mãezinha – respondeu Holanda.

– Deixa de ser complicadinho, garoto! – interrompeu Alceu. – O que você quer ouvir de mim?

– Eu não vou ficar aqui participando dessa palhaçada! Esse cara é um arrogante, sacana. Não mudou nada!

– Filho, por favor... – quase implorei.

– Me desculpe, mãezinha, mas agora a senhora conseguiu passar de todos os limites. Poderia, pelo menos ter sido honesta – disse-me Holanda, saindo.

– Mano... – Nando ainda tentou o impedir, mas foi em vão. Todo o nosso esforço foi por água abaixo. Na verdade, eu sabia bem do que ele estava falando em relação ao pai. Alceu nunca tivera a intenção de fato de viver uma nova história conosco. Queria apenas garantir sua liberdade. Já tinha o que queria e pronto. A irritação maior de meu filho fora a postura mentirosa de Alceu o tempo inteiro, ali diante de nós. Não queria realmente mudar nada e desdenhava de nossa suposta reconciliação familiar.

CLARINDA DE HOLANDA

CAPÍTULO 97

Lamentei profundamente por Alceu e Holanda não terem se entendido, mas pelo menos eu já estava mais aliviada. O pior já havia passado, meus filhos sabiam então que o pai fora solto por minha intervenção. Sentia-me livre finalmente do peso gerado pela quebra de minha promessa. Para mim, não existia nada pior que aquela sensação experimentada no período da prisão de meu marido, como se eu fosse uma traidora, ou melhor, uma pecadora, por não cumprir com a minha palavra.

A convivência com Alceu nos dias que se seguiram não fora ainda a melhor possível. Existia um clima de artificialidade no ar, tanto de minha parte quanto da dele, como se nos suportássemos somente. Era grotesco e ao mesmo tempo constrangedor. Percebia-o engolindo a seco a sua fúria, quando se deparava com alguma situação corriqueira fora de seu agrado, como chegar e não encontrar preparada a comida que desejava naquele momento, ou sua roupa não estar disposta em cima da cama pronta para vestir após o banho, pela minha ocupação com alguma costura.

Alceu continuava a passar o dia inteiro fora de casa, jogando baralho com seu amigo Quaresma, num barzinho, a uns quatro quarteirões dali. Apesar de eu não gostar de seu companheiro de jogo, por ser uma figura vulgar e motivá-lo em suas bebedeiras, preferia-o longe a dentro de casa. Uma vez ou outra, resolvia chamar aquele homem asqueroso para jogarem em nossa sala, e ali passavam horas na companhia das cartas de baralho, apostando cédulas de um ou cinco reais, tomando um trago de cachaça atrás do outro. E ainda por cima eu me obrigava a atrasar as minhas costuras, para preparar tira-gostos a pedido de Alceu.

Numa daquelas vezes em que Alceu e Quaresma estavam jogando em casa, me vi quase sendo agredida por ele, por deixar sem sal uma carne que acompanharia o momento de farra. Fora apenas uma pequena distração. Na verdade, eu estava apressada com o atraso de algumas entregas de roupas que eu teria para aquele mesmo dia. Não lhe importava, contudo, se eu estava ou não ocupada. Principalmente na presença do amigo, parecia querer mostrar seu poder.

Nem sei ao certo o que o impedira de me agredir. Talvez a lembrança das semanas em que passara na cadeia. Para mim, estava claro então que realmente não havia mudado nada e mais cedo ou mais tarde o terror voltaria a tomar conta de nossa casa. A mim então, restava apenas procurar atendê-lo em suas necessidades e exigências a fim de não provocá-lo em sua fúria, dando-lhe motivos para a agressão.

Aos poucos, minha vida ia se tornando novamente um grande tormento na ausência de Nando. Como não era uma pessoa de muitas diversões, geralmente passava o final de semana em casa, corrigindo trabalhos acadêmicos, analisando monografias e dissertações ou ainda orientando alguma pesquisa na área social. Vez e outra, acompanhava

Holanda e Renato à praia, no sábado ou domingo pela manhã, mas dali a poucas horas estava de volta, para meu alívio. Sentia-me mais protegida na presença de meu filho. E de fato, quando Nando estava em casa, Alceu melhorava seu tratamento comigo e não me forçava à presença desagradável de Quaresma, com aquele cheiro de perfume barato e sarro de cigarro misturado com cachaça.

CLARINDA DE HOLANDA

CAPÍTULO 98

Meu filho Nando se ocupava cada vez mais na faculdade. Por ser um professor atuante, era requisitado frequentemente para orientações em pesquisas acadêmicas, o que lhe chegava como novos desafios, motivando-o a estar com seus horários durante a semana totalmente ocupados.

Os encontros de Nando e sua aluna Maria Antônia, a qual sempre discordava de sua ideologia, tornavam-se cada vez mais frequentes pelo *campus* da universidade, fosse na sala de aula, na biblioteca, em auditório, apresentações de monografias e demais ambientes do Centro de Humanidades da UNICE. Os embates ideológicos entre os dois ficavam então mais acirrados a cada encontro.

Numa de suas aulas, Nando discorria sobre o fato de a História ter como força motriz a luta de classes, segundo Marx. Tendo esta se originado a partir do surgimento da propriedade privada e meios de produção. E que o proletariado era obrigado a vender sua força de trabalho por apenas uma fração do valor real, restando à burguesia a apropriação do valor restante. Desde modo, Nando classificava-nos como escravos do capitalismo. Tendo então a primeira indagação de Maria Antônia:

– Bem, professor, se somos escravos, qual seria o caminho para a libertação?

Na sala, todos já ficavam atentos às intervenções de Maria Antônia, bem como às reações de Nando e suas explicações ideológicas. Este, por sua vez, já apresentava certa intolerância com as participações da jovem, por considerá-las somente uma tentativa de desconstrução daquilo que acreditava. Contudo, procurava manter-se firme na postura de professor, agindo como se fosse uma pergunta qualquer.

– Bom, minha cara, para pormos um fim à luta de classes, é necessário a implantação de um novo modo de vida.

– De que modo de vida o senhor se refere? Ao Socialismo?

– E por que não? Originalmente a sociedade não tinha divisões sociais. O excedente das forças produtivas sociais praticamente não existia, visto que seus resultados eram distribuídos igualmente, por todos os membros trabalharem no processo produtivo. Desse modo não havia a constituição de uma hierarquia, ninguém se sobresaía.

– Talvez seja exatamente esse ponto que hoje se distancie mais da nossa realidade, professor.

– O objetivo é esse, Maria Antônia.

– A realidade atual se constitui a partir da luta de classes. E para aniquilarmos este processo, precisamos acabar com o capitalismo. É ele o grande monstro que nos engole a cada dia.

– Mas é exatamente essa distância da realidade que dificulta todo o processo e transforma a ideia de Marx numa gigantesca utopia.

Voltou-se ao restante da turma, completando:

– Eric Voegelin diz que Marx conduz o seu pensamento a uma realidade alternativa. E até brinca com essa ideia, afirmando que quando a realidade entra em conflito com ele, simplesmente é descartada.

Percebia-se claramente a consistência no pensamento de Maria Antônia, gerando-lhe confiança a rir e brincar com o assunto, o que irritava o meu filho. Embora fizesse um esforço sobre-humano para manter a mesma calma evidente da jovem.

– Karl Marx nunca descartou a realidade...

– Professor, a aula acabou.

A fala de Nando fora então interrompida por Carola.

– Ok, pessoal, continuaremos na próxima aula.

Completou enquanto a turma já se organizava para sair da sala:

– Lembrem-se do seminário, próxima quarta.

Estava certo de que a intenção de Maria Antônia era apenas de confrontá-lo e não construir algo produtivo. Aquilo o incomodava profundamente. Não obstante, preferia não lhe questionar mais extra-sala, pela certeza de que não chegaria a lugar nenhum, bem como para não validar o suposto objetivo da moça, imaginado por ele. Acabava, desse modo, evitando-a nos corredores ou até chegando a ignorar sua presença, ao se deparar com ela, em algum lugar da faculdade.

CAPÍTULO 99

Desejava que Leonardo me ligasse. Achava curioso o quanto me sentia bem ao seu lado, como se experimentasse uma certa proteção. Não sei se pelo acontecido na porta da boate. Mas ele me passava uma energia boa, alguém que eu queria conhecer melhor, ser amiga, quem sabe. Por trás da postura formal, existia um que de afetividade que me chamava a atenção. E era aquilo que eu desejava conhecer melhor. Não me interessava por nenhum tipo de relação amorosa, como brincava Raquel, com ele ou qualquer pessoa. O que acontecera com Pedro fora recente e eu ainda o amava, mesmo certa de que nunca mais estaríamos juntos.

Fiquei saltitante ao receber a ligação de Leonardo no dia seguinte ao encontro no shopping.

– Sente-se melhor?

– Acho que sim. Na verdade não foi a primeira vez que isso me aconteceu.

– Não podemos nos acostumar com atrocidades como essas.

– Sim, claro. Você tem razão. Mas, no fundo, acho que a gente acaba acostumando, sabe? A violência é tão comum.

– Não gosto de pensar na banalização da violência, Júlia. Creio que fazemos muito quando não a vulgarizamos, dando-lhe a devida importância.

Senti-me um pouco embaraçada com suas colocações, como se não atendesse às suas expectativas, ou às minhas próprias expectativas. Podia perceber a seriedade com que ele tratava assuntos sociais como aquele. Constatava que verdadeiramente preocupava-se com o outro e aquilo me encantava naquele homem.

E então veio o convite, já no final da ligação:

– Podíamos almoçar qualquer dia, para conversarmos, se não for incômodo, claro. O que acha?

Desejava aceitar, mas poderia parecer que eu estivesse interessada em outra coisa, como pensava Raquel. Optei então por uma desculpa qualquer, perdendo a oportunidade de conhecer melhor uma pessoa que de fato parecia especial. E o pior é que tinha certeza de que ele percebera minha hesitação, bem como meu desejo de aceitar o convite e que só tinha me negado, para que não pensasse mal de mim. Por um instante senti-me ridícula, embora ele se portasse discretamente diante de minha atitude infantil, como se não fosse o que nós verdadeiramente sabíamos que era.

– É uma pena. Mas não tem problema, encontraremos outra oportunidade.

Como eu havia sido burra! O que haveria de mal em almoçar com um novo amigo? Mas era como se traísse a memória de meu relacionamento com Pedro, ou limitasse definitivamente o resquício de esperança que ainda me restava numa reaproximação. Por mais que eu quisesse apenas uma amizade, sabia que no fundo aquele homem estava interessado em algo mais. Ou melhor, não estava certa se era ele que estava interessado ou eu que desejava que o estivesse, não para viver algo novo, mas para alimentar meu ego. É bom para qualquer pessoa sentir-se desejada, eleva a nossa autoestima e nos lembra que estamos vivos, como me dizia, muitas vezes, D. Clarinda.

Hoje percebo o quanto fui vítima das tramas de minha mente, fazendo-me de louca e esperando que as pessoas acreditassem em minha farsa. E quando não acreditavam, lutava com todas as minhas forças para provar a uma lucidez que é falsa e encobria os desejos reveladores de minha alma.

Torci para receber uma nova ligação de Leonardo nos dias que se seguiram. Foi, contudo, na semana seguinte que tive a surpresa de sua presença na boate. Conversamos por algum tempo, ele, Olívia e eu, sobre coisas sem muita importância, até que viesse de sua parte um convite para nós três almoçarmos juntos. Eram vinte e três e trinta e ele considerava tarde, por ter uma reunião importante na manhã seguinte. A proposta era que déssemos continuidade ao papo descontraído que experimentávamos naquele momento. Aproveitei a carona de Olívia e também aceitei o convite para o almoço que seria dali a dois dias. Como não estaríamos sós, não me sentiria exposta ou que me interpretasse mal.

Acabamos por almoçar somente nós dois. Surgira um problema numa negociação de Olívia e ela tivera que desistir do momento, colocando nas minhas mãos a responsabilidade de cumprir o combinado. Segundo ela, Leonardo era um homem extremamente ocupado e seria indelicado de nossa parte cancelar por completo o nosso encontro. Fomos então a um restaurante na Praia de Iracema antiga, que ficava na beira do mar, sendo separado da água apenas pelo calçadão. Ficamos no andar superior, de onde tínhamos uma visão privilegiada do mar.

– Como a dança surgiu em sua vida? – Leonardo perguntou logo que fechou o cardápio e fez o pedido ao garçom.

– Fiz balé, ainda menina. Fui criada somente pelo meu pai. Acho que ele, tentando suprir a falta que uma família maior poderia fazer a mim, procurava ocupar bem o meu tempo, com diversas atividades. Mas a dança mexeu comigo.

– Então, temos aqui também uma bailarina clássica – procurou saber, sorridente.

– Não – rimos juntos. – Eu era indisciplinada demais para a dança clássica. Logo eu percebi que a minha arte era outra – tentava conter meu cabelo, que o vento insistia em trazer para meu rosto. – E a dança moderna tocava mais a minha alma. Ainda adolescente entrei numa companhia, em São Paulo. Depois em outra, em Recife. E aí acabei aqui. Hoje, na Mirage.

– Interessante porque você acabou conhecendo muitos lugares. –

– É, meu pai era da Marinha – então vez por outra acabava sendo transferido, e eu ia junto, claro.

– E o que ele achava de sua profissão?

– Adorava me ver dançar. Acho que isso me incentivou bastante.

– Bom seria se todos os pais agissem assim, deixando que seus filhos descobrissem suas vocações. Talvez as pessoas fossem mais felizes.

– É, eu sinto isso na pele. A dança é muito importante pra mim, Leonardo. Quando eu estou dançando, parece que todos os meus problemas desaparecem.

– Então, você tem muitos problemas?

– Acho que alguns... – hesitei, lembrando-me de Clara. – Mas bem sérios.

– Talvez a dança tire de você todos os pesos desses problemas, deixando transparecer a leveza de sua alma.

– Um elogio? – perguntei, sorrindo.

– Uma constatação – completou, propondo um brinde com a taça de vinho.

Brindamos ao nosso encontro, ao prazer de estar ali, de frente para o mar, usufruindo de toda a beleza disponível naquele lugar.

O interessante era perceber a nossa sintonia de pensamentos.

– Falei de mim e de meu pai. E você? Como é sua família?

Vi-o hesitar, com um sorriso misterioso e provocativo.

– Sou viúvo há muitos anos, tenho duas filhas e dois netos. Não sou um artista de palco, mas faço arte em meu trabalho. Também não tenho o hábito de convidar amigas para almoçar, tampouco tomar duas taças de vinho em pleno horário de trabalho.

– Hum! Muitos detalhes escondendo mistérios – ri da prontidão da descrição. – Então, proponho mais um brinde, por vivermos o diferente.

E brindamos novamente. Estava feliz na companhia de Leonardo.

– Sinto que muitas coisas diferentes acontecerão em minha vida agora – disse ele, fitando os meus olhos.

– Espero que coisas boas – completei, sorridente.

Tratava-se de um homem extremamente viajado e inteligente. Apesar de não citar muitos lugares ou viagens, até por sua postura discreta, deixava escapar entre um comentário e outro percepções acerca de questões culturais pertinentes a alguém que estivera e presenciara as manifestações em pauta, naqueles diversos ambientes. Rimos muito juntos e conseguimos nos desligar por completo de nossos trabalhos, dos problemas que nos afligiam ou me afligia.

MARINA PESSOA

CAPÍTULO 100

Passei a tarde sozinha no apartamento de Holanda, com a saída de meu novo amigo para uma reunião de trabalho. Aproveitei para entrar em contato com Vanessa, por telefone:

– O que você quer agora? – sua voz ao telefone era fria e cheia de rancor.

Por um instante, pensei em nada dizer. Depois de passar por tudo o que eu estava passando, a única ajuda que de fato recebi era de um estranho. Sentia-me abandonada por minha irmã. Mas então me lembrei da cartas, a qual eu havia escrito a ela, forçada por Donato, falando atrocidades, que fora um engano nosso reencontro. Estaria ela com ódio de mim, e com razão.

–Vanessa, escuta. Estive presa todo esse tempo. Donato me forçou a escrever aquela carta pra você.

– Como é?

– Ele me manteve presa. A carta que você recebeu é uma mentira.

– Marina, onde você está? – sua voz já trazia preocupação e cuidado.

– Agora estou bem, na casa de um amigo.

– Meu Deus! Onde, com quem você está, Marina?

– Eu vou poder ficar aqui alguns dias. Depois eu ligo e te falo.

– Me diz onde você está, por favor! Eu vou aí te buscar.

– Não! É perigoso, ele pode me pegar!

Apavorei-me diante daquela possibilidade. E se Donato já tivesse entrado em contato com ela e a convencido de que eu estava louca?

– Depois falo com você, Vanessa.

Desliguei rapidamente. Estava de fato apavorada. E se Donato entrasse ali naquele instante para me buscar? Estava tudo acabado! Senti-me então desprotegida, meu coração palpitando. Não queria voltar para o cativeiro no qual havia se transformado a minha casa.

Se Holanda era conhecido de meu marido, como eu pensava que era, estando ele à frente da WM, a maior agência de publicidade de Fortaleza, talvez até pudesse procurar por meu marido e lhe dizer meu paradeiro. Como deputado e diretor comercial da RTN, Donato era um homem influente, e Holanda talvez não quisesse se complicar.

Uma confusão se alastrava em minha mente e eu não tinha como controlar. Pensava em sair, fugir dali, mas também temia. Para onde iria? Todos poderiam estar contra mim, Holanda, minha irmã, todos! Se as pessoas não acreditassem que eu não estava louca, Donato venceria aquela batalha e levaria de volta para minha prisão. E aquilo eu não queria mais!

Quando Holanda chegou, estava eu num canto da cozinha, abaixada, escondida, tremendo, esperando ser pega por meu marido. Quase me desesperei, quando o ouvi se aproximando.

– Não, por favor não me entregue a ele! Por favor, não faça isso! – estava em prantos.

– Mas o que é isso, Marina? – seu olhar trazia um ar de lamentação e compadecimento.

–Você contou a ele?

– Contou o que, a quem?

– Ele não pode saber...

– Saber de que, Marina? – afastava-me para que ele não me tocasse, não me levasse dali. – Calma! Eu não vou te fazer nenhum mal. Juro!

–Você disse a ele?

– Não, não falei nada a ninguém. É um segredo nosso, lembra?

Talvez tivesse razão. Eu precisava confiar em alguém. Além do mais, não poderia fazer ninguém pensar que eu era louca, como meu marido queria que pensassem. Principalmente Holanda, a única pessoa que podia me ajudar naquele momento. Segurei então sua mão estendida a mim, levantando-me com sua ajuda. Foi bom ser recebida em seus braços. Experimentei uma sensação de paz que há muito não sentia.

– Agora tá tudo bem, viu? – disse ele em meio ao nosso abraço, acariciando minha cabeça. Ficou ali comigo algum tempo, o suficiente para que eu me acalmasse. E eu me sentia verdadeiramente protegida em seus braços.

–Vamos fazer o seguinte. Hoje você vai comer uma massa feita por mim. A mãezinha sempre diz que cozinhar para alguém é conquistar a sua confiança. Pode ser?

Eu fiz que sim com a cabeça.

– Então, ótimo. Isso quer dizer que você quer ter sua confiança conquistada? – parecia sério, mas era brincadeira. – Opa! Delete. Para conquistar algo precisamos do elemento "surpresa". Então, você não pode saber que está sendo conquistada. Quando se der conta, já foi. Entendeu?

– Tudo bem. Mas o prato precisa realmente ser gostoso – já estava entrando no espírito bem-humorado.

Sentei num banco da cozinha, enquanto Holanda preparava a massa.

– Sabia que eu sou especialista em macarronadas? – disse, sorrindo, com um olhar que inspirava curiosidade. – Claro que talvez mais de boca do que de fogão – completou, ironizando a si mesmo.

E eu ri. Ele sempre era assim, divertido.

– Quem me ensinou a me virar na cozinha foi a mãezinha – partilhou Holanda. – Achava que nós precisávamos saber de tudo para enfrentar a vida.

– Quem dera eu tivesse tido essa oportunidade.

– Não se preocupe, que tudo tem seu lado ruim – olhou firme. – Brincadeira – falou depois, sorrindo. Era somente para que eu não ficasse triste. – A mãezinha é maravilhosa. Deu muito amor pra gente.

– Onde ela mora?

– No Montese.

– Com seu pai?

– É. E meu irmão mais velho.

– Vocês se veem sempre?

– Agora nós estamos mais perto.

– Por que agora?

– Lembra que eu falei da parte ruim? – ele perguntou, sorrindo. Nada parecia ter peso. Eu compreendia. Holanda falava das diferenças. E como eu sabia daquelas diferenças. – Mas agora está tudo bem. Você não tem parte ruim, tem?

– Como você disse, todos têm.

– Claro que sim. Que burro.

E rimos.

Ele me falava de sua mãe, a senhora que eu havia visto nos porta-retratos do quarto de hóspedes. Descrevia-a como uma mulher de fibra, corajosa, virtuosa, uma grande amiga, de coração aberto, sempre disposta a amar incondicionalmente. Era assim que deviam ser todas as mães, ou todas as pessoas. Esquecendo o "quando" ou "se", amando sempre.

Era aquela vida normal, tranquila que eu queria pra mim! Por que Donato não podia me proporcionar aquilo? Tudo tão simples e poderia estar bem diante de nossos olhos. De repente um rapaz estranho, que até o início daquela manhã eu não conhecia, estava me mostrando tudo o que eu queria para mim.

CAPÍTULO 101

Passei quatro dias com Holanda. Procurava acordar logo cedo, para tomar café em sua companhia antes que saísse para a agência, embora depois voltasse à cama e dormisse mais um pouco. Almoçávamos juntos também diariamente. Ele sempre trazia comida pronta, bem como passávamos a noite assistindo a filmes e programas na televisão por assinatura. Conversávamos e ríamos bastante.

Certa noite, achei estranho quando o vi falar ao celular com seu amigo Renato, e mentiu, afirmando ter passado aqueles dias sozinho. Talvez paranoia minha, estando ele apenas tentando me proteger e preservar o nosso segredo, como brincava.

Aqueles dias foram a melhor coisa que me acontecera naquela época. Se por um momento pensei que Deus havia me esquecido, estava então certa de que não, Ele olhava bem por mim, colocara um anjo em minha vida. Talvez para me mostrar o quanto a felicidade é simples. Tudo poderia ser mais fácil se Donato fosse também um homem simples, menos importante, com menos atribuições, menos posição social. O que eu queria apenas era experimentar aquilo que eu estava vivendo com Holanda ao lado de meu marido.

Tratei então de revelar a Holanda o meu desejo, para que não alimentasse nenhuma fantasia a meu respeito. Ele apenas sorriu, erguendo um copo com refrigerante.

– À nossa amizade – erguendo a taça para um brinde. E Completou depois de brindarmos: – Sabe? Eu sou um cara esperto. Não tenho o hábito de me apaixonar por mocinhas bonitas e interessantes. Até porque, meu coração é de pedra, eu jamais me apaixonaria por alguém assim, mesmo que eu corra o risco de perder o encontro com minha alma gêmea. E mais, não tenho também o hábito de obedecer o meu astrólogo, principalmente quando ele me diz que em pouco tempo eu a encontraria. Aí sim, eu vou querer distância, e até odiar essa pessoa, assim que eu a encontrar... na rua, fugindo e pegando carona comigo.

Paramos e olhamos um para o outro. Definitivamente, não sabia se falava sério ou não. Ele me olhava de forma firme. Então, ergueu uma das sobrancelhas, revelando um largo sorriso.

– Claro que eu tenho apenas que procurar esse astrólogo, "que eu não conheço", pra ver se ele me diz coisa parecida.

E então, rimos.

Conversamos muito e aí sim lhe falei de meu relacionamento com meu marido, das insatisfações, das minhas amarguras, mas também do quanto ainda o amava e do quanto eu estava sofrendo com toda aquela situação de separação.

Tudo estava perfeito em meu encontro com Holanda. Mas no dia seguinte seu amigo chegaria de viagem e eu precisaria estar longe dali. Caso contrário, aí sim Donato saberia onde eu estava.

Holanda então procurara a minha irmã, deixando-a a par da situação. Vanessa decidiu pedir ajuda a Pedro, sendo ele sensato e um grande amigo meu. Acabei por passar alguns dias no apartamento de meu cunhado. Claro que Vanessa aproveitou a situação para estar mais perto do ambiente do ex-marido. Nunca os senti tão próximos de mim. Até Felipe fora me visitar, apesar da mãe não permitir com frequência sua saída de casa.

~

Estávamos todos juntos novamente, Vanessa, Felipe, Pedro e eu, como uma família. Certa noite, ficamos ali, os quatro, jantando pizza, comentando sobre uma viagem que fizemos para Orlando e perdemos Felipe de vista, em plena Disney. Lembrava de minha angústia, a mesma que havia experimentado nos últimos cinco anos, ausente de minha família.

Tive também a visita de Holanda diariamente, durante o tempo em que fiquei hospedada no apartamento de meu cunhado. Ou ele passava pela manhã cedo, antes de ir para o trabalho, ou à noite, depois de sair. Foi numa dessas visitas que ficou sabendo quem era meu marido. Ainda assim, manteve-se do meu lado, disposto a me ajudar no que eu precisasse. Diferentemente do que eu pensava. Achava que quando soubesse com quem eu era casada, se afastaria, por medo de se prejudicar. Admirei-o ainda mais e senti verdadeiramente que poderia confiar em sua amizade e lealdade. Não haveria outro motivo para ele se expor e querer me ajudar, se não por vontade de me ver bem e feliz, como dizia.

CAPÍTULO 102

O convívio com Holanda fazia-me enxergar diversos negativos em minha vida. Sentia-me fechada até então para estabelecer qualquer nível de amizade com qualquer pessoa que fosse, não por falta de desejo de interagir, mas por ter estado afastada do mundo, por exigência de Donato. Dizia ele estar me protegendo, por ser um homem importante, principalmente devido à política. Acho realmente que tudo piorara depois de ter entrado na política.

Era de meu conhecimento os conchavos políticos, as trocas de favores, os financiamentos que recebera de empresas particulares, para facilitar a inclusão dessas empresas e seus serviços no governo após as eleições. Além das compras de votos, da contratação de cabos eleitorais nos municípios do estado. Estava custando caro a Donato aquela campanha eleitoral. Mas era a realização de um sonho.

Donato Pessoa só não esperava que fosse uma eleição tão difícil. Acreditava que havia feito os acordos certos e que a cadeira do senado já estava ganha. O dia da eleição pareceu interminável com os votos sendo disputados um a um contra seu principal adversário. E por diversas vezes meu marido foi deixado para trás, mesmo que com pequena diferença. Mas o suficiente para tirá-lo de seu controle e chegar a bater em Luísa, por ela confessar não mais acreditar na vitória. Jogava sobre a leal secretária toda a sua fúria e medo de rejeição. Ficara totalmente transtornado pela possibilidade de uma derrota.

Eu mesma tive dificuldade em votar naquele dia. Pensei diversas vezes em não comparecer, ou até em escolher outra pessoa, em quem eu realmente acreditasse. Mas se não o fizesse, era como trair meu marido. Foi um dia de tensão também para mim. Cheguei a partilhar meu impasse com Holanda.

"É tudo muito novo para você, Marina. Eu acho natural a sua dúvida. Hoje, faça o que seu coração pedir. Depois você terá mais tempo de amadurecer seus questionamentos."

A fala de Holanda me veio como uma autorização para que eu fosse ainda leal a meu marido, mesmo sem acreditar em suas boas intenções políticas. Eu bem sabia o que Donato almejava. O senado para ele não passava de reconhecimento de seu potencial, de poder. Assim como tudo em sua vida.

Donato Pessoa foi sim a minha escolha. Infelizmente! E com uma diferença de apenas cento e oitenta e três votos de seu principal adversário, conseguiu se eleger, em outubro de 2006, senador da república, pelo estado do Ceará.

Meu marido parecia cada vez mais consumido pelo desejo de ascensão social e dinheiro, como uma forma de se compensar. Quanto mais ele se entregava aos seus desejos e se empenhava para conquistá-los, mais se afastava das pessoas, do coração, perdia sua afetividade. Mostrara-se romântico e cuidadoso a fim de me conquistar, um homem a quem eu não mais reconhecia.

~

Donato sofrera com o afastamento de Pedro, na época em que nos casamos. Considerava-o como sua única família e lhe doera optar por ficar comigo e se obrigar a perder o contato com seu melhor amigo, a quem considerava um irmão. Eu mesma cheguei a presenciar uma época em que ele lamentava a falta da companhia, dos conselhos, da presença de Pedro. Bem como nutria uma gratidão por tudo o ele lhe havia feito no que diz respeito ao seu crescimento profissional. Sentia-se verdadeiramente grato tanto ao amigo quanto a Alberto Lucena, seu pai, a quem devia o primeiro emprego dentro da WM.

O fim da amizade de Donato com Pedro parecia ter lhe endurecido ainda mais o coração. No fundo, não perdoava o amigo por ceder às chantagens de Vanessa, que o ameaçava se separar caso persistisse na relação. Sentia-se preterido pela mentira, pelo blefe de minha irmã, como se Pedro não tivesse levado em consideração todos os anos de amizade em que tiveram juntos.

Até então, Donato era atormentado por pesadelos, nunca revelados a mim, nem a ninguém, envolvendo Pedro e o fim de sua amizade. Quando despertava dos tormentos, recolhia-se na janela do quarto, ou no escritório, deixando-se consumir por seus pensamentos, sua dor. Naqueles momentos, meu marido passava-me tristeza, solidão e arrependimento por coisas nunca a ninguém reveladas. Ali, deixava-se transparecer frágil, perdia o ar de arrogância, a expressão frequente de sarcasmo. Era tomado por uma verdade que só ele sabia qual era, que o fazia entrar em contato com a pureza de sua alma.

E eram naqueles momentos de fragilidade que meu marido mais me fazia amá-lo. Desejava niná-lo, cuidar para que sua tristeza então exposta fosse por completo aniquilada. Lamentavelmente, ele nunca conseguira se abrir, deixar-me entrar um pouco em seu universo de segredos e escuridão, o qual tanto tentava esconder. Tornava-se aos poucos um homem cada vez mais frio e obstinado a conseguir a superação financeira e de controle sobre o mundo e as pessoas. Acabava então enxergando cada pessoa como um adversário, alguém a ser vencido, uma ameaça ao seu mundo de vitórias e conquistas.

JÚLIA SERRADO

CAPÍTULO 103

Estava certa em pensar que Leonardo poderia ser de fato um grande amigo. Tínhamos muito em comum e, diferentemente do que eu havia julgado, ele em nenhum momento tentara direcionar as nossas conversas para uma dimensão carnal. Via em mim certamente uma amiga, como eu a ele. Passamos a nos encontrar frequentemente. Uma vez ou outra aparecia pela boate, o que não acontecia comumente, mas marcávamos diversos programas, como almoços, encontros rápidos em algum shopping ou café e passeios, como o da Beira-Mar.

Ao descobrir que há muito Leonardo não caminhava no calçadão da Beira-Mar, tratei de levá-lo e fazê-lo experimentar de novo a simplicidade de um passeio que era tão comum para mim e distante de seu mundo. Aos poucos fui percebendo que não somente era um homem ocupado, como também importante. Evitava frequentar lugares públicos e abertos repetidamente, e quando aquilo acontecia, sentia-o meio tenso, como que preocupado por alguma coisa. Certa vez, chegara a me dizer que já fora acometido da síndrome do pânico. Uma explicação plausível!

~

Algumas vezes na semana Leonardo passava cedinho, ao amanhecer, em minha casa, para caminharmos na Beira-Mar. Um hábito seu, que aos poucos eu aderi, sem lembrar que ali poderíamos encontrar

Pedro, que caminhava diariamente. E foi o que aconteceu. Gelei quando o avistei, principalmente ao vê-lo cumprimentar Leonardo.

– Hoje acabei atrasando um pouco – explicou Leonardo a Pedro. E eu sem nada entender. Uma coisa eu havia percebido: eles se conheciam muito bem.

Foi perceptível o susto de Pedro quando se atentou que era eu a pessoa que estava ao lado de seu amigo.

– Olá – cumprimentou-me.

–Vocês se conhecem? – surpreendeu-se Leonardo.

Houve um certo silêncio. Não poderíamos contar ali toda a nossa história.

– Júlia Serrado não trabalha na Mirage? – foi Pedro quem falou.

E eu fiz que sim com a cabeça.

– Ah, claro – lembrou-se Leonardo. – Júlia, Pedro Lucena é um grande amigo.

– E companheiro de trabalho – completou Pedro.

Imanei que Leonardo devia trabalhar na RTN, ou em alguma empresa parceira, pela colocação de Pedro.

– Bem, eu já estou quase acabando a caminhada. E vocês? – procurou saber Pedro. – Chegaram agora?

– Sim – disse Leonardo, ainda se alongando.

– Então, nos vemos mais tarde – complementou Pedro, já se distanciando. – Até mais – olhou-me rapidamente, como se fôssemos dois desconhecidos.

Percebi diversos questionamentos no olhar de Pedro. E, decerto, Leonardo notara meu embaraço, meu isolamento instantâneo do mundo que experimentávamos naquele momento. Chegou a me perguntar por mais de uma vez se eu estava me sentindo bem.

Como nos sentirmos bem distante da pessoa que amamos? Meu coração ficou apertado com aquele encontro. E ainda avistei Pedro se distanciando, em sua caminhada, com passos bem mais velozes que os nossos. Estava suado e ofegante, exalando o cheiro que me fazia viajar a um universo de lembranças maravilhosas de quando estivemos juntos, nos amando. Leonardo nem poderia imaginar o que se passava em meu coração naquele instante, que aquele homem, o que acabávamos de encontrar e cumprimentar, seu amigo ou conhecido, era na verdade meu grande amor. E ser tratada com frieza e distância por ele me machucava ainda mais. Não! Não poderia ser diferente. Eu não tinha como fingir que nada acontecera e, como Pedro não era um homem de fingimentos também, e eu bem sabia, estava então certa de que realmente nada mais sentia por mim, que fora um grande equívoco de seu coração e que o amor por ele experimentado pertencia de fato à memória de Mirela, minha irmã.

CELINA GONDIM

CAPÍTULO 104

Em meio às preocupações com os problemas financeiros da RTN, papai vinha se mostrando mais alegre, espontâneo e feliz por aquela época, como eu não o via há muito tempo, o que me deixava curiosa. Por ser um homem discreto, extremamente reservado, jamais revelaria facilmente o que estava acontecendo, o que vinha lhe proporcionando aquele ar de felicidade. Chegava a pensar realmente na existência de alguém, alguma mulher, o que até me fez comentar certa vez com Maria Antônia, que também vinha percebendo a diferença em seu humor. Tratavam-se, claro, apenas de especulações. Ele nunca mais havia se envolvido com alguém depois da morte de minha mãe. Até mesmo por conta das interferências de Maria Eugênia, que jamais admitiria nenhum envolvimento de sua parte com nenhuma mulher, àquela altura de sua vida, bem como nunca permitira. Se estivesse realmente vivendo alguma história com alguém, na certa não nos contaria inicialmente, por tentar preservar sua relação e salvá-la do controle e possessividade da filha.

Certa noite, ao entrar na sala de diversão de nossa casa, flagrei papai ouvindo alguns clássicos de valsa, os quais não curtia há muito tempo, e dançando sozinho de um canto ao outro do ambiente. Assustou-se ao perceber minha presença, demonstrando certo constrangimento ao não encontrar as palavras corretas para me explicar o que fazia ali, mesmo sem que eu lhe perguntasse nada. Foi então que tomei coragem e lhe indaguei:

– Está apaixonado, papai?

Meu sorriso e indagação lhe deixaram vermelho e um pouco desconcertado.

– Apaixonado, eu?!

– Seu olhar, sua alegria por trás das preocupações dos problemas da empresa. É uma energia que o denuncia.

Causei-lhe ainda mais desconforto. Mas era como se no fundo ele gostasse de ser flagrado naquele estado. Trazia no canto da boca um sorriso tentando se esconder, que parecia confirmar todas as minhas suspeitas.

– Anda cheia de muitas ideias, minha querida – aproximou-se de mim, abraçando-me, como se me banhasse de afeto. – Precisa colocar essas ideias para fora, Celina. Vejo que sua alma clama por isso. O que acha?

Saíra-se muito bem de minhas interrogações, voltando sua atenção para meu caso e minha desistência do trabalho. Na verdade, sempre aproveitava-se de qualquer situação para retornar ao assunto e tentar me convencer a voltar a fazer parte, mesmo que apenas como fonte de pesquisa e inspiração, da série *Tente Outra Vez*. O que já estava começando a me tirar um pouco a paciência, não apenas as suas inúmeras e incansáveis tentativas, mas de todos à minha volta. Cheguei a dizer a João Henrique que estava cheia das intromissões de minha família acerca daquele assunto. Pois já o considerava encerrado. Mesmo que realmente não estivesse, precisava de um pouco mais de tempo para respirar.

CELINA GONDIM

CAPÍTULO 105

Talvez fosse João Henrique quem melhor compreendesse as minhas reservas, tendo ele que afastar todos de seus sentimentos, permanentemente, pela pura necessidade de viver suas interrogações internas de forma plena e ao mesmo tempo discreta, sem que ninguém percebesse, como a vez em que Alexandre resolvera dar uma festinha em seu apartamento, na ausência da mãe, convidando todos os colegas a fazerem parte do momento.

João Henrique tivera que administrar os transtornos no final da festa sozinho. Carola acabara por brigar com o namorado, logo que descobrira ter sido uma festa organizada sem que sua mãe soubesse. Evidentemente, a garota considerara mais uma das irresponsabilidades do rapaz, negando-se à cumplicidade do evento. Deixara então a festa, acompanhada de Maria Antônia, embora meu sobrinho tivesse tentado impedi-la. Carola pediu apenas que ele ficasse e, de qualquer forma, cuidasse para que o namorado não fizesse mais nenhuma bobagem.

Era então o dever de meu sobrinho cuidar de seu melhor amigo. E foi o que ele fez. Providenciou para que todos deixassem o apartamento, depois de Alexandre ter se trancado com uma garota em seu quarto. Encontrava-se completamente perdido diante de tanta bagunça. A bela decoração clássica de Olívia Cordeiro fora afogada pelo lixo, restos de comida, copos, latas de cervejas e refrigerantes, garrafas de bebidas por todos os lados. Nem imaginava o que o amigo diria à mãe quando ela chegasse e se deparasse com aquele aspecto de destruição em seu lar. Por isso, tentara arrumar o que pudera, o que estava a seu alcance fazer.

Ao entrar no quarto do amigo, João Henrique o encontrara caído no chão, completamente embriagado. Quase desacordado, Alexandre chegava a balbuciar algumas coisas, que ele não compreendia bem o que era. O ergueu então, com certo esforço, levando-o para o banheiro, a fim de que pudesse lhe dar um banho e aliviá-lo um pouco mais do efeito da bebedeira. Ficava ele imaginando como seria se Olívia chegasse naquele instante. Estaria ele também em maus lençóis, por ter sido cúmplice naquela loucura. Certamente, ela não acreditaria que ele tentara impedir o amigo e que ele não lhe dera ouvidos. Até mesmo por ter participado de tudo e não ter ido embora juntamente com a irmã e Carola, como forma de protesto ao encontro. Mas ele jamais poderia abandoná-lo, sabendo que Alexandre precisava de proteção e até orientação para que de fato não cometesse mais nenhuma insensatez.

Desligando o chuveiro, João Henrique se dera conta de que precisaria tirar a roupa do amigo, para que não dormisse encharcado, perigando pegar um resfriado. Estava então ali, diante de Alexandre, e ele completamente entregue aos seus cuidados e à sua vontade. Pensara no que fazer. Como resolveria aquela situação? Fora novamente acometido de todo o nervosismo e excitação dos momentos em que se via próximo, diante do corpo do amigo. Só que daquela vez, poderia tocá-lo, sem nenhum problema e sentir o que há muito desejava.

João Henrique fora tomado de um tremor que dominava todo o seu corpo. Podia ouvir nitidamente as batidas de seu próprio coração acelerado, bem como o som de sua respiração ofegante. Preso em suas dúvidas, temia fazer o que seu instinto lhe pedia naquele momento e se arrepender depois. Como explicaria para o próprio Alexandre se ele acordasse exatamente na hora em que ele lhe tocaria? Ou ainda, como enfrentaria Carola, olharia para seu rosto depois de assediar seu namorado? Como se portaria diante de Maria Antônia e toda a sua família, depois de fazer tal absurdo? Eram muitas dúvidas que o faziam hesitar e o deixavam ainda mais nervoso. Bobagem! Ninguém aparecia e veria nada, nem mesmo Alexandre estava em condições de perceber e ter consciência de qualquer coisa que pudesse ali acontecer. Precisava, contudo, tomar uma atitude em relação ao amigo e seu estado.

João Henrique tirou a blusa de Alexandre rapidamente, num só impulso, e era o que deveria fazer com todo o resto. O que teria demais um amigo despir o outro numa situação daquelas? Deveria se apegar somente àquela ideia, procurando desviar o pensamento da sensação que experimentava ao tocar, mesmo que de relance, o corpo do amigo. O tremor de suas mãos estava quase incontrolável no momento em que desabotoou-lhe o zíper. Teve certa dificuldade de retirar a calça molhada do rapaz, que parecia ter grudado em seu corpo. Era, daquele modo, inevitável tocar-lhe as pernas de cima a baixo. Seu tremor fazia-se também empecilho no intento. Maior trabalho encontrou ao retirar a cueca. Não por questões práticas como a calça, mas por seu medo, a extrema alteração de suas emoções. Pensava que seu coração fosse sair pela boca. E finalmente viu Alexandre, parado diante de seus olhos, inerte, sem roupa alguma, ostentando um corpo que, para meu sobrinho, era perfeito: ombros largos, peito saliente, abdômen bem definido, apresentando-se em músculos que evidenciavam as horas diárias de malhação. Corpo liso, sem pelos. O rapaz estava meio excitado. Talvez pelo toque ansioso e trêmulo de meu sobrinho, quando fora lhe despir. Era a primeira vez que o via daquela forma, não muito diferente dos muitos outros homens guardados em suas revistas secretas, trancadas no fundo da gaveta do armário de seu quarto.

Fora uma grande provação para meu sobrinho levar o outro rapaz, completamente despido, para a cama. Depois de deitá-lo, meio que bruscamente, como se quisesse fugir daquele instante, dera as costas a seu desejo, trazendo à memória a fala de Carola, pedindo-lhe para que cuidasse de Alexandre. Voltou então ao quarto, depois de pegar a toalha no banheiro, fitando aquele corpo inerte, à mercê de sua vontade. O corpo o qual desejara tocar tantas vezes estava bem ali diante de seus olhos e finalmente poderia fazer, sem nenhum problema aparente.

João Henrique aproximou-se cuidadosamente, como se achasse que a qualquer momento Alexandre pudesse despertar de sua embriaguez. Achava-o lindo. Sorria, lembrando-se das loucuras e irresponsabilidades que tanto o encantavam. Já sentado na cama, ao lado do amigo, apreciava cada curvatura de seu corpo, cada músculo, os detalhes de sua tatuagem na pélvis. E ria, lembrando-se de Alexandre afirmando ser aquela marca em seu corpo fonte de charme e excitação para as mulheres. E, de fato, considerava-a extremamente sensual. Um golfinho azul pulando na água. Trazia-lhe pureza e erotismo ao mesmo tempo. A tatuagem contrastava com a excitação plena do rapaz, o que deixava meu sobrinho ainda mais nervoso, sem entender por que, se Alexandre tinha consciência ou não do momento. E se não tinha, pelo menos sentia, era óbvio.

Talvez fosse a primeira vez que João Henrique estivera tão perto de um corpo masculino despido, podendo fitá-lo sem ter que desviar o olhar. O homem de quem estivera mais próximo até então fora Donato Pessoa, o marido de sua mãe, quando era ainda um garotinho de sete ou oito anos. Por mais que não gostasse da relação hostil estabelecida com aquele homem, por sua rispidez, não podia negar para si mesmo o quanto tinha curiosidade em lhe espiar, nos momentos em que entrava no banheiro da mãe e o flagrava despido diante da pia ou no chuveiro. Achava-o lindo, e sentia-se culpado por aquilo. Mesmo sem admitir, o padrasto fora certamente uma de suas primeiras paixões.

Estava então mais perto do que nunca do corpo que tanto desejara, podendo fitá-lo incessantemente. Entretanto, João Henrique só conseguira tocar-lhe a mão. O que ainda lhe causara certo susto, por sentir a reciprocidade do amigo, apertando-lhe o toque. Certamente não sabia o que fazia. E sentiu-se finalmente um traidor, como se estivesse contra toda a sua família, a amiga Carola, e principalmente o próprio Alexandre, despido ali, entregue à confiança do amigo. Não poderia fazer aquilo, ou mais do que já havia feito. Ergueu-se rapidamente, cobrindo-o com o lençol.

JÚLIA SERRADO

CAPÍTULO 106

Sentia-me desolada, mesmo com a companhia maravilhosa e inovadora de Leonardo. Tratei então de ligar para o facilitador do grupo de Biodança, sondando se teria condições de eu participar de uma sessão. Talvez não fosse possível, por ser o mesmo grupo de Pedro. Fui, contudo, surpreendida por um "sim". O facilitador não via problema numa visita e até ressaltara a alegria que os participantes sentiriam ao me ver novamente, depois de alguns meses afastada. E ele estava certo. O grupo me recebera com todo o calor de antes. Aproveitei e procurei me nutrir de cada abraço de boas-vindas, como se me fortalecesse, desse-me energia para continuar.

Ficamos então sabendo, através dos avisos estruturais que antecediam à verbalização, que Pedro, como outros participantes, não estariam naquela sessão, por compromissos de trabalho. Entristeci-me e ao mesmo tempo pensei que poderia ser melhor, afinal, tudo o que eu não precisava naquele instante era encontrar com ele e me lembrar de nossa separação. Senti uma alegria renovadora, no entanto, quando Adriano Cordeiro chegara ao salão. Era como se pudesse sentir através dele a presença de Pedro, já que eram tão próximos, tão amigos e cúmplices. Além do que, ele sabia de tudo e, diferentemente de seu amigo, acreditava no meu amor.

Logo após a verbalização da sessão de Biodança, no intervalo que antecedia o momento de exercícios, pude então trocar algumas palavras com Adriano.

– Você e Pedro se encontraram na Beira-Mar? – Adriano procurou saber.

– Sim, muito rapidamente.

– Ele me disse que você estava com Leonardo.

–Você também o conhece?

– E muito. Somos amigos desde a adolescência.

– Que bom, Adriano. Como esse mundo é pequeno!

Mas percebi um olhar de dúvida no rosto de Adriano.

– Faz tempo que vocês se conhecem?

– Algumas semanas, uns dois meses talvez. Nos conhecemos na Mirage.

– Ah, certo.

– Mas não há nada entre nós – deixei claro, para que não houvesse dúvidas. E ele riu. O Adriano tem sido um bom amigo. – Engraçado que diante desse turbilhão de coisas que tem acontecido na minha vida, nesses últimos meses, têm aparecido também pessoas muito especiais. Você é uma delas.

– Obrigado, Júlia – agradeceu, sorridente. – Eu gosto de você, sinto sinceridade na sua fala.

– Obrigada! – tomei o resto de água no copo. Tive então coragem de perguntar o que estava me martelando há muito tempo: – Adriano, o Pedro e a Vanessa reataram o casamento?

– Não – surpreendi-me com a prontidão de sua resposta.

– Não mesmo? Mas eu estava sabendo que eles haviam voltado às boas.

–Você não estava bem informada – sorriu. – Júlia, eu confesso que torço por vocês. Espero sinceramente que você e o Pedro se entendam.

– Ele diz que não me conhece.

– É difícil para ele, você precisa entender. O Pedro está muito machucado. Mas nada que o tempo não resolva. O que você fez, Júlia, foi muito grave. As desconfianças dele são apenas parte das consequências. Você precisa enfrentá-las com a mesma força vital que lhe impulsionou a provocá-las com suas ações. É assim que crescemos na vida. Encarando os resultados ruins de nossas atitudes. A culpa ou a dor do arrependimento podem causar uma fuga de nossas responsabilidades. E aí deixamos de aprender com essas situações que nos convidam a nutrir nossa coragem, e podem promover nosso crescimento.

– Eu estava certa de que tudo havia acabado.

– Se você acreditar nisso, certamente terá acabado.

– Mas então você acha...

– Como eu disse, Júlia, eu torço por vocês – interrompeu minha fala, sorridente. Eu acredito sim que pode dar certo. Mas é você que precisa acreditar, se quiser realmente reverter essa situação.

Um grande sorriso dominara meu rosto até o início dos exercícios da sessão, uma alegria impossível de se conter, como se uma pontinha de esperança renascesse em meu coração. Pude me sentir ainda mais inteira e plena nos exercícios, feliz com as revelações de Adriano.

O sentimento que vinha forte naquela sessão de Biodança era limpeza e a transformação que eu necessitava em minha existência. Não sei se por coincidência ou providência do universo, o facilitador nos convidou a realizarmos uma dança individual de transformação, na qual pudéssemos ser a própria música, com movimentos que denotassem a metamorfose que somos. O som dos instrumentos sinfônicos presente na música facilitava o processo e fazia-nos experimentar uma sensação de completo êxtase. Cada pessoa na sua vivência, no seu momento. E quando abri os olhos, fui surpreendida pela presença de Pedro, que dançava quase ao meu lado. Parecia ter chegado logo no início daquele exercício e se juntara ao grupo, na vivência. Meu coração disparou e me impulsionei a ir ao seu encontro, logo que o facilitador nos convidou a ficarmos em dupla, para um novo exercício.

CLARINDA DE HOLANDA

CAPÍTULO 107

Maria Antônia procurava fingir não ligar para o gelo que meu filho vinha dando nela, mesmo quando a amiga Carola ressaltava sua percepção de que Nando tratou como se ela não existisse. No fundo, ficava furiosa, e depois de algumas vezes, partilhou seu incômodo também com a amiga. Afirmando a certeza de que ele fazia de propósito, talvez por medo de lhe enfrentar e se perder em seus discursos ideológicos. Contudo, não sabia verdadeiramente se era proposital ou se sua presença era realmente algo não percebível para ele, o que deixava claro nas indagações feitas à amiga.

– Será que realmente ele não viu? O que você acha?

Maria Antônia se via realmente afrontada por meu filho quando ele fingia não perceber sua presença, ao lado de Marluce, filha de Ceiça, e sua eterna apaixonada. A jovem a considerava uma puxa-saco de Nando, quase uma idiota por não ter opinião própria, segundo ela, e estar sempre dizendo amém a tudo o que ele proferia. E mais, por estar permanentemente em sua presença, chegar e sair juntos, muitas vezes, da faculdade.

Todos dentro do centro de humanidades comentavam da paixão de Marluce por meu filho, bem como ela não ser correspondida. Maria Antônia também formara opinião sobre o assunto. Acreditava que Nando alimentava a ilusão da imbecil, segundo ela, a fim de assegurar a manutenção de seu poder e se sentir capaz diante de todos, como aquele que apaixona e pode, o desejado, o inteligente, o todo-poderoso.

– Esse cara é realmente um arrogante! Será que ninguém saca isso?

– Amiga, não te passou pela cabeça que ele não está a fim? Ponto – fora questionada por Carola.

– Se liga, Carola. Todo burguesinho enrustido precisa de um saco de pancadas, um puxa-saco, pra ser mais precisa. Ele usa essa panaca como súdita dele. E isso me dá náuseas. Detesto quem não tem opinião própria!

Até o olhar apaixonado de Marluce enojava Maria Antônia. Dali a pouco, já se incomodava com o jeito de falar, vestir ou qualquer expressão da moça.

– Maria Antônia, eu nunca te vi não gostar de alguém assim, gratuitamente. Fala sério, menina. O que essa Marluce te fez?

Realmente nada. O simples fato de ela existir e se mostrar apaixonada por alguém tão arrogante e insuportável, segundo ela considerava, como meu filho, já a motiva ao nojo, embora não expressasse. A própria Carola lhe indagara também se não se tratava de ciúmes, para o repúdio da amiga.

– Ficou louca?!

Jamais admitiria aquilo, nem para si mesma. Convivendo com a mãe e o padrasto, Maria Antônia aprendera a detestar a figura de pessoas que se sentiam donas da verdade e demonstravam desprezo ou menosprezo por aqueles que consideravam de nível inferior. Nando acabava por lhe lembrar de tal arrogância, embora que no âmbito do conhecimento.

– Eu abomino tudo o que impõe, seja que ideia for, se são impostas, por si só, já são nocivas – dizia ela, indignada pelas lembranças da dura educação a qual recebera da mãe e as intervenções do padrasto. Mesmo que nunca tivesse baixado a cabeça e aceitado o autoritarismo que testemunhara o irmão e a tia se entregando.

Meu filho, por sua vez, flagrava-se frequentemente lembrando da postura firme e impetuosa de Maria Antônia. O que lhe causava admiração também lhe chegava como repúdio. Admirava-lhe a coragem e a inteligência, e repudiava-lhe as ideias as quais defendia. Considerando-a imatura e arrogante por desrespeitar, segundo ele, uma ideologia de tal porte em função de seus caprichos de menina mimada, ou seja, a fim de superar seu professor.

Nando era consciente do incômodo que passara a causar a Maria Antônia ao ignorá-la fora da sala de aula, por isso investia cada vez mais em sua tática, como forma de punir a jovem e ensiná-la como respeitar seu professor. Esse último objetivo fora inclusive questionado por Holanda, numa das inúmeras conversas travadas entre os dois sobre a "meninazinha arrogante da faculdade", como se referia a ela, algumas vezes.

– Mano, será que não é você que está sendo arrogante, quando exige uma forma de postura dela em relação ao seu pensamento, somente por ser o professor? Por que punir alguém por discordar de nossas ideias?

A intenção de Holanda era apenas de iluminar a sua visão. E embora Nando não concordasse inicialmente com as colocações do irmão, ficara se questionando sobre sua postura como professor e facilitador da construção do saber. Encontrava-se tão obcecado pela ideologia defendida em suas aulas que se esquecia da didática ou do pensar sobre o processo ensino-aprendizagem. E de repente, lembrou-se de uma fala da própria Maria Antônia em que afirmara ser ele um professor do tipo que não admitia ser questionado pelo aluno.

A conversa com o irmão pelo menos ajudara meu filho a refletir sobre sua postura, mesmo que somente na ausência de Maria Antônia. Ao se encontrarem e percebê-la, na sua visão, tentando chamar sua atenção, defendendo ideias contrárias às suas, voltava a enxergá-la com a mesma arrogância de antes, considerando-se tolo por chegar a pensar de forma contrária.

CAPÍTULO 108

Meu filho Holanda vinha se cansando cada vez mais da relação forçada com Renato Brandão. Conseguira inclusive respirar mais aliviado depois de uma viagem juntos ao Rio, por alguns dias, a fim de participarem de reuniões importantes na matriz da WM, com o presidente Willames Macena e representantes das diversas filiais. Meu filho deixara seu parceiro, que aproveitaria para ficar um pouco mais de tempo com seus familiares, e voltara logo após os trabalhos, aproveitando o tempo sozinho para refletir sobre a difícil situação.

Já não suportava mais o convívio e os ciúmes do parceiro. Renato enxergava traição até mesmo onde não havia, o que provocava o desgaste da relação ainda mais. No dia da viagem para o Rio, imaginara um jogo de olhar entre meu filho e a recepcionista da empresa aérea. O suficiente para cobranças de respeito e mais uma discussão infundada.

A verdade era que Renato vinha percebendo a mudança no sentimento de Holanda, nos últimos anos, e fora também construindo uma imagem do parceiro como um homem mulherengo e mal resolvido em sua sexualidade. Em nenhum momento duvidara realmente do amor de meu filho, mas acreditava em suas traições como forma de compensação e culpa de viver uma relação homossexual. Aquela crença o motivava a lutar pela manutenção da união, embora estivesse certo de suas traições. Amava-o perdidamente e não estava disposto a perdê-lo.

Holanda sabia que o parceiro presenciara determinadas situações que o levara a estruturar a crença de traição a seu respeito. Contudo, não admitia as acusações, sobretudo por ser inocente e nunca ter cedidos às incontáveis tentações. Talvez fosse exatamente essa a sua maior raiva. Era acusado de algo que desejara intensamente fazer e não o fizera por falta de coragem e respeito a Renato.

Os dias afastado do parceiro e o convívio com Marina Pessoa, depois de ajudá-la a fugir do marido, compartilhando sua história de insatisfação dentro de seu casamento, faziam com que meu filho percebesse a transformação no que sentia por ele.

Holanda fora verdadeiramente apaixonado há cinco anos, quando conhecera Renato. Não se tratava somente do universo de conforto e ascensão profissional os quais pudera lhe proporcionar, nem do prazer intenso experimentado nas relações sexuais, mas do cuidado mútuo estabelecido na união, da magia encantadora, da descoberta nos olhares e toque de mãos. Sim, fora completamente apaixonado por Renato Brandão e enxergava a intensidade daquele sentimento primeiro na fala de Marina acerca do marido. E aquilo o confortava ao mesmo tempo em que lhe tirava o juízo. O conforto se dava por se perceber como um homem honesto com alguém a quem só lhe dera amor. O conflito, contudo, se fazia presente pela certeza de que o amor havia acabado.

Percebia claramente naquele instante que seu problema não era por ser mal resolvido sexualmente, como Renato afirmava, mas por não experimentar o mesmo amor de quando o conhecera. Se naquele momento não se interessava mais por algum homem e sim por mulheres, era porque seu coração assim o queria. Talvez o que seu parceiro não teria alcance, então, fosse de quão sublime era o amor, por conseguinte sem forma e sexo.

A tese de Holanda fora, desse modo, comprovada certa tarde, ao vir de moto do apartamento de Pedro Lucena, o cunhado de Marina Pessoa, onde a deixara. Ao parar em um sinal fechado, percebera-se fitar o corpo de um rapaz, sem camisa, no volante de um *buggy*, que aparentemente vinha da praia. Observara cada detalhe aparente do corpo bem definido e malhado do estranho ao veículo, sentindo-se atraído por ele.

Meu filho partira daquele sinal tomado de felicidade. Não era somente o fato de se vir atraído por um homem qualquer na rua, mas, sobretudo, a possibilidade de envolvimento com qualquer pessoa, independentemente do sexo. Diferentemente do que pensava anteriormente, estava então certo de sua paixão inicial por Renato Brandão. Não era, daquele modo, um homem inescrupuloso que se envolvera com outro homem apenas para subir na vida. E mais do que tudo, sentia-se aliviado, feliz por si mesmo. Certificar-se de sua bissexualidade significava a redenção, depois de anos sofrendo por se considerar um crápula.

CAPÍTULO 109

Aquela sessão de Biodança estava perfeita. E eu em dupla com Pedro para realizarmos um exercício. O convite da nova vivência era que fizéssemos um caminhar confiante, de olhos fechados, sendo guiados por nosso par, que caminharia bem atrás de nós. E depois poderíamos inverter, para que quem guiara pudesse então ser conduzido e vice-versa. A proposta da consigna do facilitador era para vivermos a entrega, se lançar na vida e a confiança no outro.

Para mim, não seria difícil aquele exercício, pelo contrário. Tudo o que eu queria era poder ser protegida por aquele homem, estar em seus braços e sentir o seu carinho, o seu cuidado. A sensação que eu tive foi de que estávamos sozinhos ali, que não havia mais ninguém, visto que ele me protegia de qualquer contato com outras duplas, como o facilitador havia frisado, anteriormente. A música instrumental e tranquila fazia-me viajar em um universo escuro e acolhedor. A conexão com a vivência não me impedia de sentir o calor de Pedro ao meu lado, seu toque suave cuidando para que eu não esbarrasse em nada e nem em ninguém. Findamos com um caloroso abraço, a convite do facilitador. Com a cabeça em seu peito, pude ouvir as batidas aceleradas de seu coração. Estava ele também nervoso com aquele momento e eu, finalmente, podia sentir. Desejei que aquele instante não acabasse e pareceu de fato uma eternidade, como se não existisse mais nada em nossas vidas senão nós dois ali, abraçados, experimentando o calor um do outro.

Guiar o homem que eu amava por aquele salão seria para mim uma experiência redentora, muito significativa. Não somente cuidar de um companheiro de Biodança, mas me redimir por tudo o que eu lhe havia feito. Ele, no entanto, tentou se deslocar, já de olhos fechados, e teve uma certa dificuldade de entrega, desistindo do exercício. Tive vontade de sumir daquele salão! Não sabia se chorava, se insistia ou tentava lhe convencer do contrário. Tudo fora confuso e rápido. Olhei para o facilitador, que estava ao fundo, perto do som, como se procurasse desesperadamente por um socorro, sentindo-me acolhida por ele, através de seu olhar. Depois veio seu sinal para que eu me sentasse e aguardasse um pouco, talvez até que o exercício finalmente acabasse. Procurava fugir meu olhar de Pedro, sentado do outro lado do salão, quase defronte ao lugar onde eu ficara. Não me interessava saber como estava emocionalmente, queria apenas sumir dali e deixar de sentir a frustração que me consumia naquele instante. Por algum tempo senti raiva pelo que ele fizera comigo. Seria uma oportunidade para transcendermos a tudo aquilo e Pedro optara por não se render ao convite do momento.

Depois de ter o exercício com Pedro interrompido por ele, rezei para que a sessão acabasse logo. Não conseguia mais me concentrar em nenhuma vivência, senão no quanto havia me sentido ridícula por tê-lo procurado no salão e alimentado mais uma vez a esperança de que podia ser diferente e talvez até nos entendêssemos.

Foi Adriano Cordeiro que na saída do salão chamou-me para um canto, a fim de que pudéssemos falar a sós. Intercedendo pelo amigo, pediu-me para me colocar em seu lugar, no que representava aquele exercício para Pedro, depois de tudo o que vivera comigo, de experimentar a traição. De fato, seria difícil para ele conseguir se entregar sem hesitar, sem trazer à memória toda a dor, a mentira, a sua frustração de ter seus sonhos quebrados por mim. Eu bem entendia a intervenção de Adriano. Torcia por nós e queria nos ver juntos mais uma vez, pelo menos que tentássemos. Ele só não conseguia compreender que não era mais a vontade de seu amigo.

Encontrei-me novamente numa situação um tanto constrangedora, com a aproximação de Pedro, já preparado para ir embora.

– Com licença – disse ele. Fitei a carteira e o relógio que trazia na mão, como forma de desviar meu olhar e não ter que encará-lo. Não queria que percebesse as lágrimas que insistiam em inundar meus olhos. Ele completou: – Eu poderia falar com você só um instante, Júlia?

Nem acreditei quando ouvi aquela pergunta. O que queria comigo, afinal? Tive vontade de me negar e sair dali, evitando qualquer contato. Adriano então saiu, deixando-nos sozinhos por alguns minutos.

– Se é sobre o que aconteceu no salão, não se preocupe, Pedro. Está tudo bem. Eu entendi o que aconteceu.

Não, não entendia coisa nenhuma, mas não queria dar o braço a torcer, piorar ainda mais aquela situação. Pelo contrário, queria acabar logo com aquilo e ir embora dali.

– Queria apenas que você soubesse que não seria fácil pra mim.

– Eu já entendi – falava sem conseguir erguer a cabeça.

– Olhe para mim então, Júlia – esperou que eu me voltasse a ele e, finalmente, tocou-me no queixo, ajudando-me a levantar a cabeça. – Não quero que se sinta mal com o que aconteceu há pouco. São questões minhas, não suas. Júlia, temos que estar inteiros no salão e eu não conseguiria, entende? Seria uma violência. Não seria bom nem para mim nem para você.

E finalmente tive coragem de falar, embora que com a voz meio embargada pelo choro que insistia em se fazer presente:

– Eu queria apenas uma chance, Pedro, só isso.

– Cada um de nós tem seu tempo. Júlia, nós estamos em momentos diferentes. Falo de sintonia, entende?

Até aquela explicação me doía, pois era como se ele testemunhasse a nossa falta de sintonia, a diferença gigantesca de mundos que nos separava. E eu nada mais tinha a dizer. Foram em vão as tentativas de Adriano. Pedro estava de fato irredutível e eu estava cansada de ser pisada por sua indiferença.

– Claro, Pedro. Eu já entendi! Diz para o Adriano que eu deixei um beijo.

E quando ia saindo, ouvi a indagação:

– O Leonardo é a sua nova investida?

MARINA PESSOA

CAPÍTULO 110

Pouco depois de meu aniversário, o primeiro passado distante de meu marido, após nosso casamento, fui surpreendida por sua presença no apartamento de Pedro, procurando por mim. Gelei ao abrir a porta e me deparar com ele, bem ali diante de mim, sem que ninguém soubesse. Pensei em fechar a porta e impedir sua entrada. Mas logo percebi a necessidade de enfrentá-lo. Por mais que eu o temesse naquele instante, ainda era meu marido. E precisávamos resolver nossa história de uma vez por todas. Não poderia passar o resto da vida fugindo, como no último mês. Coisas importantes haviam acontecido na vida de Donato, como a difícil eleição ao senado, que fazia poucas semanas. Para sua surpresa, tivera uma vitória apertada, por pouco não ficara de fora, o que o deixou um pouco abalado. E eu, ausente de tudo.

Afastei-me da porta e dei-lhe as costas, como se pensasse no que falaria ou procurasse de alguma forma uma proteção.

–Você está feliz com o resultado das eleições? – era uma forma de quebrar o gelo. – Queria tanto ser senador.

– Fiquei feliz por conseguir a vaga no senado. Mas confesso ter ficado um pouco triste pelo número de votos. Nós esperávamos bem mais.

– Eu votei em você – lembrei-me do quanto havia sido difícil. Por muito pouco, não votava em outro candidato. Mas eu devia pelo menos aquilo a ele.

– Pensei que não votaria.

– Mas eu votei. Apesar de não acreditar mais em você.

– Fico muito feliz por ter feito isso.

– Eu não me sinto feliz por isso, Donato. Hoje existem coisas mais claras em minha cabeça. Você não é um representante do povo.

– Isso é idealismo, Marina – julgou, com desdém.

– Para mim não. E você me dizendo isso, eu me sinto ainda pior.

– Mas eu não vim aqui para falar de política – aproximou-se de mim. – Eu sei que agi muito mal, Marina – já podia senti-lo bem perto de mim. E então prosseguiu: – Mas eu te amo e preciso de você perto de mim – sua voz trazia uma certa tristeza. Uma verdade que nunca antes deixara transparecer em nenhum testemunho. Só então pude me voltar a ele, com meus olhos transbordando em lágrimas.

– Eu não consigo mais reconhecer o homem por quem eu me apaixonei!

– Esse homem ainda está aqui, disposto a lutar, com todas as suas forças, para salvar o seu casamento.

– Eu tenho medo de você!

Aquela afirmativa veio carregada de mágoa e tristeza, por tudo o que ele havia me feito nos últimos cinco anos.

– Eu te amo, Marina!

Pela primeira vez vi seus olhos nadarem em lágrimas. Finalmente a crosta de ódio e rancor que parecia nutrir sua vida era quebrada e se revelava a mim, um Donato Pessoa que eu nunca havia conhecido. Caí em prantos, mas precisava lhe falar.

– Você acabou com tudo! Todo o sonho, toda a magia foi sendo destruída por você, por sua ambição, por sua dureza. Eu não me reconheço mais nesse casamento, Donato!

E, finalmente, uma lágrima solitária banhava seu rosto.

– A vida não foi muito generosa comigo, Marina...

Pausou um pouco para tomar fôlego e prosseguiu, deixando-se invadir pelas lágrimas.

– Tudo o que eu tenho hoje, tudo o que eu sou, eu devo a mim e meu esforço, com muita luta, muita dor, muita destruição deixada pelo caminho, muita saudade! Nada foi fácil. Eu perdi todos os que amava, assim, num piscar de olhos, bastava eu relaxar e dar as costas, a vida tratava de me tirar as pessoas que faziam parte da minha vida. Você nem pode imaginar o que significa isso pra mim.

Enfim, o homem que eu amava estava ali, despido em sua verdade, pela primeira vez. Muita mágoa e ressentimentos se expressavam em suas palavras. E, de repente, estava eu sentada, ouvindo toda uma história a qual eu clamara nos últimos cinco anos para fazer parte. Donato Pessoa, bem diante de mim, falando com dificuldade, tomado pela amargura, mas com medo de me perder. Trazendo à tona segredos nunca antes revelados.

Donato fora abandonado por sua mãe ainda bebê na porta de uma casa, sendo criado por uma família humilde em Fortaleza. Crescera com o desejo de mostrar seu valor e despertar o orgulho daqueles que o criaram. Era ainda menino quando presenciara a morte da mãe adotiva, assassinada por um assaltante, na esquina de casa. Bem como teve de aprender a lidar com a perda do pai, no ano seguinte, depois de um infarto fulminante. Fora então educado pela irmã mais velha, já casada na época, com quem vivera até os doze anos, para então morar num abrigo de menores. A irmã fora, segundo ele, obrigada pelo marido, que não suportava a sua presença, a abandoná-lo. No fundo, esperava que fosse mais corajosa e o enfrentasse.

Passou então a ser visitado pela irmã, pelo menos uma vez por mês, embora soubesse do esforço que ela fazia para ser possível aqueles encontros, sem que o marido descobrisse. Depois de completar a maioridade, pedira que não mais o procurasse, como uma forma de puni-la por tê-lo abandonado.

Falou-me daquilo com tanta dor que as palavras pareciam não querer sair. Era uma parte de seu passado que de fato deseja esquecer, apesar de se fazer presente constantemente em sua vida, tornando-o incrédulo no ser humano e o motivando à superação permanente de si mesmo. Uma história ainda temperada com frequentes situações de humilhações vividas por ele na época de escola, episódios que retratavam suas inúmeras tentativas de inserção em determinados grupos sendo fracassadas, com desdém por parte da turma.

A confissão de meu marido me fez enxergá-lo como uma pessoa simples, provida de problemas e confusões mentais como qualquer outra. Passei a percebê-lo não mais como uma máquina, mas como alguém necessitado de muito amor e proteção. Um homem clamando pela superação, não de sua condição social ou situação financeira, mas dos fantasmas de seu passado que o atormentavam e faziam dele uma pessoa desacreditada do mundo.

Pensei no quanto havíamos precisado daquela conversa. Talvez se isso tivesse acontecido antes, muitas coisas ruins pelas quais estávamos passando teriam sido evitadas. Todavia, sabia também que tudo tinha seu momento. Necessitávamos naquele momento decidir o que fazer, que caminho tomar.

JÚLIA SERRADO

CAPÍTULO 111

Como uma pessoa tão boa poderia se mostrar tão fria? Pedro intencionava na certa me atingir com aquela pergunta, e não apenas saber sobre meu relacionamento com Leonardo. Voltei-me então a ele com ódio, desejando agredi-lo.

– Deve ser por isso que você é tão infeliz e conseguiu ficar casado por doze anos com uma mulher que não ama, por ter uma mente imunda, encoberta por belos discursos e uma imagem de homem bonzinho!

A minha afirmativa não o desequilibrara por nenhum momento, como eu queria, não sabia se por ser frio e calculista ou por não fazer nenhum sentido para ele.

– Desculpe, Júlia, mas é que sei que continua se encontrando com Donato Pessoa. Não sei se ele é seu ex-parceiro ou se ainda trabalham juntos. E dele eu não duvido nada. Pode estar querendo alguma coisa também de Leonardo, não sei...

– E conseguiria através de mim?

– Como fez comigo.

Queria bater nele, por ser tão burro e não enxergar o que era óbvio, o meu amor por ele. Eu estava transtornada de raiva.

– Você de fato não é nada do que eu pensava! Além de burro é um cretino!

Deixei-o e então me veio a vontade de ainda completar minha afirmativa:

– Ah... e eu agora espero realmente que nós nunca mais nos encontremos!

Saí do instituto completamente transtornada. Fui chorando até a parada de ônibus que ficava na Rua Costa Barros, ao lado, no quarteirão seguinte. Fora uma das viagens de volta para casa mais longas que eu já havia feito. A indagação de Pedro ficava voltando segundo após segundo a minha cabeça, o que fazia com que eu nem me importasse com as pessoas no ônibus que me olhavam curiosamente. A única imagem que eu conseguia enxergar era a do homem que eu amava perguntando-me se Leonardo era a minha nova vítima.

Foi então que eu tomei a decisão de viver a verdade sempre, independentemente da situação e da pessoa, como fora antes de perder minha filha e conhecer Donato Pessoa. Desse modo, o meu primeiro encontro com Leonardo, depois daquele dia com Pedro, foi marcado por muitas revelações. Se eu queria viver a verdade, não poderia omitir coisas tão importantes da minha vida para alguém com quem eu estava construindo uma amizade. E diferentemente do que Pedro pensava, eu não tinha nenhum interesse além do que uma amizade verdadeira com Leonardo.

Para a minha surpresa, Leonardo também me fizera grandes revelações. Estava eu diante do dono da RTN, uma das maiores emissoras de televisão do país. Eu já tinha desconfiado que era um homem importante, mas não que se tratava de um dos maiores empresários de Fortaleza, ou de maior destaque. Por isso tinha tantas reservas em andar em lugares públicos, obrigara-se a estar comigo desprovido de seu grupo de seguranças particular, para que eu não desconfiasse de nada. Chegara a pedir a Olívia que nada me dissesse acerca de sua verdadeira identidade.

– Desculpe-me, Júlia. Eu me tornei um homem conhecido, poderoso – eu não conseguia definir se o tom de Leonardo era de uma simples explicação ou de vaidade. – Isso fez de mim uma pessoa visada, alvo de pessoas interesseiras.

– Você achava que eu havia me aproximado de você por conta de seu dinheiro? – procurei saber, meio indignada. – Eu não acredito, Leonardo!

– A questão não se resume a você, Júlia. Mas a todas as pessoas.

– Você está equivocado – sentenciei.

– Não, minha querida. As pessoas querem estar perto do poder, ficam cegas por sua causa. E isso me amedronta.

– Leonardo, você fala das outras pessoas ou de você mesmo?

Se Leonardo estivesse falando dele mesmo, era uma faceta que eu não conhecia naqueles meses de amizade. Experimentava então uma pontinha de decepção.

– Claro que se trata das outras pessoas, Júlia – ele foi enfático. – Eu construí um império. O que atrai os olhares de muita gente. Diversas pessoas já tentaram se aproveitar de mim, da minha família. O dinheiro, o poder, é muito importante para muita gente neste país, Júlia.

– Leonardo, eu jamais me interessei por posição ou me aproximei de alguém para tirar alguma vantagem – lembrei de Pedro e do acordo com Donato Pessoa. Logo, corrigi: – Exceto no caso de Pedro Lucena. Mas a minha intenção não era o poder, o dinheiro. Era apenas encontrar a minha milha.

– Hoje eu sei – deixou escapar aquilo como se já soubesse de toda a minha história, mas somente naquele momento tivesse certeza de minhas intenções.

– Espera aí, Leonardo – eu precisava saber. – Você já sabia de tudo?

Ele fez que sim com a cabeça.

– Infelizmente, um homem na minha posição precisa tomar algumas precauções, Júlia.

– Você me investigou?

– Foi necessário, minha querida.

Por um instante, senti-me traída, exposta.

– Eu não acredito! – desabafei.

– Lamentavelmente, esse tipo de medida faz parte de minha vida, Júlia. Já foram muitos tombos. Tento apenas me proteger.

– Para mim esse tipo de coisa não parece real. É como se fosse uma ficção.

– Mas é necessário.

– Leonardo, não é um exagero?

– Não. Não se trata apenas do meu dinheiro, da minha importância dentro da sociedade de Fortaleza. Eu sou dono de uma das maiores emissoras de televisão do país. O poder não se resume no dinheiro, mas também na imagem. Para muitas pessoas ela é mais importante do que qualquer coisa. E eu tenho em minhas mãos um instrumento de construção e propagação de imagem, compreende?

– É estranho ouvir você falar assim. Parecia não se importar com esse tipo de coisa. Nunca falamos sobre isso.

– Não havia necessidade ainda. E eu precisava me resguardar.

– Ouça, Júlia. Minha família e eu já fomos vítimas de diversas investidas de pessoas interesseiras. Isso fez com que eu passasse a tomar alguns cuidados. Não investiguei sua vida por mal. Acredite. Tentei apenas me proteger. Estou sendo sincero.

– Sim. Apenas me vejo distante desse universo descrito por você.

– Por isso hoje você é tão importante para mim. Júlia, não tenho muitos amigos. Minhas relações são bem restritas. O poder tirou muito de minha privacidade.

A única coisa que eu achava estranha era um tom meio vaidoso que se presentificava em sua fala quando ele se considerava detentor de todo aquele poder. Antes, Leonardo não parecia dar nenhuma importância a questões materiais, embora eu já tivesse percebido que se tratava de uma pessoa bem relacionada e de ótima condição financeira.

– Ao ponto de investigar as pessoas para poder se relacionar com elas?

Definitivamente não se tratava de uma atitude natural, a meu ver.

– Pode parecer uma atitude extrema, Júlia. Mas eu quero apenas estar seguro de onde estou pisando. Essa é a minha história.

Leonardo parecia estar sendo honesto comigo. E aquilo me tranquilizava um pouco. Fazia tempo que eu não experimentava confiança mútua. De certo, seríamos grandes amigos e eu me via extremamente feliz com aquele passo na relação com Leonardo. Sua primeira providência foi pedir ajuda a um amigo, que era repórter investigativo da RTN, sem que eu soubesse, para descobrir o paradeiro de minha filha. Estava verdadeiramente empenhado em ajudar a encontrá-la. Tanta felicidade não cabia em mim quando ele me trouxera as primeiras informações sobre Clara. Nem podia acreditar que alguém estava do meu lado e me ajudaria a encontrar minha filha, depois de quase um ano que o roubo havia acontecido.

CELINA GONDIM

CAPÍTULO 112

João Henrique estava em casa, tomando um banho, sem conseguir tirar da memória todos os momentos anteriores passados ao lado de Alexandre. Vivia uma mistura de êxtase e tristeza simultaneamente. Chorava e ao mesmo tempo saboreava o prazer da lembrança de ter estado abraçado com o amigo, carregando-o para a cama, sentindo o calor de seu corpo molhado. Podendo estar tão perto, próximo a sua fonte de desejo e prazer. Sofria pelo mesmo motivo. O que acontecera outrora era fonte de alegria e ao mesmo tempo de pesar. Como sentir aquilo por um homem? E pior ainda, pelo melhor amigo, de quem Carola confiara a proteção.

O jovem João Henrique Gondim considerava-se um doente, por se possibilitar a vivência de tal absurdo. Chorava a dor de seu castigo. Assim tomava o desejo que sentira por homens desde a infância. E se perguntava por que, indagando de Deus qual era o motivo daquela aberração, de ser portador daquela doença.

Meu sobrinho procurara se resguardar por alguns dias, até fugindo de Alexandre, sem atender suas ligações. Achava que poderia ele ter percebido algo e se lembraria de como o olhara no quarto, depois do banho, ou ainda sua excitação e seu nervosismo ao tirar-lhe a calça, sua ereção ao carregar o corpo do amigo, que certamente ele deveria ter sentido de relance, quando o colocava na cama.

– João, preciso falar com você sobre aquela noite da festa – anunciou Alexandre, no primeiro encontro com meu sobrinho, deixando-o apavorado. Tinha a certeza de que o amigo se lembrava de tudo. Assim, estaria perdido!

– O que você quer saber? – quase não saiu a fala de meu sobrinho. Seria a hora da verdade. – Pode perguntar. – Mas seria melhor que não perguntasse. Podiam fingir que nada havia acontecido. E ficaria tudo bem.

– Cara, eu fiquei maluco com aquela noite.

João Henrique tinha as mãos úmidas pelo nervosismo.

– E por quê? – até sua voz estava trêmula.

– E você acha pouco o que aconteceu?

– Alexandre, eu posso explicar.

– Não. Não precisa explicar nada. Isso é loucura, meu!

– Eu também tinha bebido um pouco, cara. Acho que eu não estava em mim – menti. Nunca tive tanta consciência de algo.

– E o que isso tem a ver?

– Eu... – tentava encontrar as palavras certas. Como explicaria? – eu não sabia direito o que estava fazendo – a voz de João Henrique vinha carregada de tenção. – Eu juro, Alexandre!

– O que tu tem a ver com isso, meu?

– Como o que eu tenho a ver com isso? Fui, fomos nós.

– Nós o que, maluco? Do que tu tá falando?

– Espera aí, você está falando de quê?

– Da Carola. Ela pediu um tempo, tu acredita?

João Henrique sentou na poltrona da sala, com as mãos na cabeça, dando graças a Deus pelo que estava ouvindo. Alexandre não falava do que havia acontecido no quarto entre os dois, ou melhor, do que meu sobrinho tinha feito com ele, enquanto dormia. Na certa, nem lembrava. Ou não tinha se dado conta realmente.

– E qual o motivo? – procurou saber meu sobrinho.

– Quer pensar melhor a relação – arremedou a moça, desdenhando da atitude. – Vê se pode, cara. Disse que a gente vai ficar longe até que eu tome juízo. Isso é uma merda! Ela pensa que eu não sei o que ela tá querendo.

– E o que é que você acha?

– Con-tro-le – disse soletrando, como se ostentasse um letreiro com a palavra no ar. – Saco, cara! Já não basta a mamãe em casa, agora a Carola também tentando me controlar. Isso é forçação de barra.

– Alexandre, eu penso que não é por aí.

– Como não? Tem de ser do jeito dela. Não é assim, João.

– A Carola tem investido na relação de vocês. Ela gosta de ti. Só não concorda com o tipo de vida que você leva, entendeu?

– Não. Se ela gosta de mim, tem de ser do jeito que eu sou. Senão ela não gosta de mim. Ela gosta do que eu posso ser.

– Não é nada disso, cara – tentou explicar João Henrique. – Ela só acha que você não tem investido na relação como ela. A Carola sempre quis algo sério.

– Eu também, meu. Eu adoro essa gata.

– Mas não é o que parece. E ela tem percebido isso.

– Percebido o que, cara? Você não vazou nada pra ela, vazou?

– Claro que não. A Carola quer apenas que você tenha um pouco mais de responsabilidade.

– Como a minha mãe. Não falei?

João Henrique tentava abrir os olhos de Alexandre. A própria Carola já o havia procurado, falando de seu afastamento e que só reataria com ele se percebesse alguma mudança ou promessa dele, a partir de qualquer atitude que fosse, como voltar à faculdade.

Só havia uma forma de João Henrique se redimir, segundo ele, pelo acontecido no dia da festa, na casa de Alexandre: seria ajudando a reatar o namoro dos amigos. Sua missão naquele instante seria então convencer o rapaz a voltar a frequentar a faculdade, para aí conseguir com que Carola repensasse sua decisão.

CAPÍTULO 114

Minha enfermeira Dulce estava decidida a convencer o namorado Djair a reconsiderar sua atitude de manter a relação dos dois em segredo. Dizia encontrar-se cansada de viver aquela relação clandestina, sustentada supostamente pela sogra que nem a conhecia, e desejava ver o filho, segundo ele, servindo somente a Deus. O que eu achava no mínimo curioso era ela nem desconfiar daquela história, sendo o Djair um homem com uma idade média de quarenta anos. Se ele quisesse realmente entrar para um seminário e fosse da vontade de sua amada mãe, como afirmava, com certeza já seria padre, e não um motorista. Cheguei a questionar aquela história, mas logo o malandro, indagado por ela, inventara mais uma de suas desculpas absurdas, dizendo ter sido um chamado da mãe, depois de um grave problema de saúde que ele tivera há uns três anos, pouco antes de começar a trabalhar em nossa casa.

Para qualquer deslize, Djair encontrava imediatamente uma desculpa, embora estapafúrdia, alcançando seu intento. Certa vez, até perguntei a Dulce se realmente falava sério quando me expunha uma dúvida acerca da honestidade do namorado, no que dizia respeito ao caso da suposta promessa de sua mãe. Ora, deveria me perguntar sobre a honestidade dele como um todo e não apenas naquele caso.

– Não sei não, viu? Essa história está me cheirando à mentira, e das brabas! – e quando eu pensava que ela finalmente estava caindo na real: – Acho que ele tem algum problema de saúde e não quer me contar. Só pode ser... que ele me ama eu tenho certeza. A não ser que essa mãe dele seja uma megera... Não sei não, viu?

Meu Deus, que cabeça pequena aquela! A ingenuidade de Dulce me deixava abismada. E aí vinha uma série de histórias de sua família ou de alguma amiga que haviam vivido situações semelhantes às suas suposições. Casos contados simultaneamente, como de costume, sem que eu pudesse realmente separar uma história da outra. Quando eu pensava que ela falava de uma pessoa, já estava citando outra. Depois, sem que eu pudesse me dar conta do exato momento e que acontecia, já entrava em outro exemplo ou voltava aos anteriores, causando uma confusão em minha cabeça. E o mais interessante era ela não se perder em nenhuma de suas conversas.

~

Certa tarde, Dulce se deparara com algumas coisas do jardineiro Zeca na mesa da cozinha. Ele parecia ter deixado lá para atender a um chamado urgente de Lorena, a mando de Maria Eugênia. Com algumas compras, produtos de higiene pessoal, estava uma carta da tal namorada, com quem se correspondia, e entre as três páginas da correspondência, supostamente, uma foto dela. Sem que ninguém percebesse, pegara o documento e levara consigo. Em seu quarto, ela absorvera rapidamente todas as informações ali contidas naquelas folhas, bem como fitou, curiosamente, por um bom tempo, a foto.

Dulce queria compreender o que existia naquela relação que deixava o jardineiro arrogante e apaixonado, segundo ele mesmo afirmava. Bem como a diferença que o próprio Zeca ressaltava frequentemente entre sua namorada e ela, e tanto a incomodava.

A mulher era realmente bonita, como o rapaz afirmava, e parecia em suas declarações extremamente apaixonada por Zeca, falando da saudade e do repúdio ao que os impediam de estar juntos, o que aguçou fortemente a curiosidade de Dulce.

– Não sei não, viu? Eu preciso descobrir que segredo é esse, o que esse jardineiro arrogante esconde de todos nós.

Para Dulce, descobrir o que sustentava a separação daquele casal seria naquele momento um grande objetivo, talvez para fugir da realidade enfrentada por ela em sua relação com Djair. Parecia, na verdade, sentir um pouco de inveja por não viver uma relação com tantas declarações de amor quanto à de Zeca e a moça da carta, de quem não descobrira o nome, por assinar-se apenas como "seu grande amor".

Quando Dulce retornou à cozinha para devolver a carta ao lugar de onde havia pego, a confusão estava armada. Zeca voltara para pegar suas coisas e se deparara com a falta da correspondência de sua namorada. Estava furioso, enquanto Mena e Djair tentavam acalmá-lo e cogitar supostos lugares onde teria esquecido o que procurava. Contudo, sua fúria se nutria por ter a certeza de que havia deixado a tal carta ali, juntamente com suas compras, para atender o chamado de Maria Eugênia. Minha enfermeira tratara de esconder os papéis dentro da roupa e aproximou-se da confusão.

– Que barraco é esse aqui? Não sei não, viu? Tem funcionário que não se enxerga. Está pensando que é dono aqui, é?

Procurava disfarçar, embora não parecesse tão espontânea, como de costume.

Zeca voltou-se a ela, como se soubesse quem tinha pego a carta.

– Se eu descobrir quem fez isso, eu acabo com a raça.

Dulce olhou para um lado e outro rapidamente, pensando numa boa resposta, mas sabia que naquela situação não tinha razão.

– Arrogante como sempre! Não entendo como essa sua tal namorada diz que te ama tanto, um troglodita desses.

– Como é? – a afirmativa de Dulce o deixara ainda mais desconfiado. – Como sabe do que ela sente por mim ou o que ela fala pra mim?!

Já estava bem perto de minha enfermeira, como se quisesse realmente lhe intimidar.

– Sei lá... – saíra de perto, para não ter que o olhar nos olhos, procurando encontrar um rápido subterfúgio que a tirasse da enrascada que ela mesma se colocara. – Não sei... você... você deve ter me dito... foi isso, você deve ter me dito. Arrogante como é, deve ter me dito, para cantar de galo.

Dulce conseguira escapar, embora tenha deixado Zeca e Mena num alto nível de desconfiança de que fora de fato ela a responsável pelo roubo da carta. A própria Mena, depois daquele episódio, a indagara se realmente não havia cometido a besteira.

JÚLIA SERRADO

CAPÍTULO 115

Fui apresentada por Leonardo a Tancredo Flores, um excelente repórter investigativo que fizera carreira numa grande emissora, no Rio de Janeiro e há pouco fora contratado a peso de ouro pela RTN, voltando a Fortaleza, sua cidade natal, de onde saíra há mais de vinte anos, para cursar a faculdade de jornalismo. Com sua experiência consagrada estava a minha esperança de reencontrar minha filha.

O repórter Tancredo Flores descobrira que Clara ficara com um casal numa casa em Aquiraz, por algum tempo, até que o verdadeiro casal que havia pago por ela viesse buscá-la. Era, na verdade, um casal de holandeses. O homem aparentando uns cinquenta anos e a mulher, uns quarenta. Tancredo já estava providenciando um retrato falado dos dois, a fim de que a polícia pudesse localizar seu paradeiro. Tudo indicava que nunca haviam saído do Brasil. O problema era que as pessoas que deram a ele todas essas informações tinham sumido da cidade misteriosamente há alguns dias. O objetivo então era primeiro achar o casal nordestino, para depois chegar aos holandeses. E finalmente eu teria minha filha de volta.

Tancredo trabalhou duro tentando achar pistas do casal de Aquiraz, através de parentes e amigos deles, na cidade. Descobriu por uma moça, que parecia ter tido um caso com o senhor que ficara o tempo com Clara, que os dois, marido e mulher, haviam se mudado para Maracanaú, cidade da família da senhora do casal. Após descobrir o endereço da mãe da referida senhora, finalmente poderia procurá-la. Até então, não estava envolvendo a polícia, a fim de que pudesse obter todas as informações de que precisava, sem afugentar as suas fontes. A mulher chamava-se Doroteia e resistira um pouco em dar qualquer informação, como fizera outrora, e só concordara em o fazer depois de ser ameaçada de cadeia.

Tancredo pôde perceber que Doroteia estava com muito medo, tinha perdido o marido há pouco mais de um mês, ou pelo menos achava que tinha perdido. Expedito saíra de casa para comprar pães e não mais voltara. Depois se soube na vizinhança que haviam ouvidos uns tiros e a descrição da vítima batia com a de seu marido. Ela ficara sabendo que os assassinos pegaram o corpo e levaram consigo. Não tinha certeza então se era realmente o marido ou não. O fato é que nunca mais o tinha visto. E temia também por sua vida.

Tratava-se na certa de uma quadrilha. Doroteia sempre se referia ao responsável pela venda de minha filha como "eles", e temia que algo pudesse lhe acontecer como a seu marido. Contara a Tancredo, contudo, que o casal de holandeses só viera pegar Clara alguns meses depois do roubo e que fora apenas contratada para cuidar da criança, mesmo sem saber ao certo do que se tratava. O pouco que sabia fora de conversas ouvidas atrás da porta e que seu marido era envolvido com "eles". A informação mais importante que dera a Tancredo havia sido a do taxista que levara os holandeses de Fortaleza a Aquiraz, por se tratar de um homem conhecido do dono de um comércio na esquina onde moravam. Doroteia parecia tê-lo visto conversando com esse senhor, perto de sua casa, e percebia que os dois se tratavam de forma íntima.

Essa era uma nova pista que fez com que Tancredo descobrisse o nome do taxista. Chamava-se Ulisses e fazia ponto em frente a um hotel, na Beira-Mar de Fortaleza. Pelo menos já estava descartada a hipótese do casal de holandeses ter se hospedado no referido hotel, onde o taxista fazia ponto. O pior fora também constatar que Ulisses simplesmente havia deixado de aparecer no hotel, e já tinha algum tempo. Procurando então se informar com seus colegas taxistas ali de frente, Tancredo ficara sabendo da localização de sua casa. A estratégia era procurar Ulisses e obter informações sobre o casal de bandidos que comprara a minha filha.

Cada notícia que Tancredo ou Leonardo me trazia lembrava-me da proteção Divina, do quanto eu tinha sido descrente e naquele momento Deus se mostrava a mim, sem nenhum esforço de minha parte, como se me confirmasse o caminho errôneo que eu havia escolhido inicialmente na ânsia de encontrar minha pequena. Nada, nada vale a pena quando não temos fé.

Eu então estava certa de que a verdade deveria prevalecer a todo custo, independentemente do que pudesse acontecer. Fora um momento de fraqueza no qual eu havia me perdido de mim mesma, enchendo-me de soberba ao achar que poderia ser eu a responsável por meu destino. Como se fosse minha a força maior. Naquele instante eu concluía que somos responsáveis por nossa história, não pelo nosso destino, e que nos afastamos de nossa essência quando nos aproximamos do desejo de possuir a nossa vida, trazendo-nos transtornos irreparáveis.

~

Estava perto de me reencontrar com Clara e aquilo me aproximava ainda mais de Leonardo. Partilhávamos o assunto mais importante de minha vida, o qual passara a ser também prioridade para ele. Era o que me encantava em nossa amizade, a disponibilidade, a preocupação, a vontade de me ver bem e feliz. Falava de Clara como se tivesse a certeza de que a encontraria e a traria de volta pra mim. E eu lhe seria grata para sempre. Como um homem tão ocupado, com tantos compromissos e tão importante poderia destinar tanto tempo a mim, uma simples professora de dança? Mais um de meus modelos mentais era desfeito por Leonardo. Eu começava a perceber que o dinheiro não era necessariamente o que definia as relações entre as pessoas, mas o afeto nutrido entre elas. O dinheiro até poderia impedir o encontro, mas depois de acontecer, não seria ele o responsável por seu direcionamento. E isto faz de todos iguais.

Compreendia, daquele modo, como temos discursos de igualdade, mas somos nós os primeiros que mitificamos os portadores de fama e dinheiro, destinando-os a um universo pertencente a outra dimensão. E então, quando nos deparamos com nosso mito bem diante de nós mesmos, percebemos que ele não passa de nossa própria imagem refletida em um espelho, o que eu havia percebido em relação a Pedro e naquele momento também com Leonardo.

Chegava a pensar algumas vezes que nunca temos tudo o que queremos. Perdi minha filha e havia encontrado um grande amor, do qual então me distanciava cada vez mais, exatamente no instante em que voltava a ter esperanças de me reencontrar com Clara.

CLARINDA DE HOLANDA

CAPÍTULO 116

Holanda permanecia chateado por eu ter retirado a queixa contra seu pai e tê-lo trazido novamente para casa, por isso ficara um tempo afastado. Era Nando e a prima Tony quem ouvia seus desabafos.

– Eu estou decidido a pôr um ponto-final na minha história com o Renato – Holanda revelou ao irmão e à prima.

– Você tem certeza, mano? – procurou saber Nando.

– Você está louco, Holanda! – constatou Tony. – O Renato é um homem maravilhoso, faz tudo o que você quer.

– Mas eu não o amo mais – Holanda completou simplesmente. – Tony, eu nunca estive com o Renato pela ajuda que ele me deu profissionalmente ou pelo dinheiro dele. Ele foi o primeiro homem com o qual eu me envolvi. Eu me apaixonei por Renato. Certo que ele me apresentou um universo que mudou a minha vida. Mas não é isso que define nossa relação.

– Besteira, cara – Tony se mostrava contra a decisão. – Pode até ter rolado sentimento, sim. Mas esse mundo que o Renato te apresentou deu um brilho a mais à relação de vocês. E colaborou pra aumentar esse sentimento que você diz sentir por ele.

– Tony, você pode até ter razão. Mas não é isso que sustenta a minha história com o Renato. Não é o que vai sustentar – explicou Holanda.

– Eu só acho que você deve ter certeza do que vai fazer para não se machucar, nem ao Renato – colocou Nando. – Ou melhor, estar certo de como vai fazer. Que você não gosta mais dele, isso é óbvio, mano.

– Definitivamente eu não concordo – esclareceu Tony. – Além do Renato ser um cara legal é rico, lindo e apaixonadiiiiiíssimo por você. Daqui a pouco você não vai ser somente o diretor superintendente da WM de Fortaleza, mas dono. DONO – repetiu com ênfase. Sabe o que isso significa, Holanda?

– Tony, pega leve, não é? – disse Nando, achando absurda e até engraçada a colocação da prima.

– Pega leve nada – retrucou ela. – A gente tem de ser esperto, meu filho. E um outro peixe como o Renato Brandão não vai cair assim tão fácil na rede do Holanda, não – voltou-se a Holanda. – Você tem de segurar esse com toda a sua força, meu filho. Não deixa ele escapar.

Holanda apenas sorriu, balançando a cabeça.

– Pela Tony eu estaria balançando a bolsinha no Passeio Público – ironizou.

– Balançar a bolsinha não combina muito com você – Tony deitou-se no colo do primo. Sempre tiveram uma relação de muita proximidade e afeto. – Você é muito machão pra isso.

– Eu, machão? – Holanda deu uma gargalhada. E os dois riram. – Ah, priminha, você é mesmo maluca.

– Cuidado com esses conselhos – preveniu Nando.

– Pode deixar – Holanda respondeu com largo sorrindo.

– Pode deixar nada. Eu não vou permitir que você faça nenhuma besteira – avisou Tony, deixando o colo do primo. – O Nando não é uma boa companhia.

– Nao, é? – perguntou o próprio Nando.

E eles riram novamente.

– A minha decisão está tomada – afirmou Holanda. – Eu não posso mais permanecer dentro de uma história pautada na mentira de sentimentos. Eu não amo mais o Renato. E tem mais: quero estar livre para viver outras histórias, outros encontros.

– Eu não vou permitir – finalizou a prima.

Era compreensiva a postura de Tony. Gostava muito do primo e torcia para que crescesse profissionalmente. Na verdade, ela lhe era grata por tudo o que ele havia feito, pela proteção quando ainda morava conosco e depois pelo apoio ao tentar a vida fora de nossa casa. Holanda representava seu porto seguro e ainda o único familiar dentro do universo o qual ela desejava participar. Em sua presença, Tony não se sentia tão abandonada.

Graças a Deus meu filho não dera ouvidos à prima. As questões profissionais jamais lhe impediriam de pôr um ponto-final da história com Renato, ou cavar uma transformação. Sentia um carinho profundo, além da gratidão, sem falar no respeito por tudo o que haviam vivido juntos. O que lhe era suficiente para manterem uma relação de amizade.

~

Holanda foi pegar o parceiro no aeroporto e estava decido a terminar a relação logo que chegassem em casa. Este, por sua vez, além de movido por uma intensa saudade, encontrava-se desolado pelo estado de saúde da mãe, que havia descoberto um câncer no seio e provocara um clima de comoção dentro da família. Renato chegara a chorar dentro do carro a caminho de casa ao falar no assunto, afirmando necessitar intensamente de seu apoio e amor.

Meu filho tivera razão em adiar a difícil conversa. Não era momento para se terminar uma relação, precisava estar ao lado do companheiro, dando-lhe forças naquele momento, embora apenas inicialmente. Seria egoísmo de sua parte se desconsiderasse a situação e pusesse o tão esperado ponto-final. Antes de mais nada, Renato era um grande companheiro, e aquilo seria o mínimo a ser feito, depois de tudo o que os dois viveram nos últimos cinco anos.

Foram dias sufocantes os que se seguiram depois de meu filho não poder acertar os ponteiros com o companheiro. A cada "bom dia", a cada beijo, a cada exposição da necessidade de carinho por parte de

Renato, Holanda se sentia ainda pior, forçado a uma situação a qual desejava não mais experimentar. Contudo, mantinha-se firme na sustentação momentânea do relacionamento, em nome do respeito a toda a história vivida por eles durante os últimos anos.

Quem vibrou com a situação de Holanda foi Tony, que torcia por seu relacionamento com Renato. Não que lhe desejasse mal, mas por considerar verdadeiramente o melhor para o primo.

CLARINDA DE HOLANDA

CAPÍTULO 117

Eu me tranquilizava quando sabia de Tony na presença de Holanda, como se a sentisse mais próxima e protegida ao mesmo tempo. Seu relacionamento e parceria com Guel Serrado causavam-me pânico. Desde a primeira vez que o havia visto, meu coração palpitara não se tratar de um bom homem, como se pudesse sentir a maldade em seu coração, envolta na beleza e charme aparente.

Mamãe sempre dizia: "Me digas com quem andas e eu te direi que és". Eu bem sabia da revolta que minha sobrinha carregava consigo, por algo o que eu não tinha o alcance de perceber. E isso poderia ser potencializado na companhia de alguém a quem sintonizasse a sua amargura. O que eu temia era exatamente ser Guel a pessoa que ela procurava para dar vazão ao seu lado impuro.

E eu estava certa. Guel Serrado e minha sobrinha faziam então um belo par de golpistas, que tinham em Olívia Cordeiro a vítima perfeita. E esta por sua vez já havia caído na armadilha, encontrando-se extremamente envolvida no jogo de sedução de Guel, pensado por eles.

Depois de alguns dias e muita ansiedade por parte de Olívia, após um jantar de reencontro, ela se entrega a uma noite de prazer ao lado do golpista. Era de fato um profissional e sabia como fazer para enlouquecer uma mulher na cama. O quarto de seu apart-hotel fora o cenário perfeito para proporcionar a Olívia uma noite de amor intensa que há muito não experimentava. Ele fazia-se parecer o homem mais apaixonado na entrega e sedução simultânea, bem como no cuidado com cada detalhe, a fim de que tudo parecesse perfeito e mágico. O ambiente, tivera, claro, o toque de Tony, pouco antes de chegarem ali, deixando velas acesas pelo caminho até à cama, champanhe e tudo o que encantaria a vítima, fazendo-a acreditar ser a mulher mais amada do mundo.

Mais uma tacada de mestres maquiavélicos. Olívia se desfizera dos escombros que a soterravam, deixados pelas frustrações e fracassos dos relacionamentos anteriores e começava pensar nesse novo homem permanentemente, nutrindo a possibilidade de um novo amor. Guel, por sua vez, mostrava-se cada vez mais apaixonado e empenhado em realizar as suas vontades. Bastava que Tony descobrisse um desejo da vítima, através das produtivas conversas com Izaíra, para a sua realização por parte do grande sedutor.

~

A cada passo dado no plano, Guel e minha sobrinha comemoravam as vitórias à base de gim-tônica, sua bebida preferida, além de tórridas noites de sexo. Os dois pareciam extravasar todos os seus sentimentos reprimidos nas relações subsequentes de prazer e dor.

Tony se realizava na cama com Guel como jamais conseguira ao lado de nenhum outro homem. Ele era então desafiado permanentemente por ela a mostrar suas habilidades sexuais e superá-las a cada transa, como forma de provar os dons que afirmava ter. Para os dois, valia tudo naqueles momentos. Tapas, mordidas e empurrões esquentavam os encontros, mas de uma forma que não lhes deixassem marcas, para não se prejudicarem no instante em que precisassem usar seus corpos com outros parceiros.

Certa vez, a parceria de Tony e Guel quase fora destruída por uma de suas transas. Minha sobrinha fora acometida por uma crise de loucura, depois de um violento tapa do amante, por mordê-lo vorazmente numa relação sexual oral. Os dois chegaram a se agredir mutuamente no instante seguinte ao ocorrido, como se exigissem um determinado limite não acordado dentro da relação.

Tony ficara totalmente transtornada, como se aquela atitude do amante lhe tocasse em algum ponto não acessível aos outros. Recorrera a mim, numa ligação inesperada, aos prantos, pedindo-me colo. Senti tanta pena! Desejei poder lhe ajudar, saber do que se tratava e confortar seu coração. Parecia uma menina desprotegida, correndo para os braços da mãe ao ter se machucado. E aquilo me deixou angustiada, principalmente por não me dizer o que lhe havia acontecido e não me deixar ajudá-la, como tantas vezes ela o fizera.

Minha menina escondia algo em seu coração que não permitia ninguém se aproximar, o que lhe provocava dor e isolamento do mundo, motivando-a a buscar um caminho de superação e realizações materiais, como se, de quebra, punisse o meio a sua volta por sua dor. Aqueles telefonemas foram constantes logo que saíra de casa e aos poucos tornaram-se esporádicos.

JÚLIA SERRADO

CAPÍTULO 118

Certamente Pedro vivia uma grande confusão acerca de seus sentimentos por mim, como afirmava D. Clarinda de Holanda e até seu amigo Adriano Cordeiro. Numa manhã, fui acordada por Raquel com a notícia de que ele estava me aguardando na sala. Precisava, segundo ele, ter uma séria conversa comigo. Alimentei a esperança de que tivesse voltado atrás e me perdoado, imaginando, durante todo o tempo em que tomava banho e me arrumava para recebê-lo, como eu agiria e o que lhe diria frente seu pedido de reconciliação. Em alguns minutos já estava diante do homem que amava, desejando abraçá-lo e acabar logo com aquela angústia.

– Bom dia, Júlia. Me desculpe por vir sem avisar...

– Não se preocupe!

Interrompi-o, ansiosa para que resolvêssemos logo nossa situação.

– E então?...

Meu coração estava acelerado e eu não conseguia esconder meu sorriso ansioso. Na certa, tudo estaria bem entre nós.

– Júlia, eu vim aqui por conta de Leonardo – disse ele sem rodeios. Não entendi bem aquilo, mas sabia que havia algo errado. O fato era que o início da conversa já não me dava a entender que teria vindo por uma reconciliação, como eu esperava. Talvez fosse somente uma forma de começar, não sei... E ele completou: – Estou verdadeiramente preocupado com meu amigo. O que você realmente quer com ele? Tem de fato algo a ver com Donato essa sua aproximação de Leonardo?

Nem acreditava no que ouvia. Meu sorriso foi aos poucos se desfazendo. Senti meu sangue subir-me a cabeça.

– Então, você veio aqui para me acusar novamente?! – estava trêmula de raiva.

– Não estou aqui pra te julgar, acusar ou coisa parecida. Estou apenas tentando entender. Júlia, esse homem é perigoso e tenta de todas as formas conseguir o controle da RTN. Pode até estar envolvido na morte de meu pai, você sabe disso. Eu me preocupo com Leonardo, é uma pessoa sozinha, vulnerável, seria uma vítima fácil.

Eu procurava me controlar para não permitir que o choro tomasse conta de mim, embora com bastante esforço.

– Então, você acha realmente que Leonardo é uma nova vítima minha?

– Não sei. Estou apenas tentando descobrir. Eu quero apenas a verdade. Voltei ao Brasil em busca da verdade, seja ela qual for – respondeu ele. Voltei-me para uma janela, a fim de desviar um pouco meu olhar e ele não perceber as lágrimas que insistiam em se manifestar. Continuou: – Júlia... você acha que para mim é fácil olhar para o meu melhor amigo e descobrir que ele na verdade foi o maior inimigo de meu pai?

– E a sua preocupação maior é com Donato?

– A minha maior preocupação é a busca da verdade. Eu preciso dela!

– Sai daqui, Pedro – falei ainda voltada para a janela, sem conseguir fitá-lo.

– Entenda bem, eu não vim aqui para lhe agredir, estou apenas...

– Sai daqui! – já era um grito. E não mais conseguia controlar o choro.

– Júlia...

– Pedro, saia daqui, por favor! – era outro grito e Pedro ainda pensou em se aproximar de mim, hesitou um pouco e decidiu deixar--me sozinha. Senti-me uma completa idiota por pensar que ele teria me procurado a fim de me perdoar. Caí em prantos ali mesmo no sofá, sem perceber que ele ainda não havia saído.

– Idiota!... – ainda sussurrei antes de me tocar de sua presença. Pedro não suportara me ver daquela forma, emocionada, sentando-se ao meu lado. Tocou-me os cabelos com certo cuidado, como se temesse a minha reação.

– Me desculpe. Eu... não quis lhe magoar – disse ele, meio desconsertado.

Voltei-me a Pedro, ainda em prantos, jogando-me em seus braços. Queria apenas um pouco de colo. Ele então me abraçara, ainda receoso. Podia sentir seu coração acelerado, como no outro dia, no salão de Biodança. De repente, estávamos ali em minha sala, sentados, abraçados fortemente como se tentássemos recuperar todo o tempo em que estivemos separados numa fração de segundos. E, naquele instante, eu tinha a certeza de que era mútuo, de que ele também queria e sentia-se envolvido. Sua respiração ofegante arrepiava-me o pescoço. Estávamos tomados por um forte desejo e pude sentir seus lábios tocar-me a pele lentamente, como se ainda resistisse aos seus instintos. Mas logo nossas bocas se encontraram, fundindo-se uma na outra, num beijo intenso. Meu corpo parecia estar dormente, conseguindo apenas sentir seu calor, o tremor de suas carnes comprimidas contra as minhas. Um instante transformando-se numa eternidade, num momento de plena entrega e desejo.

A dúvida já não era mais presente acerca de nossos sentimentos. Tínhamos então a plena convicção de nosso amor. De certo Pedro não beijava Mirela, mas a mulher por quem naquele momento estava verdadeiramente apaixonado. E aquilo fazia de nosso beijo ainda mais intenso, inteiro, delineando a nossa presença.

Por um instante, Pedro parecia ter trazido à memória as lembranças de nosso primeiro encontro, bem como as condições pelas quais nos conhecêramos, quebrando a magia que experimentávamos naquele momento, num impulso arrependido.

– Desculpe-me! Nós não podíamos! Não podíamos! – levantou-se meio atordoado, procurando a saída de minha casa.

– Pedro, espera! – ainda tentei impedi-lo. Mas estava tomado pelo arrependimento e seguro de seu erro, como se de repente uma nuvem de dúvidas e confusão cobrisse seu coração e o fizesse desistir. Procurava compreender o que havia nos acontecido, como chegáramos naquele beijo, e não conseguia lembrar ou raciocinar acerca do caminho que havíamos percorrido naquela manhã. Eu estava aos gritos, expulsando-o de minha casa, e não mais que de repente, envoltos em desejo, num beijo ardente de paixão.

Como eu, Pedro passara todo o resto daquele dia sem conseguir tirar de sua cabeça o que havia nos acontecido. E aquilo o incomodava. Como estava certo de sua indiferença comigo, a responsável por sua dor, por tê-lo enganado da forma mais sórdida, e num piscar de olhos, entregue em meus braços, disposto, numa fração de segundos, a desconsiderar todo o seu sofrimento e assumir seu desejo, sua paixão? A dúvida e a falta de respostas o deixava irritado, chegando a causar seu descontrole até mesmo no trabalho, onde costumava mostrar um equilíbrio inabalável. Como na maioria das reuniões, Pedro e Donato Pessoa discordavam em muitos pontos, mas nada que o tirasse do eixo e provocasse alguma situação desconfortante como naquela tarde.

MARINA PESSOA

CAPÍTULO 119

Eu estava confusa. No último mês, havia decidido pôr um ponto-final em meu casamento com Donato, e de repente, depois que Donato abrira seu coração para mim, tal atitude já não tinha mais sentido. Passara os cinco anos em que estivemos casados desejando aquela abertura por parte de meu marido, e então, finalmente a tinha. Não obstante, se fazia necessário um pouco de cautela e ponderação. Talvez não fosse tão fácil. Nosso casamento fora marcado pelo ciúme e controle dos quais fui vítima, desembocando naquela relação insuportável que havia se transformado a nossa união.

Propunha, daquele modo, o estabelecimento de referenciais que orientassem um novo convívio, como forma de condição para que pudéssemos retomar nossa relação. Exigi um pouco mais de tempo para nutrirmos o afeto dentro de nosso casamento, já que ele estaria com um pouco mais de tempo, após as eleições, bem como que eu pudesse acompanhá-lo em todas as suas viagens a Brasília, como fazem a maioria das esposas de políticos com atuação na capital brasileira. Meu intuito era de estar um pouco mais perto e partilhar mais do universo de meu marido, assim como de seus interesses.

A outra exigência dizia respeito ao meu direito de ir e vir, minha liberdade propriamente dita. Antes, estava privada de sair sozinha, sem a presença de meu marido, bem como de me comunicar ou estabelecer qualquer tipo de relação de amizade com quem quer que fosse. Queria poder desfrutar de meu tempo de uma forma mais útil, procurar fazer algum tipo de aula, de trabalho alternativo, coisa que preenchesse meu tempo e exorcizasse de mim aquela sensação permanente de vazio e inutilidade.

Queria garantir ainda o direito de me relacionar com minha família, propondo uma trégua entre Donato e Vanessa. Era chegado o momento de acabar de uma vez por todas com aquela desavença, tanto de uma parte quanto da outra. Dispunha-me a ajudá-lo a enfrentar todas as adversidades, seus medos e fantasmas internos, assumindo verdadeiramente o papel de companheira e cúmplice.

Estávamos com infinitas possibilidades diante de nós. Poderíamos dar uma guinada em nosso casamento, ou destruí-lo definitivamente. Era na verdade, uma oportunidade de crescermos juntos como casal. Teríamos apenas que apostar e nos entregarmos àquele novo caminho proposto. Depois de uma breve hesitação, Donato aceitou o desafio, propondo-se a mudar e lutar para refazermos nossa união. Sua única condição foi que eu retornasse com ele para casa imediatamente, afirmando estar enlouquecendo sem a minha presença, o que soou como uma brincadeira afetiva. E então estávamos ali, abraçados, rindo e felizes, com nossos olhos transbordando em lágrimas.

~

Minha volta para casa não foi tão ruim como pensava que seria. Embora aquele apartamento tivesse sido cenário de meu cativeiro, fora também o aconchego de nosso amor desde quando havíamos retornado ao Brasil, casados. Era meu canto, e ali estava muito de minha/nossa história.

D. Deise parecia ter ficado feliz com meu retorno, apesar de sua costumeira expressão fechada. Procurara saber de minha alimentação, se havia me cuidado. E até comentara estar me achando um pouco mais magra. Suas colocações traziam um ar de preocupação e cuidado.

Já Luísa, esta não conseguia esconder sua decepção, estampando em seu rosto um sorriso amarelo, meio forçado, como se estivesse seguindo instruções de seu patrão. Ela para mim era ainda uma incógnita. Não sabia verdadeiramente o que se passava em sua mente, qual tipo de sentimento alimentava a meu respeito. O que me fazia temer. Soava-me falsidade, embora não dispusesse de nada concreto que me fizesse acreditar naquilo. Tratava-se apenas de sensações. Algo inexplicável.

Ah, se eu tivesse me lembrado, teria também exigido a saída de Luísa de nossa casa. Seria também uma forma de estarmos mais juntos, vivendo um pouco mais de intimidade sem a intromissão de ninguém. Mesmo que eu soubesse se tratar apenas de uma funcionária, como era D. Deise e Flávio, os quais também moravam em nossa casa, não me sentia totalmente tranquila como ela.

Embora não fosse de meu conhecimento o romance mantido por meu marido e Luísa desde a época em que ele fora casado com Maria Eugênia Gondim, e então prosseguia bem debaixo de meu nariz, eu desconfiava que ela escondia algo em seu olhar. Além do que, a via com um nível de cumplicidade com Donato, que me incomodava profundamente. Vê-la fora dali seria um graça alcançada. Contudo, era tarde para exigir mais alguma coisa, principalmente algo que afetaria diretamente o trabalho de meu marido. Não, eu não poderia mais exigir nada. Havia perdido a oportunidade e teria de esperar o momento certo, um contexto em que nos mostrasse a necessidade do afastamento daquela mulher de nosso lar.

Eu estava certa, mesmo sem saber. Meu retorno ao lar causara um pouco de decepção a Luísa, que esperava, na verdade, com a minha ausência, finalmente uma chance para assumir seu relacionamento com Donato. No fundo, não compreendia o que o impedira de lhe dar o posto de mulher oficial após sua separação de Maria Eugênia. Aquilo mexia profundamente com a minha rival, pois mesmo após o fim de seu casamento, ele ainda vivera com ela, sem assumi-la legalmente, por mais três anos, até me conhecer, oficializando mais uma vez o seu posto de amante. O meu regresso representava para ela mais uma derrota em sua árdua batalha silenciosa de conquista a meu marido.

Acreditava que muitos de meus problemas perdessem seu poder, sua força após o meu retorno para casa, com as condições que eu impunha. Isso por imaginar que fosse o tipo de relação limitada vivida com Donato a responsável por minhas crises depressivas. Na verdade, apostava todas as minhas fichas na tentativa de reconstrução de meu casamento, mas agora balizado por novas regras de convivência.

CAPÍTULO 120

Como Dulce explicaria o roubo de uma carta? E se Zeca lhe processasse, como prometera que o fazia, se descobrisse quem cometera o roubo? Não! Não poderia correr o risco. Daria um jeito de devolver a correspondência e a foto somente depois que a poeira tivesse baixado. Enquanto a oportunidade não chegava, lia e relia aqueles papéis e observava aquela foto, como se esperasse ali descobrir algum segredo, alguma informação não explicitada, que lhe desse uma pista que fosse acerca do motivo que os impediam de estar juntos.

Dulce fixava-se também na leitura da parte da carta em que a namorada de Zeca afirmava ser ele o melhor homem do mundo, por sua integridade, lealdade, fidelidade e romantismo. Repetia compulsivamente a palavra "fidelidade". E pensava: "Não sei não, viu? Você é uma idiota de achar que existe realmente homem fiel". E Depois ela mesma chegava a duvidar: "Será?!" Aquilo a estava perturbando permanentemente e fazendo até com que exigisse de Djair que lhe confessasse se realmente era um homem fiel. Cobrava também do namorado mais atenção e mais romantismo, bem como atitudes que testemunhassem seu amor, como um cartão apaixonado, ou uma "carta" de amor.

Certamente, Djair estava longe do que Dulce esperava de um homem, depois do contato com aquela carta e do tipo de relação amorosa exposta ali. Ele estava mais preocupado de fato em nunca permitir que ela ou Lorena descobrissem que namoravam o mesmo homem.

Numa noite, Dulce saíra do quarto e fora à cozinha tomar um copo de leite. Assustou-se ao ouvir um barulho do outro lado da mesa, onde estavam exatamente Djair e Lorena numa situação um tanto constrangedora. O motorista já completamente sem roupa, transando com a secretária da patroa. Como a luz do ambiente estava desligada, minha enfermeira não tinha uma visão nítida de quem estava ali ou fazendo exatamente o que. Viu, contudo, por conta da luz interna da geladeira, o rosto de Djair, atônito, a pouco mais de dois metros de distância, já erguido, embora que sem roupa e completamente excitado.

– Djair!...

Estava completamente surpresa, fitando o namorando e em que estado se encontrava. Para ele seria o fim. O que tanto tentara esconder finalmente viria à tona. E pior, Lorena também ficaria sabendo de tudo, que ele também mantinha um caso com Dulce. As duas descobririam a traição dupla. Estaria ele perdido. Na certa, achava ele, que Lorena providenciaria sua demissão junto a Maria Eugênia. E naquele instante se arrependera de ter começado aquela história.

Foi então que teve uma ideia. Djair correu para os braços de Dulce, demonstrando alívio por encontrá-la ali. E quando ela lhe indagara sobre seu estado físico, a falta de roupas e o que fazia ali na cozinha, ele lhe afirmara ter sido vítima de mais uma crise de sonambulismo.

"Mas que sonambulismo?!"

Nunca ouvira falar que o namorado fosse sonâmbulo. Segundo ele, era mais um de seus segredos que ela ficara sabendo. Desconfiada, Dulce deixou o amante e se precipitou para o outro lado da mesa, onde ele estava, quando chegara à cozinha. Para o malandro, tudo estaria acabado então. Bastava que ela visse quem estava ali, deitada, enquanto o mesmo tentava ganhar tempo.

~

Por incrível que parecesse, aquela história de Dulce e sua dificuldade de encarar a realidade, enxergando o que era óbvio e estava bem diante de seus olhos, me fizera perceber a minha própria fuga de não encarar o desafio e aceitar, mesmo como fonte de inspiração, participar da empreitada da RTN na série sobre a deficiência física. Estava então claro para mim o quanto eu me escondia do mundo enquanto a vida me chamava a me fazer presente.

JÚLIA SERRADO

CAPÍTULO 121

Toda a direção da RTN estava reunida para decidirem alguns contratos, como o de um partido político, que pretendia contratar uma série de reportagens dentro do *Revista Notícia – A Máquina da Informação*, o principal telejornal da emissora, para denegrir a imagem de um determinado candidato adversário. Tratava-se de um contrato milionário, embora de ideologia contrária à da empresa. Os diretores questionavam o que seria ético e não ético diante da proposta, como a RTN deveria se portar frente àquela situação. Para Pedro, aceitar o contrato poderia representar um grande risco de perder toda a credibilidade a qual a emissora havia conquistado nos últimos anos, como um canal sério e imparcial, disposto a mostrar as mais diferentes faces da notícia para o telespectador, a fim de que este pudesse construir a sua própria ideologia. Donato Pessoa, apoiado por alguns dos diretores, fiéis parceiros em suas negociações, defendia a aprovação da proposta, chamando a atenção para os muitos milhões de reais envolvidos na transação, como forma de amenizar a difícil situação financeira pela qual a emissora estava passando, taxando ainda de utópicas as ideias defendidas pelo colega. Havia sido o primeiro descontrole dele numa reunião, desde que assumira a vice-presidência da RTN.

– Honestidade e coerência com uma missão não é utopia, é dignidade, o que está faltando a muitos no Brasil, nos dias de hoje! – a fala de Pedro Lucena carregava consigo o peso de sua indignação, não somente pelas ideias de seu adversário expostas na reunião, mas por sua desonestidade a seu pai e a ele mesmo durante todo o tempo em que foram amigos. Complementando: – Nós bem sabemos das artimanhas que muitos desses partidos políticos que hoje estão no poder fazem para se manterem onde estão, da sujeira vivenciada por eles a fim de derrubar, massacrar ideias que ameacem a sua vida, e perpetuar a sua hegemonia. Eu sou contra, inteiramente contra a qualquer pacto ou relação desta empresa, a qual eu confio o meu nome de vice-presidente, com qualquer facção ou grupo específico que alijem a missão a qual nos propomos a desempenhar no âmbito social!"

– Ora, caro Pedro, não falamos de negarmos a nossa missão... – tentou Donato retrucar, sendo interrompido por seu adversário:

– Como não? – respondeu Pedro prontamente. – Uma reportagem comprada carrega em si a intenção de quem a está patrocinando. Este canal de televisão é hoje um dos maiores e mais assistidos do país, apesar de ter sua matriz fora do eixo Rio-São Paulo. E cresceu propondo-se a desenvolver uma proposta diferenciada de programação, com o intuito de educar e estimular a crítica. Ganhou credibilidade em todo o país carregando consigo a marca da imparcialidade.

– Falo de números – disse Donato. – A imparcialidade não paga nossas contas, os salários dos milhares de funcionários. Tem razão quando diz que esta ideia ajudou a fazer da RTN uma das emissoras mais assistidas e respeitadas do país. Sabemos, no entanto, do valor que investimos em nossa programação, para chegarmos à audiência em que chegamos. E eu posso garantir a todos, senhores, que o preço é alto – sorria com ironia, olhando sorrateiramente para Pedro, deixando-o ainda mais enfurecido. E então prosseguia: – Temos uma dívida que não é divulgada junto ao nosso slogan. Se não pensarmos em estratégias que deem conta desse buraco, sinto muito, mas logo, logo estaremos com nossas portas fechadas... – voltou-se então a Pedro, complementando: – ...distribuindo educação e criticidade por um megafone e não através de um sinal televisivo.

– Ainda assim não podemos nos submeter a sermos engolidos pela bandalheira a qual juramos ao público desmascarar. Uma "utopia" que desenhou o nosso sucesso, alavancando um canal regional para o hall das maiores emissoras de televisão do país – Pedro procurava olhar para cada diretor, em especial para Leonardo Gondim, o presidente, bem como para Donato Pessoa. E continuou: – Em se tratando de atitudes, podemos julgar e classificar qual é a melhor, frente a determinadas situações. Mas tratando de princípios, ou se tem ou se não tem! – voltou-se inteiramente a Donato. – Lamento, mas ceder não está entre as nossas opções.

Sua intenção era exatamente a de expor o adversário diante de todos, sacramentar sua imagem desonesta e impedir a adesão dos diretores àquelas ideias suicidas. Compreendia a preocupação de Donato a respeito das dificuldades financeiras da emissora, mas acreditava que não se poderia baixar a cabeça e ceder frente às primeiras adversidades, vendendo-se justamente aos ideais contrários a tudo aquilo que fundamentara o nascimento e propagação da missão daquela empresa.

Leonardo, por sua vez, tinha uma leitura clara de tudo aquilo. Alimentara aquele sonho descrito por Pedro, juntamente com seu amigo, Alberto Lucena, embora se sentisse pressionado pelas circunstâncias. Encerrara a reunião pedindo ponderação a todos, ao classificar o momento de delicado. Almejava na verdade pensar um pouco mais e somente então tomar uma decisão, ainda que tivesse a maioria de seus diretores convencidos da proposta de Donato Pessoa, inclusive a filha, Maria Eugênia, de quem estava sofrendo a maior pressão.

Pedro compreendia a difícil situação em que se encontrava Leonardo, mas não poderia cruzar os braços e permitir que o pior acontecesse. O procurara, a fim de que pudessem unir forças junto à diretoria e optar pela verdade dentro da RTN. O amigo queria apenas um pouco mais de tempo para ter certeza e optar pelo melhor caminho para a emissora.

– Leonardo, eu quero apenas que você saiba que eu compreendo o que nós estamos passando. Mas é necessário lembrar de não nos escravizarmos por nossas necessidades financeiras. Isso é um caminho sem volta, e você sabe melhor que ninguém como se dão esses jogos de poder. Aceitar esse contrato talvez seja a saída mais fácil nesse momento, mas não a mais inteligente.

– Sei bem do que está falando, Pedro. Alberto, seu pai, pensava da mesma forma. Eu já estou quase decidido, quero apenas um pouco mais de tempo. Não é fácil fazer da RTN o que ela é hoje.

– Só não vale a pena continuar se não cumprirmos com aquilo que nos propomos. Eis a nossa perdição, amigo.

– Nos afastamos do propósito para mantermos o poder.

– Como se o poder fosse em si o propósito

– Seu pai se orgulharia de você, vendo-o falando assim.

E os dois riram.

Pedro confiava na decisão de Leonardo, acreditava que prevaleceria a missão da empresa e que juntos encontrariam um caminho, uma saída para resolver os problemas financeiros da RTN. E aquilo até lhe deu forçar para ir a fundo nas investigações acerca do tal dossiê de seu pai contra Donato Pessoa. Talvez contivesse naqueles supostos documentos algo que inspirasse uma saída para a RTN. Lembrara de procurar então seu Caetano, o caseiro de sua propriedade no Porto das Dunas, a fim de descobrir algum indício dos documentos.

CLARINDA DE HOLANDA

CAPÍTULO 122

O caso com Guel Serrado logo estava resolvido. Dentro de alguns dias minha sobrinha e o rapaz voltaram às boas, inclusive ao intenso prazer sexual, depois de firmarem algumas regras de cuidado para a relação.

Uma questão puramente pessoal não poderia atrapalhar seus planos. Além do mais, os golpistas necessitavam superar mais um obstáculo para se anteciparem ao sucesso de seus objetivos. Alexandre, o filho de Olívia, se mostrara inteiramente contra a relação, exigindo a proibição da presença de Guel em sua casa. O rapaz dizia não acreditar nas intenções do namorado da mãe. Talvez por puro ciúme, ou quem sabe, seria a providência divina, para protegê-la.

O fato é que Tony e o comparsa precisavam pensar rapidamente em algo que mobilizasse o jovem e o tirasse de seu caminho. Minha sobrinha recorrera, claro, a Izaíra, descobrindo sobre as desconfianças de Olívia acerca do filho estar envolvido com drogas. Talvez fosse aquela a saída para os dois.

Guel e Tony grudaram em Alexandre, por dias seguidos, a fim de descobrirem algo que os ajudasse a controlar o rapaz e neutralizar a intervenção dele junto ao namoro da mãe. Não demorou muito e ficaram sabendo de uma dívida do jovem a um fornecedor de drogas, depois de segui-lo até o morro Santa Terezinha. Juntando essa informação com os desabafos de Olívia acerca das exigências do filho para conseguir mais dinheiro que o convencional, perceberam estar ali a solução para aquele problema.

Alexandre fora procurado pelo namorado da mãe, que ofereceu-lhe ajuda financeira. Os três mil reais fariam falta à conta bancária de Guel, mas encarara junto à parceira de golpe como um investimento para a concretização de seu plano. Aos poucos, o namorado de Olívia fora se mostrando amigo e cúmplice do rapaz, mostrando-se parceiro em seus embates com a mãe. Antes mesmo do que esperavam, Guel já estava novamente frequentando a casa da namorada.

~

Tudo estava perfeito e pronto para dar o bote em Olívia Cordeiro, que estava cada vez mais apaixonada. O passo seguinte era então envolvê-la mais intimamente na suposta vida profissional de Guel Serrado, a fim de conquistar sua confiança e se aproximarem ainda mais do ponto alto do golpe.

Para Olívia, Guel era um corretor de imóveis, com formação em educação física, sonhando em ter sua própria academia. Trabalhara a vida inteira, de todas as formas, juntando tudo o que podia, a fim de montar o tão sonhado negócio. Desse modo, passava para ela a imagem de um herói, um batalhador, como ela própria fora a vida inteira. E aquilo a encantava, como tudo o que dizia respeito àquele homem.

Tony conseguira a ajuda do amigo Kleber, que se passaria por um suposto sócio de Guel na academia. A ideia seria de deixar Olívia pensando que os dois montariam o negócio juntos. E assim o fizeram. O golpista tratara de deixar a namorada a par de todo o processo de sociedade, bem como das negociações, compra de máquinas e espaço para o funcionamento da empresa. O objetivo seria de envolvê-la o bastante para o momento decisivo.

E então, ao perceberem que havia chegado o momento, Guel a deixara sabendo que o terreno que seria comprado para o empreendimento, fora vendido a outra pessoa, por um valor bem acima do oferecido por ele e Kleber. Desse modo, só lhes restavam a compra de um novo espaço, cento e cinquenta mil reais mais caro, por conta da localização, o que se fazia necessário a entrada de um novo parceiro, mais um sócio à empreitada, visto que Kleber, sócio majoritário, não dispunha naquele momento do valor, não seria possível a negociação.

A isca estava lançada. O que restava à minha sobrinha e seu comparsa era esperarem que Olívia a mordesse, motivada por uma dose de melodrama, expondo o quanto ele ficara abatido pela possibilidade de ver o sonho de sua vida fugindo por entre os dedos.

Sem fazer ideia do que estava por trás do projeto da academia luxuosa, Olívia se apaixonara pela proposta, além de se comover pelo sofrimento do namorado diante da possibilidade de não vê-lo se realizar.

A única saída seria ela mesma entrar de sócia na empreitada, lançando mão dos duzentos mil reais exigidos por Kleber, o suposto sócio majoritário do negócio. E então, o caminho para o golpe final de Tony e Guel estaria aberto.

CLARINDA DE HOLANDA

CAPÍTULO 123

Acabei por ficar sabendo das armações de minha sobrinha e seu comparsa para separar Nando de Olívia. Marluce acabara por me revelar o acordo estabelecido com Tony a fim de armarem o flagrante responsável pelo término do namoro dos dois. Como era de se esperar, Marluce se decepcionara com os resultados, por não obter o que tanto esperara, o amor de meu filho. Pediu-me encarecidamente que eu não lhe falasse nada, para não deixá-la em situação pior, pois sabia que se ele descobrisse sua participação na trama aí sim não teria realmente mais nenhuma chance.

A revelação de Marluce fazia-me perceber sua imaturidade e o quanto estava distante do que meu filho almejava para si. Por mais que ela se esforçasse e me pedisse ajuda, eu nada poderia fazer. Nando a considerava exatamente como eu a via naquele momento, infantil, inconsequente e obsessiva.

Chegava a ser constrangedor alguns dos encontros de meu filho e Marluce. Por mais que Nando procurasse ser gentil, se obrigava a colocar limites em muitos momentos, pelas atitudes invasivas da moça, fazendo-se presente nos mais diversos locais onde ele estaria, o que vinha o incomodando profundamente, naqueles últimos tempos, por sentir-se vigiado permanentemente.

As atitudes sem limites de Marluce, procurando se fazer perceber por Nando, segundo ela mesma, e sua paixão desenfreada por ele, preocupavam cada vez mais sua mãe. Ceiça torcia para que a filha esquecesse definitivamente aquela história e pudesse conhecer alguém, de modo a vivenciar verdadeiramente uma história de amor.

~

Minha vizinha, contudo, estava naquele instante mais decidida a desmascarar a vagabunda aproveitadora de seu filho, segundo ela. Pedira ajuda ao marido, mas Rubinho não concordava em se meter na vida do filho, ainda por cima acreditava na inocência da moça, considerando-a apenas um pouco extravagante. O que despertava ainda mais o desejo de minha vizinha em provar a tese de que a namorada de Dorival nada mais era que uma mulher de vida fácil.

Mesmo contra a vontade de Rubinho, Ceiça passara a vigiar cada passo de Salete e sua amiga Vera Sheila. Esperava mais cedo ou mais tarde encontrar algum indício que comprovasse suas desconfianças. Constatara que na ausência de Dorival, momentos à tarde, outros à noite, Vera Sheila sempre acompanhava um rapaz moreno, de boa aparência, à casa da amiga, onde passavam horas. E que, como de costume, os dois saíam e ainda passavam um bom tempo conversando dentro do carro, estacionado na frente da calçada. Da porta do mercadinho, minha vizinha não tirava o olho e a atenção. Desejava ser uma mosca e descobrir o que se passava ali do outro lado da rua, por trás das portas fechadas da casa de Salete. Acreditava que no mínimo a dama da orgia, como também a chamava, estava traindo seu filho, talvez "trabalhando", como sempre desconfiara. Precisava encontrar uma forma de provar suas desconfianças.

Antes mesmo de encontrar qualquer prova concreta contra Salete, minha vizinha não suportara a pressão e contara ao filho sobre o rapaz que vinha frequentando a casa de sua namorada em sua ausência. Mesmo sem o apoio de Rubinho, esperava convencer Dorival ou pelo menos despertar suas desconfianças acerca da honestidade da namorada, até então imaculada.

Para a frustração de minha amiga, o filho mostrara-se resistente à ideia de traição, defendendo seu amor e a fidelidade de Salete. Percebia então o quanto Dorival encontrava-se iludido com a "sirigaita", segundo ela. Lamentava o fato de um homem tão inteligente, lindo e corajoso como seu filho se transformar em um paspalho diante da vulgaridade daquela mulher.

O que Ceiça realmente conseguira com a revelação fora apenas queimar seu cartucho. Salete alegou tratar-se do namorado de Vera Sheila, um amor proibido, por isso os dois se encontravam em sua casa. Por via das dúvidas, a moça passara a ter mais cuidado, evitando a presença do tal rapaz em sua casa, nos dias que se seguiram. Minha vizinha teria de esperar uma outra oportunidade para provar a traição de Salete. Para sua tristeza. Deixara escapar a oportunidade. E ainda tivera de aguentar as piadas da moça, quando esta fora fazer compras no mercadinho, vangloriando-se para a amiga ser mais esperta do que as megeras mexeriqueiras da rua.

Só restava a Ceiça engolir a soberba de Salete e aguardar um novo momento para pegá-la no flagra. O que acontecera umas duas semanas depois. Numa madrugada, o rapaz deixara o carro estacionado na outra rua e fora para a casa de Salete, acompanhado de Vera Sheila. Minha vizinha flagrara, pela janela de seu quarto, o exato momento em que os dois entraram. Pronto! A dama da orgia voltara a agir. Era o que precisava para provar que estava certa e ela traía seu filho. Precisava apenas pensar num plano, numa forma de entrar na casa da frente e flagrar a pouca-vergonha.

Conversando com a vizinha de Salete, que fazia compras no dia seguinte, Ceiça ficara sabendo que o muro que separa os quintais das duas casas havia caído com as chuvas do inverno naquele ano e que até então não fora consertado por falta de interesse de Salete no assunto. Dona Ana, a vizinha, estava indignada, não somente com a história do muro, bem como com o barulho à noite, da casa de Salete. Dizia ouvir grandes gargalhadas, alto volume de som e até gemidos. E o mais interessante para Ceiça: tudo acontecia exatamente na ausência de Dorival, nos plantões policiais do rapaz.

JÚLIA SERRADO

CAPÍTULO 124

Pedro ficou sabendo, através do caseiro, de uma viagem de seu pai a Natal pouco antes de sua morte, para rever Carlos Paulino, um velho amigo de infância, respeitado auditor federal, então aposentado. Pedro desconfiava que poderia este homem ter algum tipo de envolvimento com as descobertas do pai acerca de Donato dentro da RTN. Tratara, desse modo, de ir ao seu encontro, em Natal. Alguma coisa lhe dizia que poderia resolver parte dos problemas da empresa, de posse do suposto dossiê.

Carlos Paulino dera respostas vagas a Pedro, diante de suas indagações pouco claras. Este tentava saber se o amigo do pai tinha conhecimento de suas investigações, sem lhe dizer ao certo do que se tratava. Estava diante, contudo, de um homem discreto, de um profissional sério e respeitado, como sempre fora, jamais quebraria o sigilo de um trabalho, sem um motivo plausível. E quando já estava quase desistindo, Pedro resolvera abrir o jogo e contar-lhe por que realmente o havia procurado. Falara-lhe inclusive de suas desconfianças sobre a morte do pai, o que comoveu aquele homem de aparência dura e inabalável.

Mesmo não tendo sido Carlos Paulino o responsável pelas investigações resultantes do dossiê, ele sabia de sua existência. Alberto Lucena o procurara pouco tempo antes de sua morte, para que ele pudesse analisar o material que dispunha. Estivera ele com todos os documentos em suas mãos por dois dias, confirmando a Alberto o que ele já sabia, mas insistia em não acreditar. O velho homem não quisera entrar em detalhes sobre o conteúdo do dossiê, mas entregara a Pedro a indicação de um nome. Marcos Medeiros fora o profissional responsável pela captação de quase todo o material dentro da empresa. Teria ele, segundo Carlos Paulino, mais informações do que poderia ele me dar.

Se esse Marcos Medeiros havia conseguido elencar todos os documentos necessários à composição do dossiê contra Donato Pessoa, só poderia ser ele um funcionário da RTN, ou alguém que tivesse livre acesso à empresa, a fazer uma espécie de auditoria, sem que ninguém percebesse. Pedro estava certo. Descobrira junto ao setor pessoal da empresa o registro de Marcos Medeiros como funcionário da emissora, por sete anos, tendo sido demitido então dois anos antes daquela descoberta, ou seja, bem antes da composição do dossiê, pouco mais de um ano antes da morte de Alberto Lucena.

Alguma coisa não batia e Pedro não conseguia entender bem o quê. Como o tal Marcos conseguira trabalhar dentro da RTN, tendo sido ele demitido antes das investigações a Donato Pessoa? Descobrira então, através de D. Jandira, sua secretária, a qual também havia trabalhado com seu pai, que se tratava de um funcionário aliado de Donato no setor contábil da RTN, e mais, que este fora despedido por atos ilícitos dentro da empresa. "A corda sempre quebra do lado mais fraco", disse D. Jandira, sem entrar em muitos detalhes.

Uma charada que necessitava ser desvendada por Pedro, se quisesse encontrar o tal dossiê. Persistiu então nas investigações, descobrindo, com a ajuda de D. Jandira, uma ex-namorada de Marcos Medeiros no setor contábil da empresa, a qual trabalhava na parte de pessoal, até o rapaz ter sido demitido da emissora. D. Jandira ficara sabendo ainda que Marta, a moça em questão, fora transferida de setor, a pedido de Alberto Lucena.

Pelo menos estava explicado como Marcos conseguira reunir os documentos que compunham o dossiê acerca de Donato. O fizera com a ajuda da namorada e o aval do pai de Pedro. O rapaz parecia querer se vingar de seu chefe por lhe abandonar, ao serem descobertas suas falsificações na contabilidade da RTN para encobrir supostos desfalques. Marcos Medeiros estava foragido da polícia e possivelmente teria procurado Alberto Lucena, propondo-lhe desmascarar Donato Pessoa.

Pedro precisava então apenas descobrir o paradeiro do tal Marcos Medeiros para chegar ao dossiê. No entanto, Marta, a ex-namorada do rapaz, nada sabia a seu respeito, a não ser do endereço de uma tia dele, coincidentemente em minha rua. Tratava-se de D. Ceiça, a dona do mercadinho da esquina, próximo a minha casa. Contudo, nenhuma informação ele conseguiu através de minha vizinha. Foi Salete, a namorada de Dorival, o filho da dona do mercadinho, quem lhe dera as informações necessárias. A moça parecia não se dar bem com a sogra e ao ouvir a conversa dela com Pedro resolvera ajudá-lo, "somente para contrariar a megera", segundo ela. Descobrira com o namorado, o primo de Marcos, que ele estava trabalhando na prefeitura de Monsenhor Tabosa, município do interior do Estado, a quase trezentos quilômetros de Fortaleza. Um bom esconderijo para alguém inimigo de poderosos.

Pedro não hesitou em procurar o rapaz que poderia lhe dar informações valiosas sobre a verdade que envolvia os tais documentos reunidos pelo pai antes de sua morte. Este, por sua vez, ainda relutou em confessar alguma coisa, mas lhe deu uma nova pista, ao ser ameaçado por ele de lhe denunciar à polícia. O rapaz disse-lhe para procurar saber de Caetano, o caseiro de sua propriedade no Porto das Dunas, se este guardava algo de Alberto em sua casa.

Seria possível o dossiê estar tão perto há tanto tempo? E se estava com Caetano, sendo ele um homem de confiança do pai de Pedro e, consequentemente, também de sua confiança, como poderia esconder uma informação tão importante, sabendo que procurava documentos de seu pai desde que voltara ao Brasil?

Pedro voltara para Fortaleza ainda mais confuso, dirigindo-se imediatamente a sua casa de praia. Queria ele tirar aquela história a limpo e acabar de uma vez por todas com aquele jogo de esconde-esconde. E se Marcos estivesse mentindo? Aí entraria em contato com a polícia.

Seguindo a orientação de Marcos Medeiros, Pedro fizera a pergunta a seu Caetano exatamente como o rapaz havia lhe dito. Era uma espécie de código, que o colocara diante de um cofre, atrás de um quadro, na parede da sala de estar da casa de seu Caetano. Quando Pedro o indagou por que não havia lhe contado sobre aquele cofre antes, o humilde senhor de cinquenta anos, magro, cabisbaixo, respondeu-lhe dignamente que seu querido patrão o havia orientado a nunca revelar aquilo a ninguém, nem mesmo a ele. Contudo, ao ser indagado diretamente por Pedro, percebera ser o momento de trazer à tona o segredo.

No entanto, o velho caseiro não dispunha da chave e a combinação que abriria aquele cofre e colocaria Pedro, talvez, diante do último desejo de seu pai, a revelação da verdade, o que poderia, inclusive, ter sido a causa de sua morte. Passara dias pensando, lembrando do cofre e como o abriria. Certa noite, refletindo sobre o caso, lembrara de repente de uma chave, achada no bolso de um paletó de seu pai, no armário, episódio ao qual não dispensara nenhuma atenção. Procurara então Carminha, a empregada de seu apartamento, responsável pela arrumação das coisas de seu pai, quando se desfaziam delas. Disse-lhe ela ter guardado a chave junto a outros pertences pessoais de Alberto Lucena, numa gaveta do escritório.

A sorte estava lançada. De posse da chave, Pedro pegara seu carro, correndo ao Porto das Dunas. Nem conseguira apreciar a paisagem das dunas, só pensava em qual segredo, combinação seria a do cofre. Chegando à casa de seu Caetano, arriscara uma velha combinação que conhecia desde a infância. Seu coração estava acelerado. Poderia tudo estar resolvido ou não. Só dependia do que estivesse dentro daquele cofre e se conseguiria abri-lo.

Estava certo. Finalmente Pedro abria o segredo de seu pai.

CAPÍTULO 125

Certa manhã, alguns dias após meu retorno para casa, ainda no café, depois da saída de Donato e Luísa para a RTN, fui surpreendida por D. Deise anunciando-me uma visita. Precipitei-me até a sala, onde estava o tal rapaz anunciado por ela, sem que desse chance de entrar em maiores detalhes, como se meu coração acusasse de quem se tratava. Deveria dar mais atenção a minha intuição. Era realmente Holanda, parado de costas, fitando alguns porta-retratos meus e de meu marido, num móvel da sala.

–Você?!

Estava surpresa e ao mesmo tempo feliz. Holanda voltara-se a mim, trazendo-me uma rosa branca, bem como me abrindo seu belo sorriso. Eu havia vivido fortes emoções nas últimas semanas e ele era um ícone das transformações por mim experimentadas naquele período. Sua presença, portanto, muito representava em minha vida.

– Pensou que estava livre de mim?

– Não, não é isso – sorri, desconcertada. – É que não esperava.

– De fato, minha vinda aqui não fazia parte do texto. Mas resolvi reescrevê-lo. Não gostou da mudança?

– Bobo. Claro que gostei.

– Ah, que alívio. Começava a achar que não era bem-vindo.

– Que história, Holanda...

– É muito bom ver você novamente.

Inicialmente, senti um pouco de vergonha, como se não pudesse ter tomado a atitude que tomei em relação a Donato sem antes saber o que Holanda pensava a respeito. Parecia que tínhamos um pacto não revelado de cumplicidade, o qual me obrigava a lhe dar satisfações. Fora ele mesmo quem me deixara mais à vontade, perguntando-me se eu estava feliz. Então, percebia tê-lo subestimado mais uma vez acerca de sua lealdade e preocupação sincera com o meu bem-estar.

Repetidamente, Holanda vinha provando sua amizade e cuidado, por isso estava ali, certificando-se se eu estava verdadeiramente feliz. Não sabia responder se feliz completamente, mas estava bem, esperançosa que tudo desse certo. Se não desse, me depararia com o fim de uma história de cinco anos e aquilo me doía só de pensar.

Convidei Holanda para tomar café comigo e acabamos conversando por horas, rindo de histórias por nós vivenciadas. Era uma companhia agradável que me tirava completamente de meu mundo de dúvidas e preocupações. Sua simples presença me proporcionava não somente um certo conforto, mas uma confiança em mim mesma. Perto de Holanda, sentia-me mais fortalecida, pronta pra enfrentar qualquer situação. Talvez tenha sido exatamente a sua força, passada para mim involuntariamente, que me fizera tomar coragem de impor minhas condições a Donato e dar-nos uma nova chance.

Ao lembrar de meu marido, entrei em contato também com a necessidade de lhe contar sobre Holanda e nossa amizade. Decerto, não o tinha feito ainda por medo de sua reação. Um medo que desaparecera diante de meu amigo. Se não fazíamos nada demais, não tinha por que da minha preocupação e receio. Meu marido teria de aceitar aquela amizade. E seria exatamente o que eu faria logo que chegasse em casa, contar-lhe-ia da existência de um amigo, o qual, mesmo sem saber, havia me dado forças para me lançar a uma nova tentativa de reestruturação de nosso casamento.

Entretanto, experimentava ainda, no fundo, uma pontinha de apreensão acerca de como Donato reagiria àquela amizade. Mas era algo que eu teria de viver, se desejava realmente construir uma relação verdadeira e plena com meu marido.

Que Deus me ajudasse naquele intento!

CELINA GONDIM

CAPÍTULO 126

Começava a compreender por que Pedro havia citado a parte da letra da música de Raul Seixas, dizendo que "... a água viva ainda está na fonte". Realmente ele tinha razão ao afirmar haver um forte pulsar dentro de mim, procurando desesperadamente um raio de luz. Entrava em contanto com meu entusiasmo expresso espontaneamente ao me deparar com toda aquela equipe trabalhando, deixando sua criatividade fluir.

Percebia a cegueira de Dulce em relação a sua atitude dentro do relacionamento com Djair, como se fugisse da vivência de uma verdadeira história com alguém, que realmente a amasse e se fizesse amar. E aquilo me ajudava a enxergar o quanto eu também fugia de meu próprio destino, e não só, mas o quanto a maioria de nós, seres humanos, cedemos aos nossos medos e fantasmas e nos deixamos entregar a modelos pré-estabelecidos de comportamentos, que julgamos atender às nossas necessidades e nos escravizam diante da simples possibilidade de expressão, tornando-nos estéreis de nós mesmos.

Decidi então procurar Gonzalles, o diretor da série e confirmar as entrevistas, nas quais lhe falaria e aos autores do trabalho acerca de meu processo adaptativo como tetraplégica. Fiz tudo silenciosamente, para não criar alardes como da vez anterior, bem como não gerar nenhuma expectativa em ninguém. Fora também uma forma de me sentir mais à vontade, sem tantos olhos em cima de mim.

Dali a dois dias, recebi novamente a equipe da série *Tente Outra Vez*, contando-lhes como reagi desde o primeiro momento em que havia me dado conta do que tinha me acontecido e a meu marido, ainda no hospital até àqueles dias. Chorava em alguns momentos, vivenciando novamente a dor, mas me mantive firme na proposta. Precisava verdadeiramente vomitar aquilo de dentro de mim, aniquilar com o que me matava permanentemente. Era também uma forma de esvaziar um reservatório de veneno escondido em minha alma, responsável por minha morte em vida.

~

Na noite depois daquela tarde de partilha de velhas lembranças, experimentei o sono mais tranquilo dos últimos três anos, desde o acidente. Parecia ter me livrado de toneladas fixadas em minhas costas, impostas por mim mesma, talvez pela culpa da morte de Vinícius e pela dor da perda de meus movimentos, bem como por não me sentir digna de ser realmente feliz, depois de causar tanta dor e sofrimento na vida das pessoas que eu amava.

Estava caminhando à noite, pelo jardim de nossa casa. Não existia nenhuma dificuldade em meus movimentos. Sentia-me leve e a própria liberdade da autolocomoção me proporcionava uma sensação de êxtase e bem-estar. Ao longe, perto da piscina, avistei a imagem de Vinícius apreciando a água. Ele estava rodeado por uma luz branca e vestia uma camisa de algodão azul-claro e uma calça branca, combinação que ele gostava por lhe fazer experimentar uma sensação de leveza. Os pés descalços se revezavam ao brincar com a água, criando pequenas ondas.

– Vinícius?!

Meu sono não poderia me promover felicidade maior que aquele encontro com o homem que eu amava. E ele simplesmente voltou-se a mim, iluminando-me com seu sorriso. Continuava lindo. Os cabelos negros crescidos sendo jogados pelo vento. Aproximei-me, mas com certo cuidado, por receio que aquele momento acabasse.

– Estava aqui te esperando, Celina – Vinícius estendeu os braços para mim, convidando-me a me aproximar, com seu sorriso encantador. Eu experimentava um misto de felicidade e surpresa. Parecia tão real e ao mesmo tempo mágico. Logo ao chegar diante de meu marido, ele enxugou-me uma lágrima que gritava ao mundo a minha dor e felicidade de estar naquele instante vivendo aquilo.

– Eu precisava te ver há muito tempo, Vinícius – estava radiante de tanta felicidade. Podia sentir a maciez de sua mão, tocando-me carinhosamente o rosto.

– Por que não veio antes? – perguntei-lhe.

– Porque você não queria – respondeu imediatamente, sorrindo.

– Mas como não queria? Tudo o que eu mais queria era estar mais uma vez com você, Vinícius! Poder sentir teu toque, como agora.

– Você esteve longe de mim nos últimos anos, minha querida. Quis tanto te encontrar! Mas sempre que eu me aproximava, você mais se distanciava – trazia doçura em sua fala.

– Eu não entendo... Sempre quis muito te ver e nunca consegui.

– Agora verdadeiramente você me chamou, Celina. Antes se escondia, não queria que eu visse teu rosto.

– É tão bom poder te sentir mais uma vez! – fechava os olhos para saborear seu toque, seu calor. E ele ria. Trazia-me uma tranquilidade jamais experimentada por mim nos últimos anos. – Eu queria poder ficar junto de você mais uma vez, Vinícius.

– Você estará junto de mim sempre que ouvir as batidas de seu próprio coração. Nunca deixe de ouvi-las, é a melhor música.

– Eu sinto tanto a sua falta! Queria te dizer tantas coisas...

– Psssssssssiu... – colocou a mão delicadamente em minha boca. – Não precisa me dizer nada, posso sentir o seu coração, minha querida – estava com a mão tocando meio peito.

– Eu queria que me perdoasse...

–Você precisa redescobrir o amor que existe em sua alma, Celina.

– Dói!

– Perdoe-se, minha querida.

– Hoje eu estive relembrando o momento em que saiu de minha vida.

– Eu nunca saí.

– Mas eu te matei.

–Você me deu a vida, quando te amei.

– E o acidente?

– Um instrumento.

– Sinto-me culpada, nem sabe o quanto!

– Somos um canal, Celina, sempre. Necessitamos apenas compreender a interdependência entre todos os seres e as situações da vida.

– Não consigo entender, aceitar...

– Minha querida, nada acontece por acaso. O desapego é o nosso maior aprendizado e um impulso para nossa evolução. Se entendemos a vida como um grande convite, compreenderemos nosso papel aqui como uma missão, sendo esta apenas um ponto da grande rede. E somente então, Celina, saberemos que não somos deuses, mas convidados do grande chamado do universo.

– Não poderia prosseguir sem você, Vinícius.

– Estarei sempre ao seu lado, basta ouvir seu coração.

– Falo da presença física.

–Viva o amor.

Com um grande sorriso, Vinícius tomou-me no colo, fazendo-me experimentar uma sensação ainda maior de leveza e liberdade. Podia sentir todo o seu amor e sua presença. Suas doces palavras ecoavam em meu coração, selando a tranquilidade daquele sono curativo e restaurador, proporcionado a mim naquela noite.

Despertei na manhã seguinte recebendo a energia revigorante dos raios de sol que entravam, como de costume, pela janela de meu quarto. Embora sem realizar os movimentos desejados por mim, podia sentir uma alegria e uma vontade de estar viva tomando conta de todo o meu ser. Uma felicidade de tocar as pessoas, logo percebida por Dulce, ao entrar no ambiente.

– O que aconteceu para estar com esse sorriso?

– Ah, Dulce, nada. Apenas estou feliz, não posso?

– Não sei não, viu? – disse ela, surpresa. E eu não conseguia parar de sorrir e esbanjar a felicidade que me dominava naquele instante. Levando-a a completar: – Bem que eu falei que este trabalho ia lhe fazer bem. Eu não disse?

E eu sorria, sorria muito.

Certamente o trabalho me fizera muito bem, mas não era somente aquilo. A própria atitude de me permitir a partilhar minha dor, minha história, fora também meu bálsamo. Eu, Celina Gondim, sabia que muita coisa em minha vida mudaria a partir dali.

JÚLIA SERRADO

CAPÍTULO 127

Leonardo via em minha companhia um alívio, um aconchego para fazê-lo esquecer suas angústias. Gostava de minha presença e nossas conversas sobre meu trabalho, as novidades acerca das buscas de Tancredo Flores ao paradeiro de Clara, e até os comentários feitos sobre a saudade que sentíamos da década de oitenta. Como se eu lhe proporcionasse o contato com um mundo que ele guardava dentro si e nunca antes fora oportunizado tocar. Juntos, falávamos bobagens, brincávamos, ríamos muito. E diversas vezes ele parava, fitava-me os olhos e agradecia pela oportunidade de experimentar a felicidade, tendo-a encontrado na simplicidade de nossa relação.

Certo fim de semana, viajamos juntos, Leonardo e eu, à serra de Guaramiranga, a pouco mais de cem quilômetros de Fortaleza, onde sua família tinha uma casa. Uma bela propriedade à beira da estrada, guardando a beleza e o frio da serra. Um gigantesco jardim constituído de muito verde e diversas Flamboyants revezando a beleza de seus vermelhos, amarelos e rosas, e um lago repleto de cisnes fazendo seu passeio matinal, antecediam a bela arquitetura da mansão, que lembrava um chalé. Tudo charmoso e de muito bom gostoso. Ele parecia ter cuidado da decoração pessoalmente. O assoalho do salão de entrada, em tábua corrida, levava a uma lareira ao fundo. Diversas porcelanas brancas com detalhes azul e dourado se espalhavam por cima de um extenso móvel de madeira maciça que ficava à direita do espaço, abaixo de duas grandes prateleiras com inúmeros quadros familiares. Do lado esquerdo, três telas ao longo da parede, de pinturas abstratas, em molduras douradas, contrastando com a decoração rústica do lugar. Ao meio, defronte à lareira, um jogo de três sofás, repletos de almofadões amarelo e laranja, além de duas cadeiras de balanço, em couro escurecido. No andar térreo da casa, encontrávamos uma enorme sala de refeições, com uma extensa mesa de vinte lugares, a cozinha e dependência de empregados, uma sala de televisão e som, com um piano ao fundo, e varandas contornando toda a estrutura, além da sala de entrada. As nove suítes ficavam no andar superior. Tudo soava conforto e beleza. Um refúgio para seus descansos.

Almoçamos, depois de um passeio a cavalo. Leonardo até parecia estar me preparando para uma revelação. E realmente estava. Já tomando um café, na sala, após o almoço, iniciou a difícil conversa que vinha se preparando para ter comigo e ainda não havia tido coragem.

– Exatamente quando parece estar perfeito e temos a oportunidade de saboreamos a felicidade, nos deparamos com a dura realidade que nos puxa sem misericórdia rumo à vida real. O que eu experimento hoje com você, Júlia, há muito eu não sabia o que era, que sabor e cor tinha – olhava para a porcelana contendo seu café, como se ali encontrasse a coragem para contar-me a verdade. E eu já não mais me aguentava de curiosidade. O que teria Leonardo para me dizer de tão importante, para tantos rodeios?

– Não compreendo o que está querendo dizer, Leonardo.

Ele deu um suspiro e prosseguiu sua fala:

– Falo de mim, de como levei minha vida até hoje. Depois de tantos anos, percebo que a minha felicidade foi despertada de um sono profundo, pela simplicidade vivida em nosso encontro, a cada dia. Júlia, eu pertenço a um mundo de luxo, dinheiro, imagem, aparências, onde nos perdemos de nós mesmos e nos tornamos escravos de nosso desejo de possuir – colocou a xícara em cima da mesinha que ficava no centro do jogo de sofá, levantou-se e caminhou até um dos quadros da sala, depois voltou-se a mim novamente, continuando: – Pensamos, equivocadamente, que é essa ânsia de determos o controle das coisas, situações e pessoas, ou seja, de termos um determinado poder, que fará de nós pessoas felizes – direcionou-se a mim, curvando-se para tocar minhas mãos. – Hoje percebo que não, não é esse poder, o controle, essas relações de dominação, as quais eu passei a vida inteira buscando, que me fará feliz. E justo quando eu começo a experimentar a delícia de viver essa descoberta... – tomou o fôlego mais um vez e prosseguiu: – ... tomo conhecimento de que poderei perder tudo isso.

– Do que você está falando afinal, Leonardo?

Começava a ficar com medo. Percebia que suas mãos estavam trêmulas e frias. Sentia-o frágil naquele momento. E aquilo me fazia tentar adivinhar do que se tratava. O que teria Leonardo a me dizer que pudesse acabar com toda a magia de nossa amizade?

– Há algum tempo eu descobri que estava doente – disse ele. Aquele ensejo foi como uma punhalada em meu coração. E prosseguiu: – Na última semana, fiquei sabendo que... – suspirava e olhava um pouco para o lado, como se procurasse forças para prosseguir. – Na última semana, fiquei sabendo que esta doença se agravou. O fato é que eu só tenho alguns meses de vida, Júlia.

Parecia aliviado depois da revelação. Eu, no entanto, queria desaparecer. Fui tomada por uma tristeza profunda, uma revolta, uma dor em meu peito, que parecia se alastrar por todo o meu corpo e fazia latejar a cabeça. Nem sabia ao certo o que falar, se dizia algo. O que dizer frente a uma situação daquelas? Me entristecia ver um homem forte e poderoso como Leonardo Gondim fragilizado bem diante de meus olhos. E então, compreendia todo o seu discurso.

Em se tratando da vida e da morte, o poder nada mais é que uma condição social, estabelecida dentro das relações, que pode ser exercida em função da expressão do ser humano ou como forma de dominação sobre as coisas, situações e pessoas. Lamentavelmente a maioria de nós só se dá conta desse fato ao se deparar com a experiência da perda, da impossibilidade de expressão. E então tudo o que é controle fica pequeno e sem sentido. É exatamente quando conseguimos compreender a Divindade em nós.

– Você tem me ensinado o caminho da felicidade, Júlia. E agora que eu estou aprendendo, eu não quero perder – completou ele. Via os olhos de Leonardo nadar em lágrimas e o abracei, num impulso.

– Você não vai perder! Tudo ficará bem!

– Case-se comigo, Júlia.

Ouvi-o sussurrar e não acreditava realmente que era aquilo que eu havia escutado. Afastei-me um pouco, e pedi que repetisse.

Era exatamente o que havia ouvido. Leonardo me pedira em casamento. Levantei-me num impulso de fugir daquela situação, mas contive um categórico "não", que insistia em ser pronunciado. Como casar? Não poderíamos! E a amizade que vínhamos construindo? Tudo mentira? Antes que pensasse em questioná-lo, ele tratou de ressaltar a nossa amizade, a grande relação de respeito e cumplicidade que havíamos construído. Não negava, contudo, o amor que vinha nutrindo em seu coração e que o motivava a prosseguir sua caminhada naquele momento difícil de sua vida.

– Estou completamente apaixonado por você, Júlia!

Experimentava um misto de alegria e decepção, ao ouvi-lo declarar-se a mim. Sabia o quanto era especial e estava sendo importante em minha vida, no entanto, eu não sentia mais que amizade, carinho, consideração e respeito, o que não se fazia suficiente para um casamento.

Lembrando de meu comprometimento de viver a verdade custasse o que custasse, indaguei:

– Sabe que eu não o amo, não sabe?

– Sei – respondeu-me sem rodeios. Aproximou-se de mim e prosseguiu: – Sei que ainda ama Pedro Lucena. Juro que não espero que venha a me amar como homem. Quero apenas ficar o pouco de vida que me resta ao seu lado.

Desejei abraçá-lo mais uma vez, e o fiz. Parecia frágil, necessitando de colo e cuidado. Não poderia, ainda assim, ser falsa com meu coração. Um casamento com Leonardo não era o que sonhava para mim. Amava Pedro e queria ficar ao seu lado.

CAPÍTULO 128

Com a ajuda da vizinha, Ceiça finalmente desmascararia a namorada do filho e o livraria da vergonha popular. Pelo menos, era o esperado. Numa das madrugadas em que o rapaz entrara na casa de Salete com Vera Sheila, minha amiga saíra de casa determinada a acabar com a situação. Passara para o quintal de Salete, pela casa da vizinha. Daquela vez a sorte parecia estar do seu lado, encontrando a janela dos fundos da quase nora entreaberta. O que uma mãe não é capaz de fazer pela felicidade de um filho? Mesmo com dificuldade, enfrentando o pânico dos sapos ali do quintal, pulara a janela, estando prestes a conseguir o tão esperado flagra.

Ceiça experimentava certo nervosismo, por não saber o que encontraria pela frente, mas estava determinada. Podia ouvir ainda da cozinha as gargalhadas, os sussurros vindos do quarto, que iam ficando cada vez mais nítidos ao aproximar-se de sua fonte. Caminhando orientada pelas vozes vindas do quarto e pela penumbra estabelecida na cozinha através da abertura da janela, possibilitando a claridade da lua, assim como por uma réstia de luz fraquinha, provavelmente propagada de um abajur do mesmo ambiente de onde vinham os sussurros, que parecia quase desaparecer ao final do corredor ao qual entrava. No exato momento em que chegara na porta do quarto, percebera que o celular que seria usado para tirar as fotos, as provas que livrariam seu filho das garras daquela devassa, estava desligado. Não poderia perder tempo. Tratou então de ligar o aparelho o quanto antes, enquanto continuava ouvindo as conversas, nas quais Salete e Vera Sheila elogiavam o desempenho do rapaz, afirmando ter ele se superado naquele instante. Os três riam e festejavam, brindando o acontecido, até então desconhecido, embora imaginasse bem do que se tratava.

E finalmente, ao conseguir ligar o aparelho celular, Ceiça surpreendera Salete e os amigos na cama, ainda sem roupas.

– Finalmente, sua vigarista!

Procurava tirar as fotos, que serviriam de provas da infidelidade da mulata erótica, como também a chamava. O rapaz e as moças procuravam se esconder nos lençóis.

– Para com isso, sua megera louca!

Finalmente Salete seria desmascarada e Dorival estaria livre de suas garras, segundo Ceiça. Quando aquelas fotos chegassem às mãos de seu filho, tudo estaria acabado e a aventura de detetive findaria.

Ceiça estava coberta de razão acerca de Salete e sua traição, porém a via muito mais determinada em provar sua força, seu controle junto ao filho, do que realmente zelar por sua felicidade. Não sei se seria diferente com qualquer outra moça. O rapaz já passava dos trinta anos e nunca conseguira levar nenhum relacionamento mais sério a fundo. Sua mãe estava ali, sempre apontando os defeitos, as diferenças gritantes, segundo ela, que distanciavam a candidata do jeito de ser de Dorival, tratando de acabar com a possibilidade de união. As namoradas do rapaz deveriam atender aos seus próprios anseios, não os do filho. Desse modo, ficava cada vez mais difícil vê-lo casado. E, sobretudo, de pensar sequer na hipótese de um dia Dorival sair de casa. Ah, isso não! Jamais concordaria em se separar de seu pupilo, seu predileto.

Para mim, mamãe estava certa. Dizia ela criar os filhos para o mundo, não para si. Precisamos apoiá-los, proporcionar-lhes estrutura e manutenção para o seu crescimento físico, intelectual e psicológico, mas só. Cada pessoa tem sua própria vida e não temos o direito de tentar roubar a vida de nossos filhos, para que eles vivam o que não conseguimos viver. Quando o fazemos, nos afastamos do amor incondicional. E isso certamente era o caso de Ceiça. Cheguei a lhe questionar algumas vezes, como amiga que sou, sua postura acerca do filho. Tudo em vão. Jamais reconheceria o controle, assim como a maioria das pessoas, camuflando as atitudes manipuladoras de manutenção de seu reinado através dos belos discursos de cuidado, proteção e preservação da felicidade do filho.

Em relação a essa questão, filho meu não poderia jamais reclamar. Por mais que eu sofresse com a distância de Holanda, pelas brigas com o pai, ou pelos longos períodos sem saber notícias de Ronie, proporcionava-lhes toda a liberdade possível em nossa relação, procurando me afastar de qualquer atitude de controle que almejasse uma aproximação forçada, fora da vontade natural de estar perto e saborear a presença da relação familiar. E como mamãe havia me ensinado, nunca considerei ser menos amada por meus filhos, por conta da distância estabelecida em nosso convívio.

CAPÍTULO 129

A proposta de Leonardo era, na verdade, que nos casássemos a fim de que estivéssemos mais perto um do outro, nos meses seguintes, para que provasse ainda mais da felicidade sentida ao meu lado, antes de sua partida. Nada demais precisaria acontecer entre nós, ou seja, permaneceríamos somente amigos, embora que com um tempo maior na companhia um do outro.

– Eu sei que pode parecer loucura, Júlia. Mas na situação em que eu me encontro, todas as loucuras me são permitidas. Eu jamais me perdoaria se não atendesse ao último pedido de meu coração – Leonardo aproximou-se de uma janela que dava para o lago, na frente da casa. De lá, podia avistar os cisnes nadando, como se aproveitassem plenamente toda a natureza a sua volta. Pensara ser daquela forma que queria estar nos últimos meses de sua vida. – Cansei de me privar do que realmente me deixa feliz! – voltou-se então a mim. – E o que me deixa feliz hoje... é a sua presença!

Estava confusa, o que não me permitiria uma resposta imediata. Necessitava de um tempo para colocar as ideias em ordem e decidir que atitude tomar, como me livraria daquela situação e diria a Leonardo que não era aquela a melhor solução, sem magoá-lo e tirar-lhe a esperança de viver o que então considerava como possibilidade de felicidade nos meses restantes de sua vida.

Mal eu ficara sabendo da doença terminal de meu melhor amigo e já havia sido pedida em casamento por ele, o que me deixara meio perturbada nos dias que se seguiram. Parecia realmente loucura, como o próprio Leonardo taxara. E mais uma vez eu me via numa situação complicada, tendo que escolher entrar ou não numa relação indesejada, como na época em que havia sido convidada por Donato Pessoa a participar do plano de sedução a Pedro, para conseguir o dossiê a seu respeito. Somente aquela lembrança já me dava motivos mais que suficientes a me negar à proposta de meu amigo.

Necessitava, contudo, encontrar uma forma de expor meu sentimento a Leonardo, sem causar-lhe mais sofrimento, o que estava me tirando o sono. D. Clarinda e Raquel se mostraram completamente contra a ideia. Não admitiam um casamento sem amor, embora que este fosse somente uma fachada, um faz de contas. Roguei a Deus uma luz em minha decisão.

~

A única coisa que realmente me tirou do foco da proposta de casamento que eu havia recebido fora uma visão, mais que inusitada, alguns dias depois do final de semana em Guaramiranga. Ao sair da Mirage, após uma noite de trabalho, avistei Olívia Cordeiro entrando num carro, em frente à boate. Carro este com Guel Serrado, meu cunhado, em seu volante.

O canalha finalmente voltara. Depois de quase um ano de seu crime, o roubo de minha filha, Guel aparecia. Talvez fosse a peça que nós precisávamos para saber do paradeiro de Clara. Melhor que isso, eu poderia colocar aquele monstro na cadeia. O que eu realmente não estava tendo a compreensão era qual relação teria ele com minha chefe, o que não seria muito difícil descobrir ao sondar sua secretária, Izaíra, já que esta adorava uma fofoca.

Segundo Izaíra, Guel Serrado era o novo namorado de Olívia e já vinham mantendo uma relação sigilosa há algum tempo. O objetivo de nossa chefe era apostar numa nova história, longe dos holofotes dos fofoqueiros de plantão, a fim de que tivesse um pouco mais de sorte, diferentemente dos diversos relacionamentos fracassados que experimentara a sua vida inteira.

Além da dura resposta que teria de dar a Leonardo, pondo um fim a sua esperança de passar seus últimos meses casado comigo, eu tinha então mais uma grande responsabilidade. Olívia era uma boa pessoa e precisava estar ciente, infelizmente, de quem era Guel Serrado e do que era capaz.

CLARINDA DE HOLANDA

CAPÍTULO 130

Eu provava frequentemente da amargura da saudade de minhas crianças. Um sentimento que se potencializava diante da presença sinistra de meu marido, sobretudo quando bebia. O que acontecia quase sempre.

A relação amistosa experimentada logo após sua saída da cadeia já não se fazia mais presente. Por mais que fossem situações constrangedora e não naturais os encontros com Alceu, quase vinte e quatro horas por dia, na época em que voltara para casa, pelo menos eu me sentia mais segura, achando que não me agrediria, depois de ter sido preso.

Mas já não tinha mais tanta certeza de minha segurança. A cada saída de Nando para o trabalho, o que acontecia diariamente, e o dia inteiro, entrando muitas vezes pela noite, restava-se o desassossego causado pelo medo de meu marido, o que eu me obrigava a guardar somente para mim. Apostava na recuperação de Alceu, embora sem ter mais muitas esperanças e não poderia correr o risco de contar aos meninos, que tanto fizeram para que eu não mais vivesse aquela situação, e na certa agiriam contra o pai, pela minha proteção. E se aquilo acontecesse eu jamais me perdoaria. Além do que, estaria eu contribuindo para a quebra de minha promessa. Consciente disso, então, contar aos meninos seria manipulá-los a fazer o que eu verdadeiramente desejava e faltava-me coragem. Contudo, poderia eu enganar aos meninos, a Alceu, menos a mim mesma e a Deus. Com essa atitude estaria a promessa quebrada e seria eu, mesmo que indiretamente, a total responsável.

Certa noite, depois de passar o dia inteiro jogando e bebendo na companhia de Quaresma, como de costume, Alceu entrara no quarto eu já estava dormindo. Acordei com meu corpo sendo apalpado por aquele homem asqueroso. Após trinta e seis anos de um casamento infernal, chegava a sentir nojo quando era tocada por ele. Minhas carnes pareciam repugná-lo por elas mesmas, como se eu não pudesse dominá-las. Pensei em fingir continuar dormindo, mas se o fizesse ele poderia me agredir, chamar a atenção de Nando, que dormia no quarto ao lado. Abri então os olhos e me voltei a ele, como queria. Abominei o sorriso em seu rosto transfigurado de tanta bebida. O cheiro de cachaça exalado por ele me embrulhava o estômago. Graças a Deus não procurava me beijar a boca, limitando-se em apartar-me o corpo enquanto saciava seu desejo de sexo. Um momento rápido, cinco minutos no máximo, que parecia uma eternidade. A mim, restava apenas fitar a luz do teto de nosso quarto, que ultrapassava, sem piedade, o lustre velho remendado com cola. A luz impiedosa seria Alceu, para mim, bem como o forte lustre, que há muito poderia ter ido para o lixo, era como meu corpo. Ele, porém, poderia até me penetrar com sua carne imunda, mas jamais me corromperia a alma. Como o velho lustre, mesmo remendado, permaneceria ali, firme no meu propósito.

Precisava apenas não contrariar Alceu e assim evitar qualquer agressão. Como ele mesmo colocara muitas vezes, meu destino estaria nas minhas mãos. Por um instante, senti nojo de mim mesma em pensar daquela forma. Era como se me visse, de algum modo, sendo corrompida, procurando acreditar no que não acreditava a fim de facilitar a minha vida. E então, o velho lustre estaria despedaçado. Não! Não seria eu a responsável pela minha integridade física em se tratando de Alceu. Percebia naquele instante a minha própria fuga. Encontrava-me à procura de subterfúgios que explicassem a situação e amenizasse a dor de minha própria alma, na qual tinha em mim mesma a sua principal autora. Seria mais fácil aceitar o meu calvário caso conseguisse inocentar aquele homem. Quantas armadilhas nós mesmos não criamos para nós?

O fato era que eu havia apostado numa mudança de vida por parte de Alceu e ele mesmo vinha procurando me provar a cada dia, naqueles últimos meses, o meu grande fracasso. Restava-me somente arcar com as consequências da manutenção daquela promessa que me acompanhava vida afora.

Vivia então aterrorizada por temer sair da linha, de uma conduta estabelecida silenciosamente por Alceu e ser obrigada a pagar, punida pelo não cumprimento daquilo ao qual eu nem tinha consciência. Eram regras que poderiam mudar a cada dia, dependendo de seu humor ou necessidade. Não obstante, o universo se encarregava de dar uma forcinha, como em outras vezes.

Alguns dias depois daquela última noite, na qual me obriguei a saciar as necessidades sexuais de meu marido, recebi uma ligação inesperada de Adriano Cordeiro. Jamais esqueceria aquela voz, perguntei de quem se tratava somente por uma questão de costume ou por procurar ganhar tempo e raciocinar o que dizer, o que fazer, frente aquela surpresa. Creio que se tivesse alguém na sala de nossa casa, além da bagunça de cortes de roupas espalhados por sobre a mesa e sofás, logo perceberiam o quanto fiquei vermelha, aflita com a ligação. Havia passado meses desde a última vez em que havíamos nos visto, episódio responsável pela alteração de Alceu e o desequilíbrio que o levara a me espancar.

– Sou eu, Adriano, Clarinda. Tudo bem com você?

Bem até estava antes da ligação. E nem sabia responder-lhe. Me odiava por parecer uma boba, diante de uma situação tão comum. Uma simples ligação. Na certa, queria saber alguma coisa de Júlia, e eu engasgando, nervosa nem sabia ao certo por quê.

Tratou-se de um telefonema rápido, no qual realmente queria saber como faria para falar com a minha vizinha, pois precisava entrar em contato com ela urgentemente, sobre algo relacionado a Pedro Lucena. Nem entendi ao certo do que se tratava, não sei se por ele me explicar rapidamente ou se por eu não conseguir ouvi-lo, por conta de meu nervosismo. E quando procurara saber de mim ou sobre os meninos, respondi-lhe com monossílabos, deixando-o numa situação um tanto constrangedora, sem assunto ou sem dar sentido ao que me falava. Logo agradeceu, falou-me ainda carinhosamente de sua saudade, por nossa falta de contato e finalmente desligou.

– Quem era ao telefone?

A pergunta veio como uma punhalada em minhas costas, fazendo-me deixar cair o telefone, pelo susto. Alceu estava bem detrás de mim, trazendo em seus olhos a mesma fúria dos momentos em que me agredia, durante todos os anos em que estivemos casados.

Senhor, o inferno voltaria a acontecer!

PARTE IV

Dezembro de 2006

JÚLIA SERRADO

CAPÍTULO 131

Fazia quase um ano que minha filha havia sido tirada de mim. Muita coisa acontecera em meu impulso de encontrá-la. E em nenhum momento eu perdi as esperanças. Rezavas todos os dias, em todos os momentos para que isso acontecesse.

Entrando o mês de dezembro de 2006, Leonardo Gondim me deu mais uma grande ajuda no caso de Clara, requisitando uma série de eportagens especiais sobre crianças desaparecidas, durante uma semana, no *Revista Notícia – A Máquina da Informação*, principal telejornal da RTN. Fui entrevistada, e o caso de minha filha ficou no ar por mais de vinte minutos, em horário nobre. Acreditávamos que com aquela reportagem conseguiríamos achar uma pista do paradeiro de Clara.

Deus ouviu minhas preces!

O relógio do lado da mezinha de cabeceira do meu quarto marcava cinco e quarenta da manhã quando o meu celular tocou. Acordei meio atordoada, sem olhar direito o número no visor.

– Alô, Júlia?

– Sim. Quem é? – respondi ainda com voz de sono.

– Tancredo – disse do outro lado a pessoa.

O repórter investigativo da RTN que Leonardo havia pedido para tentar desvendar o caso de Clara.

– Oi, Tancredo – falei mais atenta. Poderia ser alguma notícia importante sobre minha filha. Fazia dois dias que o desaparecimento de Clara havia sido exibido na televisão. – Alguma novidade?

– Muitas, Júlia.

Senti meu coração quase pular. Levantei da cama num impulso.

– O que aconteceu? O que você descobriu?

– Há uma meia hora fui procurado por uma mulher, no apart-hotel onde estou hospedado – revelou Tancredo do outro lado – ela afirmou estar com sua filha, Júlia.

Senti todos os meus cabelos arrepiados e um frio na espinha.

– Você tem certeza?

– Foi o que ela me disse.

– E onde ela está agora?

– Foi embora. Ficou de me ligar em meia hora, para saber de minha decisão.

– Que decisão, Tancredo?

– Ela não quer a polícia envolvida no caso. Disse que se avisarmos a polícia, nunca mais teremos notícia de Clara. Eu não poderia resolver sozinho. O que você acha, Júlia? Avisamos ou não?

O que responder? Era injusto que os criminosos responsáveis pelo roubo de Clara ficassem impune. Foi tirado de mim o direito de conviver com minha filha por um ano inteiro. Cometi loucuras por causa daquilo. E agora, não ficar sabendo quem tinha orquestrado o crime? O que eu achava mais estranho era a venda não ter sido efetuada. E se o casal de holandeses não havia ficado com Clara, Guel não teria então recebido o pagamento.

– Ah, Tancredo... – hesitei. – Não sei o que fazer.

– Por isso eu liguei.

– O que você acha? – precisava de uma opinião.

– Por mim, nós ligávamos sim. Não podemos deixar essas pessoas impunes, Júlia. Esse é o risco que corremos, caso não chamemos a polícia.

– Mas eu fico com medo, Tancredo. E se essa mulher desaparece? Se ela some para sempre com minha filha?

– A minha ideia seria que nós deixarmos a polícia pensar numa estratégia. Eles têm pessoas treinadas para isso, Júlia.

– Eu fico com muito medo.

– Compreendo.

– O Leonardo sabe?

– Sim. Liguei para ele logo em seguida.

– O que ele acha?

– Também tem medo.

– Está tomada a decisão, Tancredo.

– E então?

– Espere que essa mulher ligue novamente. Consiga minha filha para mim. Se chamarmos a polícia agora, posso perder Clara para sempre. Não quero correr esse risco. Vou pegar um táxi e ir para seu apart-hotel agora.

– Está bem. Farei como me pede.

– Tancredo?

– Sim?

– Eu confio em você.

– Obrigado, Júlia. Não se preocupe. Logo estará com sua filha.

Desligamos o telefone e tratei de me arrumar imediatamente. Não poderia perder tempo. Minha ideia era de pegarmos minha filha de volta e depois acionarmos a polícia. E aí deixaríamos que ficasse por conta da justiça.

Agradeci os anjos que Deus colocou em meu caminho. Leonardo e Tancredo tudo fizeram para me ajudar a encontrar Clara. Sentia que em breve eu estaria com minha filha de volta em meus braços.

No trajeto até o apart-hotel de Tancredo, no Meireles, assisti a um filme em minha cabeça: a perda de Clara um ano antes, a morte de Joel, o acordo com Donato Pessoa, o encontro e as mentiras com Pedro, a descoberta de uma irmã que não cheguei a conhecer, a amizade de Leonardo. Chorei por toda a dor que eu sentia com a ausência de Clara.

Como minha filha estaria? Teria então dois anos e três meses. Certamente já andava e falava. Doeu não ter em minhas lembranças suas primeiras palavras. Nunca mais ninguém me tiraria de perto de Clara. E naquele momento, ainda o medo de dar tudo errado, da mulher estar blefando ou desistir de entregar minha filha. Pensava se não teria sido melhor avisar a polícia, como Tancredo havia sugerido. Não seria mais uma atitude errada de minha parte? Que Deus estivesse comigo então! Preferi seguir minha intuição e proceder como combinara com Tancredo.

Quase não encontrei o dinheiro para pagar o táxi, na porta do prédio onde Tancredo estava hospedado, na Av. Abolição. O elevador pareceu demorar uma eternidade para chegar. Eu estava muito nervosa, preferi não ligar mais, por medo de receber alguma notícia negativa.

Mas certamente não tinha dado nada errado ainda, visto que Tancredo também não tinha ligado.

Meu coração quase saiu pela boca quando o elevador parou no décimo sétimo andar, onde ficava o apartamento de Tancredo. Rezei que ele tivesse boas notícias ou que Clara estivesse a salvo. Antes que eu tocasse a campainha, a porta se abriu. Era o anjo que estava me ajudando a encontrar minha filha.

– E então, Tancredo? – era notório meu nervosismo.

Tancredo sorriu.

– Entre – abrindo caminho para que eu passasse.

– Por favor, Tancredo, me diz o que aconteceu.

Temia ouvir o pior, embora ele tivesse sorrido. E eu me deparei com Pedro, sentado no sofá.

– Pedro?

– Olá, Júlia – levantando-se, com um sorriso. – O Tancredo me ligou e eu queria estar aqui.

Olhei para Tancredo, como esperando uma explicação. O que tinha Pedro a ver com aquela história?

– Júlia, eu vim para a RTN pelas mãos de Pedro. Foi ele que sugeriu ao Leonardo que me contratasse – revelou Tancredo.

– Mas o Leonardo me disse que a ideia inicial de lhe contratar foi para ajudar a procurar minha filha. Sendo você um investigador nato, segundo ele.

– E foi – completou Tancredo. – Mas a ideia partiu de Pedro.

O homem que eu amava estava empenhado em me ajudar a encontrar Clara. Até então ele nunca havia demonstrado interesse ou preocupação. Nossos encontros eram sempre regados a desentendimentos constantes.

Uma grande surpresa.

– Eu queria estar aqui com você, Júlia – revelou Pedro. – Se foi a Clara que fez com que nós nos encontrássemos, eu queria estar presente no momento que você a encontrasse.

Meu coração pulava de alegria. Não contive as lágrimas. A indiferença de Pedro acerca do caso de Clara, que eu pensava existir, na verdade não passava de fantasia. Como um anjo, silenciosamente, ele havia feito tudo o que podia para que eu encontrasse a minha filha.

– Obrigada – minha fala quase não se fazia ouvir, pela minha emoção. Foi Pedro quem se aproximou e me abraçou. Por alguns segundos relaxei em seus braços, acolhida por seu calor. Percebia que ele sorria.

– Nós temos uma surpresa para você – contou Pedro baixinho, como quem conta um segredo bom. Foi quando saí do aconchego de seus braços. Ele estava com grande sorriso, assim como Tancredo.

– Do que vocês estão falando? – procurei saber, tremendo de ansiedade.

–Venha comigo até quarto – disse Pedro, estendendo a mão. Tratei de segurá-la, seguindo-o. Talvez a mulher da qual Tancredo falara ao telefone estivesse ali com notícias de Clara. E quando entrei no ambiente, guiada por Pedro, avistei uma criança dormindo na cama logo à frente.

Todos os problemas de minha vida pareciam estar resolvidos ao ver aquela imagem. Uma linda menina, de cachinhos ruivos, entregue a um sono profundo, agasalhada nos lençóis de Tancredo, como se protegida de perigo.

Senti como se estivesse em um outro universo, na presença única de Clara. A imagem de minha filha dormindo logo ali diante de mim se distorcia por conta de minhas lágrimas. Toquei em seu rostinho tranquilo como em uma pedra preciosa, tomada pela emoção de reencontrar minha filha, depois de um ano distante, sem nada saber a seu respeito, furtada do direito de vê-la crescer, aprender a falar e dar os primeiros passos. Ela estava enorme, diferente.

– Clara dormiu pouco antes de você chegar – explicou Tancredo, da porta do quarto – chorou um pouco, mas nada que Pedro não desse conta – completou, sorridente.

Olhei para Pedro, agradecida. E ele também sorria.

– É linda sua filha – disse Pedro.

– Ela está muito diferente! – respondi, sem saber ao certo o que eu sentia. Era tudo muito estranho, novo. Havia passado o último ano lutando para encontrar minha filha, e de repente, ela estava ali, bem diante dos meus olhos, crescida, com um rostinho diferente.

– Já passou um ano, Júlia – tentou explicar Pedro. – Neste período eles mudam muito – completou com a experiência de quem já é pai de um garotão.

Voltei-me para Clara e continuei acariciando seu rosto miúdo. Ela nunca mais sairia de perto de mim. Talvez o que estivesse estranhando fosse a força da distância entre nós duas naquele último ano. Eu havia perdido um bebezinho e me deparava com uma linda menina. Tive vontade de abraçá-la, hesitei por não querer acordá-la, mas não me contive. A dor permanente que me acompanhara no ano de 2006, com a distância de Clara e ausência total de notícias, era naquele instante amortizada com a presença daquela criança.

Finalmente encontrava minha filha.

MARINA PESSOA

CAPÍTULO 132

Passei minha vida inteira sonegando a mim mesma o direito de sentir ou de fazer algo que eu verdadeiramente quisesse por puro medo de ser rejeitada, primeiro por minha irmã, depois por meu marido. Chegava o momento de eu tomar coragem de lutar por uma coisa que eu considerava importante em minha vida.

O que de melhor havia me acontecido naquele ano de 2006 tinha sido o encontro com Holanda. Era pela sua presença em minha vida que eu devia lutar. Precisava apenas contar a Donato de nossa amizade, do quanto aquele amigo me era importante. Sendo ele a única pessoa com quem eu vinha construindo uma relação de amizade nos últimos anos.

– Donato, eu preciso lhe contar uma novidade – aproveitei o bom humor de meu marido ao chegar em casa.

– Notícias boas? Ótimo – disse ele depois de me beijar, indo para o escritório, sem me dar muita importância.

Tratei de acompanhá-lo.

– Pela primeira vez em muitos anos eu consigo fazer um amigo – revelei, ansiosa. Estava trêmula. Temia sua reação.

– Um amigo? Que bom, minha querida – respondeu novamente sem dar muita importância, procurando alguma coisa em cima da mesa do escritório. – Marina, você sabe onde está aquele meu *pen-drive* preto?

– Donato, eu estou falando de um grande amigo – insisti.

– Não podemos falar sobre ele depois?

– Não, Donato – comecei a me irritar. Era uma cena que se repetiu o nosso casamento inteiro. Eu e minhas questões sempre sendo deixadas para depois. – Tem de ser agora.

– Muito bem – sentou-se, oferecendo-me a atenção de que eu precisava. – De quem está falando? De D. Deise?

Eu sempre me magoei com a pouca importância dada por Donato às questões que diziam respeito a mim. Era como se fizesse pouco de mim e de meus sentimentos.

– Não, Donato, não é de nossa empregada que eu estou falando – meu tom era de impaciência – falo da pessoa que me ajudou naquele dia que eu fugi daqui.

Vi os olhos de meu marido mudarem. Agora ele me daria atenção. Talvez eu tenha dito aquilo exatamente para provocá-lo.

– De quem você está falando, Marina?

– De Francisco de Holanda, o diretor superintendente da WM.

Estava gelada, mas firme. Enfrentava não somente o controle de meu marido sobre mim, mas o medo de me expressar, a mim mesma. Deixei Donato perplexo.

– O que esse Francisco de Holanda tem a ver com aquele dia?

Contei como tudo havia acontecido. Corria o risco de meu marido odiar Holanda de cara por ele ter me ajudado, me escondido. Mas precisava ser honesta. Donato teria de conhecer toda a história, para perceber a importância daquele rapaz em minha vida.

– Marina, o que é isso? Algum tipo de brincadeira? – Donato naquele momento era pura atenção. Olhava-me como se não me reconhecesse naquela atitude ou na forma natural com o qual narrei a história de minha fuga. – Você não está querendo que eu acredite que agora você se tornou amiguinha de um indivíduo que conspirou contra a harmonia do meu lar, está?

– Holanda não é um "indivíduo" – precisava defendê-lo. Usei a história da fuga para ganhar a atenção necessária para aquela conversa. A estratégia então seria limpar a barra de Holanda. – Ele foi a única pessoa que me ajudou no momento que eu mais precisei.

– Fazendo a sua cabeça contra nós? – a pergunta de Donato tinha um tom de ironia. Ele se ergueu, como se tentasse me intimidar.

– Não – respondi no ímpeto, aproximando-me ainda mais dele. Pela primeira vez o enfrentava de igual para igual. – Pelo contrário. Ele até questionou a minha atitude. Se dependesse de Holanda, eu teria voltado para casa no mesmo dia em que saí.

– Jogo. Puro jogo desse rapaz – contornou a mesa me cercando. – Primeiro faz você pensar que está do nosso lado, depois vai pondo dúvidas na sua cabeça ao poucos, sem que você perceba.

– Como julga alguém desse jeito, sem mesmo conhecer? – e eu bem sabia. Aquela era uma estratégia do próprio Donato. "Comer pelas beiradas", como ele muitas vezes dizia. "Soprar para depois morder". Meu marido fizera aquilo a vida inteira. Não tinham, desse modo, como pensar que alguém seria diferente. – Holanda não é maquiavélico como você diz.

– Todos nós somos, caso assim necessitemos.

– Pronto, chegamos ao ponto, Donato – seria a minha saída. – Você considera a relação com todos as pessoas como um jogo de ganhar ou perder. Assim todos são seus inimigos. Bem como, para você, as pessoas consideram umas às outras como tal. Mas, na vida real, a coisa não é bem assim. As pessoas criam vínculos, envolvem-se umas com as outras, preocupam-se mutuamente com seu bem-estar, ajudam o próximo sem esperar nada em troca.

– Pura filosofia, Marina. São essas as tolices que esse rapaz está incutindo em sua cabeça.

– Não são tolices! E não é o Holanda que me faz pensar assim! – meu tom já estava irritado. Donato nunca acreditou em mim como uma pessoa autônoma capaz de pensar e ter ideias próprias. E pior, me fazia também acreditar naquilo. Ou seja, seu julgamento acerca de meu relacionamento com Holanda não passava de projeção da estrutura de nosso próprio casamento. Exatamente por isso pensava ser possível que meu amigo estivesse fazendo o mesmo. – Talvez eu sempre tenha pensado assim, Donato. Mas somente agora estou tendo coragem de assumir.

– E quem está lhe encorajando? Só pode ser ele.

– Não se trata de Holanda, eu já disse! – aquela afirmativa veio quase como um grito. – São sentimentos meus.

– Que não são saudáveis para nosso casamento. E até agora estavam adormecidos. Esse é o problema, minha querida.

– O único problema se resume ao fato de que eu nunca tive coragem de deixá-los sair – procurei conter o choro. Não queria demonstrar fragilidade. Era sempre nesse ponto que meu marido conseguia me calar. E isso eu não permitiria. – Eu cansei, Donato. Só isso. Eu cansei!

– Bobagens, minha querida – aproximou-se acariciando meus ombros. – Nós precisamos apenas nos afastar de pessoas más, como esse rapaz, e tudo ficará bem, voltará a ser como era antes.

– Como era antes?

Veio-me os anos de silêncio, a verdade da minha alma sendo abafada a vida inteira, o medo de me expressar. Não! Eu não queria que voltasse a ser como era antes. Ou seria uma nova história ou não seria mais nada.

– Marina, nós nos amamos, isso é o que importa. Todo o resto é tolice, uma infantilidade de momento – novamente se aproximou, tocando meu queixo e o conduzindo de forma a me fitar os olhos. – Minha querida, você está iludida com bobagens. Esse rapaz percebeu a sua ingenuidade e se aproveitou disso. Mas não se preocupe, eu vou dar um jeito em tudo, como sempre fiz – acariciando o meu rosto. – Você é ainda muito menina. Pessoas mal-intencionadas podem se aproveitar dessa pureza.

"... eu vou dar um jeito em tudo, como sempre fiz."

Essa frase ficou ecoando em meus ouvidos.

Encontrava-me farta da postura de Donato frente a mim. Como se me sentir fraca o fortalecesse.

– Donato, o que eu sempre quis foi que você me ouvisse – era meu último apelo. Pronunciei aquilo quase sem esperanças.

– Mas eu estou ouvindo – sorria com o mesmo descaso e tom sarcástico de tantos anos. – Apenas é uma tolice. Como a pessoa mais madura da relação, eu tenho a obrigação de lhe orientar. É uma tolice, Marina – Donato ria, balançando a cabeça negativamente, desdenhando de meu apelo.

"Tolice." Ouvi isso em todos os ano em que estivemos casados.

E naquele momento eu deixei de ouvir meu marido com seus argumentos que desconsideravam qualquer possibilidade de autonomia de minha parte, colando-me numa redoma, afastando-me do resto do mundo.

Por um instante, vi o menino de meus pesadelos ali na sala, perto da janela, com o rosto sendo escondido em intervalos de segundos pelas cortinas que eram jogadas de um lado para o outro pelos fortes ventos da Beira-Mar. Pela primeira vez ele trazia no rosto um olhar ameno.

O som da fala de Donato era substituído inteiramente pela música da clareza de minha alma. E eu me senti feliz. Não por saber de minha vida uma grande prisão, projetando em meu marido o algoz escondido dentro de mim mesma, mas por conseguir enxergar aquilo depois de anos e ter a certeza de não ser preciso prosseguir.

Talvez tenha sido esta síntese que aquele garotinho tenha tentado me dizer em todos os pesadelos os quais protagonizou.

Tolice foi achar que eu encontraria a felicidade em alguém. Não! Nem Donato, nem ninguém me entregaria a felicidade, nunca!

Movida pela minha verdade que eu descobria, num surto de silêncio restaurador, deixei a sala, tomando o corredor que dava para nosso quarto, sem perceber que Donato me seguia, justificando talvez o total isolamento no qual eu vivi dentro daquela relação, numa fala que eu não conseguia ouvir. Tudo era silêncio. Peguei uma bolsa de viagem no armário de nosso closet, deixando-a em cima da cama. Ali coloquei algumas peças de roupas, calçados, pertences pessoais.

– Marina, o que você está fazendo?! – a pergunta de Donato era um grito. A única forma de se fazer ouvir.

Talvez tenha me faltado a força de gritar durante aqueles cinco anos.

Prendi o cabelo num coque, desfazendo a aparência impecável que mantive, por orientação de meu marido, por todos aqueles anos. Sorri e fechei o zíper da bolsa.

– Agora é um outro momento, Donato – falei tranquilamente.

– O que você está querendo dizer? O que significa esta bolsa? – o tom de Donato era de quase desespero. – Eu estava falando com você e parecia que você não me ouvia. Você está surda?

– Não – respondi simplesmente. – Pelo contrário. Estou ouvindo a mim mesma pela primeira vez em minha vida.

– Você não está em seu estado normal, Marina.

– Errado, Donato. Eu não estive em meu estado normal por cinco anos.

– Para onde você está pensando que vai?

– Nós precisamos de um tempo.

– O quê?

– Ou melhor, eu preciso de um tempo.

– Do que você está falando?

– Eu necessito saber mais de mim, Donato. Você ou qualquer pessoa não pode se apaixonar por mim porque eu não existo.

– Que loucura é essa, Marina?

Percebia naquele instante que eu havia me anulado em função de meu marido. Talvez por medo ou covardia. E que era quilo minha maior prisão. Não meu casamento ou as exigências de Donato, mas a minha fraqueza diante daquelas exigências. Eu tinha me perdido e precisava desesperadamente me encontrar.

Voltei-me para meu marido e toquei em seu rosto com carinho. Donato não era culpado por seu desejo de poder, mas era eu a única responsável por minhas escolhas. Assim como todos nós.

– Talvez em outro momento quando eu souber verdadeiramente quem sou nós possamos nos encontrar – desabafei.

Beijei seus lábios delicadamente, deixando-o. Peguei a bolsa e saí do quarto, da casa que ostentava uma decoração exageradamente luxuosa, pensada por Donato, e que nada me traduzia.

CELINA GODIM

CAPÍTULO 133

Estava quase no final do expediente quando Lorena, a secretária de minha irmã Maria Eugênia, anunciou uma pessoa, dizendo ser importante recebê-la. A vice-presidente da RTN surpreendeu-se ao ver a imagem de Ronie em seu escritório. Audácia! Como um garoto de programa de sua lista secreta de prazeres ousava procurá-la em seu local de trabalho? Certo que aquele rapaz e ela tinham tido muitos momentos juntos nas semanas anteriores. O que não lhe dava jamais o direito de uma atitude daquelas. E o que ele queria? Foi o que primeiro perguntou.

– Eu queria conhecer onde você trabalhava – respondeu Ronie com a maior cara de pau, brincando com o crachá preso no bolso do blazer que era o único que tinha, e só usava em ocasiões especiais.

–Você não tem noção do perigo, rapaz – falou minha irmã, indignada, já preparando-se para chamar a segurança pelo telefone.

– Epa! Não faça isso, a senhora vai se arrepender – advertiu rapidamente o rapaz. – É melhor a senhora me ouvir.

Só poderia estar blefando. O que um verme daquele teria contra uma mulher como ela? Pensava. Mas resolveu atendê-lo para depois expulsá-lo como um cachorro. Sentou-se, apontando para a cadeira à sua frente, para que ele fizesse o mesmo.

– Muito bem – fez sinal que estava a ouvi-lo.

– Pode ver isso? – perguntou Ronie, entregando um CD a Maria Eugênia.

– Do que se trata?

–Veja com seus próprios olhos – disse o rapaz, sorridente.

Ela pegou o disco e colocou no drive do notebook em cima de sua mesa. Aguardou um pouco o procedimento da máquina até abrir o arquivo. E veio a imagem, deixando a poderosa Maria Eugênia Gondim perplexa. Ronie até podia ouvir os sussurros e gemidos do vídeo. Era a voz de minha irmã e de alguns homens.

– Como conseguiu isso? – foi a única coisa que pensou em perguntar. Estava chocada. – Como gravou, onde encontrou?

Ronie deu uma gargalhada.

– Surpresa, D. Maria Eugênia Gondim?

Minha irmã não respondeu, apenas tirou o CD do computador e quebrou.

– Pronto – disse ela.

– E a senhora acha que não existem outras cópias? – perguntou triunfante.

– Quanto você quer?

–Vamos conversar. Nós teremos bastante tempo.

–Você está brincando com coisa séria, rapaz – advertiu ela, debruçando-se sobre a mesa, apoiada pelas mãos, como se demarcasse seu espaço.

– Pelo contrário. Sei muito bem. Existem mais cópias desse vídeo, de suas sacanagens em um lugar seguro, com uma pessoa de minha confiança. Caso me aconteça algo, toda a sua família, esta empresa, toda a Fortaleza ficará sabendo que Maria Eugênia Gondim não passa de uma vaca! – era agora ele que se debruçava na mesa, enfrentando-a. – É isso que a senhora quer?

Minha irmã suspirava de raiva.

– Muito bem – procurou ela se conter. – E o que você quer?

O rapaz se levantou, contornando a mesa, até as costas de Maria Eugênia. Falando baixinho em seu ouvido:

–Você... – deu uma pausa. – Seu dinheiro... – mais outra. – E muita, muita sacanagem. Mas só comigo.

– O quê?

Ela teve vontade de agredi-lo, mas se conteve. Sabia do perigo.

– O que você ouviu. Nada mais de listinhas no Mukifo. Eu quero a senhora agora só pra mim, entendeu?

– Não.

– Então, quer que eu desenhe?

– Quem você pensa que é? – perguntou ela com tom de superioridade.

– Agora seu dono – respondeu, tranquilamente, roçando-se na empresária.

– Nós estamos em meu trabalho – advertiu minha irmã, para que ele parasse com os gestos obscenos.

– Quem dá as cartas do jogo agora sou eu, entendeu? – continuando com o ato vulgar. – A senhora só obedece – deixou-a ali, tratando de trancar a porta. Ronie se posicionou na frente de Maria Eugênia, tirando o blazer. – Quem vai me dar prazer agora é a senhora.

–Você deve estar louco!

– Não. Apenas fazendo com que a senhora prove do seu próprio veneno. E daqui para frente vai ser assim.

–Você não sabe com quem está lidando, seu ordinariozinho!

Mal terminou de falar e minha irmã já foi surpreendida com um tapa.

– Cala a boca! – gritou ele. – Tira já a minha roupa, vagabunda!

Ronie estava diante de Maria Eugênia, entre sua pernas, dando a ela o mesmo tratamento recebido por ele e seus colegas de trabalho do Mukifo durante anos. Tinha agora o poder sobre minha irmã, coisa que ninguém nunca havia conseguido. E tudo graças à sua maior fraqueza.

Uma jogada de mestre, destituindo Maria Eugênia Gondim de seu poder absoluto sobre tudo e todos.

CAPÍTULO 134

Foi a Pedro Lucena que papai primeiro comunicou a decisão de não aceitar o acordo da RTN com a coligação política de Donato Pessoa. Seu vice-presidente tinha razão, fazer aquele conchavo poderia acabar com o nome da empresa e do próprio Leonardo Gondim.

A decisão do presidente da RTN se fortaleceu também depois de conseguir uma nova injeção de capital por parte do governo federal. Papai preferiu encarar a verdade frente à imprensa. Pois sua decisão seria explorada, certamente, por conta do investimento do poder público.

Era mais uma batalha perdida por Donato Pessoa e Maria Eugênia dentro da empresa, o que deixava mais acirrada a rivalidade com Pedro Lucena, bem como o desejo de meu ex-cunhado pelo cargo de vice--presidente da emissora. Nem mesmo as tentativas sigilosas de Donato para vetar o empréstimo junto ao governo funcionaram. Papai era um homem também influente. Não tinha sido à toa que ele chegara onde chegara, construindo um império em Fortaleza, com projeção nacional.

O grande empresário brasileiro Leonardo Gondim se saía mais uma vez vitorioso no mundo dos negócios e provava ao mesmo tempo de mais uma frustração amorosa, como mais tarde eu ficaria sabendo.

O pedido de casamento a Júlia Serrado fora negado.

– Nós somos grande amigos, Leonardo – tentou explicar ela.

– Essa união seria uma forma de nós nos ajudarmos mutuamente, só isso.

– Meu primeiro casamento foi um erro. Eu casei exatamente com um amigo. Não posso repetir o mesmo erro. Você não merece, eu não mereço.

– Júlia, eu tenho certeza de que nós podemos ser muito felizes – ainda tentou convencê-la. – Eu preciso muito de você.

– Sou muito grata por tudo que você fez para encontrar a minha filha. Mas não podemos fazer isso com as nossas vidas.

– Eu preciso de você! – repetiu ele.

– Vou estar sempre do seu lado. Mas como amiga.

– Não tenho muito tempo, Júlia – era a última tentativa.

– Podemos lutar juntos por mais tempo. Eu vou ficar do seu lado, eu prometo.

Júlia Serrado estava decidida e tranquila. O que deixou papai desolado. Naquela tarde de sábado quando houve a conversa entre os dois, ele chegou e tratou de se trancar no quarto das espadas, seu refúgio. Ali tomou algumas doses de uísque curtindo suas peças. Era como se recuperasse suas forças em meio à sua coleção.

Papai tirou uma das espadas do suporte na parede, uma em tamanho original, fazendo algumas posições de luta.

"Do meu jeito, eu consigo tudo o que quero."

Ouviu o próprio pensamento se transformar em palavras. E sorriu.

CELINA GONDIM

CAPÍTULO 135

Meu sobrinho João Henrique e o amigo Alexandre ficaram até tarde da noite tomando cerveja na piscina de nossa casa. Eles haviam feito uma pequena confraternização entre colegas, e os outros já tinham ido embora. Como de costume, Alexandre exagerara na bebida, sendo carregado pelo amigo até o quarto.

João Henrique ajudou o rapaz, ouvindo suas declarações de amor a Carola. Deitou-o na cama, tirando seus sapatos, depois a camisa. E o outro, sem parar de falar da ex-namorada e do quanto a amava. Para meu sobrinho significava o limite. Da última vez que cuidou de Alexandre numa situação parecida, teve a oportunidade de se aproximar dele e tocar pela primeira vez no corpo de um homem da forma que desejava. Agora, com a fala repetitiva do rapaz acerca do amor pela namorada, era como se demarcasse um espaço, o espaço de seu coração.

Meu sobrinho ficou sentado na cama, ouvindo o outro por mais de uma hora, até que ele começasse a trocar as histórias e dormisse. Para ele, não era nenhum sacrifício. Apesar do tipo de conversa, lembrando-o de sua condição de amigo, podia desfrutar do simples prazer de ouvi-lo. Ficava encantado, apreciando os gestos, a fala, o jeito descolado e malandro do outro. E às vezes, achava que Alexandre fazia de propósito um olhar que o provocava em seu desejo. Mas talvez fosse apenas fantasia, pensava.

Depois de ver o amigo dormir, João Henrique foi ao banheiro, tomando um demorado banho. Queria controlar seu desejo e não se aproveitar de Alexandre em sua cama, inerte, sem nada poder fazer para impedi-lo.

Dessa vez seria diferente!

Sua provação estava logo ali em seu quarto, deitado em sua cama. E ao vê-lo não resistiu. Mais uma vez se aproximou cuidadosamente, fitando todo o corpo do rapaz, nu da cintura para cima. Tocou em seus pés, como forma de saber se ele perceberia. Alexandre não respondeu. Trêmulo, caminhou com a mão pela perna do outro até o zíper, abrindo-o bem devagar. Achava que seu coração sairia pela boca. Estava muito nervoso. Aos poucos, parte da imagem do golfinho azul tatuado na pélvis de Alexandre foi deixando aparecer, à medida que meu sobrinho baixava-lhe a calça e a cueca de uma só vez. Antes ainda de despi-lo totalmente percebeu sua ereção. Sim, Alexandre também estava excitado! Podia sentir o pulsar de seu membro enrijecido por cima da roupa íntima. Aquilo o deixava sem ar, tomado de excitação e nervosismo. Sentia-se quente, sem que o ar-condicionado de seu quarto equilibrasse a temperatura.

Podia fazer mais do que teve coragem da outra vez.

João Henrique ouviu um barulho na porta. E quando olhou viu a irmã, perplexa diante da cena. Pulou com o susto, tentando esconder com a mão a ereção que se fazia perceber pelo roupão. Maria Antônia saiu, deixando-o com a visão de Alexandre seminu em sua cama, e com a vontade de se enterrar num buraco, sem que ninguém pudesse encontrá-lo nunca mais.

"Por que, meu Deus? Por que aconteceu isso comigo? Por quê?"

Estava desesperado. O que contaria à irmã, como explicaria aquela cena? Sentia-se perdido, exposto, envergonhado. Era um doente e agora todos ficariam sabendo. Não! Maria Antônia não teria coragem de contar a ninguém. Ou teria?

Meu sobrinho tratou de vestir uma roupa e bater na porta do quarto da irmã. Ela também estava constrangida.

– João, eu queria te pedir desculpas por entrar sem bater – foi Maria Antônia quem quebrou o silêncio inicial criado no quarto.

– Eu queria te explicar aquilo – ele estava visivelmente nervoso.

– Olha, se você não quiser falar, não precisa.

– Mas eu quero falar – disse subitamente. – Não é o que você está pensando... – fez uma pausa. – E estava apenas tirando a roupa do... – outra pausa – tirando a roupa do Alexandre... – mais uma. – Para ele dormir, sabe?

– João... – levantou-se da cama, tocando-lhe o rosto. – Você não precisa me explicar. Eu entendi tudo.

– Não. Você não entendeu. Você está pensando que...

– Eu não estou pensando nada.

– Está sim.

– O que aconteceu?

– Nada. Eu estava apenas cuidando do Alexandre para ele dormir, só isso. Só isso, eu juro! Falava rapidamente, demonstrando seu nervosismo.

– Tudo bem. Eu sei que era isso – Maria Antônia procurou amenizar.

– Pois é, era só isso.

– Certo. Eu entendi. Fica tranquilo, tá?

– Tá. Eu vou voltar pra dormir. Dormir.

– Tudo bem. Boa noite.

Claro que Maria Antônia entendia o que flagrara no quarto do irmão. Mais do ele podia imaginar. Muita coisa estava explicada. Optara, no entanto, por acatar aquela versão. Assim o protegeria e evitaria mais sofrimento e constrangimento para João Henrique, visto que não aceitava sua própria condição. Compactuar com aquela mentira momentaneamente seria uma forma de zelar pelo irmão, até que um dia pudessem assumir a verdade.

Mesmo sem saber, meu sobrinho teria a partir dali a cumplicidade de Maria Antônia.

João Henrique deixou o quarto da irmã ainda desnorteado, prometendo repetidamente que nunca mais faria aquilo, que era apenas amigo de Alexandre. Para ele tudo teria sido um castigo de Deus, por ceder àquela tentação.

"Nunca mais, meu Deus, eu Juro! Nunca mais!"

Deitou-se ao lado de Alexandre ainda repetindo a promessa mentalmente.

Naquela mesma madrugada acordou tomado de desejo, tratando de excitar o amigo novamente. No escuro, pôde desfrutar de todo o corpo do outro, que respondia apenas com gemidos e suspiros, levando-o depois de muito prazer, ao orgasmo.

João Henrique sentiu-se realizado, feliz.

Pediu perdão a Deus e prometeu que seria a única e última vez que aquilo aconteceria.

CELINA GONDIM

CAPÍTULO 136

Aproximei-me de minha enfermeira Dulce, sentada numa das cadeiras da piscina de nossa casa. Ela estava tão entretida lendo um papel que nem se deu conta do som produzido pelo motor de minha cadeira de rodas em movimento. Ao chegar perto vi do que se tratava. Era a carta da namorada de Zeca, o nosso jardineiro, a correspondência que havia sido roubada do rapaz.

– Por que você fez isso, Dulce?

Minha enfermeira se assustou com o flagrante, tentando inventar uma história qualquer. Mas eu sabia da verdade, e ela percebia que não me enganava.

– Ah, tudo bem, Celina. Fui eu sim. Fui eu quem roubou a carta desse jardineiro arrogante. Mas foi por uma boa causa. Eu precisa ter certeza se era mesmo verdade o namoro dele com essa tal mulher misteriosa.

– E o que você tem a ver com isso?

– Ele me provoca o tempo inteiro. Achei que podia descobrir alguma mentira. Só isso.

– E descobriu?

– Não. Tudo era verdade – ela falou com um tom de lamentação.

– E isso não é bom?

– Acho que não. Esse Zeca se acha todo superior a mim, diz que eu tenho medo de ter uma relação verdadeira com alguém, que meu namoro com o Djair não passa de uma farsa. Eu queria que saber se a vida dele também não era uma farsa, entendeu?

– Ah, então você concorda que a sua vida é uma farsa?

– Não! – assustou-se com a pergunta. – Claro que não. Que história é essa? Não sei não, viu? Você, hein...

– Dulce, foi você quem falou que deseja descobrir se a vida dele "também" era uma farsa. Esse "também" lhe coloca em pé de igualdade com esse julgamento.

– Asneira desse ridículo. Só – levantou-se, erguendo a cabeça. – Minha vida é maravilhosa.

– E sua relação com o Djair também?

Ela hesitou.

– Acho que sim. Só falta a gente assumir pra tudo mundo, sabe?

– E será que um dia ele vai assumir? Será que o Djair te ama mesmo como você acha? Será que você o ama realmente?

– Ai, Celina. Não me faz pergunta difícil. Não sei não, viu? Nós nos damos muito bem. Sem falar que o Djair tem um fogo... – sorria meio envergonhada.

– E é o suficiente?

– Por que essas perguntas?

– Por que você não consegue respondê-las?

– Bobagem, Celina. Você anda muito criativa pro meu gosto. Não sei não, viu? A única coisa que está faltando é o Djair me assumir...

– E você responder para si mesma por que realmente roubou a carta de Zeca.

– Celina, o que você está querendo dizer com isso?

– Dulce, o que estou querendo dizer eu sei. Resta saber o que você está querendo esconder. Mas essa é uma pergunta que você deverá fazer para você mesma.

– Não sei não, viu?

Ouvi ainda sua famosa frase, quando a deixei com seus questionamentos.

"A única coisa que eu preciso é casar", disse ela para si mesma.

CAPÍTULO 137

Participar de meu reencontro com minha filha até tirou Pedro Lucena do foco do dossiê, que esperava encontrar dentro do cofre na casa de Caetano, empregado de sua família no Porto das Dunas.

O cofre estava vazio.

Voltava ao ponto zero da procura. A dica do homem que havia ajudado seu pai a elaborar aquele dossiê de nada adiantou. Onde Alberto Lucena teria afinal escondido os documentos?

Pedro olhou para Caetano, frustrado. E ele, por sua vez, apenas balançou a cabeça negativamente, como se respondesse previamente que nada podia fazer.

– Esses documentos deveriam estar aqui, Caetano – explicou Pedro.

– Seu Pedro... – Caetano tinha um tom afetuoso, de quem o havia conhecido ainda menino, e o viu crescer. – Será que isso que o senhor procura realmente existe?

– A pessoa que ajudou meu pai a elaborar esse documento me disse que eu encontraria aqui, que estaria na sua casa, nesse cofre, que bastava eu lhe perguntar, como eu fiz.

– Mas está vazio – concluiu Caetano.

– Só se alguém pegou – pensou Pedro em voz alta.

– Não! Ninguém mexeria numa coisa de seu pai, seu Pedro – Caetano foi categórico. – Aqui na minha casa ninguém faria isso!

– Mas pode não ter sido alguém de sua casa.

– Ninguém entrou aqui.

–Você tem certeza, Caetano? Será que na sua ausência...

– Não – nem deixou que Pedro concluísse. – Eu tenho certeza, seu Pedro.

– Donato vinha aqui às vezes quando meu pai era vivo. Será que depois de sua morte, ele não veio em algum momento?

– Não. A última vez que eu vi o seu Donato, seu pai ainda era vivo.

Pedro só estranhava o nervosismo na fala de Caetano.

– Tudo bem, Caetano. Eu vou encontrar esses documentos de qualquer forma, custe o que custar.

Pedro voltou para casa naquele dia carregando consigo uma grande desconfiança acerca da sinceridade de um homem que viveu a lealdade com sua família a vida inteira. Guiava seu carro pelas Dunas, de volta a Fortaleza, trazendo à memória a imagem daquele cofre aberto, vazio. Contudo, Pedro reafirmava dentro de si a certeza de continuar procurando aqueles documentos e concluir o que seu pai não havia conseguido fazer.

~

O caseiro da família Lucena recebeu um telefonema, logo após a saída do patrão de sua casa.

"Eu já disse que estava vazio." Afirmou Caetano, impaciente. "Eu destruí esses documentos há muito tempo, como você mandou. Seu Pedro nunca vai encontrar."

Desligou o telefone.

Caetano foi para o quarto e tirou uma pasta de couro preta do fundo de um baú, que estava escondida embaixo de muita roupa.

"Seu Alberto morreu por causa disso." Caetano pensou alto. "Eu não posso deixar que aconteça também com seu filho."

Colocou a pasta de volta no baú.

CLARINDA DE HOLANDA

CAPÍTULO 138

Eu começava a suspeitar que a indiferença exagerada com a qual meu filho Nando vinha tratando a aluna Maria Antônia não era apenas para mantê-la distante, como ele afirmava, mas para atingi-la e conseguir sua total atenção. Quando estavam em algum ambiente comum dentro do *campus* da universidade, Nando procurava de algum modo se certificar se Maria Antônia já havia percebido sua presença. Uma rixa que parecia diverti-los, como um jogo que foi se constituindo sem que tomassem consciência.

Naquele final de ano de 2006, pouco depois da defesa de uma tese da qual meu filho fizera parte da banca, ele novamente esbarrava com a moça na saída do auditório onde acontecia o evento e as pessoas comemoravam com um pequeno coquetel o resultado do trabalho da aluna de mestrado.

– Muito bom o trabalho – reconheceu Maria Antônia para o professor, pegando uns salgados na mesa.

– Ah, foi. Muito bom mesmo – respondeu Nando , desviando o olhar para não dar atenção.

– Mas discordo um pouco de sua colocações – completou a jovem.

– Não me interessa sua opinião – rebateu meu filho.

– Mas devia se interessar como professor.

– Sua intenção não é de construir uma ideia comigo.

– Por que diz isso? É um julgamento de quem passou a vida inteira só julgando os outros, como se fosse o único perfeito.

– Você está equivocada, garota. Eu não acho que sou perfeito. Apenas não gosto de pessoas que acham que podem desfazer de tudo e todos.

– É por isso finge que não existo?

– Não. Para mim, de fato, você não existe.

– Arrogante! O senhor é um professor arrogante.

– A arrogância está em você, garota. Por que acha que as pessoas são obrigadas a fazerem o que você quiser? Por que você tem dinheiro?!

– Não tem nada a ver com o dinheiro da minha família. Que mania! O senhor só leva as coisas para esse lado.

– O lado que você conhece bem. Fica aí falando de arrogância e acha que a sua verdade é absoluta.

– Esse discurso é meu.

Meu filho desviou um pouco o olhar, como se refletisse. E riu.

– Você acha que tudo é seu? – provocou ainda mais a moça.

– Vocês, com esses discursos ultrapassados de esquerda, adoram transformar as pessoas em vilãs, como se fossem perseguidos por todos que têm dinheiro. Quando na verdade vocês não só temem esse dinheiro, como o desejam.

– Quer saber? Não sei por que ainda perco o meu tempo com você.

– Nem eu.

Eles tentaram pegar o lenço de papel na mesa, para saírem logo dali, tocando na mão um do outro. Embora fosse fácil resolver a questão, demoraram mais tempo que o necessário para fazer, como se tentassem prolongar a situação em que podiam sentir o calor da pele um do outro.

Nando e Maria Antônia foram surpreendidos com as batidas fortes de seu coração. Desejavam estar perto um do outro, ficar ali um pouco mais. E os poucos segundos que durou o episódio do lenço de papel pareceram uma eternidade. O suficiente para não tirarem os olhos um do outro, no restante do tempo em que permaneceram celebrando o trabalho da aluna da universidade.

Meu filho e Maria Antônia ficaram incomodados por sentirem aquilo. E, ao mesmo tempo, não conseguiam parar de pensar nas mãos, no calor, na maciez da pele um do outro, no nervosismo que tomou conta de seus corpos num simples instante.

E já no estacionamento da universidade, Maria Antônia tomou coragem, depois de hesitar, e abordou o professor.

– Eu queria propor um acordo com o senhor – disse ela, tentando esconder o nervosismo.

– O quê? – o nervosismo de Nando era recíproco, deixando-o ofegante.

– De hoje por diante falamos só o necessário dentro da sala de aula, não existimos mais um para o outro fora dela.

– Mas eu já estou fazendo isso.

– Ótimo. Pois então agora eu vou começar a fazer também.

– Ótimo.

– Passar bem, professor.

– Da mesma forma.

Ela ia saindo, voltou, tentando passar por Nando. Os dois se atrapalharam.

Foi Nando quem tomou coragem e a segurou. Olharam firme um para o outro como se partilhassem todo o desejo que os dominava naquele momento. A rivalidade de ideias dava lugar a uma vontade incontrolável de beijar e sentir de perto o cheiro, o calor um do outro.

Maria Antônia o beijou. No impulso, deu vazão a toda a vontade que escondia por trás daquela hostilidade. Foi um beijo rápido que os fez viajar por lugares de seu coração ainda inexplorados. Por que não havia acontecido antes? Um curto momento que lhes trouxe tanta intensidade. Por alguns segundos as ideias extremistas perderam toda a sua força e seu coração bateu acelerado, sem a supervisão de suas próprias regras.

Meu filho tratou de pôr um limite no que o fazia perder o controle e trair todos os decretos ideológicos firmados em sua vida. Não teve coragem de olhá-la. Entrou no carro rapidamente, como se fugisse de algo maior que sua mente, suas ideias. Como se fugisse de si mesmo.

Quem havia tomado iniciativa do beijo fora Maria Antônia, não ele. Nada podendo fazer para impedir. Nada. Não tinha tido forças. O que o deixava perdido, desnorteado.

Quanto à jovem, nem acreditava no que havia acontecido. Restava o gosto da boca de seu professor e a lembrança recente de seu calor a envolvendo. Tocou nos próprios lábios como se cuidasse para que aquele gosto não se dissipasse. E viu o carro do homem que tanto a provocava fazer a manobra e sair.

"Meu Deus, o que foi isso?" Maria Antônia ouviu a própria voz.

Ambos, meu filho e a jovem aluna, foram apresentados a um novo sentimento, longe do controle e das ideologias, ultrapassando aquilo que julgavam até então sentir.

Maria Antônia entrou em seu carro e percebeu o que estava acontecendo.

"Eu estou completamente apaixonada por esse homem."

Riu de si mesma ao falar aquilo.

"Apaixonada!"

Deu uma grande gargalhada de sua descoberta. Tanta hostilidade escondendo um sentimento pouco experimentado por ela, chegando a pensar às vezes que nunca viveria aquilo, nunca se apaixonaria realmente por alguém. Mas tinha acontecido. Estava então apaixonada pelo professor que pensava detestar. E havia sentido reciprocidade no beijo.

"Por que perdemos tanto tempo? Isso não vai ficar assim." Disse ela, ligando o carro, disposta a resolver a sua vida.

CLARINDA DE HOLANDA

CAPÍTULO 139

Renato Brandão recebeu um telefonema naquele mês de dezembro que o deixou sem chão. Era o próprio Willames Macena comunicando a demissão de meu filho Holanda da WM, o que o deixou transtornado. Temia o que estava por vir, como se já intuísse.

Ao entrar em casa, meia hora depois do telefonema do sócio, Renato se deparou com a bolsa de viagem do companheiro perto da porta. Estava prestes a acontecer o que mais temia. Entrou na cozinha atônito. Holanda arrumava algumas coisas na geladeira.

– Oi, Renato. Já em casa essa hora?

O relógio de parede da cozinha marcava dezessete e quinze. Cedo para Renato ter chegado do trabalho.

– Holanda, pra que é aquela bolsa? Você vai emprestar pra alguém? – beijando-o levemente, visto que meu filho desviou o rosto, evitando tocar nos lábios. Perguntava ainda na esperança que fosse aquilo mesmo ou algo parecido.

– Não. Eu vou viajar – Holanda respondeu naturalmente, fechando a porta da geladeira. – Eu queria falar com você, Renato.

– Viajar pra onde? Você não me falou nada. Eu não estava preparado pra viajar – disse, disfarçando o susto pela resposta.

– Você não vai.

– Como assim?

– É sobre isso que nós precisamos conversar – direcionando-se para a sala. – Senta aí, Renato – completou, apontando para a poltrona à frente de onde sentou. – Eu ia te esperar, não imaginava que você viesse cedo.

– Que viagem é essa, Holanda? – estava ansioso. – Que história é essa de pedir demissão? É alguma brincadeira?

– Brincadeira? – respondeu com leve sorriso. – Renato, você acha que eu brincaria com uma coisa dessas? Hoje eu oficializei minha demissão da WM.

– E por que você não me falou nada? Fui eu quem te colocou lá.

Meu filho respirou fundo e disse:

– Exatamente por isso. Você não aceitaria e ainda tentaria me demover da ideia. Não adiantaria, adiantaria?

– Claro que não. Isso é um absurdo!

– Então. Por isso não falei nada. A nossa relação nunca foi profissional, Renato. Apesar de eu ser um funcionário seu, antes disso, eu era seu companheiro. E você deixava isso bem claro.

– Era? Como assim? – a pergunta vinha com um pesar.

– Renato... – levantou-se, sentando ao lado do companheiro. – Há muito tempo que a nossa convivência não vem dando certo. Tem sido constrangedor aqui dentro de casa, sabe? O tempo inteiro você vem todo carinhoso, e eu não consigo responder à mesma altura. Sem falar nos conflitos.

– Eu já disse que tentaria melhorar, conter mais meus ciúmes – tentou intervir Renato.

– Cara, a questão não é você. Tudo se resume a mim. O problema sou eu, é o meu sentimento, entende?

– Você tem estado estressado.

– Renato, não adianta tentar tapar o sol com a peneira. A nossa relação acabou há muito tempo. Na verdade ela se transformou.

Renato sentia uma dor em seu peito que o deixava quase sem ar. A figura daquele homem forte e bonito estava visivelmente abalada, com olhos marejando.

– Eu não sei do que você está falando.

– Sabe sim, Renato. Nós sabemos. Inclusive você já sabia do que se tratava quando viu minha bolsa.

Renato se levantou indo até a porta da varanda, tendo o rosto acariciado pela brisa que entrava.

– Eu não acredito que você está fazendo isso comigo, logo nesse momento – lamentou ele.

– O momento é quando o nosso coração pede.

– Você está sendo egoísta, Holanda – voltou-se para meu filho. – Não se pode jogar fora cinco anos de uma união estável exatamente no momento em que eu mais preciso de você. Minha mãe está muito doente. Eu preciso estar forte pra apoiar minha família. E agora você acha que hora de sair de casa?

– Já tem algum tempo que eu havia decidido e não tinha saído ainda por causa disso. Mas eu não tenho como te dar a força que você está precisando da forma que nós estamos.

– É assim que você me agradece por tudo o que eu te fiz? – as lágrimas de Renato já não se podiam mais conter.

– Não – meu filho se aproximou, fitando bem seus olhos. – O que você fez por mim não é assim que se agradece. Também não é mantendo uma união fracassada com você, mentindo. Renato, eu não estou à venda. Nunca estive.

– Fala isso agora.

– É assim que você pensa? É assim que você enxerga a nossa relação?

–Você teve tudo o que quis. Eu te dei a oportunidade de crescer como profissional. Eu te apresentei a um mundo que você jamais teria se não tivesse me conhecido. Você deve tudo a mim, Holanda. Tudo.

– É nisso que você acredita, Renato. Sempre achou que podia me comprar. Nunca te passou pela cabeça que eu realmente tivesse me apaixonado por você? Pois eu me apaixonei. Durante anos fui apaixonado. E não foi o seu dinheiro, a sua empresa, o seu mundo que me segurou ao seu lado. Só que você nunca acreditou nisso. E aí, a nossa relação se desmoronou. Não existiam bases sólidas, sabe?

–Você está fora de si. Pedir demissão de um cargo como esse na WM! Absurdo!

–Você jamais entenderia. Mas eu quero te dizer que eu te amo. Só que agora como amigo.

– Eu não quero ser seu amiguinho – pronunciou a última palavra com desdém. – Eu não quero só isso.

– É uma escolha sua – olhou para todo o apartamento, como se já se despedisse. – Bom, agora eu estou saindo. Procura ficar bem.

– Pra onde você vai? – perguntou, sem conseguir olhar no olho de meu filho.

–Vou fazer uma viagem pra ver se coloco as ideias em ordem.

– Faça a sua viagem. Estarei aqui lhe esperando.

Houve um pouco de silêncio. Holanda pegou a bolsa e disse antes de sair:

– Renato, eu não volto. Acabou.

–Volta sim.

–Te cuida, cara – findou com pena e bateu a porta, sem que Renato tivesse coragem de olhá-lo partir.

–Volta sim, Holanda. E eu estarei aqui esperando. Volta sim! – renato afirmou para si mesmo. Assim não sofreria tanto.

O sorriso se fazia dentro do capacete. Holanda partia em sua moto rumo a uma nova vida.

CAPÍTULO 140

Descobrindo o envolvimento do cunhado Guel Serrado com sua chefe Olívia Cordeiro, minha vizinha Júlia tentou alertá-la do perigo, contando tudo o que sabia do rapaz, inclusive de seu provável envolvimento no sequestro de Clara e na morte do próprio irmão.

Olívia, por sua vez, demonstrou grande decepção pela atitude desonesta de Júlia, segundo ela. Guel já havia feito a cabeça da namorada contra a cunhada, exatamente para o caso dela ser procurada por minha vizinha. Tinha sido uma estratégia de prevenção de Tony e o amante contra Júlia, para ficarem seguros. A vítima de minha sobrinha e o parceiro não acreditou em nenhuma palavra dita contra o rapaz. E mais, sabia de Júlia como uma grande apaixonada por ele, não tendo conseguido esquecê-lo. Assim, a enxergava como uma mulher frustrada e amargurada, capaz de inventar as mentiras mais absurdas para se vingar, por ter sido abandonada por ele depois de descobrir não estar mais apaixonado.

Júlia Serrado tentou contra-argumentar. Mas foi tudo em vão. Olívia estava cega e totalmente apaixonada por Guel. Nada do que dissesse adiantaria, o que foi motivo de grande comemoração para Tony e o amante. Era uma batalha ganha. Em breve dariam o golpe de misericórdia e conseguiriam o dinheiro de Olívia, pensando ela estar investindo num negócio para o namorado.

Foi Adriano Cordeiro quem entrou então em cena. Depois de saber de tudo através de Júlia, não poderia deixar a filha cair num golpe. Fazia tempo que pai e filha não se viam. Mas ele não hesitou em procurá-la em sua casa, dando-lhe um susto com sua presença ao abrir a porta.

– Como vai, Olívia?

– O que o senhor faz aqui?

– Não vai me convidar para entrar, filha?

Olívia não respondeu, abrindo espaço para que entrasse.

– O que o senhor quer aqui?

Adriano tentou falar um pouco de Alexandre, de D. Norma Mesquita. Mas foi obrigado pela filha a revelar logo o que queria, para não ser expulso.

–Vim aqui por seu envolvimento com esse rapaz. Guel Serrado.

Adriano tentou também argumentar contra o cunhado de Júlia. Olívia, contudo, encontrava-se irredutível, expulsando o pai de sua casa.

– Olívia, eu se que errei muito. Mas você não pode calcular o tamanho da minha dor por nossa distância.

– O senhor é que não tem como calcular o tamanho da minha dor, sendo jogada adolescente para fora de casa, grávida, sem ter para onde ir – expressava toda a sua indignação com aquelas palavras. – O senhor me matou naquele dia!

Adriano tinha os olhos transbordando em lágrimas.

– Foi o maior erro de minha vida, filha. Me perdoa.

– Nunca! – respondeu prontamente. – A dor que eu senti naquele dia ainda mora aqui dentro – falou batendo no peito, tomada de choro. – Dói muito!

– Olívia, me deixa consertar esse erro.

– Não! Não tem conserto.

– Tem. O perdão é o conserto.

– Eu não sou boa o suficiente. Vai embora, por favor – pediu, abrindo a porta, esperando que saísse.

– Olívia...

– Vai embora! – já era um grito.

Chegando à porta, Adriano ainda falou:

– Ainda há tempo de voltar a ser boa – saiu. E ela bateu a porta, entregando-se a um choro compulsivo. Tendo a dor de todos aqueles anos de distância rasgando seu peito.

– Ainda não, pai! Ainda não! – quase não podia ouvir a própria fala pelo choro que a dominava.

A mágoa no coração de Olívia talvez a fizesse procurar em cada relação uma redenção, deparando-se com decepções recorrentes. Guel Serrado seria apenas mais uma. Quem sabe um dia tudo mudasse.

~

Quanto a Tony, eu rezava para que acontecesse algo que a transformasse na menina boa que eu sonhava. Queria vê-la bem, feliz. Mas não fazendo mal a ninguém. Se de fato estivesse tramando contra Olívia Cordeiro eu entraria em ação, impondo o limite merecido. Havendo qualquer plano, não daria certo. Prometi a Adriano.

Guel Serrado ficaria por conta de minha vizinha Júlia, que não descansaria até vê-lo novamente atrás das grades.

CAPÍTULO 141

A tentativa de minha vizinha Ceiça de provar para o filho as traições de Salete foi toda por água abaixo. Não existia nenhuma foto na memória do celular. Talvez o nervosismo e ansiedade por flagrar a quase nora na cama com outro homem a tenha impedido de usar o aparelho de forma correta, o que a deixou frustrada.

Ainda assim, Ceiça contou tudo a Dorival, que não acreditou em uma só palavra da mãe. Para ele não havia passado de delírio, de um sonho. Nem mesmo o marido Rubinho acreditou na história, deixando-a indignada.

– Por favor, mainha, deixa a Salete em paz.

– Essa mulata erótica não presta, filhinho. Acredita em mim!

– Mainha, eu vou começar a me chatear com a senhora. A Salete me ama. E tem mais, a gente vai casar em breve.

– Não, isso não Dorival!

– Deixa o menino, benzinho – tentou intervir Rubinho.

– Deixo nada. Essa mulher, essa devassa não vai entrar na nossa família e sujar o nosso nome. O Dorival é o herói do Montese. Já pensou, um herói corno...

– Mainha, eu não admito esse tipo de insinuação.

– Mas todo mundo já fala, filhinho.

– Se eu pegar alguém dizendo qualquer coisa da Salete, eu faço engolir.

– É tão difícil de enxergar?

– Está bem na sua cara. Na cara de todos nós.

– Mainha, eu vou começar a me irritar com a senhora. Essa história está encerrada.

Para Ceiça, jamais terminaria ali. Não permitiria ver o filho, um grande herói, como o considerava, ser enganado descaradamente por uma mulher tão vulgar.

Decidiu então fazer a política da boa vizinhança com Salete. Seria uma forma de pegá-la com a boca na botija.

Começava um novo momento na família de minha vizinha.

CAPÍTULO 142

Fiz uma ligação ainda no elevador de meu prédio, depois de deixar Donato.

"Oi. O convite ainda está de pé? – dei um tempo, ouvindo a resposta do outro lado da linha. – Ótimo. Estou descendo agora." Desliguei, com largo sorriso. Pus os óculos escuros, como se me preparasse para uma nova visão de mundo.

Em frente ao prédio, cenário dos cinco anos de história com Donato, avistei as velas do Mucuripe. Imaginei-as partindo logo cedo, antes do sol raiar, com destino a um universo de possibilidades. Sentia-me como elas. Livre.

A moto estacionou bem a minha frente. Era Holanda, rasgando grande sorriso ao tirar o capacete.

– Pronta para uma aventura? – perguntou ele, comemorando.

– Totalmente – respondi sem piscar, colocando o capacete.

Subi naquela moto como se me lançasse numa jornada a um mundo que não conhecia. Seria uma viagem para dentro de mim mesma.

~

Donato se enclausurava no luxo de seu apartamento, procurando extrair de cada peça, cada quadro, cada detalhe uma pontinha de felicidade e sentido. Estava só. Tomava seu uísque vinte anos, como tanto sonhou nos tempos de pobreza. Procurou o nome de Pedro Lucena na agenda de seu celular e discou. Embora não fossem mais amigos, foi a única pessoa com quem estabeleceu vínculo verdadeiro em toda a sua vida.

– Alô, Pedro?

– Donato? – a pergunta do outro lado vinha repleta de surpresa.

– Eu preciso falar com você.

– Aconteceu alguma coisa? – Pedro logo procurou saber.

– Sim, aconteceu. E eu quero mudar essa história.

Desligou o telefone depois de Pedro firmar um encontro.

Donato sentou no chão, encostando-se no sofá. Ali, fitou o copo de uísque em suas mãos, apoiadas nos joelhos, por alguns minutos.

"Eu não tenho nada. Nada!" Ouviu a própria voz quase como um resmungo, deixando uma lágrima desbravar seu rosto.

O senador da república e diretor superintendente comercial da RTN Donato Pessoa caiu em prantos.

~

Holanda e eu cortávamos estrada, com duas pequenas bolsas presas na garupa da moto. A imagem das dunas e da imensidão do mar parecia nos abraçar. Nosso destino seria o que viesse pela frente. E era maravilhosa a sensação de se entregar à vida.

Finalmente eu começava a me ouvir!

Marina Pessoa.

CLARINDA DE HOLANDA

CAPÍTULO 143

Quase caio de susto ao abrir a porta da minha casa e me deparar com a visita de Adriano Cordeiro. Fiquei um pouco atrapalhada, sem me lembrar de convidá-lo para entrar. Onde estaria Alceu naquela hora? Talvez no bar. Poderia chegar a qualquer momento. Foi o próprio Adriano quem perguntou se podia entrar. Ofereci um café. Ah, e o bolo de milho que ele tanto gostava e eu fazia tão bem.

Adriano falou-me da saudade, dos tempos em que namorávamos. E por um instante eu me esqueci de meu marido e do perigo iminente que nos rondava ali naquela prosa. Ele continuava um homem muito bonito, charmoso, bem-vestido, de jeito galanteador, como nas épocas de juventude.

– E Alceu, onde está? – perguntou ele, lembrando-me do risco que corríamos.

– Deu uma saída. Você ainda vai demorar? – indelicada a minha pergunta.

– Você quer que eu vá embora – procurou saber, sorrindo.

– Não, não é isso – era isso sim. Não que eu não desejasse estar em sua presença. Mas pensar em Alceu nos flagrando juntos ali me aterrorizava. – É que Alceu pode chegar – piorei a situação.

– Qual é o problema?

– Ele pode não gostar.

– Nós fomos grande amigos.

Eu temia realmente que meu marido chegasse. E resolvi ser franca.

– Adriano, você sabe que Alceu morre de ciúmes de mim, principalmente com você. Foi por isso que nós nos afastamos.

– Até hoje não compreendo.

– Eu sou uma mulher casada. Nós dois fomos noivos. Por isso meu marido não gosta de nenhuma proximidade.

– Não se trata disso, Clarinda. Até hoje eu não compreendo por que você o escolheu. Eu havia me separado da minha mulher para ficar com você. Nós tínhamos decidido enfrentar todos.

– Meu pai jamais aceitaria. Para ele, você continuava um homem casado.

– Mas para nós não.

– Eu não penso desse jeito, Adriano. Para Deus, você também era um homem casado. Nós viveríamos sob pecado.

– Nós nos amávamos – afirmou prontamente.

– Mesmo assim era pecado.

– Muito bem. Então, por isso você casou com um homem que não amava. E por que se mantém casada há trinta e seis anos sob tanto sofrimento?

Tremi ao ouvir aquela pergunta.

– Casamento é para sempre – foi a resposta que me veio.

– Eu tenho certeza de que Deus não compactua com isso. O Alceu passou a vida inteira lhe espancando, Clarinda! – sua fala vinha com um tom emocionado.

Pela primeira vez Adriano falava abertamente sobre aquilo. Antes, fingíamos não acontecer. Ele sabia, mas respeitava meu silêncio.

– Casamento é para sempre – tornei a dizer, procurando conter as lágrimas.

– Deus nunca nos quis escravizar, Clarinda. Mas sei que não se resume a isso. Uma vez quando questionei sua permanência nesse casamento você me falou de uma promessa, um segredo que a obrigava estar ainda com Alceu. Do que se tratava? O que é tão importante que a prende numa relação como essa? Que segredo é esse, Clarinda?

Jamais poderia revelar. Deus havia atendido meu pedido, e o pagamento por aquilo seria minha permanência ao lado de Alceu, bem como o meu silêncio.

– Não importa mais, Adriano. Já faz muito tempo.

Fez-se um silêncio. Ele me deu as costas por algum tempo, como se pensasse em tudo aquilo, e depois voltou-se.

– Clarinda, eu ainda te amo.

Era como se voltassem todos os anos, e vi Adriano jovem me dizendo aquilo. Mas agora haviam se passado quase quarenta anos. Adriano Cordeiro estava diante de mim, dentro de minha casa, abrindo seu coração.

– Adriano, por favor... – eu tremia.

– Clarinda, depois que nós nos reencontramos, eu percebi que não havia mudado nada. É como se meu sentimento tivesse sido guardado num baú, e naquele encontro, você o abriu. Você o libertou.

– Você deve estar confuso, é isso.

– Eu nunca tive tanta certeza.

– Adriano, agora é mais tarde que nunca.

– Seus filhos estão todos criados. Não existe mais motivo para você continuar casada com Alceu.

– Isso é loucura!

– Você o ama.

– Sou sua esposa.

– Você o ama?

– São trinta e seis anos de casamento, Adriano.

– Você me ama?

Eu gelei.

– Eu sou uma mulher casada.

E ele sorriu, triunfante.

– Eu sabia!

– Vai embora, por favor, Adriano.

– Agora eu vou. Mas eu queria que você soubesse que aquele jovem imaturo não existe mais. Clarinda, a maturidade me fez enxergar que existem coisas na vida que nós não podemos nos furtar por conta de regras. Deus não é certo nem errado, Deus é amor! Sendo amor, Ele está do nosso lado.

– Você deve ter enlouquecido!

– Esqueça essa sua promessa.

– Adriano, por favor, vai embora.

– Muito bem. Mas eu estou decidido a lutar por nós.

Adriano saiu de minha casa me deixando perplexa e com uma pontinha de felicidade. Era bom ouvir tudo aquilo. E eu sentia o mesmo! No entanto, não poderíamos ficar juntos.

Casamento é para sempre. E existia ainda a promessa, que eu carregaria comigo em segredo para sempre. Há coisas que pertencem somente a nós!

Clarinda de Holanda.

CELINA GONDIM

CAPÍTULO 144

Eu não somente havia aceito ser a musa inspiradora para a série *Tente Outra Vez* como decidi escrever um episódio inteiro sozinha. Fiz tudo em segredo. Seria uma surpresa para todos.

Algo tinha mudado dentro de mim, desde o sonho com Vinícius. O desejo de sair daquela cadeira de rodas me motivava a voltar para o mundo real, sair de meu casulo, de minha proteção, e viver.

Naquele momento, eu começava a me dar conta do quanto eu havia fugido a minha vida inteira de mim mesma, por puro medo de sofrer. Criei um mundo paralelo, tendo como portal uma casa de madeira, com os três arcanjos na frente, a casa dos anjos. Minha primeira fuga. Com aquele objeto eu tinha acesso a um universo de possibilidades e alegrias. Nada mais me faria sofrer. Podia, com a casa dos anjos, controlar o mundo e realizar todos os meus sonhos e desejos, mesmo que de forma fictícia. A felicidade para mim se tornava uma grande fantasia que só tinha como experimentar diante daquele amuleto.

A casa dos anjos representou em minha vida um centro de poder e o sentido de minha existência. Sendo mais tarde substituída pelas drogas, e por fim, pelo meu total isolamento do mundo trazido por minha condição de tetraplégica. Tendo como mola propulsora o medo, no meu caso, de sofrer.

O poder é a nossa perdição, em todos os sentidos!

A casa dos anjos me fazia experimentar apenas um tipo de poder.

Durante os últimos três anos vivi como expectadora do mundo. O que me deu a oportunidade de observar as histórias das pessoas à minha volta. Essa fuga não era um privilégio só meu! Não que tivessem realmente mundos paralelos, mas acabavam por criar seus centros de poder, como eu com *a casa dos anjos*.

Sempre que eu olhava para as pessoas ficava tentando imaginar qual seria a sua *casa dos anjos*, sua fuga, sua perdição, o que lhes tiravam do contato com o que era essencial, seu centro de poder. Poderiam ser as coisas mais simples ou as mais extraordinárias.

Qual será a sua casa dos anjos?

Perguntava eu silenciosamente para todas as pessoas.

Por mais que eu tivesse os meus julgamentos, pertenciam apenas a mim.

Cabia a cada pessoa a sua resposta.

~

Logo que terminei de escrever as cinquenta laudas do episódio para a série, tratei de entregá-las a papai. O vi abrir grande sorriso no jardim de nossa casa após ler o título da história.

"Ouvindo as Batidas de Meu Coração."

Celina Gondim.

JÚLIA SERRADO

CAPÍTULO 145

Fiquei preocupada ao deixar minha cunhada Raquel em casa com os filhos tomando conta de Clara. Ela tinha ficado arrasada depois de ver o marido Djair sair de um carro no centro de Fortaleza e abrir a porta do passageiro para uma mulher, como se fosse seu motorista. Uma semana após ele apareceu, dizendo chegar de mais uma longa viagem de trabalho como vendedor. Ela sabia da mentira, e preferira fechar os olhos, como de costume!

~

Todo o nosso grupo de Biodança se organizou para uma confraternização de final de ano na casa de Pedro, no Porto das Dunas. Era o início de uma noite de sábado, e todos estavam em clima de alegria. Cada pessoa havia ficado responsável de levar um prato especial e sua bebida.

Pedro procurava esquecer os conflitos vividos naquele momento com a ex-mulher. Precisara entrar na justiça para poder estar com o filho, devido à proibição de Vanessa. Afastá-lo de Felipe era uma das poucas armas que ela tinha para pressioná-lo e continuar lutando pela reconstrução de seu casamento.

Inicialmente meu contato com Pedro foi mais indiferenciado em meio a todos do grupo. O que não nos impedia de procurarmos o olhar um do outro a todo instante. Tudo que falávamos era como se direcionássemos somente para nós e não houvesse mais ninguém. Ao mesmo tempo, procurávamos disfarçar e nos integrar à comemoração.

Fazia tempo que eu não via o sorriso de Pedro tão inteiro e iluminado. Apesar das dificuldades de estar em Felipe, sabia que tudo se resolveria logo.

Só nos falamos com mais intimidade algumas horas mais tarde, na cozinha, quando pegávamos uma vinho.

– E Clara, como está? – procurou saber ele.

– Ficou com Raquel. Está bem. Temos ainda um longo caminho de adaptação. Eu percebo que para ela também tudo é novo.

– Acho que rapidinho vocês vão esquecer tudo o que passou – falou, abrindo a garrafa.

– Pedro, eu não sei como te agradecer.

– Não precisa – colocando vinho em duas taças; depois pegou uma e ofereceu a outra a mim. – Vamos fazer um brinde?

– A quê?

– À Clara – respondeu, sorridente.

Brindamos. Tomamos o primeiro gole, fitando os olhos um do outro. Eu estava muito feliz. Há pouco não esperava viver um momento daqueles com Pedro. Mas como D. Clarinda falava, o tempo resolve tudo.

E mais uma vez, era Clara quem nos aproximava. Não que o sequestro de minha filha justificasse as mentiras, o golpe inicial, mas pelo menos explicava e não me fazia tão mau-caráter, como ele pensava após descobrir a verdade.

Levei minha mão até seu rosto, e ele fechou os olhos, pousando a cabeça por alguns segundos na palma de minha mão. Era a primeira vez que eu sentia uma atitude de entrega por parte de Pedro durante meses.

Aproveitei aquela situação para beijá-lo.

Era maravilhoso poder sentir o calor de seu beijo novamente. Pousamos as taças de vinho em cima da mesa e sucumbimos à paixão que nos conduzia há tanto tempo. Podia sentir todo o seu corpo, o tremor, o calor, o cheiro naquele abraço restaurador de nosso sentimento. Paramos por alguns segundos e fitamos os olhos um do outro, como se fosse para termos certeza do que estava acontecendo. Ele queria tanto quanto eu! Estávamos ofegantes e com nossos corações acelerados.

– Eu te amo, Júlia!

Não contive as lágrimas ao ouvir a firmeza daquela declaração.

– Eu também te amo, Pedro! – aconchegando-me em seu peito. Desejava que aquele momento não passasse, não terminasse nunca. Estava em paz, feliz e vivendo plenamente o sentimento que havia me fortalecido por todo aquele ano de 2006. E novamente nos beijamos.

Sem que eu precisasse participar de planos mirabolantes, ou manipular a vida das pessoas conforme os meus próprios objetivos, fossem eles quais fossem, eu havia reencontrado a minha filha e estava diante do homem que eu amava, com a oportunidade de ser eu mesma e viver uma história diferente.

A vida me dava uma nova chance!

Tive vontade de falar do pedido de casamento de Leonardo, bem como de minha recusa. Assim deixaria tudo às claras. Eu sabia que minha relação com o dono da RTN ainda lhe causava uma série de desconfianças. Entretanto, talvez não fosse o momento de conversar sobre aquilo, quem sabe depois eu contaria. Pedro e eu estávamos tentando construir uma relação de confiança. Lembrá-lo das coisas que o levavam a questionar minha honestidade não seria bom ainda.

E novamente eu não estaria tentando manipular uma situação para conseguir um resultado, exatamente o que havia nos afastado?

Mas não era tão grave desta vez!

Depois, quando a poeira baixasse, no momento certo eu partilharia.

Júlia Serrado.